KB058082

세상의 생일

The Birthday of the World
by Ursula K. Le Guin

세상의 생일

어슐러 K. 르 귄 지음
최용준 옮김

시공사

차례

서문

우주를 창조한다는 것은 힘든 일이다. 여호와는 안식일을 지냈다. 비슈누는 낮잠을 잔다. SF과학소설의 우주는 글로 만들어진 세계들 중 아주 작은 일부일 뿐이지만, 제아무리 그렇다 해도 약간은 고민을 해야만 만들 수 있다. 그러니 작가라면 이야기마다 새로운 우주를 생각해내기보단 계속 같은 우주를 쓰는 쪽을 택하지 싶다. 때로는 낡은 셔츠처럼, 이음매가 좀 닳고 부드러워지고 자연스럽게 느껴질 때까지 말이다.

　비록 소설 속 우주에 상당한 노력을 쏟아붓긴 했지만, 딱히 내가 그 우주를 창조했다는 생각은 들지 않는다. 나는 그 안에서 우왕좌왕했고, 그 뒤로도 계속해 체계 없이 우왕좌왕했다. 여기에선 천 년의 오차를 만들고, 저기에선 행성 하나를 잊는 식이었다. 일부 정직하고 성실한 사람들은 그곳을 헤인 우주라 부르며 그곳의 역사를 연표에 따라 구성하려 계속 노력해왔다. 난 그곳을 에큐멘이라 부르고, 그 노력이 가망 없다고 생각한다. 에큐멘의 연표는 새끼 고양이가 휘젓고 간 뜨개질 바구니와 비슷하게 혼란스럽고, 에큐멘의 역사는 대부분이 비어 있다.

이런 모순에는 작가의 부주의, 건망증, 성급함 말고도 여러 가지 이유들이 있다. 결국 우주란 본질적으로 빈 곳인 것이다. 사람이 사는 세계는 서로 멀리, 아주 멀리 떨어져 있다. 아인슈타인은 사람이 빛보다 빨리 갈 수 없다고 말했고, 그래서 대개의 경우, 나는 내 소설 속 사람들이 거의 빛에 가까운 속도로만 여행할 수 있게 했다. 이 말은, 사람들이 우주를 가로지를 때마다 아인슈타인의 시간 지연 효과 덕분에 나이를 거의 먹지 않는다는 뜻이다. 그러나 결국엔 출발한 뒤 몇십 년, 혹은 몇백 년이 흐르는 결과가 되고, 저 뒤에 두고 온 농장에선 그간 무슨 일이 있었는지 나의 편리한 장치인 앤서블을 써서 알게 될 뿐인 것이다. (생각해보면 참으로 흥미롭게도 앤서블은 인터넷보다 오래되었고 훨씬 빠르다. 나는 정보가 즉각적으로 이동하게 허용하고 있다.) 따라서 이 책에서와 같이 나의 우주에서는, 여기에서 지금은 거기에서 옛날이고, 그 반대도 성립하며, 이는 역사를 혼란스럽고 쓸모없게 만드는 데 아주 좋은 방법이다.

물론 헤인인들에게 물어보는 방법도 있다. 헤인인들은 오랫동안 세상일을 훤하게 알고 있으며, 헤인의 역사가들은 여태껏 일어난 일들을 많이 알 뿐 아니라 그 일이 계속 일어나고 있고 다시 일어날 거란 것 역시 알기 때문이다……. 헤인인들은 지구의 태양 아래서든 아니면 다른 태양 아래서든, 새로운 것은 없다는 것을 알고, 이런 생각은 〈전도서〉에 담긴 개념과 비슷하다. 그러나 헤인인들은 그 점에 대해 〈전도서〉의 작가보다 훨씬 더 명랑하다.

다른 모든 세계의 사람들은 모두가 헤인인의 후손이긴 하지만 당연히 옛사람들이 하는 말을 믿고 싶어 하지 않고, 따라서 역사를 만들기 시작한다. 그리고 모든 것은 다시 반복된다.

나는 이 세계들과 사람들을 계획하지 않았다. 이야기를 쓰면서 점차, 조금씩, 이들을 발견했다. 나는 아직도 그 사람들을 알아가는 중이다.

내가 처음 쓴 SF 소설 세 권에는 세계 연맹이 있고, 세계 연맹은 지구를 포함해 우리네 우주의 우리 쪽 지역에서 알려진 행성들을 대충 아우르고 있다. 이는 다소 갑작스레 에큐멘으로 변신하고, 에큐멘은 지배 성향이 없으며 정보를 수집하는 세계들의 협회지만, 이따금씩 남에게 지시하지 않는다는 스스로의 지령을 어기기도 한다. 나는 전에 아버지의 인류학 책을 보다가 '보편적ecumenical'이라는 뜻을 지닌 그리스 단어 '오이쿠메네oikumene'를 본 적이 있는데, 하나의 중심 기원 지역에서 퍼져나간 더 넓은 인류를 암시할 만한 용어가 필요했을 때 그 단어가 기억났다. 나는 그걸 '에큐멘Ekumen'이라고 썼다. SF를 쓸 땐 가끔 뭐든 원하는 방식으로 이름 지어도 되는 법이다.

이 책에 있는 여덟 개의 이야기 중 처음 여섯 개는, 내가 적당히 일관성 있게 창조했으나 여기저기에 큰 구멍들이 존재하는 우주 속 에큐멘의 세계들에서 일어나는 일들이다.

내가 1969년에 쓴 소설 《어둠의 왼손》에서 첫 번째 목소리는 헤인에 머물러 있는 스테빌들에게 보고서를 보내는 어느 에큐멘 모빌이자 여행자의 목소리다. '헤인'이라는 단어는 화자와 함께 자연스레 내게 다가왔다. 모빌은 자신의 이름이 겐리 아이라고 말했다. 그는 이야기를 하기 시작했고, 나는 그걸 글로 썼다.

점차, 그러나 쉽지는 않게, 겐리와 나는 우리가 어디에 있는지 알게 되었다. 겐리는 전에 게센에 간 적이 없었지만, 나는 〈겨울의 왕〉이란 단편소설에서 게센에 가본 적이 있었다. 그 첫 번째 방문에서 어찌나 서둘렀던지 나는 게센의 성별에 좀 이상한 점이 있다는 것조차 눈치채지 못했었다. 꼭 관광객처럼 말이다. 양성 소유자? 거기에 양성 소유자들이 있었나?

《어둠의 왼손》을 쓰면서, 필요에 따라 신화와 전설 약간이 내 머리에 떠올랐고, 그때 나는 그 이야기가 어디로 가고 있는지 몰랐다. 그리고 두 번째 목소리, 어느 게센인의 목소리가 때때로 이야기를 넘겨받았다. 그러나 에스트라벤은 심하게 내성적인 사람이었다. 그리고 플롯이 내 화자 두 명 모두를 너무나 빠르게 곤경에 빠뜨리는 바람에, 나는 많은 질문에 답을 얻지 못하거나 아예 묻지조차 못했다.

이 책의 첫 번째 이야기인 〈카르히데에서 성년이 되기〉를 쓰면서, 나는 25년인가 30년 만에 게센으로 돌아왔다. 이번에 나는 내 인식을 어지럽히는, 정직하지만 당황해 우왕좌왕하는 테라의 남자를 곁에 두지 않았다. 나는 에스트라벤과 달리 감출 게 아무것도 없는 너그러운 게센인들에게 귀 기울일 수 있었다. 이 번에 나는 그 지긋지긋한 플롯이라는 걸 가지고 있지 않았고, 질 문을 던질 수 있었다. 섹스가 어떻게 작용하는지 볼 수 있었다. 나는 마침내 케메르집에 들어갈 수 있었다. 정말로 즐겁게 놀 수 있었다.

〈세그리의 사정〉은 세그리라는 세계의 사회에 관해 오랜 세월 동안 온갖 관찰자들이 쓴 보고서들의 요약문이다. 이 문서들은, 보고서에 관해서라면 견과류를 본 다람쥐처럼 구는 헤인 역사 가들의 문서보관소에서 나온 것이다.

이 이야기가 처음 내 맘에 싹튼 때는, 세계, 그러니까 우리의 세계인 지구의 일부 지역들에서 성별이 여자인 태아와 아기를 끊임없이 낙태하고 살해함으로써 성비 불균형이 발생하고 있다 는 기사를 읽었을 때였다. 이런 곳들에서는 오직 남자들만이 온 갖 수고를 무릅쓸 가치가 있다고 여겨진다. 불합리하고 만족을 모르는 호기심에서, 나중에 이 이야기를 낳은 사고 실험에서, 나는 그 성비 불균형을 역전시킨 뒤 더욱 키우고 영구화시켰다. 세그리에서 만난 사람들을 좋아하긴 했지만, 그리고 그 사람들 의 다양한 목소리를 전달하며 무척 즐겁긴 했지만, 실험 자체는 즐겁지 않았다.

(내가 정말로 그들의 목소리를 들으며 교신을 했다는 의미가 아니다. 이는 내 소설 속 인물들과 나의 관계를 줄여 말하는 것

일 뿐이다. 소설이니까. 알겠는가? 부디 다른 삶들에 대해 내게 어떤 편지도 쓰지 말길 부탁한다. 이미 내가 다룰 수 있는 한계까지 차고 넘치게 받았다.)

단편집 《내해의 어부》의 표제작에서, 나는 세계들의 기준으로 보면 헤인과 상당히 가까이 있는 O란 세계의 사람들을 위해 사회 규칙들을 좀 만들어냈다. 이 세계는 평소처럼 역시 내가 스스로 찾아냈고 탐험해야 할 뭔가처럼 보였다. 그러나 나는 O의 사람들의 결혼과 친족 관습에 대해 진짜 생각을, 상당하고 '체계적인' 생각을 쏟아부었다. 나는 남성과 여성의 상징 기호를 써가며 도표들을 그렸고, 화살표로 선들을 그었다. 아주 과학적이었다. 내겐 이 도표들이 필요했다. 계속 헷갈렸기 때문이다. 이 소설이 처음 실렸던 잡지의 고마운 편집자가 내가 근친상간보다 더한 끔찍한 대실수를 범하지 않게 구해주었다. 내가 반족*을 뒤섞어버렸던 것이다. 편집자가 그걸 잡아냈고, 우린 그 부분을 고쳤다.

이 복잡한 것들을 모두 풀어내는 데 한참이 걸렸고, 그러니 내가 O에 두 번이나 갔던 것은 어쩌면 단순히 좀 편해보려는 생각 때문이었을지도 모른다. 하지만 난 내가 거길 좋아하기 때문에 다시 간 거라고 생각한다. 나는 누군가 세 명과 결혼할 수 있고, 그중 둘과만 섹스할 수 있다고 생각하는 것이 마음에 든다(각

---

*한 사회를 구성하는 두 부족 중 한쪽으로, 같은 반족끼리는 결혼을 금지한다.

성性에서 한 명씩, 그러나 둘 다 다른 반족이어야 한다). 나는 강렬한 감정적 관계들을 생산하고 또 좌절시키는 복잡한 사회적 관계들에 대해 생각하는 게 좋다.

이런 의미에서, 〈선택하지 않은 사랑〉과 〈산의 방식〉은 풍속 희극이라 할 수 있다. 손에 광선총을 들어야 SF라 생각하는 이들에게는 이상하게 보일 수도 있다. O의 사회는 지금 여기의 우리 사회와는 다르지만, 제인 오스틴이 그린 영국 사회와 우리 사회의 차이보다 아주 더 크지는 않다. 아마도 《겐지 이야기》에 나오는 사회보다는 차이가 덜할 것이다.

〈고독〉에서 나는 에큐멘의 가장자리로 나가보았다. 원자폭탄에 의한 대학살과 우리가 알던 세상의 종말, 그리고 피오리아의 작열하는 잔해 속 돌연변이들을 믿었던 1960년대와 70년대 정도에 우리가 글에서 묘사했던 지구와 다소 비슷한 곳으로 말이다. 난 아직도 원자폭탄에 의한 대학살을 믿는다, 정말이다. 하지만 지금은 거기에 대한 이야기들을 쓸 때가 아니다. 그리고 내가 알던 세상은 이미 몇 번이나 끝장이 났다.

〈고독〉에서 인구 붕괴를 일으킨 원인이 뭐든 간에, 필시 인구 그 자체가 원인이었겠지만, 그건 이미 오래전 일이고, 이 이야기의 관심사도 아니다. 이 이야기는 생존, 충절, 그리고 내향성에 대한 것이다. 내향적인 사람들에 대해 멋지게 써주는 작가는 거의 없다. 외향적인 사람들이 대세다. 작가 스무 명 중 약 열아홉 명이 내향적이란 걸 안다면, 참으로 묘한 일이다.

우린 자신을 '밖으로 표현하지' 않으면 부끄러워해야 한다고 배웠다. 하지만 작가의 일은 안으로 파고드는 것이다.

이 이야기에 나오는 사람들, 생존자들은 여기 이야기들의 사람들 대부분처럼 성별과 성행위에 독특한 방식이 있다. 그러나 이들은 결혼에 있어선 어떤 장치도 전혀 없다. 정말로 내성적인 사람들에게 결혼은 지나치게 외향적인 일이다. 여기 사람들은 서로를 가끔씩 만나는 게 다다. 한동안은 말이다. 그런 뒤 이들은 떠나버리고 다시 혼자가 되고 행복해진다.

〈옛음악과 여자 노예들〉은 사족이다.

내가 쓴 책 《용서로 가는 네 가지 길》은 서로 연결된 단편 네 개로 이루어져 있다. 다시 한 번, 나는 이런 소설 형태(이 형식은 적어도 엘리자베스 개스켈의 《크랜포드》 때부터 있던 것이고, 점점 더 잦게 나타나고 흥미로워지고 있다)를 위한 이름을 간청하고, 따라서 인정해주길 간청한다. 이 소설 형태는, 장소, 인물, 주제, 운동으로 연결된 단편들의 모음이며, 그 목적은 단편들로 장편소설을 만드는 게 아니라 이야기 전체를 형성하는 데 있다. 영국에는 '짜깁기'라는 조롱조의 표현이 있다. 단편집은 '팔리지 않는다'는 말을 듣고 서로 연결되지 않은 단편들을 말이라는 덕트 테이프로 마구 이어 붙여놓는 작가들의 책을 이르는 말이다. 그러나 바흐의 첼로 모음곡이 아무 곡이나 마구잡이식으로 모아놓은 것이 아니듯, 제대로 된 단편집 역시 아무 단편이나 마구잡이로 모은 것이 아니다. 이건 장편소설이 못하는 일들을 해낸다. 이건 진짜 형태이고, 진짜 이름을 가질 자격이 있다.

이걸 '단편 모음곡'이라 할 수도 있지 않을까? 나는 그렇게 부를 생각이다.

따라서 단편 모음곡 《용서로 가는 네 가지 길》은 웨렐과 예이오웨이 두 세계의 최근 역사를 한눈에 보여준다. (이 웨렐이라는 곳은 초기 장편소설 《유배 행성》의 그 웨렐이 아니다. 다른 곳이다. 이미 말했듯이, 난 행성들 선체를 잊어버렸다.) 이 세계들의 노예를 기반으로 하는 사회와 경제는 혁명적 변화를 겪는 중이다. 어떤 비평가는 노예 제도처럼 가치 없는 주제를 진지하게 다룬다고 날 비웃기도 했다. 그 비평가는 도대체 어떤 행성에 살고 있는 걸까?

'옛음악'은 헤인 남자인 에즈다르돈 아야의 이름을 번역한 것이다. 옛음악은 이 모음곡의 단편들 중 세 편에 등장한다. 연대순으로 보면, 이 새로운 단편은 모음곡의 다섯 번째 악장이 되며, 웨렐에서 일어난 내전에서의 한 사건을 이야기한다. 그러나 이 단편 또한 고유한 작품이다. 이 단편은 사우스캐롤라이나 주의 찰스턴에서 상류에 있는 거대한 노예 플랜테이션들 중 한 곳을 방문했던 데서 유래한다. 그 아름답고 끔찍한 장소를 본 적이 있는 독자라면 그 정원, 그 집, 그 귀신 붙은 땅을 알아볼지도 모른다.

표제작 〈세상의 생일〉은 에큐멘의 세계에서 일어나는 일일 수도, 아닐 수도 있다. 솔직히 나도 모르겠다. 하지만 어디인가는 전혀 중요하지가 않다. 거긴 지구가 아니다. 그곳의 사람들은 육체적으로 우리와 조금 다르다. 하지만 내가 그곳 사회를 위해 쓴 모델은 어떤 면에서는 확실히 잉카 사회다. 이집트나 인도나 페루의 위대한 고대 사회들에서처럼, 왕과 신은 하나이고, 신성한 자는 빵이나 숨만큼 가깝고 보편적이다. 또한 잃기도 그만큼 쉽다.

이 책의 일곱 단편들은 하나의 패턴을 공유한다. 이들은 이런저런 방식으로 내면에서 혹은 관찰자를 통해(이들은 토착화하는 경향이 있다) 우리 사회와는 다른 사회의 사람들을 드러낸다. 이들은 우리와 생리적으로 다를 수 있지만, 느끼는 방식은 우리와 같다. 먼저 차이를 만들어내고—낯설게 만들기 위해서—그다음 인간의 감정이 격렬한 호를 그리며 뛰어올라 그 차이를 메우게 놓아둔다. 나는 세상 그 무엇보다도 상상의 이런 곡예에 매혹되고 만족감을 느낀다.

마지막의 긴 이야기인 〈잃어버린 천국들〉은 이런 패턴이 아니고, 확실히 에큐멘 이야기도 아니다. 역시 잘 쓰이는 패턴인 또 다른 우주에서 벌어지는 일이다. 일반적이고 공유되는 SF적 '미래'이다. 이 단편이 다루는 미래에서 지구는 지금 우리의 지식에 따라선 다소 현실적인 속도로, 즉 적어도 잠재적으로 달성 가능성이 있는 속도로 우주선들을 별들로 내보낸다. 이런 우주선은 수십 년, 수백 년이 걸려야 목적지에 도착할 수 있다.

워프 9*도 없고, 시간 지연도 없다. 오로지 실시간뿐이다.

다시 말해, 이건 몇 세대에 걸쳐 여행하는 세대 우주선 이야기다. 두 권의 걸출한 장편소설인 마르틴손의 《아니아라^Aniara》와 글로스의 《낮의 눈부심^The Dazzle of Day》, 그리고 여러 단편들이 이미 이 주제를 다루었다. 그 단편들은 대부분 승무원 혹은 식민지 개척자들을 일종의 급속 냉동 상태에 집어넣었고, 그래서 지구를 떠난 사람들이 목적지에서 깰 수 있게 했다. 난 언제나 이런 여행을 정말로 한 사람들에 대해서 써보고 싶었다. 출발에 대해서도 도착에 대해서도 모르는 중간 세대들에 대해 써보고 싶었다. 나는 몇 번이나 시도했다. 그러다 갑자기 우주의 메마른 진공 상태 속에 놓인 밀폐된 우주선이, 마치 고치처럼 형질 전환과 변이와 보이지 않는 생명으로 가득한 우주선이, 번데기의 몸이자 날개 달린 영혼인 우주선이 종교적 주제와 저 혼자 뒤얽히며 이야기가 생겨나기 시작했다.

2001년
어슐러 K. 르 귄

---

*〈스타트렉〉에서 정의되는 초광속 비행 용어이다. 워프 1에서 10까지 있으며 워프 9는 광속의 834배 속도이다.

THE BIRTHDAY OF THE WORLD

카르히데에서 성년이 되기

게센의 카르히데에 있는 레르에서, 소브 사데 타게 엠 에레브 씀

나는 세계에서 가장 오래된 도시에 산다. 오래전 카르히데에는 왕들이 있었고, 레르는 도시이자 시장이었으며, 또한 북동부, 평원들, 그리고 케름 랜드 모두의 회합 장소였다. 레르의 성채는 1만5천 년 전 배움의 중심지, 피난처, 법정이었다. 카르히데는 1천 년을 다스렸던 게게르 왕들 아래, 여기서 국가가 되었다. 1천 년째 해에 세데른 게게르, '왕아닌자'는 궁전 탑에서 아르레 강으로 왕관을 집어던지며 통치의 종말을 선언했다. 그곳 사람들이 레르의 개화기, 여름 세기라 부르는 시기가 그때 시작되었다. 이 시기는 하르게의 '화로'가 권력을 잡고 수도를 산맥 너머 에르헨랑으로 옮기면서 끝났다. 옛 궁전은 수백 년 동안이나 비

어 있었다. 그러나 궁전은 그 세월을 견뎌냈다. 레르에선 그 무엇도 쓰러지지 않는다. 아르레 강은 매년 해빙기면 거리 터널들로 범람하고 겨울의 강한 눈보라는 눈을 30피트나 쌓기도 하지만, 도시는 건재하다. 누구도 집들이 얼마나 오래되었는지 알지 못한다. 집들은 끊임없이 다시 세워지기 때문이다. 집은 다른 집의 위치를 전혀 고려하지 않고 자기 뜰 위에 세워져 있고, 언덕만큼이나 거대하고 일정치 않으며 오래되었다. 지붕 덮인 거리와 수로는 집들 사이를 구불구불 나아간다. 레르는 온통 모퉁이로 이루어져 있다. 우리는 하르게 가문이 이곳을 떠난 건 모퉁이를 돌면 뭐가 나올지 모른다는 두려움 때문이라고 말한다.

여기서 시간은 다르게 흐른다. 나는 오르고레인, 에큐멘, 그리고 대부분의 다른 사람들이 햇수를 어떻게 세는지에 대해 학교에서 배웠다. 그들은 뭔가 불길한 사건이 있던 해를 원년이라 부르고 거기서부터 숫자를 세어나간다. 여기선 언제나 원년이다. 새해 첫날인 세른 게세니가 되면 원년은 1년 전이 되고, 1년 후는 원년이 되고, 그런 식이다. 레르와 비슷하다. 모든 게 늘 바뀌고 있지만, 도시는 절대 바뀌지 않는다.

나는 열네 살 때(원년에, 혹은 50년 전에) 성년이 되었다. 최근 나는 그 일에 대해 아주 많이 생각해보았다.

그때는 다른 세계였다. 우리 대부분은 외계인을(그땐 그 사람들을 그렇게 불렀다) 본 적이 한 번도 없었다. 우린 모빌이 라디오에서 말하는 걸 들었을 수도 있고, 학교에선 외계인들의 사진을 보았으며—입 주위에 털이 있는 외계인들은 자꾸 눈길이 가기는 했지만 지독하게 야만스럽고 역겨웠다―사진 대부분은 실망스러웠다. 우리와 너무 많이 닮아 있었다. 외계인들은 쭉 케메르 상태였지만 전혀 그런 표시가 나지 않았다. 여자 외계인들은 가슴이 거대하다고들 했지만, 내 어머니동기인 도리는 사진 속 여자 외계인들보다 가슴이 훨씬 더 컸다.

민음의 수호자들이 외계인들을 오르고레인에서 쫓아냈을 때, 엠란 왕이 국경 전쟁에 나가고 에르헨랑을 잃었을 때, 심지어는 모빌들이 법익을 박탈당하고 케름의 에스트레에서 숨어 살도록 강요당했을 때조차도, 에큐멘은 기다리는 것 말고는 별 조처를 취하지 않았다. 에큐멘은 한다라만큼이나 참을성 있게 200년을 기다렸다. 그러면서 한 일이 하나 있었다. 에큐멘은 음모를 좌절시키려고 우리의 젊은 왕을 우리 세계 밖으로 데려간 다음, 60년 뒤 그녀의 자궁아이의 비참한 통치를 종식하기 위해 바로 그 왕을 다시 데려왔다. 아르가벤 17세는 자신의 후계자 전에 4년을 통치하고 후계자 후에 40년을 통치한 유일한 왕이다.

내가 태어난 해(원년, 혹은 64년 전)는 아르가벤의 두 번째 통치가 시작된 해였다. 내가 내 발가락 외에도 뭔가를 인지하게 됐을 무렵, 전쟁은 끝났고, 서쪽 큰비탈은 다시 카르히데의 일부가 되었으며, 수도는 에르헨랑으로 돌아왔고, 엠란의 패배기 동안 레르가 입었던 손상은 대부분 복구되었다. 오래된 집들이 다시 지어졌다. 옛 궁전은 다시 이리저리 수선되었다. 아르가벤 17세는 기적적으로 다시 왕위에 올랐다. 모든 것이 예전처럼, 되어야 할 모습으로, 정상으로 돌아갔다. 딱 옛날처럼. 모두들 그렇게 말했다.

　사실 이때는 조용한 시기였다. 아르가벤, 즉 우리 행성을 떠난 첫 번째 게센인이 마침내 돌아와 우리를 에큐멘에 완전히 가입시키기 전까지 우리가 정상 상태를 회복해가던 시기였다. 그들이 아니라, 우리가 외계인이 되기 전이었다. 우리가 성년이 되기 전이었다. 내가 아이일 때 우리는 사람들이 영원히 레르에서 살아온 방식으로 살았다. 바로 그 방식, 시간을 초월한 그 세계, 모퉁이만 돌면 나오는 그 세계가 바로 내가 이제까지 쭉 생각해왔으며, 또한 거기에 대해 전혀 모르는 사람들을 위해 설명하려 애써온 주제다. 하지만 이 글을 쓰면서 나는 또한 아무것도 바뀌지 않았다는 것을 느낀다. 성년이 되는 모든 아이, 사랑에 빠지는 모든 연인에게 현재는 언제나 원년이라는 걸 느낀다.

　에레브 화로들에는 사람들이 2천 명쯤 있었고, 내 화로, 즉 에레브 타게에는 140명이 살았다. 내 이름은 소브 사데 타게 엠 에레브, 아직도 레르에서 쓰는 오랜 작명법을 따른 것이다. 내 최초의 기억은 외침과 그림자로 가득한 거대하고 어두운 장소이고, 나는 위를 향해 황금색 빛을 뚫고 어둠 속으로 떨어지고 있다. 오싹한 공포 속에서, 나는 비명을 지른다. 나는 떨어지다 잡히고, 꽉, 꽉 잡힌다. 나는 흐느껴 운다. 너무 가까워서 내 몸을 꿰뚫고 말하는 듯한 목소리가 부드럽게 말한다. "소브, 소브, 소브." 이윽고 나는 근사한 먹을거리를 받고, 그 음식은 너무나 달콤하고 너무나 섬세해서 다시는 이렇게 멋진 것을 먹어보지 못

할 것 같다…….

거친 내 손위 화로동기들 중 몇 명이 나를 던지고, 어머니가 축제 케이크로 날 달래던 일이 생각난다. 나 역시 후에 거친 손윗동기가 되었고, 다른 윗동기들과 함께 공 대신 아기들을 던지고 받는 놀이를 하곤 했다. 아기들은 언제나 비명을 질렀고, 그건 공포 때문에 혹은 기쁨 때문에, 혹은 둘 다 때문이었다. 그게 내 세대의 누군가가 아는 비행飛行에 가장 가까운 일이었다. 우리에겐 눈이 내리고 떨어지고 미끄러지고 날리는 방식에 대해, 구름이 움직이는 방식에 대해, 얼음이 떠다니는 방식에 대해, 배가 항해하는 방식에 대해 표현할 단어들이 수십 가지는 있었다. 그러나 그 단어는 아니다. 아직은 아니다. 그래서 나는 '비행'을 기억하지 않는다. 황금색 빛을 뚫고 위로 떨어지던 것을 기억한다.

레르에서 가족 집들은 커다란 중앙 홀을 둘러싸고 세워진다. 각 층마다 그 공간을 완전히 한 바퀴 감싸는 안쪽 발코니가 있고, 우리는 전체 층, 방, 그리고 모든 것을 발코니라 부른다. 내 가족은 에레브 타게의 두 번째 발코니 전부를 썼다. 우린 수가 아주 많았다. 내 할머니는 아이를 넷 낳았고, 네 아이 모두 다시 아이들을 낳았고, 그래서 내겐 나보다 어리거나 나이 든 자궁동기는 물론 사촌들이 잔뜩 있었다. "사데 가문은 늘 여자로 케메르하고 늘 임신한다니까." 나는 이웃들이 가지각색으로 질투하거나 혀를 차거나 감탄하며 말하는 걸 들었다. "그리고 절대 케메르를 지키지 않지." 누군가가 이렇게 덧붙이기도 했다. 전자는 과장이었지만, 후자는 진실이었다. 아이인 우리 중 누구도 아버지가 없었다. 나는 누가 나의 씨내리인지 오랫동안 몰랐고, 한 번도 생각해보지 않았다. 배타적인 사데 가문은 외부인을 가족으로 들이는 걸 좋아하지 않았고, 심지어는 바로 우리 화로의 다른 구성원들조차 가족으로 맞길 꺼렸다. 젊은이들이 사랑에 빠져 케메르를 지키거나 서약하는 것에 대해 얘기하기 시작하면, 할머니와 어머니들은 무자비하게 대응했다. "케메르를 맹세한다니, 네가 뭐라고, 무슨 귀족이라도 된다고 생각하는 거야? 무슨 잘난 사람이기라도 한 줄 알아? 케메르집이면 나한테 충분했고 그건 너도 마찬가지야." 어머니들은 말했고, 사랑에 번민하는 아이들이 그 사랑을 잊고 극복할 때까지 시골의 오랜 에레브 영지로, 호 브리티로 멀리 보내버렸다.

그래서 이이 적에 나는 한 무리, 떼, 집단의 일원이었고, 우리의 붐비는 방들을 들락날락하고, 계단을 질주하며 오르내리고, 함께 일하고 함께 배우고 (우리 방식으로) 아기들을 돌보고, 우리의 머릿수와 시끄러운 소리로 좀 더 조용한 화로친구들을 위협했다. 내가 아는 한, 우리가 정말로 해를 끼친 적은 없었다. 엉뚱한 짓을 해도 침착하고 오래된 화로의 규칙과 허용 한계 안에서 했으며, 우린 그 한계를 구속이 아닌 보호라고, 우리를 안전하게 지켜주는 벽이라고 느꼈다. 우리가 벌 받은 때가 딱 한 번 있다. 내 사촌 세세르는 우리가 찾아낸 긴 밧줄을 2층 발코니 난간에 묶고 밧줄에 커다란 매듭을 지은 뒤 그 매듭을 잡고 뛰어내리면 굉장히 재밌을 거라고 생각했다. "내가 먼저 할게." 세세르는 말했다. 비행에 대한 또 다른 잘못된 시도였다. 난간과 세세르의 부러진 다리는 고쳐졌지만, 나머지 아이들은 한 달 동안 화로의 옥외 변소를 모조리 청소해야 했다. 화로의 어른들이, 사데의 어린이들이 몇몇 규율을 지켜야 할 때가 되었다고 생각한 게 바로 그때가 아닐까 싶다.

내 아이 때 모습이 어땠는지 나는 정말로 모르겠지만, 내게 선택권이 있었다면 나는 아마도 제멋대로인 건 변함없을지 몰라도 내 놀이친구들보다 덜 시끄럽긴 했을 거라고 생각한다. 나는 라디오 듣는 것을 좋아했고, 다른 아이들이 겨울에는 발코니나 중앙 홀에서, 여름에는 길거리나 정원에 나가서 시끄럽게 떠들어댈 동안 몇 시간이고 어머니 방 침대 뒤에 쭈그리고 앉아 어머니의 오래된 세렘나무 라디오를 가지고 놀곤 했다. 내가 거기 있는 걸 내 동기들이 알지 못하게 하려고 아주 조심스럽게 라디오를 만지작거렸다. 나는 노래, 희곡, 화로 이야기, 궁전 뉴스, 곡물 추수 분석, 자세한 기상 보도, 뭐든 들었다. 겨울 내내 매일같이 페링 폭풍경계의 옛이야기를 들었다. 눈고울^{snowghoul}, 배신자들, 잔인한 도끼 살인마들 같은 이야기였고, 나는 밤마다 그 무서운 모습들이 생각나는 바람에 기겁하며 침대 속 엄마 옆으로 기어들곤 했다. 종종 나의 어린 동기가 이미 그 따뜻하고 부드러운, 숨 쉬는 어둠 속에 들어와 있을 때도 있었다. 우린 페스리 무리처럼 함께 뒤얽혀 몸을 말고 잠이 들었다.

내 어머니인 귀르 사데 타게 엠 에레브는 성미가 급하고, 마음이 따뜻하고, 공평하고, 우리 세 자궁아이들을 그렇게 많이 통제하진 않지만 늘 주의 깊게 지켜보는 사람이었다. 사데 가문은 모두 에레브 가게들에서 일하는 소매상과 전문 기술자였고, 쓸 수 있는 현금이 거의 또는 아예 없었다. 그러나 내가 열 살 때, 어머니는 내게 라디오를 새것으로 하나 사주고는 내 동기들이 들을 수 있는 곳에서 내게 말했다. "다른 아이들과 공유할 필요 없어." 나는 그 라디오를 아주 오랫동안 보물로 애지중지하다가 마침내 나의 자궁아이와 공유했다.

그렇게 세월은 흘러갔고, 나는 전통에 깊이 파묻혀 있는 가족과 화로의 따뜻함과 촘촘함과 확실성 속에서 계속 자라났다. 나는 빠르게 끊임없이 반복해 움직이며 시간을 초월해 관습과 행동과 일과 관계로 천을 짜는 북 위의 실이었다. 지금 와 생각해보니 나는 한 해와 다른 해, 나와 다른 아이들을 거의 구별하지 못하다가 열네 살이 되었다.

내 화로의 사람들 대부분이 그해를 기억하는 이유는 도리의 영원한-소메르 축하연으로 알려진 성대한 파티 때문이다. 내 어머니동기인 도리는 그 겨울에 케메르로 들어가길 그만두었다. 어떤 이들은 케메르로 들어가길 멈출 때 아무것도 하지 않았다. 또 어떤 이들은 의식을 거행하러 성채로 갔다. 그 뒤로도 몇 달씩 성채에 남아 있거나 아예 성채로 이사 가는 사람들도 있었다. 종교적 성향이 약한 도리는 이렇게 말했다. "만약 내가 아이를 가질 수 없고 더 이상 섹스를 할 수 없게 된대도, 그렇게 늙어가다 죽어야 한대도, 적어도 파티는 열 수 있잖아."

소메르 대명사가 전혀 없고 성별에 따른 대명사만 있는 언어로 이 이야기를 하려니 벌써 곤란한 경우에 몇 번씩 맞닥뜨리고 있다. 케메르의 마지막 몇 년 동안, 호르몬 균형이 바뀌는 동안, 대부분의 사람들은 보통 남자로서 케메르에 들어간다. 도리의 케메르는 벌써 1년 넘게 남자였고, 그래서 나는 도리를 '그'라고 부르겠다. 물론 중요한 건 도리가 다시는 절대로 그도 그녀도 안 될 거란 거지만.

좌우간, 도리의 파티는 엄청났다. 도리는 우리 화로와 인근의 두 에레브 화로들 모두를 초대했고, 파티는 사흘 동안 계속되었다. 그해 겨울은 무척 길었고, 봄은 늦게 왔으며 추웠다. 사람들은 이미 뭔가 새로운 일, 뭔가 격렬한 일이 벌어지길 고대하고 있었다. 우리는 일주일 동안 요리했고, 저장고 전체가 맥주통으로 꽉꽉 들어찼다. 케메르에서 나가는 중이던, 혹은 그 부분에 대해 이미 뭔가 했거나 아무것도 하지 않은 많은 사람들이 와서 의식에 참여했다. 난로 불빛이 어른대는 우리 화로의 3층짜리 중앙 홀에서, 중년 혹은 그 이상인 3, 40명의 사람들이 둥그렇게 모여 노래하고 춤추고, 북소리에 맞춰 발을 구르는 모습을 나는 아직도 생생히 기억한다. 그 사람들은 맹렬한 에너지를 뿜어냈다. 회색 머리는 흐트러지고 제멋대로였으며, 아예 바닥을 뚫어 버릴 듯한 기세로 발을 굴러댔고, 깊고 힘 있는 저음의 목소리로 소리 내어 웃었다. 어른들을 지켜보는 젊은이들은 활기 없고 희미하게 보였다. 나는 춤추는 이들을 보며 생각했다. 저 사람들은 왜 저렇게 기분이 좋은 거지? 나이가 많이 들지 않았나? 왜 꼭 자유로워진 것처럼 행동하는 거지? 케메르는 그럼 어떤 거지?

아니, 나는 그때까진 케메르에 대해 별로 생각해본 적이 없었다. 생각해봤자 무슨 소용인가? 성년이 될 때까지 우리는 사회적, 육체적 성별이 없고, 우리의 호르몬은 아무 문제도 일으키지 않는다. 그리고 도시 화로에서 우리는 케메르 상태의 어른들을 전혀 보지 못한다. 그들은 키스하고 간다. 마바는 어디 있어? 케메르집에 있단다, 아가, 이제 얼른 죽 먹어라. 마바는 언제 돌아와? 곧, 아가. 그리고 이틀 뒤 마바는 졸리고 반짝이고 생기가 돌면서 또한 진 빠진 모습으로 돌아온다. 목욕하는 것과 비슷해, 마바? 응, 조금, 아가, 나 없는 동안 뭐 하고 지냈니?

당연히 우리는 일고여덟 살 때 케메르 놀이를 했다. 자, 여기가 케메르집이고 내가 여자가 될 거야. 아냐, '내'가 될래. 아냐, '내'가 할 거야, 내가 생각해냈잖아! 그리고 우리는 서로 몸을 부비고 깔깔대며 구르고, 이윽고 셔츠 아래에 공을 집어넣고 임신한 척하고, 아기를 낳고, 공을 가지고 던지고 받기 놀이를 했다. 아이들은 뭐든 어른들이 하는 일을 하며 노는 법이다. 그러나 케메르 게임은 그다지 게임이라 할 수 없었다. 케메르 게임은 종종 간지럽히기 대결로 끝이 났다. 그리고 아이들 대부분은 성년이 되기 전까진 크게 간지럼을 타지조차 않는다.

도리의 파티가 끝난 뒤, 나는 봄의 마지막 달인 투와 동안 줄곧 화로 탁아소에서 일해야 했다. 여름이 되자 제3구역에 있는 가구 작업장에서 첫 번째 견습을 시작했다. 나는 일찍 일어나 지붕길을 달리고 지붕 없는 길들의 연석 위를 달려 도시를 가로지르는 게 좋았다. 늦은 해빙기 뒤라 어떤 길은 아직도 물로 가득했고, 카약을 타거나 상앗대를 저으며 배를 타도 될 만큼 깊었다. 공기는 잔잔하고 차갑고 맑았다. 태양은 '궁전아닌곳'의 오래된 탑들 뒤에서 피처럼 붉은색으로 떠오르곤 했고, 도시의 모든 강물과 창문은 진홍색과 금색으로 번쩍였다. 작업장에선 방금 자른 나무의 날카롭고 달콤한 향이 났고, 그곳에서 함께 일하는 어른들은 성실하고 끈기 있고 나에게 많은 것을 요구했지만 동시에 나를 진지하게 대했다. 난 더는 애가 아니야, 나는 혼자 중얼거렸다. 난 어른이고, 일하는 사람이었다.

그러나 왜 나는 내내 울고 싶었던 걸까? 왜 나는 내내 자고 싶었던 걸까? 왜 나는 세세르에게 화가 났던 걸까? 왜 세세르는 자꾸만 내게 부딪치며 그 멍청하고 쉰 목소리로 "아 미안" 하고 말했던 걸까? 왜 나는 커다란 전기 선반 다루는 게 그렇게 서툴러서 의자 다리를 하나씩 하나씩 여섯 개나 망쳤던 걸까? "저 녀석을 선반에서 떼어내." 늙은 마르스가 외쳤고, 나는 지독한 수치심에 분노하며 슬며시 빠져나왔다. 나는 절대로 목수가 될 수 없을 터였고, 절대로 어른이 될 수 없을 터였다. 대체 누가 의자 다리 따위에 눈길이나 준다고 그래?

"정원에서 일하고 싶어요." 나는 엄마와 할머니에게 말했다. "지금 수련을 먼저 끝내면 다음 여름엔 정원에서 일할 수 있다." 할머니는 말했고, 어머니는 고개를 끄덕였다. 이 현명한 조언이 내게는 냉혹하고 부당한 대우, 사랑의 부족, 절망적인 선고로 들렸다. 나는 부루퉁해졌다. 분개했다.

"가구 작업장에 무슨 문제 있어?" 부루퉁하고 화내며 며칠이 지나자 내 손윗동기들이 물었다.

"멍청이 세세르가 왜 거기 있어야 하는데!" 나는 외쳤다. 세세르의 어머니인 도리는 한쪽 눈썹을 치키고 웃음 지었다.

"괜찮니?" 내가 일을 마친 뒤 발코니로 터벅터벅 들어가는데 어머니가 물었고, 나는 으르렁대며 대답했다. "괜찮아요." 그러고는 잽싸게 화장실로 뛰어가 토했다.

난 아팠다. 내내 등이 쑤셨다. 머리가 욱신거리고 어지럽고 무거웠다. 어딘지 꼭 집어낼 순 없지만, 영혼의 어딘가가 날카롭고 우울하고 끊임없는 고통으로 아팠다. 나 자신이 두려웠다. 내 눈물, 내 분노, 내 아픔, 내 둔한 몸이 두려웠다. 내 몸이 내 몸 같지가, 나 같지가 않았다. 내가 아닌 다른 뭔가처럼 느껴졌고, 몸에 안 맞는 옷, 다른 나이 많은 사람, 다른 죽은 사람 것인, 냄새나고 무거운 외투 같은 느낌을 받았다. 내 것이 아니었고, 내가 아니었다. 아주 작은 바늘 같은 고통이 내 젖꼭지를 찔러댔고, 불에 덴 듯이 뜨거웠다. 나는 얼굴을 찡그리고 두 팔로 양쪽 가슴을 껴안았고, 그러자 무슨 일이 벌어지고 있는지 모두가 알 수 있음을 깨달았다. 누구라도 냄새 맡을 수 있었다. 내게선 피처럼, 동물의 생가죽처럼 시큼하고 강한 냄새가 났다. 내 클리토페니스는 엄청나게 부풀어 올라 음순 사이에서 튀어나왔다가, 이윽고 거의 없다 싶게 줄어들어 이젠 오줌 눌 때마다 아팠다. 음순이 가려웠고 곤충에 물린 듯한 끔찍한 자국들로 붉어졌다. 배 속 깊숙이에서 뭔가 움직였고, 뭔가 소름 끼치는 게 자랐다. 수치스럽기 그지없었다. 나는 죽어가고 있었다.

"소브." 어머니가 침대 옆으로 와 앉아, 기묘하고 부드럽고 공모자 같은 웃음을 지으며 말했다. "네 케메르 날을 골라볼까?"

"전 케메르 중이지 않아요." 나는 격렬하게 말했다.

"그래, 아니지." 어머니가 말했다. "하지만 다음 달엔 케메르에 들어갈 거 같구나."

"아니에요!"

어머니는 내 머리와 얼굴과 팔을 쓰다듬었다. 나이 든 사람들은 이렇게 길고 느리고 부드럽게 아기나 아이나 서로를 쓰다듬으며, 우리는 서로를 인간의 모습으로 빚어냈다고 말하곤 했다.

잠시 후 어머니가 말했다. "세세르도 곧 케메르에 들어갈 거야. 하지만 너보다 한 달쯤 늦어질 거 같구나. 도리가 합동 케메르 날을 잡자는데, 나는 네가 좋을 때에 너만의 케메르 날을 잡는 게 좋을 거 같아."

나는 울음을 터뜨렸고 소리 내어 울었다. "전 싫어요, 하기 싫어요, 전 그냥, 그냥 없어져버리고 싶어요……."

어머니가 말했다. "소브, 네가 원하면, 게로다 에레브에 있는 케메르집으로 가도 좋아. 거기엔 아는 사람이 아무도 없을 거야. 하지만 내 생각엔 널 아는 사람들이 있는 이곳에 남아 있는 게 더 좋을 거 같아. 사람들이 좋아할 거야. 다들 잘됐다고 기뻐할 거야. 아, 네 할머니도 널 무척 자랑스러워하셔! '내 그 손주 녀석 봤니, 소브 말이야, 얼마나 예쁜지, 정말 마하드라니까!' 다들 네 얘기를 듣느라 귀에 딱지가 앉을 지경이야……."

마하드는 레르의 방언이다. 강하고 잘생기고 그릇이 크고 강직한 사람, 믿을 만한 사람을 뜻한다. 내 어머니의 엄격한 어머니가, 사람들에게 명령을 내리는 할머니가, 고맙다는 말은 해도 칭찬이라고는 절대 모르던 할머니가 날 마하드라 했다고? 눈물이 싹 달아날 만큼 무시무시한 이야기였다.

"알았어요." 나는 자포자기하며 말했다. "여기 있을게요. 하지만 다음 달엔 싫어요! 그건 안 돼요. 안 할래요."

"어디 좀 보자꾸나." 어머니가 말했다. 나는 엄청나게 부끄러우면서도 안도하는 마음으로 어머니의 말대로 일어나 바지를 내렸다.

어머니는 아주 짧게 미묘한 표정을 짓고는 날 안아주고 말했다. "다음 달이야, 응, 확실해. 하루이틀이면 몸이 훨씬 가뿐해질 거야. 그리고 다음 달엔 달라질 거야. 정말로 달라질 거야."

확실히 이튿날이 되자 두통과 뜨거운 가려움이 사라졌고, 아직 대체로 피곤하고 졸리긴 해도 일에 멍청하고 서툴게 굴 정도는 아니게 되었다. 며칠이 더 지나자 내 몸 같다는 느낌이 많이 돌아왔고, 팔다리가 가볍고 편해졌다. 찌뿌둥한 부분이 없나 생각할 때에만, 몸 어디인지 꼭 집어 말할 수는 없지만 좀 기묘한 그 느낌을 여전히 느꼈고, 가끔은 무척 고통스럽지만 가끔은 그냥 묘하기만 했고, 다시 느끼고 싶기까지 한 때도 있었다.

내 사촌 세세르와 나는 가구 작업장에서 함께 견습생으로 일했다. 우린 같이 일하러 가진 않았다. 세세르는 몇 년 전 밧줄로 장난쳤던 일 때문에 아직도 약간 발을 절었고, 그래서 길거리에 물이 남아 있는 한 상앗대로 젓는 배를 얻어 타고 일하러 갔던 것이다. 하지만 사람들이 아르레 수문을 닫아 물길이 마르자, 세세르는 걸어가야 했다. 그래서 우리는 함께 걸었다. 처음 이틀은 서로 별 대화를 나누지 않았다. 난 계속 세세르에게 화가 나 있었다. 더는 새벽 햇살 속을 달려갈 수 없고, 대신 절뚝이는 세세르의 발걸음에 맞춰 걸어야 했기 때문이다. 그리고 세세르가 언제나 내 주위에 있었기 때문이다. 늘 내 주위에 있었다. 나보다 키가 크고, 선반을 능숙히 다루고, 숱 많은 머리털은 길고 윤기가 흐르는 세세르. 도대체 왜 머리를 그렇게 길게 기르는 거지? 나는 세세르의 머리칼이 꼭 내 눈앞에 있는 것 같았다.

우리는 여름의 첫 달인 옥크레의 무더운 저녁에 지친 몸으로 집까지 걸어가고 있었다. 나는 세세르가 절뚝이며 걸어가면서 그 점을 숨기거나 무시하려 애쓰는 모습을 보았다. 몸을 아주 꼿꼿이 펴고 얼굴을 찌푸린 채, 내 빠른 발걸음에 맞춰 힘차게 걸으려 애쓰고 있었다. 안됐다는 마음과 감탄하는 마음이 파도처럼 밀려들었고, 그게 뭐든 간에 내 배 속, 내 영혼 깊은 곳에 생긴 그것, 그 자라난 것, 그 새로운 것이 세세르를 향해 돌아섰다. 가슴 아파하고 열망하며 세세르를 향했다.

"케메르에 들어가는 거야?" 나는 쉬고 허스키한 목소리로 말했다. 내 입에서 이렇게 쉰 목소리가 나오기는 처음이었다.

"두 달 뒤에." 세세르는 나를 보지 않으며 웅얼거렸고, 아직도 굉장히 뻣뻣한 상태로 얼굴을 찌푸리고 있었다.

"난 이걸 해야 할 거 같아, 그래야 할 것 같아, 알지, 이거 말이야, 아주 곧."

"나도 얼른 끝내버리면 좋겠어." 세세르는 말했다.

우린 서로를 보지 않았다. 아주 조금씩, 눈치채지 못하게, 나는 걷는 속도를 줄여갔고, 이윽고 우리는 느긋한 속도로 나란히 걷고 있었다.

"가끔 젖꼭지가 화끈거리지 않아?" 나는 뭐든 말해야 한다는 느낌에 나도 모르게 물었다.

세세르는 고개를 끄덕였다.

잠시 후 세세르가 말했다. "있잖아, 네 오줌 누는 데가……."

나는 고개를 끄덕였다.

세세르는 극도의 불쾌감을 드러내며 말했다. "외계인들이 분명 그런 모습일 거야. 이, 이게 튀어나오고 아주 커져서…… 방해가 돼."

우리는 증상들을 서로 얘기하고 비교하며 1마일 정도를 갔다. 그 일에 대해 함께 얘기하고 같은 고통을 지닌 동반자를 찾으니 위로가 되었지만, 또한 다른 사람 입으로 우리의 비참한 신세를 확인받으니 두렵기도 했다. 세세르는 갑자기 말을 쏟아내기 시작했다. "내가 진짜 싫은 게 뭔지 알아? 내가 그 일에서 정말 싫은 거, 그건 바로 인간성을 잃는다는 거야. 내 몸에 의해 그런 식으로 이리저리 돌아다니게 되고, 통제력을 잃다니, 생각만 해도 견딜 수가 없어. 그냥 섹스 기계가 된다니. 그리고 모든 사람이 그저 섹스하기 위한 뭔가로 바뀌잖아. 케메르에 들어갔는데 역시 케메르에 들어간 다른 사람이 아무도 없으면 혼자 케메르인 사람은 미쳐서 죽는다는 거 알아? 소메르인 사람을 공격까지 한다는 건 알아? 자기 어머니마저도?"

"말도 안 돼." 나는 충격받으며 말했다.

"아니, 내 말이 맞아. 살리가 말해줬어. 어떤 트럭 운전사와 동료가 탄 트럭이 카르가프 구릉지역에서 눈 속에 처박혀 있었는데 그때 그 운전사가 케메르로 들어가 남자가 됐어. 운전사는 몸집이 크고 힘이 셌는데, 미쳐 있었기 때문에 자신의 동료에게, 소메르 상태인 동료에게 그걸 한 거야. 동료는 운전사를 떨쳐내려 싸우다가 다쳤어. 정말로 다쳤어. 그런 뒤 운전사는 케메르에서 나와 자살했어."

이 끔찍한 이야기에 나는 배 속 깊이에서부터 울렁거림을 느꼈고, 아무 말도 할 수 없었다.

세세르가 계속 말했다. "케메르에 들어간 사람들은 더는 인간이라 할 수가 없어! 그런데도 우린 케메르에 들어가야 해. 비인간적이 되기 위해서!"

이제 끔찍하고 음울한 공포가 밖으로 드러났다. 하지만 그걸 말한다고 해서 위안이 되진 않았다. 말을 하니 공포가 더욱 커지고 더욱 끔찍해질 뿐이었다.

"멍청해." 세세르는 말했다. "이건 종족 보존을 위한 원시적 장치야. 문명화된 사람들은 이런 걸 겪을 필요가 없어. 임신하고 싶으면 주사를 맞으면 돼. 그게 유전적으로 안전해. 네 아이의 씨내리를 고를 수도 있어. 그러면 번식을 위해 동물처럼 자기 동기들과 썹을 하는 이런 동종 번식 따윈 안 해도 되는데 말이야. 왜 우리가 동물이 되어야 하지?"

세세르의 분노에 나도 동요했다. 나는 세세르에게 동감했다. 나 역시 '씹'이란 단어에 충격받고 흥분했다. 나는 씹이란 말을 평생 처음 들었다. 나는 내 사촌을 다시 보았다. 마르고 불그스름한 얼굴, 길고 윤이 나는 숱 많은 머리털. 나와 동갑이지만 세세르는 더 나이 들어 보였다. 박살 난 다리 때문에 반년을 고통에 시달리다보니 이 모험심과 장난기 가득하던 아이는 어두워지고 성숙해졌고, 노염, 자존심, 인내를 배웠다. "세세르." 내가 말했다. "있잖아, 그건 상관없어, 넌 인간이야. 네가 그걸, 씹을 해야 한대도 말야. 넌 마하드야."

"쿠스 게세니." 할머니는 말했다. 쿠스 달의 첫날, 하짓날이다.
"전 준비가 안 될 거 같아요." 내가 말했다.
"준비될 게다."
"세세르랑 함께 케메르에 들어가고 싶어요."
"세세르는 아직 한두 달 더 있어야 한단다. 금방이지. 하지만 너와 달시간이 같을 것 같구나. 둘 다 달의 어둠에 속할 거야, 응? 나도 그랬단다. 그러니, 의기투합하렴, 세세르랑……." 할머니가 내게 이런 식으로 웃어 보인 건 처음이었다. 마치 내가 대등한 사람이라는 듯, 내가 할머니 영역에 포함된다는 듯한 웃음이었다.
내 어머니의 어머니는 예순 살이었고, 키가 작고 억세며 엉덩이가 펑퍼짐하고 눈은 날카롭고 맑았다. 석공이었고, 우리 화로의 확고부동한 독재자였다. 내가, 이 가공할 만한 이와 대등하다고? 이게 내가 인간 이하가 되는 게 아니라 더욱더 인간으로 변하는 건지도 모른다는 첫 번째 암시였다.

할머니가 말했다. "네가 이 반달을 성채에서 보내면 좋겠구나. 하지만 그건 네 맘이다."

"성채에서요?" 나는 놀라며 말했다. 우리 사데 사람들은 모두 한다라였지만, 굉장히 정적인 한다라여서 큰 축제들만 지키고 감사기도도 뭉뚱그린 한 마디로 끝내며 수련을 전혀 하지 않았다. 내 손위 화로동기들 중 누구도 케메르 날 전에 성채에서 지낸 적이 없었다. 내게 뭔가 잘못된 부분이 있는 걸까?

"넌 머리가 좋아." 할머니가 말했다. "너랑 세세르. 난 너희 중 누군가가 언젠가는 큰 그림자를 드리우는 걸 보고 싶구나. 우리 사데 가문은 여기 우리 화로에 앉아 페스리처럼 번식을 하지. 그걸로 충분하니? 만약 너희 중 누가 그쪽에 가게 된다면 참 좋은 일이 될 게다."

"성채에선 뭘 하는데요?" 나는 물었고, 할머니는 솔직하게 대답해주었다. "모르겠구나. 가서 알아보렴. 그 사람들이 가르쳐줄 거야. 케메르를 어떻게 통제하는지도 가르쳐줄 수 있을 거란다."

"알겠어요." 나는 곧바로 대답했다. 나는 '거주인'들은 케메르를 통제할 수 있다고 세세르에게 말해줄 생각이었다. 어쩌면 통제 방법을 배운 뒤 집에 와 세세르에게 가르쳐줄 수도 있었다.

할머니는 찬성한다는 눈으로 나를 보았다. 나는 도전을 받아들인 것이다.

물론 나는 성채에서 지낸 반달 동안 케메르 통제법을 배우지 못했다. 거기서 처음 이틀 동안은 향수병마저 통제하지 못할 것 같았다. 나는 이야기하고 자고 먹고 요리하고 씻고 렘마 놀이를 하고 음악을 연주하는 사람들, 뛰어다니는 아이들, 시끄러운 소리, 그리고 가족으로 가득한, 우리의 따뜻하고 어둑하며 복작이는 방들을 나와 도시를 가로질러 거대하고 깨끗하고 춥고 조용한, 낯선 이들의 집으로 갔다. 낯선 이들은 예의 발랐고, 날 존중해주었다. 나는 겁에 질렸다. 어째서 나이 마흔의 사람이, 초인적 힘과 인내 같은 고도의 수련을 아는 사람이, 강한 눈보라 속에서 맨발로 걸을 수 있는 사람이, 예언을 할 수 있는 사람이, 내가 이제껏 본 중에 가장 현명하고 차분한 눈을 한 사람이, 한다라의 숙련자가, 어째서 날 존중해야 하지?

"왜냐하면 넌 너무나 무지하니까." 란하레르 숙련자가 부드럽기 그지없는 태도로 미소 지으며 말했다.

나는 거기에서 겨우 반달만 있었고, 그래서 그곳 사람들은 타고난 내 무지함을 굳이 어찌해보려 들지 않았다. 나는 하루에 여러 시간씩 비황홀경을 연습했고, 그것을 좋아하게 되었다. 낯선 이들은 그 정도로 충분히 만족했고, 날 칭찬했다. "열네 살의 나이에 대부분은 천천히 움직이면 미쳐버린단다." 내 선생님은 말했다.

성채에서 마지막 예니레 동안, 일부 증상들이 다시 나타나기 시작했다. 두통, 부어오름과 찌르는 듯한 고통, 자극에 대해 과민해지는 것 등이었다. 어느 날 아침, 나의 휑뎅그렁하고 평화로운 작은 방의 간이침대 시트에 피얼룩이 졌다. 나는 공포와 혐오 속에 피얼룩을 바라보았다. 내가 자다가 음순이 가려워 피가 날 때까지 긁은 거라고 생각했지만, 동시에 나는 그 피의 정체를 알았다. 난 울기 시작했다. 어쨌든 시트를 빨아야 했다. 나는 모든 것이 깨끗하고 금욕적이며 아름다운 이곳을 더럽히고 모독했다.

어느 나이 든 거주인이 화장실에서 시트를 필사적으로 비벼 빠는 나를 봤고, 아무 말도 하지 않았지만 내게 피얼룩을 뺄 비누를 가져다주었다. 나는 내 방으로 돌아갔다. 진짜 사생활이란 게 뭔지 전혀 몰랐던 자가 열정적으로 사랑하게 된 방이었다. 나는 시트가 없는 침대에 비참하게 웅크리고 앉아 내가 다시 피 흘리지 않게 될 때까지 1분 1분을 세어나갔다. 나는 비황홀경 수련 시간을 놓쳤다. 거대한 집은 무척 조용했다. 집의 평화가 내안에 내려앉았다. 다시 한 번, 나는 내 영혼 속의 그 낯섦을 느꼈지만, 이젠 고통이 아니었다. 저녁 공기 같은 쓸쓸함, 청명한 겨울날 서쪽에 저 멀리 보이는 카르가프의 산꼭대기들 같은 황량함이었다. 거대한 확장이었다.

란하레르 숙련자가 문을 두드렸고, 내가 대답하자 방으로 들어와 잠시 나를 바라보다 부드럽게 물었다. "무슨 일이니?"

"모든 게 낯설어요." 내가 말했다.

숙련자는 환하게 웃으며 말했다. "그래."

이제 나는 란하레르가 한다라적 의미에서 내 무지를 얼마나 아끼고 존중했는지 안다. 그때 내가 알았던 건 오직, 내가 어떻게든 바른 말을 했다는 것, 그리고 그 때문에 내가 그토록 기쁘게 하고 싶던 사람을 기쁘게 했다는 것이었다.

란하레르는 말했다. "우린 노래를 부르는 중이란다. 네가 듣고 싶을지도 모르겠구나."

그들은 사실 쿠스 게세니 전까지 나흘 동안 밤낮으로 계속되는 하지 성가를 노래하던 중이었다. 노래하는 이들과 북을 치는 이들은 마음대로 노래에 들어갔다 나왔다 했고, 대부분은 북소리, 그리고 성가책에 지시된 선율만을 길잡이 삼아 끊임없이 즉흥적으로 변형해가며 다른 이들과 어울려 특정 음절로 노래 부르고 있었다. 그리고 독창자가 있으면 독창자와 화음을 이루었다. 처음 내 귀에는 조용하고 미묘한 박자 속에서 즐거운 수준으로 탁한 질감의 웅웅대는 소리만이 들렸다. 나는 질릴 때까지 계속 들었고, 나도 할 수 있겠다는 생각이 들었다. 그래서 입을 벌리고 "아아" 하고 노래했고, 다른 모든 목소리들이 내 음보다 높거나 같거나 낮은 음으로 "아아" 하고 노래하는 것을 들었다. 이윽고 내 목소리는 들리지 않게 되고 모든 목소리가 하나로 들렸으며, 조금 더 지나자 오로지 음악 그 자체만 들렸고, 그러다 갑자기 촘촘한 천 같은 노래 위를 가로질러 목소리 하나가 맑고 낭랑하게 울려 퍼지며 날 놀래켰다. 목소리는 노래의 흐름을 거스르다가 다시 노래 속으로 가라앉고 사라졌으며, 얼마 후 다시 위로 솟아올랐다⋯⋯. 란하레르가 내 팔을 잡았다. 식사 시간이었다. 나는 제3시 이후로 계속 노래하고 있었던 것이다. 나는 저녁을 먹은 뒤 다시 예배당으로 돌아갔고, 만찬을 먹고 또 예배당으로 갔다. 나는 그 뒤로 사흘을 그곳에서 보냈다. 사람들이 말리지 않았다면 거기서 내내 밤까지 새웠을 것이다. 나는 이제 조금도 졸리지 않았다. 갑자기 끝없는 에너지가 샘솟았고, 잠을 잘 수 없었다. 내 작은 방에서 나는 혼자 노래하거나 내게 주어진 유일한 책인 낯선 한다라 시집을 읽었고, 비황홀경을 연습하며 내 몸속의 열기와 한기, 불과 얼음을 무시하려 애썼다. 그러다 새벽이 되면 다시 노래하러 갈 수 있었다.

그러다 하지 전야인 오토르멘보드가 됐고, 나는 내 화로로, 그리고 케메르집으로 가야 했다.

놀랍게도, 어머니와 할머니와 손윗동기들 모두가 날 데리러 성채까지 왔다. 다들 의식용 히에브를 걸치고 엄숙한 표정을 짓고 있었다. 란하레르는 날 가족에게 넘기며 이렇게만 말했다. "다시 오너라." 가족은 그 뜨거운 여름 아침 나를 자랑하며 줄지어 길을 걸어갔다. 덩굴마다 꽃이 피어 공기 중에 향내가 나고, 정원들 역시 모두 꽃이 활짝 피고 열매를 맺고 익어가고 있었다. "케메르에 들어가기에 아주 훌륭한 때야." 할머니는 사려 깊게 말했다.

성채에 있다가 나오니 화로는 내 눈에 너무 어두워 보였고, 좀 작아 보이기도 했다. 나는 세세르를 찾아 주위를 둘러보았지만, 그날은 일하는 날이었고, 세세르는 작업장에 있었다. 그 때문에 나는 휴일이란 느낌을 받았고, 그건 나쁘지 않았다. 이윽고 우리 발코니의 화로방에서 할머니와 화로 손윗동기들이 내게 새 옷 일습을 정식으로 선물했다. 부츠부터 근사하게 수놓인 히에

브까지 모든 게 새것이었다. 새 옷에 어울리는 의식도 말로 진행되었는데, 나는 이게 한다라가 아니라 우리 화로의 전통이라 생각한다. 단어들은 모두 오래되고 낯선, 천 년 전의 언어였다. 할머니는 모래를 뱉어내는 사람처럼 단어들을 줄줄 외웠고, 내 양어깨에 히에브를 놓았다. 모두가 말했다. "하야!"

모든 손윗동기들, 그리고 수많은 어린아이들이 주위를 돌아다니며 마치 왕이나 아기에게 하듯이 내가 새 옷을 입는 걸 도와주었다. 그리고 손윗동기들 중 몇 명은 내게 조언을 하고 싶어 했다. 사람들은 그걸 "마지막 조언"이라고 불렀다. 케메르에 들어갈 때 시프그레소를 획득하게 되기 때문이다. 그리고 일단 시프그레소를 갖게 되면, 조언은 모욕적인 것이 된다. "이제 그 늙은 엡베체를 멀리하기만 하면 돼." 손윗동기들 중 한 명이 내게 신랄하게 말했다. 어머니는 화를 내며 소리쳤다. "네 그림자나 잘 지켜, 타드시!" 그리고 내게는 이렇게 말했다. "저 늙은 놈 말은 듣지 마. 저 방정맞은 주둥이 타드시! 하지만 이제부턴 잘 들어라, 소브."

나는 귀 기울여 들었다. 어머니는 나를 사람들에게서 살짝 끌어내서 엄숙하게 그리고 약간 곤혹스러운 듯이 말했다. "기억하렴, 네가 누구와 처음 함께하느냐가 중요해."

나는 고개를 끄덕였다. "알겠어요."

"아니, 넌 몰라." 어머니는 곤혹스러운 태도를 보이는 걸 깜박 잊고 딱 잘라 말했다. "반드시 기억해둬!"

"뭐, 음." 나는 말했다. 어머니는 내가 계속 말하길 기다렸다.

"만약 제가, 만약 제가 어, 음, 여자로 들어가면요." 내가 말했다. "그러니까 혹시 미리 준비를……?"

"아, 걱정 말렴. 임신할 수 있을 때까진 1년 이상이 걸릴 거야. 아니면 씨를 줄 때까지 말이야. 이번엔 걱정 마. 만약의 경우, 다른 사람들이 모두 돌봐줄 거야. 다들 이게 너의 첫 케메르인 걸 알아. 하지만 꼭 기억해, 누구와 처음으로 할 건지! 카리드, 엡베체, 그리고 몇몇을 조심해."

"어서 가자!" 도리가 외쳤고, 우리는 다 함께 다시 줄지어 가며 계단을 내려가 중앙 홀을 가로질렀다. 모두들 중앙 홀에서 "소브 하야! 소브 하야!" 하고 환호했고, 요리사들은 냄비를 두들겼다. 나는 죽고 싶었다. 하지만 모두가 내 일로 너무나 신나고 너무나 기뻐 보였으며 내게 행복을 빌어주었다. 그래서 나는 또한 살고 싶어졌다.

우리는 서쪽 문으로 나가 햇빛 가득한 정원을 지난 뒤 케메르집에 도착했다. 타게 에레브는 다른 에레브 화로 두 곳과 케메르집을 공유한다. 케메르집은 아름다운 건물이고, 온통 구왕조 양식으로 깊이 조각한 장식띠들로 꾸며져 있었는데, 2천 년 세월의 날씨를 겪으며 지독하게 닳아 있었다. 붉은 돌계단에서 가족은 모두 내게 키스하며 "어둠을 찬미하라" 또는 "창조의 행위 중에 찬미하라"라고 속삭였고, 내가 몸을 돌려 문으로 들어가는데 어머니가 내 양쪽 어깨를 힘주어 밀었다. '썰매 밀기'라 불리는 것으로, 행운을 비는 의미였다.

문지기는 날 기다리고 있었다. 묘하게 보이는, 다소 등이 굽은 사람으로, 피부는 거칠고 창백했다.

이제 나는 손윗동기들이 말하던 이 '엡베체'가 누군지를 깨달았다. 전에는 한 번도 만난 적이 없었지만, 이야기는 들었다. 엡베체는 우리 케메르집의 문지기로, '반죽은자'였다. 다시 말해, 외계인들처럼 영원히 케메르 상태에 있는 사람이었다.

여기엔 그런 식으로 태어나는 사람들이 늘 조금씩 있다. 일부는 치료가 된다. 치료가 되지 않거나 치료하지 않는 쪽을 택한 사람들은 보통 성채에서 살며 수련을 배우거나 또는 문지기가 된다. 그러는 게 그들에게도, 보통 사람들에게도 편리하다. 결국, 그들 말고 누가 케메르집에서 살고 싶겠는가? 하지만 단점도 있다. 당신이 소르하르멘 상태일 때, 성별이 생길 준비가 된 상태일 때 케메르집에 왔는데 처음 만나는 사람이 완전한 남성이면, 바로 그때 그 남자의 페로몬 때문에 당신은 여성이 될 가능성이 크다. 그게 당신이 이달에 마음에 품었던 것이든 아니든 말이다. 책임감 있는 문지기라면 물론 상대의 청이 있기 전에는 누구와도 멀찍이 떨어져 있는다. 하지만 영구적인 케메르 상태에 있다보면 책임감이 부족한 사람이 될 수도 있다. 그러니 평생 '반죽은자', '성도착자'라 불리게 되는 걸 거라고 나는 생각했다. 내 가족은 엡베체가 자기 손과 페로몬을 내게서 멀리 두지 않을 거라 믿은 게 분명했다. 하지만 가족이 틀렸다. 엡베체는 다른 누구 못지않게 첫 케메르를 존중했다. 엡베체는 내 이름을 부르며 날 반겼고, 어디서 새 부츠를 벗으면 되는지 보여주었다. 그런 뒤 고대의 의식에 따른 환영사를 읊기 시작했고, 내 앞에서 뒷걸음으로 복도를 걸어갔다. 그 뒤로 오랜 세월 동안 몇 번이나 다시 듣게 될 그 말들을 나는 그때 처음으로 들었다.

　　이제 당신은 땅을 가로지른다.
　　이제 당신은 물을 가로지른다.
　　이제 당신은 얼음을 가로지른다…….

　그리고 중앙 홀에 들어갈 때 의기양양한 마지막 부분을 읊었다.

　　우리는 함께 얼음을 건넜다.
　　우리는 함께 화롯가로 들어간다.
　　생명으로 들어가, 생명을 가지고 온다!
　　창조의 행위 중에 찬미하라!

　그 말들의 엄숙함이 내 마음을 울렸고, 또한 강렬하게 스스로를 의식하던 걸 다소 잊게 해주었다. 성채에서 그랬던 것처럼, 나는 나보다 엄청나게 오래되고 커다란 무언가의 일부라는 익숙한 안도감을 느꼈다. 그게 내게 낯설고 새로운 것이라 해도 그랬다. 나는 거기에 나 자신을 맡기고, 그것이 만들어내는 모습으로 바뀌어야 했다. 동시에 나는 무척 긴장했다. 내 모든 감각은 아침 내내 그랬던 것처럼 극도로 예민해져 있었다. 나는 모든 것을 인식했다. 벽의 아름다운 푸른색, 내 발걸음의 가벼움과 활기참, 맨발에 와 닿는 나무 바닥의 질감, 의식적 말들의 소리와 뜻, 문지기. 나는 문지기에게 매혹되었다. 엡베체는 확실히 잘생긴 건 아니었지만, 그럼에도 나는 엡베체의 다소 깊은 저음의 목소리가 얼마나 음악적인지를 알아차렸다. 또한 창백한 피부는 내가 이제껏 생각했던 것보다 훨씬 매력적이었다. 나는 엡베체가 비방당했던 거라고, 또 엡베체의 일생은 분명 기묘할 것이라고 느꼈다. 엡베체와 얘기하고 싶었다. 하지만 엡베체는 환영인사를 마치자 중앙 홀의 문간에서 옆으로 물러나 내게 길을 비켜주었고, 키 큰 사람 하나가 나를 맞으러 앞으로 성큼성큼 걸어왔다.

나는 낯익은 얼굴을 보게 되어 기뻤다. 내 화로의 수석 요리사인 카리드 아라게였다. 요리사들이 많이들 그러하듯 카리드도 성질이 다소 불같고 사나웠지만, 종종 나를 눈여겨보고 나를 콕 집어 맛난 것을 던져주며 "자 받아, 애야! 살 좀 찌라고!" 하고 놀리곤 했다. 이제 나는 카리드를 보면서 터무니없이 복잡하고 다양한 깨달음들을 겪었다. 카리드는 알몸이었고, 이 알몸 상태는 화로에서 사람들이 알몸인 것과는 다르며 중요한 의미가 있는 알몸이었다. 카리드는 내가 전에 보았던 카리드가 아니라 굉장히 아름답게 바뀌어 있었다. 카리드가 바로 '그'였다. 어머니는 내게 카리드에 대해 경고했던 거였다. 난 카리드를 만지고 싶었다. 나는 그가 두려웠다.

카리드는 두 팔로 나를 번쩍 들어 올려 꽉 끌어안았다. 나는 내 두 다리 사이에서 카리드의 클리토페니스가 주먹 같다고 느꼈다. "이제 살살해요." 문지기가 카리드에게 말했고, 다른 사람들 몇 명이 방에서 앞으로 나왔다. 내 눈엔 그 사람들이 크고 어둑하게 빛났으며, 어둠과 안개로 가득해 보이기만 했다.

"걱정 마, 걱정 마." 카리드는 내게 그리고 사람들에게 말하며 거칠게 껄껄 웃었다. "내가 내 새끼를 다치게야 하겠어? 난 그저 이 여자에게 케메르를 주는 사람이 되고 싶은 거야. 여자로서, 제대로 된 사데로 말이야. 난 네게 그 기쁨을 주고 싶단다, 소브." 카리드는 말하며 내 옷을 벗기고 있었고, 크고 뜨겁고 성급한 손길로 내 히에브와 셔츠를 스르륵 미끄러뜨렸다. 문지기와 다른 이들은 면밀히 지켜보았지만 끼어들진 않았다. 나는 완전히 무방비에 무력하며 모욕당한 느낌을 받았다. 나는 몸부림쳐 빠져나온 뒤 내 셔츠를 집어 걸치려 했다. 나는 벌벌 떨고 있었고, 내가 끔찍하게 약하다고 느꼈고, 서 있기조차 힘들었다. 카리드는 서투르게 날 도와주었다. 커다란 팔로 내가 쓰러지지 않게 잡아주었다. 나는 카리드에게 기댔고, 카리드의 뜨겁고 맥동치는 피부를 느꼈다. 햇빛처럼, 난롯불빛처럼 멋진 느낌이었다. 나는 카리드에게 더 많이 기대면서 두 팔을 들어 우리의 옆구리가 함께 미끄러지게 했다. "어이, 어이." 카리드는 말했다. "아, 이 예쁜 것, 아, 소브, 자, 소브를 데려가, 이번엔 안 되겠어!" 그리고 카리드는 큰 소리로 웃지만 정말로 놀란 상태로 내게서 곧장 뒷걸음질 쳤다. 카리드의 클리토페니스는 놀랄 만큼 벌떡 서 있었다. 나는 옷을 반만 걸친 채 고무처럼 휘청이는 다리로 그 자리에 그대로 서 있었고, 당황한 상태였다. 내 두 눈에는 물기가 가득했고, 아무것도 분명하게 보이지 않았다.

"이리 오렴." 누군가가 말했고, 내 손을 잡았다. 카리드의 불 같은 피부와는 완전히 다르게, 부드럽고 서늘했다. 다른 화로들 중 하나에서 온 사람이었는데, 나는 이 여자의 이름을 몰랐다. 어두침침하고 몽롱한 이곳에서 이 여자는 내 눈에 금처럼 빛나 보였다. "아, 넌 아주 빨리 될 거야." 여자는 깔깔 웃고 감탄하고 위로하며 말했다. "자, 웅덩이에 들어가, 한동안 편하게 쉬어. 카리드가 네게 그런 식으로 치근대면 안 되는 거었어! 하지만 넌 행운아야, 첫 케메르 때 여자가 되다니, 이만한 일이 또 어디 있겠어. 난 남자로 세 번이나 케메르하고서야 여자로 케메르했 어. 아주 미치는 줄 알았어. 소르하르멘에 들어갈 때마다 내 친 구들은 모두 벌써 여자가 되어 있었거든. 나에 대해선 걱정 마. 카리드의 영향은 결정적이거든." 그런 뒤 여자는 다시 깔깔대며 웃었다. "아, 너 정말 너무 예쁘다!" 여자는 머리를 숙였고, 내 가 무슨 일이 일어나는지도 알아채기 전에 내 양쪽 젖꼭지를 핥 았다.

굉장했다. 여자가 내 젖꼭지를 핥자, 다른 무엇으로도 식힐 수 없던 내 젖꼭지의 찌르는 듯한 아픈 불길이 잦아들었다. 여자는 내가 옷을 마저 벗게 도와주었고, 우리는 이 방의 중앙부를 몽땅 차지하고 있는 크고 얕은 웅덩이 속의 따뜻한 물로 함께 들어갔 다. 바로 이 웅덩이 때문에 이 방에 그토록 안개가 심하고 묘한 메아리가 치는 거였다. 물은 내 허벅지를, 내 성기를, 내 배를 휘 감았다. 나는 친구에게로 돌아서서 앞으로 몸을 숙이고 그녀에 게 키스했다. 완벽하게 자연스러운 일이었고, 그게 그녀가 원하는 일이면서 내가 원하는 일이었고, 나는 그녀가 내 젖꼭지를 다시 핥아주고 빨아주면 좋겠다고 생각했으며, 그녀는 그렇게 해주었다. 우리는 오랫동안 얕은 물에 누워 놀았고, 나는 언제까지라도 그렇게 놀 수 있었다. 하지만 이윽고 누군가 우리에게 오더니 물속의 내 친구를 뒤에서 잡았고, 친구는 튀어오르는 금색 물고기처럼 몸을 휘었다가 머리를 다시 앞으로 숙이고 그 남자와 장난치기 시작했다.

나는 물에서 나와 몸을 말리며 슬픔과 부끄러움과 버려졌단 기분을 느꼈고, 그럼에도 내 몸에 일어난 일들에 굉장한 흥미를 느꼈다. 놀랍도록 생기 가득하면서 짜릿했고, 수건의 거친 감촉에마저 기쁨으로 전율할 정도였다. 내게도 누군가가 가까이 다가와 있었는데, 내가 친구와 물에서 노는 모습을 지켜보던 이였다. 이제 그 남자가 내 옆에 앉았다.

나보다 몇 살 많은 화로친구인 아라드 테헴미였다. 나는 지난여름 내내 아라드와 함께 정원에서 일했고 아라드를 좋아했다. 지금 생각해보면 아라드는 숱 많은 검은 머리와 길고 마른 얼굴 등 세세르와 외모가 닮았지만, 아라드에겐 이곳의 모든 이들이 지닌 그 반짝임, 그 후광이 있었다. 모든 케메르에겐 '여자'건 '남자'건 그런 빛이 있었다. 내가 그때까지 어떤 인간에게서도 보지 못했던 너무나 생기 넘치는 아름다움이었다. "소브." 아라드는 말했다. "난 있지, 네 처음이 되고 싶어, 허락해줄래?" 아라드는 이미 내게 두 손을 대고 있었고, 나 역시 벌써 아라드를 만지고 있었다. "가자." 아라드는 말했고, 나는 아라드와 함께 갔다. 아라드는 나를 작고 아름다운 방으로 데려갔다. 방 안에는 아무것도 없고 오직 불을 피워둔 벽난로와 넓은 침대 하나가 다였다. 아라드는 나를 두 팔로 안았고, 나도 두 팔로 아라드를 안았으며, 이윽고 두 다리로도 그를 안고 위로, 금색 빛을 향해 위로 떨어졌다.

그 첫 번째 밤 내내 나는 아라드와 함께 있었고, 엄청나게 씹을 한 것 말고도 엄청나게 먹어댔다. 케메르집에 음식이 있을 거라곤 전혀 생각해보지 못했다. 씹하는 거 말곤 그 무엇도 허용되지 않을 거라 생각했었다. 케메르집에는 음식이 엄청나게 많이 있었고, 맛도 아주 좋았으며, 원하면 언제라도 먹을 수 있게 차려져 있었다. 음료수는 좀 더 제한적이었다. 책임자인 나이 든 여자는 역시 반죽은자였는데 내내 빈틈없는 눈으로 사람들을 지켜보았고, 누가 거칠어지거나 멍청해지는 기색을 보이면 더 이상 맥주를 주지 않았다. 나는 맥주가 더 필요하지 않았다. 씹도 더 이상 필요하지 않았다. 난 완전히 충족되어 있었다. 평생 언제까지라도 모든 순간 아라드와 사랑에 빠져 있었다. 그러나 (나보다 하루 더 케메르에 있었던) 아라드는 잠에 빠졌고, 깨려 하지 않았다. 그러자 하마란 이름의 비범한 이가 내 옆에 앉아 얘기하기 시작했다. 하마 역시 너무나 기분 좋은 방식으로 내 등을 위아래로 쓰다듬었고, 우리는 얼마 지나지 않아 더욱 뒤엉키고, 씹을 하기 시작했고, 하마와 하는 건 아라드와 하는 것과는 완전히 달랐으며, 그래서 나는 내가 분명 하마와 사랑에 빠졌음을 깨달았다. 게하르다르가 우리에게 합류하기 전까지는 말이다. 그 뒤로 나는 내가 그들 모두를 사랑했고 그들도 모두 나를 사랑했음을, 그리고 그것이 케메르집의 비밀임을 이해하기 시작한 것 같다.

벌써 거의 50년 전의 일이고, 내가 첫 케메르 때의 모두를 다 기억하고 있지 않다는 건 인정해야겠다. 오직 카리드와 아라드, 하마와 게하르다르, 내가 아는 남자로서 가장 노련한 연인인 늙은 투바니—이후에 케메르가 되었을 때도 종종 그를 만났다— 그리고 내 금색 물고기인 베레뿐이다. 나는 결국 베레와 거대한 벽난로 앞에서 졸리고 평화롭고 더없이 행복하게 사랑을 나누다가 둘 다 잠에 빠졌다. 잠에서 깼을 때 우린 둘 다 여자가 아니었다. 남자도 아니었다. 우린 케메르 상태에 있지 않았다. 우린 아주 피곤한 젊은 성인들이었다.

"넌 아직도 아름다워." 나는 베레에게 말했다.

"너도." 베레는 말했다. "어디서 일해?"

"가구 작업장에서. 제3구역에 있어."

나는 베레의 젖꼭지를 핥으려 했지만, 잘 되지 않았다. 베레는 살짝 움찔했고, 나는 "미안" 하고 말했다. 우리는 둘 다 큰 소리로 웃었다.

"난 라디오 업계에 있어." 베레는 말했다. "그쪽을 생각해본 적 있어?"

"라디오 만드는 거?"

"아니. 방송. 난 제4시 뉴스와 기상예보를 해."

"그게 너였어?" 나는 경외심을 느끼며 말했다.

"언제 탑으로 놀러 와. 내가 구경시켜줄게." 베레가 말했다.

그렇게 해서 나는 평생의 업을 찾고 평생의 친구를 알게 되었다. 내가 화로로 돌아온 뒤 세세르에게 말하려 했던 것처럼, 케메르는 우리가 생각했던 것과는 좀 달랐다. 훨씬 더 복잡했다.

세세르의 첫 케메르는 달이 어둠에 든, 가을의 첫 달 첫날인 고르 게세니에 있었다. 가족 중 한 명이 세세르를 여자로서 케메르로 이끌었고, 그다음엔 세세르가 나를 이끌었다. 그때가 내가 처음 남자로 케메르한 때였다. 우리는 할머니 표현처럼 의기투합했다. 우린 사촌지간이었고 현대적 도덕 관념을 지녔기에 절대로 함께 임신하지 않았지만, 오랫동안 달의 어둠마다, 케메르 때가 서로 맞을 때마다 사랑을 나누었다. 이윽고 세세르는 내 아이, 타모르를 첫 케메르로 이끌었다. 사데라면 늘 그러하듯, 여자로서 말이다.

훗날 세세르는 한다라에 들어갔고, 오래된 성채에서 거주인이 되었으며, 이제는 숙련자다. 나는 종종 성가나 비황홀경 수련이나 단순한 방문을 위해 그곳에 들르고, 세세르는 며칠마다 화로로 돌아온다. 그리고 우리는 이야기한다. 옛날이건 새 시대이건, 소메르에 있든 케메르에 있든, 사랑은 사랑이다.

THE BIRTHDAY OF THE WORLD

OF

THE WORLD

세그리의
사정

기록상으로 세그리와의 첫 접촉은 헤인 사이클 93의 242년에 있었다. 방랑선 한 척이 이아오(타우루스-4)를 출발해 여섯 세대가 지난 뒤 이 행성에 착륙했고, 선장이 우주선 항해 일지에 이 보고서를 적었다.

아올라오-올라오 선장의 보고서

우리가 이곳 사람들이 '세-리' 혹은 '예-하-리'라 부르는 이 세계에 온 지도 거의 40일이 지났다. 우리는 잘 대접받았고, 이곳 사람들에 대해, 그들의 완고한 태도에 잘 부합하는 평가를 내리고 떠난다. 이곳 사람들은 그들이 성이라 부르는 크고 멋진 건물들에 살고, 그 성은 커다란 공원으로 둘러싸여 있다. 공원 담 밖으로는 잘 경작된 밭들과 풍성한 과수원들이 있는데, 원래 대부분 바싹 마른 불모의 돌투성이 사막이었던 땅을 이곳 사람들이 끝없는 노력으로 개척해낸 것이다. 이곳 여자들은 담 밖 마을과 읍에 몰려 산다. 농장과 제조소의 일반적인 일은 모두 여자들이 하고, 여자들의 인력은 차고 넘친다. 이들은 평범한 일꾼이고, 이들이 사는 읍들은 성의 영주들 소유다. 이들은 온갖 가축 및 짐승들과 부대끼며 사는데, 그건 가축과 짐승이 집에 들어오는 것이 허락되기 때문이며, 어떤 동물들은 덩치가 상당하다. 여자들은 우중충한 색의 옷을 입고 돌아다니고, 언제나 무리 지어 다닌다. 이들은 공원 담 안으로 들어오는 것이 절대 허락되지 않으며, 남자들을 위해 성의 외문에 음식과 필수품을 놓아둔다. 이들은 우리에게 엄청난 공포와 불신을 명백히 드러냈다. 승무원들 중 몇 명이 도로에서 여자애들을 따라간 적이 있는데, 읍에서 여자들이 야수 떼처럼 몰려나오는 바람에 즉시 성으로 돌아가는 게 최선이라 생각했다. 우리를 대접한 남자들은 여자들이 있는 읍에서 멀찍이 떨어져 있는 게 최선이라고 우리에게 조언했고, 우리는 그 조언에 따랐다.

남자들은 거대한 공원들을 자유롭게 돌아다니며 이런저런 놀이를 한다. 밤이 되면, 남자들은 자신들이 속한 특정한 읍내 집들로 가고, 여자를 골라 원하는 대로 욕망을 채우는 것 같다. 우리가 듣기로, 여자들은 남자들에게 하룻밤의 기쁨에 대한 대가로 그들의 화폐인 코퍼를 지불하고, 아이를 갖게 되면 더 많이 지불한다고 한다. 이런 식으로 남자들은 밤에는 원하는 만큼 자주 육체적 만족을 누리고, 낮에는 온갖 운동과 게임으로 시간을 보낸다. 그중에서도 일종의 레슬링이 특히 유명한데, 남자들은 서로를 공중에 집어던진다. 절대로 다치지 않는 듯이 보여서 참으로 놀라우며, 이들은 곧 일어나 감탄이 절로 나올 정도로 기민하게 손발을 놀리며 다시 싸우기 시작한다. 또한 남자들은 무딘 칼로 검술을 하고, 길고 가벼운 막대기로 전투를 한다. 아주 너른 경기장에서 공을 가지고 게임도 하는데, 팔로는 공을 잡거나 던지고 발로는 공을 차거나 상대팀의 남자들을 걸어 넘어뜨리거나 차서, 경기에 열중하다보면 멍이 들거나 발을 저는 이들이 속출한다. 아주 볼 만하다. 금과 온갖 장식으로 꾸미고 서로 대조되는 밝은 색의 유니폼을 입은 팀들이 이쪽으로 갔다가 저쪽으로 갔다가 하며 법석을 떨고, 무리 지어 경기장을 오가고, 서로 분투하는 무리 속에서 누군가 빠져나와 달리면서 하늘을 날아가는 공을 잡아 이쪽 혹은 저쪽 결승점을 향해 쏜살같이 내달리면 나머지가 모두 미친듯이 쫓아간다. 이 게임에는 그들이 "전쟁터"라 부르는 곳이 있는데, 여기는 성 공원의 담장이 없고 읍에 가까워서, 여자들이 와서 지켜보고 환호할 수 있다. 여자들은 열정적으로 좋아하는 선수의 이름을 외치고, 온갖 거친 소리를 지르며 이기라고 응원한다.

　　남자아이가 열한 살이 되면 사람들은 남자아이를 여자들에게서 떼어내 성으로 데려가고, 어엿한 남자로 교육시킨다. 우리는 아이가 그렇게 여러 의식과 축하 속에서 성으로 데려가지는 것을 보았다. 남자아이는 유산될 확률이 크다고 하며, 그렇게 태

어나 아낌없는 보살핌을 받고서도 많은 남자아이들이 유아기에
죽는다고 한다. 그래서 남자보다는 여자가 압도적으로 많다. 여
기서 우리는, '그분'을 인지하지 못하는 자들, 진정한 말씀을 들
으려 하지 않고 빛을 보지 못하는 완고한 불신앙자들이면 무릇
그러하듯, 이 종족이 '신'의 저주를 받았음을 본다.

여기 남자들은 예술에는 거의 무지해서 펄쩍거리는 춤을 추
는 게 고작이며, 과학 지식은 야만인보다 조금 나은 정도다. 내
가 얘기해본 어느 성의 위대한 남자는 금색과 진홍색 옷을 차려
입었고 모두들 그에게 상당한 존경심과 경외심을 품고 그를 '왕
자'와 '대씨내리'라 불렀지만, 그럼에도 어찌나 무지한지 별들
이 사람과 야수로 가득한 세계라 믿었고, 우리에게 어느 별에서
내려왔느냐고 물었다. 이곳에는 증기를 써서 땅과 물의 표면을
달리는 탈것들만이 있고, 공중에서도 우주에서도 비행이란 개
념은 전혀 없다. 그런 것들에 대한 호기심도 전혀 없고, 그저 경
멸조로 이렇게 말할 뿐이다. "그런 건 모두 여자들의 일이야."
실제로도 내가 이 위대한 남자들에게 기계의 작동, 천 짜기, 입
체영상 전송같이 일반적 지식에 대한 걸 물어보면, 남자들은 곧
바로, 그들 표현에 따르자면, 사내답지 못한 일에 왜 관심을 갖
느냐고 날 꾸짖으며, 어엿한 남자에게 어울리는 이야기를 하라
고 했다.

남자들은 공원에서 자신들의 흉포한 가축을 사육하는 일에는
아주 박식하고, 여자들이 공장에서 짠 천으로 자기들 옷 짓는 일
역시 아주 잘 알고 있다. 남자들은 자기들 옷의 장식과 장엄함을

놓고 서로 겨루는데, 경쟁하는 정도가 좀 지나치다보니 이곳 남자들이 사실은 남자답지 못한 게 아닌가 생각이 들려 할 지경이다. 그래도 다른 면에선 확실히 남자이고, 강하며, 어떤 게임이나 스포츠에도 능하고, 자부심 넘치고, 지독히 미묘하고 격렬한 명예욕이 가득하다.

아올라오–올라오 선장의 기록을 담은 항해 일지는 (열두 세대의 여행 뒤) 이아오에 있는 우주의 성스러운 문서보관소로 반환되었고, 소란기라 불리는 기간 동안 뿔뿔이 흩어져, 결국 단편적인 형태로 헤인에 보존되었다. 더 이상 세그리와의 접촉에 대한 기록은 없다가, 93/1333에 에큐멘이 초대 관찰자들을 보냈다. 알테라 남자 한 명과 헤인 여자 한 명으로. 카자 아가드와 G. 메리멘트였다. 관찰자들은 궤도에서 1년 동안 지도를 만들고, 사진을 찍고, 방송을 기록하고 연구하고, 주요 지방 언어를 분석하고 배웠다. 둘은 이 행성 문화에서 어디를 공략하면 될지 확신이 생기자 그 행성에 착륙했다. 그리고 멀리 외딴 섬에서 고깃배를 타고 나왔다가 풍랑에 휘말려 간신히 이곳에 도착한 생존자라고 자신들을 소개했다. 둘은 예상했던 대로 바로 헤어지게 됐고, 카자 아가드는 성으로, 메리멘트는 읍으로 가게 됐다. 카자는 토착 환경에서 그럴듯하게 들리는 이름이라 자기 이름을 고수했다. 메리멘트는 자신을 유데라고 불렀다. 우리는 메리멘트의 보고서만을 가지고 있고, 다음의 기록 세 개는 그 보고서에서 발췌한 것이다.

게린두 '웃타하유데톄' 멘라데 메리멘트 모빌이
에큐멘에 보내는 보고서를 위한 기록 중에서, 93/1334

34/223. 이들의 무역과 정보 네트워크, 즉 이들 세계의 다른 곳에서 무슨 일이 벌어지고 있는지에 대한 이들의 인지 정도가 너무 발달해서 난 내 '멍청한 외국 난파자' 연기를 더 이상 계속하기가 어렵다. 에크하우는 오늘 나를 불러 말했다. "여기의 우리에게 살 만한 가치가 있는 씨내리가 있었거나 우리 팀이 게임에 이기고 있었다면, 난 널 첩자라 생각했을 거야. 어쨌거나 넌 누구지?"

내가 말했다. "제가 학카에 있는 대학에 가게 해주시겠어요?"

그녀가 말했다. "왜?"

"거기엔 과학자가 있지 않나요? 전 과학자들과 얘기해야 해요."

그 말이 그녀에게 통했다. 자기들 식으로 알겠다는 뜻인 "으흠" 소리를 낸 것이다.

"제 친구도 함께 갈 수 있을까요?"

"샤스크 말야?"

우린 잠시 둘 다 혼란에 빠졌다. 에크하우는 여자가 남자를 '친구'라 부를 거란 생각을 전혀 하지 못했고, 나는 샤스크를 친구로 여겨본 적이 없었다. 샤스크는 무척 어렸고, 그래서 나는 그녀를 정말로 진지하게 생각해보질 않았다.

"아뇨, 카자요. 저와 함께 온 남자요."

"남자를, 대학에?" 에크하우는 귀를 의심하며 말했다. 에크하우가 나를 보았다. "넌 대체 어디서 온 거지?"

이건 적의나 힐난하는 의도에서가 아니라, 정당한 질문이었다. 진심으로 그 질문에 대답할 수 있다면 좋겠지만, 우리가 이 사람들에게 큰 해를 끼칠 수 있다는 확신이 점점 더 커진다. 우린 아무래도 여기서 '레세하바나르의 선택'을 마주하고 있는 것 같다.

에크하우는 학카로 가는 내 여행 경비를 지불해줬고, 샤스크는 나와 함께 갔다. 그 점에 대해 생각해보면 물론 샤스크는 내 친구였다고 보인다. 날 어머니집에 데려오고, 날 친절히 대접할 의무가 있다고 에크하우와 아즈만을 설득한 것도 샤스크였다. 날 내내 보살핀 것도 샤스크였다. 단지 샤스크가 모든 면에서 너무나 전통적으로 행동하고 말해서, 샤스크의 깊은 동정심이 얼마나 급진적인지를 내가 미처 못 깨달았던 것뿐이다. 부르릉거리는 조그만 미니 버스를 타고 학카로 가며 나는 샤스크에게 감사인사를 하려 했지만, 샤스크는 언제나처럼 이렇게만 말했다. "아, 우린 모두 가족이니까요." 그리고 "서로 돕고 살아야죠." 그리고 "누구도 혼자 살 순 없어요."

"여자들은 절대 혼자 사는 일이 없나요?" 나는 샤스크에게 물었다. 이제까지 내가 만난 사람들은 부부든 에크하우 가족처럼 대가족이든, 모두 어머니집이나 딸집에 속해 있었던 것이다. 에크하우 가족은 3대가 함께 살았다. 나이 많은 여자 다섯 명과 딸들 세 명이 집에 살았고, 아이 넷이 있었다. 여자아이 세 명과 남자아이 한 명이었는데, 남자아이는 모두가 응석을 받아주어 버룻이 완전히 엉망이었다.

"아, 아녜요." 샤스크는 말했다. "아내를 원하지 않으면, 독신녀가 될 수 있죠. 그리고 나이 든 여자들은 아내가 죽으면 가끔 죽을 때까지 혼자 살기도 해요. 보통은 딸집으로 가서 살지만요. 대학에서 '베브'는 언제나 혼자 있을 공간이 있죠." 샤스크는 전통적일진 몰라도 늘 진지하고 완전하게 대답하려 애쓴다. 항상 생각하고 대답한다. 이제까지 샤스크는 매우 귀중한 정보 제공자였다. 또한 내가 어디서 왔는지에 대해 묻지 않음으로써 내 삶을 편안하게 해줬다. 나는 이걸 의문을 품지 않는 생활 방식에 안전하게 파묻혀 있는 사람의 무관심으로, 그리고 이 젊은 이의 자기중심성으로 여겼다. 이제 나는 이런 면을 세심한 마음씨라 본다.

"베브가 선생님이에요?"

"으흠."

"그리고 대학의 선생님들은 크게 존경받나요?"

"베브가 바로 그런 뜻이에요. 바로 그런 이유에서 우리가 에크하우의 어머니를 카카우 베브라 부르는 거고요. 그분은 대학에 다니진 않았지만, 무척 생각이 깊고, 삶에서 배우신 분이죠. 우리에게 가르쳐주실 게 아주 많으세요."

따라서 존경과 가르침은 같은 것이고, 나는 여자가 여자에게 존경이란 단어를 쓰는 걸 이때 처음으로 들었는데, 그 뜻은 선생이다. 그럼 나를 가르치면서 어린 샤스크는 스스로를 존경하는 걸까? 그리고/또는 내 존경을 얻는 걸까? 난 이제까지 이 사회에서 부유함이 중요한 위치를 차지한다고 생각했는데 이번 일로 이곳을 다른 시각에서 보게 됐다. 레하의 현 시장인 자데드르는 자기 재산을 아주 공공연하게 과시함으로써 확실히 감탄을 자아내고 있다. 그러나 사람들이 자데드르를 베브라 부르진 않는다.

내가 샤스크에게 말했다. "당신은 내게 많은 걸 가르쳐주고 있잖아요. 그럼 제가 당신을 샤스크 베브라 불러도 되나요?"

샤스크는 당황하는 동시에 기뻐했고, 머뭇거리다 말했다. "아, 아뇨, 아뇨, 아뇨, 아뇨." 그런 뒤 샤스크는 다시 말했다. "당신이 레하로 돌아오면 정말로 당신과 사랑을 나누고 싶어요, 유데."

"당신은 자드르 씨내리에게 푹 빠진 줄 알았는데요!" 나는 무심결에 내뱉었다.

"아, 맞아요." 샤스크는 씨내리에 대해 말할 때 여기 사람들이 하는 식으로 눈을 굴리고 누그러진 표정을 지으며 말했다. "당신은 안 그래요? 그 사람이 당신과 썹을 한다고 생각해봐요, 아! 아아, 전 생각만으로도 온통 젖어버려요!" 샤스크는 웃음 짓고는 몸을 꿈틀거렸다. 나는 내 차례가 되자 당혹감을 느꼈고, 필시 그런 기분이 밖으로도 보였을 것이다. "당신은 그 사람이 안 좋아요?" 샤스크는 부담스러울 만큼 천진난만한 태도로 내게 물었다. 샤스크는 분별없는 사춘기 아이같이 굴고 있었고, 나는 샤스크가 분별없는 사춘기 아이가 아니란 걸 안다. "하지만 전 절대 금전적으로 그 사람을 감당할 수 없을 거예요." 샤스크는 말하고 한숨을 지었다.

그래서 나랑 그걸 하고 싶은 거군, 나는 심술궂게 생각했다.

샤스크는 잠시 후 선언했다. "전 돈을 모으려고 해요. 내년에 아기를 가지고 싶을 거 같거든요. 물론 전 자드르 씨내리를 감당할 수 없어요. 자드르는 위대한 챔피언이니까요. 하지만 이번 해에 카다키에서 열리는 게임에 가지 않으면, 우리 씹집에서 진짜 괜찮은 씨내리를 살 정도는 저금할 수 있어요. 아마 로스라달인 정도요. 바보 같은 건 알지만, 그래도 어쨌거나 말할래요. 전 당신이 그 아기의 사랑어머니가 되면 좋겠다고 쭉 생각하고 있었어요. 당신이 그럴 수 없다는 거, 대학에 가야 한다는 거 알아요. 그래도 그냥 말하고 싶었어요. 당신을 사랑해요." 샤스크는 내 양손을 잡고 자기 얼굴로 끌어당겨 잠시 동안 내 손바닥으로 자기 눈을 누르고 있다가, 이윽고 내 손을 놓았다. 샤스크는 웃고 있었지만, 내 손에 눈물이 묻어 있었다.

"아, 샤스크." 나는 몹시 놀라며 말했다.

"괜찮아요!" 샤스크는 말했다. "저 잠시만 울어야겠어요." 그리고 샤스크는 울었다. 허리를 숙이고 대놓고 울며 양손을 부르쥐고 조용히 흐느꼈다. 나는 샤스크의 팔을 토닥였고, 나 자신이 말할 수 없이 부끄러웠다. 다른 승객들이 돌아보았고, 작게 동정하는 소리를 냈다. 나이 든 여자 하나가 말했다. "그래, 그래, 괜찮아!" 몇 분 뒤 샤스크는 울음을 그치고 소매로 코와 얼굴을 닦은 뒤 길고 깊게 숨을 들이쉬고 말했다. "괜찮아요." 샤스크는 나를 보며 웃었다. "기사님." 샤스크는 운전기사를 불렀다. "저 오줌 마려서 그러는데 잠시 멈출 수 있을까요?"

딱딱한 표정의 여자 운전사는 뭐라 투덜거렸지만, 넓은 잡초 투성이 길가에 버스를 세웠다. 샤스크와 다른 여자 한 명이 버스에서 내려 잡초 속에서 오줌을 눴다. 모든 일상생활에서 성별이 하나뿐인 사회에서는 많은 행위가 단순해져서 부러움을 느끼게 된다. 그리고 이 부분은, 잘은 모르겠지만 나 자신에 대해 수치심을 느끼면서 그때 든 생각인데, 어쩌면 이들은 수치심도 없지 않을까?

34/245. (구술) 카자에게선 아직도 아무 소식이 없다. 카자에게 앤서블을 주길 잘했다는 생각이 든다. 카자가 누군가와 연락이 되고 있길 빈다. 그게 나였으면 좋았겠지만. 성에서 무슨 일이 벌어지고 있는지 알 필요가 있다.

어쨌거나 이제 나는 레하의 게임에서 본 걸 좀 더 잘 이해하겠다. 성인 남자 한 명마다 성인 여자 열여섯 명이 있다. 임신을 하면 여섯 명 중 한 명은 남자 아기지만, 생육이 불가능한 남자 태아를 임신하거나 결함이 있는 남자 아기를 출산하는 경우가 많기 때문에 남녀 비율은 사춘기가 되면 16대 1까지 떨어진다. 내 조상들은 이 사람들의 염색체를 가지고 정말 재미나게 놀았던 게 분명하다. 그게 백만 년은 더 전의 일이라 해도 나는 죄책감을 느낀다. 수치심 없이 사는 법을 배워야 하지만, 죄책감의 좋은 용도를 잊지 않는 게 좋겠다. 어쨌거나. 레하처럼 상당히 작은 읍은 다른 읍들과 성을 공유한다. 나는 열흘째에 아와가 성으로 이끌려 가 혼란스러운 구경거리를 보았다. 아와가 성은 본게임에서 북쪽의 성을 상대로 자리를 지키려 애쓰다 졌다. 그 말은, 여기서 남쪽에 있는 도시인 파드르가에서 이번 해에 열리는 큰 게임에 아와가의 팀이 출전할 수 없다는 뜻이다. 거기서 승리하는 팀들은 자스크에서 열리는 '아주' 아주 큰 게임에 나가 겨루게 되고, 대륙 전역의 사람들이, 수백 명의 경기 참가자들과 수천 명의 관중이 거기로 모여든다. 나는 자스크에서 열린 작년 본게임의 입체영상들을 좀 보았다. 경기 참자가가 1,280명이라고 해설이 나왔고, 경기에는 공 40개가 쓰였다. 내 눈엔 완전히 대혼란 상태 같았고 무장하지 않은 군대 둘이 전투를 벌이는 듯했지만, 대단한 기술과 전략이 들어 있을 거라고는 생각한다. 이긴 팀의 모든 선수들은 그해 동안 유지되는 특별한 칭호와 평생 동안 유지하는 또 다른 칭호를 받으며, 그들의 온갖 성들과 그들을 지원한 읍들로 그 영광을 가져간다.

이제 나는 이게 어떻게 돌아가는 일인지 좀 알 것 같다. 시스템 밖에서 보니 시스템이 보인다. 대학은 성을 지원하지 않기 때문이다. 여기 사람들은 레하의 젊은 여자들과는 달리 스포츠와 운동선수들과 매력적인 씨내리들에 사로잡혀 있지 않고, 좀 더 나이 든 여자들 중 일부만이 그러하다. 일종의 의무적인 집착이다. 당신의 팀을 응원하라, 당신의 용감한 남자들을 지지하라, 당신네 지역의 영웅을 받들라. 말이 되는 이야기다. 그들의 상황을 고려하면, 그들의 씹집에는 강하고 건강한 남자들이 필요하다. 자연 선택을 강화하는 사회적 선택이다. 하지만 나는 저 열광적 응원과 졸도와 부풀어 오른 근육과 거대한 성기와 색정에 찬 눈길을 지닌 자들의 포스터들에서 마침내 벗어나 기쁘기 그지없다.

나는 '레세하바나르의 선택'으로 "진실보다 적은"을 택했다. 쇼그라드와 스코드르 그리고 다른 선생(우리라면 교수라고 불렀을 것이다)들은 지적이고 문명화된 사람들이다. 우주여행과 기타 등등의 것들의 개념을 이해할 능력을 완벽하게 갖추었고, 기술 혁신 따위에 대해 결정을 내릴 수 있다. 나는 기술에 대한 그들의 질문에 대답을 아낀다. 그들은 우리 사회가 자신들의 사회와 상당히 비슷하다고 생각하지만, 나는 굳이 그 생각을 고쳐주려 하지 않는다. 대부분의 사람들은, 특히 단일 문화의 사람들은 자연스럽게 그런 생각을 한다. 어떤 식으로 다른지 그들이 알게 되면, 그 결과는 가히 혁명적일 것이고, 나는 세그리에 그런 혁명을 일으키란 명령을 받은 적이 없고, 그럴 이유도, 바람도 없다.

이곳의 성별 불균형은, 내가 아는 한, 남자들이 모든 특권을 가지고 여자들은 모든 권력을 갖는 사회를 만들어냈다. 확실히 안정된 장치다. 이들의 역사에 따르면, 이런 상태가 최소한 2천 년은 계속되었고, 이런저런 형태로까지 따지면 그보다 훨씬 오래되었을 것이다. 하지만 이 안정 상태는 우리와 접촉함으로써, 인간의 평균을 경험함으로써 빠르게 그리고 재앙처럼 깨질 수 있다. 남자들이 특권적 지위를 계속 고수할지 혹은 자유를 요구할지는 모르겠지만, 여자들은 확실히 권력을 포기하지 않겠다고 우리를 거부할 것이고, 이들의 성적 시스템과 애정 어린 관계는 무너져 내릴 것이다. 이들이 자신들에게 과해진 유전적 프로그램을 되돌리는 법을 배운다 하더라도, 정상적인 성별 분포를 회복하려면 수세대가 걸릴 것이다. 내가 그 큰 사태를 시작하는 속삭임이 될 순 없다.

34/266. (구술) 스코드르는 아와가 성의 남자들에게서 아무 성과도 얻지 못했다. 그녀는 아주 조심스럽게 질문을 던져야 했다. 남자들에게 카자를 외계인이라고 말하거나 어떤 식으로든 독특하다고 말했다가는 카자가 위험에 빠질 터이기 때문이다. 남자들은 그걸 카자가 우월하단 주장으로 받아들일 것이고, 카자는 힘과 기술의 시험을 통해 자신을 지켜야 할 것이다. 나는 성 안의 위계제가 엄격한 틀이고, 남자들은 도전 신청을 하고 의무적, 선택적 시험에서 이기거나 짐으로써 그 안에서 올라가거나 내려가는 거라고 생각한다. 여자들이 지켜보는 스포츠와 게임은, 성 안에서 끊임없이 벌어지는 일련의 경쟁들 중 오직 일부이고 보여주기 위한 부분일 뿐이다. 훈련되지 않은 성인 남자로서 카자는 이런 시험에서 완전히 불리한 처지일 것이다. 카자가 거기서 벗어나는 유일한 길은 아픈 척하거나 백치인 척하는 걸 거라고 스코드르는 말했다. 스코드르는 카자가 분명 그렇게 했을 거라고 생각한다. 카자가 최소한 살아는 있으니 말이다. 하지만 스코드르가 알아낼 수 있던 건 그게 다였다. "타하-레하에 난파했던 그 남자는 살아 있대요."

비록 여자들이 성의 영주들을 먹이고 재우고 입히고 부양하지만, 여자들은 영주들이 비협조적으로 나오는 걸 아주 당연하게 받아들인다. 스코드르는 그런 아주 작은 정보만 구하고서도 기뻐하는 듯했다. 나도 그렇다.

그러나 우리는 카자를 거기서 끄집어내야 한다. 스코드르에게 이야기를 들으면 들을수록 그곳은 점점 더 위험하게 느껴진다. 나는 '버릇없는 응석받이 자식들!'이라고 계속 생각하지만, 사실 이 남자들은 군국주의자들이 운영하는 훈련 캠프의 군인들에 더 가까울 게 분명하다. 단지 훈련이 절대로 끝나지 않을 뿐이다. 시험에서 이기면 그들은 군국주의자들이 온갖 권력 등급에 붙여놓은 '장군들'과 기타 이름들로 번역될 수 있는 온갖 호칭과 지위를 부여받는다. '장군들' 중 일부, 영주들과 대가들과 기타 등등은 스포츠 우상이고, 썹집의 총아들이다. 불쌍한 샤스크가 숭배하는 그자처럼 말이다. 하지만 이 남자들은 나이가 들면 확실히 여자들 사이에서 누리던 영광을 남자들 사이에서의 권력과 맞바꾸는 일이 잦아지는 듯하고, 자기네 성 안에서 폭군이 되어 '더 약한' 남자들을 쥐고 흔들다가 타도되어 쫓겨난다. 늙은 씨내리들은 중심 성과 멀리 떨어진 작은 집에서 종종 혼자 사는 듯하고, 미치고 위험한 인물로, 악한 남성으로 여겨진다.

비참한 삶처럼 들린다. 열한 살이 넘으면 해도 된다고 허락받는 일은 모두가 성 안의 게임과 스포츠에서 겨루는 일뿐이고, 열다섯 살 정도가 넘으면 돈과 썹하는 횟수 그리고 기타 등등을 놓고 썹집에서 경쟁하는 일이 전부다. 그 이상은 없다. 다른 선택권도 없다. 직업도 없다. 뭔가를 만드는 기술도 없다. 큰 게임에서 시합할 때가 아니면 여행도 없다. 그 어떤 정신적 자유를 얻기 위해서 대학에 갈 수도 없다. 나는 지적인 남자가 대학에 와 공부하는 것조차 안 되는 이유가 뭐냐고 스코드르에게 물었고, 그녀는 그런 배움이 남자들에게 아주 해롭기 때문이라고 대답했다. 배움은 남자의 명예에 대한 감각을 흐리고, 근육을 흐물거리게 하고, 성교 불능으로 만든다. 스코드르가 말했다. "'고환으로 갈 것이 뇌로 간다'라는 말이 있지요. 남자들은 자신을 위해 교육으로부터 보호받아야 해요."

나는 배운 대로 '초연해지려' 해봤지만, 욕지기가 났다. 필시 스코드르도 그걸 느꼈을 것이다. 잠시 후 내게 '비밀 대학'에 대해 말해줬으니까. 대학의 어떤 여자들은 성의 남자들에게 정보를 몰래 전달한다. 이 불쌍한 남자들은 비밀스레 만나 서로를 가르친다. 성 안에서 열다섯 살 이하 소년들 사이에선 동성애 관계가 권장되지만, 성인 남자들 사이에선 공식적으로 용인되지 않는다. 스코드르는 비밀 대학이 종종 동성애 남자들에 의해 운영된다고 말한다. 어떤 생각에 대해 읽거나 얘기하다 걸리면 영주들과 대가들에게 처벌받기 때문에 그들은 비밀을 지켜야 한다. 스코드르는 비밀 대학에 흥미로운 작업들이 좀 있다고 말했지만, 그 예를 생각해내는 데는 시간이 걸렸다. 흥미로운 수학 정리 하나를 몰래 내보낸 남자가 있었고, 기법은 초보적이지만 미술 전문가들이 보고 감탄한 풍경화를 그린 화가도 하나 있었다. 하지만 스코드르는 그 남자의 이름을 기억하지 못했다.

예술, 과학, 모든 배움, 모든 전문 기술은 '학갸드', 즉 숙련을 요하는 작업이다. 이런 것들은 모두 대학에서 배우고, 구분이 따로 없으며 전문가도 극소수다. 선생들과 학생들은 언제나 분야를 서로 가로지르고 섞고, 한 분야에서 유명한 학자가 된다고 해서 다른 분야에서 학생이 되는 데 문제가 생기지 않는다. 스코드르는 생리학의 베브이고, 희곡을 쓰고, 지금은 역사 베브 한 명과 역사를 공부 중이다. 스코드르는 많은 지식을 쌓았고 활기차고 대담하게 사고한다. 헤인의 내 학교도 이 대학에서 배울 수 있을 듯하다. 이곳은 멋진 곳이고, 자유로운 정신으로 가득하다. 하지만 오직 한 성별의 정신만이 그러하다. 울타리에 갇힌 자유.

나는 카자가 비밀 대학이나 뭔가를 찾았길 바란다. 성에서 적응할 방법을 찾았길 바란다. 카자는 강하지만, 이곳 남자들은 오랫동안 게임을 위해 훈련을 쌓아왔다. 그리고 게임들 중 다수가 아주 격렬하다. 여자들은 걱정 말라고, 우린 남자들이 서로 죽이게 두지 않는다고, 우린 남자들을 보호한다고, 남자들은 우리의 보물이라고 말한다. 하지만 나는 무술 시합 입체영상에서 남자들이 서로를 무시무시하게 이리저리 집어던지다가 뇌진탕으로 실려 나가는 장면을 보았다. "숙련되지 않은 선수들만이 다칩니다." 참으로 안심되는 말씀이다. 그리고 남자들은 황소와 씨름을 한다. 또, 자신들이 본게임이라 부르는 그 난투 속에서 상대의 다리와 발목을 고의로 부러뜨린다. "절뚝이지도 않는 게 무슨 영웅이에요?" 여자들은 말한다. 어쩌면 그게 안전한 길인지도 모른다. 다리만 부러뜨리면 더는 자신이 영웅임을 증명할 필요가 없다. 하지만 카자가 그 외에도 또 뭘 증명해야 할까?

나는 카자가 레하 씹집에 있다는 이야기를 혹시 들으면 바로 알려달라고 샤스크에게 부탁했다. 하지만 아와가 성은 읍 네 곳에 서비스를 하고(그들은 그걸 서비스한다고 하고, 황소가 암소에게 할 때도 똑같은 표현을 쓴다) 그러니 카자는 다른 읍으로 보내질 수도 있다. 하지만 아마도 아닐 것이다. 왜냐하면 이런 저런 것에서 우승하지 못한 남자들은 씹집에 가는 것이 허용되지 않기 때문이다. 오직 챔피언들만이 간다. 그리고 열다섯 살에서 열아홉 살 사이의 남자아이들, 나이 든 여자들이 '딥피다', 즉 새끼 동물—강아지, 새끼 고양이, 새끼 양—이라 부르는 남자아이들이 씹집에 간다. 여자들은 딥피다를 쾌락용으로 쓴다. 여자들이 돈을 내고 챔피언을 쓸 때는 임신하러 씹집에 갈 때뿐이다. 그러나 카자는 서른여섯 살이고, 강아지도, 새끼 고양이도, 새끼 양도 아니다. 카자는 남자고, 이곳은 남자로 살기에 끔찍한 곳이다.

카자 아가드는 죽임을 당했다. 아와가 성의 영주들은 마침내 그 사실을 공개했지만, 그때의 상황까지 알려주진 않았다. 1년 뒤, 메리멘트는 착륙선에 무전을 보냈고, 세그리를 떠나 헤인으로 갔다. 메리멘트는 그곳을 관찰만 하고 피하라고 권했다. 그러나 스테빌들은 관찰자를 두 명 더 보내기로 결정했다. 이 관찰자들은 둘 다 여자로, 알레 이유와 제린 우 모빌이었다. 둘은 초대 모빌로 3년을 지낸 뒤, 세그리에서 8년을 살았다. 이유는 대사로 다시 15년을 더 머물렀다. 둘은 "모든 진실을 천천히"로 레세하바나르의 선택을 했다. 행성 밖에서의 방문자는 200명이란 제한이 생겨났다. 그 뒤 여러 세대 동안 이 외계 존재들에게 익숙해지면서 세그리 사람들은 에큐멘의 일원이 된다는 선택권을 고려했다. 유전자 개조에 대해 전행성적 국민 투표를 하자는 제안은 거부되었다. 여자들의 투표에 무슨 장애가 있는 게 아닌 한 남자들의 투표는 중요하지 않기 때문이었다. 이 보고서의 시점에서, 세그리는 주요 유전자 개조를 시행하지 않았지만, 여러 가지 회복 기술들을 배워 적용했고, 그 결과 달수를 채우고 태어나는 남자 유아의 비율이 훨씬 높아졌다. 성별 균형은 이제 약 12 대 1 정도다.

아래는 93/1569에 세그리의 우쉬에서 한 여자가 대사인 에리소 테 베스에게 준 회고록이다.

당신이 제게 그랬죠, 친구여, 제 삶과 제 세계에 대해 알고 싶으니 다른 세계들의 사람들처럼 뭐든 제 맘이 내키는 대로 말해달라고요. 그건 쉽지 않아요! 어디의 누가 됐든 제가 남에게 제 삶에 대해 어찌 알리고 싶겠어요? 다른 모든 이들에겐, 남녀가 반반인 인종들에겐 우리가 얼마나 이상해 보이는지 아는데 말이에요. 그런 사람들은 우릴 퇴보적이고 촌스럽고 심지어 빙퉁그러졌다고까지 생각하는 것도 알고요. 어쩌면 몇십 년만 지나도 우린 우리 자신을 개조해야겠다고 판단할지 몰라요. 그때 전 살아 있지 않을 거예요. 살아 있고 싶지도 않을 것 같아요. 전 제 사람들이 좋아요. 우리의 사납고 자부심 넘치고 아름다운 남자들이 좋고, 우리 남자들이 여자처럼 변하는 건 싫어요. 우리의 믿음직하고 강하고 너그러운 여자들이 좋고, 그 여자들이 남자처럼 변하는 건 싫어요. 그럼에도 전 당신네 세계의 남자들은 모두 고유한 존재이고 고유한 본성을 지니고 있고, 여자들 역시 모두 고유한 존재이며 고유한 본성을 지녔다는 걸 알겠어요. 그리고 우리가 뭘 잃을 거라고 제가 생각하는 건지 정말 모르겠어요.

어렸을 때 제겐 저보다 한 살 반 어린 남동생이 있었어요. 이름은 잇투였죠. 어머니는 도시로 가서, 춤추기 마스터 챔피언이었던 제 씨내리에게 5년 동안 모은 돈을 지불했었어요. 반면 잇투의 씨내리는 우리 마을 씹집의 어느 늙은이였지요. 사람들은 그 늙은이를 "땜빵의 대가"라 불렀어요. 그 남자는 무엇에서도 챔피언을 해본 적이 없었고, 오랫동안 아기를 낳게 해보지도 못했고, 그저 공짜로 씹할 수만 있어도 너무나 기쁠 뿐인 사람이었거든요. 어머니는 언제나 그 점을 두고 깔깔대셨죠—그때는 아직 제게 젖을 먹일 때여서, 피임약조차 쓰지 않으셨어요. 그리고 그 남자에게 2코퍼를 팁으로 줬죠! 임신이 된 걸 알았을 때 어머니는 불같이 화를 냈어요. 사람들이 검사해보고 남자 태아라 하자 더욱 분개하셨죠. 결국 유산이 될 텐데 괜히 고생만 할 거란 생각에서요. 하지만 잇투가 정상이고 건강하게 태어나자, 어머니는 그 늙은 씨내리에게 200코퍼를 줬어요. 어머니가 가진 현금 전부였죠.

잇투는 많은 남자 아기들처럼 허약하진 않았지만, 어떻게 남자 아기를 금지옥엽 보호하지 않을 수가 있겠어요? 잇투를 돌보지 않던 순간은 단 한 순간도 기억나지 않아요. 제 머릿속은 언제나 남동생이 해야 할 일과 해선 안 되는 일, 그리고 그 아이를 보호하기 위해 피해야 할 온갖 위험으로 가득했어요. 전 제 의무가 자랑스러웠고, 그걸로 우쭐대기도 했지요. 제겐 돌봐야 할 남동생이 있었으니까요. 우리 마을에서 아직도 집에 사는 아들이 있는 어머니집은 우리 집뿐이었어요.

잇투는 사랑스러운 아이였고, 인기가 최고였어요. 잇투의 머리털은 우리 우쉬 쪽에선 흔한 식으로 양털처럼 부드러웠고, 눈이 컸어요. 성격은 다정다감하고 명랑했고, 아주 밝았죠. 다른 아이들 모두 잇투를 사랑했고 언제나 잇투와 놀고 싶어 했지만, 잇투와 저는 둘이서만 오랫동안 정교한 상상 놀이를 하며 가장 행복해했어요. 우리에겐 마을의 어느 할머니가 잇투를 위해 조롱박을 깎아 만들어준 소 열두 마리가 있었는데—사람들은 언제나 잇투에게 선물을 주곤 했죠—그 소들이 우리가 좋아하는 게임의 배우들이었어요. 우리 소들은 슈쉬란 시골에 살았고, 거기서 엄청난 모험을 하고 산을 오르고 새로운 땅을 발견하고 강을 항해하고 그런 일들을 했어요. 무릇 소 떼가 그러하듯, 우리 마을 소 떼가 그러하듯, 나이 많은 암소들이 지도자였어요. 씨받이 황소는 따로 떨어져 살았어요. 다른 수컷들은 모두 거세되었죠. 그리고 어린 암소들은 모험을 즐겼어요. 우리의 황소는 암소들에게 서비스하러 의례적으로 암소들을 방문했고, 그런 뒤엔 슈쉬 성의 남자들과 싸우러 가야 했어요. 우린 진흙으로 성을 만들고 막대기로 남자들을 만들었고, 언제나 황소가 막대기 남자들을 산산조각 내며 이겼어요. 가끔은 성마저도 산산조각

내곤 했죠. 하지만 우리 이야기의 최고봉은 암소 두 마리에 대한 거였어요. 제 암소 이름은 옵이었고, 남동생 것은 웃티였어요. 한번은 우리의 영웅 암소들이 우리 마을 너머로 흐르는 개울에서 엄청난 모험을 하고 있는데, 암소들이 탄 배가 떠내려가고 말았어요. 우린 물이 깊고 빠른 저 멀리 하류에서 통나무에 걸린 배를 찾아냈죠. 제 암소는 아직 배 안에 있었어요. 우린 함께 물속으로 뛰어들고 또 뛰어들었지만, 결국 웃티는 찾지 못했어요. 웃티는 물에 빠져 죽은 거예요. 슈쉬 성은 웃티를 위해 성대한 장례식을 치러주었고, 잇투는 무척이나 슬퍼하며 목 놓아 울었어요.

잇투가 자신의 용감하고 작은 장난감 암소를 너무나 오랫동안 애도해서 나는 가축지기인 제르지에게 혹시 우리가 제르지를 위해 일해도 되겠느냐고 물어봤어요. 진짜 소 떼와 있으면 잇투가 기운을 차릴지도 모른다고 생각했거든요. 제르지는 소 치는 일꾼을 공짜로 둘이나 얻게 되어 기뻐했어요(우리가 정말로 일하는 걸 알게 되자 어머니는 제르지더러 우리에게 하루에 0.25코퍼씩을 지불하게 했어요). 우리는 크고 순한 늙은 암소 두 마리를 타고 다녔고, 안장이 얼마나 큰지 잇투가 그 위에 누워도 될 정도였죠. 우린 매일 두 살짜리 송아지 떼를 사막으로 데리고 나가 '엣타'를 먹였어요. 엣타는 가축에게 뜯어먹힐 때 가장 잘 자라거든요. 우리는 소들이 혼자 멀리 가버리거나 개울 기슭을 짓밟지 않게 해야 했고, 소들이 앉아 되새김질하고 싶어 하면 우리에게 유용한 식물들이 있는 곳으로 소들을 데려가야 했어요. 그 식물들에게 쇠똥이 거름이 될 수 있게요. 우리의 늙은 소들이 대부분의 일을 했어요. 어머니는 나와서 우리가 하는 일을 확인하고 잘하고 있다 생각하셨죠. 사막에 하루 종일 나가 있으니 우린 확실히 건강해지고 튼튼해졌어요.

우리는 우리가 타고 다니던 늙은 암소 두 마리를 사랑했어요. 그 암소들은 진지하고 책임감이 강했어요. 우리 어머니집의 어른들과 많이 비슷했죠. 송아지들은 또 달랐어요. 송아지들은 모두 타는 용도였고, 물론 좋은 품질이 아니라 그냥 마을에서 태어난 것들이었죠. 그러나 엣타를 먹고 자라면서 송아지들은 살이 찌고 기운이 넘치게 됐어요. 잇투와 전 밧줄로 만든 고삐를 들고 송아지 맨등에 탔어요. 처음엔 매번 땅에 누워 송아지의 뒷굽과 휙휙 치는 꼬리만 바라보는 걸로 끝이 났죠. 1년이 지날 무렵에는 잘 탈 수 있게 되었고, 소들에게 재주 부리는 훈련을 시켰어요. 소를 타고 전속력으로 달리고, 쇠뿔 뛰어넘기에도 열중했죠. 잇투는 끝내주는 쇠뿔 뛰어넘기 선수였어요. 그 애는 밤색에 회색이 섞인 커다란 세 살짜리 수소를 뿔피리로 훈련시켰고, 잇투와 수소는 우리가 입체영상들에서 본 거대한 성들의 최고로 멋진 뛰어넘기 선수들처럼 춤을 췄어요. 이렇게 멋진 일을 해냈는데 사막에서 우리만 알고 있을 수가 없었어요. 우린 다른 아이들에게 자랑하기 시작했고, 소금샘에 와서 우리의 위대한 소타기 묘기 쇼를 보라고 했어요. 당연히 어른들도 이 소식을 듣게 되었죠.

어머니는 용감한 분이셨지만, 그런 어머니에게도 이 일은 지나쳤고, 그래서 차갑게 분노하며 제게 말씀하셨어요. "난 네가 잇투를 잘 돌보리라 믿었다. 그런데 정말 실망스럽구나."

다른 사람들도 이미 모두 남자아이의 귀중한 생명을 위험하게 하는 데 대해 계속해 잔소리를 하고 갠 희망의 유리병이니, 생명의 보물창고니 어쩌고 해댔지만, 전 어머니의 말에 정말로 상처를 받았어요.

"전 잇투를 돌보고 있어요. 잇투는 절 돌보고요." 저는 평소엔 거의 거들떠도 안 보던 우리의 생득권, 즉 우린 모두 공정한 대우를 받을 자격이 있다는 점까지 떠올리며 격분하여 말했어요. "뭐가 위험한지 우리 둘 다 알고 있고, 바보스러운 짓은 안 해요. 우린 우리 소들을 알고 모든 일을 함께한다고요. 잇투가 성에 가야 할 때가 되면, 더 위험한 일도 엄청나게 해야 할 텐데, 적어도 그중 한 가지는 하는 법을 이미 알게 되는 거잖아요. 그리고 거기선 혼자 해야 하지만, 우린 모든 걸 함께했고요. 그러니 제가 어머닐 실망시켰단 말은 마세요."

어머니는 우릴 바라보셨죠. 전 거의 열두 살이었고, 잇투는 열 살이었어요. 어머니는 왈칵 눈물을 쏟으며, 흙에 앉아 큰 소리로 우셨어요. 잇투와 저는 둘 다 어머니께로 가서 얼싸안고 울었어요. 잇투가 말했어요. "전 안 갈래요. 성 따위에는 안 갈래요. 누가 뭐래도 안 가요!"

전 잇투를 믿었어요. 잇투는 자신을 믿었고요. 어머니는 그보다 현명하셨죠.

어쩌면 언젠가는 남자아이가 자신의 삶을 선택할 수 있는 날이 올지도 몰라요. 당신네들은 남자라는 이유만으로 운명이 결정되진 않죠? 어쩌면 언젠가는 여기서도 그렇게 될지 모르죠.

물론 우리의 성인 히제가에서는 잇투가 태어난 뒤로 쭉 잇투를 눈여겨보고 있었어요. 어머니는 1년에 한 번씩 잇투에 대한 의사의 진단서를 그 사람들에게 보냈고, 잇투가 다섯 살이 되자 어머니와 어머니의 아내들은 확인식을 위해 잇투를 성으로 데려갔어요. 그때 잇투는 당황하고 화내면서도 우쭐거렸죠. 잇투는 제게 남몰래 말했어요. "웃기는 냄새가 나는 나이 든 남자들이 엄청 많았는데 나보고 옷을 벗으라더니 여기저기를 막 재는 거야. 내 잠지까지 재는 거 있지! 그러더니 내 잠지가 아주 좋대. 좋은 잠지랬어. 자손에게 물려주면 무슨 일이 생기는 거야?" 내가 대답할 수 없는 걸 잇투가 물은 게 이때가 처음은 아니었고, 전 평소처럼 대답을 꾸며냈죠. "자손에게 물려준다는 건 네가 아기를 가질 수 있단 뜻이야." 제 대답은 어찌 보면 그렇게 크게 틀린 건 아니었어요.

어떤 성들은 아홉 살과 열 살 된 남자아이들을 단절에 대해 준비시킨다고 들었어요. 좀 더 나이 든 남자아이들이 찾아오고, 게임 입장권을 주고, 공원과 건물을 구경시키는 등의 방법으로 환심을 사고, 그래서 남자아이들이 열한 살이 되면 성에 가고 싶어 안달이 나게 만든다고 했죠. 하지만 우리 '너머인'들, 즉 사막 가장자리의 마을 사람들은 가혹한 구식의 방법을 고수했어요. 확인식 외에, 남자아이는 열한 살 생일이 될 때까지 남자들과 어떠한 접촉도 없었어요. 생일날이 되면 이제까지 남자아이가 알았던 모든 이들이 남자아이를 정문으로 데려가 낯선 이들에게 넘겼고, 남자아이는 이제 이 낯선 이들과 여생을 살게 됐어요. 남자든 여자든, 이 가차없는 단절이 남자를 만든다고 믿었고, 아직도 그렇게 믿어요.

아들 하나를 낳았고 손자도 보았으며, 다섯 번인가 여섯 번인가 시장으로 일했고, 단 한 번도 돈이 많아본 적이 없었음에도 굉장한 존경을 받는 우쉬기 베브는 잇투가 성 따위에는 안 가겠다고 말하는 것을 들었어요. 그 여자는 이튿날 우리 어머니집으로 와서 잇투와 얘기하고 싶다고 했어요. 잇투는 우쉬기 베브가 한 말을 내게 얘기해줬어요. 우쉬기 베브는 전혀 달래거나 어르지 않았죠. 그 여자는 잇투가 그의 사람들에게 서비스하기 위해 태어났으며, 충분히 나이가 들면 아이들을 태어나게 할 의무를 지니고 있다고 말했어요. 강하고 용감한 남자가 될 의무, 그 어떤 남자보다도 더 강하고 더 용감해질 의무가 있고, 그래서 여자들이 아이를 갖기 위해 잇투를 선택하게 해야 한다고 말했어요. 또한 남자는 여자들과 살 수 없기 때문에 잇투가 성에서 살아야 한다고 말했어요. 이때 잇투가 우쉬기 베브에게 물었어요. "왜 함께 못 사는데요?"

"진짜 그렇게 물었어?" 전 잇투의 용기에 경외심을 느끼며 말했어요. 우쉬기 베브는 무시무시한 분이었으니까요.

"응. 그리고 우쉬기 베브는 별 대답을 하지 않았어. 오랫동안 시간을 끌더라. 나를 보고는 다른 데를 보았고, 다시 오랫동안 날 응시하다가 마침내 말했어. '왜냐하면 우리가 남자들을 죽여

버릴 테니까.'"

"하지만 그건 미친 짓이야." 전 말했죠. "남자들은 우리의 보물인걸. 우쉬기 베브가 왜 그런 말을 했을까?"

잇투도 물론 몰랐어요. 하지만 잇투는 우쉬기 베브가 한 말을 열심히 생각해보았고, 저는 우쉬기 베브가 뭐라 했어도 잇투에게 이보다 더 강한 인상을 남기진 못했을 거라고 생각해요.

토론이 있었고, 마을의 연장자들과 어머니와 어머니의 아내들은 잇투가 쇠뿔 뛰어넘기를 계속 연습해도 좋다고 결정했어요. 성에서 잇투에게 정말 유용한 기술이 될 터였기 때문이죠. 하지만 잇투는 더 이상 소 떼를 몰 수 없었고, 제가 소 떼를 몰 때 저와 함께 갈 수도 없었으며, 마을 아이들이 하는 어떤 일에도 참여할 수 없고, 아이들의 게임도 함께 할 수 없었어요. "넌이제까지 포와 모든 걸 같이 했지." 어른들은 잇투에게 말했어요. "하지만 이제 포는 다른 여자아이들과 함께 해야 하고, 넌너 혼자 해야 한다. 남자들이 하는 식으로."

어른들은 잇투에게 언제나 아주 친절했지만, 우리 여자아이들에겐 엄격하게 굴었어요. 우리가 잇투와 얘기만 해도 어른들은 우리더러 가서 우리 일을 계속하라며, 그 남자아이 좀 내버려두라고 말했어요. 우리가 말을 듣지 않자(잇투와 저는 몰래 동네를 빠져나가 소금샘에서 만나 함께 소를 타거나, 개울 옆 도랑에 있는, 우리의 원래 놀이 장소에 숨어 얘기했어요), 어른들은 부끄러운 줄 알라며 잇투에겐 차가운 침묵으로 대했지만 제겐 벌을 줬어요. 전 오래된 섬유 가공 제조소의 지하실에 하루 동안 갇혀 있었어요. 이곳은 우리 마을 사람들이 감옥으로 쓰는 곳이었어요. 그 다음번엔 이틀을 갇혔어요. 그리고 세 번째엔 우리 둘만 있다 들킨 뒤 열흘 동안 그 지하실에 갇혀 있었어요. 하루에 한 번씩 페르스크란 젊은 여자가 제게 음식을 갖다주었고, 물은 충분한지, 아프진 않은지 확인했어요. 그러나 말은 전혀 하지 않았어요. 마을에선 언제나 그런 식으로 사람들을 벌줬어요. 저녁이 되면 위쪽 거리에서 다른 아이들이 지나가는 소리가 들렸어요. 그러다 마침내 날이 깜깜해지고 전 잘 수 있었어요. 전 하루 종일 할 게 아무것도 없었고, 할 일도 없고, 생각할 거리도 없었어요. 자기네 신뢰를 저버렸다고 사람들이 제게 퍼부은 경멸과 모욕, 잇투는 벌 받지 않는데 나만 벌 받는다는 부당함만이 계속 생각났어요.

밖으로 나오자, 전 제가 달라진 걸 느꼈어요. 지하실에 갇혀 있는 동안 제 안에서 뭔가가 닫혀버린 것 같았죠.

어머니집에서 식사할 때 사람들은 잇투와 제가 가까이 앉지 않게 조심했어요. 한동안 우리는 서로 얘기조차 할 수 없었어요. 전 학교로 돌아갔고 다시 일했어요. 잇투가 하루 종일 뭘 하는지도 몰랐어요. 전 그 점에 대해 생각하지 않았어요. 잇투의 생일까지 겨우 50일 남았을 때였죠.

어느 날 밤, 전 침대에 들어갔다가 제 진흙 베개 밑에서 쪽지 한 장을 발견했어요. "오늘 뺨 도랑애서." 잇투는 도대체 맞춤법을 제대로 쓰질 못했어요. 잇투가 아는 글쓰기는 모두 제가 몰래 가르쳐준 것이었어요. 전 겁에 질리고 화가 났지만, 모두들 잠들 때까지 한 시간을 기다렸다가 일어나 살금살금 밖으로 나갔어요. 그런 뒤 바람이 세고 별이 총총한 밤하늘 아래, 도랑으로 뛰었어요. 건기가 끝나가고 있었고, 개울은 거의 흐르지 않았어요. 잇투가 거기 있었어요. 두 팔로 양 무릎을 감싸 안은 채 몸을 웅크리고 있었어요. 물가의 창백하고 갈라진 진흙 위에 조그맣고 어두침침한 덩어리처럼 말예요.

제가 가장 먼저 한 말은 이랬어요. "내가 다시 갇히는 꼴을 보고 싶어? 다음번에 30일을 갇힐 거라 그랬다고!"

"사람들은 50년 동안 날 가둬둘 거야." 잇투는 절 보지 않으며 말했어요.

"그래서 나보고 뭘 어쩌라고? 그건 원래 그런 거잖아! 넌 남자야. 그러니 남자들이 하는 일을 해야 해. 어쨌거나 사람들은 널 가두지 않을 거야. 넌 게임을 하게 될 거고, 읍에 와서 서비스를 하고 그럴 거야. 넌 갇힌다는 게 어떤 건지도 몰라!"

"나 세라다에 가고 싶어." 잇투는 아주 빠르게 말했고, 절 올려다보는 눈이 반짝였어요. "우린 소를 타고 레당의 버스 정류장까지 갈 수 있어. 내가 돈을 모았어. 23코퍼 있어. 우린 버스를 타고 세라다로 갈 수 있어. 우리가 풀어주면 소들은 알아서 집까지 돌아올 거야."

"세라다에서 뭘 할 건데?" 전 경멸조로 그러나 호기심에 가득 차 물었어요. 이제까지 우리 마을의 누구도 수도까지 가본 적이 없었어요.

"엑카멘 사람들이 거기 있어." 잇투는 말했어요.

"에큐멘이야." 전 잇투의 말을 정정해줬어요. "그래서 뭐?"

"그 사람들이 우릴 데려가줄 수 있어." 잇투는 말했어요.

잇투의 말을 듣자 전 기분이 아주 이상해졌어요. 전 여전히 화가 났고 또 계속 잇투의 생각을 무시했지만, 제 안에서 슬픔이 검은 물처럼 치밀었어요. "그 사람들이 왜 그렇게 하겠어? 그 사람들이 뭐 하러 어린 남자아이와 얘기를 하겠느냐고? 넌 그 사람들을 어떻게 찾을 건데? 어쨌든 23코퍼론 충분치 않아. 세라다는 아주 멀어. 정말 바보 같은 생각이야. 넌 그렇게 못 해."

"난 누나가 나랑 함께 갈 줄 알았어." 잇투는 말했어요. 목소리가 한결 부드러웠지만, 떨리진 않았어요.

"난 그렇게 바보 같은 짓은 안 할 거야." 전 무섭게 화를 내며 말했어요.

"알았어." 잇투는 말했어요. "하지만 사람들에게 말하진 않을 거지?"

"안 해, 안 할 거야!" 전 말했어요. "하지만 넌 못 도망가, 잇투. 절대로. 그랬다간…… 불명예스러운 일이 될 거야."

이번엔 대답하는 잇투의 목소리가 떨렸어요. "상관 안 해." 잇투는 말했어요. "명예 따위 상관 안 해. 난 자유롭고 싶어!"

우린 둘 다 눈물을 흘리고 있었어요. 전 잇투 옆에 앉았고, 전처럼 서로 몸을 기대고 한동안 엉엉 울었어요. 오래는 아니었어요. 우린 우는 데 익숙하지 않았으니까요.

"그러면 안 돼." 전 잇투에게 속삭였어요. "성공 못 할 거야, 잇투."

잇투는 제 지혜로운 말을 받아들였고 고개를 끄덕였어요.

"성에서 사는 것도 그렇게 나쁘지 않을 거야." 전 말했어요.

잠시 후 잇투는 제게서 아주 살짝 몸을 뗐어요.

"우린 다시 만날 거야." 전 말했어요.

잇투는 이렇게만 말했어요. "언제?"

"게임 때. 난 널 볼 수 있어. 네가 게임에서 최고의 소타기 선수이자 쇠뿔 뛰어넘기 선수가 될 거라 장담해. 네가 모든 상을 휩쓸고 챔피언이 될 거라 장담해."

잇투는 순종하듯 고개를 끄덕였어요. 제가 우리 사랑을 배신하고 정의라는 우리의 생득권을 배신했다는 건 잇투도 알고 저도 알았어요. 잇투는 자기에게 아무 희망이 없다는 걸 알았어요.

우리가 둘이서만 얘기한 건 그게 마지막이었고, 우리가 함께 얘기한 것으로도 거의 마지막이었어요.

그로부터 약 열흘 뒤 잇투는 달아났고, 소를 타고 레당으로 갔어요. 사람들은 손쉽게 잇투를 뒤쫓았고 해 지기 전에 마을로 다시 데려왔죠. 제가 사람들에게 잇투의 목적지를 얘기했다고 잇투가 생각했을지는 잘 모르겠어요. 전 잇투와 함께 가지 않았다는 게 너무나 부끄러워 잇투를 볼 수가 없었죠. 전 계속 잇투를 피해 다녔어요. 사람들은 더 이상 우리를 떼어놓을 필요가 없어졌죠. 잇투도 제게 얘기하려 애쓰지 않았어요.

전 사춘기가 시작되는 중이었고, 잇투의 생일 전날 밤에 처음으로 피가 나왔어요. 우리 성처럼 보수적인 곳에서는, 생리하는 여자는 정문에 가까이 갈 수 없고, 그래서 잇투가 남자가 되었을 때 전 다른 여자아이들과 여자 어른들 몇 명과 함께 멀리 서 있었고, 의식을 제대로 볼 수 없었어요. 사람들이 노래하는 동안 전 조용히 서서 땅과 내 새 샌들과 샌들 속 발만 내려다봤어요. 전 제 자궁이 욱신거리고 잡아당겨지는 것과 피가 은밀히 움직이는 것을 느끼고 비탄에 젖었어요. 전 이 비탄이 평생 절 따라다닐 것을 그때 이미 알고 있었어요.

잇투는 안으로 들어갔고, 정문이 닫혔어요.

잇투는 쇠뿔 뛰어넘기 시합에서 젊은 챔피언이 되었고, 2년 동안, 열여덟 살 때와 열아홉 살 때, 서비스를 하러 우리 마을에 몇 번 왔지만, 전 한 번도 잇투를 보지 못했어요. 제 친구 한 명이 잇투와 씹을 했고, 제가 들으면 좋아할 거란 생각에 잇투가 얼마나 다정했는지를 제게 말해주려 했지만, 전 그 친구가 입 닥치게 만든 뒤 우리 중 누구도 이해 못 할 맹목적인 분노에 싸여 걸어가버렸어요.

잇투는 스무 살 때 동부 해안의 어느 성으로 팔려 갔어요. 전 딸을 낳고 잇투에게 편지를 썼고, 그 뒤로도 몇 번이나 편지를 했지만, 잇투는 한 번도 편지에 답을 하지 않았어요.

제가 제 삶에 대해 그리고 제 세계에 대해 당신에게 무슨 얘기를 한 건지 모르겠네요. 이게 당신이 알아줬으면 한 이야기였는지도 모르겠어요. 그저 이건 제가 해야만 했던 이야기예요.

다음은 93/1586에 아드르 도시의 유명 작가인 셈 그리지가 쓴 단편이다. 세그리의 고전 문학은 서사시와 희곡이다. 고전 시와 희곡은 여러 명의 합작으로 쓰여졌고, 원래 작품과 그 뒤 세대의 개작 작가들 작품 모두 그러하며, 보통 익명이다. 작품은 계속되는 과정이라 생각했기에, '진짜' 원본을 보존하는 일은 별 가치가 없다고 여겨졌다. 필시 에큐멘의 영향을 받아, 16세기 후반 개개의 작가들이 역사적이고 허구적인 짧은 산문을 쓰기 시작했다. 이 장르는 인기를 얻었고, 특히 도시에서 그러했다. 하지만 절대로 위대한 고전 서사시와 희곡처럼 엄청난 독자층을 모으진 못했다. 말 그대로, 모든 사람은 책과 입체영상을 통해 고전 서사시와 희곡의 플롯과 온갖 인용구들을 알았고, 거의 모든 성인 여자들이 무대에서 여러 작품의 공연을 보거나 공연에 참여했다. 이런 서사시와 희곡이야말로 세그리 단일 문화에서 사람들을 통합하는 주요한 영향력 중 하나였다. 산문은 소리 없이 읽혔고, 세그리 문화가 스스로 이의를 제기할 수 있는 장치로써, 개인의 도덕적 자기 반성의 도구로써 역할을 했다. 보수적인 세그리 여자들은 이 장르가 그들 사회의 고도로 협력적이고 협조적인 구조에 대립된다며 비난했다. 소설은 대학의 문학 교과과정에 포함되지 않았고, "소설은 남자를 위한 것이다"라면서 종종 멸시받으며 하찮게 취급되었다.

　셈 그리지는 단편소설집 세 권을 출간했다. 셈 그리지의 꾸밈없고 무뚝뚝한 스타일은 세그리 단편소설의 특징이다.

잘못된 사랑
셈 그리지 지음

아자크는 직물 제조소들 근처, 하류 지구에 있는 어머니집에서 자랐다. 그녀는 성격이 밝은 아이였고, 가족과 이웃은 아자크를 대학에 보내려고 돈 모으는 것을 자랑스럽게 여겼다. 아자크는 제조소들 중 한 곳의 새내기 관리인이 되어 도시로 돌아왔다. 아자크는 다른 이들과 잘 어울리며 일했고, 성공했다. 아자크는 향후 몇 년간 뭘 하고 싶은지에 대해 명확한 생각이 있었다. 함께 땜집을 만들고 사업을 할 짝을 두세 명 구하는 것이었다.

청춘의 절정기에 있는 아름다운 여성인 아자크는 섹스에서 굉장한 기쁨을 느꼈고, 특히 남자와의 성교를 좋아했다. 비록 사업 계획을 위해 돈을 모으긴 했지만, 아자크는 씹집에서도 상당한 돈을 썼다. 씹집에 자주 갔고, 가끔은 한꺼번에 남자 두 명을 사기도 했다. 아자크는 남자 둘이 서로를 자극하다가 혼자서는 도달하지 못했을 정도의 훌륭한 기술 수준까지 이르는 것을, 그리고 그게 실패했을 경우 서로 창피 주는 모습을 보는 걸 좋아했다. 아자크는 흐늘흐늘한 남근에 심하게 거부감을 느꼈고, 그래서 하룻저녁에 서너 번씩 자신을 꿰뚫지 못하는 남자는 주저 없이 쫓아버렸다.

아자크가 사는 지역의 성은 '남동부 춤대회 토너먼트'에서 이긴 젊은 챔피언을 사들였고, 곧 그 챔피언을 씹집으로 보냈다. 입체영상을 통해 결승전에서 그 남자가 춤추는 모습을 본 아자크는 물 흐르는 듯이 우아하게 춤추는 모습과 미모에 넋을 빼앗겨 그 남자의 서비스를 받고 싶다는 욕구로 불타올랐다. 이 챔피언의 가격은 그곳 씹집에 있는 다른 남자들의 두 배였지만, 아자크는 주저 없이 그 돈을 지불했다. 아자크는 챔피언이 잘생겼으면서 붙임성 있고, 열렬하면서 부드럽고, 노련하면서 고분고분하다는 사실을 알게 됐다. 함께 한 첫 저녁에 둘은 다섯 번이나 함께 오르가슴에 도달했다. 아자크는 씹집을 떠나면서 그 챔피언에게 팁을 듬뿍 주었다. 일주일 뒤, 아자크는 다시 와서 토드라를 찾았다. 토드라는 아자크에게 강렬한 기쁨을 주었고, 곧 아자크는 토드라에게 완전히 사로잡혔다.

"네가 오롯이 내 것이었으면 좋겠어." 어느 날 밤, 아자크는 여전히 토드라와 합쳐진 채로 께느른하고 만족스럽게 누워서 말했다.

"저 역시 진정으로 그러길 바란답니다." 토드라가 말했다. "제가 당신의 하인이라면 얼마나 좋을까요. 여기 오는 다른 여자들은 누구도 절 자극하지 못해요. 전 다른 여자들은 원하지 않아요. 오직 당신만 원해요."

아자크는 토드라가 진심을 말하는 건지 궁금해졌다. 다시 왔을 때, 아자크는 토드라가 기대했던 만큼 인기가 좋으냐고 아무렇지 않은 말투로 지배인에게 물었다. 지배인은 말했다. "아뇨, 당신 말고는 다들 토드라를 자극하는 게 힘들다고, 그리고 토드라가 자신들을 찌무룩하고 소홀하게 대한다고 얘기합니다."

"참 이상하군요." 아자크가 말했다.

"전혀요." 지배인이 말했다. "토드라는 당신과 사랑에 빠져 있으니까요."

"남자가 여자와 사랑에 빠진다고요?" 아자크는 말한 뒤 큰 소리로 웃었다.

"아주 자주 있는 일이죠." 지배인이 말했다.

"난 여자들만 사랑에 빠지는 줄 알았어요." 아자크가 말했다.

"가끔, 여자들도 남자와 사랑에 빠지는데, 그 역시 좋지 않습니다." 지배인이 말했다. "제가 좀 경고해드려도 될까요, 아자크? 사랑은 반드시 여자끼리만 해야 합니다. 여기서 사랑은 부적절해요. 결코 좋게 끝날 수가 없어요. 돈을 잃기는 정말 싫지만, 당신이 토드라만 찾지 말고 다른 남자들과도 썹을 하셨으면 합니다. 당신은 토드라에게 해가 되는 쪽으로 토드라를 고무하고 있는 겁니다."

"하지만 토드라와 당신은 내게서 많은 돈을 벌고 있잖아요!" 아자크는 여전히 지배인의 말을 농담으로 받아들이며 말했다.

"당신과 사랑에 빠지지만 않았다면, 토드라는 다른 여자들에게서 더 많은 돈을 벌었을 겁니다." 지배인이 말했다. 아자크에게 이 말은 자신이 토드라에게 느낀 기쁨에 비하면 별 의미 없는 주장으로 느껴졌고, 그래서 아자크는 말했다. "흠, 내가 토드라와 끝내고 난 뒤에는 다른 여자 모두랑 썹을 해도 돼요. 하지만 지금 당장은, 난 토드라를 원해요."

그날 저녁, 성교를 마친 뒤 아자크는 토드라에게 말했다. "여기 지배인 말이, 네가 나랑 사랑에 빠졌다던걸."

"제가 그렇다고 말씀드렸잖아요." 토드라는 말했다. "당신 것이 되고 싶다고, 당신에게, 당신에게만 서비스하고 싶다고 말했잖아요. 전 당신을 위해 죽을 수도 있어요, 아자크."

"그건 멍청한 짓이야." 아자크는 말했다.

"절 좋아하지 않으세요? 제가 당신을 기쁘게 하지 않나요?"

아자크는 키스하며 말했다. "내가 이제까지 알던 모든 남자 중에 최고지. 넌 아름답고 완전히 만족스러워, 내 사랑스러운 토드라."

"여기의 다른 남자는 전혀 원하지 않아요?" 토드라가 물었다.

"전혀. 다른 남자들은 모두 못생기고 서투른걸. 내 아름다운 춤꾼에 비하면 말야."

"그럼, 드릴 말이 있어요." 토드라는 바로 앉아 굉장히 진지하게 말하기 시작했다. 토드라는 스물두 살에, 체격이 호리호리하고, 팔다리는 길고 근육이 매끄러우며, 미간이 넓고, 입술이 얇고, 입은 민감했다. 아자크는 누운 채 토드라의 허벅지를 쓰다듬으며 그가 얼마나 사랑스럽고 매력적인지를 생각했다. "제게 계획이 있어요." 토드라가 말했다. "아시다시피 전 이야기춤에서 춤출 때 당연히 여자 역을 맡아요. 열두 살 때부터 그렇게 해왔죠. 사람들은 제가 진짜로 남자란 게 안 믿긴다고 늘 그래요. 제가 그 정도로 여자 역을 잘한단 거죠. 만약 제가 탈출하면, 여기서, 성에서 탈출하면, 여자로서요, 그럼 전 하인으로 당신 집에 갈 수 있어요……."

"뭐?" 아자크는 아연실색하며 소리쳤다.

"그리고 거기서 사는 거예요." 토드라는 아자크에게 몸을 숙이며 절박하게 말했다. "당신과요. 늘 당신 집에만 있을게요. 당신은 매일 밤 절 가질 수 있어요. 절 먹일 음식 말고는 어떤 비용도 들지 않을 거예요. 당신을 섬기고, 서비스하고, 집을 청소하

고, 뭐든, 뭐든 할게요, 아자크, 제발요, 내 사랑, 내 주인님, 제
가 당신 것이 되게 해주세요!" 토드라는 아자크가 못 미더워하
는 것을 보고는 서둘러 계속 말했다. "제게 싫증 나면 그때 보내
버리셔도 돼요……."

"그런 식으로 탈출했다가 성으로 돌아가면, 사람들이 널 죽을
때까지 채찍으로 때릴 거야, 이 멍청아!"

"전 귀중한 존재예요. 벌은 주겠지만, 제 몸에 해를 입히지는
않을 거예요."

"틀렸어. 넌 요즘 춤을 추지 않고 있고, 여기서 네 가치는 뚝
떨어졌어. 나 말곤 누구와도 제대로 하질 않는다며. 지배인이
그렇게 말했어."

토드라의 두 눈에 눈물이 고였다. 아자크는 토드라에게 고통
을 주기 싫었지만, 토드라의 무모한 계획에 정말로 충격을 받았
다. 아자크는 좀 더 부드럽게 말했다. "그리고 그러다 발각되면,
내 사랑, 난 엄청나게 망신을 당할 거야. 너무나 유치한 계획이
야, 토드라. 제발이지 다신 그런 거 꿈도 꾸지 마. 하지만 난 진
실로, 진실로 네가 좋고, 널 흠모하고 너 말곤 어떤 남자도 싫어.
내 말 믿지, 토드라?"

토드라는 고개를 끄덕였다. 그는 눈물을 참으며 말했다. "지
금은요."

"지금, 그리고 아주 아주 아주 오랫동안! 내 사랑하는 달콤하
고 아름다운 춤꾼, 우린 우리가 원하는 한 언제까지라도, 굉장
히 굉장히 오랫동안, 서로를 가질 수 있어! 단지 여기 오는 다른

여자들에게도 네 의무를 다해. 네 성이 널 다른 데로 팔아버리지 않게. 제발이야! 널 잃으면 정말 견딜 수 없을 거야, 토드라." 그런 뒤 아자크는 토드라를 양팔로 열렬하게 꽉 안고, 동시에 토드라를 자극했으며, 토드라에게 몸을 열었고, 곧 둘은 기쁨의 절정에서 소리를 내질렀다.

아자크는 토드라의 사랑을 완전히 진지하게 받아들일 수 없었다. 그런 잘못된 감정이 토드라가 짠 그런 멍청한 계획 말고 어떤 결과를 낳을 수 있겠는가 말이다. 그럼에도 토드라는 아자크의 마음을 흔들었고, 아자크는 토드라를 향해 깊은 애정을 느꼈으며, 그 때문에 둘의 성교의 기쁨이 크게 강화되었다. 그래서 1년이 넘도록 아자크는 일주일에 두세 밤씩을 씹집에서 토드라와 보냈고, 그게 아자크의 돈으로 가능한 최대한이었다. 여전히 토드라의 사랑을 꺾고 싶어 하는 지배인은, 토드라가 씹집의 다른 고객에겐 인기가 없는데도 토드라의 가격을 낮추려 하지 않았다. 그래서 아자크는 토드라가 첫 밤 이후로 아자크에게서 절대 팁을 받으려 하지 않음에도 토드라에게 엄청난 돈을 썼다.

이윽고 씹집의 어떤 씨내리에게서도 임신할 수 없었던 어떤 여자가 토드라를 시도했고, 한 번에 바로 임신이 됐으며, 검사 결과 태아가 남자임을 알게 됐다. 또 다른 여자가 토드라에게서 임신을 했고, 또다시 남자 태아였다. 곧바로 토드라는 씨내리로서 수요가 치솟았다. 도시 전역에서 여자들이 토드라의 서비스를 받으러 오기 시작했다. 이 말은, 당연히, 토드라가 여자들의 배란기 동안 선약이 없어야 한다는 뜻이었다. 이제 토드라가 아자크를 만날 수 없는 저녁이 많아졌고, 지배인에게는 뇌물도 먹히지 않았다. 토드라는 자신의 인기를 싫어했지만, 아자크는 토드라가 얼마나 자랑스러운지 모르겠다고, 그리고 토드라가 일한다고 해서 둘의 사랑이 방해받는 일은 절대 없다고 말하며 그를 달래고 안심시켰다. 사실, 아자크는 토드라가 이렇게 수요가 높아진 게 꼭 유감이지만은 않았다. 저녁을 함께 보내고 싶은 다른 사람을 이미 찾았던 것이다.

그 사람은 제드르라는 젊은 여자였는데, 제조소에서 기계 수리 전문가로 일했다. 제드르는 키가 크고 잘생겼다. 아자크는 제드르가 자유롭고 힘차게 걸으며 서 있는 자세도 당당하다는 사실을 깨달았다. 아자크는 제드르와 안면을 틀 핑계를 찾아냈다. 아자크가 보기에, 제드르는 아자크를 흠모하는 듯했다. 그러나 둘은 오랫동안 서로를 오직 친구로만 대했고, 성적 진도는 전혀 나가지 않았다. 둘은 게임을 구경하고 춤을 추러 다니면서 함께 자주 어울렸고, 아자크는 늘 토드라와 단둘이만 씹집에 있는 것보다 이렇게 트인 곳에서 사교 생활을 하는 게 훨씬 좋아졌다. 둘은 어쩌면 공동으로 기계 수리 서비스를 시작할 수도 있겠다고 함께 얘기했다. 시간이 흐르면서 아자크는 자신의 머릿속이 온통 제드르의 아름다운 몸 생각뿐이라는 걸 깨달았다. 마침내 어느 날 저녁, 아자크는 자신의 독신녀 아파트에서 친구에게 널 사랑하지만 상대가 원치 않는 욕망 때문에 우정에 부담을 주고 싶진 않다고 말했다.

제드르가 대답했다. "난 널 처음 본 순간부터 쭉 원했지만, 내

욕망으로 널 당황시키고 싶지 않았어. 넌 남자를 더 좋아하는 줄 알았거든."

"지금까진 그랬지만, 이젠 너와 사랑을 하고 싶어." 아자크가 말했다.

아자크는 처음에 무척 쭈뼛거렸지만, 제드르는 전문가인 데다 섬세했고, 아자크가 상상도 못 해본 수준의 절정까지 아자크의 오르가슴을 끌어올리고 지속시켰다. 아자크가 제드르에게 말했다. "네가 날 여자로 만들었어."

"그럼 우리 서로의 아내를 하자." 제드르는 기쁨에 차 말했다.

둘은 결혼했고, 도시 서쪽에 있는 집으로 이사했으며, 제조소를 나와 함께 사업을 시작했다.

이러는 내내, 아자크는 새로운 연인에 대해 토드라에게 아무 말도 하지 않았고, 이미 토드라와는 점점 덜 만나고 있었다. 자신의 비겁함이 살짝 부끄러웠던 아자크는 토드라가 씨내리로서 너무나 바쁘기 때문에 토드라도 실은 자신을 그리 그리워하지 않을 거라 스스로를 위안했다. 결국, 토드라의 감미로운 사랑의 말에도 불구하고, 토드라는 남자였다. 그리고 남자에게 썹은 가장 중요한 일이지만, 여자에게 썹은 사랑과 삶의 한 가지 요소일 뿐이었다.

아자크는 제드르와 결혼하면서 토드라에게 편지를 보냈고, 둘의 삶이 서로 다른 길로 가고 있으며 자신은 이제 떠나니 다신 토드라를 만나지 않을 거라고, 그러나 언제나 애정을 가지고 토드라를 기억할 거라고 적었다.

곧장 토드라에게서 답장이 왔다. 제발 와서 함께 얘기하자고 간청하는 편지였다. 편지는 철자법이 엉망이고 글자마저 읽기 힘들었지만, 변함없는 사랑의 공언으로 가득했다. 아자크는 이 편지에 마음이 찡했고 당황했으며 부끄러움을 느꼈다. 그래서 답장을 하지 않았다.

토드라는 편지를 쓰고 또 썼고, 입체네트를 통해 아자크의 새 사업체로 아자크와 연락하려 애썼다. 제드르는 아무 반응도 보이지 말라고 아자크를 격려하며 말했다. "토드라의 용기를 북돋게 되면 너무 잔인하잖아."

둘의 새 사업은 시작부터 순조로웠다. 어느 날 저녁, 둘이 집에서 바쁘게 야채를 썰며 저녁식사 준비를 하고 있는데 누가 문을 두드렸다. "들어와요." 제드르는 그들이 세 번째 짝으로 고려 중인 친구 초치라 생각하고 외쳤다. 낯선 이가 들어왔다. 키가 크고 아름다우며 머리에 스카프를 쓴 여자였다. 낯선 이는 곧장 아자크에게 가서 억눌린 목소리로 말했다. "아자크, 아자크, 제발, 제발 당신과 함께 있게 해줘요." 스카프가 흘러내리며 남자의 긴 머리가 드러났다. 아자크는 토드라를 알아보았다.

아자크는 무척 놀라고 약간 겁도 났지만, 토드라를 오랫동안 알았고 무척 좋아했었기에 습관적으로 토드라에게 두 팔을 내밀며 환영했다. 아자크는 토드라의 얼굴에서 공포와 절망을 보았고, 미안해졌다.

그러나 제드르는 남자가 누군지 짐작하고는 놀라면서 동시에 화가 났다. 그녀는 손에 든 식칼을 계속 쥐고 있기로 했다. 제드르는 방을 슬그머니 빠져나가 도시 경찰에 전화했다.

제드르가 집에 돌아왔을 때, 남자는 제발 하인으로서 이 집에 숨어 지내게 해달라고 아자크에게 사정하고 있었다. 남자가 말했다. "뭐든 다 할게요. 제발요, 아자크, 내 유일한 사랑, 제발요! 전 당신 없이 살 수 없어요. 전 저 여자들에게, 임신되는 것만 바라는 저 낯선 이들에게 서비스할 수 없어요. 전 더 이상 춤을 못 춰요. 오직 당신 생각만 하고, 당신이 제 유일한 희망이에요. 여자가 될게요. 아무도 모를 거예요. 머리털을 자를게요. 아무도 모를 거예요!" 그렇게 남자는 계속 말했고, 그 열정 때문에 좀 위협적이기까지 했지만, 또한 애처로웠다. 제드르는 차가운 태도로 들으면서 남자가 미쳤다고 생각했다. 아자크는 고통과 수치심을 느끼며 이야기를 들었다. "아니, 아니, 그건 불가능해." 아자크는 말하고 또 말했지만, 토드라는 들으려 하지 않았다.

경찰이 현관문 앞까지 오자, 토드라는 누가 왔는지를 깨닫고 탈출구를 찾아 쏜살같이 집 뒤쪽으로 갔다. 경찰들은 침실에서 토드라를 잡았다. 토드라는 필사적으로 싸웠고, 경찰들은 거칠게 토드라를 진압했다. 아자크는 토드라를 다치게 하지 말라고 소리쳤지만, 경찰은 신경도 쓰지 않으며 토드라의 두 팔을 비틀었고, 토드라가 저항을 멈출 때까지 토드라의 머리를 가격했다. 경찰들은 토드라를 질질 끌고 나갔다. 경찰대의 대장만 증거를 수집하려고 남았다. 아자크는 토드라를 위해 간청하려 했지만, 제드르가 사실만 말한 뒤 자신은 그 남자가 미쳤고 위험하다 생각한다고 덧붙였다.

며칠 뒤, 아자크는 경찰서에 문의했고, 토드라가 1년 동안, 혹은 토드라가 책임감 있게 행동할 수 있다고 성의 영주들이 생각할 때까지 다시는 씹집으로 보내지 말라는 경고와 함께 성으로 돌려보내졌다는 대답을 들었다. 아자크는 토드라가 어떤 벌을 받을지 생각하며 마음이 편치 않았다. 제드르가 말했다. "토드라를 다치게 하진 않을 거야. 토드라는 너무나 귀중하니까." 토드라가 했던 말 그대로였다. 아자크는 기꺼이 그 말을 믿었다. 사실 아자크는 토드라가 멀리 갔다는 걸 알고 크게 안심했다.

아자크와 제드르는 초치를 일단 사업에 끌어들인 뒤 이윽고 가족으로 맞아들였다. 초치는 부둣가 지구에서 온 여자였는데, 거칠고 유머 감각이 있었고, 일할 때는 근면하며, 사랑을 할 때는 까다롭지 않으면서 편안한 사람이었다. 새 사람과 함께 셋은 행복했고, 사업은 번성했다.

1년이 지나고, 또 1년이 지났다. 아자크는 전에 살던 지구로 가서, 첫 직장이던 제조소의 여자 두 명과 보수공사 계약을 준비했다. 아자크는 여자들에게 토드라에 대해 물어보았다. 여자들은 토드라가 가끔 씹집으로 돌아온다고 말해주었다. 자기 성에서 그해의 씨내리 챔피언에 올랐고, 수요가 굉장해서 가격도 더 높아졌다고 했다. 무척 많은 여자들이 토드라에게서 임신을 했고, 그중 또 많은 수가 남자 태아였던 것이다. 토드라는 거칠고 잔인하기까지 하다는 평판이 있어 즐기는 용으론 수요가 없다고 했다. 여자들은 임신을 원할 때만 토드라를 찾았다. 자신에겐 너무나 부드러웠기에, 아자크는 거칠게 구는 토드라가 도저히 상상이 되지 않았다. 성에서 심한 벌을 받아서 사람이 바뀐 게 분명하다고 아자크는 생각했다. 하지만 토드라가 정말로 바뀌었다는 게 믿기지 않았다.

또 1년이 지났다. 사업은 아주 잘되었고, 아자크와 초치는 둘 다 아이를 갖는 일에 대해 진지하게 얘기하기 시작했다. 제드르는 아이를 배는 일에 흥미가 없었지만, 어머니가 되는 것은 기뻐했다. 초치는 그들이 사는 동네의 씹집에 맘에 드는 남자가 있었고, 때때로 씹을 즐기러 그 남자에게 가곤 했다. 초치는 배란기에 그 남자에게 가기 시작했다. 남자는 씨내리로도 평판이 좋았던 것이다.

아자크는 제드르와 결혼한 뒤로 씹집에 간 적이 없었다. 그녀는 부부간 정절을 지키는 걸 무척 중요하게 여겼고, 제드르와 초치 말고는 누구와도 사랑을 나누지 않았다. 임신한다는 생각을 하다가 아자크는 전엔 자신이 남자와 씹하는 걸 좋아했지만 지금은 그 관심이 죽었거나 혹은 아예 싫어하는 쪽으로 바뀌었음을 알게 되었다. 정자 은행에서 정자를 받아 자가임신하긴 싫었고, 모르는 남자가 자길 꿰뚫게 한다는 생각은 더욱 몸서리쳐졌다. 이런저런 방법을 고려해보던 아자크는 토드라를 떠올렸다. 자신이 진심으로 사랑했고 기쁨을 느꼈던 남자였다. 토드라는 다시 씨내리 챔피언이 되었고, 온 도시에서 믿을 만한 수정자로 알려져 있었다. 아자크가 어떤 기쁨이라도 누릴 수 있는 남자는 토드라 말곤 확실히 없었다. 그리고 토드라는 아자크를 열렬히 사랑해서 자신의 경력과 생명까지 위험 속에 내던지며 아자크와 함께 있으려 했었다. 그때의 무책임함은 이제 끝났고 지나간 얘기였다. 토드라는 다신 아자크에게 편지를 쓰지 않았고, 성과 씹집의 지배인들은 토드라가 미쳤거나 믿을 수 없단 생각이 들면 절대로 여자에게 서비스하게 하지 않았다. 이렇게 오랜 시간이 지났으니 다시 토드라에게 가서 그가 그토록 열망하던 기쁨을 주어도 되겠다고 아자크는 생각했다.

아자크는 다음 예상 배란기를 씹집에 알리며 토드라를 요청했다. 토드라는 이미 다음 배란기에 예약이 되어 있었고, 씹집에선 다른 씨내리를 권했다. 하지만 아자크는 다음 달까지 기다리는 쪽을 택했다.

초치는 임신했고, 뛸 듯이 기뻐했다. "서둘러, 서두르라고!" 초치는 아자크에게 말했다. "쌍둥이를 갖자!"

아자크는 어느새 토드라와 만날 날을 고대하고 있었다. 마지막으로 만났을 때의 폭력과 그로 인해 토드라가 받았을 고통을 후회하며, 아자크는 토드라에게 다음과 같은 편지를 썼다.

내 사랑, 우리의 오랜 이별과 마지막 만났을 때의 고통이 다시 만날 때의 기쁨으로 잊혀지길 바라. 그리고 내가 아직도 널 사랑하듯 너도 아직 날 사랑하면 좋겠어. 네 아기를 배게 되면 정말 기쁠 거야. 그 아기가 남자아이이길 함께 바라자! 널 다시 보고 싶어 죽겠어, 내 아름다운 춤꾼. 너의 아자크.

토드라에겐 답장할 시간이 없었다. 벌써 아자크의 배란기가 시작됐던 것이다. 아자크는 가장 좋은 옷을 입었다. 제드르는 아직도 토드라를 믿지 않았고, 아자크보고 토드라에게 가지 말라고 설득했다. 결국 제드르는 다소 샐쭉하게 "행운을 빌어!"라고 말했다. 초치는 아자크의 목에 어머니부적을 걸어주었고, 아자크는 집을 나섰다.

썹집에선 새로운 매니저가 근무 중이었다. 음탕한 얼굴의 이 젊은 여자는 아자크에게 말했다. "토드라가 무슨 문제라도 일으키면 소리치세요. 걔가 챔피언일지는 몰라도 거칠거든요. 그리고 걔가 누굴 해치고서도 무사히 빠져나가게 둘 순 없어요."

"토드라는 날 해치지 않을 거예요." 아자크는 웃음 지으며 말했고, 토드라와 너무나 자주 서로를 탐닉하던 낯익은 방으로 씩씩하게 들어갔다. 토드라는 예전처럼 창가에 서서 기다리고 있었다. 돌아보는 토드라의 모습은 아자크가 기억하던 그대로였다. 길쭉한 팔다리에, 비단 같은 머리털은 등으로 물처럼 흘러내렸고, 아자크를 바라보는 미간이 넓은 눈도 여전했다.

"토드라!" 아자크는 두 손을 뻗으며 그에게 다가갔다.

토드라는 아자크의 손을 잡고 그녀의 이름을 불렀다.

"내 편지 받았어? 좋아?"

"네." 토드라는 웃으며 말했다.

"그럼 사랑 땜에 슬프던 거, 바보같이 굴던 것도 다 끝난 거지? 네가 마음 아파서 너무나 유감이야, 토드라. 다신 그런 일 없으면 좋겠어. 우리 전처럼 다시 그냥 우리가 되어 즐거울 수 있겠지?"

"네, 다 끝났어요. 그리고 당신을 봐서 정말 기뻐요." 토드라는 아자크를 부드럽게 끌어당겼다. 토드라는 부드럽게 아자크의 옷을 벗기고 애무하기 시작했고, 이는 전에 하던 방식 그대로였다. 토드라는 어딜 어떻게 하면 아자크에게 희열을 느끼게 하는지 잘 알았고, 아자크는 어딜 어떻게 하면 토드라가 희열을 느끼는지 아직도 기억했다. 둘은 알몸으로 함께 누웠다. 아자크가 흥분하긴 했지만 너무나 오랜만이라 꿰뚫어지는 걸 조금 주저하면서 토드라의 곧추선 남근을 애무하고 있는데, 토드라가 불편한 듯이 팔을 움직였다. 아자크는 토드라에게서 살짝 몸을 뺐고, 토드라가 손에 칼을 쥐고 있는 것을 보았다. 침대에 미리 숨겨뒀던 게 분명했다. 토드라는 등 뒤로 몰래 칼을 쥐고 있었다.

아자크는 자궁이 차갑게 식었지만 계속 토드라의 남근과 고환을 애무했고, 감히 아무 말도 하지 못하고 몸을 빼지도 못했다. 토드라가 칼을 잡지 않은 손으로 아자크를 꽉 끌어안고 있던 것이다.

갑자기 토드라가 아자크 위로 올라오더니 아자크의 질에 남근을 억지로 찔러넣었다. 너무 아파서 아자크는 순간 그게 칼이라 생각했다. 토드라는 금세 사정했다. 토드라의 등이 휘자, 아자크는 몸을 비틀어 토드라에게서 빠져나왔고 잽싸게 문으로 달려가 도와달라고 외치며 방을 빠져나갔다.

토드라는 아자크를 쫓아와 칼로 공격하며 어깨뼈를 찔렀고, 지배인과 다른 남녀들이 달려와 토드라를 잡았다. 남자들은 무척 화를 내며 토드라를 폭력적으로 다뤘고, 지배인이 말려도 들지 않았다. 알몸에 피투성이가 되고 반쯤 정신을 잃은 토드라는 곧장 줄에 묶여 성으로 끌려갔다.

이제 다들 아자크 주위에 몰려들었고, 아자크의 상처를 깨끗이 닦고 붕대를 대주었다. 상처는 경미했다. 벌벌 떨고 혼란한 머리로 아자크는 그저 이렇게 묻는 게 고작이었다. "그 사람들이 토드라를 어떻게 할까요?"

"살인을 하려던 강간범에게 그 사람들이 어떻게 할 것 같아요? 상이라도 주겠어요?" 지배인이 말했다. "토드라를 거세할 겁니다."

"하지만 그건 내가 잘못한 거였어요." 아자크가 말했다.

지배인은 아자크를 물끄러미 바라보다 말했다. "미쳤어요? 집에 가세요."

아자크는 방으로 돌아가 기계적으로 옷을 입었다. 그녀는 함께 누웠던 침대를 보았다. 그리고 토드라가 서 있었던 창가에 섰다. 아자크는 오래전 토드라가 처음으로 챔피언이 되었던 경기에서 토드라의 춤추는 모습을 보았을 때를 떠올렸다. 아자크는 생각했다. "내 인생은 잘못됐어." 하지만 어떻게 바로잡아야 할지를 몰랐다.

세그리 사회와 문화 제도에서 변화는 메리멘트가 두려워한 것처럼 재앙을 동반하지 않았다. 변화는 느렸고 방향은 분명하지 않다. 93/1602에 테르하다 대학은 인근의 성 두 곳의 남자들에게 학생으로 지원하라고 권했고, 남자 세 명이 지원했다. 이후 몇십 년 동안, 대부분의 대학들이 남자에게 문호를 개방했다. 일단 대학을 졸업하면 남자 학생들은 행성을 떠나지 않는 한 성으로 돌아가야 했다. 행성의 토착민 남자들은 학생으로 대학에 살거나 성에 사는 것 외엔 다른 곳에서 사는 것이 허락되지 않았기 때문이다. 그러다 93/1662에 '열린 문 법'이 통과되었다.

그 법이 통과된 이후에도 성문은 여자들에겐 계속 닫혀 있었다. 성에서 남자들의 집단 이주 속도는 그 법안 반대자들이 두려워했던 것보다 훨씬 느렸다. 열린문 법에 대한 사회의 적응은 지금까지도 느리다. 남자들에게 농업과 건축 같은 기초적 기술을 훈련시키려는 프로그램들은 여러 지역에서 그럭저럭 성공을 거두었다. 남자들은 여자들의 회사와는 별개이거나 여자들 회사의 관리를 받는 여러 팀에서 경쟁하며 일하고 있다. 근래엔 상당히 많은 세그리인들이 헤인에 와서 공부하고 있으며, 여전히 커다란 수적 불균형이 존재함에도 불구하고, 여자보다 남자가 더 많다.

그런 남자들 중 한 명이 쓴 다음의 자서전적 단편은 특히 관심을 자아내는데, 열린문 법을 직접적으로 초래한 사건에 이 남자가 개입되어 있기 때문이다.

아르다르 데즈 모빌이 쓴 자서전적 단편

나는 에큐멘 사이클 93의 1641년에 세그리의 라케드르에서 태어났다. 라케드르는 평온하고 부유하며 보수적인 읍이었고, 나는 커다란 어머니집의 총애받는 남자아이로 옛날 방식에 따라 자랐다. 이 어머니집에는 주방 일꾼을 빼고 총 열일곱 명이 있었다. 증조할머니 한 분, 할머니 두 분, 어머니 네 분, 딸 아홉 명과 나였다. 우린 유복했다. 모든 여자들이 그때, 혹은 더 전에 라케드르 도기 제조소에서 지배인이었거나 숙련 노동자였고, 그 제조소는 우리 읍의 주요 산업체였다. 우리는 명절마다 화려하고 활기차게 보냈다. 지붕부터 기초까지 온 집을 힐랄리를 위한 깃발들로 장식하고, 추수제 용으로 굉장한 축제 의상들을 만들고, 몇 주마다 누군가의 생일을 축하하며 사방에 선물을 늘어놓았다. 나는 이미 말했듯 온 집안의 총아였지만, 응석받이로 버릇없이 자라진 않았던 것 같다. 내 생일이 누이들 것보다 더 웅장하진 않았고, 여자아이처럼 누이들과 뛰어놀아도 됐다. 그러나 누이들도 나도, 우리 어머니들이 나를 다른 표정으로 본다는 걸 언제나 의식하고 있었다. 생각에 잠기고 말이 없으며 때로는, 내가 점점 자랄수록 우울한 표정이었다.

나의 확인식 이후, 내 출산어머니 혹은 출산어머니의 어머니는 매년 봄 방문일마다 나를 라케드르 성으로 데려갔다. 나의 확인식 날 열려 (공포에 질린) 나만을 들여보냈던 공원의 정문은 굳게 잠겨 있었지만, 바퀴 달린 사다리가 공원 담에 기대어져 있었다. 나는 같이 읍에서 온 어린 남자아이 몇 명과 함께 이 사다리를 타고 올라갔고, 극도의 흥분 속에 공원 담장 위에 앉았다. 엉덩이 아래엔 쿠션을 깔았고, 머리 위론 차일이 있었다. 우린 담장 안쪽의 거대한 경기장에서 벌어지는 춤 시범과 황소춤, 레슬링, 그리고 다른 스포츠들을 구경했다. 우리의 어머니들은 그 아래, 담장 밖에 있는 공공장소의 외야석에서 기다렸다. 성의 남자들과 젊은이들이 우리와 함께 앉아서 게임 규칙을 설명하고 춤꾼이나 레슬링 선수의 어디가 멋진지를 콕 집어 알려주었고, 우리를 진지하게 대하면서 우리가 중요한 사람이란 생각이 들게 했다. 그땐 무척 즐거웠지만, 담에서 내려와 집으로 향하자마자 축제 의상을 벗어버리듯 그 기분도 싹 사라졌다. 그건 그냥 연극의 한 부분 같은 거였다. 내 가족과 함께 어머니집에서 다시 계속 내 일을 하고 또 놀며 내 진짜 인생을 살았다.

열 살이 되자 나는 시내의 소년 수업에 가게 되었다. 이 수업은 어머니집과 성 사이를 연결하는 다리 역할을 위해 4, 50년 전에 만들어진 것이었지만, 점점 더 보수적으로 통치되어가던 성은 최근 이 프로젝트에서 빠져버렸다. 파사우 영주는 자기 성의 남자들이 잠긴 차를 타고 곧장 씹집에 가는 것 외엔 담장 밖 어디로도 가는 것을 금지했고, 그것도 새벽이 밝자마자 바로 돌아와야 했다. 그래서 어떤 남자도 그 수업에서 가르칠 수가 없었다. 읍의 여자들은 내가 성에 가면 어떤 일이 있을지 내게 알려주려 애썼지만, 실은 나보다 딱히 많이 알지 않았다. 의도가 아무리 좋았어도, 결국 여자들은 대체로 날 놀래키거나 혼란에 빠지게 하고 말았다. 그러나 공포와 혼란은 적절한 준비였다.

나는 단절 의식을 묘사하지 못하겠다. 정말로 할 수가 없다. 그 당시 세그리의 남자들에겐 다음과 같은 이점이 있었다. 그 사람들은 죽음이 뭔지 알았다. 몸이 죽기 전에 모두 한 번씩 죽었다. 몸을 돌려 이제까지의 인생 전부를 돌아보았고, 자신들이 사랑했던 모든 장소와 얼굴을 본 뒤, 정문이 닫힐 때 거기서 등을 돌렸다.

내 단절식 때, 우리의 작은 성은 내부에서 '합의주의자'와 '전통주의자'로 나뉘어 있었다. 이쇼그 영주의 통치를 떠난 자유주의 파벌과 더 젊고 심하게 보수적인 파벌이었다. 내가 성에 갔을 때 이 분열은 이미 곳곳에 퍼지며 큰 문제를 낳고 있었다. 파사우 영주의 규칙은 점점 더 가혹해지고 불합리해졌다. 영주는 부패, 무자비, 잔인함으로 그곳을 다스렸다. 성에 사는 우리 모두는 당연히 거기에 영향을 받았고, 강하고 부단하고 도덕적인 저항이 없었다면 다 파멸하고 말았을 것이다. 저항의 중심은 라가즈와 코하드라트였는데, 둘은 원래 이쇼그 영주의 피보호자였다. 둘은 공공연한 짝이었다. 성의 동성애자는 모두 둘을 추종했고, 추종자 중에는 다른 성인 남자들과 어느 정도 나이 든 남자아이들도 많았다.

신입생 기숙사에서 지낸 처음 며칠과 몇 달은 참으로 당혹스러웠다. 나는 공포, 증오, 부끄러움을 느꼈고(나보다 몇 달 혹은 몇 년 일찍 온 남자아이들은 신입을 남자로 만들기 위해 모욕하고 괴롭히라는 부추김을 받았다), 위안, 감사, 사랑을 느꼈다(합의주의자들의 영향을 받은 남자아이들은 나와 비밀스러운 우정을 나누고 날 보호해주었다). 합의주의 남자아이들은 게임과 경쟁에서 날 도와주었고 밤이면 자기들 침대로 데려갔다. 섹스하기 위해서가 아니라 성적 괴롭힘에서 보호하기 위해서였다. 파사우 영주는 성인의 동성애를 몹시 혐오했고, 읍 의회에서 허용만 하면 사형도 불사할 사람이었다. 영주는 감히 라가즈와 코하드라트를 처벌하진 못했지만, 나이 든 남자아이들이 서로 합의해 사랑을 나누면 기괴하고 섬뜩한 신체적 훼손으로 벌을 내렸다. 귀 가장자리를 너덜너덜하게 잘라놓는다든지, 시뻘겋게 달군 고리 모양 인두로 손가락에 소인을 찍는다든지 따위였다. 그러나 영주는 나이 든 남자아이들이 열한 살과 열두 살짜리 아이들을 겁탈하는 것은 장려했다. 그런 건 남성적인 연습이라고 했다. 우리 중 누구도 빠져나가지 못했다. 우린 특히 네 명의 젊은 이를 몹시 두려워했는데, 이들은 내가 성에 왔을 때 열일곱 살과 열여덟 살이었고, 스스로를 가신이라 불렀다. 몇 밤 걸러마다 가신들은 신입생 기숙사를 습격해 희생자를 고른 뒤 윤간했다. 합의주의자들은 최선을 다해 우리를 보호했다. 합의주의자들은 우릴 자기네 침대로 오라고 명령했고, 그럼 우리는 큰 소리로 울고 항의하고 합의주의자들은 큰 소리로 웃고 조롱하며 우릴 학대하는 척했다. 나중에 주위가 깜깜하고 조용해지면 합의주의자들은 우리에게 사탕을 주며 달랬고, 우리가 더 나이가 든 뒤에는 가끔 우리가 원할 때 부드럽게 사랑해주며 우릴 달랬다. 그 사랑은 비밀이라 더욱 절묘했다.

　성에 사생활은 전혀 없었다. 나는 그곳 생활을 묘사해달라는 여자들에게 그 점을 말해주었고, 여자들은 자기들이 내 말을 이해했다고 생각했다. "음, 어머니집에선 모두가 모든 것을 공유하죠." 여자들은 말하곤 했다. "모두가 항상 방들을 드나들어요. 독신녀 아파트를 얻지 않는 이상은 절대로 정말로 혼자일 수 없어요." 나는 어머니집의 느슨하고 따뜻한 공유성과, 침대 40개가 있고 불이 환하게 켜져 있는 성 기숙사의 엄격하고 고의적인 공개성이 어떻게 다른지 여자들에게 말할 수가 없었다. 라케드르에선 그 무엇도 사적일 수 없었다. 오직 비밀스럽고, 침묵할 뿐이었다. 우리는 눈물을 삼켰다.

나는 어른으로 자랐다. 나는 그 부분에 자부심을 느끼고, 그게 가능하게 해준 남자아이들과 남자 어른들에게 심심한 감사를 느낀다. 나는 그 당시 여러 남자아이들처럼 자살하지 않았고, 몸은 살아남았지만 정신은 죽어버린 몇몇 남자아이들처럼 내 정신과 영혼을 죽이지도 않았다. 합의주의자들의 어머니 같은 보살핌 덕분에(우리는 스스로를 저항군이라 부르게 되었다) 나는 어른이 되었다.

왜 아버지 같은 보살핌이 아니라 어머니 같은 보살핌이라 하느냐고? 내 세계에 아버지는 전혀 없었기 때문이다. 오직 씨내리만이 있었다. 나는 '아버지'나 '부친다운'이라는 단어조차 몰랐다. 나는 라가즈와 코하드라트를 내 어머니로 여겼다. 그건 지금도 그러하다.

파사우는 세월이 지날수록 더욱 미쳐갔고, 숨통이 조여들 정도까지 성을 꽉 움켜쥐었다. 가신들은 이제 우리 모두를 지배했다. 우리에게 아직도 우릴 계속 일급이게 하는, 파사우의 자랑거리인 강한 본게임 팀이 있고, 읍의 썹집들에서 꾸준히 수요가 있는 챔피언 씨내리 두 명이 있어서 그들에겐 행운이었다. 저항군이 읍 의회에 어떤 항의를 전하려 해도, 항의는 전형적인 남자들의 징징대기로 치부되거나 외계인들이 우리의 사기를 저하시키려는 수작이라 여겨질 뿐이었다. 밖에서 보는 라케드르 성은 문제가 없어 보였다. 우리의 훌륭한 팀을 봐! 우리의 챔피언 종마를 봐! 여자들은 그 이상은 보지 않았다.

어떻게 여자들이 우릴 버릴 수 있지? 세그리의 모든 남자아이는 분명 가슴속으로 그렇게 외쳤을 것이다. 어떻게 날 여기에 두고 갈 수 있지? 이게 무엇인지 모르는 거야? 왜 모르지? 왜 알고 싶어 하지 않지?

"당연한 거야." 라가즈가 말했다. 읍 의회가 우리의 탄원을 거절했단 소식을 들은 내가 끓어오르는 의분 속에 라가즈에게 갔을 때였다. "당연히 여자들은 우리가 어떻게 사는지 알고 싶어 하지 않아. 왜 여자들이 절대로 성에 들어오지 않는데? 아, 우리가 그 여자들을 못 들어오게 하는 거라고, 맞아. 하지만 여자들이 정말 들어오겠다고 하면 우리가 막을 수 있을 거라고 생각해? 이봐, 철부지 친구, 우리의 문명이 서 있는 무지와 거짓말이란 거대한 기초를 유지하기 위해 우린 여자들과, 여자들은 우리와 은밀히 결탁하고 있는 거야."

"우리 어머니들이 우릴 버렸다고요." 나는 말했다.

"우릴 버려? 누가 우릴 먹이고 입히고 재우고 돈을 주는데? 우린 완전히 여자들에게 의존하고 있어. 우리가 스스로 독립적이 될 수만 있다면, 우린 진실이란 기초 위에 사회를 다시 세울 수 있을지도 몰라."

라가즈가 볼 때 독립은 참으로 요원한 일이었다. 하지만 나는 라가즈가 마음속으로 독립 이후의 상황, 자신이 예측할 수 없는 상황까지 헤아리려 애쓰고 있었다고 생각한다. 남녀의 대등한 관계라는 모호하고 불가능해 보이는 꿈을 바라보고 있었다고 생각한다.

의회에 우리의 진실을 알리려는 노력은 성 안에서 말곤 아무 성과도 없었다. 파사우 영주는 자신의 권력이 위협받았다고 생각했다. 며칠 뒤 라가즈는 가신들과 가신들의 호위꾼들에게 잡혀가 반복적인 동성애 행위와 반역 음모로 고발된 뒤, 성의 영주에게 죄를 심문받고 형을 선고받았다. 다들 처벌 장면을 보라고 경기장으로 호출되었다. 심장 질환이 있는 50대의 라가즈는—그는 20대 때 본게임 경주자였고 훈련이 지나쳤다—알몸으로 벤치에 묶인 채 '긴 영주님'으로 두들겨 맞았다. 긴 영주님은 납으로 만든 추가 가득 채워진 무거운 가죽 튜브였다. 그 튜브를 휘두른 가신 베르헤드는 라가즈의 머리와 신장과 성기를 계속해 내리쳤다. 라가즈는 한두 시간 뒤 진료실에서 숨을 거두었다.

라케드르 반란은 그날 밤 형태가 갖추어졌다. 라가즈보다 나이가 많은 코하드라트는 라가즈를 잃은 슬픔에 망연자실해버려서 우릴 저지하거나 이끌 수 없었다. 라가즈가 꿈꿨던 미래는 진정한 저항이었다. 장기간에 걸친 비폭력 저항을 통해 가신들이 스스로 자멸하게 하려 했다. 우린 그 미래를 좇고 있었다. 이제 우리는 그 꿈을 버렸다. 우리는 진실을 버리고 무기를 집었다. "어떻게 경기하느냐가 네가 이기는 것"이라고 코하드라트는 말했지만, 이제 우린 그런 상투적인 말이라면 귀에 못이 박이게 들었다. 우린 더 이상 인내 게임을 하지 않을 것이었다. 이제 우린 한 번에 완전히 이길 터였다.

그리고 우린 했다. 이겼다. 우리가 승리했다. 파사우 영주와 가신들과 패거리는 경찰이 정문까지 오기 전에 학살당했다.

그 거친 여자들이 우리 사이로 뚜벅뚜벅 걸어 들어와 성의 방들을 생전 처음으로 응시하고, 절단된 몸들을 지켜보던 모습이 기억난다. 창자가 적출되고, 거세되고, 머리가 없는 그 몸들. 여자들은 목구멍에 '긴 영주님'이 쑤셔박힌 채 바닥에 못질된 가신 베르헤드를 보았고, 우리를, 반란자들을, 승리자들을, 손은 피투성이이고 얼굴엔 반항적인 표정이 어린 우리를 보았고, 우리가 우리의 지도자로서, 대변인으로서 앞으로 밀어낸 코하드라트를 보았다.

코하드라트는 조용히 서 있었다. 그는 눈물을 삼켰다.

여자들은 서로 밀집했고, 총을 꽉 쥐고 주위를 응시했다. 여자들은 섬뜩해했고, 우리를 모두 미쳤다고 생각했다. 여자들이 전혀 이해하지 못했기 때문에 우리 중 하나가 마침내 입을 열었다. 타르스크란 젊은 남자로, 뜨겁게 달궈진 철 반지를 손가락에 억지로 껴야 했던 자였다. "저자들이 라가즈를 죽였습니다. 저자들은 모두 미쳤어요. 보세요." 타르스크는 불구가 된 손을 내밀었다.

잠시 침묵이 흐르다 경찰대의 대장이 말했다. "이번 일의 조사가 끝날 때까지 누구도 여길 떠날 수 없다." 그런 뒤 대장은 여자들을 데리고 성을 행진해 나갔고, 공원을 빠져나갔다. 그들은 승리에 젖은 우리만 두고 정문을 잠그고 떠났다.

라케드르 반란의 심리와 재판은 물론 모두 방송되었고, 그 뒤로 이 사건은 아직까지 연구되고 토론되고 있다. 사건에서 나의 역할은 가신 타티디를 죽이는 거였다. 우리 중 세 명이 체육관에서 타티디를 궁지에 몬 뒤 타티디 위에 올라타고 운동용 곤봉으로 죽을 때까지 팼다.

우리는 경기하는 방식을 써서 이겼다.

우린 처벌받지 않았다. 라케드르 성의 관리체제 구성을 위해 여러 성에서 남자들이 왔다. 새로 온 남자들은 우리 반란의 이유를 알기 위해 파사우의 행위를 충분히 조사했지만, 가장 진보적인 이들조차도 우릴 철저하게 경멸했다. 그자들은 우리를 남자가 아니라 비이성적이고 무책임한 생물로, 길들일 수 없는 가축으로 다뤘다. 우리가 말을 해도 그자들은 대꾸하지 않았다.

그 차갑고 치욕적인 통치를 우리가 얼마나 오래 견딜 수 있었는지 모르겠다. 반란이 있고 겨우 두 달 뒤, 세계 의회가 '열린문법'을 제정했다. 우리는 이게 우리의 승리라고 서로 이야기했고, 우리 덕분에 이런 일이 생겼다고 말했다. 우리 중 누구도 믿지 않았다. 우린 서로 우리가 자유라고 말했다. 역사상 처음으로, 성을 떠나고 싶은 남자는 누구든 정문을 나갈 수 있었다. 우린 자유였다!

정문 밖에선 자유로운 남자에게 무슨 일이 생기지? 누구도 거기에 대해선 많이 생각해보질 않았다.

나는 그 법이 시행된 날 아침에 정문을 나간 이들 중 하나였다. 우리 중 열한 명이 함께 읍으로 걸어갔다.

다수는 라케드르 출신이 아니었기에 여기저기의 씹집으로 갔고, 거기서 살 수 있게 되길 바랐다. 그 사람들에겐 달리 갈 곳이 없었다. 호텔과 여관은 당연히 남자를 받지 않으려 했다. 우리 중 이 읍에서 자란 이들은 우리의 어머니집으로 갔다.

죽었다 돌아오는 게 어떻느냐고? 쉽지 않다. 돌아온 자에게도, 돌아온 남자의 가족에게도 쉽지 않다. 그들의 세계에서 남자가 차지했던 자리는 이미 닫혔고, 더 이상 그 남자의 것이 아니며, 다른 이들이 이제까지 쌓아 올린 변화, 습관, 행동과 욕구로 가득 차 있다. 남자는 다른 이로 대체되었다. 죽었다 돌아오는 것은 유령이 되는 것이다. 자리가 없는 사람이 되는 것이다.

나도 내 가족도 처음엔 그걸 이해하지 못했다. 나는 가족을 떠나던 열한 살 때처럼 여전히 가족을 굳게 믿으며 스물한 살이 되어 돌아왔고, 가족은 두 팔 벌려 자기들의 아이를 환영했다. 하지만 그 남자는 존재하지 않았다. 나는 누구였을까?

오랫동안, 몇 달을, 성에서 나온 우리 망명자들은 어머니집에 숨어 지냈다. 다른 읍에서 온 남자들은 모두 자기네 집으로 향했고, 보통은 여행 중인 팀들에게 태워달라고 부탁해서 갔다. 라케드르에는 총 일고여덟 명이 있었지만, 우린 서로 만나는 일이 거의 없었다. 거리에 남자가 있을 자리는 없었다. 수백 년 동안, 남자가 거리에 혼자 있다 들키면 즉각 체포되었다. 우리가 밖에 나가면 여자들이 우리를 보고 도망치거나 신고하거나 둘러싸고 위협했다. "네가 속한 성으로 돌아가! 네가 속한 씹집으로 돌아가! 우리 도시를 나가!" 여자들은 우릴 게으름뱅이라 불렀고, 사실 우린 이 공동체에서 할 일도 역할도 전혀 없었다. 씹집에선 우릴 서비스용으로 받아주지 않았다. 성에서 건강과 품행을 보장해주지 않았기 때문이다.

　이런 게 우리의 자유였다. 우리는 모두 유령이었고, 쓸모없고 겁에 질렸으며 상대를 놀라게 하는 침입자들이며, 삶의 모퉁이에 있는 그림자였다. 우리는 주위에서 삶이 계속되는 것을 지켜보았다. 사람들은 일하고, 사랑하고, 아이를 낳고, 키우고, 벌고 쓰고, 만들고 꾸미고, 통치하고 모험했다. 여자들의 세계는 빛나고 충만한 진짜 세계였다. 그러나 거기에 우리를 위한 자리는 없었다. 이제까지 우리가 배운 건 게임을 하고 상대를 파멸시키는 게 다였다.

　내 어머니들과 누이들은 자기네들의 활기 넘치고 부지런한 집 안에 내가 있을 자리와 쓸모를 만들려고 머리를 쥐어짰고 나도 그 사실을 안다. 내가 태어나기 한참 전부터 나이 든 상주 요리사 두 명이 우리 주방을 운영해왔고, 그래서 내가 성에서 배운 단 하나의 실용적인 기술인 요리는 인력이 차고 넘쳤다. 가족은 날 위해 집안일을 찾아주었지만, 그 일들은 불필요한 것이었고, 가족도 나도 그걸 알았다. 나는 진심으로 아기 돌보는 일을 하고 싶었지만, 할머니 중 한 분이 그 특권을 너무나 잃기 싫어해 신경을 곤두세웠고, 또한 내 누이들의 아내 중 몇 명은 남자가 자기 아기에게 손대는 걸 꺼림칙해했다. 내 누이 파도는 내가 도기 공작 쪽에서 견습생으로 일할 수 있을지도 모르겠다는 생각을 해냈고, 나는 그 가능성에 기꺼이 응했다. 그러나 도기 제조소의 관리자들은 오랜 토론 끝에 남자를 피고용인으로 받아들일 수 없다는 결론을 냈다. 호르몬 때문에 남자 일꾼들은 신뢰할 수 없고, 여자 일꾼들도 불편해할 거고, 기타 등등의 이유였다.

입체뉴스는 물론 그런 제안과 토론으로 가득했고, 열린문 법의 예상치 못한 결과, 남자들이 있을 적당한 자리, 남자들의 능력과 한계, 운명으로서의 성별에 대한 연설들이 줄지었다. 열린문 정책에 대한 반감이 무척 거셌고, 내가 입체뉴스를 볼 때마다 항상 어떤 여자가, 남자는 선천적으로 폭력적이고 무책임하며, 사회적, 정치적 의사 결정에 참여하기에 생물학적으로 부적절하다고 무자비하게 말하는 듯이 보였다. 종종 남자가 똑같은 이야기를 하고 있기도 했다. 새 법에 대한 반대는 성의 보수주의자들에게서 열광적인 지지를 받았고, 보수주의자들은 성문을 닫고 남자들은 마땅한 자리로 돌아와야 하며 게임과 씹집에서 진정하고 남자다운 영광을 추구해야 한다고 능란한 말솜씨로 주장했다.

라케드르 성에서 오랜 세월을 보낸 내게 영광은 전혀 끌리는 단어가 아니었다. 이 단어는 이미 내게 퇴화를 의미했다. 나는 게임과 경쟁에 대해 욕하고 고함을 쳤고, 가족 대부분은 그런 내 행동에 의아해했다. 가족은 본게임과 레슬링 관람을 굉장히 좋아했으며, 문이 열린 이후로 대부분 팀들의 실력이 떨어졌다고 불평했던 것이다. 나는 씹집에 대해서도 고래고래 욕을 했다. 남자들이 씹집에서 가축, 교배용 수소로 이용되지 인간으로 다루어지지 않는다고 말했다. 나는 두 번 다시 씹집에 가지 않을 터였다.

어느 날 저녁 둘이만 있을 때 어머니가 마침내 말했다. "하지만 애야, 남은 평생을 독신으로 살 생각이니?"

"아니길 바라죠." 나는 말했다.

"그럼……?"

"결혼하고 싶어요."

어머니의 눈이 휘둥그레졌다. 어머니는 잠시 생각하다 마침내 과감하게 말했다. "남자와 말이니."

"아뇨. 여자와요. 전 평범하고 정상적인 결혼생활을 하고 싶어요. 아내를 가지고 싶고 아내가 되고 싶어요."

너무나 충격적인 생각이었기에 어머니는 그 충격을 흡수하려 애썼다. 어머니는 얼굴을 찡그리고 생각에 잠겼다.

"제 말은, 그냥 평범한 부부처럼 살고 싶다는 거예요." 나는 말했다. 오랫동안 생각 말곤 할 게 아무것도 없었던 것이다. "우리만의 딸집을 세우고, 서로에게 충실하고, 만약 제 아내가 아이를 가지면 아내와 함께 그 아이의 사랑어머니가 될 거예요. 그러지 못할 이유가 전혀 없어요!"

"음, 난 모르겠구나. 정말 모르겠구나." 어머니는 말했다. 부드럽고 현명하신 내 어머니는 내게 안 된다고 말하는 걸 전혀 좋아하지 않으셨던 것이다. "하지만 그런 여자를 먼저 찾아야 하겠구나."

"알아요." 내가 우울하게 대답했다.

"네가 사람들을 만나는 것부터 문제네. 어쩌면 씹집에 가면 만날 수 있지 않겠니……? 네 어머니집이 성만큼 널 보장해주지 못할 이유가 뭔지 모르겠구나. 한번 시도해보면……?"

하지만 나는 격렬하게 거부했다. 파사우에게 알랑대지 않았기에, 나는 씹집에 가는 일을 거의 허락받지 못했다. 그리고 씹집에는 몇 번 가보지 못했음에도 갈 때마다 그리 좋지 않았다. 젊고 미숙하고 추천장도 없었기에, 나는 놀기를 원하는 나이 든 여자들에게만 선택받았다. 그 여자들은 숙련된 솜씨로 날 흥분시키려 했지만 결국 난 모욕감을 느끼며 분개할 뿐이었다. 여자들은 떠나며 날 토닥이고 팁을 주었다. 성에서 나의 연인이자 보호자들에게 다정한 대접을 받았던지라, 나는 그 정교하고 기계적인 자극과 여자들의 생색내는 냉담함이 혐오스러웠다. 그러나 여자들은 남자들이 절대 할 수 없는 육체적 방식으로 나를 매혹했다. 내 누이들과 누이의 아내들의 아름다운 몸들이 이제 계속해 내 주위에 있었고, 옷을 입든 벌거벗든, 천진하면서 관능적인 여자 몸의 놀라운 풍만한 감촉과 강함과 부드러움이 계속 날 자극했다. 매일 밤 나는 내 팔에 안긴 누이들을 상상하며 자위를 했다. 참을 수가 없었다. 나는 다시 유령이었고, 만질 수 없는 현실의 한가운데에서 거칠게 날뛰고 열망하지만 교미할 수 없는 자였다.

나는 성으로 돌아가야 한다고 생각하기 시작했다. 나는 아주 침울해졌고, 무기력과 차가운 정신적 어둠에 빠져들었다.

다정하고 바쁜 가족은 나를 걱정했지만 날 위해 혹은 나와 함께 뭘 해야 할지 전혀 알지 못했다. 가족 대부분은 내가 성문을 다시 들어가는 게 최선일 거라고 속으론 생각했을 것이다.

어느 오후, 내가 아이일 때 가장 친했던 누이인 파도가 내 방으로 왔다. 가족은 날 위해 다락방을 치워주었고, 그래서 나는 적어도 문자 그대로 내 방을 가질 수 있었다. 파도는 내가 이제 계속 무기력해져서 그저 침대에만 누워 아무것도 하지 않는다는 걸 알아차렸다. 파도는 내 방으로 힘차게 들어왔고, 여자들이 종종 그러하듯, 다른 사람의 기분이 어떻든, 무슨 신호를 보내든 별 관심이 없다는 태도로 침대 발치에 털썩 앉아 말했다. "야, 에큐멘에서 여기 온 그 남자에 대해 좀 알아?"

나는 어깨를 으쓱하고 눈을 감았다. 최근 나는 겁탈하는 상상을 즐기고 있었다. 나는 파도가 두려웠다.

파도는 우리의 반란을 연구하러 라케드르에 와 있는 이 외부 세계인에 대해 계속 얘기했다. "그 남자는 저항군과 얘기하고 싶어 해." 파도는 말했다. "너 같은 남자들과. 문을 연 남자들. 그 남자 말이, 저항군들이 앞으로 나오려 하질 않는 게 꼭 영웅이 되는 게 부끄러워 그런 거 같다지 뭐야."

"영웅이라고!" 나는 말했다. 내 언어에서 그 단어는 여성형이었다. 영웅은 서사시에서 반은 신적인 존재이면서 반은 역사적 존재인 주인공을 가리켰다.

"그게 너잖아." 파도는 말했고, 긴장하면서 그때까지 쾌활한 척하던 태도가 깨졌다. "넌 굉장한 행동에서 책임 있는 일을 했어. 어쩌면 잘못한 건지도 모르지. 샷수메는 《엠모의 창시》에서 일을 잘못했지, 안 그래? 파라드르를 죽게 만들었잖아. 그래도 샷수메는 여전히 영웅이야. 그 여자는 책임을 지고 그 일을 했어. 너도 그래. 넌 가서 이 외계인과 얘기해야 해. 외계인에게 무슨 일이 있었는지 말해. 성에서 무슨 일이 있었는지 아무도 정말로 몰라. 넌 그 얘기를 우리에게 해줄 의무가 있어."

이건 우리네 사이에선 강력한 관용구였다. "밝혀지지 않은 이야기가 거짓말을 낳는다"가 원래의 관용구였다. 유명한 행동을 한 자는 말 그대로 공동체에 '그 얘기를 할' 책임이 있다고 생각되었다.

"내가 왜 외계인에게 그 얘기를 해야 하는데?" 나는 내 무기력함을 방어하며 말했다.

"그 사람이 들어줄 테니까. 우리 모두는 정신없게 바쁘고." 내 누이는 건조하게 말했다.

이는 철저하게 진실이었다. 파도는 날 위해 문을 찾았고, 열어주었다. 나는 그 문을 지나갔다. 그때 내겐 딱 문을 지나갈 만큼의 힘과 정신적 건강만이 남아 있었다.

노엠 모빌은 40대의 남자로, 몇백 년 전 테라에서 태어났고, 헤인에서 훈련받았으며, 온갖 곳을 여행했다. 몸집이 작고 피부는 황갈색이며 눈이 재빠르게 움직이는, 얘기하기에 무척 편한 상대였다. 처음에 노엠은 내 눈에 전혀 남자다워 보이지 않았다. 나는 노엠을 계속 여자라고 생각했다. 노엠이 딱 여자처럼 행동했기 때문이다. 내 사회의 남자들은 다른 남자와의 어떤 관계에서도 필수적으로 자신의 권위를 내세우거나 유리한 입장에 서려고 획책하지만, 노엠은 전혀 그런 수작 없이 바로 일에 착수했다. 나는 남자들이 경계하고 에두르고 경쟁적으로 구는 데 익숙했다. 노엠은 여자처럼 직접적이고 잘 받아들였다. 노엠은 또한 내가 아는 어떤 여자나 남자에 비교해도 뒤지지 않을 만큼, 심지어 라가즈와 견줄 수 있을 만큼 명민하면서 강력했다. 노엠은 사실 막대한 권위를 지니고 있었다. 그러나 노엠은 절대 그 권위를 이용하지 않았다. 그냥 편안히 앉아 상대에게도 함께 앉자고 청했다.

나는 라케드르 반란자들 중 처음으로 모습을 나타내서 노엠에게 우리 얘기를 했다. 노엠은 우리 사회의 상황에 대해 스테빌들에게 보고서를 보낼 때 쓰겠다며 내 허락을 받아 내 얘기를 기록했다. 노엠은 그 보고서를 "세그리의 사정"이라고 불렀다. 내가 처음으로 그 반란에 대해 얘기할 때는 한 시간이 채 안 걸렸다. 나는 그걸로 끝났다고 생각했다. 그때 나는 모든 이야기를 알고, 이해하고, 듣고 싶어 하는 지칠 줄 모르는 욕구가 에큐멘 모빌들의 특징이란 걸 몰랐다. 노엠은 여러 가지를 물었고, 나는 대답했다. 노엠은 이리저리 생각하고 추측을 했고, 나는 틀린 곳을 고쳐주었다. 노엠은 자세히 알고 싶어 했고, 나는 세부 사실들을 알려주었다. 나는 반란의 이야기를 하고, 그전의 오랫동안에 대해 말하고, 성의 남자들에 대해, 읍의 여자들에 대해, 내 사람들, 내 삶에 대해 말하면서, 조금씩 조금씩, 차츰차츰, 조각조각으로, 마구 뒤섞어가며 모든 것을 이야기했다. 나는 한 달 동안 매일 노엠과 이야기했다. 나는 이야기에 시작이 없다는 것을, 어떤 이야기에도 끝이 없다는 것을 알게 되었다. 이야기는 모두 뒤죽박죽이고 시작도 끝도 없다는 걸 알게 되었다. 이야기는 절대 진실이 아니라는 것, 그러나 거짓말은 실제로 침묵의 아이란 걸 알게 되었다.

한 달이 끝날 무렵, 나는 노엠을 사랑하고 또 믿게 되었으며, 물론 의지하게 되었다. 노엠과 이야기하는 것이 내 존재의 이유가 되었다. 나는 노엠이 더 이상 라케드르에 머물지 않을 거란 사실을 직면하려 애썼다. 나는 노엠 없이 사는 법을 배워야 했다. 뭘 하면서? 남자들이 할 일이 있고, 남자들이 사는 방법들이 있었다. 노엠은 자신의 존재만으로 그걸 증명했다. 하지만 과연 내가 그것들을 찾아낼 수 있을까?

노엠은 내 상황을 날카롭게 인식하고 있었고, 내가 다시 공포의 무기력 속으로 빠지기 시작하자, 날 그렇게 놓아두지 않았다. 노엠은 내가 침묵하게 두려 하지 않았다. 노엠은 내게 불가능한 질문들을 했다. "뭐든 될 수 있다면 뭐가 되고 싶어요?" 노엠은 내게 물었다. 아이들이 서로 묻는 질문이었다.

나는 당장 열렬하게 대답했다. "아내요!"

노엠의 얼굴에 스쳐 간 깜박임이 뭐였는지 이제 나는 안다. 노엠의 빠르고 친절한 눈이 나를 바라보다가 시선을 돌렸고, 다시 나를 보았다.

"전 제 가정을 원해요." 내가 말했다. "제 어머니들의 집에서 살고 싶지 않아요. 거기서 전 언제나 아이니까요. 일. 아내, 아내들. 아이들. 어머니가 되는 것. 전 삶을 원해요, 게임이 아니라!"

"당신은 아이를 임신할 수 없습니다." 노엠은 부드럽게 말했다.

"네. 하지만 전 어머니가 될 수 있어요!"

"우린 그 단어에 성별 구별을 합니다." 노엠이 말했다. "당신 네 식이 더 맘에 들지만요…… 하지만 말씀해보세요, 아르다르, 당신이 결혼할 가능성이 얼마나 되죠? 남자와 결혼을 원하는 여자를 만날 가능성이요? 아직까지 여기에서 그런 일은 없었죠, 안 그런가요?"

나는 없다고, 내가 아는 한은 없다고 인정할 수밖에 없었다.

"그 일은 확실히 일어날 거라고 전 생각합니다." 노엠은 말했다(노엠의 확실성은 언제나 불확실했다). "하지만 처음엔 개인적으로 치러야 할 비용이 아주 높을 것 같군요. 한 사회의 부정적 압력을 이겨내며 형성되는 관계들은 끔찍한 긴장을 견뎌내야 하지요. 그런 관계는 방어적이고 지나치게 격렬하며 평화롭지 못한 경향이 있습니다. 계속 자랄 공간이 없지요."

"공간!" 내가 말했다. 그리고 나는 내 세계에서 공간을 갖지 못하는 것, 숨 쉴 공기가 없는 것에 대한 내 느낌을 노엠에게 말하려 했다.

노엠은 나를 보며 코를 긁었다. 그가 소리 내어 웃었다. "우주엔 공간이 아주 많답니다, 아시겠지만요." 노엠은 말했다.

"당신 말은…… 제가…… 그 에큐멘에……." 나는 내가 뭘 물으려 했는지도 몰랐다. 노엠은 알았다. 노엠은 정성껏 그리고 자세하게 대답하기 시작했다. 나는 이제까지 굉장히 제한적인 교육을 받았고, 심지어 내 나라 사람들의 문화에 관해서도 그러했다. 그래서 적어도 2, 3년은 대학에 다녀야 헤인의 에큐멘 학교 같은 외부세계 기관에 지원할 준비가 될 터였다. 물론 내가 어디로 가고 어떤 훈련을 받게 될지는 내 관심사에 달려 있으며, 내가 무엇에 관심이 있는지는 대학에 다니며 발견하게 될 것이라고 노엠은 계속 이야기했다. 내가 어릴 때 받은 학교 교육이나 성에서의 훈련 중 어떤 것도, 내가 관심을 가질 만한 게 뭐가 있는지를 정말로 내게 알려준 적이 없기 때문이라고 했다. 내게 주어진 선택권들은 믿을 수 없을 만큼 제한적이었고, 정상적으로 지적인 사람의 필요도, 내 사회의 필요도 제대로 다루지 못했다. 그래서 '열린문 법'은 내게 자유를 주는 대신 "공기 없는 우주만 주고 숨 쉴 공기는 전혀 주지 못한" 것이라고 노엠은 어딘가의 행성의 시를 인용하며 말했다. 나는 머릿속이 별로 가득 차고 빙빙 돌았다. 노엠이 말했다. "학카 대학이 라케드르에서 꽤 가까워요. 지원해볼 생각 안 해봤나요? 당신의 끔찍한 성에서 탈출하기 위해서만이라도?"

나는 고개를 저었다. "파사우 영주는 자기 사무실에 오는 지원서를 늘 없애버렸어요. 설사 우리 중 누가 지원하려 했다 해도……."

"처벌받았겠죠. 고문도 당했을 거고요. 네. 음, 제가 당신네 대학들에 대해 아는 약간의 지식에서 본다면, 당신은 여기보다 대학에서 더 잘 살 수 있을 것 같아요. 하지만 즐겁지만은 않을 겁니다. 할 일이 생길 거고, 있을 곳이 생기겠지만, 경계에 있고 열등하단 느낌을 받게 될 겁니다. 고도로 교육받고 문명화된 여자들조차도 남자를 지적으로 대등하다고 받아들이기 힘들어할 테니까요. 절 믿으세요, 제가 제 몸으로 경험한 겁니다! 그리고 당신은 성에서 경쟁하라고, 남을 능가하고 싶어 하라고 훈련받았기 때문에, 당신이 우수할 능력이 없다고 믿는 사람들이나 경쟁이란 개념, 이기고 무찌른다는 개념이 가치 없다고 생각하는 사람들 사이에서 사는 게 쉽지 않을 수 있어요. 하지만 그곳, 바로 그곳에서 당신은 숨 쉴 공기를 찾게 될 겁니다."

노엠은 학카 대학의 교수진 중 자기가 아는 여자들에게 나를 추천해주었고, 나는 시험 삼아 등록되었다. 내 가족은 기꺼이 내 학비를 내주었다. 나는 우리 가족 중 처음으로 대학에 가게 되었고, 가족은 진심으로 날 자랑스러워했다.

노엠이 예상했던 대로, 언제나 쉽지만은 않았지만, 그곳엔 남자들이 더 있었고, 나는 친구를 사귀었고, 어머니집의 무력해지는 고독에 빠지지 않게 되었다. 나는 점차 용기를 내어 여학생들과도 친구가 되었고, 많은 여학생들이 편견이 없으며 사교적이란 걸 알게 되었다. 대학에 오고 3년째가 됐을 때, 나는 그중 한 명과 주저하고 경계하면서도 어찌어찌 사랑에 빠졌다. 아주 잘되지도 않았고, 아주 오래가지도 못했지만, 우리 둘 다에게 굉장한 해방이었다. 우리는 우리가 서로 교신하거나 공유할 수 있는 건 성적인 것뿐이라든지, 성인 남자와 여자가 이어질 수 있는 부분은 생식기뿐이란 믿음에서 해방되었다. 에마드르는 나처럼 씹집의 전문성을 혐오했고, 우리는 언제나 수줍고 짧게 사랑을 나눴다. 그 점이 진정으로 중요한 이유는, 그게 욕망의 달성이라서가 아니라, 우리가 서로를 믿을 수 있다는 증거라서였다. 우리가 함께 누워 얘기하고, 서로에게 자기 삶이 어땠는지를 말하고, 우리가 남자와 여자에 대해, 서로에 대해, 자신에 대해 어떻게 느끼는지를 말했고, 자신의 악몽에 대해, 꿈에 대해 말할 때, 우리의 진짜 열정이 터져 나왔다. 우리는 끝없이 얘기했고, 그 영적 교감을 나는 평생 소중히 간직하고 기릴 것이다. 두 젊은 영혼이 자신들의 날개를 찾고, 오래는 아니어도 높이 함께 날았던 일을. 첫 비행이 가장 높은 비행이니까.

에마드르가 죽고 200년이 지났다. 에마드르는 계속 세그리에 살았고, 결혼해 어머니집으로 들어갔고, 두 아이를 낳았고, 학카에서 가르쳤고, 70대에 죽었다. 나는 헤인으로, 에큐멘 학교로 갔고, 훗날 모빌의 직원으로서 웨렐과 예이오웨이에 갔다. 내 기록이 여기에 첨부되어 있다. 나는 에큐멘의 모빌로서 세그리에 돌아가고자 지원하며, 지원서의 일부로 내 삶을 간략히 썼다. 나는 내 사람들과 살고 싶고 그들에 대해 알고 싶은 마음으로 가득하다. 이제 내가 누구인지, 적어도 불확실한 확실성으로 알고 있기 때문이다.

THE BIRTHDAY OF THE WORLD

선택하지 않은 사랑

서론

행성 O의 오케트의 부드란 강 남서 분수령에 있는 탁 마을의 이나난 농족의 헤오카드'드 아르헤 씀

어떤 세계의 누구에게도 섹스는 복잡한 일이지만, 그 누구도 우리처럼 복잡하게 결혼하는 것 같지는 않다. 물론 우리에게는 단순해 보이며, 워낙 자연스럽게 보이다보니 그걸 묘사하려 하면 우리가 어떻게 걷는지, 어떻게 숨 쉬는지를 묘사하려 하는 것만큼 바보스럽게 느껴진다. 음, 뭐랄까, 한쪽 다리로 서서 다른 쪽 다리는 앞으로 움직인다…… 공기를 폐로 들어오게 하고 다시 나가게 한다…… 다른 반족의 남녀와 결혼한다…….

반족이 뭐죠? 게센인 한 명이 내게 물었고, 나는 내가 아침 사람인지 저녁 사람인지 모른다고 상상하는 것보단 내가 게센인들처럼 내일 아침 어떤 성이 될지 모른다고 상상하는 게 더 쉽다는 걸 깨달았다. 이게 얼마나 완전하고 보편적인 인류의 구분인데, 어떻게 반족이 없는 사회가 있을 수 있는가? 누가 어떤 사람인지 어떻게 안단 말인가? 물을 사람과 대답할 사람 없이, 따를 사람과 마실 사람 없이 어떻게 예배를 드릴 수 있단 말인가? 어떻게 근친상간에 관한 염려 없이 마구잡이로 짝을 지을 수가 있단 말인가? 나는 감바트 작은할아버지의 말에 뼛속까지 동의한다. 작은할아버지는 이렇게 말했다. "우리 세계 밖에서 온 저 사람들, 그자들은 모두 한 다리로 서려고 애쓰고 있어. 두 다리, 두 성별, 두 반족. 그것만이 말이 된다고!"

반족 하나는 모든 인구의 반이다. 우리는 우리의 두 절반들을 아침과 저녁이라 부른다. 당신 어머니가 아침 여자이면, 당신은 아침 사람이다. 모든 아침 사람은 어떤 점에서 당신의 형제 혹은 자매다. 당신은 오직 저녁 사람과만 섹스를 하고 결혼을 하고 아이를 가질 수 있다.

내가 혜인에서 같이 공부하는 친구에게 근친상간에 대한 우리의 개념을 설명하자, 그 여자는 충격을 받으며 말했다. "하지만 그 말은 네가 인구의 절반과는 섹스할 수 없단 거잖아!" 그 말에 나도 충격을 받고 말했다. "넌 인구의 반과 섹스를 하고 싶어?"

반족은 사실 에큐멘 내에서 드문 사회 구조가 아니다. 나는 이제까지 양분된 여러 사회의 사람들과 편안하게 대화를 나눠봤다. 그중 한 명은 이쓰시에 있는 움나의 나디르 여자였는데, 내작은할아버지의 의견을 듣고는 고개를 끄덕이며 큰 소리로 웃었다. "하지만 너희 키'오는 넷이 결혼하잖아." 그녀가 말했다.

다른 세계의 사람들은 우리식 결혼이 잘 굴러간다는 걸 좀체 믿으려 하지 않았다. 사람들은 차라리 우리가 그런 결혼을 참고 견디는 거라 생각하고 싶어 했다. 단순한 삶에 투덜거리는 사람들은 인간이 복잡한 상황에서 번창한다는 걸 잊어버렸다.

내가―사랑을 위해, 안정을 위해, 아이들을 위해―결혼을 한다면, 나는 세 명과 결혼한다. 나는 아침 남자다. 나는 저녁 여자와 저녁 남자와 결혼하고, 둘 다와 성적 관계를 맺을 수 있으며, 아침 여자와도 결혼하지만, 아침 여자와는 절대로 성적 관계를 맺지 않는다. 아침 여자는 저녁 남자와 저녁 여자와만 성적 관계를 맺는다. 이 결혼 전체는 세도레투라고 불린다. 그 안에는 네 개의 하위 결혼이 있다. 이성끼리의 두 쌍은 여자의 반족에 따라 아침과 저녁이라 불린다. 남자끼리의 동성 쌍은 밤 결혼이라 불리고, 여자끼리의 동성 쌍은 낮이라 불린다.

이 네 명에게 형제자매가 있으면 그들도 세도레투에 참여할 수 있고, 따라서 결혼한 사람들의 숫자가 예닐곱 명까지 늘어날 때도 있다. 아이들은 형제자매, 유사근친, 그리고 사촌으로 다양한 관계가 된다.

확실히 세도레투에는 준비가 좀 필요하다. 우리는 준비에 많은 시간을 쓴다. 이 결혼에서 얼마나 많은 부분이 사랑에 기초하고 있고, 어느 짝들의 사랑이 가장 강하며, 얼마나 많은 부분이 편리, 관습, 이익, 우정에 기초하고 있고 지역적 전통, 개인의 성격, 기타 등등에 의존하게 될 것인지 따위를 고려한다. 복잡하다는 게 너무나 명백하기 때문에, 외부세계인이 이 복합적인 관계 속에서 오직 금지되고 불법적인 관계 하나만 볼 때마다 나는 놀라움을 금할 수 없다. "어떻게 세 명과 결혼하면서 그중 한 명과는 절대 섹스를 안 할 수가 있죠?" 그 사람들은 묻는다.

나는 그런 질문을 받으면 마음이 불편해진다. 성욕이 다른 관계로는 제한되거나 구체화될 수 없을 만큼 지배적인 힘이라 가정하는 듯이 보이기 때문이다. 대부분의 사회는 아버지와 딸, 혹은 형제와 자매가 성적이지 않은 가족 관계를 맺길 기대하지만, 내 생각에 일부 사회에서는 나이와 성별로 권력을 지닌 자들이 종종 근친상간 금지를 무시하고 어긴다. 확실히 그런 사회들은 인간이 두 부류로 나뉜다고 생각하고, 힘이 그 근본적인 구분이며, 한 성별에 더 우월한 힘을 부여한다. 우리에게, 근본적 구분은 반족이다. 성별은 크긴 해도 부차적인 차이다. 그리고 권력을 추구할 때, 누구도 타고난 특권적 위치에서 시작하지 않는다. 그 때문에 우리는 확실히 다른 시각으로 사물을 보게 된다.

사실, O인들은 누구 못지않게 단순한 삶을 찬탄하고, 우리는 우리만의 방식으로 단순하게 사는 법을 찾아냈다. 우리는 보수적이고 전통적이고 독선적이고 우둔하다. 우리는 변화를 의심하고, 맹목적으로 거부한다. O의 많은 집과 농장과 사당들은 5, 6천 년 동안을 같은 곳에 있으면서 같은 이름으로 불리고 있고,

일부는 몇만 년째 그러하다. 우리는 보통 그보다 더 오랜 세월 동안 같은 일을 같은 식으로 해왔다. 분명히, 우리는 조심스럽게 일을 한다. 우리는 자제심을 높이 치고, 그러다 종종 마음속에 악마가 자랄 정도까지 자제하기도 하며, 사생활을 극히 사수한다. 우리는 튀는 것을 싫어한다. 우리네 현자들은 산꼭대기에서 혼자 살지 않는다. 현자들은 농장의 집에 살고, 친척들이 많고, 장부를 주의 깊게 기재한다. 우리에겐 도시가 없고, 한 무리의 농족들과 지역 센터로 이루어진 마을들이 여기저기 흩어져 있을 뿐이다. 지역마다 교육 및 기술 센터들을 지원한다. 우리는 신 없이는 살 수 없고, 지금까지 오랫동안 전쟁도 없었다. 이방인들이 우리에게 가장 자주 묻는 질문은 이런 것이다. "당신네 결혼에서는 모두 다 함께 침대에 드나요?" 그리고 대답은 이러하다. "아니요."

사실 이 대답은 우리가 이방인에게 어떤 질문을 받아도 하는 대답이다. 우리가 에큐멘에 들어간 게 놀랍다. 우린 헤인에 가깝고(별의 기준으로 가까운, 4.2광년이다), 헤인인들은 그저 몇백 년 동안 계속 여기로 와서 우리와 이야기하며, 우리가 자기들에게 익숙해지고 '네'란 대답을 할 수 있게 만들었다. 물론 헤인인들은 우리 조상들과 같은 종족이지만, 우리 관습이 워낙 오랫동안 묵직하게 자리를 지키고 있다보니, 헤인인들은 자신들이 어리고 뿌리가 없으며 기운차다고 느낀다. 필시 바로 그게 헤인인들이 우릴 좋아하는 이유일 것이다.

선택하지 않은 사랑

사두운 강이 바다와 만나는 곳 남쪽에 거대한 갯벌이 있고, 사두운 강 입구 근처인 그곳의 튀어나온 바위섬에 족族이 하나 있었다. 바닷물이 들어와 섬 주위에서 소용돌이치곤 했지만, 사두운 강은 수백 년에 걸쳐 천천히 삼각주를 형성했고, 점차 큰 조수만 거기까지 올 수 있다가, 해일만 닿게 되고, 마침내는 바다가 전혀 다다르지 못하고 서쪽변을 따라 길게 반짝이기만 하게 되었다.

메루오는 절대로 농족이 아니었다. 염습지의 바위에 터를 잡고 낚시로 살아가는 바다족이었다. 바닷물이 빠지면, 사람들은 바위 기슭에서 조석점까지 수로를 팠다. 오랜 세월에 걸쳐 바다가 점점 더 뒤로 빠지면서, 수로는 자꾸만 길어지고 또 길어지다가, 길이가 3마일에 이르는 넓은 운하가 되었다. 고깃배들과 무역선들은 그 운하를 오르내리면서, 섬의 바위 토대 위에 이리저리 뻗어나간 메루오의 부두들을 오갔다. 부두들과 그물 수리장들과 말리고 얼리는 공장들 바로 옆에는 염습지 식물들의 초원이 펼쳐졌다. 엄청난 야마 떼와 날지 못하는 바로가 거기서 풀을 뜯었다. 메루오는 해안 언덕들에 있는 사다훈의 농족들에 이 목초지들을 빌려주었다. 야마 떼 중 메루오 것은 전혀 없었다. 메루오 사람들은 오직 바다만 보았고, 바다만 경작했으며, 배를 탈 수 있으면 절대 걷지 않았던 것이다. 메루오 사람들이 부자가 된 건 낚시보다는 이 목초지들 덕이었음에도, 메루오 사람들은 배에 돈을 썼고, 거대한 운하를 파고 준설하는 데 돈을 썼다. 우리는 바다에 돈을 던진다, 메루오 사람들은 말했다.

메루오 사람들은 완고하고, 마을과 떨어져 살기로 유명했다. 메루오는 커다란 족이었고, 거기 사는 사람이 100여 명쯤 될 때도 종종 있어서 마을 사람들과 세도레투를 만드는 일은 거의 없었고, 자기들끼리 결혼했다. 메루오 사람들은 모두 유사근친이라고 마을 사람들은 말했다.

동부 오케트의 어느 아침 남자가 다른 해안에 있는 자신의 농족을 위해 염습지 방목을 공부하러 사다훈에 와 머물렀다. 그 남자는 우연히 메루오의 어느 저녁 남자를 만났다. 저녁 남자는 이름이 수오르드였고, 마을 회의 때문에 시내에 와 있었다. 이튿날 수오르드가 다시 왔고, 아침 남자를 만났다. 그 이튿날도 그러했다. 나흘째 밤이 되자, 수오르드는 아침 남자에게 사랑의 행위를 하고 있었고, 폭풍파에 휩쓸리듯 완전히 빠져버렸다. 이 동부인은 얌전하고 세상 물정에 어두운 하드리란 젊은이로, 하드리에게 이번 여행과 낯선 곳들과 낯선 이들은 상당한 모험이었다. 이제 낯선 사람 한 명이 하드리를 미친듯이 사랑하고 있었고, 하드리에게 메루오로 나와 거기서 머물라고, 거기서 살라고 간절히 애원했다. 수오르드가 말했다. "우리 세도레투를 해요. 메루오에 저녁 여자가 여섯 명 있어요. 당신과 함께 있을 수 있다면 난 그 사람 중 누구와도, 어떤, 어떤 아침 여자와도 결혼하겠어요. 메루오로 와요, 와서 나와 지내요, 바위로 나와요!" 메루오의 사람들은 자기네 족을 바위라 불렀다.

하드리는 자신을 이렇게 열렬히 사랑하는 수오르드의 말을 따라야만 한다는 생각이 들었다. 하드리는 용기를 내서 짐을 쌌고, 넓고 평평한 목초지를 가로질러, 저 멀리 하늘에 온통 시커멓게만 보이던 곳으로, 메루오의 높은 지붕들이 있는 곳으로 갔다. 메루오의 높은 지붕들은 바위 위에서 부두들과 창고들과 배 정박소 위로 툭 튀어나와 있었고, 창문들은 육지를 보지 않고 늘 기다란 운하를 따라 바다를, 집에서 멀어져가는 바다를 응시했다.

수오르드는 하드리를 데리고 들어가 가족과 인사시켰고, 하드리는 겁에 질렸다. 가족은 모두 수오르드처럼 피부가 검고 잘생기고 사납고 퉁명하고 비타협적이었다. 서로 너무나 비슷해서 하드리는 누가 누군지 구별할 수가 없었고, 딸을 어머니로, 형제를 사촌으로, 저녁을 아침으로 착각했다. 가족은 하드리에게 거의 예의를 차리지 않았다. 하드리는 침입자였다. 가족은 수오르드가 하드리를 영원히 가족으로 들일까봐 겁냈다. 하드리 역시 그게 겁났다.

수오르드의 열정이 너무나도 강렬했기에, 온화한 영혼인 하드리는 수오르드의 열정이 곧 완전히 불타 없어질 거라 생각했다. "뜨거운 불은 오래가지 않아." 하드리는 혼잣말을 했고, 그 격언으로 위안을 삼았다. "수오르드는 내게 물릴 거고 그럼 난 갈 수 있어." 그는 입 밖엔 내지 않고 속으로만 생각했다. 그러나 하드리가 메루오에서 열흘을 머무르고 다시 한 달을 머물러도, 수오르드는 예전과 변함없이 뜨겁게 타올랐다. 하드리 역시 이 가족의 세도레투 속에서 많은 열정적 교미가 일어나고, 이들 사이에 접지되지 않은 전선망처럼 성적 긴장이 흐르며 공중을 전기 스파크로 가득 채우는 것을 보았다. 이 결혼들 중 일부는 한 지 오래된 것들이었다.

하드리는 평소에 자신을 상당히 평범하다 여겼기에, 수오르드가 이렇게 지칠 줄 모르는 열망과 숭배의 감정으로 자신을 뜨겁게 원하자 우쭐해지고 또한 깜짝 놀랐다. 하드리는 수오르드의 이런 열정에 자신이 절대로 충분히 답하고 있지 못하다고 느꼈다. 수오르드의 검은 아름다움이 하드리의 마음속을 가득 채웠지만, 하드리의 마음은 그걸 외면하며 허공을, 혼자 있을 곳을 찾았다. 사랑을 나눈 뒤 수오르드가 침대에 쭉 뻗어 깊이 잠든 밤이면, 하드리는 가끔 벌거벗은 채 조용히 일어나곤 했다. 하드리는 방을 가로질러 가 창가 자리에 앉았고 별이 총총한 밤하늘 아래 기다란 운하가 반짝이는 것을 바라보곤 했다. 가끔 소리 죽여 흐느끼기도 했다. 하드리는 고통스러워 울었지만, 그 고통의 정체는 알지 못했다.

그러한 시간이 계속되던 이른 겨울의 어느 밤, 하드리는 덫에 걸려 괴로워하는 짐승처럼 맨살이 쓸리고 마찰하는 느낌, 모든 신경이 날카롭게 곤두선 느낌이 너무 심해 더는 견딜 수가 없었다. 하드리는 수오르드가 깰까봐 아주 조용히 옷을 입고 맨발로 방을 나간 뒤 집 밖으로 나갔다. 이 지붕 아래만 아니면 어디라도 좋아, 하드리는 생각했다. 하드리는 숨이 막힌다고 느꼈다.

거대한 집은 어둠 속에서 당혹스러웠다. 지금 이 집에 사는 일곱 세도레투는 각자 그들만의 익부 혹은 층 혹은 여러 방짜리 공간을 가지고 있었고, 모두 널찍했다. 하드리는 남쪽 익부 안으로 멀리 떨어진 첫 번째와 두 번째 세도레투의 공간에는 들어가 본 적도 없었고, 집의 오래된 중앙부에만 가면 언제나 방향이 헷갈렸다. 그러나 하드리는 자신이 북쪽 익부의 층들에선 길을 안다고 생각했다. 이 복도는 육지 쪽 계단으로 이어져. 이걸 따라가면 위로 올라가는 좁은 계단만이 나와. 하드리는 계단을 올라가 거대하고 어둑한 다락으로 들어갔고, 지붕 위로 나가는 문을 찾았다.

지붕에는 난간이 둘린 긴 샛길이 남쪽 가장자리를 따라 나 있었다. 하드리는 그 길을 따라갔다. 하드리 왼쪽으로 지붕 꼭대기들이 검은 산처럼 솟아 있었고, 목초지들과 습지들이 보였으며, 하드리가 서쪽 면으로 돌자 운하가 보였다. 운하는 별빛 속에서 저 아래에 광대하고 침침하게 뻗어 있었다. 공기는 부드럽고 축축했고, 비가 오려는 냄새가 났다. 습지에서 옅은 안개가 올라오고 있었다. 하드리가 난간에 두 팔을 올리고 풍경을 바라보는 동안, 안개가 짙어지고 하애지면서 습지들과 운하를 가렸다. 하드리는 앞을 흐릿하게 만들고 치유해주고 감추는 안개의 저 부드러움, 저 느림을 기꺼이 반겼다. 작은 평화와 위안이 찾아들었다. 하드리는 깊이 숨을 들이쉬고 생각했다. "왜, 왜 난 이렇게 슬픈 거지? 왜 난 수오르드가 날 사랑하는 만큼 수오르드를 사랑하지 않는 거지? 수오르드는 왜 날 사랑하는 거지?"

하드리는 근처에 누가 있다고 느끼고 주위를 둘러보았다. 여자 한 명이 먼저 지붕 위로 올라와 겨우 몇 야드 떨어진 곳에 서서 하드리처럼 난간에 두 팔을 올리고 있었고, 역시 맨발이었으며, 긴 실내복을 입고 있었다. 하드리가 고개를 돌리자, 여자도 고개를 돌려 하드리를 보았다.

거무스름한 피부와 검은 직모의 머리털, 이마와 광대뼈와 턱의 특정한 선들을 볼 때 여자는 틀림없이 바위의 여자들 중 하나였다. 그러나 그중 누군지는 확신이 안 섰다. 북쪽 익부의 식당들에서 하드리는 20대의 저녁 여자들을 여럿 만난 적이 있었다. 모두 자매, 사촌, 혹은 유사근친이었고, 모두 미혼이었다. 하드리는 그 여자들 모두가 두려웠다. 수오르드가 그 여자들 중 한 명에게 세도레투의 아내가 되어달라고 프로포즈할 수도 있었기 때문이다. 하드리는 성적으로 조금 수줍었고, 성별 차이를 극복하기 힘들어했다. 하드리는 주로 젊은 남자들에게서 기쁨과 위안을 느꼈지만, 여자에게 크게 매력을 느낀 일도 조금은 있었다. 메루오의 이 여자들은 심히 매력적이었지만, 하드리는 이들 중 누군가를 만진다는 상상조차 하기가 힘들었다. 여기서 하드리가 겪는 고통 중 일부는, 하드리가 외부인이란 걸 늘 분명히 하는 저녁 여자들의 의심 가득한 냉담함 때문이었다. 저녁 여자들은 하드리를 경멸했고, 하드리는 그들을 피했다. 그래서 하드리는 누가 사스니이고 누가 라마테오이고 누가 사발이고, 누가 에스부아이인지 잘 구분하지 못했다.

하드리는 지금 이 여자가 키가 크기 때문에 에스부아이라고 생각했지만, 확신은 들지 않았다. 얼굴이 똑똑히 보이지 않는 어둠을 핑계 삼을 수는 있었다. 하드리는 웅얼거렸다. "좋은 저녁이네요." 하드리는 이름을 부르지 않았다.

오랫동안 침묵이 흘렀고, 하드리는 메루오의 여자는 한밤중 지붕 꼭대기에서조차 자신을 냉대한다고 생각하며 체념했다.

그때 여자가 말했다. "좋은 저녁이에요." 조용하고 웃음기 섞인 목소리였고, 이 부드러운 목소리는 안개처럼 가볍고 서늘하게 하드리의 마음속에 내려앉았다. "그쪽은 누구시죠?" 여자는 말했다.

"하드리입니다." 하드리는 다시 체념하며 말했다. 이제 여자는 상대가 누구인지 알았으니 그를 냉대할 터였다.

"하드리? 당신은 여기 사람이 아니군요."

그럼 저 여자는 누구지?

하드리는 자신의 농족 이름을 말했다. "전 동쪽에서 왔습니다. 파단 분수령에서요. 방문 왔습니다."

"전 떠나 있었어요." 여자가 말했다. "이제 막 돌아왔죠. 오늘 밤에요. 정말 멋진 밤이죠? 전 이런 밤이 제일 좋아요. 마치 바다처럼, 안개가 올라오는 이런 밤요……."

실제로도 안개는 이미 하나가 되어 피어올랐고, 그래서 바위 위의 메루오는 희미하게 빛을 내는 허공의 암흑 속에 둥둥 떠 있는 듯이 보였다.

"저도 좋아합니다." 하드리가 말했다. "전 이런 생각을 하고 있었습니다……." 하드리는 말을 멈췄다.

"뭔데요?" 여자는 잠시 후 물었고, 여자의 말투가 무척이나 상냥하였기에 하드리는 용기를 내 계속 말했다.

"방 안에서 불행한 존재가 문밖에서 불행한 존재보다 더 나쁘다고요." 하드리는 의식적이고 우울한 웃음소리를 내며 말했다. "왜 그런진 모르겠습니다."

"전 알겠어요." 여자가 말했다. "당신이 서 있는 모습을 보고 알았어요. 미안해요. 뭐가 더 있어야…… 뭐가 더 있으면 행복해지시겠어요?" 처음에 하드리는 여자가 자기보다 더 나이 들었다고 생각했지만, 이제 여자는 아주 젊은 여자처럼 말하고 있었다. 말투가 수줍으면서 동시에 대담하고, 어색해하면서 달콤했다. 어둠과 안개가 두 사람 모두 대담해지게 만들었고, 풀어지게 만들었으며, 그래서 둘은 진심을 얘기할 수 있었다.

"모르겠습니다." 하드리가 말했다. "전 사랑에 빠지는 법을 모르는 것 같습니다."

"왜 그렇게 생각하죠?"

"왜냐하면 전…… 수오르드가 절 여기에 데려왔어요." 하드리는 솔직하게 말하려 애쓰며 이야기했다. "전 수오르드를 사랑하지만, 그게…… 수오르드가 받아야 마땅한 수준으로는 아니어서……."

"수오르드." 여자는 생각에 잠겨 말했다.

"수오르드는 강합니다. 관대하고요. 수오르드는 제게 모든 걸 주고, 자신의 온 삶을 바칩니다. 하지만 전 아닙니다. 전 그럴 수가 없습니다……."

"당신은 왜 여기에 머무는 거죠?" 여자가 물었다. 힐난하는 것은 아니지만 대답을 요구하고 있었다.

"전 수오르드를 사랑합니다. 수오르드에게 상처를 주고 싶지 않습니다. 도망치면 전 겁쟁이가 될 겁니다. 전 수오르드를 얻을 가치가 있는 사람이고 싶습니다." 하드리는 하나의 질문에 네 가지로 대답했고, 각 대답마다 무척이나 고통스러워하며 말했다.

"선택하지 않은 사랑." 여자는 건조하고 거칠면서도 상냥하게 말했다. "아, 그런 사랑은 힘들어요."

여자는 이제 여자아이처럼 말하는 게 아니라 사랑이 뭔지 아는 성인 여자처럼 말했다. 둘은 얘기하면서 안개 바다 너머로 서쪽을 보고 있었다. 그렇게 얘기하는 쪽이 더 쉽기 때문이었다. 여자는 이제 몸을 돌려 다시 하드리를 보았다. 하드리는 어둠 속에서 여자의 조용한 눈길을 의식했다. 지붕 선과 여자의 머리 사이에서 커다란 별 하나가 밝게 빛났다. 여자가 검게 보이는 둥근 머리를 다시 돌리자, 별이 가려졌다가 여자의 머리카락 사이에 걸린 채 반짝였다. 마치 여자가 별을 쓰고 있는 것만 같았다. 참으로 아름다운 모습이었다.

"전 언제나 제가 사랑을 택할 거라 생각했습니다." 하드리는 마침내 말했다. 여자의 말이 하드리의 맘속에서 울리고 있었다. "세도레투를 선택하고, 정착할 거라 생각했습니다. 언젠가는, 제 농장 근처 어딘가에서요. 다른 건 생각해본 적도 없습니다. 그러다 여기에, 세상의 가장자리에 왔죠……. 그리고 전 어찌할 바를 모르겠습니다. 전 선택받지만, 저는 선택할 수가 없습니다……."

하드리의 목소리엔 자조하는 기운이 살짝 섞여 있었다.

"여긴 이상한 곳입니다." 하드리는 말했다.

"맞아요. 일단 저 거대한 조수를 보고 나면요……."

하드리는 그 조수를 본 적이 있었다. 수오르드는 남쪽 범람원에 우뚝 솟은 곳으로 하드리를 데려갔었다. 메루오에서 남서쪽으로 겨우 몇 마일 떨어진 곳인데도, 하드리와 수오르드는 내륙을 돌아 오랫동안 간 뒤 다시 서쪽으로 나가야 했다. 하드리가 물었다. "왜 그냥 해안으로 가면 안 되는 거야?"

"곧 알게 될 거야." 수오르드는 말했다. 둘은 바위 곳에 앉아 도시락을 먹었고, 수오르드는 서쪽 수평선을 향해 길게 뻗은 회갈색 진흙 평지에서 눈을 떼지 않았다. 진흙 평지는 끝없고 황량하며, 침니로 꽉 막힌 수로 몇 개가 구불구불 나 있었다. "저기 온다." 수오르드는 일어나며 말했다. 하드리도 일어났고, 어렴풋한 빛을 보고 먼 천둥소리를 들었으며, 다가오는 밝은 선을 보았다. 조수는 7마일 떨어진 곳에서부터 거대한 평원을 가로지르며 믿을 수 없이 굉장한 돌진을 한 뒤 둘이 서 있는 바위에 부딪치며 산산이 부서지고 거품이 되어, 곳을 감싸고 흘렀다.

"네가 달릴 수 있는 속도보다 한참 빨라." 수오르드는 말했고, 거무스름한 얼굴이 긴장하고 격앙되어 있었다. "이런 식으로 우리 바위 주위에 들어오곤 했어. 옛날엔 말이야."

"우리 여기에 갇힌 거야?" 하드리는 물었고, 수오르드는 이렇게 대답했다. "아니, 하지만 난 그랬으면 좋겠어."

이제 그때 일을 생각하며, 하드리는 메루오 주변을 온통 감싼 안개 아래로 드넓은 바다가 넘실대고, 벽 밑에서 파도가 바위에 철썩거리는 것을 상상했다. 저 옛날 그랬듯이.

"저 조수가 메루오를 대륙과 단절시키는 것 같아요." 하드리가 말했고, 여자는 이렇게 대꾸했다. "매일 두 번씩요."

"참 묘하죠." 하드리는 중얼거렸고, 여자가 웃음을 터뜨리며 가볍게 숨을 들이쉬는 소리를 들었다.

"전혀요." 여자가 말했다. "여기서 태어난 사람에겐 안 그래요……. 아기가 태어날 때, 사람이 때가 되어 죽을 때 모두 여기선 소강기라 부른다는 거 알아요? 아침 간조에 물이 빠지고 있을 때죠."

여자의 목소리와 말에 하드리는 심장이 꽉 조여들었다. 여자의 말이 너무나 부드러우면서 너무나 묘하게 들렸던 것이다. 하드리가 말했다. "전 내륙에서, 언덕에서 왔고, 여기 와서 바다를 처음 봤습니다. 전 조수에 대해선 아무것도 모릅니다."

"아, 조수가 진정으로 사랑하는 대상이 저기에 있네요." 여자는 하드리의 뒤를 보고 있었다. 하드리는 몸을 돌렸고 안개 바다 바로 위로 하현달을 보았다. 달은 가장 어둡고 일그러진 부분만 보였다. 그는 더는 아무 말도 하지 못하고 물끄러미 달만 바라보았다.

"하드리." 여자가 말했다. "슬퍼 말아요. 그냥 달일 뿐이에요. 그래도 슬프면 다시 이리로 와요. 당신과 얘기하는 게 좋아요. 여기엔 얘기할 사람이 아무도 없어요……. 잘 자요." 여자가 속삭였다. 그러고는 몸을 돌려 샛길을 걸어갔고, 어둠 속으로 사라졌다.

하드리는 좀 더 있으면서 안개가 올라오고 달이 뜨는 것을 지켜보았다. 이 느린 경주에서 안개가 이겼다. 안개는 달을 가리다가 마침내 차가운 침침함으로 달 전체를 삼켜버렸다. 몸을 떨면서 그러나 더 이상 긴장하거나 괴로워하진 않으면서, 하드리는 수오르드의 방으로 돌아가 넓고 따뜻한 침대로 기어들었다. 자려고 몸을 뻗으며 하드리는 생각했다. 난 그 여자의 이름도 몰라.

수오르드는 언짢은 기분으로 일어났다. 그는 하드리에게 함께 배를 타고 운하를 내려가자고, 측설 운하의 수문들을 확인하자고 우겼다. 그러나 사실 수오르드가 원하는 건 하드리를 배에 혼자 두는 거였다. 하드리는 배에 있으면 쓸모없을 뿐 아니라 살짝 거북하고 도망갈 곳이 전혀 없었다. 하드리와 수오르드는 온화한 햇살 아래 거울처럼 반반한 측설 운하 위를 미끄러졌다. "넌 떠나고 싶지, 그렇지?" 수오르드는 마치 그 문장이 칼이고, 말하며 그 칼에 혀를 베이는 듯이 말했다.

"아니." 하드리가 말했다. 자기가 하는 말이 사실인지는 모르겠지만, 다른 대답은 할 수가 없었다.

"넌 여기서 결혼하고 싶지 않잖아."

"잘 모르겠어, 수오르드."

"잘 모르겠다니, 무슨 말이야?"

"저녁 여자 중에 나랑 결혼하고 싶은 여자는 없을걸." 하드리가 말했고, 솔직하게 말하려 애쓰고 있었다. "없다는 거 알아. 그 여자들은 네가 여기 출신의 누군가를 찾길 바라. 난 외지인이고."

"그 여자들은 널 몰라." 수오르드가 갑자기 부드러워지며 빌듯이 말했다. "여기 사람들은, 그 사람들은 다른 사람들을 아는 데 아주 오랜 시간이 걸려. 우린 우리 바위에 너무 오래 살았어. 우리 혈관엔 피가 아니라 바닷물이 흘러. 하지만 사람들은, 사람들은 널 알게 될 거야, 만일 네가…… 네가 머무른다면……." 수오르드는 뱃전 너머를 바라보았고, 잠시 후 들릴 듯 말 듯하게 말했다. "만일 네가 떠난다면, 나도 함께 가도 될까?"

"난 안 떠나." 하드리가 말했다. 하드리는 수오르드에게 다가가 머리와 얼굴을 쓰다듬고 키스했다. 하드리는 수오르드가 자길 따라갈 수 없다는 걸, 오케트에서, 내륙에서 살 수 없다는 걸 알았다. 잘 되지 않을 것이었다. 성공하지 못할 것이었다. 하지만 그 말은, 하드리가 수오르드와 함께 여기서 살아야 한다는 뜻이었다. 마비될 듯한 냉기가 하드리의 몸속을, 심장 아래를 휩쓸었다.

"사스니와 둔은 유사근친이야." 수오르드가 다시 말했고, 이제 원래대로 조심스럽고 진지한 모습을 보였다. "둘은 열세 살 때부터 쭉 연인이었어. 사스니는 내가 청혼하면, 낮 결혼에 둔을 가질 수 있다면, 나랑 결혼할 거야. 우린 그 둘과 세도레투를 만들 수 있어, 하드리."

하드리는 마비된 느낌 때문에 한동안 수오르드의 말에 반응하지 못했다. 하드리는 수오르드가 어떻게 느끼는지, 무슨 생각을 하는지 알지 못했다. 마침내 하드리가 한 말은 "둔이 누군데?"라는 거였다. 하드리는 어젯밤 지붕에서 애기한 여자가 둔이길 은근히 바랐다. 어젯밤은 마치 다른 세계에서, 안개와 어둠과 진실의 왕국에서 보낸 듯한 기분이었다.

"둔 알잖아."

"다른 곳에 갔다가 막 돌아온 여자야?"

"아니." 수오르드가 말했고, 자기 생각에 여념이 없어 하드리의 멍청한 말을 이상하게 여기지조차 않았다. "사스니의 유사근친이고, 네 번째 세도레투의 라수두의 딸이야. 키가 작고 아주 말랐어. 말을 별로 안 하고."

"모르겠는데." 하드리는 좌절하며 말했다. "난 그 여자들이 구분이 안 가. 나랑은 애기도 안 하고." 하드리는 입술을 깨물었고 배의 반대쪽 끝으로 성큼성큼 걸어가 주머니에 양손을 찌르고 어깨를 구부리고 서 있었다.

수오르드의 기분은 이미 바뀌어 있었다. 수문에 도착하자 그는 물과 진흙 속을 즐겁게 첨벙거리며 돌아다니고 모든 장치가 잘 돌아가는 걸 확인한 뒤 다시 순풍 속에 배를 저어 거대한 운하로 돌아갔다. 수오르드는 "이젠 뱃멀미도 그만할 때가 됐어!" 하고 하드리에게 소리치며 운하를 따라 서쪽으로 배를 끌고 바다로 나갔다. 안개 긴 햇살, 짭짤한 물보라로 가득한 산들바람, 깊은 바다에 대한 공포, 수오르드의 유능한 지도를 받으며 전력을 다해 배 몰기, 해 질 무렵 저녁놀이 수면에 붉은 금빛을 비추고 수많은 장다리물떼새들과 습지 새들이 시끄럽게 울며 날아 올라 둘의 주위를 빙빙 도는 속에서 다시 운하로 배를 몰아 들어 오는 그 승리감. 결국 하드리는 굉장히 멋진 하루를 보냈다.

그러나 메루오의 지붕들 아래로 다시 들어오자마자, 깜깜한 복도들과 모조리 서쪽을 향한 낮고 넓고 깜깜한 방들로 발을 딛 자마자, 득의양양하던 기분은 온데간데없이 사라졌다. 하드리 와 수오르드는 네 번째와 다섯번째 세도레투와 식사를 했다. 하 드리의 농족에서였다면, 말없이 하루 종일 밖에 나가 지내고 일 은 하나도 하지 않은 채 저녁식사 시간에 딱 맞춰 들어오면 사 람들이 굉장히 놀려댔을 터였다. 여기선 누구도 놀리거나 농담 하지 않았다. 분개하더라도 속으로 삼켰다. 어쩌면 분개하는 일 자체가 없었고, 어쩌면 모두가 서로를 너무 잘 알고 워낙 죽이 잘 맞다보니, 자기 손을 믿듯 서로를 확실히 믿는지도 몰랐다. 아이들조차도 하드리가 어릴 때 하던 것보다 덜 농담하고 덜 싸 웠다. 기다란 식탁에 둘러앉아 하는 대화는 언제나 조용했고, 말 한 마디 안 하는 사람도 많았다.

하드리는 접시에 음식을 덜며 어젯밤의 여자를 찾아보았다. 실은 에스부아이였나? 하드리는 아니라고 생각했다. 키는 비슷 하지만, 에스부아이는 무척 말랐고, 유난히 거만했다. 어젯밤의 여자는 여기 없었다. 어쩌면 그 여자는 첫 번째 세도레투일 수도 있었다. 이 여자들 중 누가 둔이지?

저 여자, 저 작은 여자, 사스니와 함께 있는 여자야. 하드리는 이제 둔이 기억났다. 둔은 언제나 사스니와 함께 있었다. 하드리는 한 번도 둔과 얘기해본 적이 없었다. 모든 여자 중에 사스니가 가장 하드리를 싫어하며 냉대했고, 둔은 사스니의 그림자였던 것이다.

"가자." 수오르드가 말하고는 식탁을 돌아가 사스니 옆에 앉았고, 하드리에게도 둔 옆에 앉으라고 손짓했다. 하드리는 수오르드가 시키는 대로 했다. 난 수오르드의 그림자니까, 하드리는 생각했다.

"하드리 말이 한 번도 너랑 얘기해본 적이 없다더라." 수오르드는 둔에게 말했다. 둔은 등을 살짝 웅크리고 뭐라 의미 없는 말을 중얼거렸다. 사스니는 수오르드를 똑바로 보았고, 하드리는 사스니의 얼굴에 분노가 스치면서 동시에 도전적인 미소가 은근히 어리는 것을 보았다. 둘은 굉장히 닮아 있었다. 둘은 아주 잘 어울렸다.

수오르드와 사스니는 이야기했다. 낚시에 대해, 수문에 대해 이야기했다. 그동안 하드리는 음식을 먹었다. 하드리는 물 위에서 하루를 보내고 나서 몹시 시장했다. 둔은 이미 식사를 마쳤고, 가만히 앉아 아무 말도 하지 않았다. 이 사람들에겐 마치 육식동물처럼, 물고기를 잡는 새처럼, 정말 미동도 않고 조용히 있을 수 있는 재능이 있었다. 저녁식사는 물론 생선이었다. 언제나 생선이었다. 메루오는 한때 부유했고, 지금도 부자처럼 행동했지만, 부의 수단이 많이 줄었다. 거대한 운하를 파는 일 때문에 매년 수입에서 점점 더 많은 비용을 써야 했다. 바다가 삼각주에서 가차없이 빠져나갔기 때문이다. 이곳 사람들의 고기잡이 선대는 컸지만, 배들은 노후했고, 종종 재건해야 했다. 하드리는 건선거들 위쪽에 커다란 조선소가 있는데도 배를 새로 만들지 않는 이유가 뭐냐고 물은 적이 있었다. 수오르드는 목재 비용이 엄청나기 때문이라고 설명했다. 수확은 물고기와 조개가 유일했으므로, 다른 모든 음식과 옷과 나무, 심지어 물에조차도 돈을 내야 했다. 몇 마일을 가도 메루오 근처 우물들엔 소금기가 있었다. 언덕의 마을에서 바다족까지는 수도관이 하나 있었다.

그러나 사람들은 이 비싼 물을 은잔으로 마셨고, 오래되고 반투명한 푸른색 에디아산 도자기 그릇으로 줄기차게 생선을 먹었다. 하드리는 설거지를 할 때마다 이 도자기 그릇을 깨먹을까봐 늘 두려움에 떨었다.

사스니와 수오르드는 계속 이야기했고, 하드리는 멍청하고 찌무룩한 기분으로, 똑같이 말없는 여자 옆에 앉아 있었다.

"오늘 처음으로 바다에 나갔다 왔어요." 하드리는 얼굴이 벌겋게 달아오르는 것을 느끼며 말했다.

둔은 으흠 하고 소리를 냈지만 텅 빈 그릇만 바라보았다.

"수프 좀 갖다드릴까요?" 하드리가 물었다. 하드리와 둔은 국물과 함께 식사를 마쳤고, 여기서 국은 당연히 생선국이었다.

"아뇨." 둔은 인상을 쓰며 말했다.

"저희 농족에선 종종 서로에게 음식을 가져다준답니다." 하드리가 말했다. "작은 친절이죠. 그게 불쾌하셨다면 죄송합니다." 하드리는 일어나 찬장으로 걸어갔고, 떨리는 손으로 수프

한 그릇을 떴다. 하드리가 돌아오자 수오르드는 호기심 어린 눈으로 살짝 미소 지으며 하드리를 보고 있었고, 그래서 하드리는 분노했다. 날 뭐라 생각하는 거야? 내가 기준도 없고 가족도 없고 고향도 없는 사람인 줄 아나? 자기들끼리 결혼하라지. 난 절대 안 껴. 하드리는 수프를 들이마시듯 먹은 뒤, 수오르드를 기다리지 않고 일어나 주방으로 갔고, 거기서 한 시간 동안 설거지 팀과 일하며 요리 팀에서 빠진 시간을 보충했다. 여기 사람들은 일에 대한 기준이 없을지 몰라도 하드리는 아니었다.

수오르드는 둘의 방에서, 실은 수오르드의 방에서 하드리를 기다리고 있었다. 하드리는 여기에 자기만의 방이 없었다. 그 사실 자체만으로도 모욕적이고 부자연스러웠다. 버젓한 족에선 손님에게도 늘 방을 내주었던 것이다.

이윽고 수오르드가 뭐라고 말했고 그게 무슨 말이었든—하드리는 수오르드가 한 말이 뭐였는지 나중에 도저히 기억해낼 수가 없었다—그 말은 화약에 불씨를 던지는 꼴만 되었다. "이런 대접은 이제 사양이야!" 하드리는 격하게 소리 질렀고, 수오르드는 곧바로 발끈하며 그게 무슨 뜻이냐고 다그쳤다. 둘은 서로를 공격했고, 격노와 좌절과 비난이 폭발적으로 터져 나왔으며, 이윽고 창백한 얼굴로 서로를 노려보며 오싹 소름이 돋는 것을 느꼈다. "하드리." 수오르드가 이름을 부르며 흐느꼈다. 그는 온몸을 흔들며 떨고 있었다. 둘은 다가서서 서로를 얼싸안았다. 수오르드의 작고 거칠고 힘센 두 손이 하드리를 꼭 껴안았다. 수오르드의 피부에선 바다처럼 짠맛이 났다. 하드리는 가라앉고 또 가라앉았고, 그 속에 깊이 빠져들었다.

그러나 아침이 되자 모든 것이 예전같았다. 하드리는 혼자만의 방을 달라고 감히 말하지 못했다. 그러면 수오르드가 상처 받을 걸 알기 때문이었다. 만약 우리가 이 세도레투를 한다면, 적어도 내 방이 생길 거야. 하드리의 머릿속에서 작고 하찮은 목소리가 말했다. 그러나 그건 잘못됐어, 잘못됐다고…….

하드리는 지붕에서 만났던 여자를 찾아봤고, 그 여자일 수 있겠다 싶은 사람을 여섯 명 봤지만, 확실히 그 여자 같은 사람은 없었다. 그 여자가 날 보고 말을 걸지 않을까? 낮에는, 다른 사람들 앞에서는 말을 걸지 않으려 할까? 음, 그렇다면 그 여자는 그냥 그 정도밖에 안 되는 거겠지.

그제야 하드리는 그 여자가 아침 여자인지 저녁 여자인지조차 모른다는 생각이 들었다. 하지만 그게 무슨 문제인가?

그날 밤, 안개가 꼈다. 하드리는 한밤중에 갑자기 잠에서 깼고, 창밖으로는, 집의 다른 익부 어딘가의 창문에서 나오는 흩어진 불빛 때문에 아주 침침하게 빛나는 형체 없는 회색만이 보였다. 수오르드는 언제나처럼 온몸을 쫙 펴고 자고 있었다. 밤의 해변에 던져진 잡동사니처럼, 완전히 방심하고 풀어져 있었다. 하드리는 한동안 마음 아파하며 다정하게 수오르드를 지켜보았다. 이윽고 하드리는 일어나 옷을 입고 복도를 지났고, 계단을 올라 지붕으로 나갔다.

안개는 지붕 꼭대기마저 가리고 있었다. 난간 너머로 아무것도 보이지 않았다. 하드리는 난간을 만지며 더듬더듬 나아가야 했다. 나무로 만든 샛길은 맨발에 축축하고 차가웠다. 그러나 다락 계단을 오를 때부터 이미 하드리의 맘속에 어떤 기쁨이 차오르기 시작했고, 안개 낀 공기를 들이마시고 모퉁이를 돌아 집의 서쪽 면으로 가자 이 기쁨은 더욱 커졌다. 하드리는 잠시 가만히 서 있다가 거의 속삭이듯 말했다. "거기 있어요?"

하드리가 처음 그 여자에게 말했을 때처럼 잠시 침묵이 흐르다가 여자가 대답했다. 목소리에 은근히 웃음기가 묻어났다. "네, 여기 있어요. 당신도 거기 있나요?"

다음 순간, 둘은 안개 속에서 오직 형태뿐이지만 서로를 볼 수 있었다.

"저 여기 있습니다." 하드리가 말했다. 하드리는 터무니없이 기뻤다. 그는 여자에게 한 발짝 다가갔고, 여자의 검은 머리와 좀 더 밝은 달걀 모양 얼굴과 검은 눈을 볼 수 있었다. "당신과 다시 얘기하고 싶었습니다."

"저도 당신과 다시 얘기하고 싶었어요." 여자가 말했다.

"당신을 찾을 수가 없었어요. 당신이 제게 말을 걸어줬으면 했는데."

"저 아래에선 안 돼요." 여자가 말했다. 여자의 목소리가 가볍고 차가워졌다.

"당신은 첫 번째 세도레투에 있나요?"

"네, 메루오 첫 번째 세도레투의 아침 아내예요. 이름은 안'나드고요. 당신이 아직도 불행한지 알고 싶었어요."

"네, 아뇨······." 하드리는 말하고, 여자의 얼굴을 좀 더 명확히 보려 애썼지만, 빛이 거의 없었다. "당신은 저와 얘기하고, 전 당신에게 얘기할 수 있는데, 이 집의 다른 사람들과는 절대 얘기할 수 없는 건 왜일까요?" 하드리는 말했다. "왜 당신만이 제게 친절한 거죠?"

"그…… 수오르드가 퉁명스럽게 대하나요?" 여자는 수오르드의 이름을 말할 때 살짝 주저했다.

"수오르드는 절대로 퉁명스레 굴지 않습니다. 절대로요. 단지…… 절 끌고, 밀 뿐이에요. 수오르드는…… 수오르드는 저보다 강하답니다."

"아닐 수도 있어요." 안'나드는 말했다. "어쩌면 자기 방식으로 사는 데 좀 더 익숙한 것뿐일 수도 있어요."

"혹은 좀 더 사랑에 빠졌거나요." 하드리는 부끄러워 낮은 목소리로 말했다.

"당신은 수오르드를 사랑하지 않나요?"

"물론 사랑하죠!"

여자는 소리 내어 웃었다.

"수오르드 같은 사람은 정말이지 처음입니다. 수오르드는 훨씬…… 수오르드의 감정은 너무나 깊어서…… 제겐 힘에 부칠 정도예요." 하드리가 말을 더듬었다. "하지만 전 수오르드를 사랑합니다. 아주 많이요."

"그럼 뭐가 문제죠?"

"수오르드는 결혼하고 싶어 합니다." 하드리는 말하다 말고 멈췄다. 하드리는 안'나드의 가족에 대해 말하고 있었고, 필시 수오르드는 안'나드와 혈연관계일 터였다. 첫 번째 세도레투의 아내로서 안'나드는 메루오의 거미줄 같은 모든 관계의 일부였다. 도대체 하드리는 무슨 멍청한 대실수를 하려 했던 걸까?

"수오르드는 누구와 결혼하고 싶어 하죠?" 안'나드가 물었다. "걱정 말아요. 간섭하지 않을게요. 당신이 수오르드와 결혼하고 싶지 않다는 게 문제인가요?"

"아뇨, 아닙니다. 그건 그냥…… 전 여기에서 살 생각이 정말 없었어요. 곧 집으로 돌아갈 거라 생각했었죠……. 수오르드와 결혼한다는 건, 그건 제게, 제게 과분한 일이고……. 하지만 정말 멋진 일이 될 거예요. 굉장할 겁니다! 하지만, 결혼 그 자체는, 세도레투는, 그건 옳지 않아요. 수오르드는 사스니가 자기와 결혼해줄 거라고 해요. 둔이 저와 결혼해줄 거고요. 그래야 사스니와 둔이 결혼할 수 있으니까요."

"수오르드와 사스니." 안'나드는 다시 한 번 이름을 말할 때 살짝 뜸을 들였다. "그럼 그 둘은 서로를 사랑하지 않나요?"

"네." 하드리는 약간 주저하며 말했다. 둘 사이에 불꽃이 튀듯 도전적 분위기가 있었던 게 기억났던 것이다.

"당신과 둔은요?"

"전 둔을 알지도 못해요."

"아, 그렇군요, 그건 부정직해요. 사람은 사랑을 선택해야 하지만, 그런 식으론 아니에요……. 그건 누구의 계획이죠? 그 세 사람 모두의 계획인가요?"

"그런 것 같아요. 수오르드와 사스니는 거기에 대해 서로 애기했으니까요. 그 여자, 둔은 결코 말을 하지 않아요."

"둔과 얘기해요." 안'나드가 부드럽게 말했다. "둔과 얘기해요, 하드리." 그녀는 하드리를 보고 있었다. 둘은 무척 가까이 서 있었고, 서로 만지지 않는데도 하드리는 자기 팔에 안'나드의 온기를 느낄 수 있었다.

"차라리 당신과 얘기하겠어요." 하드리는 몸을 돌려 안'나드와 마주 보며 말했다. 안'나드는 뒤로 물러났고, 아주 조금 움직였을 뿐인데도 안개가 너무나 짙고 어두워 실체가 사라진 듯이 느껴졌다. 안'나드는 손을 내밀었지만, 정말로 하드리를 만지진 않았다. 하드리는 안'나드가 웃음을 머금고 있음을 알았다.

"그럼 여기서 저랑 얘기해요." 안'나드는 다시 난간에 기대며 말했다. "말해보세요…… 아, 뭐든지요. 사랑을 나누지 않을 때, 당신과 수오르드는 뭘 하나요?"

"우린 배를 타고 나갔어요." 하드리가 말했고, 처음으로 바다에 나가 어땠는지, 그때의 공포와 기쁨에 대해 자기도 모르게 얘기하고 있었다. "수영할 줄 알아요?" 안'나드는 물었고, 하드리는 소리 내어 웃고 말했다. "고향의 호수에선 해봤지만, 절대 똑같지 않아요." 안'나드도 웃고는 말했다. "네, 다를 것 같네요." 둘은 오랫동안 이야기했고, 하드리는 당신은 뭘 하느냐고 물었다. "낮에요. 전 당신을 아직 저 아래에선 본 적이 없으니까요."

"그렇죠." 안'나드는 말했다. "제가 뭘 하느냐고요? 아, 전 메루오에 대해 걱정하는 듯해요. 제 아이들에 대해 걱정하고요……. 지금은 거기에 대해 생각하고 싶지 않네요. 당신은 어떻게 수오르드와 만나게 됐어요?"

둘이 얘기를 마치기 전, 달이 뜨면서 안개가 아주 희미하게 옅어졌다. 공기가 뼈를 에일 듯 차가워졌다. 하드리는 몸을 떨고 있었다. "어서 가세요." 안'나드는 말했다. "전 익숙해요. 어서 침대로 가세요."

"서리가 꼈어요, 보세요." 하드리는 은색이 된 나무 난간을 만졌다. "당신도 어서 내려가세요."

"그럴게요. 잘 자요, 하드리." 하드리가 몸을 돌렸을 때 안'나드가 말했다. 혹은 안'나드가 그렇게 말했다고 하드리는 생각했다. "전 조수를 기다릴 거예요."

"잘 자요, 안'나드." 하드리는 쉰 목소리로 부드럽게 그녀의 이름을 불렀다. 다른 사람들도 모두 안'나드 같기만 하다면 얼마나 좋을까……

하드리는 수오르드의 긴장이 풀리고 기분 좋게 포근한 몸에 바짝 붙어 몸을 뻗었고, 잠이 들었다.

이튿날, 수오르드는 공문서보관소에 일이 있었고, 거기서 하드리는 완전히 무능한 데다 방해만 되었다. 하드리는 기회를 놓치지 않았고, 무뚝뚝하고 퉁명한 여자들 여러 명에게 물어봐 둔이 있는 곳을 알아냈다. 둔은 생선 건조장에 있었다. 하드리는 부두로 가 운 좋게 둔을 찾아냈다. 그게 정말 운이 좋았던 건지는 모르겠지만. 둔은 안개 낀 햇빛 아래 배 정박소 가장자리에서 혼자 점심을 먹고 있었다.

"당신과 얘기하고 싶습니다." 하드리가 말했다.

"왜요?" 둔이 말했다. 둔은 하드리를 보려 하지 않았다.

"당신이 사랑하는 사람과 결혼하기 위해 좋아하지도 않는 사람과 결혼하는 게 정직한 일일까요?"

"아뇨." 둔은 사납게 말했다. 둔은 계속 아래만 보았다. 둔은 점심을 싸 온 가방을 접으려 했지만 손이 너무 떨리고 있었다.

"그럼 당신은 왜 그런 결혼을 하려는 거죠?"

"'당신'은 왜 그런 결혼을 하려는 거죠?"

"난 아닙니다." 하드리는 말했다. "그러려는 건 수오르드예요. 그리고 사스니고요."

둔은 고개를 끄덕였다.

"당신은 아니죠?"

둔은 거세게 고개를 끄덕였다. 둔의 마르고 검은 얼굴이 무척 어려 보인다는 걸 하드리는 깨달았다.

"하지만 당신은 사스니를 사랑하죠." 하드리는 살짝 자신 없이 말했다.

"그래요! 사스니를 사랑해요! 언제나 그래왔고, 앞으로도 그럴 거예요! 그렇다고 해서 그게 내가, 내가 모든 걸 사스니의 말대로, 사스니가 원하는 대로 해야 한다는 뜻은 아니에요. 난, 난……." 둔은 이제 하드리를 보고 있었다. 똑바로 바라보는 둔의 얼굴은 석탄처럼 붉게 타올랐고, 목소리는 떨리고 갈라지고 있었다. "난 사스니의 '것'이 아니에요!"

"음, 나도 수오르드의 것이 아니에요."

"난 남자에 대해 아무것도 몰라요." 둔은 여전히 하드리를 노려보며 말했다. "다른 여자에 대해서도 전혀 몰라요. 아무것도요. 사스니 말고 다른 사람과는 있어본 적도 없어요. 평생을요! 사스니는 자기가 날 소유한다고 생각해요."

"사스니와 수오르드는 많이 닮았어요." 하드리가 조심스레 말했다.

침묵이 흘렀다. 둔은 철없는 아이처럼 눈에서 눈물을 펑펑 쏟긴 했어도 손으로 눈물을 닦아내는 짓 따위는 안 했다. 둔은 허리를 꼿꼿이 펴고 앉아 메루오 여자들의 위엄으로 자신을 감싸고 있었고, 간신히 자신의 도시락 가방을 접는 데 성공했다.

"난 여자에 대해 잘 모릅니다." 하드리가 말했다. 아마도 하드리의 위엄이 더 단순할 터였다. "남자에 대해서도요. 내가 수오르드를 사랑하는 건 알아요. 하지만 난…… 나에겐 자유가 필요해요."

"자유!" 둔이 말했고, 하드리는 처음엔 둔이 자길 놀린다고 생각했지만, 실은 완전히 그 반대였다. 둔은 곧바로 눈물을 왈칵 쏟더니 무릎에 고개를 묻고 목 놓아 큰 소리로 울며 말했다. "나도 그래요. 나도 그래요."

하드리는 머뭇머뭇 손을 내밀어 둔의 어깨를 토닥였다. 하드리가 말했다. "당신을 울리려던 건 아니었어요. 울지 말아요, 둔. 봐요. 만일 우리가, 우리가 똑같이 느끼고 있다면, 우리가 해결할 수도 있을 거예요. 우린 결혼할 필요가 없어요. 친구가 될 수 있어요."

둔은 고개를 끄덕였지만 한동안 계속해 흐느끼며 울었다. 마침내 둔은 퉁퉁 부은 얼굴을 들어 축축하게 빛나는 눈으로 하드리를 보았다. "난 친구를 갖고 싶어요. 한 번도 친구를 가져본적이 없거든요."

"난 여기에 친구가 딱 하나 있어요." 하드리는 안'나드가 둔과 얘기하라고 말해준 게 훌륭한 조언이었다고 생각하며 말했다. "안'나드요."

둔은 하드리를 물끄러미 보았다. "누구라고요?"

"안'나드요. 첫 번째 세도레투의 아침 여자요."

"무슨 말 하는 거예요?" 조롱이 아니라 단지 무척 놀라서 한 말이었다. "그건 테헤오인데요."

"그럼 안'나드는 누구죠?"

"안'나드는 400년 전 첫 번째 세도레투의 아침 여자였어요." 둔은 아직도 맑지만 어리둥절한 눈으로 하드리를 보며 말했다.

"더 말해줘요." 하드리는 말했다.

"안'나드는 물에 빠져 죽었어요. 여기서, 바위 기슭에서요. 안'나드의 세도레투 모두가 아이들과 함께 모래톱에 내려갔었죠. 조수가 메루오까지 오지 않던 시절이었어요. 다들 모래톱에 나가 운하를 계획하고 있었고, 안'나드는 집에 올라와 있었죠. 그때 안'나드가 서쪽에서 폭풍이 이는 걸 보았고, 그 바람이 거대한 조수를 여기로 몰고 올 수도 있었어요. 안'나드는 모두에게 경고하려고 아래로 달려 내려왔죠. 그리고 조수가 들어왔어요, 바위를 온통 감싸면서, 예전처럼요. 사람들은 모두 조수를 앞서 피한 상태였죠, 안'나드만 빼고요. 안'나드는 물에 빠져 죽

162

었어요…….”

하드리는 그 당시에 대해, 안'나드에 대해, 둔에 대해 궁금해야 마땅했다. 하지만 둔이 어째서 순순히 대답해주기만 하고 더 이상 아무것도 묻지 않는지는 궁금하지 않았다.

그리로부터 오래 지나지 않아, 반년 뒤, 하드리가 말했다. “내가 안'나드를 만났다고 말했던 때를 기억해? 처음으로 우리가 얘기했을 때, 배 정박소 옆에서 말이야.”

“기억해.” 둔이 말했다.

둔과 하드리는 하드리의 방에 있었다. 아름답고 천장이 높은 방으로, 창들은 모두 서쪽으로 나 있었고, 전통적으로 여덟 번째 세도레투의 일원이 쓰는 방이었다. 여름 아침의 햇살이 그들의 침대를 따뜻하게 데워주었고, 부드럽고 흙냄새 나는 육지바람이 창문을 통해 불어 들어왔다.

“이상하다 싶지 않았어?” 하드리가 물었다. 하드리는 둔의 어깨를 베고 있었다. 둔이 입을 열자 하드리는 자신의 머리에 둔의 따뜻한 숨결을 느꼈다.

“그땐 모든 게 너무나 이상했지……. 모르겠어. 그리고 어쨌거나, 당신이 조수에 대해 들었다면…….”

“조수?”

“겨울 밤 말이야. 집의 저 높이에서, 다락에서. 당신은 조수가 들어오는 소리를 들을 수 있고, 조수가 바위에 부딪치는 소리, 내륙에서 언덕으로 달려가는 소리를 들을 수 있어. 진짜 만조 때에. 하지만 바다는 몇 마일이나 떨어져 있어…….”

수오르드가 문을 똑똑 두드리고는 들어오란 대답을 기다렸다가 들어왔다. 벌써 옷을 입고 있었다. "아직도 침대에 있어? 우리 읍에 갈 거야 말 거야?" 하얀 여름 외투를 근사하게 차려입은 수오르드가 성마르게 다그쳤다. "사스니는 벌써 뜰에 내려가 있다고."

"알았어, 알았어, 일어나고 있어." 둘은 은밀히 더욱 엉켜들며 말했다.

"당장 해!" 수오르드는 말하고 방에서 나갔다.

하드리는 일어나 앉았지만, 둔은 하드리를 다시 잡아당겨 눕혔다. "그 여자를 봤어? 그 여자와 얘기했어?"

"두 번. 당신에게 안'나드가 누군지 들은 뒤로는 다시 가보지 않았어. 두려웠거든⋯⋯. 안'나드가 두려웠던 건 아니야. 안'나드가 거기 없을까봐 두려웠지."

"안'나드가 뭘 했는데?" 둔은 부드럽게 물었다.

"우리를 물에 빠져 죽지 않게 구했어." 하드리는 말했다.

THE BIRTHDAY OF THE WORLD

산의 방식

OF

THE WORLD

행성 O에 익숙하지 않은 독자들을 위한 주해:

키'오 사회는 두 절반들 혹은 두 반족으로 나뉘고, (고대의 종교적 이유에서) 아침과 저녁이라 불린다. 당신은 당신 어머니의 반족에 속하고, 당신 반족의 누구와도 섹스할 수 없다.

O에서 결혼은 넷이 하는 것이며 세도레투라고 부른다. 아침 반족의 남자 한 명과 여자 한 명, 저녁 반족의 남자 한 명과 여자 한 명이다. 당신은 서로 다른 반족의 배우자 둘 다와 섹스할 수 있고, 당신의 반족 출신인 배우자와는 섹스하지 않아야 한다. 따라서 각 세도레투에는 해도 되는 두 개의 이성애 관계와 두 개의 동성애 관계가 있고, 해선 안 되는 두 개의 이성애 관계가 있다.

각 세도레투에서 예상되는 관계는 다음과 같다:

아침 여자와 저녁 남자('아침 결혼')

저녁 여자와 아침 남자('저녁 결혼')

아침 여자와 저녁 여자('낮 결혼')

아침 남자와 저녁 남자('밤 결혼')

금지된 관계는 아침 여자와 아침 남자 간의 관계, 그리고 저녁 여자와 저녁 남자 간의 관계이고, 이 두 관계는 신성모독이란 말 외엔 아무 이름이 없다.

들리는 만큼 복잡한 건 맞지만, 결혼은 원래 대부분 복잡하지 않은가?

데카 산맥의 돌투성이 고지에 있는 농족들은 수가 얼마 안 되면서 서로 아주 멀리 떨어져 있다. 농부들은 남향의 비탈에 씨를 뿌리고, 야마를 빗질해 털을 얻고, 털을 손질하고 실을 뽑고 양질의 모직물로 짠 뒤, 펠트를 카펫 공장에 팔아 그 차가운 땅에서 간신히 생계를 유지한다. 아리우라 불리는 산 야마는 작고 강단 있는 품종이다. 아리우는 따로 축사가 없이 방목되고, 울타리 안에 갇히지 않는다. 아리우는 먼 옛날부터 존재하는, 보이지 않는 목축지 경계선을 절대로 넘어가지 않기 때문이다. 사실 각각의 농족은 그곳 가축들의 영토이다. 즉 동물들이 진짜 주인이다. 관대하고 초연하게, 아리우는 농부들이 자신들의 빽빽한 털을 빗게 허락하고, 난산일 경우에 농부들이 돕게 허락하고, 죽으면 가죽을 벗겨 가게 허락한다. 농부들은 아리우에게 의지한다. 아리우는 농부들에게 의지하지 않는다. 소유권 문제는 논의의 여지가 있다. 단로 농족에서 사람들은 "우리는 아리우 900두를 가지고 있다"라고 말하지 않는다. "아리우가 900두 있다"라고 말한다.

단로는 O에 있는 오니아수의 마네 강 고지 분수령에 있는 오로 마을에서 가장 먼 농장이다. 산 위에 사는 사람들은 문명화되었지만, 그렇게 많이 문명화되진 않았다. 대부분의 키'오처럼, 산사람들은 늘 하던 식으로 일을 처리하는 데 긍지를 느끼지만, 사실 이들은 강퍅하고 고집스러우며, 자기들 편한 대로 규칙을 바꾸고는 '저 아래' 사람들은 규칙을 모른다느니 옛날 방식, 그러니까 진짜 키'오 방식, 산의 방식을 존중하지 않는다느니 해댄다.

오래전, 파렌에서 산사태가 일어나 아침 여자와 그 여자의 남편이 죽었고, 그렇게 단로의 첫 번째 세도레투가 깨졌다. 과부가 된 저녁 부부는 둘 다 다른 농족 출신이었는데 애도하는 습관이 생겼고 일찍 늙어버렸으며, 아침의 딸에게 농장과 모든 일의 관리를 맡겼다.

아침 딸의 이름은 샤헤스였다. 나이는 서른이고, 등이 꼿꼿하며, 힘이 세고, 키가 작고, 뺨이 거칠고 붉었으며, 산사람 특유의 성큼성큼 걷는 습관, 산사람 특유의 좋은 폐활량을 지녔다. 샤헤스는 깊은 눈 속에서도 60파운드짜리 펠트 뭉치를 등에 지고 산길로 내려가 마을 센터로 가서 펠트를 팔고 세금을 내고 마을 화로에 잠시 들렀다가 가파르고 구불구불한 길을 다시 성큼성큼 걸어 해 지기 전에 집으로 돌아올 수 있었다. 왕복 40킬로미터에 고도 변화가 600미터였다. 단로에서 샤헤스든 누구든 새로운 얼굴을 보고 싶을 때면, 이들은 산을 내려가 다른 농장이나 마을 센터로 가야 했다. 단로까지 거친 길을 가는 내내 실어다줄 만한 탈것은 전혀 없었다. 샤헤스는 일손을 고용할 때가 거의 없었고, 가족은 사교적이지 않았다. 이들의 환대하는 마음은 이들의 산길처럼 쓸 일이 좀체 없다보니 날이 갈수록 돌처럼 굳어버렸다.

그러나 저지의 순회 학자 한 명이 마네 산맥을 올라 오로까지 왔고, 이 학자는 또다시 거의 수직에 가까운 바퀴 자국과 잡석들을 보고도 전혀 굴하지 않았다. 다른 농장들을 이미 방문해봤기에, 학자는 파렌을 돌아 케드'딘에서 단로로 오른 뒤 명예롭고 전통적인 제안을 했다. 농부들이 숙소를 주고 머물게 해주는 한, 사당에서 함께 예배를 하며 강론에 대한 대화를 이끌고, 농족의 아이들에게 영적 문제를 가르치겠다는 것이었다.

이 학자는 저녁 여자로, 나이가 마흔이 넘었고, 키가 크고 팔다리가 길쭉하며, 짧게 친 다갈색 머리는 야마의 털만큼이나 가늘고 구불거렸다. 학자는 상당히 겁이 없었고, 사치나 편의품 같은 건 전혀 바라지 않았고, 잡담도 절대 하지 않았다. 학자는 거대한 센터들의 명석하고 유창한 해설자들과는 전혀 달랐다. 그냥 학교에 다닌 농장 여자였다. 학자는 강론에 대해, 듣는 이들의 수준에 맞도록 평이하게 읽고 이야기했고, 옛날 노랫가락에 맞춰 봉헌을 하고 찬송가를 불렀으며, 단로의 아이 한 명에게는 짧고 편안한 수업을 해주었다. 열 살 난 아침 이복조카였다. 그 외 시간에는 집주인들만큼이나 말이 없었고, 똑같이 열심히 일했다. 산사람들은 새벽에 일어났다. 학자는 새벽 전에 일어나 앉아 명상을 했다. 학자는 몇 권 안 되는 책들을 공부하고 그 뒤로 한두 시간씩 글을 썼다. 그리고 나머지 시간에는 뭐든 농장 사람들이 주는 일을 함께 했다.

때는 야마 털을 모으는 철인 한여름이었고, 사람들은 모두 매일 밖에 나가 거대한 산 목축 영역 여기저기에 흩어져 있는 야마 떼를 쫓아다니며 야마가 풀을 새김질하러 누우면 털을 빗겼다.

나이 든 아리우들은 빗질을 알았고 좋아했다. 아리우들은 빗질해달라고 다리를 접고 눕거나 가만히 서서, 빗질해주는 쪽으로 살짝 몸을 숙였고, 가끔은 기분 좋단 표시로 조그맣게 속삭이듯 떨리는 기침을 했다. 일년생 아리우들은 털이 가장 좋았고 생것이든 짠 것이든 최고의 가격으로 팔렸지만, 빗질에 간지러워했고 까불거렸다. 가만히 옆걸음질 치고 깨물고 내달았다. 일년생 아리우를 빗질하는 일엔 굉장한 굳은 인내심이 필요했다. 빗질하는 사람이 부드럽고 단조롭게 "훈나, 훈나, 나, 나……" 노래하며 길고 가는 빗살을 털 속에 박고 쓸어내리고, 쓸고 쓸고 또 쓸면, 어린 아리우는 결국 빗질에 반응하며 점차 조용해지고 심지어 꾸벅꾸벅 졸기까지 했다.

이 순회 학자는 종교적 이름이 엔노였는데, 갓난 아리우를 무척이나 잘 다루었고, 그래서 샤헤스는 엔노를 데리고 나가 일년생들의 털을 빗기게 손을 잡고 도와주었다. 엔노는 갓난 아리우뿐 아니라 일년생 아리우 역시 잘 다룬다는 것을 보여주었고, 곧오로 최고의 빗질 명수인 샤헤스와 매일 나란히 일하게 되었다. 엔노는 명상과 독서가 끝나면 밖으로 나왔고, 일년생들이 어미와 갓난 새끼들과 함께 달리고 있는 거대한 비탈에서 샤헤스를 찾았다. 두 여자는 매일 함께 가볍고 매끄러우며 구름 같은 젖색

털로 40파운드짜리 부대를 채웠다. 종종 둘은 쌍둥이 한 쌍을 골라내곤 했다. 이 온화한 해에는 쌍둥이 수가 여느 해와 달랐다. 샤혜스가 쌍둥이 중 한 마리를 데리고 가면 다른 한 마리가 졸졸 따라왔다. 야마 쌍둥이는 평생을 붙어 지냈던 것이다. 이렇게 하면 두 여자는 조용한 분위기 속에 둘이만 나란히 있으면서 집중해 일할 수 있었다. 이들은 동물과만 이야기했다. "그 멍청한 다리 좀 움직여봐." 샤혜스는 한 살짜리를 빗질하다가 야마가 크고 검고 꿈꾸는 듯한 눈으로 자신을 물끄러미 바라보면 그렇게 말하곤 했다. 엔노는 "훈나, 훈나, 훈나, 나" 하고 웅얼거리거나 봉헌의 한 부분을 콧노래로 불러서, 배를 간지럽힌다고 우아한 머리를 오만하게 흔들고 이를 드러내는 야마를 달랬다. 그런 뒤 30분 동안은 스윽스윽 조용히 빗질하는 소리, 돌 위로 바람이 끊임없이 슝슝 부는 소리, 새끼의 부드러운 매애 우는 소리, 근처 야마들이 가늘고 마른 풀을 씹는 어렴풋하고 리드미컬한 소리만이 들렸다. 언제나 나이 든 암야마 한 마리가 망을 보았고, 긴 목 위의 방심 않는 머리는 커다란 두 눈으로 광대하고 비탈진 산의 땅들을 몇 마일 아래의 강에서 몇 마일 위의 빙하까지 위아래로 훑어보았다. 돌과 눈으로 이루어진 먼 산꼭대기들은 짙푸르고 화창한 하늘을 배경으로 뚜렷하게 보였고, 구름과 날리는 안개 속으로 들어가 희미해졌다가 다시 공기의 심연 속에서 빛났다.

엔노는 이제까지 빗질해 모은 커다란 젖빛 털 뭉치를 집어 들었고, 샤혜스는 길고 느슨하게 짠, 양 끝이 열리는 자루를 열고 기다렸다.

엔노는 야마 털을 자루에 집어넣었다. 샤헤스가 엔노의 두 손을 잡았다.

반쯤 채워진 자루 위로 몸을 숙이고 둘은 서로 손을 잡았고, 샤헤스가 말했다. "실은 난 당신과……." 그러자 엔노가 말했다. "좋아, 좋아!"

둘 중 누구도 이제까지 많이 사랑해보질 않았고, 누구도 섹스에서 많은 기쁨을 누려보질 못했다. 엔노는 아칼이란 이름의 거친 농장 소녀였을 때, 불행하게도 잔인한 행위에서 쾌감을 느끼는 남자를 매혹시켰고 또 그 남자에게 매혹당했다. 그 남자가 자신에게 하는 짓을 참을 필요가 없다는 걸 마침내 이해하자, 엔노는 달아났다. 달리 어떻게 그 남자에게서 벗어나야 할지를 몰랐기 때문이었다. 엔노는 아스타의 학교로 피신했고, 거기서 꽤 맘에 드는 일과 배울 거리를 찾았으며, 또한 영적 훈련이 자기에게 맞는 걸 알게 됐고, 나중엔 방랑하는 삶 또한 선택했다. 20년 동안 엔노는 가족이나 가까운 애정의 대상이 없는 순회 학자였다. 이제 샤헤스의 열정이 엔노에게 몸의 영성을 깨닫게 했고, 세상을 바꿔놓았으며, 엔노가 이제까지 그런 세상에서 한 번도 살아본 적이 없음을 느끼게 했다.

샤헤스의 경우, 샤헤스는 이제까지 사랑에 대해 거의 생각해본 적이 없었고, 섹스라고 더 나을 게 없었다. 결혼이 문제가 되었을 때만 좀 생각해본 게 다였다. 결혼은 어서 해치워야 할 일이었다. 샤헤스는 서른 살이었다. 단로에는 완전한 세도레투가 없었고, 아이를 낳는 여자도 없었으며, 태어난 아이도 딱 한 명뿐이었다. 샤헤스의 의무는 단순했다. 샤헤스는 냉혹하고 마지못한 태도로, 저녁 남자가 있는 인근 농장들의 부부에게 가서 구애했다. 베하 농장의 남자에겐 너무 늦게 갔다. 그 남자는 저지 사람과 도망쳤던 것이다. 케드'드 고지의 홀아비는 그러자고 했지만, 예순 살이 가까운 데다 몸에서 오줌 냄새가 났다. 샤헤스는 강 하류 오크바 농장에 사는 미카 삼촌의 이복사촌의 구애를 억지로 받아들이려 해보았지만, 이 남자가 샤헤스를 원하는 이유가 오직 단로를 공유하고 싶다는 것뿐인 게 분명한 데다 이 남자는 미카 삼촌보다도 더 게으르고 무능했다.

다 큰 뒤로, 샤헤스는 파렌의 저쪽 끝에서 가장 가까운 농족인 케드'딘의 저녁 딸인 템리를 가끔 만났다. 템리와 샤헤스는 성적인 관계를 맺었고, 이 관계는 둘 다에게 진실되고 믿음직한 기쁨을 주었다. 둘 다 이 관계가 영원하길 바랐다. 때때로 둘은 단로의 샤헤스 침대 혹은 케드'딘의 템리 침대에 누워 결혼과 세도레투를 만드는 것에 대해 이야기했다. 마을의 뚜쟁이에게 갈 필요도 없었다. 둘은 뚜쟁이가 아는 모든 사람을 알았다. 둘은 오로의 남자들과 오로 골짜기 밖에서 아는 극소수의 남자들을 하나씩 꼽아보았고, 현실성이 없거나 접근할 수 없는 사람을 다시 하나씩 뺐다. 목록에 늘 남아 있는 유일한 이는 오토라였다. 마을 센터의 야마 털 작업장에서 일하는 아침 남자였다. 샤헤스는 오토라가 한결같은 일꾼이란 평이 맘에 들었다. 템리는 오토라의 외모와 말하는 방식을 좋아했다. 오토라 역시 확실히 템리의 외모와 말하는 방식을 좋아했고, 케드'딘에서 결혼할 기회가 있었다면 분명 템리에게 구혼했을 것이었다. 그러나 그곳은 가난한 농족이었고, 단로와 똑같은 문제가 있었다. 결혼 가능한 저녁 남자가 없었다. 세도레투를 만들려면, 샤헤스와 템리와 오토라는 오크바의 그 무능하고 뻔뻔한 남자 혹은 케드'드의 찌무룩하고 늙은 홀아비와 결혼해야 할 판이었다. 둘 중 누구와든 자신의 농장과 침대를 공유하다니 샤헤스로선 생각만 해도 참을 수 없는 일이었다.

"내게 어울리는 남자를 한 명만 만날 수 있었어도!" 샤헤스가 씁쓸하게 말했다.

"만난다고 네가 과연 그 남자를 좋아할까 모르겠는걸." 템리가 말했다.

"그건 나도 모르겠어."

"어쩌면 이번 가을 마네보에서……."

샤헤스는 한숨을 쉬었다. 매년 가을, 샤헤스는 야마들 등에 펠트와 울을 가득 싣고 마네보 축제까지 60킬로미터를 걸어 내려가 남자를 찾아보곤 했다. 그러나 샤헤스가 두 번 본 남자가 샤헤스를 한 번이라도 봐주는 일은 절대 없었다. 제아무리 단로에서 안정된 생활을 할 수 있다 해도, 한참 높은 산 위에서 살고 싶어 하는 사람은 없었다. 사람들은 산 위에서 사는 걸 꼭대기에서 산다고 말했다. 그렇다고 샤헤스에게 예쁘거나 멋진 모습으로 남자의 흥미를 끄는 재주가 있는 것도 아니었다. 샤헤스는 고된 일, 거친 날씨, 명령하는 습관 때문에 거칠어지고, 외로운 삶 때문에 수줍어졌던 것이다. 쾌활하고 술술 말하는 상인들과 손님들 사이에서 샤헤스는 야생동물 같았다. 지난 가을, 샤헤스는 또다시 축제에 갔었고, 또다시 우울하고 뚱해진 채 터덜터덜 산으로 돌아와 템리에게 말했다. "내가 그자들과 다신 보나봐."

엔노는 너무 조용해 귀가 울리는 산중 밤의 정적 속에 잠을 깼다. 그녀는 별빛으로 환하게 빛나는 조그만 사각형 창문을 보았고, 바로 옆에서 샤헤스의 따뜻한 몸이 흐느끼며 떠는 것을 느꼈다.

"왜 그래? 왜 그래, 내 사랑?"

"넌 떠날 거잖아. 넌 떠나버릴 거잖아!"

"하지만 지금은 아냐…… 당장은 아냐……."

"넌 여기서 계속 살 수 없어. 네겐 소명이 있어. 학교……." 샤헤스는 헐떡이고 우느라 말을 제대로 잇지 못했다. "학교에, 일에 책임이 있고, 난 널 잡을 수 없어. 난 네게 농장을 줄 수 없어. 네게 줄 수 있는 게 하나도 없어. 하나도 없다고!"

엔노, 혹은 아칼은—엔노는 둘만 있을 때면 자기를 아칼이라 불러달라고, 자신이 어릴 적 버렸던 이름으로 불러달라고 부탁했다—유감스럽게도 샤헤스의 말뜻을 너무 잘 알았다. 연속성을 제공하는 것은 농족장의 의무였다. 샤헤스는 조상들에게 자기 생명을 빚졌듯 후손들에게도 생명을 빚졌다. 아칼은 여기에 의문을 제기하지 않았다. 자신도 농족에서 자랐기 때문이다. 그 뒤로, 학교에서 아칼은 영혼의 기쁨과 의무에 대해 배웠고, 샤

176

헤스와 함께 지내면서 사랑의 기쁨과 의무에 대해 알게 되었다. 둘 다 어떤 식으로도 농족장의 의무를 저버리지 않았다. 샤헤스는 직접 아이를 낳을 필요는 없었지만, 단로에 아이들이 생기도록 애써야 했다. 템리와 오토라가 저녁 결혼을 한다면, 템리는 단로의 아이들을 낳게 된다. 그러나 세도레투에는 아침 결혼이 있어야 했다. 샤헤스는 저녁 남자를 찾아야 했다. 샤헤스가 마음대로 아칼을 단로에 계속 둘 수 없었고, 아칼이 머무는 게 정당화되지도 않았다. 아칼은 방해가 되고 부적절하며, 결국 장애물이고 훼방꾼이었던 것이다. 아칼이 연인으로 머무는 한, 아칼은 종교적 의무를 저버리면서, 농족에 대한 샤헤스의 의무 이행까지 막는 셈이었다. 샤헤스는 진실을 말했다. 아칼은 떠나야 했다.

아칼은 침대에서 나와 창가로 갔다. 알몸으로 별빛 속에 서 있으니 추웠지만, 저 먼 회색 비탈에서 천장까지 환하게 번쩍이며 눈부시게 빛을 내는 별들을 바라보았다. 아칼은 떠나야 했지만, 떠날 수가 없었다. 생명이 여기에 있었다. 바로 샤헤스의 몸, 샤헤스의 가슴, 샤헤스의 입, 샤헤스의 숨결이었다. 아칼은 생명을 찾았고, 죽음으로 내려갈 수 없었다. 아칼은 떠날 수 없었지만, 떠나야 했다.

샤헤스가 어두운 방 저쪽에서 말했다. "나랑 결혼해줘."

아칼은 침대로 돌아왔고, 맨바닥에서 맨발이 소리 없이 움직였다. 아칼은 침대의 부드러운 이불 속으로 들어와 몸을 떨었고, 자기 몸에 와 닿는 샤헤스의 온기를 느끼고 몸을 돌려 샤헤

스를 안았다. 그러나 샤혜스는 아칼의 손을 강하게 쥐고는 다시
말했다. "나랑 결혼해줘."

"아아, 나도 그럴 수 있으면 좋겠어!"

"그럴 수 있어."

잠시 후, 아칼은 한숨을 쉬고 몸을 쭉 뻗은 뒤 베개를 벤 채 머
리 뒤로 깍지를 꼈다. "여기엔 저녁 남자가 한 명도 없어. 네가
네 입으로 그랬잖아. 그런데 우리가 무슨 수로 결혼을 해? 내가
뭘 할 수 있는데? 저지에 내려가 남편을 낚아 오면 되나. 농족을
미끼로 써서. 어떤 남자가 걸려 올 것 같은데? 난 잠시라도 남과
널 공유할 수 없어. 그렇겐 못 해."

샤혜스는 자기 나름의 생각에 빠져 있었다. "템리를 곤경 속
에 내버려둘 순 없어."

"그게 또 다른 장애물이지." 아칼이 말했다. "템리에게 공정
하지 않아. 우리가 저녁 남자를 하나 찾아내면, 템리는 혼자 남
겨지잖아."

"아니, 그렇지 않아."

"낮 결혼 두 개만 하고 아침 결혼은 안 한다고? 세도레투 하나
에 저녁 여자가 둘? 말이야 좋네!"

"내 말 들어봐." 샤혜스는 여전히 아칼 말은 듣지 않으며 말했
다. 샤혜스는 이불을 어깨에 두르고 바로 앉아 나지막한 목소리
로 빠르게 말했다. "넌 떠나는 거야. 저 아래로 내려가. 거기서
겨울을 보내. 늦봄이 되면, 사람들이 여름 일거리를 찾아 마네
를 올라올 거야. 남자 한 명이 오로에 와서 말하는 거지. 괜찮은

미세 빗질가가 필요한 분 계시나요? 작업장에서 사람들이 그 남자에게 말하지. 네, 단로의 샤혜스가 일손을 찾아 여기 내려왔었어요. 그럼 남자는 여기로 올라오고, 이 집 문을 두드리지. 제 이름은 아칼입니다, 빗질가가 필요하시다고 들었습니다. 남자가 말해. 그럼 난 말하지, 네, 네, 필요해요. 들어오세요. 오, 어서 들어오세요. 오셔서 영원히 계세요!"

샤혜스는 아칼의 손목을 강철처럼 단단히 잡고 있었고, 목소리는 솟구치는 기쁨으로 떨렸다. 아칼은 옛날얘기를 듣듯 귀를 기울였다.

"누가 알겠어, 아칼? 과연 누가 넌 줄 알겠어? 넌 여기 위의 대다수 남자들보다 키가 커. 머리는 기르면 되고, 남자처럼 옷을 입어. 전에 남자 옷을 좋아했다고 네가 말한 적도 있잖아. 아무도 모를 거야. 어쨌거나 여기 오는 사람이 있기나 해?"

"아, 제발, 샤혜스! 여기 사람들, 마겔과 마두, 셰스트……."

"그 노인네들은 아무것도 모를 거야. 미카는 반편이야. 그 아인 정말 모를 거야. 우리가 결혼하게 템리가 케드'딘에서 바레스를 데려올 수 있어. 그 늙은이는 젖꼭지랑 발가락도 구별 못하는 사람이야. 하지만 결혼식은 진행할 수 있지."

"그럼 템리는?" 아칼은 말하며 소리 내어 웃었지만 불안했다. 너무나 무모한 생각인 데다 샤혜스가 지나치게 진지했다.

"템리 걱정은 마. 템리는 케드'딘에서 벗어날 수만 있다면 뭐든 할 거야. 템리는 여기로 오고 싶어 하고, 템리랑 나는 옛날부터 서로 결혼하고 싶어 했어. 이제 우린 할 수 있어. 우리에게 필요한 건 템리를 위한 아침 남자뿐이야. 템리는 오토라를 좋아해. 오토라는 단로를 공유하고 싶어 하고."

"물론 그렇지만, 오토라가 나도 공유하게 되는 거 알지! 밤 결혼에 여자라니?"

"오토라는 알 필요 없어."

"미쳤구나. 오토라는 당연히 알게 될 거야!"

"우리가 결혼한 뒤에 말이지."

아칼은 어둠 속에서 말없이 샤헤스를 응시했다. 마침내 아칼이 말했다. "그러니까 네 말은, 내가 지금 떠났다가 반년 뒤에 남자 옷을 입고 돌아오란 거지. 그러곤 너와 템리, 그리고 내가 본 적 없는 남자랑 결혼하라고. 그래서 남자인 척하며 남은 평생을 여기서 살고. 아무도 내가 누군지 추측하지 못할 거고, 사실을 간파하거나 이의를 제기하는 일도 없을 거고. 특히 내 남편은 절대 안 그럴 거고."

"오토라는 중요하지 않아."

"아니, 중요해." 아칼이 말했다. "이건 사악하고 부당해. 결혼 성례를 모독하는 거야. 어쨌거나 성공도 못 할 거고. 난 모두를 조롱할 순 없어! 내 남은 평생 그럴 수는 더더욱 없고!"

"그거 아니면 우리가 무슨 수로 결혼할 수 있는데?"

"저녁 남편을 찾아, 어디서든……."

"하지만 난 널 원해! 난 널 내 남편이자 아내로 원해. 난 한 번도 남자는 원해본 적이 없어. 난 널 원하고, 죽을 때까지 너만 원하고, 우리 사이에 누구도 없음 좋겠고, 누구도 우릴 갈라놓지 못해. 아칼, 생각해, 생각해봐, 어쩌면 이게 종교에 어긋날진 몰라도, 다치는 사람은 없잖아? 이게 왜 부당해? 템리는 남자를 좋아하고, 그러니 오토라를 가질 거야. 오토라는 템리를 가질 거고, 단로를 가질 거고. 그리고 단로는 그 둘의 아이를 갖게 되겠지. 난 널 가질 거고, 영원히 언제나 널 가질 거야. 내 영혼, 내 삶과 영혼인 너를."

"아 안 돼, 아 안 돼." 아칼은 애달프게 흐느끼며 말했다.

샤헤스는 아칼을 안았다.

"난 여자로서 정말 별로였어." 아칼이 말했다. "널 만나기 전까진 말야. 이제 와서 네가 날 남자로 만들 순 없어! 난 남자로선 더 엉망일 거고, 아무 쓸모도 없을 거야!"

"넌 남자가 되지 않아. 넌 내 아칼이 될 거야, 내 사랑. 그리고 우리 사이에 그 무엇도, 그 누구도 끼어들지 않을 거고."

둘은 깔깔 웃고 외치며 서로를 얼싸안고 굴렀다. 두 사람을 감싼 양털 이불 위로 별빛이 쏟아졌다. "우린 할 거야, 우린 할 거야!" 샤헤스는 말했고, 아칼도 말했다. "우린 미쳤어, 우린 미쳤다고!"

오로에서 사람들은 뒷공론을 하며 그 여자 학자가 산꼭대기 농족에서 겨울을 나려 하는지, 지금은 어디 있는지, 단로에 있는지, 케드'딘에 있는지 묻기 시작했다. 그때 학자가 꾸불꾸불한 길을 내려왔다. 학자는 밤을 보내고 시장 가족을 위해 봉헌을 노래해준 뒤 데르마네의 태양열차 역까지 매일 다니는 화차를 탔다. 산꼭대기에서 첫 가을 눈보라가 학자를 따라 불어왔다.

샤헤스와 아칼은 겨울 내내 전혀 연락을 주고받지 않았다. 이른 봄이 되자, 아칼은 농장으로 전화했다. "언제 와?" 샤헤스는 물었고, 멀리서 대답이 돌아왔다. "야마 털 모으는 때가 되면."

샤헤스는 그 겨울 내내 아칼에 대한 기나긴 꿈을 꾸며 지냈다. 텅 빈 옆방에서 아칼 목소리가 울렸다. 바람과 눈 속에서 아칼의 길쭉한 몸이 샤헤스 옆에서 움직였다. 샤헤스는 이미 아는 사랑과 다가올 사랑에 대한 확신 속에 평화롭게 잠들었다.

저지대에서 다시 엔노가 된 아칼은 그 겨울 내내 죄책감과 주저로 기나긴 고통을 느끼며 지냈다. 결혼은 성스러운 것인데, 아칼과 샤헤스는 둘의 계획으로 확실히 그 성사를 비웃으려 하고 있었다. 그러나 확실히 사랑에 의한 결혼이기도 했다. 또한 샤헤스가 말했듯, 누구도 다치지 않았다. 사람들을 속이는 게 다치게 하는 게 아니라면 말이다. 오토라란 남자를 속여 밤 결혼 상대가 여자로 드러날 결혼을 하게 하는 건 옳은 일일 수 없었다. 그러나 미리 이 계획을 알면 어떤 남자도 찬성하지 않을 것도 확실했다. 당장은 속이는 게 유일한 방법이었다. 오토라를 속여야만 했다.

키'오의 종교에는 일반인들에게 어떻게 하라고 일러줄 사제나 전문가가 없다. 일반인은 알아서 도덕적, 영적 선택을 해야 하고, 바로 그 때문에 강론을 토론하는 데 상당한 시간을 쓰는 것이다. 강론의 학자로서, 엔노는 대부분의 사람들보다 질문을 훨씬 많이 알았지만, 답은 훨씬 적게 알았다.

엔노는 깜깜한 겨울 아침마다 자신의 영혼과 씨름하며 앉아 모든 시간을 보냈다. 마침내 샤헤스에게 전화했을 때, 엔노는 샤헤스에게 못 가겠다고 말하려 했다. 그러나 샤헤스의 목소리를 듣자, 잠에서 깨면 꿈이 머릿속에서 지워지듯, 고뇌와 죄책감이 단숨에 사라져버렸다. 엔노는 말했다. "야마 털 모으는 때에 맞춰 갈게."

봄이 되어 아스타의 학교 한쪽 익면에서 동료들과 건물을 다시 짓고 칠하면서 엔노는 머리를 길렀다. 머리가 충분히 길자, 남자들이 종종 하는 식으로 머리를 하나로 묶었다. 여름이 되자, 엔노는 학교를 위해 일하며 모은 약간의 돈으로 남자 옷을 샀다. 엔노는 남자 옷을 입고 가게에서 거울에 몸을 비춰 보았다. 엔노는 아칼을 보았다. 아칼은 키가 크고 마른 남자였고, 마른 얼굴에 코가 여위었으며 천천히 환한 미소를 지었다. 엔노는 아칼이 맘에 들었다.

아칼은 마지막 정거장인 오로에서 데카 고지 화차를 내려 마을 센터로 갔고, 빗질가를 찾는 사람이 있는지 물어보았다.

"단로야." "그 농부가 단로에서 내려왔었잖아. 벌써 두 번이나." "미세 빗질가를 원한대." "성긴 빗질가 아니었나?" 시간이 좀 걸렸지만, 결국 노인들과 소문이 모두 의견 일치를 보았다. 단로에서 미세 빗질가를 구하고 있었다.

"단로가 어디죠?" 키 큰 남자는 물었다.

"위야." 노인 한 명이 간결하게 말했다. "일년생 아리우 다뤄 봤나?"

"네." 키 큰 남자는 말했다. "서쪽 위입니까, 동쪽 위입니까?"

사람들은 남자에게 단로로 가는 길을 일러주었고, 남자는 귀에 익은 찬송가를 휘파람으로 불며 꾸불꾸불한 길을 올라갔다.

아칼은 길을 가다가 휘파람을 멈추었고, 남자 행세를 멈추었다. 과연 자기가 그 집의 누구도 모르는 척할 수 있을지 자신이 없었다. 그 사람들이 자길 못 알아볼 거라는 게 도무지 상상이 되질 않았다. 자신이 물 의식과 찬송가를 가르친 그 아이, 셰스트를 도대체 어떻게 속일 수 있단 말인가? 낯선 이를 들이려고 문을 열어 셰스트가 달려오는 것을 보자 공포와 경악과 수치심이 고통스럽게 아칼을 뒤흔들었다.

아칼은 목소리를 깊숙이 내리깔고 아이와 눈을 마주치지 않으면서 말을 아꼈다. 아칼은 이 남자아이가 자신을 알아봤다고 확신했다. 그러나 셰스트가 빤히 바라본 건 단지 낯선 사람을 너무 드물게 보다보니 낯선 사람은 모두 똑같아 보여 그런 것뿐이었다. 셰스트는 어른들, 즉 마겔과 마두를 데리러 집 안으로 달려 들어갔다. 마겔과 마두가 나와 아칼에게 종교적 의무인 관례적인 환대를 했고, 아칼은 이 환대를 받아들였지만, 서투르고 인색하긴 해도 나름 늘 친절하게 대해주던 두 사람을 속이다니 자신이 너무 비열하다고 느꼈고, 동시에 승리감에서 큰 소리로 웃고 싶은 강한 충동을 느꼈다. 마겔과 마두는 이 남자에게서 엔노를 보지 못했고, 알아보지 못했다. 그 말은 그녀가 아칼이며, 자유롭단 뜻이었다.

아칼이 부엌에 앉아 여름 채소로 만든 시큼하고 묽은 수프를 마시고 있는데 샤혜스가 들어왔다. 험상궂고 땅딸막하고 얼굴이 탔으며 축축했다. 아칼이 농장에 도착하고 곧 여름 폭풍우가 파렌을 덮친 것이었다. "누구죠?" 샤혜스는 젖은 외투를 벗으며 말했다.

마겔은 목소리를 낮춰 샤혜스에게 은밀히 말했다. "마을에서 올라왔어. 네가 일년생들을 다룰 일꾼이 필요하다 했다고 사람들에게 들었대."

"어디서 일해봤죠?" 샤혜스는 등을 돌리고 자기 몫의 수프를 국자로 뜨며 딱딱하게 물었다.

아칼은 할 말이 없었다. 최근 것은 더더욱 말할 수 없었다. 아칼은 오랫동안 뜸을 들이며 생각했다. 아무도 신경 쓰지 않았다. 산에선 신속한 대답과 빠른 말투가 별나고 의심스러운 행동이었다. 아칼은 마침내 20년 전 도망쳐 나온 농장의 이름을 댔다. "오리소의 압바 마을에 있는 브레데 족입니다."

"미세 빗질 해봤어요? 일년생은 다뤄봤고요? 아리우 일년생요."

아칼은 말없이 고개만 끄덕였다. 샤혜스가 자길 못 알아볼 수도 있는 걸까? 샤혜스의 목소리는 쌀쌀하고 불친절했고, 아칼을 한 번 흘끗 볼 때도 눈길이 차가웠다. 샤혜스는 자기 수프 그릇을 들고 앉아 게걸스레 먹기 시작했다.

"오늘 오후에 함께 나가 일하는 걸 보여줘요." 샤혜스가 말했다. "이름은 뭐죠?"

"아칼."

샤혜스는 투덜거린 뒤 수프를 계속 먹었다. 샤혜스는 탁자 너머로 아칼을 다시 흘끗 보았고, 빛으로 찌르듯 눈빛이 한 번 번뜩였다.

높은 언덕으로 나오자, 비와 눈 녹은 물의 진창 속에서, 찌르는 듯한 바람과 번쩍이는 햇빛 속에서, 둘은 서로 숨도 못 쉴 만큼 꼭 껴안았고, 바위 은신처에서 큰 소리로 웃고 울고 말하고 키스하고 섹스했고, 엄청나게 더러워진 채, 빗질한 야마 털은 딱하리만큼 조금만 가지고 돌아왔다. 마겔은 저게 저 남자의 능력 전부라면 샤혜스가 아래에서 온 저 키 큰 녀석을 왜 쓰려 하는지 도대체 이해할 수가 없다고 마두에게 말했고, 마두는 게다가 그 남자는 6인분을 먹는다고 말했다.

그러나 한 달쯤 지나자, 샤혜스와 아칼은 같이 잔다는 사실을 숨기지 않았고, 샤혜스는 세도레투를 만드는 얘기를 하기 시작했으며, 늙은 부부는 툴툴거리며 허락했다. 둘은 뭔가를 허락할 때면 늘 툴툴거렸다. 어쩌면 아칼은 무지했고, 금속 쪼는 정과 햇슬 정도 구분 못 했지만, 저 아래 사람들은 원래 다 그 모양이었다. 떠올려보면, 순회 학자인 엔노가 작년에 여기서 머물렀고, 엔노도 똑같이 키가 지독하게 크면서 무지했지만, 아칼과 마찬가지로 배우려는 열의가 있었다. 아칼은 동물을 다루는 데 일급 일꾼이었고, 혹은 어쨌거나 그런 일에 소질이 있었다. 샤혜스가 남자를 더 찾아볼 수야 있지만, 그게 더 나쁜 결과를 부를 수도 있었다. 그리고 그 말은 샤혜스와 템리가 세도레투의 낮결혼이 될 수 있다는 뜻이었다. 농족에 들일 가치가 있는 남자가 혹시라도 주위에 있었다면 이미 오래전에 결혼했을 터였기 때문이다. 이 세대는 뭐가 문제지, 내 때는 주위에 괜찮은 남자가 넘쳐났는데 말이야.

샤혜스는 저 아래 오로의 마을 뚜쟁이들에게 이미 얘기해두었다. 뚜쟁이들은 이제 야마 털 작업장의 감독인 오토라에게 말했다. 오토라는 단로로의 공식적 초대를 받아들였다. 이런 초대엔 음식과 하루 숙박이 포함되었다. 이렇게 먼 곳이면 필수적인 일이었다. 하지만 이 초대는 사당에서 농장 가족과 함께 예배를 보기 위함이었고, 그 의미를 모르는 사람은 없었다.

그래서 다들 사당에 모였다. 단로의 사당은 돌벽으로 둘러싸인 낮고 추운 공간이었는데, 흙과 돌로 된 바닥은 산허리 부분이라 평평하지 않았다. 방의 높은 쪽 끝에 아주 작은 샘이 하나 있었는데, 잘라낸 화강암 수로 속에서 졸졸 흘렀다. 집은 바로 이 샘 때문에 이곳에 세워졌고, 세워진 지 벌써 600년이 흘렀다. 사람들은 서로 물을 권하며 주거니 받거니 했다. 늙은 저녁 부부, 미카 삼촌과 그 아들 셰스트, 30년째 단로에서 짐야마 부림꾼이자 잡역부로 일하는 아스비, 새 일꾼인 아칼, 농족장인 샤혜스, 그리고 손님인 오로에서 온 오토라와 케드'딘에서 온 템리였다.

템리는 샘 건너에서 오토라에게 웃음 지었지만, 오토라는 템리, 또는 그 누구와도 눈을 마주치지 않았다.

템리는 샤혜스처럼 키가 작고 땅딸막한 여자였지만, 피부색이 훨씬 밝았고, 전반적으로 조금 더 가벼웠다. 샤혜스만큼 건장하거나 빈틈없지 않았다. 템리는 의외로 맑은 목소리로 노래했고, 찬송가를 부를 때면 노랫소리가 하늘 높이 울려 퍼졌다. 오토라 역시 키가 작고 어깨가 딱 벌어졌으며, 호감 가는 얼굴에 유능해 보이는 남자였지만, 지금 당장은 너무나도 안절부절못했다. 관심을 가지고 오토라를 살피던 아칼은 오토라가 마치 사당을 약탈했거나 시장이라도 죽인 듯이 보인다고 생각했으며, 자기도 그렇게 보일 거라고 생각했다. 오토라는 수상해 보였고, 죄지은 듯 보였다.

아칼은 호기심 어린 눈으로 냉정하게 오토라를 관찰했다. 아칼은 오토라와 물을 나눴지만, 죄책감은 나누지 않았다. 샤헤스를 보고 또 만지자마자, 아칼의 모든 양심의 가책과 도덕적 근심이 마치 여기 산 위에선 숨 쉴 수도 없었다는 듯 떨어져 나갔기 때문이다. 아칼은 샤헤스를 위해 태어났고, 샤헤스는 아칼을 위해 태어났다. 그걸로 모든 얘기는 끝이었다. 무엇 덕분에 둘이 함께 있을 수 있게 됐든, 그게 옳았다.

아칼은 한두 번 자문했다. 만약 내가 저녁 반족이 아니라 아침 반족으로 태어났다면 어떻게 됐을까? 심술궂고 끔찍한 생각이었다. 그러나 아칼은 심술궂게 굴고 신성을 모독하라고 부탁받지 않았다. 아칼이 해야 할 일은 성별을 바꾸는 게 다였다. 그것도 남들 앞에서 외모만 바꾸면 됐다. 샤헤스와 함께 있을 때 아칼은 여자였고, 평생 그 어느 때보다도 더 진짜 여자, 진짜 자신이었다. 다른 이들과 함께 있을 때는 아칼이었고, 남들은 아칼을 남자로 생각했다. 아무 문제도 없었다. 그녀는 아칼이었다. 아칼이 되는 게 좋았다. 연기한다는 기분이 들지 않았다. 그전까지는 남과 함께 있을 때 자신이 자신답다고 느낀 적이 없었고, 늘 타인과의 관계가 가식적이라고 느꼈다. 명상할 때 몇 번 '인간'에서 '사물'이 되고 별들을 호흡한 잠시를 빼면 자기가 누군지도 결코 알지 못했었다. 그러나 샤헤스와 있으면, 그때 그리고 그 몸에서는 온전히 그 자신, 아칼이었고, 사랑에 사로잡히고 성교로 축복받은 영혼이었다.

그런 이유로 아칼은 오토라에게, 심지어 템리에게도 아무 말 하지 않기로 샤헤스와 약속하게 된 것이었다. "템리가 널 어떻게 생각하나 보자." 샤헤스가 말했고, 아칼은 동의했다.

작년에 템리는 가르침과 예배를 위해 자기 농족에서 엔노라는 학자를 하룻밤 대접한 적이 있었고, 단로에서도 두세 번 만났었다. 오늘 함께 예배를 하러 와서 템리는 아칼을 처음으로 봤다. 템리가 아칼에게서 엔노를 봤을까? 템리는 아무 기색도 비치지 않았다. 템리는 무뚝뚝한 친절로 아칼을 환영했고, 아리우 번식에 대해 이야기를 나눴다. 템리는 공공연하게 새로운 이를 관찰하며 평가하고 판단했다. 그러나 한 여자가 자신의 결혼 상대일 수도 있는 낯선 자를 만난 상황이라 생각하면 충분히 있을 수 있는 일이었다. 템리는 한동안 이야기를 나눈 뒤 친절하게 말했다. "산의 농장일에 대해선 잘 모르겠네요, 그렇죠? 저 아래와는 달라요. 당신은 뭘 길렀나요? 커다란 평지 야마를 키웠나요?" 아칼은 자신이 자란 농장에 대해, 그리고 해마다 경작했던 세 가지 작물들에 대해 얘기했고, 템리는 놀라며 고개를 끄덕였다.

오토라의 경우, 샤헤스와 아칼은 그 점에 대해 서로 한 마디도 안 함으로써 오토라를 속이기로 공모했다. 아칼은 그 주제를 생각하지 않으려 애썼다. 약혼 기간 동안 어차피 서로를 알게 될 거라고 막연히 생각했다. 결국 당연하게도 아칼은 오토라에게 당신과 섹스하고 싶지 않다고 말해야 할 것이었고, 오토라를 모욕하거나 창피 주지 않으려면 자신은, 아칼은 다른 남자와 섹스하는 걸 싫어한다고 말하는 수밖에 없었으며, 오토라가 용서해 주길 바라야 했다. 그러나 샤헤스는 결혼하기 전까진 절대 오토라에게 말하면 안 된다고 분명히 못 박았다. 미리 알면 오토라는 세도레투에 들어오지 않겠다고 거절할 터였다. 심지어는 복수심에서 그 부분에 대해 말하고 아칼이 여자라고 폭로할 수도 있었다. 그럼 결혼은 완전히 물 건너 가는 거였다. 샤헤스가 이 부분에 대해 얘기할 때, 아칼은 또다시 근심 걱정에 빠지고 덫에 걸린 기분과 죄책감을 느꼈다. 그러나 샤헤스는 침착하고 자신만만했으며 전혀 동요하지 않았고, 여하튼 아칼의 죄책감은 계속되지 않았다. 죄책감은 떨어져 나갔다. 아칼은 그냥 이 일에 대해 별로 생각하지 않았다. 이제 아칼은 동정심과 호기심이 섞인 마음으로 오토라를 지켜보며 오토라가 왜 저렇게 비굴해 보일까 생각했다. 오토라가 뭔가를 두려워하고 있다고 아칼은 생각했다.

물이 따라지고 축복의 말이 나온 뒤, 샤헤스는 제4강론을 읽었다. 샤헤스는 오래된 상자책을 아주 조심스레 닫은 뒤 책을 선반에 놓고 천을 덮은 다음, 마겔과 마두에게 말했다. 단로의 첫 번째 세도레투 중 남아 있는 이들은 마겔과 마두뿐이었으므로 마땅히 그래야 했다. "다른어머니와 다른아버지, 전 이 집에 새로운 세도레투가 만들어지길 제안합니다."

마두는 팔꿈치로 마겔을 슬쩍 찔렀다. 마겔은 안절부절못하며 얼굴을 찡그리고 안 들리게 투덜거렸다. 마침내 마두가 체념한 목소리로 힘없이 말했다. "아침의 딸, 우리에게 그 결혼에 대해 말해주렴."

"모든 것이 순조롭고 평온하다면, 아침 결혼은 샤헤스와 아칼이 될 것이고, 저녁 결혼은 템리와 오토라가 될 것이며, 낮 결혼은 샤헤스와 템리, 밤 결혼은 아칼과 오토라가 될 것입니다."

오랫동안 침묵이 흘렀다. 마겔은 어깨를 움츠렸다. 마침내 마두가 다소 성마르게 입을 열었다. "흠, 다들 괜찮다고 생각하나요?" 보통은 화려한 옛날 언어로 물었지만, 이 정도면 근사하지는 않아도 공식적 동의를 구하는 질문으로서 요점은 전달되었다.

"네." 샤헤스가 똑똑히 말했다.

"네." 아칼이 남자답게 말했다.

"네." 템리가 활기차게 말했다.

침묵.

당연히, 다들 오토라를 바라보았다. 이미 보라색으로 변해 있던 오토라의 얼굴은 모두의 시선이 쏠리자 잿빛으로 변했다.

"하겠습니다." 오토라는 마침내 어쩔 수 없이 웅얼대며 말했고 목청을 고른 뒤 다시 말했다. "다만……." 오토라는 거기서 말을 멈췄다.

다들 아무 말이 없었다.

침묵은 끔찍하게 고통스러웠다.

아칼이 마침내 말했다. "지금 결정할 필요는 없어요. 함께 얘기하죠. 그리고 나중에 다시 사당으로 돌아와서⋯⋯."

"네." 오토라는 아칼을 흘끗 보며 말했고, 그 눈길에 참으로 많은 감정이 담겨 있어 아칼은 그게 무슨 감정인지 전혀 읽을 수가 없었다. 공포, 미움, 감사, 좌절? "전, 전 아칼과 얘기하고 싶습니다. 얘기해야 합니다."

"저도 제 저녁 동기에 대해 알고 싶어요." 템리가 맑은 목소리로 말했다.

"네, 그렇죠, 네, 그렇죠⋯⋯." 오토라가 다시 말을 못 잇고 얼굴을 붉게 물들였다. 오토라가 너무나 불편해하고 괴로워해서 아칼이 대신 말했다. "그럼 잠시 밖으로 나갈까요." 아칼은 오토라를 데리고 마당으로 나갔고, 그동안 다른 이들은 부엌으로 갔다.

아칼은 오토라가 자신의 정체를 간파했음을 알았다. 아칼은 경악했고, 오토라가 뭐라 할지 죽도록 두려워졌다. 그러나 오토라는 소동을 피우지 않았고, 다른 사람들 앞에서 아칼에게 창피를 주지도 않았으며, 아칼은 그 점에 오토라에게 감사했다.

"결국 이런 거죠." 오토라는 대문 앞에서 발을 멈추며 경직되고 부자연스러운 목소리로 말했다. "이건 밤 결혼입니다." 오토라는 또다시 거기서 말을 멈췄다.

아칼은 고개를 끄덕였다. 아칼은 오토라가 해야 할 일을 하게 도우려고 마지못해 입을 열었다. "당신이 꼭 할 필요는⋯⋯."

아칼이 말하는데 오토라가 다시 말했다.

"밤 결혼. 우리. 당신과 저. 그게, 전…… 거기엔 약간의……
있죠, 남자와, 전……."

망상 속의 애처로운 흐느낌과 회의심의 웅웅대는 소리 때문
에 아칼은 이 남자가 하려는 말을 제대로 들을 수 없었다. 오토
라가 훨씬 더 고통스럽게 말을 더듬고 나서야 아칼은 오토라의
말에 귀를 기울이기 시작했다. 오토라의 말을 명확하게 듣고 나
자, 아칼은 자신의 귀를 믿을 수 없었지만, 믿어야만 했다. 오토
라는 말하려 애쓰던 걸 멈췄다.

몹시 주저하면서, 아칼이 입을 열었다. "음, 전…… 전 당신
에게 말하려 했는데……. 제가 이제까지 섹스해본 남자는, 그
건…… 좋지 않았습니다. 그 남자는 절…… 그 남자가 무슨 짓
을 했는데, 뭐가 문제였는지 저도 모르겠습니다. 하지만 전 절
대로, 전 절대로 남자와는 섹스해본 적이 없습니다. 그 이후로
는요. 할 수가 없습니다. 어떻게 해도 남자와는 섹스하고 싶어
지지가 않습니다."

"저도 그렇습니다." 오토라는 말했다.

둘은 정문에 기댄 채 나란히 서서 이 기적을, 단순한 진실을
찬찬히 생각했다.

"전 그저 여자만을 원합니다." 오토라는 떨리는 목소리로 말
했다.

"많은 사람들이 그렇답니다." 아칼은 말했다.

"정말인가요?"

아칼은 오토라의 겸손에 마음이 아리고 슬퍼졌다. 이제까지 오토라가 이런 무지, 이런 수치심으로 괴로워해야 했던 건, 남자들이 다른 남자들에게 하는 허풍 때문이었을까, 아니면 산사람들의 냉혹함 때문이었을까?

아칼이 말했다. "네, 제가 가본 모든 곳에서 그랬답니다. 여자와만 섹스를 원하는 남자들이 상당히 많습니다. 그리고 남자와만 섹스를 원하는 여자들도 많고요. 물론 그 반대도 마찬가지입니다. 대부분 사람들은 양쪽 모두를 원하지만, 그렇지 않은 사람들도 언제나 있습니다. 그건 마치⋯⋯." 아칼은 "스펙트럼의 양끝과도 같다"고 말하려 했다. 그러나 이건 빗질가 아칼의 언어도, 손질가 오토라의 언어도 아니었다. 나이 든 선생의 능란한 솜씨로 아칼은 단어를 바꿨다. "자루의 양끝과도 같습니다. 야마 털을 제대로 넣는다면, 털 대부분은 중간에 있게 되지요. 하지만 자루 끝을 묶을 때 보면 털이 양끝에도 조금 있게 됩니다. 그게 우리랍니다. 많은 수는 아닙니다. 하지만 우리에게 뭔가 문제가 있는 건 아닙니다." 마지막 말은 남자가 남자에게 하는 말처럼 들리진 않았다. 그러나 이미 뱉은 말이었다. 그리고 오토라는 그 말이 이상하다 생각하는 것 같지 않았지만, 완전히 설득된 것 같지도 않았다. 오토라는 생각에 잠겼다. 이제 우울한 비밀을 털어놓은 오토라는 기쁜 얼굴이 되었고, 솔직해졌으며, 마음을 놓았다. 오토라는 겨우 서른 살 정도로, 아칼의 생각보다 어렸다.

"하지만 결혼하면." 오토라가 말했다. "그건 좀 다르니까⋯⋯

결혼은…… 음, 만약 제가 하지 않으면, 그리고 당신이 하지 않으면…….”

“결혼이 단지 섹스는 아니지요.” 아칼이 말했지만, 엔노의 목소리로, 윤리 문제를 토론하는 학자 엔노의 목소리로 말했고, 아칼은 움찔했다.

“하지만 많은 부분을 차지하지요.” 오토라는 맞는 말을 했다.

“그렇지요.” 아칼은 일부러 더 낮고 더 느린 목소리로 말했다. “하지만 제가 당신과 그걸 원하지 않고, 당신은 저와 원하지 않는다고 해서 우리가 훌륭한 결혼생활을 할 수 없는 이유가 뭘까요?” 아칼의 이 말은 정말 말 같지 않게 들리면서 동시에 무척 진부하게 들렸다. 그래서 아칼은 자기도 모르게 웃음을 터뜨릴 뻔했다. 아칼은 다소 충격 속에서 웃음을 꾹 참으며 오토라가 자길 비웃고 있을 거라 생각했다. 그러다 아칼은 오토라가 울고 있다는 걸 깨달았다.

“이제까지 전 누구에게도 말할 수가 없었습니다.” 오토라가 말했다.

“우린 앞으로도 말할 필요 없습니다.” 아칼이 말했다. 아칼은 자기도 모르게 한 팔로 오토라의 어깨를 안았다. 오토라는 아이처럼 주먹으로 눈물을 훔치고 목청을 고른 뒤 일어나 생각했다. 분명 오토라는 방금 아칼이 한 말을 생각하고 있었다.

“생각해보십시오.” 아칼 역시 자신이 한 말을 생각하며 말했다. “우린 참으로 운이 좋지 뭡니까!”

“네, 네, 운이 좋습니다.” 오토라는 머뭇거렸다. “하지만……

하지만 정말 그럴 생각 없이…… 알고 서로 결혼하면…… 종교적으로…….” 오토라는 다시 말을 잇지 못했다.

한참 뒤 아칼은 거의 오토라만큼 낮고 부드러운 목소리로 말했다. “모르겠습니다.”

아칼은 오토라를 토닥이던 팔을 이미 내렸다. 아칼은 정문의 가장 윗막대에 두 손을 올렸다. 아칼은 길고 힘이 세며 농장일로 단단해지고 흙이 깊이 박혔지만 양털 기름 덕에 여전히 유연한 자신의 두 손을 보았다. 농부의 손이었다. 아칼은 사랑을 위해 종교적 삶을 포기했고 절대 돌아보지 않았다. 그러나 이제 아칼은 부끄러워졌다.

아칼은 이 정직한 남자에게 그 정직함에 보답해 진실을 말하고 싶었다.

그러나 세도레투를 만들지 않는 것이 유일한 선이 아닌 이상, 진실을 말하는 건 아무짝에도 쓸모가 없었다.

“모르겠습니다.” 아칼은 다시 한 번 말했다. “전 우리가 서로를 사랑하고 존경하려 노력하는지가 중요하다고 생각합니다. 어떤 식으로 그것을 하더라도, 우리는 그렇게 합니다. 그게 결혼입니다. 결혼…… 종교는 사랑 속에, 존경 속에 있습니다.”

오토라는 만족하지 못하며 말했다. “물어볼 사람이 있으면 얼마나 좋을까요. 지난 여름 여기에 머물렀던 그 순회 학자 같은 사람 말입니다. 종교에 대해 아는 누군가가 있으면 좋겠습니다.”

아칼은 아무 말도 하지 않았다.

"최선을 다하는 게 중요한 것 같군요." 오토라가 한참 뒤 말했다. 강요하듯 들렸지만, 그는 꾸밈없이 한 마디를 덧붙였다. "최선을 다하겠습니다."

"저도 그러겠습니다." 아칼이 말했다.

단로 같은 산의 농가는 살 곳으로선 어둡고 습하고 휑뎅그렁하고 음울하다. 가구도 거의 없고, 커다란 부엌의 온기와 멋진 양털 이불 말고는 사치품이라곤 없다. 그러나 사생활이 보장되었고, 어쩌면 이게 가장 큰 사치품일지 몰랐다. 그러나 키'오는 사생활을 필수품으로 여긴다. "방 셋짜리 세도레투"는 오케트에선 유명한 표현이며, 망할 게 빤한 사업이란 뜻이다.

단로에서 모두는 각자의 방과 욕실을 가졌다. 첫 번째 세도레투의 나이 든 부부 두 명, 그리고 미카 삼촌과 삼촌의 아이는 집 가운데와 서쪽 익부에 방이 있었다. 아스비는 산에 나가 잘 때가 아니면 부엌 뒤에 아늑하고 더러운 둥지를 틀었다. 새로 만들어진 두 번째 세도레투는 집의 동쪽 익부 전체를 썼다. 템리는 작은 다락방을 골랐는데, 이 방은 다른 방에서 계단을 반쯤 오른 곳에 있어 전망이 아주 좋았다. 샤헤스는 원래 자기 방을 그대로 썼고, 아칼은 바로 옆방을 썼다. 오토라는 남동쪽 구석의 방을 택했다. 이 집에서 가장 햇살이 잘 드는 방이었다.

새 세도레투의 행동은 어느 정도는, 그리고 현명하게도, 관습에 의해 규정되고 종교에 의해 인가된다. 결혼식 후 첫날밤은 아침과 저녁 부부의 것이다. 두 번째 밤은 낮과 밤 부부의 것이다. 그 뒤로 네 배우자는 원하는 대로 원하는 때마다 하나가 될 수 있지만, 언제나 반드시 초대를 하고 허락을 받아야 하며, 그때마다 넷 모두가 알아야 한다. 네 명의 영혼과 육체 그리고 앞으로 네 명이 보낼 모든 시간은 각 결정과 초대 속에서 조화를 이룬다. 부정적이든 긍정적이든 열정은 꼭 나갈 길을 찾아야 하고, 반드시 신뢰가 생겨나야 하며, 그러지 못하면 이 체계 전체가 확고하게 서지 못하거나 이기심과 질투와 슬픔 속에 무너져 내릴 것이다.

아칼은 모든 관습과 규칙을 알았고, 이것들이 문자 그대로 지켜져야 한다고 주장했다. 아칼이 샤헤스와 보낸 결혼 첫날밤은 부드러우면서 살짝 긴장되었다. 오토라와의 첫날밤 역시 부드러웠다. 둘은 오토라의 방에 앉아 부드럽게 얘기했고, 수줍어하면서 서로에게 무척 감사해했다. 이윽고 오토라는 아칼에게 침대를 쓰라고 고집하며 자신은 창턱 아래의 쿠션이 넓은 긴 의자에서 잠이 들었다.

몇 주 뒤, 아칼은 샤헤스가 성적 균형을 맞추려 하거나 심지어 그러는 척도 하지 않고 오로지 자기 하고 싶은 대로, 즉 오로지 자신을 짝으로 삼는 일에만 몰두한다는 걸 깨달았다. 샤헤스로서는, 오토라와 템리가 서로를 돌볼 수 있고 그러면 그걸로 끝이었다. 아칼은 물론 하나 혹은 두 개의 관계가 한 자아의 열정 혹은 힘을 통해 다른 관계를 완전하게 지배하는 세도레투를 많이 봐왔다. 네 관계 모두를 완벽하게 균형 맞추는 것은 이상적이긴 하지만 거의 실현되지 않았다. 그러나 이 세도레투는 이미 사기와 기만에 기반하고 있었고, 대부분의 세도레투보다 훨씬 더 무너지기 쉬웠다. 샤헤스는 자기가 원하는 것만 하고 싶어 했고, 그 결과는 안 봐도 빤했다. 아칼은 샤헤스를 따라 산 위까지 높이 올라오긴 했지만, 샤헤스가 간다고 똑같이 절벽에서 추락할 생각은 없었다.

청명한 가을 밤, 창문은 별로 가득했고, 샤헤스가 "나와 결혼해줘"라고 말했던 지난해의 그날 밤과 같았다.

"넌 템리에게 내일 밤을 줘야 해." 아칼이 다시 말했다.

"템리에겐 오토라가 있잖아." 샤헤스가 다시 말했다.

"템리는 널 원해. 템리가 왜 너랑 결혼했다고 생각해?"

"걘 이미 원하는 걸 얻었어. 난 걔가 얼른 임신하면 좋겠어." 샤헤스가 말하며 늘어지게 기지개를 펴고 아칼의 가슴과 배를 쓰다듬었다. 아칼은 샤헤스의 손을 움직이지 못하게 잡았다.

"그건 공정하지 않아, 샤헤스. 옳지 않아."

"그게 네가 할 소리야!"

"하지만 오토라는 날 원하지 않아, 너도 알잖아. 그리고 템리는 널 원하고. 우린 템리에게 빚을 졌어."

"무슨 빚?"

"사랑과 존경."

"템리는 원하는 걸 얻었어." 샤헤스는 말한 뒤 손을 비틀어 아칼의 손아귀에서 자기 손을 빼냈다. "나한테 설교하지 마."

"난 내 방으로 돌아갈래." 아칼이 침대에서 유연하게 빠져나와 벌거벗은 채 별빛이 가득한 어둠 속을 성큼성큼 걸어갔다.

"잘 자."

아칼은 템리와 함께 오래된 염색방에 있었다. 염색 전문가인 템리가 농장에 오기 전까진 오랫동안 쓰지 않던 방이었다. 센터의 직공들은 진한 데카 붉은색으로 물들인 야마 털에 돈을 잘 쳐줬다. 이 기술이 템리의 혼인 지참금이었다. 아칼은 이제 템리의 조수이자 견습공이었다.

"18분이야. 타이머 준비됐어?"

"준비됐어."

템리는 고개를 끄덕이고 염료 끓이는 거대한 통의 공기구멍을 확인한 뒤 계기판을 다시 확인하고 밖으로 나가 아침 햇살을 받았다. 아칼은 돌로 만든 출입구 옆 돌 벤치의 템리 옆에 앉았다. 날카롭고 시큼달큼한 식물 염료 냄새가 온몸에 달라붙어 있었고, 둘의 옷과 손과 팔은 분홍색과 심홍색으로 물들어 있었다.

아칼은 템리가 늘 상냥하고 예상 외로 배려가 깊은 것을 알고는 금세 템리에게 마음이 기울게 되었다. 상냥함과 배려심은 둘 다 단로에선 다소 부족한 자질들이었다. 그걸 모를 때 아칼은 산사람들이 다 샤헤스 같을 거라 생각했었다. 힘이 넘치고 고집스럽고 정도를 벗어나지 않고 거칠 거라 생각했었다. 템리는 강하고 상당히 말이 없지만 샤헤스와 달리 남의 감정을 잘 살폈다. 자신의 반족 안에서의 관계는 샤헤스에게 별 의미가 없었다. 샤헤스는 관습에 따라 오토라를 동기라 불렀지만, 오토라를 동기로 보지 않았다. 템리는 아칼을 동기라 불렀고, 진심으로 그렇게 대했으며, 오랫동안 가족이 전혀 없었던 아칼은 이 관계를 환영했고 템리에게 똑같이 따뜻한 태도로 대했다. 아칼과 템리는 서로 편안하게 이야기했다. 그러나 아칼은 너무 마음을 놓아서 여자인 자신이 솔직하게 말하는 일이 없도록 계속 마음을 다잡았다. 대체로 아칼이 되는 데는 아무 문제가 없었고, 아칼은 그 점에 대해 거의 아무 생각도 하지 않았지만, 가끔 템리와 있으면 가면을 유지하기가 무척 힘들 때가 있었고, 무심결에 여자가 자기 여동생에게 할 만한 말을 해버리곤 했다. 일반적으로, 아칼은 남자로 사는 것의 주요한 단점이 대화의 재미가 덜하단 점이란 걸 알게 되었다.

아칼과 템리는 염색 과정의 다음 단계에 대해 이야기했고, 이윽고 템리가 안마당의 낮은 돌담 너머로 파렌의 거대한 보라색 비탈을 보며 말했다. "엔노를 알지, 그렇지?"

질문이 너무나 순진무구하게 들려서, 아칼은 하마터면 자동적으로 약간의 교활함을 더해서 "여기서 묵었다던 그 학자……?" 하고 대답할 뻔했다.

그러나 빗질가인 아칼이 학자인 엔노를 알 까닭이 없었다. 그리고 템리는 엔노를 기억하느냐라든지 엔노를 알았느냐라고 묻지 않았고, "엔노를 알지, 그렇지?"라고 물었다. 템리는 대답을 알았다.

"응."

템리는 살짝 웃으며 고개를 끄덕였다. 그리고 더 이상 아무 말도 하지 않았다.

아칼은 템리의 예리한 통찰력에, 자제력에 놀랐다. 이렇게 존경할 만한 여자를 존경하는 건 정말로 쉬운 일이었다.

"난 오랫동안 혼자 살았어." 아칼이 말했다. "내가 자란 농장에서조차도 대체로 혼자였어. 자매는 한 명도 없었지. 마침내 자매가 생겨서 기뻐."

"나도 그래." 템리는 말했다.

둘은 아주 잠시 눈을 마주쳤고, 알겠다는 눈빛이 깜박이고, 나무뿌리처럼 깊고 조용한 신뢰가 시선 속에 뿌리내렸다.

"템리는 내가 누군지 알아, 샤헤스."

샤헤스는 아무 말 없이 가파른 비탈을 터벅터벅 올라갔다.

"이젠 템리가 처음부터 알고 있었나 하는 생각이 들어. 처음 물을 나눠 마시던 때부터……."

"원하면 템리에게 물어봐." 샤헤스는 아무려면 어떠냐는 투로 말했다.

"어떻게 그래. 사기꾼은 진실을 물을 권리가 없어."

"사기라니!" 샤헤스는 뚜벅뚜벅 걷다 갑자기 우뚝 서서 몸을 돌리며 말했다. 샤헤스와 아칼은 아스비가 실종됐다고 보고한 늙은 야마 한 마리를 찾아 파렌에 올라와 있었다. 살을 에는 가을 바람이 샤헤스의 뺨을 붉게 만들었다. 샤헤스는 물기 어린 눈으로 아칼을 노려보았고, 가늘게 뜬 눈이 칼날처럼 반짝였다. "설교 좀 그만해! 네가 그런 사람이야? 사기꾼? 난 네가 내 아내인 줄 알았는데!"

"난 네 아내지만, 오토라의 아내이기도 해. 넌 템리의 아내이고. 그 둘을 빼놓으면 안 돼, 샤헤스!"

"걔들이 불평을 하든?"

"오토라와 템리가 불평하길 바라?" 아칼은 냉정을 잃고 외쳤다. "그런 게 네가 바라는 결혼이야? 잠깐, 저길 봐, 저기 있어." 아칼은 갑자기 조용한 목소리로 덧붙이며 거대한 돌투성이 산 중턱을 가리켰다. 빙빙 도는 새 한 마리에 우연히 시선을 주었다가 먼눈이 밝은 아칼이 둥근 돌이 밖으로 드러난 곳 근처에서 야마의 머리가 움직이는 것을 본 것이다. 말다툼은 미뤄졌다. 아칼과 샤헤스는 둥근 돌들 쪽으로 조심스레 종종걸음 쳤다.

야마는 바위에서 미끄러져 다리가 부러진 상태였다. 이 늙은 암야마는 깔끔하게 발을 모으고 누워 있었지만, 부러진 앞다리만은 하얀 가슴 아래로 접을 수 없어 앞으로 내밀고 있었고, 온몸이 부러진 다리 쪽으로 기울어 있었다. 야마는 긴 목 위에서 오만한 머리를 꼿꼿이 세우고, 자신의 죽음이 다가오는 것을 지켜보며 맑고 끝없이 깊고 무관심한 눈으로 여자들을 응시했다.

"고통스러워해?" 아칼이 이 거대한 평온함에 주춤하며 물었다.

"당연하지." 샤헤스는 야마에게서 몇 발자국 떨어진 곳에 앉아 금강석에 칼을 갈며 말했다. "너라면 안 그렇겠어?"

샤헤스는 오랫동안 최선을 다해 칼을 날카롭게 갈았고, 끈기 있게 칼날을 시험해보고 다시 갈길 반복했다. 마침내 샤헤스는 다시 칼날을 시험해본 뒤 미동도 없이 앉아 있었다. 샤헤스는 조용히 일어나 야마에게 걸어갔고, 야마의 머리를 자기 가슴에 대고 누르더니 길고 빠르게 목을 그었다. 피가 찬란하게 호를 그리며 솟구쳤다. 샤헤스는 야마의 시선이 땅을 향하게 하고는 천천히 야마의 고개를 내렸다.

아칼은 자기도 모르게 죽은 자를 위한 의식의 말들을 하고 있었다. "이제 빚진 것들이 모두 갚아지고, 가진 것들이 모두 돌아갔나이다. 이제 잃어버린 것들이 모두 찾아졌고, 묶인 것들이 모두 풀렸나이다." 샤헤스는 조용히 서서 끝까지 들었다.

이윽고 가죽 벗기는 작업을 할 때가 되었다. 시체는 썩은 고기를 먹는 동물들이 처리하도록 버려두었다. 처음에 아칼의 시선을 사로잡았던 것은 야마 위를 빙빙 돌던, 썩은 고기를 먹는 새 한 마리였고, 이제 그런 새가 세 마리로 늘어났다. 가죽 벗기는 일은 까다롭고 지저분했고, 고기와 피 냄새가 코를 찔렀다. 아칼은 미숙하고 서툴러서 몇 번 가죽을 베고 말았다. 아칼은 속죄의 의미에서 자신이 가죽을 메고 가겠다고 고집했고, 샤헤스와 함께 최선을 다해 돌돌 만 다음 허리띠로 묶었다. 아칼은 마르고 뼈가 부러진 시체를 모욕적이게도 벌거숭이 상태로 바위 사이에 내버려두고 하얀 회갈색의 야마 털만 가져가려니 왠지 자신이 도굴꾼이 된 것 같은 기분이 들었다. 그러나 무거운 야마가죽을 힘겹게 옮기면서 아칼은 맘속으로 야마의 아름다운 머리를 가슴에 대고 서서 목을 긋던 샤헤스의 모습을 계속 생각했다. 이하나의 긴 동작 속에서 이 여자와 동물은 완전히 하나였다.

이건 필요에 답하는 필요이면서 질문에 답하는 질문이라고 아칼은 생각했다. 가죽에선 죽음과 똥의 악취가 났다. 두 손이 피로 떡이 지고, 뻣뻣한 허리띠를 쥐고 있느라 아팠지만, 아칼은 샤헤스를 따라 가파른 돌투성이 길을 내려가 집으로 향했다.

"난 마을로 내려갈 거야." 오토라는 아침식사를 마치고 식탁에서 일어나며 말했다.

"저 자루 네 개의 털은 언제 다 손질하려고?" 샤헤스가 말했다.

오토라는 샤헤스의 말을 못 들은 척하고 접시를 설거지대로 가져갔다. "시킬 일이라도 있어요?" 오토라는 모두에게 물었다.

"다들 식사 마친 거야?" 마두가 묻고 치즈를 식료품 저장실로 가져갔다.

"야마 털을 모두 손질해 가져갈 수 있기 전에는 읍에 가봤자야." 샤헤스가 말했다.

오토라는 샤헤스에게 몸을 돌리고 노려보며 말했다. "난 내가 선택한 시간에 털을 손질할 거고, 내가 선택한 시간에 가져갈 거고, 내 일에 명령 따윈 받지 않아, 알겠어?"

그만, 이젠 그만! 아칼은 소리 없이 외쳤고, 샤헤스는 온순하던 자의 반란에 깜짝 놀라 오토라의 말을 가만히 듣고 있었다. 그러나 오토라는 계속 불만스럽게 불만을 토해냈고 격노하며 따졌다. "네가 모든 명령을 내릴 순 없어. 우린 네 세도레투이고, 네 가족이니까. 고용한 일꾼들이 아니란 말야. 그래, 이건 네 농장이지만, 우리 농장이기도 해. 우리랑 결혼했으면, 너 혼자 모든 결정을 다 할 순 없는 거고, 모든 걸 네 맘대로 할 수도 없는 거야." 그리고 이 대목에서 샤헤스는 침착하게 방을 걸어 나가버렸다.

"샤헤스!" 아칼은 큰 소리로 명령하듯 외쳤다. 오토라의 폭발은 품위가 없긴 해도 완전히 정당한 것이었으며, 오토라의 분노역시 진짜이면서 위험했다. 오토라는 이용당했으며, 자신도 그걸 알았다. 자신이 이용당하도록 가만히 있었기 때문에, 그 오용에 공모했기 때문에, 이제 오토라의 분노는 파멸의 징후를 보였다. 샤헤스는 거기서 도망칠 수 없었다.

샤헤스는 돌아오지 않았다. 마두는 현명하게도 이미 사라져버렸다. 아칼은 셰스트에게 얼른 나가서 짐꾼 동물들의 먹이와물을 살펴보라고 말했다.

부엌에 남은 세 명은 말없이 앉거나 서 있었다. 템리는 오토라를 보았다. 오토라는 아칼을 보았다.

"네 말이 옳아." 아칼이 오토라에게 말했다.

오토라는 만족하여 으르렁거렸다. 오토라는 화가 나 얼굴이상기되고 무모해질 때 잘생겨 보였다. "당연히 내가 옳지. 너무오래 봐줬어. 샤헤스가 농족장란 사실만으로……."

"그리고 샤헤스는 열네 살 때부터 농족을 관리해왔지." 아칼이 말을 자르고 끼어들었다. "그냥 그런 식으로 샤헤스가 관리를 그만둘 수 있을 거라 생각해? 샤헤스는 늘 여기 일들을 돌보고 있어. 그래야 했으니까. 샤헤스는 한 번도 남과 권력을 나눠본 적이 없어. 누구나 결혼생활의 방법을 배워야 하는 거야."

오토라는 되받아쳤다. "맞아. 그리고 결혼은 두 명이 하는 게아냐. 넷이 하는 거라고!"

그 말에 아칼은 갑자기 말문이 막혔다. 아칼은 본능적으로 도와달라고 템리를 보았다. 템리는 평소처럼 조용히 앉아 탁자에 두 팔꿈치를 올리고 한 손으론 빵 부스러기를 모아 작은 피라미드를 쌓고 있었다.

"템리와 나, 너와 샤혜스, 저녁과 아침, 좋지." 오토라가 말했다. "템리와 샤혜스는? 너와 나는?"

아칼은 이제 완전히 어쩔 줄을 몰랐다. "난…… 우리가 얘기했을 때……."

"난 남자와 섹스하는 걸 좋아하지 않는다고 말했어." 오토라는 말했다.

아칼은 고개를 들었고, 오토라의 눈이 번쩍이는 것을 보았다. 앙심? 승리감? 웃음?

"그래. 그랬지." 긴 침묵 끝에 아칼이 말했다. "그리고 나도 같다고 말했어."

다시 침묵.

"그건 종교적 의무야." 오토라는 말했다.

갑자기 아칼의 목소리로 엔노가 아주 크게 말했다. "네 종교적 의무를 가지고 내게 추근대지 마! 난 20년이나 종교적 의무를 공부했는데, 결국은 어디 있어? 여기! 너희랑! 이 난장판에 있어!"

이 말에 템리가 이상한 소리를 내며 두 손에 얼굴을 묻었다. 아칼은 템리가 울음을 터뜨린 거라 생각했는데, 곧 템리가 소리 내어 웃고 있는 것을 보았다. 이런 일에 단련되지 않은 사람이 내는, 고통스럽고 무력하고 동요하는 웃음소리였다.

"뭐가 웃기다고 그래." 오토라는 사납게 말했지만, 그런 뒤엔 더 이상 할 말이 없었다. 그의 분노는 연기만 남기고 사라져버렸다. 오토라는 한동안 할 말을 찾았다. 그는 템리를 보았고, 템리는 이제 사실 눈물을 흘리고 있었다. 너무 웃어서 나는 눈물이었다. 오토라는 자포자기한 몸짓을 했다. 그가 템리 옆에 앉으며 말했다. "네가 보기엔 웃기겠지. 난 그냥 내가 바보천치 같아." 오토라는 소리 내어 웃었지만 그 소리는 왠지 구슬프게 들렸다. 그런 뒤 오토라는 아칼을 올려다보며 진심으로 소리 내어 웃었다. "누가 제일 바보천치야?" 오토라가 아칼에게 물었다.

"넌 아냐." 아칼은 말했다. "언제부터…….."

"언제부터였을 거 같아?"

샤헤스가 복도에 서서 들은 건 그들의 웃음소리였다. 세 명이 큰 소리로 웃고 있었다. 샤헤스는 경악, 공포, 부끄러움, 그리고 굉장한 질투 속에서 그 소리를 들었다. 저 셋이 웃어서 너무나 미웠다. 샤헤스는 그들과 함께 있고 싶었고, 함께 웃고 싶었고, 조용히 시키고 싶었다. 아칼, 아칼이 자신을 비웃고 있었다.

샤헤스는 밖으로 나가 작업장으로 갔고, 문 뒤의 어둠 속에 서서 울려 했지만, 어떻게 해야 울 수 있을지를 몰랐다. 샤헤스는 부모님이 죽었을 때도 울지 않았다. 할 일이 너무 많았던 것이다. 샤헤스는 자기가 아칼을 사랑해서, 아칼을 원해서, 아칼을 필요로 해서 다른 이들이 자길 비웃고 있다고 생각했다. 샤헤스는 자기가 그렇게 바보라서, 아칼을 사랑해서, 아칼이 자길 비웃고 있다고 생각했다. 샤헤스는 아칼이 저 남자와 잘 것이고, 둘이 함께 자길 비웃을 거라 생각했다. 샤헤스는 칼을 뽑아 날을 시험해보았다. 어제 파렌에서 야마를 죽이느라 아주 날카롭게 갈아두었던 칼이었다. 샤헤스는 집으로, 부엌으로 돌아갔다.

셋 다 그대로 부엌에 있었다. 세스트는 이미 돌아와 오토라에게 자기도 읍에 데려가달라고 조르고 있었고, 오토라는 특유의 낮고 나른한 목소리로 "글쎄, 글쎄" 하고 말하고 있었다.

템리는 고개를 들었고, 아칼은 몸을 돌려 샤헤스를 보았다. 우아한 목 위의 작은 머리가, 맑은 눈이 샤헤스를 바라보았다.

아무도 말이 없었다.

"그럼 내가 너와 함께 갈게." 샤헤스는 오토라에게 말하고 칼을 칼집에 넣었다. 샤헤스는 두 여자와 아이를 보았다. 그러고는 찌무룩하게 말했다. "다 함께 가도 괜찮겠지. 너희만 좋다면 말야."

THE BIRTHDAY OF THE WORLD

OF

THE WORLD

고독

엔트세렌네'템하료노테르레그위스 임 모빌이 쓴 〈결핍: 11-소로에 대한 두 번째 보고서〉에 대해 딸인 '평온'이 덧붙인 글

어머니는 현장을 주로 다니며 연구하는 민속학자로, 11-소로의 사람들에 대해서라면 뭐든 배우는 어려운 일을 개인적인 목표로 삼았다. 어머니가 그 목표를 이루기 위해 자기 아이들을 이용한 사실은 이기심으로 보일 수도 있고 헌신적 태도로 보일 수도 있다. 이제 어머니의 보고서를 읽고, 나는 어머니가 결국은 잘못했다고 생각한다는 걸 알게 됐다. 어머니가 그 일로 어떤 대가를 치러야 했는지 알기에, 나는 내가 한 개인으로 자랄 수 있게 해준 점에 대해 어머니에게 감사하고 있다는 걸 어머니가 아실 수 있다면 좋겠다.

소로 항성계의 열한 번째 행성에 헤인 후손인 사람들이 산다고 무인 탐사선이 보고한 직후, 어머니는 행성에 내려가는 초대 관찰자 세 명의 예비요원으로 궤도 승무원 팀에 들어갔다. 근처에 있는 후수의 나무도시들에서 이미 4년을 보낸 뒤였다. 내 오빠인 '기쁨 속에 태어남'은 여덟 살이었고, 나는 다섯 살이었다. 어머니는 우리가 헤인식 학교에서 시간을 좀 보낼 수 있도록 우주선 임무를 1, 2년만 맡으려 했다. 오빠는 후수의 우림을 무척 좋아했고, 원숭이처럼 팔로 나무에 매달리며 건너다닐 순 있어도 글은 거의 읽지 못했다. 우린 둘 다 피부 곰팡이 때문에 몸이 밝은 파란색이었다. '태어남'은 읽는 법을 배우고, 나는 옷 입는 법을 배우고, 둘 다 곰팡이 제거 치료를 받는 동안, 어머니는 11-소로에 크게 흥미를 느꼈다. 반면 관찰자들은 11-소로 때문에 크게 좌절하고 있었다.

이 모든 것은 어머니의 보고서에 적혀 있지만, 나는 어머니에게 배운 대로 이야기할 것이다. 그쪽이 내가 기억하고 이해하기 더 쉽다. 언어는 탐사선이 기록했고, 관찰자들은 그 언어를 배우며 1년을 보냈다. 지역에 따라 방언 변화가 많아서 관찰자들은 그걸 자신들의 악센트와 실수의 핑계로 삼았고, 언어는 문제가 안 된다는 보고서를 보냈다. 그러나 의사소통의 문제가 있었다. 두 남자는 고립되었고, 의심 혹은 적의를 마주했고, 원주민 남자들과 어떤 관계도 맺을 수 없었다. 원주민 남자들은 모두가 외딴 집에서 은둔하거나 쌍을 지어 살았다. 청춘기 남자들의 공동체를 발견하고, 관찰자들은 그 청년들과 접촉을 시도했지만,

관찰자들이 그런 무리의 영역으로 들어가면 남자아이들은 달아나거나 필사적으로 달려들어 관찰자들을 죽이려 했다. 여자들은 관찰자들이 집 근처에만 와도 곧장 일제히 돌을 던지며, 관찰자들이 "흩어진 마을"이라 부르는 곳에서 쫓아냈다. 관찰자 중 한 명은 이렇게 보고했다. "나는 소로인들의 유일한 공동체 활동은 남자들에게 돌을 던지는 거라 믿는다."

두 남자 관찰자 중 누구도 한 남자와 한 번에 3회 이상 대화를 주고받는 데 성공하지 못했다. 관찰자 한 명은 자기 캠프로 찾아온 어느 여자와 섹스를 했다. 이 관찰자는 보고하길, 그 여자 쪽에서 먼저 명백하고 확실하게 접근했음에도, 자신이 대화하려 시도하자 여자가 매우 동요하며 질문에 대답하길 거부했고, "찾아온 목적을 이루자마자" 떠났다고 했다.

여자 관찰자는 일곱 집으로 이루어진 '마을'(이모 고리)에서 아무도 쓰지 않는 어떤 집에 정착하는 것을 허락받았다. 여자 관찰자는 눈에 보이는 모든 일상을 훌륭하게 관찰했고, 성인 여자들과 여러 번 대화를 나눴으며, 아이들과는 많은 대화를 했다. 그러나 이 관찰자는 다른 여자에게 집에 들어오라고 초대받는 일이 절대 없었으며, 어떤 일에서도 도움을 주는 일, 받는 일 모두 거부당했다. 평범한 활동에 관한 대화는 다른 여자들에게 환영받지 못했다. 이 관찰자의 유일한 정보원인 아이들은 관찰자를 "정신없는 떠벌이 이모"라고 불렀다. 관찰자의 괴이한 행동은 여자들에게 점점 더 불신과 반감을 샀고, 여자들은 아이들을 관찰자에게서 떼어놓기 시작했다. 관찰자는 떠났다. 관찰자는 내 어머니에게 말했다. "어른들은 뭔가를 배울 방법이 전혀 없어요. 그 사람들은 질문을 하지 않고, 질문에 답하지도 않아요. 뭐든 그 사람들이 배우는 게 있다면, 아이 적에 배우는 것뿐이에요."

아하! 어머니는 태어남과 나를 보며 혼잣말했다. 그리고 어머니는 관찰자 자격으로 한 가족을 11-소로에 보내달라고 요청했다. 스테빌들은 앤서블로 어머니와 광범위한 인터뷰를 했고, 태어남과 얘기했으며 심지어 나와도 얘기했다. 나는 기억나지 않지만, 내가 그때 내 새 스타킹에 대해 스테빌들에게 얼마나 종알거렸는지 모른다고 어머니가 내게 말해주었다. 이윽고 스테빌들은 어머니의 요청을 수락했다. 우주선은 예전 관찰자들을 승무원에 포함시키고 가까운 궤도에 머물기로 했고, 어머니는 가능하면 매일 무선통신으로 연락을 취하기로 했다.

나는 나무도시에 대한 기억이나 우주선에서 분명 새끼 고양이 혹은 새끼 고올이었을 것과 놀던 기억이 흐릿하게 남아 있다. 그러나 또렷하게 떠오르는 최초의 기억은 이모 고리의 우리 집에 대한 것이다. 반은 지하 반은 지상에 있는 구조로, 흙을 바른 벽이 있고, 어머니와 나는 집 밖에서 따뜻한 햇살 속에 서 있다. 우리 사이에는 커다란 진흙 웅덩이가 있고, 태어남이 바구니로 거기에 물을 붓는다. 이윽고 태어남은 물을 더 길러 시냇가로 뛰어간다. 나는 신나게 두 손으로 진흙탕을 휘저어 걸쭉하고 매끄럽게 만들어놓는다. 진흙을 두 손 가득 집어 들어 나뭇가지가 보이는 곳의 벽에 철썩 처바른다. 어머니는 우리의 새로운 언어로

"잘한다! 그렇지!" 하고 말하고, 나는 이게 일이며 내가 그 일을 하고 있음을 깨닫는다. 나는 집을 수리하고 있다. 나는 제대로 하고 있고, 바르게 하고 있다. 나는 유능한 한 개인이다.

나는 거기 사는 동안, 그 점을 한 번도 의심해보지 않았다.

밤이 되면 우린 집 안에 있고, 태어남은 무선통신기로 우주선과 얘기한다. 태어남은 우리의 옛날 언어로 얘기하고 싶어 하고, 어쨌거나 사람들에게 이런저런 것들을 말해줘야 하기 때문이다. 어머니는 바구니를 만들고 쪼개진 갈대에 대고 욕을 한다. 나는 소리 높여 노래를 부른다. 태어남이 이상한 언어로 말하는 걸 이모 고리의 다른 사람들이 못 듣게 하려는 의도가 있기도 하지만, 어쨌거나 나는 노래 부르는 것을 좋아하기도 한다. 나는 이 노래를 오늘 오후 휴루의 집에서 배웠다. 나는 매일 휴루와 논다. "의식하라, 들어라, 들어라, 의식하라." 나는 노래한다. 어머니는 욕을 그치자 내 노래에 귀를 기울이고 이윽고 녹음기를 튼다. 저녁식사를 요리하고 아직 불이 조금 남아 있다. 저녁은 맛있는 피기 뿌리였고, 나는 피기를 아무리 먹어도 질리지 않는다. 밖은 검고 따뜻하며 피기 냄새와 두후르 태우는 냄새가 난다. 두후르 태우는 냄새는 마법과 나쁜 감정들을 몰아내는 강력하고 성스러운 냄새다. 나는 "들어라, 의식하라" 노래하며 졸고 또 졸다가 어머니에게 기댄다. 어머니는 검고 따뜻하고 어머니 같은 냄새가 나고, 강하고 성스럽고, 좋은 감정들로 가득하다.

이모 고리에서 우리의 매일은 일상의 반복이었다. 나중에 우주선에서 나는, 인위적으로 복잡하게 만든 환경에서 사는 사람은 그런 삶을 "단순하다"고 부른다는 걸 알게 되었다. 그러나 나는 내가 있던 곳 어디에서도 삶을 단순하게 생각하는 사람을 한 명도 보지 못했다. 궤도에서는 행성이 매끈해 보이듯, 삶이나 시간도 세부 사항들을 다 제거하면 단순해 보이는 것 같다.

이모 고리에서 우리 삶은 확실히 쉬웠다. 필요한 물건은 쉽게 손에 들어온다는 점에서 그랬다. 음식 재료를 채집하거나 기른 뒤 손질해 요리해 먹을 수 있었고, 테마를 따서 물에 담가 부드럽게 만든 뒤 실을 잣고 천을 짜서 옷과 침구를 만들 수 있었고, 갈대로 바구니와 지붕용 짚을 만들었으며, 모든 재료가 풍부했다. 아이인 우리는 다른 아이들과 어울려 놀았고, 어머니들이 우릴 돌봤으며, 배울 게 아주 많았다. 배울 것 중 어떤 것도 단순한 게 없지만, 그래도 일단 하는 법을 알게 되고 세부 사항을 알게 되면 참으로 쉬워진다.

어머니에겐 쉽지 않았다. 어머니에겐 힘들고 복잡했다. 어머니는 뭘 배워도 실은 이미 잘 알고 있는 척해야만 했고, 이곳 생활을 이해하지 못하는 다른 곳의 사람들에게 이곳 사람들의 삶의 방식을 어떻게 보고하고 설명해야 할지를 생각해야 했다. 태어남의 삶은 처음엔 쉬웠지만, 곧 힘들어졌다. 태어남이 남자아이이기 때문이다. 내겐 모든 게 쉬웠다. 나는 일을 배웠고, 아이들과 놀았고, 어머니들의 노래에 귀 기울였다.

초대 관찰자가 옳았다. 성인 여자가 자신의 영혼을 가꿀 방법을 배울 길은 전혀 없었다. 어머니는 다른 어머니의 노래를 들으러 갈 수 없었다. 그런 행동은 너무 이상했기 때문이다. 이모들은 모두 내 어머니가 제대로 양육되지 않았단 걸 알았고, 일부는 어머니가 눈치채지 못하게 어머니에게 꽤 많은 걸 가르쳐주기도 했다. 어머니들은 내 어머니의 어머니가 무책임한 여자였고 이모 고리에 눌러앉아 살지 않고 정찰 활동에 나가버려서 그 딸이 제대로 교육받지 못한 거라고 여겼다. 바로 그 때문에 이모들 중 가장 냉담한 이모조차도 늘 내가 자기 아이들과 함께 귀 기울이게 했다. 내가 교육받은 한 개인이 될 수 있게 해주려는 거였다. 그럼에도 어머니들이 다른 성인을 자기 집에 들어오라고 청하는 일은 물론 절대 없었다. 태어남과 나는 우리가 배운 모든 노래와 이야기를 어머니에게 얘기해줘야 했고, 그러면 어머니는 무선통신기에 대고 빠짐없이 얘기했다. 혹은 어머니가 듣는 동안 우리가 직접 무선통신기에 대고 얘기했다. 그러나 어머니는 한 번도 올바르게 이해하지 못했다. 하긴, 다 자란 뒤에 배우려고 애쓰는 어머니가, 늘 마법사들과 살아온 어머니가 어떻게 제대로 이해할 수가 있겠는가?

"의식해라!" 어머니는 엄숙하지만 분명 짜증 나게 이모들과 큰 언니들을 흉내 내고 있는 내 말투를 다시 흉내 내곤 했다. "의식해라! 그 사람들이 이 말을 하루에 몇 번이나 얘기하지? 뭘 의식하라고? 그 사람들은 그 잔해가 뭔지 의식하지 못해. 자기네의 역사인데……. 그 사람들은 다른 이들을 의식하지 못해! 서로 얘기조차 안 해! 정말로 좀 의식해라!"

내가 사드네 이모와 노이잇 이모가 자기 딸들과 나에게 해준 '시간 이전' 이야기들을 어머니에게 해주면, 어머니는 종종 그 이야기를 잘못 알아듣곤 했다. 나는 '그 사람들' 이야기를 하는데 어머니는 이렇게 말했다. "그 사람들이 지금 여기 사람들의 조상이야." 내가 "지금 여기에는 아무 사람들이 없어요" 하고 말하면 어머니는 내 말을 이해하지 못했다. "지금 여기에는 개인들만이 있어요." 나는 말했지만 어머니는 여전히 이해하지 못했다.

태어남은 '여자들과 살았던 남자'에 대한 이야기를 좋아했다. 그 남자가 몇 명의 여자들을 우리에 계속 가뒀는데, 여자들이 우리 안에서 식량으로 쥐들을 기르고, 모두가 임신하게 되고, 각자 백 명씩 아기를 낳고, 아기들이 끔찍한 괴물로 자라 남자와 어머니들과 서로를 잡아먹는다는 이야기였다. 어머니는 이게 수천 년 전 이 행성에서 인간이 인구 과잉을 겪었을 때의 우화라고 우리에게 설명했다. 내가 말했다. "아니, 그렇지 않아요. 이건 교훈적인 이야기예요." 어머니가 말했다. "아아, 그래. 교훈은 아기를 너무 많이 낳으면 안 된다는 거지." 내가 말했다. "아니, 그렇지 않아요. 원한다고 아기를 백 명이나 가질 수 있는 사람이 어딨어요? 그 남자는 마법사였어요. 마법을 부렸다고요. 여자들은 그 남자와 그걸 했고요. 그래서 아이들이 괴물이었던 거예요."

물론 핵심은 '테켈'이란 단어였다. 테켈은 헤인어로 '마법'이라고 아주 잘 번역됐고, 자연법칙을 거스르는 기술 혹은 힘을 말했다. 대부분의 인간관계가 부자연스럽다고 여기고, 결혼 혹은 정부는 마법사가 부린 사악한 주술이라고 여기는 사람들이 있다는 걸 어머니는 이해하지 못했다. 어머니의 사람들에겐 마법을 믿는 일이 힘들었다.

우주선에선 우리가 괜찮은지 자꾸만 물었고, 가끔씩 스테빌 한 명이 앤서블로 우리 무선통신기에 연락해 어머니와 우릴 달달 볶곤 했다. 그러면 어머니는 언제나 자긴 여기 계속 있고 싶다고 저쪽을 설득했다. 비록 심한 좌절을 겪기는 하지만 초대 관찰자들이 할 수 없었던 일을 자신이 하고 있고, 태어남과 내가 진흙 속에서 사는 물고기처럼 5년 내내 행복했기 때문이다. 느리고 간접적이긴 해도 배우는 일에 익숙해지고 나자 어머니 역시 행복해했다고 나는 생각한다. 어머니는 외로웠고, 대화할 어른들이 있으면 했으며, 우리가 없으면 자긴 미쳐버렸을 거라고 우리에게 말했다. 섹스가 그리웠는지는 모르겠지만, 그랬다 해도 전혀 티를 내지 않았다. 그러나 난 어머니의 보고서가 섹스 문제에서는 아주 완전하진 않다고 보며, 이는 아마도 어머니가 그 문제로 고전했기 때문일 것이다. 난 우리가 이모 고리에서 처음 살게 됐을 때 이모 두 명, 그러니까 헤디미와 베휴가 종종 만나 사랑을 나누고 베휴가 내 어머니에게 구애했단 걸 안다. 그러나 베휴는 어머니가 이야기하길 원하는 방식으로 이야기하지 않았기 때문에 어머니는 그걸 이해하지 못했다. 자신이 들어갈 수 없는 집의 사람과 섹스하다니 어머니에겐 도저히 이해할 수 없는 일이었다.

한번은 아홉 살 때쯤 언니들 얘기에 귀를 기울이고 있다가 내가 왜 어머니는 정찰을 나가지 않느냐고 물었다. "사드네 이모가 우릴 돌봐주면 되잖아요." 나는 희망을 품고 말했다. 난 교육받지 못한 여자의 딸로 사는 게 피곤했다. 나는 사드네 이모의 집에 살면서 다른 아이들처럼 되고 싶었다.

"어머니들은 정찰 안 나가." 어머니는 이모처럼 비웃으며 말했다.

"아니, 나가요, 가끔 나간다고요." 나는 우겼다. "나가는 게 분명해요. 안 그럼 무슨 수로 아기를 한 명 이상 낳을 수 있었겠어요?"

"어머니들은 이모 고리 근처에 정착한 남자들에게 가. 베휴는 둘째를 가지고 싶어지자 붉은 혹 언덕 남자에게 다시 갔어. 사드네는 섹스를 하고 싶을 때면 하구 절름발이 남자를 찾아가고. 다들 이 부근의 남자들을 알고 있어. 정찰을 나가는 어머니는 아무도 없어."

나는 이번엔 어머니가 옳고 내가 틀렸다는 걸 깨달았지만, 쉽게 포기하지 않았다. "흠, 어머니는 왜 하구 절름발이 남자를 만나러 가지 않아요? 섹스하고 싶을 때 없어요? 미기는 늘 섹스하고 싶다던데요."

"미기는 열일곱 살이잖아." 어머니는 건조하게 말했다. "네 일에나 신경 써라." 어머니는 딱 다른 어머니들처럼 말했다.

어린 시절 내게 남자는 일종의 지루한 수수께끼였다. 남자는 '시간 이전' 이야기에 많이 등장했고, 노래모임 여자아이들이 자주 이야기했다. 하지만 직접 본 일은 거의 없었다. 가끔 먹을 걸 찾으러 다니다 남자를 흘끗 보긴 했지만, 남자들은 절대 이모 고리 근처로 오지 않았다. 여름이 되면 하구 절름발이 남자는 홀로 사드네 이모를 기다렸고, 이모 고리에서 너무 멀지 않은 곳으로 살며시 걸어오곤 했다. 물론 덤불 속이나 강가에 있진 않았다. 그랬다간 불량배나 약쟁이로 오해받을 수도 있었다. 하구 절름발이 남자는 언덕 중턱의 탁 트인 곳에 있었고, 그래서 우린 모두 그가 누군지 볼 수 있었다. 사드네 이모의 딸들인 휴루와 디드수 말에 따르면, 사드네 이모는 처음 정찰을 나갔을 때 하구 절름발이 남자를 만나 섹스했고, 늘 하구 절름발이 남자와만 섹스하고 정착지의 다른 남자와는 절대 하려 하지 않는다.

사드네 이모는 첫아이가 남자아이였고, 남자아이를 기르다 멀리 보내긴 싫었기 때문에 그 아이를 물에 빠뜨려 죽였다는 말도 딸들에게 했다. 휴루와 디드수는 그 말에 기분이 묘해졌고, 나도 그랬지만, 이게 드문 일은 아니었다. 우리가 배운 이야기 중 하나는 물에 빠뜨려진 남자아이에 대한 것이었는데, 그 아이는 물속에서 자라다가 자기 어머니가 목욕하러 오자 어머니를 잡아 계속 물속에 붙들어 어머니까지 익사시키려 했다. 그러나 그 어머니는 결국 탈출했다.

어쨌거나, 하구 절름발이 남자가 언덕 중턱에서 며칠을 빈둥빈둥 보내며 기나긴 노래를 부르고, 햇빛 속에 검게 반짝이는 기나긴 머리를 땋았다 풀었다 하고 있으면, 사드네 이모가 가서 그 남자와 하루 혹은 이틀을 지낸 뒤, 찌무룩하고 남을 꺼리는 모습으로 돌아왔다.

노이잇 이모는 하구 절름발이 남자의 노래가 마법이라고 내

게 설명해주었다. 일반적인 나쁜 마법이 아니라, 노이잇 이모가
위대한 좋은 마법이라 부르는 종류였다. 사드네 이모는 절대로
하구 절름발이 남자의 주술을 거부할 수 없었다. "하지만 그 남
자에겐 내가 알던 몇몇 남자들이 가진 매력의 반도 없어." 노이
잇 이모는 추억에 잠겨 웃으며 말했다.

　우리의 식사는 훌륭하긴 해도 지방이 굉장히 적었고, 어머니
는 사춘기가 다소 늦게 오는 게 어쩌면 이 때문일 거라고 생각
했다. 여자아이들은 열다섯 살 전에 생리를 시작하는 일이 거
의 없었고, 남자아이들은 열다섯 살이 훨씬 넘을 때까지도 잘 성
숙하지 않았다. 그러나 여자들은 남자아이들이 사춘기의 신호
를 조금만 보여도 그 즉시 아이들을 의심의 눈으로 흘겨보기 시
작했다. 처음엔 언제나 험상궂은 헤디미 이모가, 그다음엔 노이
잇 이모가, 그다음엔 사드네 이모마저 태어남을 외면하고 무시
하기 시작했다. 태어남이 뭐라 말해도 대답조차 안 했다. "아이
들과 놀면서 뭘 하는 거지?" 나이 든 드네미 이모가 태어남에게
어찌나 사납게 물었던지, 태어남은 눈물바람으로 집에 왔다. 태
어남은 아직 열네 살도 채 안 되었다.

　사드네 이모의 둘째 딸 휴루는, 말하자면 내 영혼의 짝이고 절
친이라 할 수 있었다. 휴루의 언니 디드수는 이제 노래모임에 있
었는데 어느 날 내게 와서 진지한 표정으로 이야기했다. "태어
남은 정말 잘생겼어." 디드수가 말했고, 나는 자랑스럽게 동의
했다.

　"아주 크고, 아주 강해." 디드수가 말했다. "나보다 강해."

나는 다시 자랑스럽게 동의했고, 그다음 디드수에게서 물러나기 시작했다.

"난 마법을 쓰고 있지 않아, 평온." 디드수가 말했다.

"아니, 쓰고 있어." 내가 말했다. "언니 어머니에게 말할 거야!"

디드수는 고개를 저었다. "난 솔직하게 말하려 하고 있는 거야. 내 두려움 때문에 너도 두려워진대도, 그건 내가 어쩔 수 없어. 그래야 하는 일이야. 우린 노래모임에서 그 얘기를 했어. 나도 이 상황이 맘에 들지 않아." 디드수가 말했고, 나는 디드수가 진심인 걸 알았다. 디드수는 부드러운 얼굴과 부드러운 눈을 가졌고, 언제나 우리 아이들 중에 가장 부드러웠다. "태어남이 아이라면 좋겠어." 디드수가 말했다. "나도 아이라면 좋겠어. 하지만 우린 그럴 수가 없어."

"그럼 멍청하고 늙은 여자로 살든가." 나는 말하고 디드수를 두고 달려갔다. 나는 강 옆의 내 비밀 장소로 가서 울었다. 나는 내 영혼주머니에서 성스러운 것들을 꺼내 늘어놓았다. 그중 하나는—성스러운 것에 대해 말해도 문제되지 않는다—태어남에게 받은 수정으로, 꼭대기는 투명하고 아래쪽은 탁한 보라색이었다. 나는 수정을 오랫동안 들고 있다가 다시 내려놓았다. 나는 둥근 돌 아래에 구멍을 파고 두후르 잎으로 수정을 싼 뒤 다시 사각형 천으로 쌌다. 그 천은 휴루가 날 위해 짜고 꿰매 만든 아름답고 올 고운 킬트를 찢어 만든 것이었다. 나는 눈에 보이도록 바로 앞쪽을 사각형으로 찢어냈다. 그러고는 수정을 도로 놓고 오랫동안 그 옆에 앉아 있었다. 나는 집으로 돌아갔지만 디드수가 한 말에 대해선 아무 말도 하지 않았다. 그러나 태어남은 너무 조용했고, 어머니는 걱정스러운 표정이었다. "네 킬트가 어떻게 된 거니, 평온아?" 어머니가 물었다. 나는 고개를 조금 들었지만 대답하지 않았다. 어머니는 다시 말하려다가 입을 다물었다. 어머니는 침묵하기로 선택한 개인에게는 말하지 않는다는 것을 마침내 배운 것이었다.

태어남에겐 영혼의 짝이 없었지만, 나이가 가장 비슷한 두 남자아이와 점점 더 자주 놀고 있었다. 태어남보다 한두 살 위인 에드네데는 홀쭉하고 조용했고, 비트는 겨우 열한 살이지만 거칠고 무모했다. 이 셋은 항상 어딘가로 사라졌다. 나는 그때까진 크게 주의를 기울이지 않았다. 비트가 사라진다는 생각에 기쁜 탓도 있었다. 휴루와 나는 의식하는 연습을 하고 있었고, 주위에서 소리 지르고 뛰어대는 비트를 늘 의식하는 건 참으로 피곤한 일이었다. 비트는 절대 누구도 조용히 놔둘 수가 없었다. 마치 남들이 조용히 있으면 자기가 뭔가 뺏기는 듯이 굴었다. 비트의 어머니인 헤디미는 비트를 가르쳤지만, 헤디미는 사드네와 노이잇처럼 훌륭하게 노래하거나 이야기를 하지 못했고, 비트는 하도 부산하다보니 자기 어머니의 노래와 얘기에조차도 귀를 기울이지 못했다. 느리게 걷거나 가만히 앉아 의식하려 하는 나와 휴루를 볼 때마다 비트는 주위에서 시끄럽게 굴었고, 결국 우리가 화가 나 저리 가라고 하면 "멍청한 여자애들!" 하고 놀려댔다.

내가 태어남에게 비트와 에드네데와 뭘 하느냐고 묻자 태어남이 말했다. "남자애들 일."

"어떤?"

"연습."

"의식하는 거?"

잠시 후 태어남이 말했다. "아니."

"그럼 뭘 연습하는데?"

"레슬링. 힘이 세지는 거. 소년무리를 위해서." 태어남은 우울해 보였지만, 잠시 후 다시 말했다. 태어남은 내게 자기 매트리스 아래 숨겨뒀던 칼을 보여주었다. "봐, 에드네데 말이, 칼이 있어야 아무도 덤비지 않는대. 이 칼 정말 멋지지 않아?" 칼은 금속이었고, '그 사람들'이 쓰던 오래된 금속이었으며, 갈대처럼 생겼고, 두들겨서 양쪽 날과 끝을 모두 날카롭게 만들었다. 그리고 윤을 낸 부싯돌관목 한 조각에 구멍을 뚫어 손잡이에 끼워놓았다. 손을 보호할 칼막이 용도였다. 태어남이 말했다. "비어 있는 어느 남자 집에서 발견했어. 이 나무 쪽은 내가 만들었고." 태어남은 칼에 깊은 애정을 보이며 생각에 잠겼다. 그러나 그 칼을 자신의 영혼주머니에 보관하지는 않았다.

"그걸로 '뭘' 하는데?" 나는 왜 양쪽 날이 모두 날카로운지 궁금해하며 물었다. 양쪽 날이 다 날카로우면 쓰다가 손을 베일 수도 있기 때문이다.

"공격해 오는 놈들을 물리치지." 태어남이 말했다.

"그 빈 남자 집은 어디 있었어?"

"바위 꼭대기 지나 저쪽에."

"오빠가 다시 갈 때 나도 가도 돼?"

"안 돼." 태어남은 딱딱하진 않아도 단호하게 대답했다.

"그 남자는 어떻게 됐어? 죽었어?"

"샛강에 해골이 있었어. 우리 생각엔 그 남자가 발을 헛디뎌 물에 빠져 죽은 거 같아."

평소의 태어남 같지 않았다. 태어남의 목소리에 왠지 어른 같은 구석이 있었다. 침울했고, 내성적이었다. 나는 위안 받으러 태어남에게 갔다가 오히려 더 불안해져 돌아왔다. 나는 어머니에게 가서 물었다. "소년무리에선 뭘 해요?"

"자연도태를 해." 어머니는 내 언어가 아니라 어머니의 언어로 말했고, 목소리가 긴장되어 있었다. 나는 더 이상 헤인어를 완전하게 이해하지 못했고, 어머니가 무슨 말을 하는 건지도 전혀 몰랐지만, 어머니의 어조에 신경이 곤두섰다. 그리고 무섭게도 어머니는 어느새 소리 없이 울고 있었다. "우린 이사해야 해, 평온아." 어머니가 말했다. 어머니는 아직도 무의식중에 헤인어로 말하고 있었다. "가족이 이사할 수 없는 이유 따윈 없잖아, 안 그래? 여자들은 자기들이 내키는 대로 이사해 왔다가 이사나가고 하는걸. 누가 이사해도 아무도 신경 안 써. 아무도 남의 일엔 간섭 안 해. 남자애들을 마을에서 몰아내는 것만 빼고는!"

나는 어머니가 하는 말을 대부분 이해했지만, 어머니가 그걸 나의 언어로 얘기하게 해야 했다. 이윽고 내가 말했다. "하지만 우리가 어딜 가도 태어남은 같은 나이에 같은 크기일 거고, 아무것도 변하지 않아요."

"그럼 우린 떠날 거야." 어머니는 사납게 말했다. "우주선으로 돌아갈 거야."

나는 어머니에게서 뒷걸음질 쳤다. 이제까지 난 어머니를 두려워해본 적이 없었다. 어머니는 한 번도 내게 마법을 쓰지 않았으니까. 무릇 어머니에겐 위대한 힘이 있지만, 그 자체로는 전혀 자연법칙에 반하는 바가 없다. 아이의 영혼에 그 힘을 쓰지 않는 한은 말이다.

태어남은 어머니를 두려워하지 않았다. 태어남에겐 자기만의 마법이 있었다. 어머니가 떠날 생각이라고 말하자, 태어남은 어머니를 설득해 그러지 못하게 했다. 태어남은 소년무리에 들어가고 싶다고 말했다. 1년 전부터 고대해왔다고 했다. 태어남은 더는 성인 여자와 젊은 여자 및 어린아이들로만 이루어진 이모 고리에 속하지 않았다. 태어남은 다른 남자아이들과 살고 싶어 했다. 몇 살 더 나이가 많은 형인 이트는 네 개의 강 영토의 소년 무리에 있었고, 자기 이모 고리 출신의 남자아이를 찾아다니곤 했다. 그리고 에드네데는 갈 준비를 하고 있었다. 태어남과 에드네데와 비트는 최근 몇몇 남자들과 얘기 중이었다. 남자들은 어머니가 생각하는 것처럼 모두 무지하거나 미치지 않았다. 남자들은 말을 많이 하진 않았지만, 많은 것을 알았다.

"그 남자들이 뭘 알디?" 어머니가 엄격하게 물었다.

"남자가 되는 법이요." 태어남이 말했다. "저도 남자가 되려 하고요."

"그런 남자는 아냐. 내가 도울 수만 있다면, 그런 남자는 안 돼! 기쁨 속에 태어남, 넌 우주선의 남자들을 기억해야 해, 진짜 남자들을. 여기의 가난하고 더러운 은둔자들과는 전혀 다른 남자들이야. 난 네가 자신이 그런 남자가 되어야 한다고 믿으며 자라게 할 수 없어!"

"그런 이들이 아니에요." 태어남이 말했다. "어머니도 그 남자들과 이야기해보셔야 해요."

"철부지처럼 굴지 마." 어머니는 신랄하게 웃으며 말했다. "저 여자들이 남자들에게 가 '얘기'하는 법이 없다는 건 너도 너무나 잘 알잖니."

난 어머니가 틀렸다는 걸 알았다. 이모 고리의 모든 여자들은 걸어서 사흘 거리 안쪽에 정착해 사는 남자들을 모두 알았다. 여자들은 정찰을 나가면 남자들과 얘기했다. 여자들은 자신들이 믿지 않는 남자들에게서만 거리를 뒀다. 그리고 그런 남자들은 보통 머지않아 사라졌다. 노이잇은 내게 그런 말을 했다. "그 남자들은 자기 마법에 자기가 당한 거야." 노이잇의 말은 다른 남자들이 그런 남자들을 쫓아냈거나 죽였단 거였다. 하지만 나는 거기에 대해 아무 말도 하지 않았고, 태어남은 이렇게만 말했다. "어쨌거나, 동굴 절벽 남자는 정말 친절해요. 그리고 그 남자가 우릴 데려간 곳에서 전 '그 사람들' 물건들을 발견했고요." '그 사람들' 물건이란 어머니가 흥분했던 고대 유물들을 말하는 거였다. "그 남자들은 여자들이 모르는 것들을 알아요." 태어남은 계속해 말했다. "적어도 전 한동안은 소년무리에 가 있을 수 있을 거예요. 전 가야만 해요. 많은 걸 배울 수 있다고요! 우린 사실 그 사람들에 대해 제대로 된 정보가 전혀 없잖아요. 우리가 아는 건 모두 이 이모 고리에 대한 것뿐이에요. 전 가서 충분히 오래 있으면서 우리 보고서에 쓸 자료들을 모을 거예요. 이모 고리도 소년무리도 일단 떠나면 다시 돌아올 수 없어요. 전 우주선으로 가거나 남자가 되려고 노력해야 할 거예요. 그러니 제가 제대로 한번 부딪쳐보게 해주세요, 부탁해요, 어머니."

"왜 네가 남자가 되는 법을 배워야 한다고 생각하는지 난 그걸 모르겠구나." 잠시 뒤 어머니가 말했다. "넌 이미 그 방법을 알잖니."

그러자 태어남은 정말로 웃음 지었고, 어머니는 한 팔로 태어남을 안았다.

난 어쩌고? 나는 생각했다. 나는 우주선이 뭔지조차 몰라. 난 여기 있고 싶어. 내 영혼이 있는 곳에. 난 이 세계에 있기 위해 계속 배우고 싶어.

하지만 나는 어머니와 태어남이 두려웠다. 둘 다 마법을 썼던 것이다. 그래서 나는 배운 대로 아무 말 없이 가만히 있었다.

에드네데와 태어남은 함께 떠났다. 에드네데의 어머니인 노이잇은 둘이 함께 가게 되어 어머니로서 기뻐했지만, 아무 말도 하지 않았다. 에드네데와 태어남이 떠나기 전날 저녁, 둘은 이모 고리의 모든 집에 들렀다. 시간이 오래 걸렸다. 집들은 두세 집끼리만 보이거나 소리가 들리는 거리에 있었고, 집들 사이에는 관목과 정원과 용수로와 작은 길들이 있었다. 집집마다 어머니와 아이들이 작별인사를 하려고 기다렸다. 단지 입 밖으로 내어 말하지 않을 뿐이었다. 나의 언어에 '안녕'이나 '잘 가' 같은 단어는 없다. 어머니와 아이들은 남자아이들에게 들어오라고 한 뒤 뭔가 먹을 것을 주고, 영토까지 가져갈 수 있을 만한 것도 주었다. 남자아이들이 문으로 가면, 그 집 가족 모두가 나와서 손과 뺨을 만졌다. 나는 이트가 그런 식으로 이모 고리를 돌아다니던 때를 떠올렸다. 그 당시 나는 울었는데, 이트를 그리 좋아하지 않았음에도, 누가 죽을 때처럼 영원히 떠난다는 게 너무나 이상하게 느껴졌기 때문이다. 이번에 나는 울지 않았다. 그러나 계속 잠에서 깨고 또 깨다가 이윽고 첫 새벽빛이 떠오르기 전에 태어남이 일어나 물건을 챙겨 들고 조용히 떠나는 소리를 들었다. 나는 어머니 역시 깨어 있단 걸 알았지만, 우린 해야 하는 대로 행동했고, 태어남이 떠날 동안 조용히 누워 있었다. 그리고 그 뒤로도 오랫동안 그대로 있었다.

난 어머니가 〈청년이 이모 고리를 떠나다: 의식의 잔존〉이라는 제목으로 작성한 문서를 읽었다.

어머니는 태어남이 영혼주머니에 무선통신기를 넣고 가져가서 이따금씩만이라도 연락이 됐으면 했었다. 태어남은 그러려 하지 않았다. "전 제대로 하고 싶어요, 어머니. 제대로 하지 않으면 하는 의미가 없어요."

"네게서 전혀 소식을 들을 수 없다는 게 도저히 감당이 안 되어서 그래, 태어남." 어머니는 헤인어로 말했다.

"하지만 무선통신기가 고장 나거나 없어지거나 하면 더 걱정되실 거예요. 어쩌면 아무 이유도 없는데 말이에요."

어머니는 마침내 첫 비가 올 때까지 반년을 기다리기로 동의했다. 그런 뒤엔 영토의 남쪽 끝을 표시하는 지표인, 강 근처의 거대한 폐허로 갈 것이고, 태어남은 거기서 어머니와 만나기로 했다. "하지만 딱 열흘만 기다리세요." 태어남이 말했다. "만일 제가 못 오면, 못 오는 거예요." 어머니는 동의했다. 내 생각에, 어머니는 마치 어린 아기를 둔 엄마처럼 모든 일에 '그래' 하고 대답하는 것 같았다. 그건 옳지 않아 보였다. 하지만 난 태어남이 옳다고 생각했다. 소년무리에 가면 누구도 자기 어머니에게 돌아오지 않았다.

그러나 태어남은 돌아왔다.

여름은 길고 맑고 아름다웠다. 나는 별보기를 배우고 있었다. 별보기는 건기의 밤에 바깥 언덕에 누워 동쪽 하늘에서 특정한 별을 찾고, 그 별이 질 때까지 하늘을 가로지르는 것을 지켜보는 것이다. 물론 눈을 쉬기 위해 시선을 돌려도 되고 졸아도 된다. 하지만 땅이 빙빙 도는 느낌이 들 때까지, 별들과 세계와 영혼이 함께 움직이는 걸 깨닫게 될 때까지 다시 그 별, 그리고 그 주위의 별들을 계속 보려고 노력해야 한다. 그 특정한 별 때문에 어느새 잠이 들고, 새벽에 다시 잠을 깬다. 그런 다음엔 언제나처럼, 침묵 속에 의식하며 해돋이를 맞는다. 나는 그 따뜻하고 굉장한 밤들에, 그 청명한 새벽들에, 언덕 위에서 무척 행복했다. 휴루와 나는 처음 한두 번은 함께 별보기를 했지만, 그 뒤론 따로 다녔고, 혼자 보는 게 훨씬 좋았다.

한번은 그런 밤을 보낸 뒤 첫 햇살 속에 바위 꼭대기와 집 위

언덕 사이의 좁은 골짜기를 걸어 집으로 돌아오고 있는데, 남자한 명이 돌연 수풀을 헤치고 길로 내려와 내 앞에 섰다. "두려워마." 남자가 말했다. "들어봐!" 남자는 체격이 크고 반은 벌거벗고 있었다. 남자에게서 악취가 났다. 나는 막대기처럼 가만히서 있었다. 남자는 이모들이 말하는 식으로 "들어봐!"라고 말했고, 그래서 나는 귀를 기울였다. "네 오빠와 오빠의 친구는 모두잘 있어. 네 어머니는 거기로 가면 안 돼. 남자아이들 중 몇 명이패거리를 짰어. 그놈들이 네 어머니를 겁탈할 거야. 나와 다른몇 명은 지도자들을 죽이고 있어. 시간이 좀 걸려. 네 오빠는 다른 패거리에 있어. 오빠는 괜찮아. 어머니에게 전해. 내가 한 말을 다시 되풀이해봐."

나는 이야기를 들으면 그렇게 하라고 배운 대로 한 단어 한 단어 그대로 따라 말했다.

"그래. 잘했어." 남자는 말했고, 짧고 힘센 다리로 가파른 경사를 훌쩍 올라가 사라졌다.

바로 그때 어머니는 영토로 가려 했었지만, 나는 남자가 해준말을 노이잇에게도 말했고, 노이잇은 우리 집의 현관으로 와서어머니와 얘기했다. 나는 노이잇의 얘기에 귀 기울였다. 노이잇은 내가 잘 모르는 것들, 어머니는 전혀 모르는 것들을 얘기했던 것이다. 노이잇은 자기 아들 에드네데와 마찬가지로 작고 부드러운 여자였다. 가르치는 것과 노래하는 것을 좋아했고, 그래서 집 주위엔 언제나 아이들이 바글거렸다. 노이잇은 어머니가여행 채비를 하는 걸 보았다. 노이잇이 말했다. "지평선 위의 집 남자 말이, 아이들은 다 잘 있대." 노이잇은 어머니가 전혀 듣지 않고 있는 걸 보고도 계속 말했다. 노이잇은 내게 말하는 척했다. 성인 여자는 다른 성인 여자를 가르치지 않기 때문이다. "그 남자가 그러는데, 남자들 중 몇 명이 패거리를 깨고 있다는구나. 소년무리들이 사악해질 때 남자들이 하는 일이지. 가끔은 남자들 중에 마법사들이 있어. 지도자들, 나이 든 소년들, 심지어 패거리를 만들고 싶어 하는 남자들도 있어. 정착한 남자들은 마법사들을 죽일 거고 소년들 중 누구도 다치지 않도록 마음을 쓸 거야. 패거리들이 영토 밖으로 나오면, 누구도 안전하지 못해. 정착한 남자들은 그걸 좋아하지 않지. 정착한 남자들은 이모 고리가 안전하도록 신경을 쓴단다. 그러니 네 오빠는 괜찮을 거야."

어머니는 자기 그물에 피기 뿌리들을 계속 썼다.

노이잇이 내게 말했다. "정착한 남자들에게 겁탈은 아주, 아주 나쁜 일이야. 그러면 여자들이 남자들에게 가지 않게 되니까. 남자아이들이 여자를 겁탈하면, 정착한 남자들은 필시 그 남자아이들을 '모두' 죽일 거야."

어머니는 마침내 귀를 기울이고 있었다.

어머니는 태어남과의 약속 장소에 가지 않았지만, 우기 내내 굉장히 힘들어했다. 어머니는 병이 났고, 드네미는 디드수를 보내 어머니에게 가그베리 시럽을 먹였다. 어머니는 아파서 침대에 누워 있는 동안 병과 약, 그리고 나이 든 여자아이들이 어떻게 병든 성인 여자를 돌봐야 하는지에 대해 계속 적었다. 성인 여자는 다른 성인 여자의 집에 들어가지 않았기 때문이다. 어머니는 일하는 걸 절대 멈추지 않았고, 태어남에 대한 걱정도 절대 멈추지 않았다.

우기 후반, 따뜻한 바람이 불고 노란 꿀꽃들이 만개해 언덕을 뒤덮는 금빛세계철에, 노이잇이 들렀다. 어머니는 정원에서 일하고 있었다. "지평선 위의 집 남자가 그러는데, 소년무리에서 모든 일이 잘 풀렸대요." 노이잇이 말하고는 가던 길을 계속 갔다.

어머니는 그제야 깨닫기 시작했다. 어른이 다른 어른의 집에 들어가는 일이 절대 없고, 어른들이 서로 얘기하는 일이 참으로 드물고, 남자와 여자가 아주 짧고 일시적인 관계만을 갖는 때가 잦고, 남자들은 정말로 고독하게 평생을 사는데도, 그럼에도 일종의 공동사회가 존재한다는 걸, 미묘하고 확실한 의도와 억제, 즉 사회 질서의 넓고 가늘고 촘촘한 망이 존재한다는 걸 말이다. 어머니가 우주선에 보내는 보고서들은 새로 알게 된 이런 사실들로 가득해졌다. 그러나 어머니는 여전히 소로인들의 삶이 결핍됐다고 보았다. 이 개인들을 그저 생존자라 보았고, 뭔가 거대한 것의 파멸에서 남은 비참한 조각들이라 보았다.

"사랑하는 아가." 어머니가 헤인어로 말했다. 내 언어에는 '사랑하는 아가'라고 말할 방법이 없기 때문이다. 어머니는 내가 헤인어를 완전히 잊지 않게 하려고 집에선 헤인어로 말했다. "사랑하는 아가야, 이해하지 못한 기술을 마법이라 설명하는 건 미개한 거야. 난 비판하는 게 아니라, 사실을 말하는 거야."

"하지만 기술은 마법이 아니에요." 내가 말했다.

"아니, 마법이야, 이곳 사람들의 마음속에선 그래. 네가 막 기록한 이야기를 보렴. 시간 이전 마법사들은 마법의 상자를 타고 하늘과 바닷속과 땅속을 날 수 있었어!"

"'금속' 상자죠." 나는 어머니의 말을 정정해주었다.

"그런 걸 비행기, 터널, 잠수함이라고도 한다. 초자연적이라 설명되고 있는, 사라진 기술이지."

"그 상자들은 마법이 아니었어요." 내가 말했다. "'그 사람들'이 마법이었죠. 그 사람들은 마법사였어요. 자기 힘을 이용해 다른 개인들을 지배할 힘을 얻으려 했어요. 바르게 살려면, 개인은 마법을 멀리해야 해요."

"그건 문화적 규범이야. 몇천 년 전 통제되지 않은 기술 확산이 재난을 낳았거든. 바로 그래. 비이성적인 금기에는 완벽하게 이성적인 이유가 있단다."

나는 '이성적'과 '비이성적'이 내 언어로 무슨 뜻인지 몰랐다. 나는 그런 뜻의 단어들을 찾을 수가 없었다. '금기'는 '유독한'과 똑같은 말이었다. 나는 어머니의 말에 귀를 기울였다. 딸은 반드시 어머니에게서 배워야 하고, 내 어머니는 다른 누구도 모르는 것들을 많이, 아주 많이 알기 때문이다. 그러나 내 교육은 가끔 너무 어려웠다. 어머니의 가르침에 이야기와 노래가 더 많았다면, 그래서 그토록 많은 단어들이 그물 사이를 빠져나가는 물처럼 내게서 빠져나가지만 않았다면 얼마나 좋았을까!

금빛철은 지나갔고, 아름다운 여름이 되었다. 은빛철이 돌아왔다. 비가 내리기 전, 언덕들 사이의 골짜기들에 안개가 깔리는 때. 이윽고 비가 오기 시작했고, 매일같이 오랫동안 느릿느릿 따뜻한 비가 왔다. 태어남과 에드네데에게서 아무 소식이 없은 지 1년도 더 되었다. 그러던 어느 밤, 갈대 지붕을 부드럽게 두드리던 빗소리가 문을 할퀴며 속삭이는 소리로 바뀌었다.

"쉿…… 괜찮아…… 괜찮아……."

우리는 불길을 다시 키우고 그 앞에서 어둠 속에 쭈그리고 앉아 얘기했다. 태어남은 키가 컸고 심하게 말라서 꼭 해골에 거죽이 말라붙은 것 같았다. 윗입술은 베인 상처 때문에 말려 올라가 이를 드러내고 으르렁대는 듯한 모습이 되었고, ㅍ, ㅂ, ㅁ 같은 몇몇 발음을 제대로 하지 못했다. 목소리는 다 큰 남자의 목소리였다. 태어남은 불 앞에 몸을 움츠리고 뼈에 온기를 전하려 애썼다. 축축한 누더기를 입고 있었고, 목에 건 끈에는 칼이 걸려 있었다. 태어남은 계속 말했다. "그동안 괜찮았어요. 하지만 계속 거기서 살고 싶진 않아요."

태어남은 소년무리에서 지낸 1년 반에 대해 별로 말하지 않으려 했고, 우주선에 가면 아주 세세한 부분까지 모두 기록하겠다고 주장했다. 태어남은 자신이 계속 소로에 남을 경우 뭘 해야만 하게 될지에 대해 우리에게 말하지 않으려 했다. 오빠는 영토로 돌아가 더 나이 많은 남자아이들 속에서 공포와 마법으로 자기 자리를 지키면서, 나이 들어 소년무리를 빠져나올 수 있을 때까지 늘 자기 힘을 증명해야 할 것이었다. 소년무리를 빠져나온다는 건 다시 말하자면, 영토를 떠나 성인 남자들이 정착을 허락해주는 곳을 찾을 때까지 혼자 방랑한다는 거였다. 에드네데는 다른 남자아이와 짝이 되었고, 비가 그치면 함께 그곳을 떠날 터였다. 성적으로 맺어진 짝이 생기면 상황이 훨씬 쉬워진다고 태어남은 말했다. 여자를 놓고 경쟁하지 않는 한, 정착한 남자들은 이런 짝에게 도전하지 않았다. 하지만 이모 고리에서 걸어 사흘 거리 안쪽 어디에든 정착하려 하면, 새로 온 남자는 이미 그곳에 정착한 남자들을 상대로 자신을 증명해야 했다. "똑같은 상황을 3, 4년 더 겪어야 하는 거예요." 태어남이 말했다. "도전하고, 싸우고, 늘 다른 사람들을 관찰하고, 경계하고, 자신이 얼마나 강한지 보여주고, 밤낮으로 긴장하고. 평생을 혼자 살고요. 전 그렇게 못 해요." 태어남이 나를 보았다. "전 개인이 아니에요. 전 집에 가고 싶어요." 태어남이 말했다.

"내가 지금 우주선에 연락하마." 어머니는 끝없이 안도하며 조용히 말했다.

"아뇨." 내가 말했다.

태어남은 어머니를 보고 있었고, 어머니가 몸을 돌려 내게 말하려 하자 그가 손을 들었다.

"전 갈 거예요." 태어남이 말했다. "쟨 안 가도 돼요. 쟤가 왜 가야 해요?" 나처럼, 태어남은 이유가 없으면 이름을 부르지 않는 법을 익힌 것이었다.

어머니는 태어남에게서 내게로 시선을 옮겼고, 마침내 웃음소리 같은 것을 냈다. "얠 여기에 놔둘 순 없어, 태어남!"

"어머니는 왜 가야 하는데요?"

"내가 가고 싶으니까." 어머니가 말했다. "난 이 정도면 충분해. 사실 충분한 이상이야. 우린 7년 동안 여자들에 대해 엄청난 양의 정보를 얻었고, 이제 남자 쪽의 정보는 네가 채울 수 있어. 그 정도면 됐어. 우리 모두 우리 사람들에게 돌아갈 때가 됐어. 실은 지났어. 우리 모두 갈 거야."

"제게 사람들은 없어요." 내가 말했다. "전 사람들에게 속하지 않아요. 전 한 개인이 되려 애쓰고 있어요. 왜 절 제 영혼에서 떼어내려 하시는 거죠? 어머니는 제가 마법을 쓰길 원해요! 전 싫어요. 전 마법을 쓰지 않을 거예요. 전 어머니의 언어로 말하지 않을 거예요. 어머니와 가지 않을래요!"

어머니는 여전히 듣지 않았다. 어머니는 화가 나 대답하기 시작했다. 태어남은 다시 손을 들어 올렸다. 성인 여자가 노래하려 할 때 하는 식이었다. 어머니는 태어남을 보았다.

"나중에 얘기해요." 태어남이 말했다. "그때 결정해도 돼요. 전 자야겠어요."

우리가 뭘 하고 어떻게 할지 결정한 이틀 동안, 태어남은 집에 숨어 지냈다. 끔찍한 시간이었다. 나는 남에게 거짓말하지 않아도 되게 아픈 척하며 집에만 있었고, 태어남과 어머니와 함께 얘기하고 또 얘기했다. 태어남은 어머니에게 나와 함께 머물러달라고 부탁했다. 나는 어머니에게 날 사드네나 노이잇과 지내게 하고 떠나라고 부탁했다. 사드네와 노이잇 둘 다 분명 날 자기 가족으로 받아줄 터였다. 어머니는 거절했다. 어머니는 어머니이고, 나는 아이이며, 어머니의 힘은 성스러웠다. 어머니는 우주선에 무선으로 연락했고, 이모 고리에서 걸어 이틀 거리의 불모지에서 착륙선을 만나 떠날 계획을 짰다. 우리는 밤에 몰래 떠났다. 나는 내 영혼주머니 하나만 가져갔다. 우리는 이튿날 내내 걸었고, 비가 그쳤을 때 아주 잠깐 잤다가 또 계속 걸어 사막으로 갔다. 그곳은 온통 울룩불룩하고 패이고 동굴투성이였다. 시간 이전의 잔해였다. 흙은 사막이 원래 그러하듯, 아주 작은 유리 조각들과 단단한 알갱이들과 조각들로 이루어져 있었다. 이곳에선 아무것도 자라지 않았다. 우린 거기서 기다렸다.

　새벽 동이 트고 빛나는 뭔가가 아래로 내려와 우리 앞 바위에 앉았다. 그 어떤 집보다도 컸지만, 시간 이전의 잔해들만큼 크진 않았다. 어머니는 묘하고 복수심 어린 웃음을 지으며 나를 보았다. "이게 마법이니?" 어머니가 말했다. 난 사실 이게 마법이 아니라고 생각하기가 무척 힘들었다. 그러나 난 이게 그저 물건일 뿐이며, 물건 안에 마법 따윈 없다는 걸 알았다, 단지 머리로만. 난 아무 말도 하지 않았다. 집을 떠나 온 뒤로 난 한 마디도 하지 않았다.

　나는 다시 집에 갈 때까지 누구와도 말하지 않기로 결심했었다. 하지만 난 아직 아이였고, 듣고 복종하는 일에 익숙했다. 우주선 안에서, 너무나도 낯설고 새로운 그 세계에서, 나는 한두 시간 정도는 어찌어찌 버텼지만, 곧 울며 집에 가자고 난리 치기 시작했다. 제발, 제발요, 이제 집에 가도 되나요.

　우주선 사람들은 모두 내게 무척 친절했다.

　그때에도 나는 태어남이 겪은 일과 내가 겪을 일을 생각하며 우리의 호된 시련을 비교했다. 차이는 극명했다. 태어남은 혼자였고, 음식이 없었고, 몸 피할 곳도 없었으며, 겁에 질린 경쟁자들 속에서 살아남으려 애쓰는, 똑같이 겁에 질린 남자아이였고, 힘을 남자다운 거라 생각하며 힘을 얻고 계속 유지하려 전념하는 형들의 무자비한 행동에서도 살아남아야 했다. 나는 보살핌을 받았고, 옷도 있었다. 잘 먹다 못해 토하기 직전까지 마음껏 먹었고, 쪄 죽겠다 싶을 만큼 따뜻하게 살았고, 많은 조언을 받았고, 논리적 설명을 듣고, 칭찬받고, 아주 큰 도시 시민들의 친구가 되고, 그 시민들의 힘을 나눠 가져도 좋다는 제안을 받았고, 저쪽은 그걸 인도적 행위라 보았다. 태어남과 나는 둘 다 마법사들 사이에 떨어졌다. 태어남과 나 둘 다 우리 주위의 사람들에게서 좋은 점을 볼 수 있었지만, 태어남도 나도 그 사람들과 함께 살 순 없었다.

태어남은 자기가 영토의 불기운 없는 피난처에서 몸을 웅크리고 고독한 밤을 수없이 보냈으며, 그러면서 머릿속으로 이모들에게 배운 이야기들을 되풀이하고 노래를 불렀다고 내게 말했다. 나도 우주선에서 매일 밤 똑같이 그랬다. 그러나 나는 거기 사람들에게 그 이야기나 노래를 해주길 거부했다. 나는 거기서 내 언어로 말하지 않으려 했다. 내가 침묵하려면 그 방법밖에 없었다.

어머니는 몹시 화를 냈고, 오랫동안 날 용서하지 않았다. "넌 우리 사람들에게 네 지식을 빚졌어." 어머니가 말했다. 나는 대답하지 않았다. 내가 할 말은 그 사람들이 내 사람들이 아니란 것, 내겐 사람들이 없다는 것뿐이었으므로. 나는 개인이었다. 내겐 내가 말하지 않는 언어가 있었다. 내겐 내가 행사할 수 있는 침묵이 있었다. 내게 있는 건 그게 다였다.

나는 학교에 갔다. 우주선에는 이모 고리에서처럼 다양한 나이대의 아이들이 있었고, 여러 어른들이 우릴 가르쳤다. 나는 대체로 에큐멘 역사와 지리를 배웠고, 어머니는 11-소로의 역사에 대해 배우라고 내게 보고서를 주었다. 내 언어로는 '시간 이전'이라 부르는 때의 것이었다. 나는 내 세계의 도시들이 다른 어떤 세계에서도 세워진 적 없는 가장 큰 도시들이며, 대륙 두 개를 완전히 뒤덮을 정도였단 것을 읽었다. 농업용의 작은 지역들은 빼놓고도 그랬다. 도시들에는 1200억 명이 살았고, 동물들과 바다와 공기와 흙이 죽다가 이윽고 사람들도 죽기 시작했다. 소름 끼치는 이야기였다. 나는 그 이야기에 부끄러워졌고, 우주선이나 에큐멘의 누구도 이 이야기를 모르길 바랐다. 한편으로, 우주선 사람들이 이런 시간 이전 이야기에 대해 알게 되면, 어떻게 자기 마법에 자기들이 당했는지와 그게 어쩔 수 없는 일이었다는 걸 알아주길 바랐다.

1년이 채 지나지 않아, 어머니는 우리가 헤인으로 가게 될 거라 말했다. 우주선의 의사와 의사의 똑똑한 기계들이 태어남의 입술을 고쳤다. 태어남과 어머니는 둘이 아는 모든 정보를 기록했다. 태어남은 이제 에큐멘 학교에 가기 위해 필요한 훈련을 받을 수 있는 나이가 되었고, 본인도 이런 훈련을 받고 싶어 했다. 나는 잘 적응하지 못했고, 의사의 기계들도 나를 고치진 못했다. 나는 계속 몸무게가 줄었고, 잠을 잘 못 잤으며, 끔찍한 두통에 시달렸다. 우주선에 오르고 얼마 안 되었을 때 나는 생리를 시작했고, 매번 생리통이 대단했다. 어머니는 말했다. "이건, 이 우주선 생활은 전혀 좋지 않아. 넌 야외로 나가야 해. 행성에 있어야 해. 문명화된 행성에."

"헤인에 가면, 다시 거기 도착했을 때면, 제가 아는 개인들은 모두 수백 년 전 죽었을 거예요." 내가 말했다.

"평온아." 어머니가 말했다. "소로의 관점에서 생각하는 것 좀 그만둬. 우린 이미 소로를 떠났어. 자신을 속이고 괴롭히는 것도 그만두고 이젠 뒤가 아니라 앞을 봐. 앞으로 네 인생이 얼마나 창창한데. 헤인에서 넌 남은 생을 사는 법을 배우게 될 거야."

나는 모든 용기를 끌어모아 내 언어로 말했다. "전 이제 아이가 아니에요. 어머니는 제게 아무 힘도 쓸 수 없어요. 전 안 가요. 저 없이 가세요. 어머니는 제게 아무 힘도 없다고요!"

이건 내가 마법사, 주술사에게 말하라고 배운 말들이다. 어머니가 내 말을 완전히 이해했는지는 모르겠지만, 어머니는 내가 자길 죽도록 두려워한다는 걸 알았고, 그래서 침묵에 빠졌다.

한참 뒤 어머니가 헤인어로 말했다. "맞는 말이야. 난 네게 힘이 없어. 하지만 몇 가지 권리는 있단다. 충실할 권리, 사랑할 권리가 있어."

"절 어머니의 힘 아래 있게 하는 건 뭐든 옳지 않아요." 나는 여전히 내 언어로 말했다.

어머니는 나를 물끄러미 바라보았다. "넌 그 사람들과 비슷해. 넌 그 사람들 중 하나야. 사랑이 뭔지 모르지. 바위처럼 네 안에 갇혔어. 널 여기 데려오는 게 아니었는데. 한 사회의 폐허 속에 웅크리고 있는 사람들. 잔인하고, 완고하고, 무지하고, 미신에 젖은 사람들. 끔찍한 고독 속에 갇힌 사람들. 그리고 난 그 사람들이 널 자기네처럼 만드는 걸 지켜만 봤어!"

"어머니가 절 가르쳤어요." 내가 말했고, 목소리는 떨리기 시작했다. 말할 때마다 입이 덜덜거렸다. "그리고 여기 학교도요. 하지만 제 이모들도 절 교육했고, 전 제 교육을 마치고 싶어요." 나는 눈물을 떨구었지만, 계속해 두 주먹을 꼭 쥔 채 서 있었다. "전 아직 여자가 아니에요. 전 여자가 되고 싶어요."

"하지만 평온아, 넌 여자가 될 거야! 소로에서 될 수 있는 것보다 열 배는 더. 날 이해하려고, 믿으려고 노력해야 해⋯⋯."

"어머니는 제게 아무 힘도 없어요." 나는 눈을 꼭 감고 손으로 귀를 막으며 말했다. 어머니는 다가와 나를 안았지만, 나는 어머니가 만지는 걸 참으며 뻣뻣하게 서 있었고, 마침내 어머니는 내게서 손을 뗐다.

우리가 행성에 있는 동안 우주선의 승무원들은 모두 바뀌었다. 초대 관찰자들은 다른 세계로 갔다. 우리의 대체 요원은 이제 아렘이라는 게센 고고학자였고, 젊진 않지만 온순하고 조심스러운 사람이었다. 아렘은 사막 대륙 두 개에만 내려가봤고, 그그녀*의 표현을 빌리자면 "현존자들과 살았던" 우리와 얘기

*heshe. 양성 구분이 없는 게센인을 지칭하기 위해 작가가 만든 대명사.

할 기회가 생기자 무척 기뻐했다. 나는 아렘과 있는 게 편했다. 아렘은 다른 사람들과 아주 달랐던 것이다. 아렘은 남자가 아니었고—나는 늘 남자가 주위에 있는 게 영 익숙해지질 않았다—그렇다고 여자도 아니었다. 또한 완전히 어른도 아니지만, 아이도 아니었다. 그냥 나처럼 한 개인이었다. 아렘은 내 언어를 잘 몰랐지만, 언제나 나와 내 언어로 얘기하려 애썼다. 이번 위기가 닥치자 아렘은 내 어머니에게 와서 토론을 청했고, 날 그냥 행성으로 돌려보내면 어떻겠느냐고 제안했다. 태어남이 이 대화에 몇 번 낀 적이 있어서 내게 얘기해주었다.

태어남이 말했다. "아렘은 네가 헤인에 가면 십중팔구 죽을 거래. 네 영혼이 죽을 거래. 아렘은 우리가 배운 것 중 일부가 자기들이 게센에서 종교적으로 배우는 것과 비슷하대. 그래서 어머니는 원시적 미신에 대해 성토하던 걸 그만뒀어……. 그리고 아렘은 네가 소로에 남아 교육을 마치면 에큐멘에 유용할 수 있다고 했어. 넌 아주 귀중한 자원이 될 거야." 태어남은 킥킥거렸고, 1분 뒤엔 나도 킥킥거렸다. "사람들이 널 소행성처럼 조사할 거야." 태어남이 말했고, 잠시 후 다시 말했다. "알지, 넌 남고 난 가면, 우린 서로에게 죽은 사람이 된다는 거."

이건 누군 몇 광년을 가고 누군 남으려 할 때 우주선의 젊은이들이 말하는 식이었다. 안녕, 죽은 친구야. 그건 사실이었다.

"알아." 내가 말했다. 나는 목이 울컥 잠기는 것을 느꼈고, 두려워졌다. 난 수트의 아기가 죽었을 때 빼고는 고향에서 어른이 우는 걸 한 번도 보지 못했다. 수트는 밤새 울부짖었다. 개처럼 울부짖었다고 어머니는 말했지만, 나는 한 번도 개를 보거나 개가 내는 소리를 들어본 적이 없었다. 그저 어떤 여자가 엄청나게 우는 소리를 들었다. 나는 내가 그런 식으로 들릴까봐 겁이 났다. "집에 돌아갈 수 있게 되면, 내 영혼을 마저 만들 수 있게 되면, 누가 알겠어, 어쩜 내가 한동안 헤인에 가 있게 될지도." 나는 헤인어로 말했다.

"정찰하러?" 태어남은 내 언어로 말했고, 소리 내어 웃었다. 나도 덩달아 다시 소리 내어 웃었다.

누구도 동기와 계속 있을 수는 없다. 난 그걸 알았다. 하지만 태어남은 죽었다가 내게로 다시 돌아왔고, 그러니 어쩌면 나도 죽었다가 다시 태어남에게로 돌아갈 수 있을지도 몰랐다. 적어도 나는 그럴 가능성이 있는 척할 수 있었다.

어머니는 결정을 내렸다. 어머니와 나는 1년 더 우주선에 남고, 태어남은 헤인으로 가는 거였다. 나는 계속 학교에 다닐 터였다. 1년이 지나고도 여전히 행성으로 돌아가고 싶다면, 난 돌아갈 수 있었다. 그땐 내가 있든 없든, 어머니는 헤인으로, 태어남 곁으로 갈 터였다. 혹시라도 어머니와 태어남이 다시 보고 싶어지면, 나는 둘을 따라갈 수 있었다. 누구도 이 타협에 만족하지 못했지만, 이게 우리가 할 수 있는 최선이었고, 그래서 다들 동의했다.

태어남은 떠나면서 자기 칼을 내게 주었다.

태어남이 떠난 뒤, 나는 아프지 않으려 애썼다. 나는 우주선 학교에서 모든 걸 열심히 배웠고, 의식하는 법과 마법 피하는 법을 아렘에게 가르치려 애썼다. 우리는 우주선 정원에서 함께 천천히 걷기를 했고, 게센 카르히데의 한다라 비황홀경 첫 번째 시간을 함께했다. 우리는 그 둘이 비슷하다고 입을 모았다.

우주선은 계속 소로 항성계에 있었는데, 이건 내 가족 때문뿐 아니라, 승무원들이 이제 대부분 11-소로의 바다 동물을 연구하러 온 동물학자였기 때문이다. 연구 대상인 바다 동물은 일종의 두족류인데, 돌연변이를 통해 고도의 지성체가 되고 있거나 어쩌면 이미 고도의 지적 능력을 갖추었다. 그러나 여기엔 의사소통의 문제가 있었다. "현지 인간들과의 의사소통 문제 못지않게 심각"하다고 '불변'은 말했다. 불변은 우릴 가르치고 무자비하게 놀려댄 여자 동물학자였다. 불변은 착륙선을 써서 자기 연구소가 있는 북반구의 무인도들로 우릴 두 번이나 데리고 내려갔다. 내 세계로 내려가지만 내 이모들과 자매들과 내 영혼의 짝에게서 한 세계만큼 떨어져 있다니 참으로 이상했다. 하지만 나는 아무 말도 하지 않았다.

나는 그 거대하고 창백하고 수줍은 생명체가 깊은 물속에서 천천히 올라오는 것을 보았다. 둘둘 말린 긴 촉수들을 따라 색깔들이 물결치고, 가물거리는 소리가 울렸다. 모든 게 너무나 빨라서 색을 다 보거나 선율을 듣기도 전에 모두 끝나버렸다. 동물학자의 기계는 분홍색 빛을 냈고, 기계적으로 점점 더 빠르게 지저귀는 소리를 냈지만, 광대한 바다에선 무척이나 연약하고 희미했다. 두족류는 참을성 있게 자신의 아름다운 아련한 은빛 언어로 응답했다. "'의문'이군." 불변은 우리에게 얄궂게 말했다.

'의사소통의 문제'를 줄인 불변식의 단어였다. "우린 우리가 뭐에 대해 얘기하고 있는지를 몰라."

내가 말했다. "제가 여기서 교육을 받을 때 배운 게 있어요. 노래인데, 이런 식이에요." 그리고 나는 잠시 주저하며 그 노래를 헤인어로 번역하려 애썼다. "생각은 행동의 한 방법이고, 단어는 생각의 한 방법이라네."

불변은 나를 뚫어져라 보았고, 난 그게 동의할 수 없단 뜻이라 생각했다. 하지만 실은 단지 내가 그전까진 불변에게 "네"란 말 말고는 한 마디도 해본 적이 없어서 그랬을 듯하다. 마침내 불변은 말했다. "네 말은 저게 단어를 써서 말하지 않는다는 거니?"

"어쩌면 전혀 말하지 않을지도요. 어쩌면 생각하고 있는지도 몰라요."

불변은 좀 더 나를 뚫어져라 보다가 마침내 말했다. "고마워." 불변은 역시 생각에 빠진 듯이 보였다. 나는 두족류가 하고 있는 식으로 물속에 가라앉아버리고 싶어졌다.

우주선의 다른 젊은이들은 친절하고 예의 발랐다. 둘 다 내 언어로는 번역할 수 없는 단어들이다. 난 친절하지 않고, 예의 바르지도 않았으며, 사람들은 날 그냥 그렇게 살게 뒀다. 난 그 점에 감사했다. 하지만 우주선엔 혼자 있을 곳이 없었다. 물론 우리는 각자 방이 있었다. 작긴 해도, '헤이호'는 헤인에서 만든 탐사선이고, 우주선이 태양계에서 오랜 세월을 계속해 머무는 동안, 우주선에 탄 사람들에게 방과 사생활과 안락함과 다양함과 아름다움을 주도록 설계되었다. 하지만 의도가 그랬단 거였다.

모든 게 인간에 의해 만들어졌다. 모든 게 인간적이었다. 나는 고향의 방 하나짜리 우리 집에서보다 훨씬 더 많은 사생활을 누렸다. 하지만 고향에선 자유로웠지만 여기선 덫에 걸려 있었다. 나는 늘 내 주위를 온통 채운 사람들에게서 압력을 느꼈다. 내 주위의 사람들, 나와 함께 있는 사람들, 날 내리누르는 사람들, 날 눌러서 자기들 중 하나로 만들려는 사람들. 그들 중 하나, 사람들 중 하나가 되라고. 내가 무슨 수로 내 영혼을 만들 수 있었겠는가? 나는 간신히 내 영혼에 매달려 있었다. 난 결국 영혼을 잃을 거란 공포에 사로잡혔다.

내 영혼주머니에 있는 돌 중 하나는 살짝 못생긴 회색 돌인데, 은빛철의 어느 날에 강 위 언덕의 어딘가에서 주운 것이다. 내 세계의 작은 조각이었고, 이게 내 세계가 되었다. 매일 밤 나는 그 돌을 꺼내 손에 쥐고 침대에 누워 잠이 들길 기다리며 강 위 언덕에 비치는 햇빛을 생각했고, 마치 기계의 바다처럼 우주선의 기계들이 내는 부드러운 쉬잇 소리에 귀를 기울였다.

의사는 기대감 속에 내게 온갖 강장제를 먹였다. 어머니와 나는 매일 아침 식사를 함께했다. 어머니는 계속 일을 했고, 11-소로에 있으면서 적은 우리의 기록을 에큐멘으로 보내는 보고서에 집어넣었지만, 난 일이 잘 안 되고 있다는 걸 알았다. 어머니의 영혼은 내 영혼만큼이나 큰 위험에 빠져 있었다.

"넌 절대 포기할 생각이 없지, 그렇지, 평온아?" 어머니는 어느 날 아침식사를 하다가 침묵을 깨고 물었다. 나는 무슨 의도가 있어 침묵하던 건 아니었다. 그저 침묵 속에서 쉬던 거였다.

"어머니, 전 집에 가고 싶고, 어머니도 집에 가고 싶어 해요." 내가 말했다. "가면 안 되나요?"

어머니의 표정이 잠시 이상해졌다. 어머니는 내 말을 잘못 이해한 거였다. 이윽고 어머니의 표정이 슬픔과 좌절과 안도로 바뀌었다.

"우린 서로에게 죽은 사람이 될까?" 어머니는 입을 비틀며 물었다.

"모르겠어요. 전 제 영혼을 만들어야 해요. 그런 뒤에야 제가 갈 수 있는지 알 수 있어요."

"난 못 돌아가는 거 알잖니. 그건 네게 달렸어."

"알아요. 가서 태어남을 만나세요." 내가 말했다. "집으로 가세요. 여기 있으면 우린 둘 다 그냥 죽어갈 뿐이에요." 이윽고 내게서 소리가 나기 시작했다. 흐느끼고 울부짖는 소리였다. 어머니도 울고 있었다. 어머니는 다가와 날 안았고, 난 어머니를 안고 꼭 붙든 채 함께 울 수 있었다. 어머니의 마법은 이제 깨졌기 때문이다.

나는 착륙선을 타고 접근하며 11-소로의 바다들을 보았고, 굉장한 기쁨 속에서, 내가 어른이 되어 혼자 살게 되면 바닷가로 가서 바다 동물들이 색과 선율을 반짝이는 걸 지켜보면서 그 동물들이 무슨 생각을 하는지 알아야겠다고 생각했다. 나는 내 영혼이 저 반짝이는 세계처럼 커질 때까지 귀를 기울이고, 배울 생각이었다. 흉터 난 불모지들이 우리 아래에서 소용돌이쳤다. 대륙만큼 광대한 폐허들, 끝없는 황무지들이었다. 우리는 착륙했다. 나는 내 영혼주머니를 가지고 있었고, 목에는 줄로 매단 태어남의 칼을 걸고 있었다. 오른쪽 귓불 뒤에는 통신기가 이식되어 있었고, 어머니가 날 위해 만들어준 의약품 상자도 가지고 있었다. "손가락이 감염되어 죽으면 결국 아무 소용 없는 거야." 어머니가 말했다. 착륙선의 사람들이 작별인사를 했지만, 나는 인사하는 걸 잊었다. 나는 착륙선에서 내려 사막으로, 집으로 왔다.

여름이었다. 밤은 짧고 따뜻했다. 나는 거의 걸어서 갔다. 둘째 날 정오 무렵, 이모 고리에 도착했다. 나는 조심스럽게 내 집으로 갔다. 내가 없는 동안 누가 이사 왔을 수도 있기 때문이다. 하지만 집은 우리가 떠났을 때 그대로였다. 매트리스에서 곰팡내가 났고, 그래서 나는 매트리스와 이불을 모두 가지고 나가 햇볕에 말렸고, 혼자 자라난 채소가 혹시 없는지 정원을 살피기 시작했다. 피기는 작아지고 초라해졌지만, 괜찮은 뿌리도 좀 있었다. 어린 남자아이 한 명이 다가와 날 뚫어져라 보았다. 미기의 아기가 분명했다. 한참 뒤 휴루가 왔다. 휴루는 햇빛 비치는 정원에서 내 옆에 쭈그리고 앉았다. 나는 휴루를 보고 웃었고, 휴루도 웃었지만, 시간이 꽤 흐르고서야 우린 할 말을 찾았다.

"네 어머닌 돌아오지 않았구나." 휴루가 말했다.

"죽었어." 내가 말했다.

"유감이야." 휴루는 말했다.

휴루는 내가 뿌리 하나를 더 캐내는 모습을 지켜보았다.

"노래모임에 들어올 거야?" 휴루가 물었다.

나는 고개를 끄덕였다.

휴루는 다시 웃었다. 붉은기 도는 담갈색 피부에 눈 사이가 먼 휴루는 무척 아름다워졌지만, 웃는 모습만큼은 우리가 어릴 때 그대로였다. "후우!" 휴루는 두 손으로 턱을 받치고 흙 위에 누워 크게 만족하는 한숨을 쉬며 말했다. "정말 좋다!"

나는 더없이 행복한 기분으로 계속 땅을 팠다.

그해와 그다음 해와 다다음 해, 나는 휴루와 다른 두 여자아이와 함께 노래모임에 있었다. 디드수는 여전히 자주 노래모임에 왔고, 첫 아기를 낳으러 우리 이모 고리에 정착한 여자인 한도 노래모임에 들었다. 노래모임에서 나이가 더 있는 여자아이들은 자기 어머니에게 이미 배운 이야기, 노래, 지식들을 다른 아이들에게 알려주고, 다른 이모 고리들에서 살아본 젊은 여자들은 거기서 배운 것을 가르쳐준다. 그렇게 여자들은 서로의 영혼을 만들고, 자기 아이들의 영혼 만드는 법을 배운다.

한은 늙은 드네미가 죽은 집에 살았다. 우리 가족이 거기 살았을 때는 수트의 아기 말고는 이모 고리의 누구도 죽은 적이 없었다. 어머니는 죽음과 장례식에 대해 아무런 정보가 없다는 걸 불평한 적이 있었다. 수트는 죽은 아기와 함께 떠나 다신 돌아오지 않았고, 누구도 그 일에 대해 얘기하지 않았다. 난 그 무엇보다도 이 일 때문에 어머니가 다른 이들에게서 마음이 돌아선 거라 생각한다. 어머니는 자신이 가서 수트를 위로해줄 수 없다는 점, 그리고 누구도 그렇게 하지 않는다는 점에 화를 내고 안타까

위했다. 어머니가 말했다. "인간적이지 못해. 정말 동물이나 하는 짓이야. 여기가 망그러진 문화란 걸 보여주는 데 이보다 더 극명한 증거는 없어. 사회가 아니라, 사회의 유물이야. 끔찍하고 살 떨리게 결핍됐어."

드네미의 죽음이 어머니의 마음을 바꿔놨을지는 잘 모르겠다. 드네미는 오랫동안 많이 아팠고, 아마도 신장 기능에 문제가 있는 것 같았다. 황달로 피부색이 어두운 주황색으로 바뀌었다. 드네미가 돌아다닐 수 없게 되어도, 누구도 도와주지 않았다. 하루이틀 정도 드네미가 집에서 나오지 않으면, 여자들은 아이들을 보내 물과 음식 약간과 땔감을 가져다주었다. 그렇게 겨울이 지나갔다. 어느 날 아침, 꼬마 남자애 라쉬가 어머니에게 드네미 이모가 "노려보고 있다"고 말했다. 여자 여러 명이 드네미의 집으로 갔고, 처음이자 마지막으로 집에 들어갔다. 여자들은 노래모임의 여자아이들을 모두 불러모았다. 어떻게 해야 되는지 우리가 배우게 하려는 것이었다. 우리는 돌아가며 시체 옆에 앉아 있거나 집의 현관에 앉아 부드럽게 노래를 불렀다. 영혼이 몸과 집을 떠날 하루 밤낮 동안 동요를 불렀다. 그런 뒤 나이 든 여자들이 침대보로 시체를 싸서 일종의 들것에 묶고 황무지로 가져갔다. 시체는 거기서 원추형 돌무덤 아래, 혹은 고대 도시의 폐허 중 하나에 놓여졌다. "그곳은 죽은 자들의 땅이니까." 사드네가 말했다. "죽은 것들은 그곳에 머무르지."

한은 1년 뒤 그 집에 정착했다. 아기가 태어나려 하자 한은 디드수에게 도와달라고 했고, 휴루와 나는 배우기 위해 현관에서 기다리며 지켜보았다. 놀라운 광경이었고, 그 일로 나는 생각하는 방식이 상당히 바뀌었다. 휴루 역시 그랬다. 휴루는 말했다. "나 저거 하고 싶어!" 나는 아무 말도 하지 않았지만, 동감이었다. 하지만 오래는 아니었다. 일단 아기가 생기면 다신 혼자일 수 없기 때문이다.

그리고 비록 내가 남에 대해, 관계에 대해 쓰고 있지만, 내 삶의 정수는 혼자 있는 것이다.

혼자 있는 것에 대해 쓸 방법은 없다고 생각한다. 쓴다는 것은 무언가를 남에게 말하는 것이고, 남들과 의사소통을 하는 것이다. 불변식으로 말하자면, '의문'. 고독은 의사소통이 없는 것, 남들의 부재, 그 자체로 자급자족하는 것이다.

물론, 이모 고리에서 여자가 고독하게 살 수 있는가는 약간 떨어진 곳에 존재하는 다른 이들에게 전적으로 달려 있다. 부수적이고 따라서 인간적인 고독이다. 정착한 남자들은 서로 간엔 아니어도 여자들과는 긴밀하게 연결되어 있다. 정착은 이모 고리에서 필수적이지만 멀리 떨어진 요소다. 정찰 나가는 여자마저도 사회의 일부다. 정착된 부분들을 이어주는 움직이는 부분이다. 정착지 밖에서 살기로 선택한 여자나 남자의 고립만이 절대적이다. 이런 이들은 결국 네트워크 밖에 있다. 세상에는 이런 사람들이 성인, 성스러운 사람들이라 불리는 세계들도 있다. 고립은 마법을 막는 확실한 방법이기 때문에, 나의 세계에선 이들을 마법사라 여기고, 남들에 의해, 혹은 자기 의지나 양심에 의해 사회에서 이탈한 자들이라 생각한다.

난 내가 마법에 강하다는 걸 알았지만, 내가 어쩔 수 있겠는가? 그리고 난 떠나길 열망하기 시작했다. 혼자 있으면 모든 게 훨씬 쉽고 더 안전할 것 같았다. 하지만 동시에, 그리고 점점 더, 나는 위대하고 무해한 마법, 즉 남자와 여자 간에 작용하는 주술에 대해 뭔가 알고 싶어졌다.

나는 정원에서 채소를 기르는 것보다 밖에 나가 구해 오는 쪽을 더 좋아했고, 언덕에 나가 있는 시간이 아주 길어졌다. 그리고 그즈음, 남자들의 집을 멀찍이 피해 다니는 대신 그 주위를 어슬렁대기 시작했고, 그 집들을 보았고, 남자들이 밖에 나와 있으면 그들을 보곤 했다. 남자들도 나를 보았다. 하구 절름발이 남자의 길고 윤기 흐르는 머리에는 이제 새치가 조금씩 섞였지만, 그 남자가 길고 긴 노래를 부를 때면 나도 모르게 앉아 귀를 기울이곤 했다. 마치 내 두 다리에서 뼈가 사라져버린 것 같았다. 하구 절름발이 남자는 무척 잘생겼다. 내가 어릴 때 이모 고리에서 이름이 트레트였던 남자아이 역시 잘생겼었다. 베휴의 아들이었다. 트레트는 소년무리에서, 방랑에서 돌아왔고, 붉은 돌 샛강 골짜기에 집을 짓고 근사한 정원을 만들었다. 트레트는 눈과 코가 컸고, 팔다리가 길었으며, 손도 길었다. 또한 비황홀경에 든 아렘과 굉장히 비슷하게, 무척 조용히 움직였다. 나는 종종 붉은 돌 샛강 골짜기에 가서 로우베리를 따곤 했다.

붉은 돌 남자는 길을 따라 와 말했다. "넌 태어남의 동생이지." 그가 말했다. 목소리가 낮고 조용했다.

"태어남은 죽었어." 내가 말했다.

붉은 돌 남자는 고개를 끄덕였다. "그건 태어남의 칼이고."

나의 세계에서, 나는 남자와 얘기해보는 게 정말 처음이었다. 기분이 극도로 이상했다. 나는 계속 로우베리를 땄다.

"초록색을 따네." 붉은 돌 남자가 말했다.

붉은 돌 남자의 부드럽고 웃음기 어린 목소리에 나는 다시 다리에서 힘이 풀렸다.

"이제까지 널 건드린 사람이 아무도 없었나봐." 붉은 돌 남자가 말했다. "내가 널 부드럽게 만질까 해. 네가 초여름에 여기 들른 뒤로 내내 난 그걸, 널 생각해. 봐, 여기에 잘 익은 로우베리로 가득한 덤불이 있어. 전부 초록색이야. 이쪽으로 와."

나는 붉은 돌 남자에게로, 잘 익은 로우베리들이 있는 덤불로 다가갔다.

우주선에 있을 때, 아렘은 수많은 언어들이 성적 욕망, 어머니와 자녀 간의 유대, 영혼짝들 간의 유대, 집을 그리워하는 마음, 성스러운 것의 숭배에 대해 단 하나의 단어를 가지고 있다고 말해주었다. 이 모두가 사랑이라 불린다. 이렇게 위대한 단어가 내 언어에는 전혀 없다. 어쩌면 내 어머니가 옳은지도 모른다. 인간적인 위대함이 내 세계에선 시간 이전 사람들과 함께 사라졌고, 작고 비루하고 부서진 것들과 생각만이 남은 건지도 모른다. 나의 언어에서, 사랑은 여러 개의 서로 다른 단어들이다. 나는 붉은 돌 남자와 함께 그중 하나를 배웠다. 우리는 서로에게 함께 노래해주었다.

우리는 샛강의 작은 후미에 덤불집을 지었고, 각자의 정원은 내버려둔 채 달콤한 로우베리들을 많이, 아주 많이 땄다.

어머니는 작은 의약품 상자에 평생 써도 될 만큼의 피임약을 넣어두었다. 어머니는 소로인들의 약초를 믿지 않았다. 나는 믿었고, 실제로 효과가 있었다.

그러나 1년 정도 지나 금빛철에, 나는 정찰을 나가기로 마음먹었고, 어쩌면 피임용 약초가 드문 곳에 갈 수도 있겠다고 생각했다. 그래서 나는 내 왼쪽 귓불 뒤쪽에 조그만 피임용 보석을 박았다. 그런 뒤 그러지 말걸 후회했다. 꼭 나쁜 마법처럼 보였기 때문이다. 이윽고 나는 내가 미신에 젖었다고 혼자 중얼거렸다. 약초가 나쁜 마법이 아니듯, 피임약도 더 이상 나쁜 마법이 아니었고, 단지 더 오래 작용할 뿐이었다. 나는 절대로 미신을 믿지 않겠다고 마음속으로 어머니에게 약속했었다. 피부가 피임 보석 위로 자라났고, 나는 영혼주머니와 태어남의 칼과 의약품 상자를 가지고 더 넓은 세상으로 떠났다.

나는 이미 휴루와 붉은 돌 남자에게 떠난다고 말해두었다. 휴루와 나는 강가에서 밤새 함께 노래하고 얘기했다. 붉은 돌 남자는 특유의 부드러운 목소리로 말했다. "왜 가고 싶은데?" 나는 대답했다. "당신 마법에서 벗어나려고, 마법사." 부분적으론 사실이었다. 계속 붉은 돌 남자에게 가면, 늘 그 남자에게만 가게 될 수도 있었다. 나는 내 영혼과 몸을 더 큰 세계에 주고 거기에 들어가고 싶었다.

이제 내가 정찰 다니던 세월에 대해 말하는 것은 그 어느 때보다도 힘들다. 의사소통의 문제! 정착한 남자에게 섹스를 청하기로 선택하거나 노래모임과 함께 노래하고 노래를 듣기 위해 이모 고리에 한동안 머물지 않는 한, 정찰하는 여자는 완전히 혼자가 된다. 혹시라도 소년무리의 영토 근처에 가게 되면, 그 여자는 위험한 처지에 놓인다. 불량배를 만나도 위험해진다. 혼자 상처를 입거나 오염된 곳에 들어가도 위험해진다. 정찰 나가는 여자는 자신 말곤 무엇도 책임질 게 없고, 그렇게 큰 자유 또한 무척 위험하다.

내 오른쪽 귓불에는 아주 작은 통신기가 들어 있었다. 나는 40일마다 우주선에 '다 괜찮다'는 뜻의 신호를 보내기로 약속했었다. 떠나고 싶으면, 다른 신호를 보낼 것이었다. 나쁜 상황에서 날 구해달라고 착륙선을 부를 수도 있었지만, 나는 몇 번인가 나쁜 상황에 처하고서도 단 한 번도 그걸 쓸 생각을 안 했다. 내가 신호를 보내는 것은 단지 내 어머니와 어머니의 사람들에게 한 약속을 지키는 것에 불과했다. 난 더는 그 네트워크에 속해 있지 않았고, 따라서 이건 의미 없는 통신이었다.

이모 고리에서의 삶, 혹은 정착한 남자와의 삶은 내가 말했듯 반복적이다. 따라서 그런 삶은 지루할 수 있다. 새로운 일은 전혀 일어나지 않는다. 사람은 언제나 새로운 일이 생기길 원한다. 그래서 젊은 영혼에겐 방랑과 정찰, 여행, 위험, 변화가 있다. 그러나 물론 여행과 위험과 변화에도 고유한 지루함이 있다. 결국엔 늘 똑같은 별난 것이 반복되기 때문이다. 또 다른 언덕, 또 다른 강, 또 다른 남자, 또 다른 날. 발은 길고 긴 원을 그리며 돌기 시작한다. 몸은 고향에서 배운 것을 생각하기 시작한다. 가만히 있어야 하는 때. 의식하기. 발바닥 아래의 먼지 알갱이들과, 발바닥 피부와, 뺨에 와 닿는 공기의 느낌과 냄새, 공중을 가로지르는 빛의 떨어짐과 움직임, 강 너머 높은 언덕의 풀 색깔, 몸의 생각, 영혼의 생각, 맑고 깜깜한 심연에서 끝없이 움직이고 끝없이 바뀌고 끝없이 새로워지는 색깔과 소리의 반짝임과 물결을 의식하기.

그래서 마침내 나는 집으로 돌아왔다. 떠난 지 거의 4년 만이었다.

휴루가 자기 어머니의 집을 떠나 내 옛집으로 이사 와 있었다. 휴루는 정찰을 나가지 않았지만, 습관적으로 붉은 돌 샛강 골짜기를 찾아갔다. 그리고 임신 중이었다. 나는 휴루가 내 집에 사는 걸 보고 기뻤다. 비어 있는 집은 혜디미의 집에서 지나치게 가까운 반쯤 무너진 낡은 집뿐이었다. 나는 새 집을 짓기로 마음먹었다. 나는 내 가슴 깊이까지 오는 동그란 구덩이를 팠다. 그걸 파느라 여름이 거의 다 갔다. 나뭇가지를 자르고, 서로 받치고 짜고, 안팎으로 골조에 진흙을 튼튼하게 발랐다. 아주 오래전 어머니와 이렇게 했던 일, 그리고 어머니가 "잘한다, 그렇지" 하고 말했던 게 생각났다. 아직 지붕을 달지 않아서, 늦여름의 뜨거운 태양이 진흙을 구워 점토로 만들었다. 비가 내리기 전에 나는 갈대를 이어 지붕을 올렸다. 삼중 지붕이었다. 겨울 내내 질릴 만큼 젖어봤기 때문이다.

내 이모 고리는 고리보단 줄에 가까웠고, 강의 북쪽 기슭을 따라 약 3킬로미터를 뻗어 있었다. 가장 상류에 만든 내 집 덕분에 이모 고리는 그 길이가 더 늘어났다. 휴루의 벽난로 연기만이 보이는 거리였다. 나는 배수가 잘되도록 양지바른 비탈에 집을 팠다. 그 집은 지금도 좋은 집이다.

나는 정착했다. 시간의 일부는 먹을 것 채집과 경작과 수선과 원시적 삶의 모든 지루하고 반복적인 활동에 썼고, 일부는 내가 여기 고향에서 그리고 정찰 중에 배운 노래와 이야기를 생각하고 노래하는 데 썼다. 우주선에서 배운 것들 역시 생각했다. 곧 나는 왜 여자들이 아이들이 와서 귀 기울여주면 좋아하는지 알게 되었다. 노래와 이야기는 남에게 들리라고, 남들이 들으라고 하는 것이기 때문이다. "들어보렴!" 나는 아이들에게 말하곤 했다. 이모 고리의 아이들은 강의 작은 물고기들처럼 오갔고, 한 명 혹은 두 명 혹은 다섯 명이, 작은 녀석들 큰 녀석들이 오갔다. 아이들이 오면 나는 아이들에게 노래하거나 이야기를 들려주었다. 아이들이 가면, 나는 소리 없이 계속했다. 가끔 나는 노래모임에 껴서 여행 중 배운 것들을 좀 더 나이 든 여자아이들에게 들려주었다. 그게 내가 하는 일의 전부였다. 언제나 내가 한 모든 일에 대해 의식하려 애쓴 것을 빼고는.

고독에 의해 영혼은 마법을 쓰거나 마법에 당하는 일을 피할 수 있다. 영혼은 의식하기를 통해 지루함에서, 따분함에서 벗어난다. 의식하면 그 무엇도 지루하지 않다. 약이 오를 순 있어도 지루하진 않다. 즐거운 일이 있다면, 그 즐거움은 당신이 그 일을 의식하는 한 절대 사라지지 않는다. 의식하는 것은 영혼이 할 수 있는 가장 힘든 일이란 게 내 생각이다.

나는 휴루가 아기 낳는 것을 도왔다. 여자아이였고, 나는 그 아기와 놀았다. 이윽고 2년이 흐른 뒤, 나는 왼쪽 귓불에서 피임약을 뺐다. 뺀 자리에 작은 구멍이 남아서 나는 불에 달군 바늘로 그 구멍을 끝까지 뚫어버린 뒤, 상처가 아물자 그 구멍에 정찰 다니다 폐허에서 발견한 아주 작은 보석을 걸었다. 우주선에서 그런 식으로 귀에 보석을 매단 남자를 본 적이 있었다. 나는 먹을 것을 찾으러 나갈 때 귀에 보석을 걸었다. 붉은 돌 샛강 골짜기는 멀찍이 피했다. 붉은 돌 남자는 마치 자기가 내게 당연한 자격이 있다는 듯이, 권리가 있다는 듯이 행동했던 것이다. 그러나 나는 붉은 돌 남자에게서 나는 마법의 냄새가 싫었고, 자기가 내게 힘을 행사할 수 있다고 생각하는 게 싫었다. 나는 북쪽으로 언덕을 올라갔다.

내가 집에 왔을 무렵, 낡은 북쪽 집에 젊은 남자 한 쌍이 정착해 있었다. 남자아이들은 종종 짝을 이루어 소년무리 시절을 견뎌냈고, 영토를 떠날 때도 계속 짝을 이루는 경우가 많았다. 짝을 이루고 있으면 살아남을 확률이 커졌다. 일부는 성적으로 짝을 이루었고, 일부는 아니었다. 일부는 계속 짝으로 남았지만, 일부는 깨지기도 했다. 이 쌍 중 한 명은 지난 여름 다른 남자와 떠났다. 남은 한 명은 잘생기지는 않았지만, 나는 그 남자를 눈여겨봤었다. 체격이 건장했는데, 딱 내가 좋아하는 유형이었다. 몸과 손이 짧고 강했다. 나는 그 남자에게 살짝 구애했지만, 그는 굉장히 낯을 가렸다. 안개가 강에 내리는 은빛철의 그날, 그 남자는 내 귀에서 흔들리는 보석을 보았고, 눈이 휘둥그레졌다.

"예쁘죠?" 내가 말했다.

그 남자는 고개를 끄덕였다.

"당신이 절 보게 하려고 달았어요." 나는 말했다.

그 남자는 무척 수줍음을 타서 결국 나는 말했다. "당신이 남자와 섹스하는 것만 좋아한다면, 알겠죠, 그냥 제게 말해요." 난 정말로 그 남자의 취향을 몰랐다.

"아, 아뇨." 그 남자는 말했다. "아닙니다. 아니에요." 그는 말을 더듬다가 쏜살같이 길을 달려갔다. 그러나 그는 뒤를 돌아보았다. 나는 천천히 그 남자를 따라갔지만, 그가 날 원하는 건지 아니면 떼어놓고 싶어 하는 건지 여전히 확신하지 못했다.

그 남자는 붉은 뿌리 숲의 작은 집 앞에서 날 기다리고 있었다. 작고 사랑스러운 거처로 밖은 모두 잎이었고, 그래서 지척까지 가도 못 알아볼 수 있었다. 집 안에는 마르고 부드러운 달콤한 풀이 풍성하게 깔려 있어 여름 냄새가 났다. 나는 안으로 기어 들어갔다. 문이 여름 냄새가 나는 풀 속에 굉장히 낮게 나 있었기 때문이다. 그 남자는 밖에 서 있었다. "들어와요." 나는 말했고, 그는 아주 천천히 들어왔다.

"당신을 위해 만들었어요." 그 남자가 말했다.

"이젠 제게 아이를 만들어줘요." 내가 말했다.

그리고 우린 그걸 했다. 어쩌면 그날, 어쩌면 다른 날에.

내가 그런 세월을 뒤로하고 결국 우주선을 부른 이유를 이제 말해주겠다. 행성들 사이의 우주에 아직 있는지조차 알 수 없는 우주선에 연락해, 날 만나러 황무지로 착륙선을 보내라고 부탁한 이유를.

내 딸이 태어났을 때, 딸아이는 내가 진심으로 바랐던 바일 뿐 아니라 내 영혼의 실현이었다. 작년에 아들이 태어나자, 나는 여기에 영혼의 실현이 없음을 알았다. 아들은 자라 남자가 되면, 무릇 남자가 그래야 하듯, 떠나서 싸우고 견뎌내고 살거나 죽을 것이었다. 내 어머니처럼 이름이 예드네케, 즉 '잎'인 내 딸은 여자로 자랄 것이고, 자기 선택에 따라 떠나거나 머물 터였다. 나는 혼자 살 터였다. 이래야만 하며, 그게 내가 원하는 바다. 그러나 난 두 세계에 속해 있다. 나는 이 세계의 개인이고, 내 어머니의 사람들의 여자다. 나는 어머니의 사람들의 아이들에게 내 지식을 빚졌다. 그래서 나는 착륙선에게 와달라고 부탁했고, 착륙선의 사람들에게 이야기했다. 그들은 내게 내 어머니의 보고서를 읽으라고 주었고, 나는 그들의 기계에 내 이야기를 쓰고, 영혼을 만드는 방법 중 하나를 배우고 싶어 하는 이들을 위해 기록을 남겼다. 그 사람들에게, 그 아이들에게 나는 말한다. 들으라! 마법을 피하라! 의식하라!

THE BIRTHDAY
OF
THE WORLD

옛음악과
여자 노예들

웨렐 에큐멘 대사관의 정보 책임자이자 자신의 고향 세계에서는 이름이 소히켈웬얀무르케레스 에즈단이고, 보에 데이오에서는 별명인 에즈다르돈 아야 혹은 옛음악이라 알려져 있는 이 남자는 지루했다. 내전을 겪고 3년이 흐르고서야 에즈단은 지루하다고 느끼기 시작했으며, 헤인의 스테빌들에게 보내는 앤서블 보고서에서 자신을 대사관의 우둔한 정보 책임자라 부르는 수준까지 가 있었다.

그러나 에즈단은 적법 정부가 대사관을 봉쇄해 어떤 사람이나 정보도 나고들 수 없게 한 뒤에조차도 자유 도시의 몇몇 친구들과 은밀히 계속 연락할 정도의 능력이 있었다. 전쟁의 세 번째 여름, 에즈단은 요청 사항을 가지고 대사에게 갔다. 대사관과 믿을 수 있는 연락선이 끊긴 상태였지만, 에즈단은 해방파 지휘부에게 어떤 부탁을 받았던 것이다. (어떻게요? 대사는 물었다. 에즈단은 채소를 배달하는 남자들 중 한 명을 통해서라고 설명했다.) 부탁의 내용은 이러했다. 비록 선전과 그릇된 정보가 나돌고 대사관이 지트 시에 갇혀 있는 상황이지만, 그래도 대사관 직원들은 적법 정부파를 지지하지 않고 계속 중립을 지키고 있으며, 양쪽의 정당한 당국과 교섭할 준비가 되어 있음을 외부에 알려주면 좋겠다고 했다. 그리고 그러한 증거로, 대사관이 해방파 사람 한두 명에게 경계선을 슬그머니 넘게 한 뒤 함께 얘기하고 함께 있는 모습을 보여주면 싶다고 했다.

"지트 시라고요?" 대사가 물었다. "아니, 신경 쓰지 마세요. 그런데 어떻게 지트 시에 가려고요?"

"유토피아에는 늘 문제가 있죠." 에즈단이 말했다. "흠, 누가 자세히 보지만 않으면, 콘택트렌즈를 써서 통과할 수 있습니다. 분수선을 건너는 게 까다로운 부분입니다."

이 거대한 도시의 대부분은 아직도 물리적으로는 그곳에 그대로 있었다. 정부 청사들, 공장들과 창고들, 대학, 관광 명소들—퇄교의 대사원, 극장가, 자산의 판매와 대여가 전자시장으로 옮겨 간 뒤론 쓰이지 않고 있는 흥미로운 전시실들과 드높은 경매장이 있는 구시장. 셀 수 없이 많은 길과 대로와 거리들, 보라색 꽃이 피는 베야 나무들이 그림자를 드리운 흙먼지 날리는 공원들, 몇 마일이고 계속해 펼쳐지는 가게들, 헛간들, 제조소들, 선로들, 역들, 아파트들, 집들, 집단주거지들, 근린 지역들, 교외 지역들, 준교외 지역들. 대부분이 아직 서 있었고, 1500만인구도 거의 그곳에 남아 있었지만, 도시의 강한 복잡성은 사라졌다. 연결 관계들이 끊어졌다. 상호작용은 일어나지 않았다. 뇌졸중을 겪고 난 뇌 같았다.

그중에서도 가장 심하게 파괴된 곳은, 참으로 잔인하게도, 정통으로 도끼에 찍힌 뇌교腦橋였다. 1킬로미터 너비의 땅에서 건물들이 폭파되고 거리들이 폐쇄되고 잔해와 잡석 따위가 널리며 무인지대가 되었다. 분수선의 동쪽은 적법 정부의 영토였다. 도심, 정부 청사들, 대사관들, 은행들, 통신탑들, 대학, 커다란 공원들과 부유한 근린 지역들, 병기고, 막사, 공항, 우주항 등으로 이어지는 도로들 따위가 있었다. 분수선의 서쪽은 자유 도시, 먼지 마을, 해방파의 영토였다. 공장들, 합동 집단주거지들, 임대인 지구들, 옛 가레이오트 주거용 근린 지역들, 끝없이 이어지다가 결국엔 사라지고 평원으로 변하는 작은 거리들이 있었다. 거대하고 텅 빈 동서 고속도로들이 둘 다를 관통하며 뻗어 나갔다.

해방파 사람들은 에즈단을 대사관에서 몰래 빼내는 데 성공했고, 분수선을 거의 건널 뻔했다. 에즈단과 사람들은 과거에 탈주 자산들을 예이오웨이로 빼내고 자유의 몸으로 만든 경험이 아주 풍부했다. 에즈단은 밀수자가 아니라 밀수 대상이 되는 일이 무척이나 흥미로웠고, 긴장은 덜하면서 겁은 한참 더 난다는 걸 알게 되었다. 자신은 우체부가 아닌 우편물이기 때문에 책임질 게 없었다. 그러나 연결부 어딘가에 불량한 연결 고리가 있었다.

일행은 걸어서 분수선에 들어갔고, 어느 정도 가다가 버려진 작은 트럭에서 발을 멈췄다. 트럭은 약탈당한 아파트 아래 있었는데 타이어 없이 바퀴 테만 있었다. 깨지고 금이 간 앞 유리창 뒤 운전석에 앉아 있던 운전사는 에즈단을 보고 씩 웃었다. 에즈단의 안내인이 에즈단에게 짐칸에 타라고 손짓했다. 트럭은 사냥 고양이처럼 출발했고, 말도 안 되는 길을 따라 폐허 속을 꾸불꾸불 나아갔다. 원래는 거리였거나 시장이었을 듯한, 잡석투성이 공간을 덜컹거리며 달려 분수선을 거의 넘고 있는데 갑자기 트럭이 방향을 틀며 섰고, 외침과 총소리가 나더니 트럭 짐칸이 벌컥 열리면서 웬 남자들이 에즈단에게로 뛰어들었다. "진정들 해요." 에즈단은 말했다. "진정들 하라고요." 남자들은 에즈단을 거칠게 다루며 잡아당기고 팔을 등 뒤로 비틀었던 것이다. 남자들은 에즈단을 트럭에서 끌어내린 뒤 양복 상의를 벗기고 몸을 손으로 치며 무기가 없는지 확인한 후 팔을 등 뒤로 꺾은 채 트럭 옆에서 기다리는 차로 걸어가게 했다. 에즈단은 트럭 운전사가 죽었는지 확인하려 했지만 고개를 돌릴 수 없었다. 남자들이 에즈단을 차 안으로 밀어넣었다.

차는 옛 정부의 관용 세단으로, 진붉은색이고 길고 넓었으며, 행렬용이면서, 커다란 영지 소유주들을 의회로 실어 나르고, 대사들을 우주항에서 데려오는 용도로 쓰이던 것이었다. 중심부는 남녀 승객들을 분리하기 위해 커튼을 칠 수 있었고, 운전석 또한 노예가 뱉은 숨을 승객들이 마시지 않아도 되게 밀폐되어 있었다.

남자 한 명은 에즈단을 차 안으로 밀어넣을 때까지 그의 팔을 뒤로 비틀고 있었고, 어느새 두 남자 사이에 앉아 또 다른 세 명과 마주 본 채 차가 출발하는 소리를 듣게 된 에즈단은 오직 이런 생각뿐이었다. '다 늙어서 이게 무슨 꼴이람.'

에즈단은 가만히 앉아 불안과 고통을 가라앉혔지만, 아직은 감히 손을 움직여 날카로운 고통이 느껴지는 어깨를 문지를 수 없었고, 남자들의 얼굴을 들여다보거나 지나치게 티 나게 거리를 보지도 못했다. 두 번 흘끗 본 것만으로도 에즈단은 지금 차가 동쪽으로 레이 거리를 달리고 있으며 도시에서 벗어나려 함을 알았다. 에즈단은 이 사람들이 자신을 대사관으로 다시 데려가주길 바라고 있었단 걸 그제야 깨달았다. 바보도 이런 바보가 없었다.

차가 쏜살같이 지나갈 때 깜짝 놀라 시선을 주는 행인들을 빼면 거리에는 이들뿐이었다. 이제 차는 넓은 대로를 굉장히 빠른 속도로 달리고 있었고, 여전히 동쪽을 향했다. 상황이 무척 안 좋은데도 불구하고, 에즈단은 대사관에서 벗어났다는 사실, 야외에, 세상에 나와 있다는 사실, 그리고 아주 빠르게 움직이고 있다는 사실에 엄청나게 기분이 좋았다.

에즈단은 조심스레 손을 들어 어깨를 주물렀다. 그리고 여전히 조심스럽게 옆의 남자들과 마주 앉은 남자들을 흘끗 보았다. 모두 피부가 거무스름했는데, 둘은 청흑색이었다. 마주 보고 앉은 남자들 중 두 명은 젊었다. 건강하지만 둔감한 얼굴이었다. 세 번째 남자는 베이오트 중 세 번째 신분인 오가였다. 그는 자신의 계급에서 훈련받은 대로 얼굴에 그 어떤 표정도 띠지 않았다. 그 남자를 보다가 에즈단은 서로 시선이 부딪쳤다. 에즈단과 남자는 곧바로 눈길을 돌려버렸다.

에즈단은 베이오트들을 좋아했다. 그는 군인이면서 노예주인 베이오트들을 옛 보에 데이오의 일부, 저주받은 종족의 일원이라 여겼다. 사업가들과 관료들은 해방 정부하에서도 살아남아 번성할 것이고, 의심할 여지 없이 병사들을 찾아 자기들을 위해 싸우게 하겠지만, 군인 계급은 그렇지 않을 터였다. 충성, 명예, 금욕이라는 군인 계급의 행동 규칙은 노예들의 행동 규칙과 너무나 닮아 있었고, 군인 계급은 노예 계급과 함께 검객이자 사내종인 캄예를 섬겼다. 수난에 대한 이 신비주의는 해방 후에 과연 얼마나 오래 지속될 수 있을까? 베이오트들은 용납될 수 없는 계급의 남은 자취였고, 타협을 몰랐다. 에즈단은 베이오트를 믿었고, 그런 믿음에 실망을 느낀 일은 거의 없었다.

이 오가는 에즈단이 특히 좋아했던 베이오트인 테예이오처럼 아주 검고 아주 잘생겼다. 테예이오는 전쟁이 일어나기 한참 전에 웨렐을 떠났고, 아내와 함께 테라와 헤인으로 갔다. 테예이오의 아내는 요즈음 에큐멘의 모빌로 활동하고 있을 터였다. 하지만 에즈단에게는 몇 세기 뒤, 전쟁이 끝나고 오랜 뒤, 자신이 죽고 오래된 뒤의 일이 될 터였다. 에즈단이 둘을 따라 돌아가기로, 고향에 가기로 선택하지 않는다면 말이다.

쓸데없는 생각이야. 혁명기에 선택이란 없어. 휩쓸려 갈 뿐. 큰 폭포 속의 물방울이고, 모닥불 속의 불꽃이고, 무장한 남자

일곱 명과 함께 차를 타고 넓고 텅 빈 동 간선도로를 고속으로 달려가는, 비무장 상태의 남자에 불과해⋯⋯. 그들은 도시를 떠나고 있었다. 동부 지방으로 향했다. 보에 데이오의 적법 정부의 영향권은 이제 수도의 반과 두 지방으로 줄어들었고, 거기선 여덟 명 중 일곱 명이 나머지 한 명, 즉 소유주에게 자산이라 불렸다.

앞칸에서 두 남자가 얘기하고 있었지만, 앞칸의 말소리가 소유주 칸에서 들릴 리는 만무했다. 이제 에즈단 오른쪽의 둥근 머리 남자가 에즈단을 마주 보고 있는 오가에게 속삭이며 질문을 했고, 오가는 고개를 끄덕였다.

"오가." 에즈단이 말했다.

베이오트의 무표정한 눈이 에즈단의 눈을 보았다.

"오줌을 눠야겠는데."

남자는 아무 말 없이 시선을 돌렸다. 한동안 누구도 말이 없었다. 차는 반란이 일어난 첫 여름 동안 싸움 때문에 부서졌거나 혹은 그저 그 뒤로 유지보수가 안 되어 상태가 엉망인, 쭉 뻗은 고속도로를 달리고 있었다. 에즈단은 차가 덜컹거리고 쿵쿵댈 때마다 방광에 가해지는 느낌이 무척 참기 힘들었다.

"저 병신 같은 흰 눈알이 자기 옷에 오줌 싸게 그냥 둬." 마주 보고 앉은 두 젊은이 중 한 명이 다른 젊은이에게 말했고, 상대는 긴장된 웃음을 지었다.

에즈단은 싹싹하면서 유머 감각 있고 불쾌하지 않으며 화를 돋우지 않을 가능한 대답들을 생각해봤지만, 그냥 입을 다물었다. 저 남자들은, 저 두 명은 오직 핑계만 찾고 있었다. 에즈단은 눈을 감고 긴장을 풀려 애썼고, 어깨의 고통, 방광의 고통을 의식하려고, 그저 의식만 하려고 애썼다.

에즈단에겐 명확히 보이지 않는 왼쪽의 남자가 말했다. "운전사. 저기서 차를 세워." 남자는 스피커폰을 썼다. 운전사는 고개를 끄덕였다. 차가 속도를 늦추더니 심하게 덜컹대며 도로변에 차를 댔다. 모두 차에서 내렸다. 에즈단은 왼쪽의 남자 역시 베이오트이며 두 번째 신분인 자묘임을 알았다. 차에서 내릴 때 두 젊은이 중 한 명이 에즈단의 팔을 잡았고, 또 한 명이 에즈단의 간에 총구를 댔다. 다른 남자들은 모두 흙이 깔린 도로변에 서서 흙에, 자갈에, 일렬로 늘어선 더러운 나무들의 뿌리에 가지각색으로 오줌을 눴다. 에즈단은 어찌어찌 바지 지퍼까진 열었지만 다리가 너무 저리고 떨려서 서 있는 것조차 힘들었고, 총을 든 젊은이가 빙 돌아오더니 이제 바로 정면에 서서 에즈단의 성기에 총을 겨누었다. 방광과 음경 사이 어딘가에 단단한 통증이 느껴졌다. 에즈단은 호소하는 어조로 다급하게 말했다. "좀 물러나요. 당신 신발을 적시고 싶진 않으니까." 그러나 젊은이는 오히려 앞으로 다가오며 에즈단의 샅에 바로 총을 갖다댔다.

자묘는 말없이 손으로 신호했다. 젊은이는 한 걸음 물러났다. 에즈단은 몸을 떨다가 갑자기 분수처럼 오줌을 쏟아냈다. 에즈단은 솟구치는 안도감 속에서도 젊은이를 두 발 더 물러나게 한 점이 무척 기뻤다.

"거의 인간처럼 보이는걸." 젊은이가 말했다.

에즈단은 자신의 갈색 외계인 음경을 신중하고 신속하게 다시 밀어넣고 바지를 잠갔다. 에즈단은 아직도 눈의 흰자를 가려주는 렌즈를 끼고 있었고, 임대인처럼 도시 노예들에게 허용되는 유일한 색깔인 흐린 노란색으로 물들인 헐렁하고 거친 천의 옷을 입고 있었다. 해방파의 깃발도 똑같이 흐린 노란색이었다. 여기선 잘못된 색이었다. 옷 안의 몸 역시 잘못된 색이었다.

웨렐에서 33년을 살면서 에즈단은 공포와 미움의 대상이 되는 일에 익숙해졌지만, 지금처럼 자신을 두려워하고 미워하는 자들의 손에 전적으로 좌우되긴 처음이었다. 그동안 에큐멘이 에즈단을 보호해주었던 것이다. 대사관을 떠나다니 이 무슨 바보짓인지. 대사관에 있었다면 에즈단은 최소한 무해한 존재였지만, 그곳을 떠남으로써 에즈단은 잃어버린 대의를 필사적으로 옹호하는 이들이 자길 잡게 해준 셈이 됐다. 이 사람들은 에즈단에게 상당한 해를 끼칠 뿐 아니라 에즈단 자신도 남에게 상당한 해를 끼치게 만들 수 있었다. 에즈단은 얼마나 저항할 수 있을까? 얼마나 견뎌낼 수 있을까? 다행이라면 이들이 아무리 고문한들 에즈단에게서 해방파의 계획에 대해 그 무엇도 알아낼 수 없다는 거였다. 에즈단은 친구들이 뭘 하려는지 아는 게 정말로 하나도 없었으니까. 그럼에도, 너무나 바보짓을 했다.

에즈단은 차로 돌아와 다시 남자들 사이에 끼어 앉았고, 젊은 이들의 찌푸린 얼굴과 오가의 방심하지 않는 무표정 외엔 아무것도 보이지 않았기에 다시 눈을 감아버렸다. 여기 고속도로는 매끄러웠다. 빠른 속도와 침묵 속에 기분 좋은 흔들거림을 느끼며 에즈단은 아드레날린 분출 후의 졸음에 빠져들었다.

잠에서 완전히 깼을 때 하늘은 금색이었고, 작은 달들 중 두 개가 구름 한 점 없이 저녁놀 진 하늘에서 빛났다. 차는 덜컹대며 샛길을 달렸다. 차도는 구불구불 돌며 들판, 과수원, 나무와 건축용 등나무를 키우는 플랜테이션, 거대한 밭일꾼들용 집단 주거지, 더 많은 들판들, 또 다른 집단주거지로 이어졌다. 차는 무장한 남자 한 명이 지키는 검문소에서 멈췄고, 검문자는 짧게 확인한 뒤 손을 저어 가라고 했다. 길은 광대하고 기복이 진 야외 공원을 가로질렀다. 낯익은 그 모습이 에즈단의 마음을 휘저어놓았다. 레이스처럼 하늘을 가린 나무들, 작은 숲들과 빈터들 사이로 이어지는 길. 에즈단은 강이 저 기다란 언덕 너머에 있다는 걸 알았다.

"여긴 야라메라군요." 에즈단이 큰 소리로 말했다.

누구 하나 대꾸하지 않았다.

오래전, 수십 년 전, 에즈단이 웨렐에 온 지 겨우 1년쯤 됐을 때, 대사관 사람들 한 무리가 야라메라에 초대받았다. 보에 데이오에서 가장 큰 영지였다. '동부의 보석'이자, 효율적 노예제의 표본이었다. 수천 명의 자산들이 영지의 밭에서, 제조소에서, 공장에서 일했고, 거대한 집단주거지들, 즉 담으로 둘러싸인 마을들에서 살았다. 모든 것이 깨끗하고 정돈되고 근면하고 평화로웠다. 그리고 강 위 언덕의 그 집, 궁전, 300개의 방, 가격을 매길 수 없는 가구들, 그림들, 조각들, 악기들…… 에즈단은 사설 콘서트홀을 기억했다. 뒤에 금을 댄 유리 모자이크 벽들이 있었고, 퇄 사원방은 향기 나는 나무를 깎아 만든 거대한 꽃 한 송이였다.

차는 이제 그 집을 향해 가고 있었다. 차가 방향을 틀었다. 에즈단에게는 하늘을 배경으로 까맣게 보이는 깔쭉깔쭉한 원재들만이 얼핏 보였다.

에즈단을 또 거칠게 다루어도 좋다고 허락받은 두 젊은이는 차에서 에즈단을 끌어내 팔을 비틀고는 밀고 치며 계단을 오르게 했다. 저항하지 않으려 애쓰고 이 사람들이 하는 짓을 느끼지 않으려 애쓰면서, 에즈단은 계속 주위를 돌아보았다. 거대한 본가의 중심부와 남쪽 익부는 지붕이 없었고, 폐허가 되어 있었다. 창 하나의 검은 윤곽을 통해 구름 없이 맑고 노란 하늘이 빛났다. 법의 심장부이던 이곳에서조차도 노예들은 봉기했다. 3년 전, 끔찍했던 그 첫 번째 여름, 수천 채의 집들이 불타고 집단주거지들과 마을들과 도시들이 불탔다. 4백만 명이 죽었다. 에즈단은 반란이 야라메라까지도 미친 줄 몰랐었다. 어떤 소식도 강위까지 들려오지 않았다. 화재가 난 그날 밤을 위해 '보석'의 노예들은 어떤 대가를 치러야 했을까? 소유주들은 학살당했나 아니면 살아남아 처벌을 받았나? 강 위로는 아무 소식도 들려오지 않았다.

이 모든 것이 말도 안 될 만큼 빠르고 명확하게 마음속을 스쳐갔다. 남자들은 에즈단을 바싹 둘러싸고 얕은 계단을 올라 본가의 북쪽 익부로 향했고, 몇 시간이나 꼼짝 않고 앉아 있어 다리가 심하게 저리는 예순두 살의 남자가 그들 영토로 300킬로미터나 들어온 이곳에서 감시인들을 뿌리치고 죽어라 달아나기라도 할 거라 생각하는 듯이 계속 에즈단에게 총을 들이대며 감시했다. 에즈단은 빠르게 생각했고 모든 것을 인지했다.

긴 아케이드를 통해 본가 중앙부와 연결되어 있는 이쪽 부분은 불에 타지 않았다. 벽들은 아직도 지붕을 지탱하고 있었지만, 에즈단은 맨돌로 만들어진 현관 홀로 들어올 때 조각한 벽널들이 불타 없어진 것을 보았다. 원래 쪽나무 세공 또는 색칠된 타일로 덮여 있던 바닥은 이제 얇고 더러운 바닥재로 덮여 있었다. 가구는 전혀 없었다. 폐허와 먼지 속에서도 높은 홀은 아름다웠고, 휑뎅그렁했음에도 맑은 저녁 햇살이 가득했다. 베이오트 두 명은 이미 무리를 떠나 원래는 접견실이던 곳의 문간에서 어떤 남자들에게 보고하고 있었다. 에즈단은 베이오트들을 호위자처럼 느꼈었기에 베이오트들이 돌아오길 바랐지만, 그들은 돌아오지 않았다. 젊은이 중 한 명이 계속 에즈단의 팔을 잡고 등 뒤로 비틀었다. 몸집이 건장한 남자 한 명이 에즈단을 노려보며 다가왔다.

"당신이 옛음악이라는 외계인입니까?"

"전 헤인인이고, 여기선 그 이름을 씁니다."

"옛음악 씨, 당신은 당신 대사와 보에 데이오 정부 간의 보호 조약을 위반하고 당신 대사관을 떠남으로써 외교관 면책 특권을 상실했음을 이해해야 합니다. 당신은 민법의 위반 혹은 당신이 이미 반역죄를 저질렀음을 아는 반정부주의자와 국가의 적들과 공모한 죄로도 구금되어 심문받고 정당하게 처벌받을 수 있습니다."

"이게 제 처지에 대한 당신의 진술이란 걸 알겠습니다." 에즈단은 말했다. "하지만 아셔야 할 게 있습니다, 선생님. 에큐멘의 대사와 스테빌들은 제가 외교관 면책 특권과 에큐멘 법 양쪽 모두에 의해 보호받는다고 생각한답니다."

시도해서 나쁠 건 없었지만, 상대는 에즈단의 장황한 거짓말에 귀 기울이지 않았다. 남자는 자기 할 말만 길게 늘어놓은 뒤 돌아섰고, 젊은이들은 다시 에즈단을 꽉 잡았다. 젊은이들은 에즈단을 거칠게 문간과 복도로 떠밀었고, 에즈단은 이제 너무나 아파 앞이 보이지도 않는 상태로 돌계단을 내려가고 자갈 깔린 넓은 안뜰을 건너 방으로 들어갔다. 방으로 들어오자 젊은이들은 마지막으로 에즈단의 팔을 고통스럽게 비틀고 발을 걸어차 그를 큰대자로 넘어뜨린 뒤 거칠게 문을 닫고 나가버렸다. 에즈단은 어둠 속에서 돌바닥에 배를 대고 누워 있었다.

에즈단은 이마를 팔에 대고 떨며 누워서 자신의 숨소리가 점차 흐느낌으로 변하는 소리를 들었다.

나중에 에즈단은 그날 밤 일을 기억했고, 그 후 낮과 밤의 다른 일들도 기억해냈다. 에즈단은 고문을 당했지만 그게 자백을 받으려는 거였는지 혹은 그저 손쉬운 상대라 남자아이들의 놀이에 당하듯 의미 없는 잔혹 행위와 악의에 시달린 거였는지는 그때도 나중에도 알지 못했다. 발에 채이고 두들겨 맞고 엄청난 고통을 받았지만, 웅크림장 빼고는 그중 무엇도 훗날 명확하게 기억나지 않았다.

에즈단은 그런 것들에 대한 얘기를 들어봤고 읽어봤다. 그러나 실제로 본 적은 없었다. 집단주거지 안에 들어가본 적도 없었다. 외국인들, 방문자들은 보에 데이오 영지들의 노예 숙소에 들어가지 못했다. 소유주들의 본가에서 본가 노예들이 시중을 들어줄 뿐이었다.

여긴 작은 집단주거지였고, 여자들 공간에 오두막이 스무 개가 넘지 않고, 정문 쪽에 긴 공동주택이 셋 있었다. 야라메라의 본가와 거대한 정원들을 돌보는 노예들 200명이 그곳에 살았었다. 밭일꾼들에 비하면 이 노예들은 특권을 누렸을 것이다. 그러나 처벌까지 면제받진 않았다. 높은 담들에서 축 늘어진 채 열려 있는 높은 정문 근처에는 아직도 채찍질용 기둥이 서 있었다.

"저기?" 늘 에즈단의 팔을 비트는 젊은이인 네메오가 말했지만, 또 다른 젊은이인 아라퇄이 말했다. "아니, 이리 와, 이쪽이야." 그리고 아라퇄은 흥분해 앞장서 달려갔고, 권양기를 써서 담장 안쪽 높이, 주 보초대기소 아래에 걸려 있는 웅크림장을 땅으로 내렸다.

웅크림장은 조악하고 녹슨 철망으로 만들어진 원통으로, 한쪽 끝이 막혀 있고, 다른쪽 끝은 잠글 수 있었는데, 고리 하나로 사슬에 매달려 있었다. 땅에 놓인 모습을 보면 아주 크진 않은 동물용 덫처럼 보였다. 두 젊은이는 에즈단의 옷을 벗기고 지난 며칠간 휘둘러대던 현장관리기를 써서 에즈단이 머리부터 웅크림장에 기어 들어가게 만들었다. 현장관리기는 게으른 노예를 움직이게 할 때 쓰는 전기봉이었다. 젊은이들은 큰 소리로 웃으며 소리를 지르고 에즈단을 밀고 항문과 음낭에 전기봉을 찔렀다. 에즈단은 몸부림치며 우리 속으로 들어갔고, 고개를 숙인 채 몸을 웅크리고 팔다리를 구부려 몸 아래에 구겨 넣었다. 젊은이들은 거칠게 문을 닫았고, 맨발이 철망 문에 끼어 에즈단이 눈앞이 깜깜해질 정도의 고통을 겪는 동안 우리를 다시 위로 감아올렸다. 우리가 심하게 흔들거려, 에즈단은 저리는 두 손으로 철망을 꽉 잡았다. 눈을 뜨자 땅이 7, 8미터 아래에서 흔들거리는 것이 보였다. 시간이 꽤 흐른 뒤에야 우리는 비틀거리고 빙빙 돌던 것을 멈췄다. 에즈단은 머리를 전혀 움직일 수가 없었다. 웅크림장 아래에 있는 것은 일단 보였고, 눈에 억지로 힘을 주어 시선을 돌리자 집단주거지 안에 있는 것이 대부분 보였다.

과거에 사람들은 저 아래에서 이 훈계성 구경거리, 즉 웅크림장에 갇힌 노예를 구경했다. 아이들은 뺀질거리는 가정부가 어떻게 되는지, 가지치기를 잘못한 정원사가 어떻게 되는지, 보스에게 말대꾸한 일꾼이 어떻게 되는지 교훈을 배웠다. 지금 여기엔 아무도 없었다. 흙바닥은 텅 비어 있었다. 바싹 마른 정원지들, 여자들 공간 저쪽 끄트머리에 있는 작은 묘지, 여자들 공간과 남자들 공간 사이의 도랑, 작은 길들, 에즈단 바로 아래에서 불분명하게 원을 그리며 좀 더 푸르게 자란 풀들, 모든 게 버려져 있었다. 에즈단을 고문하던 이들은 한동안 큰 소리로 웃고 얘기하며 주위에 서 있다가 지루해지자 그 자리를 떠났다.

에즈단은 자세를 좀 편하게 해보려 했지만, 아주 조금밖에 움직일 수가 없었다. 어떻게 움직여도 우리가 흔들리고 빙빙 돌아 속이 메쓰꺼워졌고 이러다 추락하겠다는 공포가 점점 더 커졌다. 하나뿐인 고리에서 우리가 얼마나 안전하게 균형을 잡고 있는지도 알 수가 없었다. 에즈단은 우리 문에 낀 발의 고통이 너무나 격심해 차라리 기절하고 싶었지만, 머리가 어찔어찔한데도 정신은 계속 말짱했다. 에즈단은 오래전 다른 세계에서 배운 대로 침착하고 편안하게 호흡하려 애썼다. 그러나 지금 여기 이 세계, 이 우리에선 그럴 수가 없었다. 에즈단의 폐는 흉곽 안에서 짓눌려 숨쉬기가 매번 지독하게 힘들었다. 그는 질식하지 않으려 애썼다. 공포에 질리지 않으려 애썼다. 계속 의식하고 있으려고, 오직 의식만 하고 있으려고 애썼지만, 의식하는 일은 견디기 힘들었다.

태양이 집단주거지의 이쪽으로 떠올라 에즈단을 정통으로 비추자, 현기증이 욕지기로 바뀌었다. 에즈단은 가끔씩 한동안 기절해 있곤 했다.

밤과 추위가 찾아오면 에즈단은 물을 상상하려 애썼지만, 물은 없었다.

나중에 에즈단은 자신이 웅크림장에 이틀을 갇혀 있었다고 생각했다. 다시 우리에서 끌려나올 때 볕에 탄 맨살이 철사에 긁히던 일, 호스로 차가운 물을 맞을 때의 충격을 기억했다. 에즈단은 그때 아주 잠시 완전하게 의식을 차렸고, 남자들이 자기 위에서 이야기하고 뭐라 소리치는 동안 흙 위에 누운 작고 흐느적거리는 인형 같은 자신을 의식했다. 그런 뒤 다시 감방 혹은 마구간으로 끌려가 갇힌 게 분명했다. 그곳은 어둡고 조용했던 것이다. 그러나 또한 에즈단은 여전히 웅크림장 안에서 공중에 매달린 채 태양의 얼음 같은 불길에 구워지고, 불타는 몸으로 얼어붙으며, 고통을 자아내는 정밀한 철사망에 몸이 점점 더 딱 맞아지고 있었다.

어느 순간, 에즈단은 창문이 하나 있는 방의 침대로 옮겨졌지만, 여전히 웅크림장에 갇힌 채 흙바닥 한참 위의 공중에서, 먼지놈들의 땅, 초록색 풀이 원형으로 자라는 땅 한참 위의 허공에서 흔들리고 있었다.

자됴와 몸집이 건장한 남자가 그곳에 있었고, 그곳에 없었다. 몸을 웅크리고 벌벌 떠는, 창백한 얼굴의 계집종이 에즈단의 볕에 탄 팔과 다리와 등에 연고를 발려주려 애쓰며 에즈단을 아프게 했다. 계집종은 그곳에 있었고, 그곳에 없었다. 창 안에서 태양이 빛났다. 에즈단은 철망 문이 발 위로 거세게 닫히는 것을 느끼고, 또 느꼈다.

어두워지면 마음이 편해졌다. 에즈단은 대부분의 시간을 잤다. 이틀 뒤에야 일어나 앉아, 겁에 질린 계집종이 가져다주는 것을 먹을 수 있었다. 에즈단의 볕에 탄 화상은 낫고 있었고, 욱신거리고 아픈 곳들도 대부분 고통이 덜해졌다. 발은 엄청나게 부어 있었다. 뼈들이 부러진 것이다. 일어나야 하기 전까진 문제 되지 않았다. 에즈단은 꾸벅꾸벅 졸고 멍하게 지냈다. 라야예가 방으로 들어오자, 에즈단은 곧장 라야예를 알아보았다.

둘은 반란 이전에 몇 번 만난 적이 있었다. 그때 라야예는 오요 대통령 밑에서 외무부 장관으로 일했다. 에즈단은 지금 오요가 적법 정부에서 무슨 직위에 있는지는 알지 못했다. 라야예는 웨렐인치고는 키가 작았지만, 어깨가 떡 벌어지고 몸이 단단했으며, 얼굴은 윤이 나는 청흑색이고 머리털은 희어지는 중인 인상적인 남자이자 정치가였다.

"라야예 장관." 에즈단이 말했다.

"옛음악 씨. 절 기억해주시다니 참으로 감사합니다! 그동안 몸이 안 좋으셨다니 유감이군요. 여기 사람들이 당신을 정성껏 돌봐주었길 바랍니다."

"고맙습니다."

"당신 몸이 좋지 않단 얘기를 듣고 의사를 찾았지만, 여기엔 수의사 말고는 의사가 전혀 없더군요. 의료진 자체가 없어요. 옛날과는 다르지요! 이 무슨 변화인지! 전성기의 야라메라를 보신 적이 있길 바랍니다."

"있습니다." 에즈단의 목소리는 다소 약했지만, 꽤 자연스럽게 들렸다. "32년 전인가 33년 전에요. 아네오 영주와 그 부인께서 우리 대사관 사람들을 초대해 대접해주셨지요."

"정말입니까? 그럼 여기가 어땠는지 아시겠군요." 라야예는 의자에 앉으며 말했다. 오래되고 멋진 의자였지만 한쪽 팔걸이가 떨어져 나가고 없었다. "이런 걸 보면 참으로 마음이 아픕니다! 가장 심한 파괴는 이 집의 여기에서 일어났죠. 여자들이 쓰는 익부 전체와 큰 거실들이 불탔습니다. 하지만 정원들은 불길을 피해갔죠. 여신님께 찬양을. 400년 전 메네아께서 직접 계획하신 곳입니다. 그리고 밭들은 아직도 경작되고 있습니다. 듣자하니, 거의 3천 명에 이르는 자산들이 아직도 그 소유지에 부속되어 있다더군요. 시끄러운 사태가 해결되고 나면, 대영지들 중 어디보다 야라메라 복구가 훨씬 쉬울 겁니다." 라야예는 창밖을 응시했다. "아름답습니다, 아름다워요. 아네오 가의 본가 하인들은, 아시겠지만, 그 아름다움으로 유명했죠. 그리고 훈련으로요. 그런 기준을 다시 세우려면 오랜 시간이 걸릴 겁니다."

"맞는 말씀입니다."

웨렐인은 부드럽고 세심한 눈으로 에즈단을 바라보았다. "당신이 왜 여기 있는지 궁금하실 것 같습니다만."

"꼭 그렇진 않습니다." 에즈단이 쾌활하게 말했다.

"오, 그래요?"

"제가 허가 없이 대사관을 떠난 뒤로, 전 정부가 절 지켜보고 싶어 할 거라 생각했습니다."

"우리 중 몇 명은 당신이 대사관을 떠났단 말을 듣고 기뻐했지요. 거기 처박혀 있으면…… 당신 재능을 낭비하는 게 되니까요."

"아, 제 재능요." 에즈단은 찬성할 수 없다는 듯이 어깨를 으쓱하며 말했다. 어깨를 움직이자 어깨가 아팠다. 에즈단은 아파서 움찔하는 건 나중으로 미뤘다. 지금은 그저 즐기고 있었다. 에즈단은 이렇게 말로 치고받는 펜싱이 좋았다.

"당신은 아주 재능 있는 사람입니다, 옛음악 씨. 메하오 영주는 한때 당신을 웨렐에서 가장 현명하고 가장 빈틈없는 외계인이라고 했었죠. 당신은 우리에게 많은 도움을 주었습니다. 물론

해도 끼쳤지요. 그 어느 외부세계인보다 더 효과적으로 했습니다. 우린 서로를 이해합니다. 이야기로 풀 수 있습니다. 당신은 진심으로 제 사람들의 안녕을 바란다고 전 믿습니다. 제가 당신에게 제 사람들에게 봉사할 방법을 제시한다면, 이 끔찍한 갈등을 종식할 희망을 제시한다면, 당신이 그 방법을 받아들일 거라고도 믿습니다."

"저도 그럴 수 있으면 좋겠습니다."

"당신에겐 당신이 갈등 상황에서 한쪽 편의 지지자로 인지되는 것이 중요합니까, 아니면 중립으로 남는 쪽을 선호합니까?"

"어떻게 해도 중립은 의문시될 수 있습니다."

"반역자들에 의해 대사관에서 납치된 일은, 당신이 그 반역자들에게 공감한다는 증거가 되지 못하지요."

"그렇겠네요."

"다소 그 반대로 보일 겁니다."

"그렇게 인식될 수 있지요."

"그럴 수 있습니다. 원하신다면."

"전 그 일이 전혀 중요하지 않게 다뤄지는 쪽을 선호합니다, 장관."

"그 일은 아주 중요합니다, 옛음악 씨. 하지만 자, 당신은 아팠고, 지금 제가 당신을 피곤하게 하고 있군요. 대화는 내일 계속하기로 하지요, 네? 괜찮으시다면요."

"물론입니다, 장관." 에즈단은 살짝 복종하는 기색을 섞어 정중하게 말했다. 에즈단은 대등한 상대와 어울리기보단 노예들에게 시중 받는 데 익숙한 이런 남자에게는 이런 말투가 더 적절함을 알았다. 무례함과 긍지를 한 번도 동일시해본 적이 없었기에 에즈단은, 자기 사람들 대부분이 그러하듯, 어떤 상황에서든 가능만 하면 정중하게 구는 경향이 있었고, 정중해질 수 없는 상황은 싫어했다. 단순한 위선은 아무렇지 않았다. 에즈단 자신도 얼마든지 완벽하게 위선을 떨 수 있었다. 자기 부하들이 에즈단을 고문했는데 라야예가 그 사실을 모르는 척한다면, 에즈단이 그 사실을 굳이 고집해 좋을 일이 없었다.

사실 에즈단은 그 일에 대해 꼭 얘기해야 할 필요가 없어 기뻤고, 그 일을 생각할 일이 없길 바랐다. 에즈단의 몸이 대신 그 일을 생각해주었고, 모든 관절과 근육이 그 일을 정확하게 기억했다. 앞으로 살아 있는 한은 내내 그 일을 생각하게 될 것이었다. 에즈단은 몰랐던 것들을 배웠다. 무력해지는 것이 어떤 것인지 이해했다고 생각했었다. 이제 에즈단은 자신이 실은 이해하지 못했었단 걸 알았다.

겁에 질린 계집종이 들어오자, 에즈단은 여자에게 수의사를 불러달라고 부탁했다. "발에 깁스를 해야 합니다." 에즈단이 말했다.

"그 남자는 일꾼들을, 사내종들을 고칩니다, 주인님." 여자가 주춤하며 속삭였다. 여기 자산들은 고풍스럽게 들리는 방언을 썼고, 때론 이해하기가 쉽지 않았다.

"수의사가 본가에 들어올 수 있나요?"

여자는 고개를 저었다.

"할 수 있는 사람이 누구라도 여기에 있나요?"

"물어보겠습니다, 주인님." 여자가 속삭였다.

그날 밤 늙은 계집종 한 명이 들어왔다. 계집종은 주름지고 시들고 엄격한 얼굴을 하고 있었고, 다른 사람들과 달리 전혀 굽실대지 않았다. 계집종은 처음 에즈단을 보자 속삭였다. "위대한 주인님!" 그러나 늙은 계집종은 뻣뻣하게 경의의 말을 뱉고는 보통 의사들처럼 개인적 감정이 섞이지 않은 태도로 에즈단의 부어오른 발을 살폈다. "제가 당신 발을 묶게 해주시면, 주인님, 발은 나을 겁니다."

"어디가 부러졌죠?"

"이 발가락들이요. 거기요. 어쩌면 여기 작은 뼈 하나도요. 발뼈들이 엄청 많이 부러졌어요."

"부디 발을 묶어주십시오."

계집종은 천을 돌리고 돌리며 상당히 두껍고 단단하게 묶어주었고, 이윽고 발은 어떤 각도로도 움직일 수 없게 고정되었다. 계집종은 말했다. "걸을 때는 지팡이를 쓰세요, 주인님. 땅에는 발꿈치만 디디시고요."

에즈단은 계집종에게 이름을 물었다.

"가나입니다." 계집종이 말했다. 이름을 말하면서 날카로운 시선으로 에즈단을 똑바로 보았다. 정면으로 마주 보다니 노예치고는 대담한 짓이었다. 계집종은 비록 에즈단이 피부색은 이상해도 발의 뼈며 모든 것이 상당히 평범하다는 것을 알고는, 필시 에즈단의 외계인 눈을 제대로 보고 싶었던 것이리라.

"고맙습니다, 가나. 당신의 기술과 친절함에 감사드립니다."

가나는 고개를 꾸벅 숙여 인사했지만, 공손하진 않았고, 곧 방을 나갔다. 발을 절었지만 자세가 꼿꼿했다. "할머니들은 모두 반역자입니다." 반란이 일어나기 전, 오래전에 누군가 그렇게 말한 적이 있었다.

이튿날, 에즈단은 일어나 팔걸이가 부러진 의자까지 절뚝이며 걸어갈 수 있었다. 에즈단은 의자에 앉아 한동안 창밖을 바라보았다.

2층에 있는 이 방에선 야라메라의 정원들, 경사진 계단식 뜰과 꽃밭, 산책로, 풀밭, 그리고 점차 강으로 내려가는 일련의 관상용 호수와 웅덩이 등이 보였다. 곡선과 평면, 식물과 길, 땅과 고인 물이, 널찍하고 살아 움직이며 굽이치는 강에 둘러싸인 채 거대한 패턴을 이루었다. 모든 정원지와 산책로와 계단식 뜰은 아주 미묘하게 저 아래 강변의 거대한 나무 한 그루를 중심으로 부드럽게 기하학적 형태를 만들고 있었다. 400년 전 정원이 설계되었을 때도 저 나무는 굉장히 컸을 터였다. 나무는 강기슭에서 꽤 떨어진 곳에 우뚝 서 있었지만, 가지들은 강 위로 한참을 뻗어나갔고, 그 그늘에만도 마을 하나를 세울 수 있을 듯했다. 계단식 뜰의 풀은 말라 부드러운 금빛으로 변해 있었다. 강과 호수와 웅덩이는 모두 여름 하늘의 안개 낀 푸른색이었다. 꽃밭과 관목숲은 돌보는 사람이 없어 웃자랐지만, 아직 야생 상태로 돌아가진 않았다. 야라메라의 정원들은 버려진 상태에서도 너무나 아름다웠다. 버려지고 쓸쓸하고 고독하고, 그런 로맨틱한 단어들이 모두 다 걸맞았지만, 그럼에도 또한 이성적이고 고결하고, 완전히 평화로웠다. 이곳들은 노예들의 노동을 통해 만들어졌다. 그 위엄과 평화는 잔학 행위와 비참함과 고통을 바탕으로 만들어졌다. 에즈단은 헤인인이었고, 야라메라를 수천 번은 만들고 파괴한 사람들, 아주 오래된 사람들의 후손이었다. 에즈단의 머릿속에는 그곳의 아름다움과 끔찍한 슬픔이 모두 담겨 있었고, 하나가 존재한다고 다른 것을 정당화할 순 없음을, 하나의 파괴가 다른 하나를 파괴할 순 없음을 확신했다. 에즈단은 둘 다를 인식했다. 단지 인식만 했다.

그리고 마침내 몸이 좀 편해진 상태로 앉아 있으면서 에즈단은, 이 사랑스럽고 슬픔을 자아내는 계단식 뜰 안에, 헤인에 있는 다란다의 계단식 뜰이 담겨 있을 수도 있음을 또한 인식했다. 다란다의 계단식 뜰에는 붉은 지붕 아래 지붕이 또 있고, 초록색 정원 아래 정원이 또 있고, 반짝이는 항구와 산책지와 부두와 범선들을 향해 경사진 비탈이 있다. 항구를 지나면 바다가 솟아올라 에즈단의 집만큼이나 높아지고, 눈높이까지 올라온다. 에시는 책들이 바다가 눕는다고 말하는 걸 안다. "바다가 오늘 밤은 잔잔하게 누워 있네." 시에선 그렇게 말하지만, 에시는 그것보단 더 많이 안다. 바다는 벽처럼 서고, 세상 끝의 청회색 벽이 된다. 배를 타고 나가면 바다가 평평해 보이겠지만, 올바르게 본다면, 바다는 다란다의 언덕들만큼 키가 크고, 진실로 바다 위에 있으면, 맞은편까지 그 벽을 뚫고, 세상의 끝 너머로 항해해야 한다.

하늘은 그 벽이 받치고 있는 지붕이다. 밤마다 별들은 그 유리 공기 지붕을 통해 빛난다. 물론 당신은 그 세계 너머의 세계들로도 항해할 수 있다.

"에시." 누군가가 실내에서 부르고, 에시는 바다와 하늘에서 몸을 돌려 계단식 뜰을 떠나 손님을 맞으러 들어간다. 혹은 음악 수업을 위해, 혹은 가족들과 점심을 먹으러 들어간다. 에즈단은 착한 꼬마 아이인 에시다. 고분고분하고 명랑하고, 수다스럽지 않지만 상당히 사교적이고 사람에게 관심이 많다. 물론 행동거지도 매우 참하다. 결국 에시는 켈웬이고, 윗세대들은 가족 중 어린아이가 그보다 못하게 행동하는 걸 참지 않을 것이지만, 예의 바르게 행동하는 것은 에시에게 쉬운 일이다. 이건 어쩌면 에시가 나쁜 행동을 한 번도 본 적이 없기 때문일 수도 있다. 에시는 공상에 잠기지 않는다. 기민하고 재치 있고 눈치가 빠르다. 그러나 생각이 깊고, 바다로 된 벽이나 공기로 된 지붕 같은 것들을 혼자 설명하는 걸 좋아한다. 이제 에즈단에게 에시는 전처럼 명확하고 가깝지 않다. 에시는 오래전의 어린 남자아이이고, 아주 멀리 떨어져 있고, 뒤에, 고향에 남겨졌다. 이젠 아주 가끔씩만 에즈단은 에시의 눈을 들여다보거나 놀랍도록 복잡한 다란다의 집 냄새를 맡고—나무, 나무에 광을 내기 위해 쓰인 수지성 기름, 달콤한 풀로 짠 깔개, 생화, 주방 허브들, 바닷바람—혹은 어머니의 목소리를 듣는다. "에시? 얼른 들어와라, 얘야. 도라세드에서 사촌들이 왔어!"

에시는 사촌들을 보러 달려 들어오고, 정신 사나운 눈썹과 콧털이 있으며 접착테이프가 조금만 있으면 마술을 부릴 수 있는 일리아와드 형과, 에시보다 어린데도 물고기 낚기에 훨씬 뛰어난 튀튀가 보인다. 그리고 에즈단은 창가에서 부서진 의자에 앉아 끔찍하고 아름다운 정원들을 내다보다 잠에 빠진다.

라야예와의 대화는 그 뒤로 계속 연기되었다. 자됴는 와서 사과했다. 장관은 대통령과 이야기하러 다시 불려갔고, 사나흘 뒤 돌아올 예정이었다. 에즈단은 그날 아침 일찍 멀지 않은 곳에서 비행기가 이륙한다는 말을 들었단 사실을 깨달았다. 형 집행이 정지되었다. 에즈단은 말로 치고받는 펜싱을 즐겼지만, 여전히 너무나 피곤했고, 너무 충격을 받았으며, 쉬고 싶은 마음이 간절했다. 그 겁먹은 여자 헤이오와, 에즈단에게 필요한 게 있는지 묻기 위해 매일 한 번씩 들어오는 자됴 외엔 아무도 에즈단의 방에 들어오지 않았다.

에즈단은 가능할 땐 방을 나가도 좋다는 허락을 받아서 원하면 밖에 나갔다. 지팡이의 도움 그리고 천으로 묶은 발을 가나가 가져다준 딱딱하고 오래된 샌들 바닥에 묶은 덕에, 에즈단은 걸을 수 있었고, 그렇게 정원에 나가 여름이 지나가며 매일 점점 더 부드러워지는 햇볕 속에 앉아 있었다. 베이오트 두 명이 에즈단의 간수, 혹은 좀 더 정확히는 보호자였다. 에즈단은 자신을 고문했던 두 젊은이를 보았다. 젊은이들은 가까이 다가오지 않았다. 에즈단에게 접근하지 말라는 명령을 받은 게 명백했다.

보통 베이오트 중 한 명이 늘 시야에 보였지만, 절대로 바싹 다가서진 않았다.

에즈단은 멀리까진 갈 수 없었다. 가끔은 자신이 해변가의 벌레가 된 듯한 기분이 들었다. 본가에서 아직 사용 가능한 부분은 굉장히 컸고, 정원들은 광대했으며, 사람의 수는 아주 적었다. 에즈단을 데려온 남자 여섯 명과, 전부터 여기 있으면서 건장한 남자인 퇼레넴의 명령을 받는 대여섯 명이 있었다. 본가와 영지의 원래 자산 중에선 열 명 혹은 열두 명이 있었다. 과거에 본가에서 일하는 사람들이던 요리사, 요리사의 조수, 세탁부, 가정부, 부인의 하녀, 몸종, 구두닦이, 창문닦이, 정원사, 샛길 청소부, 웨이터, 하인, 심부름꾼, 마부, 운전사, 그리고 소유주와 손님을 섬기던 사용녀와 사용남 중 남은 극소수였다. 이 몇 안 되는 사람들은 이제 더는 밤에 웅크림장이 있는 옛 본가 자산용 집단주거지에 갇히지 않았지만, 처음에 에즈단이 갇혀 있었던, 말과 사람용인 안뜰의 복잡한 마구간 건물이나 주방 근처의 여러 개짜리 방에서 잤다. 남은 이들의 대부분은 여자였고, 둘은 젊은 남자, 두세 명은 나이가 많고 허약해 보이는 남자였다.

처음에 에즈단은 이들을 말썽에 빠뜨리지 않으려고 굉장히 조심하며 이야기하곤 했지만, 에즈단의 납치자들은 명령을 내릴 때 빼고는 자산들을 무시했고, 분명 상당한 이유에서 이 자산들을 믿을 만하다고 여겼다. 말썽꾼들, 즉 집단주거지에서 탈출한 자산들은 본가를 불태우고 보스들과 소유주들을 죽이고 오래전에 사라졌다. 죽거나, 탈출했거나, 다시 노예가 되어 양쪽 뺨에 깊숙이 십자 낙인이 찍혔다. 남은 자산들은 착한 먼지놈들이었다. 그동안에도 내내 충성스러웠을 가능성이 아주 컸다. 많은 노예들, 특히 개인의 노예들은 반란 때문에 자기네 소유주들만큼이나 겁에 질렸고, 소유주들을 방어하려 애쓰거나 소유주들과 함께 도망쳤다. 자기 자산을 자유의 몸으로 풀어주고 해방파 편에서 싸운 소유주들과 마찬가지로, 이런 노예들 역시 반역자였다. 더도 덜도 아니고, 똑같았다.

어린 밭일꾼들인 여자아이들은 한 번에 한 명씩, 남자들을 위한 사용녀로 차출되었다. 매일 혹은 이틀 아침마다, 에즈단을 고문했던 두 젊은이는 사용한 여자아이를 육상차에 태우고 갔다가 새로운 여자아이를 데리고 돌아왔다.

젊은 본가 계집종 두 명 중 캄사란 계집종은 늘 아기를 안고 다녔고, 남자들은 캄사를 무시했다. 또 다른 계집종인 헤이오는 에즈단을 시중들어준 겁에 질린 여자였다. 뺄레넴은 매일 밤 헤이오를 사용했다. 다른 남자들은 헤이오에게 손대지 않았다.

종들은 혼자든 함께든 집이나 밖에서 에즈단을 지나칠 때면 두 손을 내리고 턱을 가슴에 붙이고 아래를 보며 가만히 서 있었다. 개인의 자산이 소유주를 볼 때 해야 하는 격식을 차린 인사였다.

"잘 잤어요, 캄사?"

캄사 역시 격식 차려 공손하게 인사했다.

에즈단이 수세대에 걸친 노예제의 완성된 산물, 즉 팔리러 나왔을 때 "완벽하게 훈련되고, 순종적이고, 헌신적이며, 충성스럽고, 이상적인 사적 자산"이라 묘사되는 종류의 노예와 마지막으로 함께 있어본 지 벌써 오랜 세월이 지났다. 에즈단이 알던 대부분의 자산, 그러니까 에즈단의 친구들과 동료들은 도시 임대인들이었고, 소유주에 의해 회사와 법인에 임대고용된 뒤 공장이나 가게나 숙련직종에서 일했다. 에즈단은 밭일꾼들도 많이 알았었다. 밭일꾼들은 소유주와 접촉할 일이 거의 없었다. 그들은 가레이오트 보스의 지시 아래 일했고, 밭일꾼들의 집단 주거지들은 자른자들, 즉 내시 자산들이 다스렸다. 에즈단이 아는 이들은 대체로 탈주해서 하메의 보호를 받고 지하 철도를 통해 독립하러 예이오웨이로 가는 중이었다. 이곳의 종들처럼 전혀 교육을 못 받았거나 아무 선택권이 없었거나 자유를 꿈꿔보지 못한 자는 단 한 명도 없었다. 에즈단은 훌륭한 먼지놈이 어떤 식이었는지 잊고 있었다. 사생활이 전혀 없는 사람이 얼마나 철통같아지는지, 완전하게 취약하기만 한 사람은 또 얼마나 순진무구할 따름인지를 잊고 있었다.

캄사의 얼굴은 나긋나긋하고 평온했으며, 어떤 감정도 보이지 않았지만, 에즈단은 캄사가 가끔 아주 부드러운 목소리로 아기에게 말하고 노래하는 것을 들었다. 작지만 즐겁고 명랑한 소리였다. 그 소리가 에즈단의 주의를 끌었다. 에즈단은 어느 날 오후 캄사가 커다란 계단식 뜰의 갓돌 위에 앉아 일하는 것을 보았다. 아기는 등의 아기띠에 들어 있었다. 에즈단은 절뚝이며 다가가 근처에 앉았다. 에즈단이 다가가자 캄사는 칼과 도마를 옆으로 치우고 머리와 손과 눈을 공손히 내려 인사했고, 에즈단은 그런 감사를 말릴 수 없었다.

"부디 앉아요, 제발 어서 계속 일하세요." 에즈단이 말했다. 감사는 복종했다. "자르고 있는 게 뭐죠?"

"두엘리입니다, 주인님." 감사가 속삭였다.

두엘리는 에즈단이 종종 먹고 또 좋아했던 채소였다. 에즈단은 감사가 일하는 모습을 지켜보았다. 커다란 목질의 깍지를 심지를 따라 일일이 가르는 건 쉬운 일이 아니었다. 열어야 할 지점을 조심스레 찾아내고 칼날을 반복적으로 힘들게 비틀어 깍지를 열었다. 그런 다음, 식용 가능한 불룩한 씨앗들을 하나씩 꺼내고 끈적끈적하고 달라붙는 섬유질들을 깨끗이 긁어냈다.

"그 부분은 맛이 나쁜가요?" 에즈단이 물었다.

"네, 주인님."

수고스러운 작업이었고, 힘과 기술과 인내심이 필요했다. 에즈단은 부끄러워졌다. "두엘리를 날것으로 보긴 처음입니다." 에즈단이 말했다.

"네, 주인님."

"아기가 참 착하네요." 에즈단은 다소 입에서 나오는 대로 말했다. 아기띠에 들어 있는 이 조그마한 생명체는 어머니의 어깨에 고개를 기댄 채 커다란 청흑색 눈을 뜨고 멍하니 세상을 보고 있었다. 에즈단은 한 번도 이 아기가 우는 것을 듣지 못했다. 그 점이 다소 비현실적으로 느껴졌지만, 에즈단은 이제까지 아기들과 엮일 일이 별로 없었다.

감사는 웃었다.

"남자아이인가요?"

"네, 주인님."

에즈단이 말했다. "부탁이에요, 캄사, 내 이름은 에즈단입니다. 난 주인이 아니에요. 죄수죠. 당신 주인들이 나의 주인들입니다. 부디 날 내 이름으로 불러주겠어요?"

캄사는 대답하지 않았다.

"우리 주인들은 안 된다고 할 테죠."

캄사는 고개를 끄덕였다. 웨렐인들은 고개를 끄덕일 때 머리를 아래로 내리지 않고 뒤로 살짝 숙였다. 에즈단은 여기서 워낙 오래 살았다보니 이제 그런 끄덕임에 완전히 익숙했다. 이젠 에즈단 자신도 그렇게 끄덕였다. 에즈단은 그걸 지금 깨달았다. 잡혀오고, 여기서 치료받은 일이 에즈단을 바꾸어놓고 혼란하게 했다. 이 며칠간 에즈단은 지난 수십 년보다 더 많이 헤인을 생각했다. 그는 웨렐을 집처럼 느꼈지만, 이젠 아니었다. 부적절한 비교이고, 당치 않은 기억이었다. 이질감을 느꼈다.

"그 사람들이 날 우리에 넣었어요." 에즈단은 캄사처럼 낮은 목소리로 말했고, '우리'라고 말할 때 머뭇거렸다. 웅크림장이란 단어는 차마 말할 수 없었다.

캄사는 다시 고개를 끄덕였다. 이번엔, 처음으로, 캄사는 에즈단을 올려다보았고, 흘끗 시선을 주었다. 캄사는 소리 없이 '알아요'라고 말하곤 계속 일했다.

에즈단은 더 이상 할 말을 찾지 못했다.

"전 새끼였을 때 거기에 살았어요." 캄사는 우리가 있는 집단주거지 쪽에 눈길을 주며 말했다. 캄사의 웅얼대는 목소리는 다른 모든 몸짓이나 움직임처럼 무척 절제되어 있었다. "본가가 불에 타기 전까지는요. 그때 주인님들은 여기에 살았죠. 주인님들은 종종 그 우리를 위로 올려 달곤 했어요. 한번은 남자 한 명이 계속 갇혀 있다 거기서 죽기도 했어요. 그 안에서요. 전 봤어요."

둘 사이에 침묵이 흘렀다.

"우리 새끼들은 절대로 그 아래로 가지 않았어요. 절대로 거기선 달리지 않았어요."

"봤어요…… 땅이 다르더군요. 그 아래는요." 에즈단 역시 나직하게 말했고, 입이 바싹 마르고 숨이 거칠어졌다. "봤습니다, 아래를 보다가. 그 풀. 난 생각했죠. 어쩌면…… 거기서 그 사람들이……." 에즈단의 입은 거기서 닫혀버렸다.

"할머니 한 명이 막대기, 긴 막대기 하나를 가져가 끝에 건 천을 적신 뒤 남자에게 들어 올려줬어요. 자른자들은 못 본 척했고요. 하지만 그 남자는 죽었어요. 그리고 한동안 거기서 썩어갔어요."

"그 남자가 뭘 했는데 갇혔죠?"

"엔나." 캄사가 말했다. 에즈단은 자산들이 이 한 단어로 거절하는 모습을 자주 보았다. 모르겠다, 난 하지 않았다, 난 거기 없었다, 내 잘못이 아니다, 누가 알겠느냐 등의 의미였다.

에즈단은 소유주의 아이가 "엔나"라고 말했다가 찰싹 맞는 것을 보았다. 컵을 깨서가 아니라 노예 단어를 썼기 때문이었다.

"유용한 교훈이죠." 에즈단이 말했다. 에즈단은 캄사가 자기 말을 이해했단 걸 알았다. 약자들은 공기와 물을 알듯 자연스럽게 반어법을 안다.

"주인님들은 당신을 그 안에 넣었고, 그때 전 두려웠어요." 캄사가 말했다.

"이번에 그 교훈은 당신이 아니라 날 위한 거였어요." 에즈단이 말했다.

캄사는 신중하게 쉬지 않고 일했다. 에즈단은 캄사가 일하는 걸 지켜보았다. 눈을 내리깐 캄사의 푸른기 섞인 점토색 얼굴은 차분하고 평온했다. 아기는 캄사보다 피부가 검었다. 캄사는 사내종에게 새끼를 밴 게 아니라 소유주에게 사용당한 것이었다. 이들은 겁탈을 '사용'이라 불렀다. 아기의 눈이 천천히 감기고, 조그만 조개껍질 같은, 반투명하고 푸른기 도는 눈꺼풀이 내려왔다. 아기는 작고 섬세했다. 갓 한두 달 된 듯했다. 아기는 전혀 보채지 않고 참을성 있게 어머니의 구부린 어깨에 머리를 기댔다.

계단식 뜰에는 둘뿐이었다. 가벼운 바람이 등 뒤에서 꽃 핀 나무들 사이를 휘저었고, 멀리 떨어진 강에 은색으로 줄무늬를 그렸다.

"당신 아기는, 캄사, 알죠, 이 아기는 자유의 몸이 될 겁니다." 에즈단이 말했다.

캄사는 고개를 들었지만, 에즈단이 아니라 강과 그 너머를 보았다. "네. 이 아이는 자유로울 거예요." 캄사는 말하고, 일을 계속했다.

　에즈단은 캄사가 자신에게 그런 말을 해주어 힘이 났다. 캄사가 자신을 믿는다는 걸 알게 되어 도움이 됐다. 에즈단은 자길 믿어줄 누군가가 필요했다. 우리에 갇혔던 뒤로 에즈단은 자신을 믿을 수 없어졌던 것이다. 라야예와 함께 있을 때는 괜찮았다. 아직 펜싱을 할 수 있었다. 그건 고민거리가 되지 않았다. 혼자 있으면서 생각하고 잘 때가 문제였다. 에즈단은 대부분의 시간을 혼자 있었다. 에즈단 마음속의 무언가가, 맘속 깊은 곳의 무언가가 다쳤고, 부러졌고, 고쳐지지 않았으며, 에즈단의 무게를 받쳐줄 수 있을 것 같지 않았다.

　아침에 에즈단은 비행기가 내려오는 소리를 들었다. 그날 밤 라야예는 에즈단을 저녁식사에 초대했다. 퇄레넴과 두 베이오트가 가장 덜 손상된 아래층 방들 중 하나에서 이들과 함께 식사했고, 양해를 구한 뒤 임시변통으로 만든 식탁에 와인 반 병과 에즈단과 라야예만 남겨두고 자리를 떴다. 이 방은 전엔 사냥용 오두막집 혹은 트로피 전시실이었고, 본가의 이쪽 익부는 아자데, 즉 남자 쪽 공간이라서 여자는 전혀 드나들지 않았다. 여자 자산들, 그러니까 여자 하인들과 사용녀들은 여자로 간주되지 않았다. 벽난로 선반 위에는 거대한 짐개의 머리 하나가 이빨을 드러내고 있었고, 털은 그슬리고 더러웠으며, 유리 눈알은 탁해져 있었다. 맞은편의 벽에 걸려 있던 석궁들은 이제 사라지고 없었지만, 옅은 색의 자취가 어두운 색 나무벽에 뚜렷하게 남아 있었다. 전기 샹들리에는 깜박거리다 흐릿해졌다. 발전기가 변덕을 부렸다. 나이 든 사내종 한 명이 늘 발전기를 고치고 있었다.

"자기 사용녀에게 가는 겁니다." 라야예는 탈레넴이 장관에게 좋은 밤 보내시라고 인사하며 막 닫은 문을 고개로 가리키며 말했다. "흰둥이와 씹하는 거죠. 똥과 씹하는 거와 비슷해요. 제가 다 소름이 끼친다니까요. 자기 좆을 노예의 보지에 찌르다니. 전쟁이 끝나면 더는 이런 일이 없을 겁니다. 혼혈들이 이번 혁명의 뿌리가 됐습니다. 인종들을 갈라놔야 해요. 지배층의 피를 깨끗이 유지해야 합니다. 그것만이 답이에요." 라야예는 마치 절대적 동조를 예상하는 듯이 말했지만, 상대가 그런 반응을 조금이라도 보일 때까지 기다리지 않았다. 라야예는 에즈단의 잔을 가득 채우고 특유의 울리는 정치가 목소리로, 친절한 집주인, 장원의 영주 목소리로 계속 말했다. "흠, 옛음악 씨, 야라메라에서 그간 즐거우셨길, 그리고 건강이 좋아지셨길 바랍니다."

에즈단이 정중하게 중얼거렸다.

"오요 대통령은 당신이 편찮다는 소식을 듣고 유감스러워하셨고, 어서 완전히 회복되길 바란다고 인사를 전하셨습니다. 당신이 더는 폭도들에게 학대당할 일 없이 안전하단 걸 알게 되어 기뻐하셨고요. 원하시면 얼마든지 더 여기에 안전히 계셔도 됩니다. 하지만 대통령과 내각은 적절한 때에 당신을 벨렌에 초청하고 싶어 하십니다."

에즈단이 또다시 정중하게 중얼거렸다.

오랜 버릇 때문에 에즈단은 자신의 무지가 드러날 수 있는 질문은 하지 않았다. 라야예는 대부분 정치가들처럼 자신의 목소리를 사랑했고, 에즈단은 라야예의 말을 들으면서 현재 상황을 대충이나마 짜맞춰보려 애썼다. 적법 정부는 도시에서 동부 해안 근처, 야라메라 북동쪽의 벨렌이라는 읍으로 이전한 듯했다. 도시에는 일종의 지휘부가 남겨졌다. 에즈단은 라야예의 말을 듣고 도시가 사실상 오요 정부와는 반쯤 독립적이고 아마도 군부 파벌에 의해 다스려지고 있는 건 아닌지 궁금해졌다.

반란이 시작되자 오요는 곧바로 엄청난 권력을 부여받았다. 하지만 서쪽에서 충격적인 패배를 겪고 난 보에 데이오의 적법 군대는 오요의 명령을 잘 듣지 않으려 했고, 전투지에서 좀 더 자치권을 갖길 원했다. 민간 정부는 보복과 공격과 승리를 요구했다. 군대는 폭동을 저지하길 원했다. 레이가 신분인 아이단 장군은 도시에 분수선을 만들었고, 새로 생긴 자유 국가와 적법 지방들 사이에 경계선을 만들고 지키려 애썼다. 자산 군인들과 함께 반란을 진압하러 갔던 베이오트들은 비슷하게 적법파 지휘부에 경계선 휴전을 촉구했다. 군대는 휴전을 추구했고, 전사들은 평화를 추구했다. 그러나 "한 명이라도 노예가 있는 한, 전 자유롭지 않습니다"라고 자유 국가의 수장인 네캄-안나는 부르짖었고, 오요 대통령은 이렇게 호통쳤다. "이 나라는 분단되지 않을 것입니다! 우린 마지막 피 한 방울이 다할 때까지 적법한 재산을 지킬 것입니다!" 레이가는 밀려나고 갑자기 새로운 최고 사령관이 나타났다. 대사관이 봉쇄되고, 곧 정보 접근 또한 차단당했다.

에즈단은 그 뒤로 반년간 무슨 일이 있었는지 그저 짐작만 할 뿐이었다. 라야예는 "남쪽에서 우리의 승리들"에 대해 얘기하며, 마치 적법 군대가 공격하는 입장이었고 자유 국가를 도시 남쪽의 데반 강 너머로 밀어낸 듯이 말했다. 만약 그렇다면, 만약이들이 영토를 되찾았다면, 어째서 정부는 도시에서 물러나 벨렌에 둥지를 튼 것일까? 라야예의 승리 얘기는 해방파 군대가 남쪽에서 강을 건너려 애쓰고 있었고 적법 군대는 상대를 성공적으로 저지하고 있었다는 뜻으로 해석할 수도 있었다. 그걸 승리라 부르려 든다는 건, 혁명을 뒤엎겠다는 꿈, 나라 전체를 수복하겠다는 꿈을 결국 포기하고 손실을 줄이기로 결정했다는게 아닐까?

"우리의 선택지에 국가 분단은 없습니다." 라야예는 에즈단의 희망을 짓밟으며 말했다. "이해하시리라 믿습니다."

정중한 동의가 이어졌다.

라야예는 남은 와인을 모두 따랐다. "하지만 평화가 우리의 목표입니다. 우리에겐 아주 강력하고 긴급한 목표입니다. 우리의 불행한 국가는 이미 충분히 괴로움을 겪었습니다."

절대적인 동의.

"당신이 평화를 추구하는 남자란 걸 압니다, 옛음악 씨. 에큐멘이 그 일원인 국가들 내부, 그리고 서로 간에 대내외적 조화를 이루려 애쓴다는 것도 알고요. 평화는 우리 모두가 진심으로 염원하는 바입니다."

동의, 그리고 희미하게 질문하는 기색.

"아시다시피, 보에 데이오 정부에겐 반란을 끝낼 힘이 늘 있습니다. 반란을 신속하고 완전하게 끝낼 방법이 있지요."

대꾸는 없지만 에즈단은 눈을 크게 뜨고 주의를 기울였다.

"그리고 우리가 그 방법을 쓰지 않는 건 단지 우리나라가 속해 있는 에큐멘의 방침을 존중하기 때문이며, 저는 당신이 그 사실을 안다고 생각합니다."

에즈단은 어떤 대꾸나 알겠다는 표시도 전혀 하지 않았다.

"그 점을 아시겠지요, 옛음악 씨."

"전 당신들에게도 살아남겠다는 자연스러운 소망이 있다고 생각했습니다."

라야예는 마치 곤충이 성가시게 한다는 듯이 고개를 저었다. "우리가 에큐멘에 들어간 뒤로—그리고 에큐멘에 들어가기 오래전부터, 옛음악 씨—우리는 에큐멘의 정책을 충실하게 따르고 에큐멘의 규칙에 복종했습니다. 그리고 우린 예이오웨이를 잃었습니다! 그리고 서부를 잃었습니다! 4백만 명이 죽었습니다, 옛음악 씨. 첫 번째 반란에서 4백만 명입니다. 그 뒤로 수백만 명이 더 죽었습니다. 수백만 명요. 우리가 그때 반란을 견제했더라면, 사망자는 훨씬, 훨씬 적었을 겁니다. 자산들은 물론이고 소유주들도요."

"자살입니다." 에즈단은 자산들이 말하는 식으로 부드럽고 나직하게 말했다.

"평화주의자들은 모든 무기를 사악하고 파괴적인 자살 도구라 보지요. 당신네 사람들의 오래된 지혜에도 불구하고, 옛음악 씨, 당신들에겐 더 젊고 더 미숙한 우리네 사람들이 어쩔 수 없이 가지게 된, 전쟁의 문제들에 대한 경험적 시각이 결여되어 있습니다. 제 말을 믿으십시오, 우리는 자살하려는 게 아닙니다. 우리는 우리의 사람들, 우리의 국가가 살아남길 원합니다. 우리는 그래야 한다고 결심했습니다. 우리가 에큐멘에 들어가기 한참 전에 생탄은 완전하게 시험을 거쳤습니다. 통제 가능하고 목표를 정할 수 있으며 제한 가능합니다. 생탄은 정밀한 무기이고, 정확한 전쟁 도구입니다. 소문과 공포가 생탄의 능력과 성질을 심하게 과장했을 뿐입니다. 우린 생탄의 사용법을 알고, 그 효과를 제한하는 법도 압니다. 당신네 대사를 통해 스테빌들의 반응만 전해 받지 않았어도, 우린 벌써 반란의 첫 여름에 선택적 배치를 했을 겁니다."

"보에 데이오 군대의 최고 사령부 역시 그 무기 배치에 반대했다는 인상을 받았었는데요."

"일부 장군들은 반대했지요. 아시다시피, 많은 베이오트들이 자기 생각을 잘 굽히지 않지요."

"그 결정이 이제 바뀌었나요?"

"오요 대통령은 서쪽에서 이쪽 지방으로 무리 지어 침입하는 세력을 막기 위한 생탄 배치를 인가했습니다."

생탄이라니, 단어만큼은 이렇게 귀여울 수가 없었다. 에즈단은 잠시 눈을 감았다.

"그 파괴력은 실로 무시무시할 겁니다." 라야예는 말했다.

동의.

라야예는 앞으로 몸을 숙이고 검은 얼굴의 검은 눈으로 사냥 고양이처럼 집중하며 말했다. "반란자들이 경고를 받으면 철수할 가능성이 있습니다. 기꺼이 협정을 상의하려 하겠지요. 반란자들이 철수하면, 우린 공격하지 않을 겁니다. 저쪽이 대화하겠다면, 우리도 대화할 겁니다. 대학살을 피할 수 있습니다. 반란자들은 에큐멘을 존중합니다. 그자들은 당신을 개인적으로 존경합니다, 옛음악 씨. 그자들은 당신을 믿습니다. 당신이 네트에서 그자들에게 얘기하면, 혹은 그쪽 지도자들이 회담에 동의하면, 반란자들은 자기네 적이나 압제자로서가 아니라 호의적이고 평화를 사랑하는 중립자의 목소리, 아직 시간이 있을 때 자신을 구하라고 촉구하는 지혜로운 목소리로서 당신의 말에 귀기울일 겁니다. 이건 제가 당신에게, 그리고 에큐멘에 드리는 기회입니다. 반역자들 속에서 당신 친구들을 구하고, 말할 수 없는 고통에서 이 세계를 구할 기회입니다. 영원한 평화로의 길을 열 기회입니다."

"전 에큐멘을 대표해 말할 자격을 위임받지 않았습니다. 대사가……."

"대사는 하려 하지 않을 겁니다. 할 수도 없고요. 그럴 자유가 없지요. 당신은 가능합니다. 당신은 자주적인 행위자입니다, 옛음악 씨. 웨렐에서 당신의 위치는 독특합니다. 양쪽 모두 당신을 존경합니다. 당신을 믿습니다. 그리고 휜둥이들 사이에서 당신은 대사보다 무한히 더 큰 영향력을 지니고 있습니다. 대사는 반역이 있기 겨우 1년 전에 왔으니까요. 전 당신을 우리 중 하나라 봅니다."

"전 당신들과 하나가 아닙니다. 전 소유하지도, 소유되지도 않습니다. 절 포함하시려면 당신들은 자신부터 재정의해야 합니다."

라야예는 잠시 아무 말도 하지 못했다. 깜짝 놀라고 당황했고, 화가 난 듯했다. 멍청이. 에즈단은 속으로 중얼거렸다. 이 멍청한 늙은이야. 혼자 도덕적으로 고고한 척해버리면 어떡해! 하지만 에즈단은 그 외에 달리 어떤 입장을 취해야 할지 알 수가 없었다.

에즈단의 말이 대사의 말보다 더 무게감 있게 받아들여지는 것은 사실이었다. 그 외엔 라야예가 한 말 중 무엇도 말이 안 됐다. 오요 대통령이 이 무기 사용에서 에큐멘의 승인을 바란다면, 그리고 에즈단이 그 승인을 해줄 거라 진심으로 그렇게 생각했다면, 왜 라야예를 통해 일을 하고 에즈단을 야라메라에 숨겨두고 있단 말인가? 라야예는 과연 오요와 일하는 걸까? 아니면 오요는 아직도 생탄 사용을 거부하는 상황에서, 라야예가 생탄 사용에 찬성하는 파벌을 위해 일하는 걸까?

이 모든 게 허세일 가능성이 가장 컸다. 무기는 없었다. 에즈단이 탄원하게 하려는 건 그 허세에 신빙성을 주기 위해서이고, 허세가 실패해도 오요는 이 일에 관련이 없다고 말할 수 있었다.

생탄, 즉 생화학 폭탄은 수십 년, 수백 년 동안 보에 데이오에서 재앙의 씨앗이었다. 거의 400년 전 에큐멘이 처음으로 접촉한 이래 웨렐인들은 외계인이 침입해 온다는 미친듯한 공포에 젖어 모든 자원을 우주 비행과 무기 개발에 쏟아부었다. 이 무기를 발명한 과학자들은 생탄은 제대로 통제될 수 없다고 정부에 알리며 그 사용을 반대했다. 생탄은 광대한 지역에서 모든 인간과 동물의 목숨을 앗아 갈 터이며, 물과 대기를 통해 퍼져나가서 전 세계적으로 심각하고 영구적인 유전자 손상을 일으킬 터였다. 정부는 이 무기를 한 번도 쓰지 않았지만, 이 무기를 파괴할 마음도 전혀 없었고, 문화 수출 금지령이 실시되는 한, 이 무기의 존재 때문에 웨렐은 에큐멘에 가입할 수 없었다. 보에 데이오는 생탄이 우주인의 침입을 막기 위한 보장책이라 주장했고, 어쩌면 생탄이 혁명을 막아줄 거라 믿는 듯도 했다. 그러나 노예 행성 예이오웨이가 반란을 일으켰을 때도 웨렐인들은 이 무기를 쓰지 않았다. 이윽고 에큐멘이 웨렐에 대한 문화 수출 금지령을 해지하면서 웨렐은 자신들이 가지고 있던 생탄들을 모두 없앴다고 공표했다. 웨렐은 에큐멘에 가입했다. 보에 데이오는 무기 사찰팀을 요청했다. 대사는 에큐멘의 신뢰 방침을 언급하며 정중히 거절했다. 이제 생탄은 다시 존재했다. 실제로? 라야예의 마음속에서만? 라야예는 필사적인 건가? 에큐멘을 이용해 무시무시한 위협을 뒷받침하게 함으로써 침공자들을 위협해 쫓으려는 속임수, 시도일까. 그게 가장 가능성 있는 시나리오였지만, 아주 설득력이 있지도 않았다.

"이 전쟁은 끝나야만 합니다." 라야예가 말했다.

"동의합니다."

"우린 절대 항복하지 않습니다. 그 점을 반드시 아셔야 합니다." 라야예는 상대를 구슬리려는, 조리 있는 말투를 어느새 버렸다. "우린 이 세계의 성스러운 질서를 회복할 겁니다." 라야예는 말했고, 이제 라야예는 완전히 신뢰할 수 있었다. 라야예의 눈, 흰자 없이 검기만 한 이 웨렐인 눈은 침침한 불빛 속에서 그 끝이 들여다보이지 않았다. 라야예는 자신의 와인을 마셨다. "당신은 우리가 우리 재산 때문에 싸운다고 생각하지요. 우리가 소유한 것을 지키기 위해 싸운다고요. 하지만 분명히 말씀드리는데, 우리는 우리 여신님을 지키기 위해 싸웁니다. 그 싸움에 항복은 없습니다. 타협도 없습니다."

"당신들의 여신님은 자비로우십니다."

"법이 여신님의 자비입니다."

에즈단은 침묵했다.

라야예는 한참 뒤 주인다운 오만하고 편안한 말투로 돌아와 말했다. "전 내일 다시 벨렌에 가야 합니다. 남부 전선으로 이동한다는 우리 계획은 완전히 조정되어야만 합니다. 제가 돌아왔을 땐, 제가 부탁드린 대로 도와주실 건지 꼭 알려주셔야 합니다. 우리가 어떻게 반응할지는 상당 부분 당신 대답에 달려 있으니까요. 당신이 목소리를 낼 건지가 중요합니다. 당신이 여기 동부 지방에 있다는 사실은 이미 사람들에게 알려져 있습니다. 제 말은, 우리 사람들뿐 아니라 반역자들도 그 사실을 알고 있다는 겁니다. 물론 당신이 정확히 어디 있는지는 당신 안전을 위해 비밀로 지켜지고 있지만요. 내전에 대한 에큐멘의 태도가 변했다는 성명을 당신이 준비 중인지 모른다는 점도 사람들에게 이미 알려져 있습니다. 수백만 명의 생명을 살리고 우리의 땅에 평화를 가져올 수도 있는 변화이죠. 전 당신이 여기서 그런 변화에 시간을 쓰셨으면 합니다."

이자는 파벌주의자야, 에즈단은 생각했다. 라야예는 벨렌에 가지 않거나, 만약 간다면, 오요의 정부가 있는 곳이 아냐. 이건 이자가 꾸민 음모야. 라야예는 돌았어. 이 일은 성공할 수 없어. 라야예는 생탄을 갖고 있지 않아. 하지만 총은 가지고 있지. 날 쏠 거야.

"즐거운 식사자리에 감사드립니다, 장관." 에즈단은 말했다.

이튿날 동틀 무렵, 에즈단은 비행기가 떠나는 소리를 들었다. 에즈단은 아침식사를 마친 뒤 절뚝이며 아침 햇살 속으로 걸어 나갔다. 베이오트 보초 중 한 명이 창문을 통해 에즈단을 지켜 보다가 몸을 돌려 가버렸다. 남쪽 계단식 뜰에는 크고 흐트러지고 달콤한 냄새가 나는 하얀 꽃들이 핀 커다란 덤불들이 있고 그 근처 난간 바로 아래에 아늑하고 외진 구석이 있었는데, 에즈단은 그 안에서 캄사와 캄사의 아기와 헤이오를 보았다. 에즈단은 절름거리며 그쪽으로 갔다. 야라메라는 워낙에 넓었기 때문에, 본가 안에서만 있어도 발을 저는 남자에게 그 거리는 실로 무시무시했다. 에즈단은 마침내 테라스 난간 아래까지 가서 말했다. "제가 외로워서 그럽니다. 함께 앉아도 될까요?"

여자들은 물론 벌떡 일어나 격식을 차려 인사했지만, 캄사의 인사는 꽤 피상적이었다. 에즈단은 사방에 꽃이 떨어져 얼룩진 곡선 모양 벤치에 앉았다. 여자들은 아기를 데리고 포장된 길 위에 다시 앉았다. 여자들은 아기가 부드러운 햇빛을 받을 수 있게 포대기를 풀어놓았다. 아기가 굉장히 말랐다고 에즈단은 생각했다. 검푸른 팔다리의 관절들이 꼭 꽃줄기의 마디 같고, 투명한 덩어리 같았다. 아기는 마치 공기의 느낌을 즐기려는 듯, 이제껏 보던 중에 가장 많이 움직이며 팔을 뻗치고 고개를 돌렸다. 머리는 목에 비해 커서 또다시 꽃 같단 느낌을 주었다. 너무 가는 줄기에 너무 큰 꽃. 캄사는 아기 위에서 진짜 꽃 한송이를 흔들었다. 아기의 까만 눈이 꽃을 뚫어져라 보았다. 아기의 눈꺼풀과 눈썹은 아주 섬세했다. 아기의 손가락 사이에서 햇빛이 빛났다. 아기가 웃었다. 에즈단은 숨이 멎는 것 같았다. 꽃을 보며 웃는 아기의 미소가 꽃의 아름다움이고 세상의 아름다움이었다.

"아이 이름이 뭔가요?"

"레캄입니다."

캄예의 손자. 신이면서 노예이고, 사냥꾼이면서 농부이고, 전사이면서 평화를 만드는 자인 캄예.

"아름다운 이름이네요. 몇 살이에요?"

여자들이 쓰는 언어로 그 말은 '얼마나 오래 살았죠?'란 뜻이었고, 캄사의 대답은 묘했다. "산 만큼 살았습니다." 캄사는 그렇게 말했고, 혹은 에즈단이 캄사의 속삭임과 방언을 그렇게 이해했다. 어쩌면 아이의 나이를 묻는 게 예의 없는 행동이거나 불운을 부르는 일인지도 몰랐다.

에즈단은 다시 벤치에 앉았다. "내가 무척 늙었단 기분이 드네요." 그가 말했다. "한 백 년 만에 아기를 봅니다."

헤이오는 에즈단에게 등을 돌린 채 몸을 구부리고 앉았다. 에즈단은 헤이오가 자기 귀를 막고 싶어 한다고 느꼈다. 헤이오는 에즈단을, 이 외계인을 죽도록 두려워하고 있었다. 헤이오에겐 공포만 있지 활기는 그리 남아 있지 않은 것 같다고 에즈단은 생각했다. 이 여자는 스무 살, 스물다섯 살쯤 되었을까? 하지만 마흔 살처럼 보였다. 어쩌면 열일곱 살일 수도 있었다. 마구 사용된 사용녀들은 빨리 늙었다. 캄사는 많아봐야 스물을 조금 넘었을 뿐이라고 에즈단은 추측했다. 마르고 수수했지만, 헤이오에겐 없는 한창때의 아름다움과 활력이 있었다.

"주인님은 아이를 가져본 적이 있으세요?" 캄사는 신중한 자부심 속에 수줍게 자랑하는 태도로 아기를 가슴 높이까지 들어올리며 물었다.

"없어요."

"아 예라 예라." 캄사는 속삭였다. 에즈단이 도시 집단주거지들에서 많이 들어본 또 다른 노예 말이었다. 아이고 저런, 저런.

"당신은 어떻게 만사의 핵심을 그렇게 잘 집어내나요, 캄사?" 에즈단이 말했다. 캄사는 에즈단 쪽을 흘끗 보고 웃었다. 치아 상태는 안 좋았지만, 웃는 모습이 멋졌다. 에즈단은 아기가 젖을 빨지 않는다고 생각했다. 아기는 엄마 팔에 평화롭게 기대 있었다. 헤이오는 여전히 긴장했고 에즈단이 말할 때마다 깜짝깜짝 놀라서, 더 이상 말할 수가 없었다. 에즈단은 여자들에게서 시선을 돌려 수풀 너머로 아름다운 광경을 바라보았다. 어딜 건 거나 앉아도 혼자 완벽한 균형을 갖추는 풍경이었다. 평평한 판석들, 수평을 이루는 암갈색 풀과 푸른 물, 거리들의 곡선, 무리 짓고 줄지은 관목들의 모습, 오래된 거대한 나무, 안개 낀 강과 멀리 떨어진 푸르른 강둑. 이제 여자들은 다시 나직하게 얘기하기 시작했다. 에즈단은 여자들의 이야기를 귀 기울여 듣지 않았다. 그저 여자들의 목소리, 햇살, 평화를 의식하고 있었다.

늙은 가나가 위쪽 계단식 뜰을 뚜벅뚜벅 가로질러 다가와 에즈단에게 고개 숙여 인사하고 캄사와 헤이오에게 말했다. "초요가 널 원하는구나. 아긴 내게 맡기고 가거라." 캄사는 아기를 따뜻한 돌 위에 다시 내려놓았다. 캄사와 헤이오는 일어섰고, 마르고 가벼운 두 여자는 바삐 움직이며 떠났다. 가나는 신음하고 인상을 쓰며 레캄 옆의 돌길 위에 힘겹게 앉았다. 가나는 곧장 포대기로 아기를 싸면서 아기 어머니가 멍청하다고 얼굴을 찡그리며 투덜거렸다. 에즈단은 가나의 조심스러운 행동을 지켜보았다. 가나는 아기의 무거운 머리와 작은 손발을 받치며 아기를 아주 부드럽게 들어 올렸고, 역시 부드럽게 아기를 살며시 안고, 자기 몸을 흔들어 아기를 얼렀다.

가나는 에즈단을 올려다보았다. 가나가 웃자, 얼굴에 수천 개의 주름이 잡혔다. "얜 제게 커다란 선물이랍니다."

에즈단은 속삭였다. "당신 손자인가요?"

머리를 뒤로 숙이는 *끄덕임*. 가나는 계속 부드럽게 몸을 흔들었다. 아기의 눈이 감기고, 머리는 할머니의 홀쭉하고 마른 가슴 위로 부드럽게 떨어졌다. "전 이제 이 아이가 머지않아 죽을 거라 생각합니다."

얼마 뒤 에즈단이 물었다. "죽어요?"

끄덕임. 가나는 여전히 미소 지었다. 부드럽게, 부드럽게 몸을 흔들었다. "이 아이는 두 살이에요, 주인님."

"전 이 아이가 이번 여름에 태어난 줄 알았습니다." 에즈단이 속삭이듯 말했다.

늙은 여자가 말했다. "애는 우리와 잠시 지내려고 왔어요."

"뭐가 문제죠?"

"소모병이에요."

에즈단은 이 용어를 들은 적이 있었다. "아보 말인가요?" 에즈단이 알기로 이는 웨렐의 아이들에게 흔한 전신성 바이러스 감염으로, 도시의 자산 집단주거지들에서 자주 유행했다.

가나는 고개를 끄덕였다.

"하지만 그건 치료 가능한데요!"

늙은 여자는 아무 말도 하지 않았다.

아보는 완치가 가능했다. 의사만 있으면. 약만 있으면. 아보는 도시에선 치료 가능했지만, 시골에선 아니었다. 본가에선 치료 가능했지만, 자산 지구에선 아니었다. 평화시엔 가능했지만 전시엔 아니었다. 그런데도 그런 바보 같은 말을 하다니!

가나는 이게 치료 가능한 걸 알 수도, 모를 수도 있었고, 그 단어가 무슨 뜻인지 모를 수도 있었다. 가나는 아기를 흔들며 작은 소리로 노래를 불러주었고, 눈앞의 바보에겐 신경 쓰지 않았다. 하지만 가나는 분명 에즈단의 말을 들었고, 에즈단을 보지 않고 아기의 잠든 얼굴을 바라보며 마침내 에즈단에게 대답했다.

"전 소유물로 태어났어요." 가나는 말했다. "제 딸들도요. 하지만 이 아이는 아니에요. 이 아이는 선물이에요. 우리에게는요. 누구도 이 아이를 소유하지 못해요. 캄예 주님, 바로 그분의 선물이에요. 누가 그 선물을 계속 가지고 있을 수 있겠어요?"

에즈단은 고개를 아래로 끄덕였다.

에즈단은 아기의 어머니에게 말했었다. "이 아기는 자유의 몸이 될 겁니다." 그리고 캄사는 대답했었다. "네."

마침내 에즈단은 말했다. "제가 안아봐도 될까요?"

할머니는 아이 어르던 것을 멈추고 잠시 가만히 있었다. "네." 가나는 말하고, 아주 조심스럽게 일어나 잠자는 아기를 에즈단의 두 팔로, 무릎 위로 넘겨주었다.

"제 기쁨을 안으세요." 가나가 말했다.

아기는 깃털처럼 가벼웠다. 6파운드 혹은 7파운드 정도였다. 따뜻한 꽃이나 작은 동물, 새를 안고 있는 것 같았다. 포대기가 돌바닥 위로 끌렸다. 가나는 포대기를 추슬러 아기 몸에 부드럽게 감아주며 얼굴을 가렸다. 긴장하고 겁내고 질투하고 자부심에 가득 찬 채 가나는 그곳에 무릎 꿇었다. 오래지 않아 가나는 아기를 다시 데려가 심장 앞에 안았다. "됐어요." 가나는 말했고, 얼굴이 부드러워지며 행복한 표정을 띠었다.

그날 밤 에즈단은 야라메라의 계단식 뜰들이 내다보이는 방에서 자며 꿈을 꾸었다. 꿈에서 에즈단은 늘 주머니에 가지고 다니던 작고 둥글고 평평한 돌 하나를 잃어버렸다. 돌은 푸에블로에서 가져온 것이었다. 에즈단이 돌을 손에 쥐고 따뜻하게 만들면, 돌은 말을 할 수 있었고, 에즈단과 얘기할 수 있었다. 그러나 에즈단은 돌과 얘기하지 않은 지 한참되었다. 이제 그는 돌이 자신에게 없음을 깨달았다. 그 돌을 잃어버렸고, 어딘가에 놔두었다. 돌이 대사관 지하실에 있다고 생각한 에즈단은 지하실에 들어가려 애썼지만, 문이 잠겨 있었고, 다른 문은 찾을 수 없었다.

에즈단은 잠에서 깼다. 이른 아침이었다. 일어날 필요는 없었다. 에즈단은 라야예가 돌아오면 뭘 해야 할지, 무슨 말을 해야 할지 생각해야 했다. 아무것도 생각나지 않았다. 에즈단은 꿈에 대해, 말하는 돌에 대해 생각했다. 돌이 한 말을 들었다면 좋았을 거라 후회했다. 에즈단은 푸에블로에 대해 생각했다. 에즈단의 삼촌의 가족은 극남 고지의 아르카난 푸에블로에 살았었다. 어릴 때 에시는 매년 북부의 한겨울이 되면 비행기를 타고 삼촌 집으로 가 그곳의 여름에서 40일을 보냈다. 처음엔 부모님과 함께, 나중엔 혼자 갔다. 삼촌 부부는 다란다에서 자랐고, 그래서 푸에블로 사람이 아니었다. 삼촌네 아이들은 푸에블로 사람이었다. 사촌들은 아르카난에서 자랐고, 완전히 아르카난 사람이었다. 첫째인 수한은 에즈단보다 열네 살 많았고, 불치성의 뇌와 신경 손상을 가지고 태어났다. 삼촌 부부가 푸에블로에 정착한 것도 수한을 위해서였다. 그곳엔 수한이 있을 자리가 있었다. 수한은 목자가 되었다. 수한은 야마를 데리고 산에 올라갔다. 야마는 천 년쯤 전 남부 헤인인들이 O에서 데려온 동물이었다. 수한은 겨울에만 푸에블로로 돌아와 살았다. 에시는 수한을 아주 가끔 보았고, 수한과 잘 만날 수 없다는 게 기뻤다. 수한이 무시무시했기 때문이다. 수한은 크고 꾸물거리고 지독한 악취가 나는 데다 목소리는 크고 당나귀 같으며 이해할 수 없는 말들을 지껄였다. 에시는 수한의 부모와 자매들이 수한을 사랑하는 걸 도무지 이해할 수가 없었다. 에시는 수한의 가족이 수한을 사랑하는 척한다고 생각했다. 세상에 수한을 사랑할 수 있는 사람은 없었다.

에즈단은 청춘기에 들어서고도 이게 여전히 고민이었다. 에즈단의 사촌이자 아르카난의 물 관리자인 수한의 여동생 노이는, 그게 고민할 문제는 아니지만 수수께끼이긴 하다고 말했다. "수한 오빠가 어떻게 우리의 안내자인지 알아? 수한 오빠 때문에 우리 부모님은 여기에 와 살게 됐어. 그래서 내 동생과 나도 여기서 태어났고, 그래서 넌 여기로 와 우리와 함께 지내게 됐어. 그래서 넌 푸에블로에서 사는 법을 배웠지. 넌 절대로 평범한 도시인이 될 수 없을 거야. 수한이 널 여기로 안내했으니까. 우리 모두를 안내했지. 산 속으로."

"수한 형은 정말로 우릴 안내한 게 아냐." 열네 살 짜리가 우겼다.

"아니, 맞아. 우린 수한의 약한 면을 따라왔어. 수한의 불완전함을. 공공연한 태만함을. 물을 봐, 에시. 물은 바위에서 약한 부분들, 구멍들, 빈 곳들, 휑한 곳들을 찾아내. 물을 따라가면 우리는 우리가 속한 곳에 도착해." 이윽고 노이는 읍 밖의 관개시설 사용권을 놓고 벌어진 분쟁을 중재하러 떠났다. 산맥의 동쪽은 무척 건조한 지역이었고, 그래서 아르카난 사람들은 붙임성이 좋은데도 다툼이 잦았고, 물 관리자는 늘 바빴다.

그러나 수한의 상태는 고칠 수가 없는 것이었고, 혜인의 놀라운 의학 기술로도 어쩔 수 없었다. 반면 이 아기는 그냥 주사만 몇 번 놓으면 고칠 수 있는 병으로 죽어가고 있었다. 이 아기의 병, 죽음을 그냥 받아들인다면, 그건 잘못된 행동이었다. 아기가 환경, 불운, 부조리한 사회, 숙명론적 종교에 의해 생명을 부당히 빼앗기게 둔다면, 그건 잘못된 행동이었다. 종교는 노예들의 끔찍한 수동성을 조장하고 고무했고, 이 여자들에게 아무것도 하지 말라고, 아이가 쇠약해지다 죽게 버려두라고 말했다.

에즈단은 간섭해야 했고, 뭔가 해야 했지만, 뭘 할 수 있단 말인가?

"아이가 이제까지 얼마나 살았죠?"

"산 만큼 살았습니다."

그들이 할 수 있는 일은 아무것도 없었다. 갈 곳도 없었다. 기댈 사람도 없었다. 아보의 치료법은 있었지만, 다른 곳에 있었고, 다른 아이들을 위한 것이었다. 여기엔, 이 아이를 위한 것은 없었다. 분노도 희망도 아무 소용 없었다. 슬픔조차 의미가 없었다. 아직은 슬퍼할 때가 아니었다. 레캄은 여기에 자신의 사람들과 함께 있었고, 이들은 레캄이 여기 있는 한 레캄에게서 기쁨을 느낄 것이었다. 레캄이 살아 있는 한. 앤 제게 커다란 선물이에요. 제 기쁨을 안으세요.

이곳은 기쁨의 속성을 배우러 오기엔 묘한 곳이었다. 물이 나의 안내자라고 에즈단은 생각했다. 에즈단의 두 손은 아직도 아이를 안은 듯이 느꼈다. 그 가벼운 무게, 잠시의 온기를.

이튿날 아침 늦게 에즈단은 계단식 뜰로 나와 평소처럼 캄사가 아기를 데리고 나오길 기다렸다. 그러나 나이 든 베이오트가 대신 나왔다. "옛음악 씨, 부디 잠시 집 안에 머물러주시길 부탁드려야겠습니다." 베이오트는 말했다.

"자뇨, 저 도망 안 갑니다." 에즈단은 천을 감은 발을 뻗으며 말했다.

"죄송합니다, 선생님."

에즈단은 베이오트를 따라 터벅터벅 본가 안을 걸어간 뒤 아래층 방에 갇혔다. 주방 뒤의 창문 없는 창고였다. 이들은 이곳에 간이침대와 탁자와 의자와 요강을 두었고, 한동안 대체로 그래왔듯 발전기가 또 멈추면 쓰라고 배터리로 켜지는 등을 놓아두었다. "그럼 무슨 공격이라도 있을 것 같단 겁니까?" 에즈단은 이 준비물들을 보고 물었지만, 베이오트는 대답 대신 문을 잠그기만 했다. 에즈단은 간이침대에 앉아 아르카난 푸에블로에서 배운 대로 명상을 했다. 에즈단은 기나긴 암송을 통해 마음에서 비탄과 화를 지웠다. 건강과 선행, 용기, 인내, 평화, 자신을 위해. 건강과 선행, 용기, 인내, 평화, 자뇨를 위해…… 캄사를 위해, 아기 레캄을 위해, 라야예를 위해, 헤이오를 위해, 퇄레넴을 위해, 오가를 위해, 자신을 웅크림장에 처넣은 네메오를 위해, 자신을 웅크림장에 처넣은 알라탈을 위해, 자신의 발을 묶어주고 축복해준 가나를 위해, 대사관의, 도시의 아는 사람들을 위해, 건강과 선행, 용기, 인내, 평화…… 암송은 잘됐지만, 명상은 실패였다. 에즈단은 생각을 멈출 수가 없었다. 그래서 생각했다. 자신이 할 수 있는 일에 대해 생각했다. 전혀 없었다. 에즈단은 물처럼 약했고, 아기처럼 무력했다. 에즈단은 에큐멘이 내전을 종식하기 위해 마지못해 생물학 무기의 제한적 사용을 허가한다고 입체네트에서 원고를 읽는 자신의 모습을 상상했다. 또한 입체네트에서 원고를 떨어뜨리고 에큐멘은 어떤 이유에서도 생물학 무기 사용을 절대 허가하지 않을 것이라고 말하는 자신의 모습을 상상했다. 두 가지 모두 공상이었다. 라야예의 계획은 공상이었다. 인질이 쓸모없는 걸 알면 라야예는 에즈단을 총으로 쐈을 것이다. 내가 얼마나 오래 살았지? 62년. 레캄보단 훨씬 오랜 시간을 살았다. 에즈단의 마음은 이제 깊은 생각에 빠져들었다.

자됴가 문을 열더니 나와도 좋다고 말했다.

"해방파 군대가 얼마나 가까이 있죠, 자됴?" 에즈단이 물었다. 대답이 돌아올 거라고는 기대하지 않았다. 에즈단은 계단식 뜰로 나갔다. 늦은 오후였다. 캄사가 가슴에 아기를 안고 나와 있었다. 캄사의 젖꼭지가 아기 입에 물려 있었지만, 아기는 젖을 빨지 않았다. 캄사는 가슴을 가렸다. 캄사의 얼굴이 처음으로 무척 슬퍼 보였다.

"아기는 자나요? 좀 안아봐도 될까요?" 에즈단이 옆에 앉으며 말했다.

캄사는 조그만 꾸러미 같은 아기를 에즈단의 무릎에 놓아주었다. 캄사는 아직도 얼굴이 괴로워 보였다. 에즈단은 아기가 전보다 더 힘들게 숨을 쉰다고 생각했다. 하지만 아기는 깨어 있었고, 커다란 눈으로 에즈단의 얼굴을 빤히 보았다. 에즈단은 인상을 쓰며 입술을 내밀고 눈을 깜박였다. 아기가 작고 부드러운 미소를 지었다.

"일꾼들이 말해요, 군대가 온다고." 캄사는 특유의 아주 부드러운 목소리로 말했다.

"해방파요?"

"엔나. 무슨 군대래요."

"강 건너에서요?"

"그런 거 같아요."

"그 사람들은 자산이에요. 자유계약인 남자들이죠. 바로 당신의 사람들이에요. 당신을 해치지 않을 거예요." 아마도.

캄사는 겁에 질렸다. 감정을 완벽하게 통제했지만, 그래도 겁에 질렸다. 캄사는 여기서 반란을 보았다. 그리고 보복도.

"폭탄이 떨어지거나 싸움이 벌어지면, 가능하면 숨어요." 에즈단이 말했다. "지하에요. 여기에 분명 숨을 만한 곳들이 있을 겁니다."

캄사는 생각해본 뒤 말했다. "네."

야라메라의 정원들은 평화로웠다. 잎이 바람에 바스락거리는 소리와, 발전기가 희미하게 웅웅거리는 소리 외엔 아무것도 들리지 않았다. 불에 타고 무너진 본가의 깔쭉깔쭉한 잔해마저 부드러워지고 세월을 잊은 듯 보였다. 그 잔해들은 최악의 상황은 이미 벌어졌다고 말했다. 잔해에겐 그렇지만, 캄사와 헤이오, 가나와 에즈단에겐 아닐 수 있었다. 하지만 여름 공기 속에 폭력의 기미는 전혀 없었다. 아기는 다시 희미한 미소를 지으며 에즈단의 팔에 기분 좋게 누웠다. 에즈단은 꿈에서 잃어버린 돌을 생각했다.

에즈단은 밤 동안 창문 없는 방에 다시 갇혔다. 무슨 소리에 잠에서 깼으나 그때가 몇 시인지 알 방법이 없었고, 곧 총소리와 폭발 소리가 연이어 나는 바람에 정신이 번쩍 들었다. 폭발 소리는 포화, 혹은 수류탄 소리였다. 정적이 흐르다가 다시 연속해 쾅 소리와 우지끈 소리가 났지만, 이번엔 훨씬 희미하게 들렸다. 다시 침묵이 이어지고, 침묵이 계속되고 또 계속되었다. 이윽고 본가 바로 위에서 비행기가 빙빙 돌며 나는 소리가 들렸고, 본가 안에서도 소리가 났다. 외치는 소리, 달리는 소리. 에즈단은 등을 켜고 황급히 바지를 입었다. 천을 감은 발이 바지에 잘 들어가지 않았다. 비행기가 다시 돌아오는 소리와 폭발 소리가 나자, 에즈단은 공황에 빠지며 문으로 펄쩍 뛰어갔다. 머릿속엔 이 죽음의 함정 같은 방에서 벗어나야 한다는 생각뿐이었다. 에즈단은 늘 불이 무서웠고, 불 속에서 죽는 게 두려웠다. 문은 원목으로 만들어졌고, 단단한 문틀에 빗장으로 튼튼하게 잠겨 있었다. 에즈단은 공황에 빠진 상태에서도 이 문을 부수고 나갈 가능성이 전혀 없다는 걸 알았다. 에즈단은 "날 여기서 꺼내줘요!" 하고 외쳐본 뒤 마음을 억지로 진정하며 간이침대로 돌아왔고, 잠시 후 이 방에서 그나마 안전한 장소인, 간이침대와 벽사이의 바닥에 앉아 무슨 일이 벌어지고 있는지 상상해보았다. 해방파의 급습이 있었고, 라야예의 부하들이 총으로 반격하며 비행기를 격추하려 애쓴다는 게 에즈단의 상상이었다.

쥐 죽은 듯한 침묵. 침묵은 계속되고, 또 계속되었다.

에즈단의 등불이 깜박거렸다.

에즈단은 일어나 문 앞에 섰다.

"내보내줘요!"

아무 소리도 들리지 않았다.

총성이 한 번 났다. 다시 목소리들이 들리고, 다시 뛰어가는 발소리들, 외침, 고함. 또다시 길게 침묵이 흐르고, 멀리서 목소리들이 나고, 남자들이 방 밖의 복도를 따라오는 소리가 났다. 남자 한 명이 말했다. "당장은 놈들을 못 들어오게 막아." 단조롭고 거친 목소리였다. 에즈단은 망설이다 용기를 내 외쳤다. "전 죄수입니다! 이 안에 있어요!"

침묵.

"거기 누굽니까?"

에즈단이 들어본 적 없는 목소리였다. 에즈단은 목소리와 얼굴과 이름과 의도를 기억하는 데 강했다.

"에큐멘 대사관의 에즈다르돈 아야입니다."

"하느님 맙소사!" 목소리가 말했다.

"절 여기서 꺼내주십시오, 네?"

아무 대답도 없었지만, 육중한 경첩에 달린 문이 덜거덕거리고 쿵쿵 차였다. 밖에서 더 많은 목소리가 들리고 더 많은 사람들이 문을 치고 찼다. "도끼." 누가 말했다. " 열쇠를 찾아." 다른 누군가가 말했다. 사람들이 사라졌다. 에즈단은 기다렸다.

자꾸만 소리 내 웃고 싶어지는 마음을 애써 눌렀고, 히스테리에 빠질까봐 무서웠지만, 문을 통해 외치는 소리와 열쇠와 도끼 찾는 소리를 듣고 있자니 웃기는 건 어쩔 수 없었다. 어리석게도 우스웠다. 전투의 와중에 벌어지는 소극이었다. 무슨 전투?

에즈단은 상황을 거꾸로 안 것이었다. 실제로는 해방파 남자들이 본가에 들어와 기습하며 라야예의 부하들을 대부분 죽였다. 해방파 남자들은 라야예의 비행기가 오길 기다렸다 들어왔다. 밭일꾼들 중에 연락책, 정보원, 안내자가 있는 게 분명했다. 방에 갇혀 있던 에즈단은 이 모든 일의 시끄러운 끝부분만 들었다. 에즈단이 방에서 나올 때, 해방파 남자들은 시체들을 끌어내고 있었다. 에즈단은 두 젊은이, 즉 알라탈 혹은 네메오 중 하나인 심하게 손상된 시체가 끌려 나가다 분리되는 광경을 보았다. 끈적끈적한 피와 창자가 바닥에 길게 늘어지고 두 다리는 몸에서 떨어졌다. 시체를 끌고 가던 남자는 아주 난처해하더니 시체의 두 어깨만 잡은 채 그 자리에 섰다. "이런, 젠장." 남자는 말했고, 에즈단은 서서 숨을 헐떡이며 또다시 소리 내 웃지 않으려고, 토하지 않으려고 애썼다.

"어서 나오시죠." 함께 있던 남자들이 말했고, 에즈단은 방에서 나왔다.

이른 아침 햇살이 깨진 창문을 통해 비스듬히 들어왔다. 에즈단은 계속 주위를 둘러보았지만, 본가 하인들은 아무도 보이지 않았다. 남자들은 벽난로 선반 위에 짐개 머리가 걸린 방으로 에즈단을 데려갔다. 남자 예닐곱 명이 그 방 탁자 주위에 앉아 있었다. 제복은 없었지만, 몇 명은 해방파의 노란 매듭 혹은 리본을 모자나 소매에 달고 있었다. 이 사람들은 거칠고 강인하고 단호했다. 몇 명은 피부가 거무스름했고, 몇 명은 베이지나 점토색 혹은 푸른빛 도는 색이었으며, 모두가 신경이 날카롭고 위험했다. 에즈단과 함께 온 자들 중 마르고 키 큰 자, 문밖에서 "하느님 맙소사"라고 말했던 자가 껄껄한 목소리로 말했다. "이 사람입니다."

에즈단은 최대한 편안한 말투로 다시 말했다. "전 에큐멘 대사관의 에즈다르돈 아야, 혹은 옛음악이란 사람입니다. 전 여기에 갇혀 있었습니다. 풀어주셔서 감사합니다."

몇 명이 외계인을 처음 보는 사람들처럼 에즈단에게 시선을 고정한 채 그의 적갈색 피부와 쑥 들어가고 흰자가 보이는 눈, 미묘한 차이가 있는 두개골 모양과 특징들을 눈여겨보았다. 한두 명은 마치 에즈단의 주장이 진짜인지 확인하겠다는 듯이 좀더 적극적으로 응시했고, 에즈단이 증명해 보이면 그 말을 믿어주겠다는 듯한 태도를 보였다. 몸집이 크고 어깨가 떡 벌어졌으며, 피부가 희고 머리색은 갈색인 순수한 먼지놈, 예로부터 정복된 인종의 순수한 혈통인 남자가 오랫동안 에즈단을 바라보다 말했다. "우리가 여기 온 것도 당신을 풀어주러 온 겁니다."

남자는 나직이 자산의 목소리로 말했다. 이들이 목소리를 높이는 법을 배우고 자유롭게 말하게 되려면 한 세대 이상이 걸릴지도 몰랐다.

"제가 여기 있는 건 어떻게 아셨습니까? 밭네트를 통해서?"

입체네트가 생기기 오래전, 귀에 소곤거려 밭에서 집단주거
지로, 도시로, 그리고 다시 밭으로 전해지는 은밀한 정보 시스
템을 사람들은 밭네트라 불렀다. 하메는 밭네트를 이용했었고,
밭네트가 반란의 주요 수단이었다.

키가 작고 거무스름한 남자가 웃으며 살짝 고개를 끄덕였지
만, 다른 사람들이 아무 정보도 주지 않는 걸 보고는 흠칫했다.

"그럼 누가 절 여기에 데려왔는지 아시겠군요. 라야예입니다.
라야예가 누굴 위해 일했는지는 모르겠습니다. 제가 말씀드릴
수 있는 건 모두 말씀드리겠습니다." 에즈단은 안도감에 멍청해
졌고, 저쪽은 강한 척하고 있는데 혼자 꽃놀이를 하며 말을 쏟
아냈다. "전 여기에 친구들이 있습니다." 에즈단은 좀 더 가라
앉은 목소리로 계속 말하며 한 명 한 명의 얼굴을 똑바로 그러나
정중히 바라보았다. "계집종들, 본가 사람들. 다들 무사하길 바
랍니다."

"사람 나름이지요." 무척 지쳐 보이는 회색 머리의 마른 남자
가 말했다.

"아기 있는 여자인 캄사와 가나라는 노파가 있습니다."

두 명이 고개를 흔들어 모르겠다 혹은 무슨 상관이느냐는 뜻
을 내비쳤다. 대부분은 아예 반응을 보이지 않았다. 에즈단은
다시 남자들을 돌아보며 이 거만함과 말없음에 대한 화와 노여
움을 억눌렀다.

"우린 당신이 여기서 뭘 하고 있었는지 알아야 합니다." 갈색
머리 남자가 말했다.

에즈단은 여전히 차분한 목소리로 말했다. "보름쯤 전에 도시에 있는 해방파 군대 연락책이 절 대사관에서 해방파 지휘부로 데려가려 했습니다. 우린 분수선에서 라야예의 부하들에게 붙잡혔습니다. 그자들이 절 여기로 데려왔습니다. 웅크림장에 한동안 갇혔었고요. 그때 발을 다쳤고, 많이 걸을 수가 없습니다. 라야예와는 두 번 얘기했습니다. 뭔가 더 얘기하기 전에 제가 지금 누구와 얘기하고 있는지 저도 알 필요가 있다는 사실을 이해해주시리라 믿습니다."

에즈단을 잠긴 방에서 꺼내주었던 키가 크고 마른 남자는 탁자를 돌아가 회색 머리 남자와 잠시 의논을 했다. 갈색 머리 남자는 이야기를 듣다가 동의했다. 키가 크고 마른 남자는 특유의 특징 없이 깔깔하고 단조로운 목소리로 에즈단에게 말했다. "우린 세계 해방 전위군의 특수 임무대입니다. 전 메토이 원수입니다." 나머지 사람들도 모두 자기 이름을 말했다. 거구의 갈색 머리 남자는 바나르캄예 장군이었고, 지쳐 보이는 늙은 남자는 투에요 장군이었다. 이들은 이름과 함께 직급을 말했지만, 서로를 부를 때 직급을 쓰진 않았고, 에즈단을 에즈단 씨라 존칭해 말하지도 않았다. 해방 이전에 임대인들은 서로에게 경칭을 붙여 부르는 일이 거의 없었고, 단지 관계로만 불렀다. 아버지, 누이, 이모처럼. 경칭은 소유주의 이름에 붙이는 것이었다. 영주님, 주인님, 씨, 보스. 해방파는 경칭 없이 살기로 결정한 게 확실했다. 에즈단은 이들이 발뒤꿈치를 탁 붙이며 알겠습니다! 하고 외치지 않는 군대라는 점에 기뻤다. 하지만 이게 무슨 군대인지는 확신이 가지 않았다.

"그자들이 당신을 그 방에 가뒀습니까?" 메토이가 에즈단에게 물었다. 메토이는 단조롭고 차가운 목소리에 창백하고 차가운 얼굴을 한 이상한 남자였지만, 다른 사람들처럼 신경이 예민해져 있진 않았다. 그는 자신감이 있고 책임자 노릇에 익숙한 듯했다.

"그자들이 어젯밤 절 거기에 가뒀습니다. 무슨 문제가 생길 걸 미리 경고받은 것처럼요. 보통 전 위층에 있는 방에서 지냈습니다."

"이제 그 방으로 돌아가도 됩니다." 메토이는 말했다. "밖으로 나가진 마십시오."

"알겠습니다. 다시 한 번 감사드립니다." 에즈단이 모두에게 말했다. "부탁이니, 캄사나 가나에 대한 소식을 듣게 되면……." 에즈단은 퇴짜 맞기 전에 얼른 몸을 돌려 그곳을 떠났다.

좀 더 젊은 남자 중 한 명이 에즈단과 동행했다. 젊은이는 자신을 테마 자뇨라고 소개했다. 해방파 군대는 옛 베이오트 계급을 썼다. 에즈단이 알기로 해방파 군대 안에 정말로 베이오트들이 있긴 했지만, 테마는 진짜 베이오트는 아니었다. 그는 피부색이 옅고 말에 도시 먼지놈 강세가 있었으며, 말투가 부드럽고 건조하고 말끝을 생략했다. 에즈단은 테마와 얘기하려 애쓰지 않았다. 테마는 극도로 신경이 곤두섰고, 근방에서 밤새 사람들을 죽인 일 혹은 다른 일로 무서워 떨고 있었다. 어깨와 팔과 손은 거의 끊임없이 떨렸고, 창백한 얼굴은 고통스럽게 찡그린 표정으로 굳어 있었다. 테마는 도저히 나이 든 민간 외계인 죄수와 수다 떨 기분이 아니었다.

"전쟁에선 모든 사람이 죄수다"라고 역사학자 헤넨네모레스 는 썼다.

에즈단은 자신을 자유롭게 만들어준 새로운 체포자들에게 감 사했지만, 지금 이 순간은 자기가 어디에 서 있는지 알았다. 에 즈단은 아직도 야라메라에 있었다.

그럼에도 자기 방을 다시 보고 팔걸이가 하나뿐인 창가 의자 에 앉아 이른 햇빛과 잔디밭과 계단식 뜰에 길게 드리워진 나무 그림자를 내다보자 어느 정도 안심이 되었다.

본가 하인들 중 누구도 평소처럼 나와 일하거나 쉬지 않았 다. 누구도 에즈단의 방에 오지 않았다. 아침이 지났다. 에즈단 은 탄하이 중에서 지금 같은 발로도 할 수 있는 부분을 연습했 다. 에즈단은 의식을 뚜렷하게 유지하며 앉아 있다가 졸았고 다 시 깨어 또렷한 의식으로 앉아 있으려 애쓰고 안절부절못하고 불안해하며 단어들을 곱씹었다. "세계 해방 전위군의 특수 임무 대."

적법 정부는 입체뉴스에서 적군을 "반란군" 혹은 "폭도떼"라 불렀다. 이들은 자신을 해방 군대라 부르기 시작했지만, 세계 해방 같은 단어는 전혀 쓰지 않았었다. 그러나 에즈단은 반란 이 후 자유 투사들과 일관되게 접촉할 방법이 없었고, 대사관이 봉 쇄된 뒤론 어떤 정보와도 단절됐다. 물론 수십 광년 떨어진 다른 세계들에서 들어오는 정보들만은 예외였다. 그런 정보는 끝없이 들어왔고, 앤서블은 그런 정보로 가득했지만, 두 거리 떨어진 곳에서 무슨 일이 벌어지는지는 전혀 알 수 없었고, 한 마디도 듣지 못했다. 대사관에서 에즈단은 무지하고 쓸모없고 무력하고 수동적이었다. 여기서도 완전히 똑같았다. 전쟁이 시작된 뒤로 에즈단은, 헤넨네모레스 말마따나, 쭉 죄수로 살았다. 웨렐의 다른 모든 사람들도 마찬가지였다. 자유란 대의를 위한 죄수였다.

에즈단은 자신이 스스로의 무력함을 받아들이게 될 것, 영혼 깊은 곳까지 수긍하게 될 것이 두려웠다. 그는 이번 전쟁이 무엇에 관한 것인지를 떠올려야 했다. 하지만 곧 생각했다. 해방이 어서 오게 하자, 나를 자유롭게 풀어주게 하자!

한낮에 젊은 자됴는 에즈단에게 차가운 음식과 맥주 한 병을 가져다주었다. 분명 주방에서 찾아낸, 먹다 남은 것들일 터였다. 에즈단은 감사한 마음으로 먹고 마셨다. 그러나 이 사람들이 본가 하인들을 풀어주지 않았다는 게 명백했다. 혹은 이미 죽였거나. 에즈단은 그 일에 대해 생각하지 않으려 애썼다.

해가 진 뒤 자됴는 다시 와 에즈단을 짐개 박제가 있는 아래층 방으로 데려갔다. 발전기는 물론 꺼져 있었다. 늙은 사카가 끊임없이 고치지 않으면 발전기는 절대로 계속 돌아가지 않았다. 남자들은 손전등을 가져왔고, 짐개 박제가 있는 방의 탁자에서는 커다란 석유등 두 개가 타며 로맨틱한 금빛을 얼굴들에 비추고 그 뒤로는 깊은 그림자들을 드리웠다.

"앉으시죠." 갈색 머리 장군 바나르캄예가 말했다. 바나르캄예는 '성경을 읽다'라는 뜻으로 번역 가능했다. "당신에게 질문할 것들이 좀 있습니다."

에즈단은 말없이 그러나 정중하게 알겠다고 했다.

남자들은 에즈단에게 어떻게 대사관에서 나왔는지, 해방파와의 연락책은 누구였는지, 어디로 가려 했는지, 어째서 가려 했는지, 납치될 때 무슨 일이 있었는지, 누가 에즈단을 여기로 데려왔는지, 그자들이 뭘 물어봤는지, 에즈단에게서 뭘 원했는지 따위를 물었다. 에즈단은 오후에 정직이 최선이라 이미 결론지었기에 마지막까지 모든 질문에 똑바로 그리고 간단하게 대답했다.

에즈단이 말했다. "전 개인적으로 이번 전쟁에서 당신들 편입니다. 하지만 에큐멘은 부득이하게 중립입니다. 현재 전 웨렐에서 자유롭게 말할 수 있는 유일한 외계인이기 때문에, 제가 말하는 것은 그 무엇도 대사관과 스테빌들의 말로 받아들여지거나 오해될 수 있습니다. 그게 제가 라야예에게 지니는 가치였습니다. 당신들에게도 전 그런 가치일 수 있겠지요. 하지만 잘못된 가치입니다. 전 에큐멘을 대표해 말할 수 없습니다. 제겐 그럴 권한이 없습니다."

"그자들은 에큐멘이 지트파를 지지한다고 당신이 말하길 원했군요." 지쳐 보이는 투오예가 말했다.

에즈단은 고개를 끄덕였다.

"그자들이 특별한 전술이나 무기를 쓰는 일에 대해 말했습니까?" 바나르캄예가 질문에 힘을 싣지 않으려 애쓰며 근엄하게 물었다.

"그 질문에 대해선 다른 사람에게 대답하고 싶군요, 장군, 제가 해방파 지휘부에 아는 사람들과 얘기할 때요."

"당신은 지금 세계 해방 군대 지휘부와 얘기 중입니다. 대답하길 거부하면 적과 공모한다는 증거로 간주될 수 있습니다." 입심 좋고 거칠며 목소리가 깔깔한 메토이였다.

"아닙니다, 원수님."

남자들은 눈짓을 교환했다. 공공연한 협박에도 불구하고, 메토이는 에즈단이 믿고 싶단 생각을 들게 하는 사람이었다. 메토이는 흔들림이 없었다. 다른 사람들은 신경이 곤두섰고 불안했다. 에즈단은 이제 이들이 파벌주의자들이라고 확신했다. 이들의 파벌이 얼마나 큰지, 해방파 지휘부와 얼마나 사이가 좋지 않은지는 이들이 무심코 흘리는 말로밖엔 알 수 없었다.

"제 말 좀 들어보십시오, 옛음악 씨." 투에요가 말했다. 오랜 습관은 쉽게 고쳐지질 않았다. "우린 당신이 하메를 위해 일했다는 걸 압니다. 당신은 예이오웨이로 사람들을 보내는 일을 도왔습니다. 그땐 우리를 지지하셨습니다." 에즈단은 고개를 끄덕였다. "지금도 우릴 지지해주셔야 합니다. 솔직하게 말씀드리겠습니다. 지트파가 반격을 꾀하고 있다는 정보가 있습니다. 그 말은, 이제, 그게 뜻하는 바는 지트파가 생탄을 쓰려 한다는 겁니다. 다른 뜻일 수가 없습니다. 그런 일은 있어선 안 됩니다. 그 자들이 그러게 두어선 안 됩니다. 막아야 합니다."

바나르캄예가 말했다. "당신은 에큐멘이 중립이라 하셨지요.

거짓말입니다. 수백 년 동안 에큐멘은 이 세계의 가입을 막았습니다. 우리에게 생탄이 있기 때문이에요. 가지곤 있었지만 쓰진 않았는데도, 가졌단 것만으로 충분했습니다. 이제 에큐멘은 자기들이 중립이라 말합니다. 에큐멘이 중요한 지금에요! 이 세계가 에큐멘의 일부인 지금에요! 에큐멘이 행동해야 합니다. 행동에 나서서 그 무기를 막아야 합니다! 지트파가 생탄을 쓰지 못하게 에큐멘이 막아야 합니다."

"적법 정부파에게 생탄이 있다면, 그걸 쓸 계획이 있다면, 그리고 제가 에큐멘에 그 말을 전할 수 있다면, 에큐멘이 그래서 뭘 할 수 있겠습니까?"

"당신이 말하는 겁니다. 당신이 지트파 대통령에게 말하십시오. 에큐멘이 그만 멈추라고 했다고. 에큐멘이 우주선들을, 군대를 보낼 거라고. 당신이 우릴 지지하는 겁니다! 만약 우리와 한편이 되지 않으면, 당신은 그자들과 한패인 겁니다!"

"장군, 가장 가까운 우주선도 몇 광년이나 떨어져 있습니다. 적법 정부도 그 사실을 압니다."

"하지만 당신이 에큐멘에 말하면 됩니다. 통신기가 있지 않습니까."

"대사관의 앤서블 말인가요?"

"지트파에게도 하나가 있습니다."

"외교부에 있는 앤서블은 반란 때 파괴됐습니다. 정부 청사들이 처음 공격당할 때요. 그 구역 전체가 날아갔습니다."

"당신이 그걸 어떻게 알죠?"

"바로 당신네 군대가 그렇게 했습니다. 장군, 적법파에게 당신들이 모르는 에큐멘과의 앤서블 링크가 있을 거라 생각하나요? 없습니다. 대사관과 대사관의 앤서블을 뺏을 수도 있었지만, 그랬다면 에큐멘과의 신뢰 관계가 깨졌을 겁니다. 그리고 그래서 무슨 득이 있었겠습니까? 에큐멘에겐 보낼 군대가 없는데요." 그리고 에즈단은 갑자기 바나르캄예가 모를지도 모른다는 생각에 덧붙였다. "아시겠지만요. 만약 에큐멘이 오려 하면, 여기까지 오는 데 오랜 세월이 걸릴 겁니다. 그런 이유와 많은 다른 이유들에서, 에큐멘에겐 군대가 없고 전쟁을 하지도 않습니다."

에즈단은 상대의 무지와 아마추어 같은 서투름과 공포에 크게 놀랐다. 그는 놀란 마음과 초조함을 숨기고, 마치 이해와 동의를 기대한다는 듯이 차분하게 말하면서 걱정 없는 눈으로 상대를 보려 애썼다. 때로는 이런 신뢰를 보이는 것만으로도 일이 잘되곤 했다. 불행히도, 표정을 보건대, 에즈단은 두 장군에게는 당신들이 틀렸다고 말하고 있었고, 메토이에게는 당신이 옳았다고 말하고 있었다. 에즈단은 의견 불일치를 통해 편을 든 것이었다.

바나르캄예가 말했다. "일단 그 부분은 잠시 접어둡시다." 그런 뒤 바나르캄예는 처음의 심문으로 돌아가 질문들을 되풀이하며 더 자세히 묻고 무표정하게 대답을 들었다. 체면을 지키려는 것이었다. 인질을 믿지 않는다는 태도를 보이려는 것이었다. 바나르캄예는 남부의 습격이나 반격에 대해 라야예가 뭐라도 말한 바가 없는지 집요하게 파고들었다. 에즈단은, 라야예의 말에 따르면 오요 대통령이 이 지방에서, 여기 하구 쪽에서 해방파의 습격을 예상하고 있다고 몇 번이나 되풀이했다. 매번 에즈단은 덧붙였다. "라야예가 제게 한 말이 과연 진짜인지는 저도 전혀 모르겠습니다." 네다섯 번째에 에즈단은 말했다. "실례합니다만, 장군, 여기 있던 사람들에 대해 무슨 소식이 없는지 다시 묻고 싶군요……."

"여기 오기 전에 여기 사람들을 누구라도 알았습니까?" 젊은이 한 명이 날카롭게 물었다.

"아니요. 전 본가 하인들에 대해 묻는 겁니다. 제게 친절히 대해주었습니다. 캄사는 아기가 아프고, 그 아기는 치료를 받아야 합니다. 그 사람들이 제대로 보살핌 받고 있는지를 알고 싶습니다."

장군들은 서로 의논하기에 바빴고, 아기 이야기에는 신경도 쓰지 않았다.

"반란 뒤로 여기에, 이런 곳에 살았던 자는 모두 부역자입니다." 자묘인 테마가 말했다.

"그 사람들이 어디로 가야 했단 말입니까?" 에즈단은 흥분한 목소리를 내지 않으려 애쓰며 물었다. "여긴 해방된 지역이 아닙니다. 보스들이 아직도 노예를 데리고 밭에서 일합니다. 아직도 웅크림장을 쓰고 있고요." 에즈단은 웅크림장이란 말을 할 때 목소리가 살짝 흔들렸고, 그 점에 속으로 욕을 뱉었다.

바나르캄예와 투에요는 아직도 의논 중이었고, 에즈단의 질문을 무시했다. 메토이가 일어나 말했다. "오늘 밤은 이걸로 됐습니다. 따라오시죠."

에즈단은 절뚝이며 메토이를 따라 홀을 가로지른 뒤 계단을 올라갔다. 젊은 자죠가 바삐 쫓아왔다. 바나르캄예가 보낸 게 분명했다. 사적 대화는 허용되지 않았다. 그러나 메토이는 에즈단의 방문 앞에 서서 에즈단을 내려다보며 말했다. "본가 하인들은 보살핌을 받을 겁니다."

"감사합니다." 에즈단은 감격하며 말하고는 덧붙였다. "가나가 제 상처를 봐주고 있었습니다. 전 가나를 다시 봐야 합니다." 이들이 에즈단이 무사하게 살아 있길 바란다면, 부상을 지렛대로 써서 나쁠 것도 없었다. 이들이 에즈단이 무사하기를 원치 않는다면, 뭘 쓰든 소용이 없을 터였다.

에즈단은 잠을 거의 자지 못했고, 그나마도 설쳤다. 에즈단은 늘 정보와 행동으로 성공했다. 무지하고 무력한 상태로 계속 있는 것, 정신적 육체적으로 모두 불구의 상태로 있는 것은 참으로 피곤했다. 그리고 에즈단은 배가 고팠다.

해가 뜬 뒤 곧 에즈단은 문을 열려 해보았지만, 잠겨 있었다. 한참을 두드리고 소리쳐서야 누군가 왔다. 필경 보초일, 겁에 질려 보이는 젊은이가 오고, 그 뒤 테마가 졸리고 찌푸린 얼굴로 문 열쇠를 들고 왔다.

에즈단이 아주 단호히 말했다. "가나를 만나고 싶습니다. 가나가 이걸 돌봐주고 있습니다." 에즈단은 천으로 감싼 발을 가리켰다. 테마는 아무 말 없이 문을 쾅 닫았다. 한 시간쯤 지나자 자물쇠에서 다시 열쇠가 덜걱거리는 소리가 나고 가나가 들어왔다. 메토이가 따라 들어왔다. 그 뒤에서 다시 테마가 들어왔다.

가나는 에즈단에게 공손히 경의를 표했다. 에즈단은 얼른 앞으로 나와 두 손으로 가나의 팔을 잡고 가나의 뺨에 자기 뺨을 댔다. "캄예 주님을 찬미할지어다! 무사하셨군요!" 에즈단은 가나 같은 사람들에게 종종 들은 대로 말했다. "캄사는, 그 아기는, 다 잘 있나요?"

가나는 겁에 질리고 덜덜 떨었으며, 머리는 텁수룩하고 눈꺼풀은 붉었지만, 에즈단이 의외로 너무나 다정하게 맞아주자 금세 자신을 되찾았다. "캄사와 아기는 지금 주방에 있습니다." 가나는 말했다. "군인들, 그 사람들이 당신 발이 많이 아프다고 했어요."

"제가 그렇게 말했습니다. 제 발에 붕대를 다시 감아줄 수 있겠어요?"

에즈단은 침대에 앉았고, 가나는 천을 풀기 시작했다.

"다른 사람들도 모두 무사한가요? 헤이오는요? 초요는요?"

가나는 고개를 한 번 저었다.

"유감이네요." 에즈단은 말했다. 더는 물을 수 없었다.

가나는 에즈단의 발에 천을 전처럼 잘 감지 못했다. 손에 힘이 별로 없어 단단히 감지 못했고, 모르는 사람들이 지켜보고 있으니 허둥대며 일을 서둘렀다.

"초요가 주방에 돌아왔으면 했는데." 에즈단은 반은 가나, 반은 남자들을 향해 말했다. "누군가는 여기서 요리를 해야 하니까요."

"네, 나리." 가나는 속삭였다.

나리가 아니에요, 주인님도 아니고! 에즈단은 가나가 염려되어 경고하고 싶었다. 에즈단은 메토이의 태도를 가늠하려 메토이를 올려다보았지만, 가늠이 되지 않았다.

가나는 일을 마쳤다. 메토이는 뭐라 한 마디 하며 가나를 돌려보냈고, 자료를 따라 붙었다. 가나는 기꺼이 갔고, 테마가 항의했다. "바나르캄예 장군께서……" 테마가 말하기 시작했다. 메토이는 테마를 보았다. 젊은이는 주저했고, 인상을 썼지만 메토이에게 복종했다.

"제가 이 사람들을 돌보겠습니다." 메토이가 말했다. "늘 그래왔습니다. 전에는 집단주거지 보스였습니다." 메토이는 차가운 검은 눈으로 에즈단을 응시했다. "이제 전 자른자입니다. 요즘은 저 같은 사람들이 많이 남아 있지 않습니다."

에즈단이 잠시 후 말했다. "고맙습니다, 메토이. 그 사람들에겐 도움이 필요합니다. 그 사람들은 이해하지 못해요."

메토이는 고개를 끄덕였다.

"저도 잘 이해하지 못합니다." 에즈단이 말했다. "해방파가 습격을 계획하고 있나요? 아니면 라야예가 생탄 배치에 대해 얘기하려고 핑계 삼아 꾸며낸 이야기입니까? 오요가 그 말을 믿고 있습니까? 당신은 믿나요? 해방파 군대는 강 건너에 있습니까? 당신은 거기서 왔습니까? 당신은 누구죠? 딱히 대답을 기대하진 않습니다만."

"대답하지 않겠습니다." 내시가 말했다.

메토이가 이중 첩자라면, 메토이는 해방파 지휘부를 위해 일하는 거야, 에즈단은 메토이가 나간 뒤 생각했다. 혹은 그렇길 바랐다. 메토이는 에즈단이 한편이고 싶은 남자였다.

하지만 내 편이 뭔지 모르겠군. 에즈단은 창가 의자로 돌아와 앉으며 생각했다. 해방파, 그래 물론 그렇지. 하지만 해방파가 뭔데? 궁극의 모범이 되는 단체는 아니야. 노예들의 자유. 지금은 아냐. 앞으로도 다신 아냐. 반란 이후로, 해방파는 군대, 정치단체, 수많은 사람들과 지도자들과 지도자가 되고 싶은 자들, 희망과 힘에 들러붙은 야망과 탐욕, 폭력에서 타협으로 급격히 기울고 있는 서투른 아마추어 준정부가 됐고, 훨씬 복잡해졌고, 자유라는 그 이상, 그 순수한 개념의 아름다운 단순함을 다신 모르게 됐어. 그리고 그게 이 모든 세월 동안 내가 원하던 것, 내가 일하던 목적이야. 정의란 개념으로 물들여 배타적 계급제도의 고결하게 단순한 구조를 혼란에 빠뜨리는 것. 그런 뒤엔 그걸 현실로 만들려 해서, 인간은 모두 평등하다는 숭고한 이념의 고결하게 단순한 구조를 혼란에 빠뜨리는 것. 그 획일적인 거짓말이 풀려 해지며 수천 가지의 공존 불가능한 진실들로 바뀌는 것, 그게 내가 원했던 거야. 하지만 난 광기에, 멍청함에, 사건의 의미 없는 잔혹 행위에 사로잡혔어.

다들 나를 이용하고 싶어 하지만, 난 너무 오래 살아 유용함을 잃었어. 에즈단은 생각했다. 그리고 그 생각이 한 줄기 선명한 빛처럼 에즈단을 꿰뚫었다. 에즈단은 이제까지 자기가 할 수 있는 일이 뭔가 있다고 생각했었다. 실제로는 없었다.

일종의 자유였다.

에즈단과 메토이가 아무 말 없이도 단번에 서로를 이해했던 건 당연했다.

테마 자됴가 에즈단을 아래층으로 데려가러 왔다. 짐개 방으로 돌아갔다. 지도자 유형의 사람들은 모두 그 방에, 그 음침한 남자다움에 매력을 느꼈다. 이번엔 다섯 명뿐이었다. 메토이, 두 장군, 레이가의 계급을 쓰는 두 명이었다. 바나르캄예가 모두를 지배했다. 바나르캄예는 이제 질문을 끝내고 명령하는 분위기로 돌아가 있었다. "우린 내일 여기를 떠납니다." 바나르캄예는 에즈단에게 말했다. "당신도 우리와 함께 갑니다. 우리는 해방과 입체네트에 접근을 허락받을 겁니다. 당신은 우릴 위해 연설하십시오. 지트 정부가 금지된 무기를 쓰려 하는 걸 에큐멘이 안다고, 그리고 만약 그렇게 하면 즉각적이고 무시무시한 보복이 있을 거라고 지트 정부에게 경고하십시오."

에즈단은 굶주리고 잠을 못 자 머리가 멍했다. 그는 가만히 서 있었다. 아무도 앉으라고 하지 않았던 것이다. 에즈단은 바닥을 내려다보았고, 두 손은 양쪽으로 내리고 있었다. 에즈단은 들릴락 말락 하게 웅얼거렸다. "네, 주인님."

바나르캄예가 머리를 번쩍 들었고, 눈이 번쩍였다. "뭐라고 했습니까?"

"엔나."

"당신이 뭐라고 생각하는 겁니까?"

"전쟁 포로입니다."

"나가도 좋습니다."

에즈단은 방을 나왔다. 테마가 따라왔지만, 에즈단을 잡거나 어디로 가라고 이르지 않았다. 에즈단은 곧장 주방으로 갔고, 냄비가 달그락거리는 소리를 듣고 말했다. "초요, 부탁해요, 먹을 걸 좀 주세요!" 겁먹고 비실거리는 노인은 웅얼대고 사과하고 안절부절못했지만, 과일과 상한 빵을 내놨다. 에즈단은 작업대 앞에 앉아 과일과 빵을 게걸스레 먹었다. 테마에게도 음식을 권했지만, 테마는 뻣뻣한 태도로 거절했다. 에즈단은 음식을 모두 먹어치웠다. 식사를 마치자 에즈단은 절뚝이며 주방 옆문을 통해 커다란 계단식 뜰로 나갔다. 거기서 캄사를 봤으면 했지만, 본가 하인은 아무도 나와 있지 않았다. 에즈단은 길고 반짝이는 웅덩이가 내다보이는 난간 안쪽 벤치에 앉았다. 테마는 임무를 다하기 위해 근처에 섰다.

"이런 곳의 종들은 반란에 참여하지 않았으면 부역자라고 했죠." 에즈단은 말했다.

테마는 꼼짝도 하지 않았지만, 에즈단의 말에 귀를 기울였다.

"무슨 일이 벌어지고 있는지 그 사람들이 그저 이해 못 한 것일 수도 있다곤 생각 안 하나요? 아직도 이해 못 하고 있다곤요? 여긴 미개한 곳이에요, 자료. 여기선 자유를 상상하는 것조차 힘들지요."

젊은이는 한동안 대답하길 거부했지만, 에즈단은 계속 얘기하며 젊은이와 접촉해보려고, 그 마음에 닿아보려고 애썼다. 에즈단이 한 말 중 무언가가 갑자기 젊은이의 마음을 열었다.

"사용녀들." 테마는 말했다. "매일 밤 깜둥이들에게 씹을 당해요. 사용녀는 모두가, 그걸 당해요. 지트 새끼들의 창녀들이에요. 그놈들의 검은 새끼를 배고, 네, 주인님, 네, 주인님. 당신이 그랬죠, 그 사람들은 자유가 뭔지도 모른다고요. 앞으로도 절대 모를걸요. 깜둥이가 자길 씹하게 두는 사람은 해방될 수 없어요. 천해요. 더럽고, 절대 깨끗해질 수 없어요. 사용녀들은 깜둥이 정액이 자기 몸에 들어오게 하고 또 했어요. 지트 정액을!" 젊은이는 계단식 뜰에 침을 퉤 뱉고는 입을 닦았다.

에즈단은 가만히 앉아서 잔잔한 웅덩이 너머로 낮은 계단식 뜰과 큰 나무, 안개 낀 강, 저 멀리 초록색 기슭을 내려다보았다. 부디 젊은이가 건강하길, 일이 잘되길, 인내심과 동정심과 평화를 누리길. 난 무슨 소용이 있었지, 그럼? 내가 한 모든 것. 하나도 소용 없었어. 인내심, 동정심, 평화. 그 사람들은 당신의 사람들이야…… . 에즈단은 계단식 뜰의 노란 사암 위에 떨어진 침의 걸쭉한 거품을 내려다보았다. 멍청이, 자기 사람들은 평생의 거리만큼 뒤에 버려두고 떠나와 다른 세계 일에 쓸데없이 참견하려 했다니. 멍청이, 내가 누군가에게 자유를 줄 수 있다고 생각했다니. 죽음이 왜 있는 건데. 우릴 웅크림장에서 끌어내기 위해서야.

에즈단은 일어나 절뚝이며 말없이 본가로 향했다. 젊은이가 따라왔다.

날이 어두워지자마자 불빛이 켜졌다. 늙은 사카를 발전기 고치는 일로 돌려보낸 게 분명했다. 에즈단은 황혼을 더 좋아했기에 방의 불들을 껐다. 에즈단이 침대에 누워 있는데 캄사가 문을 두드리고는 쟁반을 들고 들어왔다. "캄사!" 에즈단은 힘들게 일어나며 말했고, 캄사를 안으려 했지만 쟁반이 걸리적거렸다. "레캄은……?"

"할머니랑 있어요." 캄사가 중얼거렸다.

"레캄은 괜찮아요?"

뒤로 고개를 넘기는 끄덕임. 캄사는 쟁반을 침대에 내려놓았다. 탁자가 없었던 것이다.

"당신은 괜찮은가요? 조심해요, 캄사. 난 정말로…… 그자들은 내일 떠난다더군요. 가능하면 그자들이 가는 길에서 비켜 있어요."

"그럴게요. 선생님도 안전하세요." 캄사가 부드러운 목소리로 말했다. 에즈단은 이게 질문인지 바람인지 구분이 안 됐다. 에즈단은 살짝 슬픈 몸짓을 하며 웃었다. 캄사는 몸을 돌려 나가려 했다.

"캄사, 헤이오는……?"

"헤이오는 그 사람과 있었어요. 그 사람 침대에서요."

에즈단은 잠시 침묵했다가 말했다. "당신이 숨어 있을 만한 곳이 어디 없나요?" 에즈단은 바나르캄예의 부하들이 여길 떠나며 이 사람들을 '부역자'라고 처형할까봐, 혹은 자기네 행적을 감추려고 처형할까봐 걱정이 됐다.

"말씀하신 대로 숨어 있을 곳을 구했어요." 캄사가 말했다.

"잘됐네요. 가능하면 거기로 가요. 사라져요! 안 보이는 곳에 있어요."

캄사가 말했다. "전 꽉 붙들고 버틸 거예요, 선생님."

캄사가 나가며 문을 닫는데 비행기가 창문을 울리며 다가오는 소리가 들렸다. 캄사와 에즈단은 둘 다 문간과 창가 근처에서 꼼짝 않고 서 있었다. 아래층과 밖에서 외치는 소리가 들리고 남자들이 달려갔다. 비행기는 한 대 이상이었고, 남동쪽에서 다가왔다. "불을 모두 꺼!" 누가 외쳤다. 남자들은 잔디밭과 계단식 뜰에 착륙한 비행기들로 뛰어나갔다. 빛이 창문에 번쩍이고, 귀청이 떨어질 듯한 폭발음이 공기를 울렸다.

"같이 가요." 캄사가 말하더니 에즈단의 손을 잡아 끌며 문을 나가 복도를 지나고, 에즈단이 처음 보는 업무용 출입구로 나갔다. 에즈단은 절뚝이면서 가능한 한 가장 빠른 속도로 캄사와 함께 사다리같이 생긴 돌계단을 내려갔고 깜깜한 통로를 지나 본가 밖의 복잡한 마구간 건물로 들어왔다. 본가 밖으로 나왔을 때 일련의 폭발이 주위를 뒤흔들었다. 에즈단과 캄사는 귀가 먹먹해지는 소음과 치솟는 불길 속에서 서둘러 안뜰을 지났다. 캄사는 목적지를 분명하게 확신하며 여전히 에즈단을 잡아 끌었고, 갑자기 몸을 숙이더니 마구간 끝에 있는 창고 중 하나로 들어갔다. 가나가 거기 있었고, 늙은 사내종 한 명이 바닥에 있는 뚜껑 문을 열고 있었다. 다들 아래로 내려갔다. 캄사는 풀쩍 뛰어내렸고, 나머지는 천천히 서투르게 나무 사다리를 내려갔다. 에즈단이 가장 서툴렀고, 부러진 발로 거칠게 착지했다. 늙은 사내종이 가장 늦게 내려와 머리 위로 뚜껑문을 닫았다. 가나는 배터리로 켜지는 등을 가지고 있었지만, 아주 잠시만 켰다가 껐다. 크고 낮은 흙바닥의 지하실과 선반들, 다른 방으로 이어지는 아치 길, 나무 상자 더미, 다섯 얼굴이 얼핏 보였다. 아기는 깨어 있었고, 평소처럼 가나의 어깨 위 아기띠 안에서 조용히 주위를 응시했다. 곧 어두워졌다. 그리고 잠시 침묵이 흘렀다.

사람들은 어둠 속을 더듬어 상자를 바닥에 놓고 대충 의자로 삼았다.

다시금 폭발이 이어졌고, 멀리서 나는 듯했지만, 땅과 암흑이 떨렸다. 사람들도 함께 떨었다. "아, 캄예여." 누군가 속삭였다.

에즈단은 흔들거리는 나무 상자에 앉았고, 발의 찌르고 치는 듯한 통증이 점차 가라앉으며 불타는 듯한 맥박으로 바뀌었다.

폭발음. 셋, 넷.

어둠은 걸쭉한 물 같았다.

"캄사." 에즈단이 웅얼거렸다.

캄사가 무슨 소리를 냈고, 그래서 에즈단은 캄사가 근처에 있음을 알았다.

"고맙습니다."

"당신이 숨으라고 했고, 그래서 우리는 이곳에 대해 얘기했어요." 캄사가 속삭였다.

늙은 남자는 씨근거렸고 헛기침을 자주 했다. 아기도 숨소리가 들렸고, 작고 고르지 않은 그 소리는 헐떡임에 가까웠다.

"아기를 내게 줘." 가나였다. 아기를 캄사에게 넘겨줬던 모양이었다.

캄사는 속삭였다. "지금은 안 돼요."

그때 늙은 남자가 돌연 큰 소리로 말해 모두를 놀라게 했다. "여기엔 물이 없어!"

캄사는 노인에게 쉬잇 하는 소리를 냈고, 가나가 꾸짖었다. "소리치지 말아요, 멍청한 양반아!"

"귀머거리예요." 캄사는 웃음기 어린 목소리로 에즈단에게 속삭였다.

물이 없다면, 숨어 있을 수 있는 시간이 한정되어 있었다. 오늘 밤, 그리고 이튿날. 그조차도 아기에게 젖을 물리는 여자로선 너무 긴 시간이 될 수 있었다. 캄사도 에즈단과 똑같은 생각을 하고 있었다. 캄사가 말했다. "언제 나가도 될지 어떻게 알죠?"

"운에 맡기는 거죠, 나가야 할 때가 되면."

긴 침묵이 흘렀다. 눈이 어둠에 익숙해지지 않는다는 사실, 아무리 오래 기다려도 아무것도 보지 못할 거란 사실이 받아들이기 힘들었다. 이곳은 동굴처럼 추웠다. 에즈단은 셔츠가 좀 더 따뜻하면 좋았을 거라고 생각했다.

"아기를 계속 따뜻하게 해줘." 가나가 말했다.

"그러고 있어요." 캄사가 중얼거렸다.

"그 남자들, 그자들은 종인가요?" 캄사가 에즈단에게 속삭였다. 캄사는 에즈단 왼쪽으로 상당히 가까이 있었다.

"그래요. 자유가 된 종이죠. 북쪽에서 왔어요."

캄사가 말했다. "늙은 소유주가 죽은 뒤로 온갖 남자들이 수 없이 여기 와요. 군인들도 있어요. 하지만 이제까지 종은 없었어요. 그자들이 헤이오를 쐈어요. 베이와 세네오 할아버지를 쐈어요. 세네오 할아버지는 죽진 않았지만, 총에 맞았어요."

"밭의 집단주거지에 사는 누군가가 그 남자들에게 길을 알려주고, 경비원들의 보초 서는 곳도 알려준 게 분명합니다. 하지만 그자들은 종과 군인을 구별하진 못했어요. 그자들이 왔을 때 당신은 어디 있었죠?"

"자고 있었어요. 주방 뒤에서요. 본가 하인들 모두요. 여섯 명이었어요. 그 남자는 죽었다가 부활한 시체처럼 거기에 서 있었죠. 그자가 말했어요. 모두 거기 엎드려! 털끝 하나 움직이지 마! 그래서 우린 꼼짝도 하지 않았어요. 집 안 곳곳에서 총소리와 외침을 들었죠. 아, 위대한 주님이시여! 전 무서웠어요! 그러다 총소리가 그쳤고, 그 남자가 우리에게로 돌아와 총을 겨누고 옛 본가 집단주거지로 데려갔어요. 남자들은 우릴 가두고 정문을 닫았어요. 옛날처럼요."

"자기들도 종이면 왜 그런 짓을 했을까?" 가나의 목소리가 어둠 속에서 들렸다.

"자유의 몸이 되려는 겁니다." 에즈단이 공손히 대답했다.

"어떻게 자유가 돼요? 총을 쏘고 죽여서요? 침대에 있는 여자아이를 죽여서요?"

"그자들은 다른 모두랑 싸워요, 엄마." 캄사가 말했다.

"그 일은 다 끝난 줄 알았어. 3년 전에." 가나는 말했다. 가나의 목소리가 이상하게 들렸다. 가나는 울고 있었다. "그땐 그게 자유인 줄 알았어."

"그자들은 침대에 있는 주인님을 죽였어!" 노인이 날카롭고 새된 목소리로 벽력같이 외쳤다. "그래서 무슨 도움이 된다고!"

어둠 속에서 약간의 드잡이가 있었다. 가나는 노인을 흔들며 입 닥치라고 꾸짖었다. 노인은 외쳤다. "놔!" 그러나 노인은 쌕 쌕거리고 투덜대며 조용해졌다.

"위대한 주님." 캄사는 중얼거렸고, 목소리에서 자포자기한 웃음기가 느껴졌다.

나무 상자는 점점 더 불편해졌고, 에즈단은 아픈 발을 올려놓거나 적어도 수평으로 놓고 싶어졌다. 에즈단은 땅으로 내려와 앉았다. 땅은 차갑고 자갈이 섞였으며 손에 와 닿는 느낌이 좋지 않았다. 기댈 곳이 전혀 없었다. "잠시만 불을 켜주겠어요, 가나?" 에즈단이 말했다. "깔고 누울 만한 자루 같은 게 있을지도 모릅니다."

지하실 세계가 번쩍하고 주위에 나타났고, 그 혼란한 광경이 놀랄 만큼 정확하게 보였다. 쓸 만한 건 오직 헐거운 널판지 선반들뿐이었다. 사람들은 선반 여러 개를 내려 평평하게 늘어놓고 그 위로 기어 올라갔다. 가나가 불을 끈 주위는 다시 형체 없이 단순한 밤으로 바뀌었다. 모두가 추위를 느꼈다. 그래서 그들은 나란히, 또는 등을 대고 모여 있었다.

오랜 시간이 흐르고, 한 시간쯤 뒤, 지하실의 완전한 정적이 갑작스레 깨졌다. 가나가 다급하게 속삭였다. "저 위 사람들은 모두 죽은 거 같아요."

"그럼 우리에겐 일이 간단해지겠군요." 에즈단이 속삭였다.

"하지만 우린 여기 이 아래 갇혀 있는걸요." 캄사가 말했다.

사람들의 목소리에 아기가 깨어 칭얼거렸다. 에즈단은 아기가 불평하는 소리를 처음 들었다. 작고 피곤한 떼 쓰기 혹은 안달이었고, 울음은 아니었다. 아기는 곧 숨이 거칠어졌고, 칭얼대는 사이사이 헐떡거렸다. "아, 아가야, 아가야, 쉬잇, 이제 쉬잇." 어머니가 중얼거렸고, 에즈단은 캄사가 아기를 따뜻하게 해주려고 가까이 안은 채 흔드는 것을 느꼈다. 캄사는 거의 들리지 않는 소리로 노래했다. "수나 메야 수나 나…… 수라 레나 수라 나……." 단조롭고 리드미컬하면서 웅웅대고 목을 울리는 이 소리는 따뜻하고 편안했다.

에즈단은 졸았던 게 분명했다. 판자 위에 몸을 웅크리고 누워 있었다. 에즈단은 지하실에 내려온 지 얼마나 시간이 흘렀는지 전혀 알 수가 없었다.

난 자유를 꿈꾸며 여기서 40년을 살았어. 에즈단의 마음이 속삭였다. 그 열망이 날 여기로 데려왔어. 그 열망이 이젠 날 여기서 데리고 나갈 거야. 난 꽉 붙들고 버틸 거야.

에즈단은 폭탄 공격 이후로 무슨 소리를 못 들었는지 사람들에게 물었다. 다들 못 들었다고 속삭였다.

에즈단은 머리를 문질렀다. "무슨 생각해요, 가나?" 에즈단이 말했다.

"찬 공기가 아기에게 안 좋은 것 같아요." 가나는 거의 평소 같은 목소리로 말했다. 평소에도 가나는 늘 나지막이 말했다.

"얘기하는 거야? 뭐라고 했어?" 노인이 외쳤다. 노인 옆에 있던 캄사는 노인을 토닥이며 조용히 시켰다.

"제가 나가서 보고 올게요." 가나는 말했다.

"제가 가보겠습니다."

"당신은 한 발밖에 못 쓰잖아요." 가나는 짜증 내며 말했다. 가나는 투덜거리고는 일어나며 에즈단의 어깨에 심하게 기댔다. "이제 조용히들 있어요." 가나는 불을 켜지 않고 더듬거리며 걸어가 사다리를 올라갔고 한 발 한 발 오를 때마다 숨을 다소 거칠게 내쉬었다. 가나는 뚜껑문을 밀어 들어 올렸다. 한쪽 가장자리에 빛이 보였다. 그 빛 덕분에 지하실과 서로가 희미하게 보였고, 빛 속에 올라간 가나의 머리도 검고 어렴풋하게 보였다. 가나는 한참을 거기에 서 있다가 뚜껑문을 도로 내렸다. 가나는 사다리에서 속삭였다. "아무도 없어요. 아무 소리도 안 나요. 막 아침이 된 것 같아요."

"기다리는 게 좋겠어요." 에즈단이 말했다.

가나는 돌아와 다시 사람들 사이에 앉았다. 잠시 후 가나가 말했다. "나갔는데, 본가에 낯선 사람들이 있고, 몇 명은 군인이면, 그럼 어디로 가죠?"

"밭 집단주거지까지 갈 수 있겠어요?" 에즈단이 제안했다.

"길이 멀어요."

잠시 후 에즈단이 말했다. "저 위에 누가 있는지 알기 전에는 어떻게 해야 할지도 알 수 없어요. 괜찮아요. 하지만 제가 나가 보게 해줘요, 가나."

"왜요?"

"봤을 때 그 사람들이 누군지는 제가 알 테니까요." 에즈단은 자기 말이 맞길 바라며 말했다.

캄사는 그 묘한 살짝 웃음기 있는 목소리로 말했다. "그 사람들도 알 거예요. 당신을 못 알아볼 린 없을 거 같아요."

"그러네요." 에즈단이 말했다. 에즈단은 힘겹게 일어나 사다리까지 간 뒤 애써 사다리를 올랐다. 다 늙어서 이게 무슨 꼴이람. 에즈단은 다시 생각했다. 에즈단은 뚜껑문을 밀어 올리고 밖을 보았다. 한참을 귀 기울여보았다. 마침내 에즈단은 어둠 속 저 아래의 사람들에게 속삭였다. "최대한 빨리 돌아올게요." 그리고는 기어 나가 비틀거리며 일어났다. 에즈단은 놀라 숨을 멈췄다. 공기에 타는 냄새가 가득했다. 빛은 이상하고 침침했다. 에즈단은 벽을 따라갔고, 이윽고 창고 출입구 밖을 자세히 보았다.

본가의 남아 있던 잔해는 다른 곳들처럼 무너져 완전히 날아갔고, 연기를 내고 악취 나는 흐린 공기로 덮였다. 검은 깜부기 불과 부서진 유리가 자갈 깔린 뜰을 뒤덮었다. 연기 외에 움직이는 것은 아무것도 없었다. 노란 연기, 회색 연기. 그 위로는 모두가 고르고 맑은 새벽 푸른빛이었다.

에즈단은 계단식 뜰을 돌아다녔고, 기절할 듯이 심한 아픔이 발에서 다리까지 올라와서 절뚝이며 비틀거렸다. 난간까지 오자 새까맣게 탄 비행기 두 대의 잔해가 보였다. 위쪽 계단식 뜰의 절반에는 아예 커다란 구멍이 패였다. 그 아래의 야라메라 정원들은 언제나처럼 아름답고 평온하게 한 층 한 층 펼쳐지며 오래된 나무와 강까지 뻗어나갔다. 아래쪽 계단식 뜰로 이어지는 계단에 남자 한 명이 쓰러져 있었다. 남자는 양팔을 쭉 뻗은 채 편안하고 평온하게 누워 있었다. 움직이는 것은 오로지 꾸물꾸물 올라오는 연기와 바람 불 때마다 까닥거리는, 하얀 꽃이 피는 관목들뿐이었다.

뒤에서 누가 지켜본다는 느낌, 아직 서 있는 본가 잔해의 유리 없는 창에서 누가 지켜본다는 느낌은 견디기 힘들었다. "여기 누구 없습니까?" 에즈단은 돌연 큰 소리로 외쳤다.

정적.

에즈단은 목소리를 키워 다시 외쳐보았다.

대답이 멀리서, 건물을 돌아 본가 정면 쪽에서 들려왔다. 에즈단은 절뚝이며 길을 따라가 탁 트인 곳으로 나갔다. 어딘가에 몸을 감출 생각은 하지 않았다. 그게 무슨 소용이 있겠는가? 본가 정면에서 남자들이 다가왔다. 세 명이었다. 이윽고 한 명이 더 왔다. 여자였다. 모두 자산이었고, 옷을 대충 입었으며, 밭일꾼들로 자기들 집단주거지에서 온 게 분명했다. "전 본가 하인들 몇 명과 함께 있습니다." 에즈단은 저쪽이 발을 멈추자 10미터쯤 떨어진 곳에서 함께 발을 멈추며 말했다. "우린 지하실에 숨었습니다. 여기 또 누가 있나요?"

"당신은 누구죠?" 한 명이 다가와 에즈단의 남다른 피부색과 남다른 눈 색을 살피며 물었다.

"제가 누군지는 말씀드리겠습니다. 하지만 제 사람들이 이렇게 나와도 안전할까요? 나이 든 사람들과 아기가 있습니다. 군인들은 갔나요?"

"죽었어요." 키가 크고 피부가 창백하며 얼굴이 앙상하게 야윈 여자가 말했다.

"한 명은 다쳤어요." 남자들 중 하나가 말했다. "본가 하인들은 모두 죽었습니다. 누가 그 폭탄들을 던졌죠? 무슨 군대였습니까?"

"무슨 군대인지 저는 모릅니다." 에즈단이 말했다. "제발, 가서 저와 같이 있던 사람들에게 나와도 된다고 말해주십시오. 저쪽, 마구간 안에 있습니다. 가서 큰 소리로 외쳐주십시오. 가서 당신이 누군지 말해주십시오. 전 걸을 수가 없습니다." 에즈단의 발에 감긴 천은 느슨하게 풀어져 있었고, 부러진 뼈들이 움직였다. 고통이 어찌나 심한지 숨도 못 쉴 지경이 되고 있었다. 에즈단은 헐떡이며 길에 앉았다. 머리에서 땀이 났다. 야라메라의 정원들이 심하게 밝아지고 아주 작아졌다가 점점 더 멀어지고, 집보다도 더 멀어졌다.

에즈단은 의식을 완전히 잃지는 않았지만, 머릿속이 한참을 엉켜 있었다. 주위에 사람들이 아주 많았고, 다들 밖에 있었고, 모든 것에서 탄 고기의 악취가 났고, 그 냄새가 입 뒷쪽에 달라붙어 구역질이 났다. 캄사가 있었고, 캄사의 어깨 위에 잠자는 아기의 작고 푸른기 도는 그림자 진 얼굴이 보였다. 가나가 있었고, 다른 사람들에게 말하고 있었다. "이 사람은 친구가 되어 우리를 도와줬어요." 손이 큰 젊은 남자 한 명이 에즈단에게 뭐라 말하고, 에즈단의 발에 대해 뭐라 말하고, 발을 다시 더 꽉 감아주고, 그러자 끔찍한 고통이 느껴지다가 아픔이 덜어지기 시작했다.

에즈단은 풀 위에 등을 대고 누워 있었다. 옆에서 어떤 남자가 역시 풀 위에 등을 대고 누워 있었다. 메토이, 그 내시였다. 메토이의 머리는 피투성이였고, 검은 머리는 타서 짧고 갈색이 되었다. 먼지색인 얼굴 피부는 캄사의 아기처럼 창백하고 푸른기가 돌았다. 메토이는 조용히 누워 가끔 눈만 깜박였다.

햇살이 내리쬐었다. 사람들은 이야기하고 있었고, 아주 많았으며, 근처 어딘가에 있었다. 하지만 에즈단과 메토이는 풀 위에 누워 있었고, 아무도 둘을 귀찮게 하지 않았다.

"비행기들은 벨렌에서 온 건가요, 메토이?" 에즈단이 말했다.

"동쪽에서 온 겁니다. 제 생각에는요." 메토이의 거친 목소리는 약하고 쉬어 있었다. 잠시 후 메토이는 말했다. "그 사람들은 강을 건너고 싶어 합니다."

에즈단은 이 말을 한참 동안 생각했다. 아직도 머리가 온전하게 돌아가질 않았다. "누가요?" 에즈단은 마침내 말했다.

"이 사람들이요. 밭일꾼들. 야라메라의 자산들요. 이자들은 가서 군대를 만나고 싶어 합니다."

"침공자들을요?"

"해방파요."

에즈단은 양쪽 팔꿈치를 땅에 대고 몸을 일으켰다. 머리를 드니 정신이 좀 맑아지는 듯했고, 그래서 에즈단은 일어나 앉았다. 에즈단은 메토이를 바라보았다. "이들이 해방파를 찾을 수 있을까요?" 에즈단이 물었다.

"신께서 원하신다면." 내시가 말했다.

이제 메토이는 에즈단처럼 몸을 일으키려 했지만 실패했다. "전 폭발 때 다쳤습니다." 메토이는 숨차하며 말했다. "뭔가에 머리를 맞았어요. 사물이 두 개로 보입니다."

"뇌진탕일 겁니다. 가만히 누워 있어요. 정신은 차리고요. 바나르캄예와 함께 있었나요, 아니면 관찰 중이었나요?"

"전 당신 분야의 일을 하고 있습니다."

에즈단은 고개를 끄덕였다. 뒤로 까닥이는 끄덕임이었다.

"파벌들 때문에 우린 죽게 될 겁니다." 메토이가 희미하게 말했다.

캄사가 와서 에즈단 옆에 쭈그리고 앉았다. "사람들이 그러는데 우리가 강을 건너가야 한대요." 특유의 부드러운 목소리였다. "거기 가면 인민군대가 우릴 안전하게 지켜줄 거래요. 전 모르겠어요."

"누가 알겠습니까, 캄사."

"전 레캄을 강 건너로 못 데려가요." 캄사가 속삭였다. 캄사의 얼굴이 일그러지고 입술이 말리고 눈썹이 처졌다. 캄사는 울었다. 눈물 없이 조용히 울었다. "물이 차가워요."

"사람들에게 배가 있습니다, 캄사. 그 사람들이 당신과 레캄을 돌봐줄 거예요. 걱정 말아요. 괜찮을 겁니다." 에즈단은 자기 말이 무의미하다는 걸 알았다.

"전 못 가요." 캄사가 속삭였다.

"그럼 여기 남아요." 메토이가 말했다.

"사람들 말이 다른 군대가 이리 올 거라던데요."

"그럴 수도 있죠. 우리 군대가 올 가능성은 더 크고요."

캄사는 메토이를 보았다. "당신은 그 자른자군요. 그 사람들과 함께 있던." 캄사는 다시 에즈단을 보았다. "초요가 죽었어요. 주방이 산산조각 나고 불에 탔어요." 캄사는 두 팔에 얼굴을 묻었다.

에즈단은 등을 펴고 앉아 캄사에게 손을 내밀었고, 캄사의 어깨와 팔을 쓰다듬었다. 그리고 아기의 연약한 머리에 난 가늘고 마른 머리털을 쓰다듬었다.

가나가 와서 옆에 섰다. "밭일꾼은 모두 강을 건너간대. 안전해지려고."

"여기 있는 게 더 안전해요. 음식과 피난처가 있으니까." 메토이는 눈을 감은 채 짤막하게 뱉어내듯 말했다. "걸어가다 습격을 만나는 것보단 낫습니다."

"전 애를 못 데려가요, 엄마." 캄사가 속삭였다. "앤 따뜻하게 있어야 해요. 전 못 해요. 애를 못 데려가요."

가나는 허리를 숙여 아기의 얼굴을 들여다보며 한 손가락으로 아기 얼굴을 아주 부드럽게 어루만졌다. 가나의 주름진 얼굴이 주먹처럼 꽉 쥐어졌다. 가나는 등을 폈지만, 평소처럼 꼿꼿하게는 아니었다. 가나는 허리를 굽힌 채로 섰다. "좋아." 가나가 말했다. "우린 남는다."

가나는 감사 옆 풀 위에 앉았다. 사방에서 사람들이 움직이고 있었다. 에즈단이 계단식 뜰에서 만난 여자가 가나 옆에서 발을 멈추고 말했다. "어서 가요, 할머니. 시간 됐어요. 배가 벌써 기다리고 있어요."

"남을 거야." 가나는 말했다.

"왜요? 할머니가 일하던 본가를 떠날 수가 없어요?" 여자는 농담하고 놀리며 말했다. "다 타버렸어요, 할머니! 그만 가요. 저 여자랑 아기도 데리고요." 여자는 에즈단과 메토이를 흘긋 보았다. 둘은 여자의 관심 밖이었다. "어서요." 여자는 다시 말했다. "얼른 일어나요."

"남을 거야." 가나가 말했다.

"별 미친 할망구 다 보겠군." 여자는 말하고 몸을 돌렸고, 어깨를 한 번 으쓱하고는 포기하고 가버렸다.

다른 몇 명이 발을 멈췄지만, 다들 잠시 한 번 물어보고는 끝이었다. 사람들은 줄지어 계단식 뜰을 내려갔고, 잔잔한 웅덩이 옆의 햇살 가득한 길을 지나 커다란 나무 너머 보트 창고 쪽으로 갔다. 잠시 후 모두들 가버렸다.

해가 뜨거워졌다. 정오가 가까운 게 분명했다. 메토이는 평소보다 더 창백해졌지만, 일어나 앉았고, 이젠 대부분의 경우에는 사물이 하나로 보인다고 말했다.

"그늘로 가야겠어요, 가나." 에즈단이 말했다. "메토이, 일어날 수 있겠어요?"

메토이는 비틀대고 허정거렸지만 남의 도움 없이도 걸을 수 있었고, 결국 다들 정원 담의 그늘로 왔다. 가나는 물을 찾으러 갔다. 캄사는 두 팔로 가슴에 레캄을 안고 햇빛을 피했다. 캄사는 오랫동안 말이 없었다. 자리를 찾아 앉고 나자 캄사는 반은 묻는 듯한 말투로 멍하니 주위를 둘러보며 말했다. "이제 여기에 완전히 우리뿐이네요."

"남은 사람들이 더 있을 겁니다. 집단주거지예요." 메토이가 말했다. "모습을 드러낼 겁니다."

가나가 돌아왔다. 물을 담아 올 그릇이 없어서 스카프에 물을 적셔 왔고, 차갑고 젖은 천을 메토이의 머리에 올려놓았다. 메토이는 몸을 떨었다. "당신이 더 잘 걷게 되면, 다 함께 본가 집단주거지로 갈 수 있어요, 자른자." 가나가 말했다. "거기서 살면 돼요."

"본가 집단주거지는 제가 자란 곳입니다, 할머니." 메토이가 말했다.

그리고 이제 메토이가 걸을 수 있다고 말하자, 다 함께 절룩거리며 에즈단이 희미하게 기억하는 길, 웅크림장으로 통하는 길을 걸어갔다. 길은 아주 길게 느껴졌다. 이들은 높은 집단주거지 담장과 열려 있는 정문에 도착했다.

에즈단은 몸을 돌려 본가의 잔해를 잠시 돌아보았다. 가나가 옆에서 발을 멈췄다.

"레캄이 죽었어요." 가나가 작은 소리로 말했다.

에즈단은 숨을 죽였다. "언제요?"

가나는 고개를 흔들었다. "모르겠어요. 캄사는 레캄을 안고 있고 싶어 해요. 충분히 안아주고 나면, 그때는 걜 놓아줄 거예요." 가나는 열린 정문 너머로 줄줄이 늘어선 오두막집들과 공동주택들, 말라붙은 정원, 흙먼지 이는 땅을 바라보았다. "작은 아기들이 저기에 수없이 있어요." 가나는 말했다. "저 땅속에요. 제 아기 두 명도. 캄사의 자매들이죠." 가나는 캄사를 따라 정문 안으로 들어갔다. 에즈단은 정문 안에 한참을 더 서 있다가 이윽고 문 안으로 들어가 자신이 해야 할 일을 했다. 아이를 위한 무덤을 파고, 다른 이들과 함께 해방파를 기다렸다.

THE BIRTHDAY
OF
THE WORLD

세상의 생일

타주가 짜증을 부리고 있었다. 세 살이었기 때문이다. 세상의 생일이 지난 내일이면 타주는 네 살이 될 것이고 짜증을 부리지 않을 것이다.

타주는 소리를 지르며 발길질하던 걸 멈추더니 얼굴이 새파랗게 질리도록 숨을 참았다. 타주는 땅바닥에 시체처럼 뻣뻣하게 누워 있었지만, 하그하그는 못 본 척 그냥 타주 위로 넘어가려 했고, 타주는 그런 하그하그의 발을 깨물려 했다.

"이건 짐승이거나 아기인가봐." 하그하그가 말했다. "사람이 아니야." 그녀가 '말해도 될까요?'라는 눈빛으로 나를 보았고, 나는 '그래'라는 눈빛으로 답했다. 하그하그가 물었다. "신의 따님께서는 이게 무엇이라고 생각하시나요? 짐승일까요, 아니면 아기일까요?"

"짐승이야. 아기는 빨고 짐승은 무니까." 내가 말했다. 신의 하인들 모두가 큰 소리로 웃거나 킥킥거렸지만 새로 온 야만인 루아웨이만은 예외였다. 그녀는 결코 웃지 않았다. 하그하그가 말했다. "신의 따님이 옳으실 겁니다. 누군가가 이 짐승을 밖으로 내다 놔야 할 텐데요. 짐승은 성스러운 집에 있으면 안 되니까요."

"난 짐승이 아니야!" 타주가 소리를 지르며 일어났다. 타주는 주먹을 꽉 쥐었고, 눈이 루비처럼 빨갰다. "나는 신의 아들이야!"

"아마도요." 하그하그가 타주를 살펴보며 말했다. "이젠 그리 짐승처럼 보이지 않는군요. 여러분은 이게 신의 아들일 수 있다고 생각하시나요?" 하그하그는 성스러운 남자와 여자에게 물었고, 야만인 한 명을 빼고 모두가 몸을 끄덕였다. 야만인은 물끄러미 보기만 할 뿐 아무 말도 하지 않았다.

"난 신의 아들이야, 신의 아들이란 말이야!" 타주가 외쳤다. "아기가 아니야! 아르지가 아기야!" 그리고 타주는 눈물을 쏟으며 내게 달려왔고, 난 그 아이를 끌어안고 같이 울기 시작했다. 타주가 울고 있었기 때문이다. 우리는 계속 울었고, 마침내 하그하그가 우리를 무릎에 앉히고는 이제 어머니 신께서 오실 때가 되었으니 울음을 그쳐야 한다고 말했다. 그래서 우리는 울음을 그쳤고, 몸종들이 우리 얼굴에서 눈물과 콧물을 닦아주고 머리를 빗질해주었으며, 구름 부인은 우리가 어머니 신을 만날 때 쓰는 황금 모자를 가져왔다.

어머니 신은 오래전에 어머니 신이었던 자기 어머니와 함께 왔으며, 새로 태어난 아기 아르지도 바보가 커다란 쿠션에 눕혀 데려왔다. 그 바보 역시 신의 아들이었다. 우리는 모두 일곱이었다. 열네 살인 오미모는 군대에서 살러 떠났고, 열두 살인 바보는 크고 둥근 머리에 눈은 작았고 타주 그리고 아기와 노는 걸 좋아했으며, 고이즈, 그리고 또 한 명의 고이즈 이렇게 둘은 죽어서 재의 집에서 살며 혼령의 음식을 먹기 때문에 그렇게 부르고, 그다음 나와 타주, 우리 둘은 결혼할 것이며 신이 될 것이고, 막내가 칠번 경娙인 바밤 아르지였다. 나는 중요한 존재였다. 신의 유일한 딸이었기 때문이다. 하그하그가 말하길, 만약 타주가 죽으면 나는 아르지와 결혼하면 되지만 만약 내가 죽으면 모든 게 엉망이 되고 힘들어질 터라고 했다. 사람들은 구름 부인의 딸 달콤 부인이 신의 딸인 척하고 타주와 결혼하면 된다고 하지만, 세상은 그 차이를 알아차릴 것이다. 그래서 나의 어머니는 제일 먼저 나에게, 그다음에 타주에게 인사를 했다. 우리는 무릎을 꿇고, 두 손을 깍지 껴 모으고, 이마를 엄지손가락에 갖다 댔다. 이윽고 우리가 일어나자, 신은 나에게 그날 무엇을 배웠는지 물었다.

나는 읽고 쓰는 법을 배운 단어들을 말했다.

"아주 잘했다." 신이 말했다. "묻고 싶은 게 있느냐, 딸아?"

"묻고 싶은 게 없습니다. 고맙습니다, 어마마마." 내가 말했다. 이윽고 나는 질문이 있다는 걸 기억해냈지만, 너무 늦은 뒤였다.

"그럼 넌, 타주? 오늘 무엇을 배웠느냐?"

"하그하그를 깨물려고 해봤어요."

"그게 좋은 일인지 나쁜 일인지 배웠느냐?"

"나빠요." 타주가 말했지만, 싱긋 웃고 있었고, 그래서 신도 싱긋 웃었으며, 하그하그가 소리 내어 웃었다.

"그럼 물어볼 것이 있느냐, 아들아?"

"키그가 제 머리를 너무 세게 감겨서 그러는데 욕실 하녀를 새로 두어도 되나요?"

"네가 욕실 하녀를 새로 두면 키그는 어디로 가야 할까?"

"떠나야죠."

"여기는 키그의 집이다. 네가 키그에게 머리를 좀 더 살살 감겨달라고 부탁해보면 어떻겠느냐?"

타주는 마음에 안 드는 표정을 지었지만 신은 말했다. "부탁하거라, 아들아." 타주가 키그에게 뭐라고 중얼거리자 키그는 무릎을 꿇고 이마를 엄지손가락에 가져가 댔다. 하지만 키그는 그러는 내내 이를 드러내고 밝게 웃었다. 나는 겁 없는 키그가 부러웠다. 내가 하그하그에게 속삭였다. "만약 물어야 할 질문을 잊었다면 그걸 물어봐도 되는지 물어도 돼?"

"아마도요." 하그하그가 말했고, 허락을 얻기 위해 신을 향해 이마를 엄지손가락에 갖다 댔고, 신이 고개를 끄덕이자 하그하그가 말했다. "신의 따님께서 질문을 해도 되는지 물으십니다."

"해야 할 일은 제때 하는 게 낫지." 신이 말했다. "하지만 질문해도 좋다, 딸아."

나는 감사하는 것조차 잊고 서둘러 질문을 했다. "타주와 오미모 둘 다 저와 동기인데 왜 저는 둘 다와 결혼할 수 없는지 알고 싶었어요."

모두가 신을 바라봤고, 신이 살짝 웃음 짓고 있자 모두들 소리 내어 웃었고, 어떤 이들은 큰 소리로 웃었다. 난 귀가 벌게졌고, 심장이 쿵쾅거렸다.

"남자 동기 모두와 결혼하고 싶은 거냐, 애야?"

"아니요, 타주와 오미모만요."

"타주로는 충분하지 않은 게냐?"

다시금 모두가 소리 내어 웃었고, 특히 남자들이 그랬다. 루아웨이가 다들 제정신이냐는 듯한 눈길로 우리를 물끄러미 바라보는 게 보였다.

"충분해요, 어마마마, 하지만 오미모가 나이도 더 많고 더 커요."

이제 웃음소리는 훨씬 더 커졌지만 나는 더는 맘 쓰지 않았다. 신이 기분 나빠 하지 않았기 때문이다. 신은 생각에 잠긴 눈으로 날 바라보더니 말했다. "알겠다, 딸아. 우리 장남은 군인이 될 것이야. 그게 그 아이가 갈 길이지. 그 아이는 야만인 그리고 반란군과 싸움으로써 신을 섬길 것이야. 그 아이가 태어난 날, 해일이 바깥 해안의 마을들을 파괴했지. 그래서 그 아이 이름은 바밤 오미모, '침몰의 경'이지. 재난은 신을 섬기지만, 재난이 신은 아니지."

나는 그것으로 답이 끝났다는 걸 알았고, 이마를 엄지손가락에 갖다 댔다. 나는 신이 떠난 뒤에도 계속 그 대답에 대해 생각했다. 많은 것이 설명되었다. 하지만, 설사 나쁜 징조와 함께 태어났다 하더라도 오미모는 잘생겼고, 거의 성인인 데 반해 타주는 짜증을 부리는 아기였다. 우리가 결혼하려면 멀었다는 사실이 기뻤다.

내가 그 생일을 기억하는 건 내가 한 그 질문 때문이다. 또 다른 생일은 루아웨이 때문에 기억한다. 아마 1, 2년 뒤였을 것이다. 나는 오줌을 누기 위해 물 방으로 뛰어 들어갔는데, 루아웨이가 물탱크 옆에 웅크려서 몸을 거의 숨기고 있었다.

"여기서 뭐 하는 거야?" 내가 크고 엄한 목소리로 말했다. 놀랐기 때문이다. 루아웨이는 몸을 더욱 웅크리고 아무 말도 하지 않았다. 옷이 찢어지고 머리털에는 피가 말라붙어 있었다.

"네 옷이 찢어졌네." 내가 말했다.

루아웨이가 대답을 않자 나는 인내심을 잃고 외쳤다. "대답해! 왜 말을 하지 않는 거야?"

"자비를." 루아웨이가 너무나도 낮은 목소리로 속삭였기에 나는 루아웨이가 무슨 말을 한 건지 추측을 해야만 했다.

"넌 말을 할 때 모두 틀리게 말해. 뭐가 문제인 거지? 네가 온 곳 사람들은 모두 짐승이야? 넌 짐승이 말하듯 브르-그르, 그르-그라, 그러잖아! 너 바보야?"

루아웨이가 아무 말도 하지 않자 나는 발로 그녀를 밀었다. 루아웨이가 시선을 들었을 때, 그 눈에는 두려움이 아닌 살의가 담겨 있었다. 그 때문에 나는 루아웨이가 좀 더 좋아졌다. 나는 나를 두려워하는 이들을 싫어했다. 내가 말했다. "말해! 아무도 널 해칠 수 없어. 아버지 신이 네 나라를 정벌했을 때 당신께서는 네 안에 남근을 넣었고, 그래서 넌 성스러운 여자가 되었어. 구름 부인이 내게 말해줬어. 그런데 왜 숨어 있는 거야?"

루아웨이가 이를 드러내 보이며 말했다. "해칠 수 있다." 루아웨이는 머리에서 이미 피가 말라붙은 곳과 새로 피가 난 부위를 보여주었다. 팔에도 까맣게 멍이 들어 있었다.

"누가 널 다치게 했지?"

"성스러운 여자들." 루아웨이가 으르렁거리며 말했다.

"키그? 오메리? 달콤 부인?"

루아웨이는 이름이 나올 때마다 몸을 끄덕였다.

"못된 것들. 내가 어머니 신께 말씀드려야겠다."

"안 말한다." 루아웨이가 속삭였다. "독."

나는 그 말에 대해 생각을 해본 다음 이해했다. 여자들은 루아웨이가 이방인이고 무력하기 때문에 해코지를 했다. 하지만 만약 자신들을 곤경에 빠뜨린다면 루아웨이를 불구로 만들거나 죽일 터였다. 우리 집에 있는 야만인 성녀들 대부분은 다리를 절거나 눈이 멀었거나 음식에 들어간 뿌리 독 때문에 자줏빛 종기가 생겨 피부에 딱지가 앉아 있었다.

"왜 제대로 말을 못 하는 거야, 루아웨이?"

루아웨이는 아무 말도 하지 않았다.

"아직도 어떻게 말하는지 모르는 거야?"

루아웨이가 시선을 들어 나를 보았고, 갑자기 내가 알아들을 수 없는 말을 길게 했다. 그리고 말 끝에 "내가 말하는 법"이라고 하고는 여전히 내 눈을 똑바로 바라보았다. 그건 멋있었고, 내 맘에 들었다. 대부분 나는 상대의 눈꺼풀만 볼 수 있었다. 비록 얼굴은 더럽고 피로 얼룩져 있었지만 루아웨이의 눈은 맑고 아름다웠다.

"하지만 그건 아무 의미도 없어." 내가 말했다.

"여기 말고."

"그럼 어디에서 의미가 있는데?"

루아웨이는 좀 더 그라-그라거리더니 이윽고 말했다. "내 사람들."

"네 나라 테그흐 사람들? 그 사람들은 신과 싸워서 졌어."

"아마도요." 루아웨이가 하그하그가 말하는 투로 말했다. 루아웨이의 눈이 다시 내 눈을 바라보았고, 이번에는 살의가 없었지만 두려움도 없었다. 하그하그와 타주, 그리고 당연한 말이지만 신을 제외하면 그 누구도 나를 똑바로 보지 않았다. 다른 이들은 모두 이마를 엄지손가락에 갖다 댔고, 그래서 그들이 무슨 생각을 하는지 알 수 없었다. 나는 루아웨이를 내 곁에 두고 싶었지만 만약 내가 루아웨이를 총애하면 키그와 다른 이들이 루아웨이를 괴롭히고 해코지할 터였다. 나는 축제 경이 핀 부인과 잠자리를 함께하기 시작하자 핀 부인을 모욕하던 남자들이 친절하고 다정하게 굴기 시작하고, 몸종들이 더는 핀 부인의 귀고리를 훔치지 않게 된 게 생각났다. 내가 루아웨이에게 말했다. "오늘 밤 나랑 함께 자자."

루아웨이가 멍한 표정을 지었다.

"하지만 씻는 게 먼저야." 내가 말했다.

루아웨이는 여전히 멍한 표정을 지었다.

"나에겐 남근이 없어!" 내가 짜증을 내며 말했다. "우리가 함께 자게 되면 키그가 널 함부로 건드리지 못할 거야."

잠시 뒤 루아웨이가 손을 뻗어 내 손을 잡더니 내 손등에 이마를 갖다 댔다. 이마를 엄지손가락에 갖다 대는 인사를 두 사람이 하는 것과 비슷했다. 나는 그게 좋았다. 루아웨이의 손은 따뜻했고, 내 손에 루아웨이의 속눈썹이 와 닿는 게 느껴졌다.

"오늘 밤이야." 내가 말했다. "알았지?" 나는 루아웨이가 늘 말을 알아듣는 건 아니라는 걸 알고 있었다. 루아웨이는 몸을 끄덕였고, 나는 달려 나갔다.

난 내가 신의 유일한 딸이었기에 뭔가 하려면 그 누구도 막을 수 없다는 걸 알았지만, 신의 집에 있는 사람이면 누구든 내가 한 일을 알기 때문에 내가 해도 되는 일 외에는 아무 일도 할 수 없었다. 만약 루아웨이와 자는 일이 해도 되는 일이 아니라면 난 그 일을 하지 못할 터였다. 하그하그라면 말해줄 수 있을 터였다. 나는 그녀에게 가서 물어보았다.

하그하그가 얼굴을 찡그렸다. "왜 그 여자를 침소에 들이시려는 건가요? 그 여자는 더러운 야만인이고 이도 있어요. 심지어 말도 제대로 못 한답니다."

그건 해도 된다는 말이었다. 하그하그는 질투하고 있었다. 난 다가가서 하그하그의 손을 토닥거리며 말했다. "내가 신이 되면 네게 금과 보석과 용의 문장으로 가득 찬 방을 주겠어."

"아가씨가 제 금이고 보석이랍니다, 성스러운 어린 따님이시여." 하그하그가 말했다.

하그하그는 신의 집에 있는 유일한 평민이었지만, 신의 집에 있는 모든 성스러운 남자들과 여자들, 신의 친척들, 신이 접촉한 이들은 하그하그가 시키는 대로 해야 했다. 신의 아이들의 보모는 항상 평민이었고, 어머니 신이 직접 뽑았다. 하그하그는 자기 아이들이 다 자랐을 때 오미모의 보모로 선택되었고, 그래서 내가 기억하는 하그하그의 첫 모습은 상당히 늙었다. 하그하그는 늘 한결같았고, 두 손은 강했으며, 부드러운 목소리로 "아마도요"라고 말했다. 하그하그는 소리 내어 웃는 것과 먹는 걸 좋아했다. 우리를 진심으로 사랑했고, 나도 그녀를 사랑했다. 난 하그하그가 가장 좋아하는 이가 나라고 생각했지만 내가 물어보자 그녀는 이렇게 말했다. "디디 다음이에요." 디디는 바보가 자기 자신을 일컫는 말이었다. 난 바보가 왜 사랑스러운지 물었고 하그하그는 말했다. "바보니까요. 그리고 아가씨는 현명하니까요." 하그하그는 말하며 날 보고 깔깔 웃었다. 내가 바보 경을 질투했기 때문이다.

그래서 내가 말했다. "마음 가득 당신을 사랑해." 하그하그는 내 마음을 알았고, 으흠 하고 말했다.

아마 내가 여덟 살 때였을 것이다. 아버지 신이 루아웨이의 아버지와 어머니와 그 나라 사람들을 죽이고 루아웨이의 몸에 남근을 넣었을 때, 루아웨이는 열세 살이었다. 그로 인해 신성해졌기에, 루아웨이는 신의 집에 와서 살아야만 했다. 만약 임신을 했다면 아기를 낳은 뒤 사제들이 루아웨이를 목매달아 죽였을 것이고, 아기는 2년 동안 평민 여자가 키운 뒤 신의 집에 돌아와 신의 하인인 성스러운 여자가 되기 위한 훈련을 받았을 것이다. 대부분의 몸종은 신의 사생아였다. 그런 사람들은 신성하지만 칭호를 받지는 못했다. 경들과 부인들은 신의 친척이나 신의 선조의 후손들이었다. 신의 아이들 역시 경과 부인이라 불리지만 결혼하기로 약속된 두 명은 예외였다. 우리 둘은 신이 될 때까지 그냥 타주와 제로 불렸다. 내 이름은 성스러운 어머니에게 주어지는 이름이고, 신의 백성들을 먹이는 성스러운 식물의 이름이다. 타주는 '커다란 뿌리'라는 뜻으로, 그 애가 태어났을 때 우리 아버지가 출산 의식에서 연기를 마시고 폭풍에 날려가는 커다란 나무를 보았는데, 그 뿌리 사이사이에 수천 개의 보석이 매달려 있었기 때문에 붙인 이름이다.

신은 사당이나 꿈에서 머리 뒤에 있는 눈으로 뭔가를 보게 되면 그걸 꿈 사제에게 이야기했다. 사제들은 그 광경에 대해 깊이 생각을 하고, 신탁이 앞으로 일어날 일을 예언한 것인지, 혹은 어떤 일을 해야 한다고 아니면 하지 말아야 한다고 한 건지를 말했다. 하지만 사제들은 신과 함께 있어도 신과 똑같은 것을 본 적이 한 번도 없었다. 내가 열네 살이 되고 타주가 열한 살이 되던 세상의 생일 전까지는.

요즘에도 사람들은 태양이 카나가드와 산 위에 정지해 서 있을 때를 세상의 생일이라 부르며, 나이를 한 살 더 먹은 걸로 센다. 하지만 이제 더는 제식과 의례를 모르며 춤이나 노래나 축복을 하지 않고 거리에서 축제가 벌어지지도 않는다.

난 평생 제식, 의례, 춤, 노래, 축복, 교훈, 축제와 규칙에 익숙했다. 난 천사가 제의 씨앗이 처음 심어졌던 와다나 근처 고대의 평원에서 제의 완전한 첫 이삭을 가져오는 게 신의 해의 어느 날인지 알았고, 지금도 안다. 어떤 손이 그것을 타작하고, 어떤 손이 낟알을 갈고, 언제, 신의 집의 어느 방에서 어떤 사제의 주관 아래 어떤 입술이 음식을 맛보는지 알았고, 안다. 천 개의 규칙이 있었고, 여기에 적으면 단지 복잡해 보이기만 할 터이다. 우리는 규칙을 알았고, 규칙에 따라 살았지만, 규칙을 공부하거나 어길 때만 규칙에 대해 생각했다.

나는 그 몇 년 동안 루아웨이와 내 침대에서 함께 잤다. 루아웨이는 따뜻하고 편안했다. 함께 자기 시작하면서부터는 밤에 꾸던 나쁜 꿈들을, 어둠 속에서 소용돌이치며 일어나는 거대한 흰 구름이라든지, 이빨이 날카로운 동물이라든지, 다가오면서 모습을 바꾸는 기묘한 얼굴이라든지 하는 꿈을 더는 꾸지 않게 되었다. 키그와 다른 성질 나쁜 성스러운 사람들은 루아웨이가 내 침실에 함께 있는 모습을 보게 되자 루아웨이를 털끝 하나 건드리지 않았다. 내 가족과 하그하그와 몸종을 제외하면, 내가 허락하지 않는 한 그 누구도 내게 손끝 하나 대지 못했다. 그리고 내가 열 살이 된 이후로 내게 손댄 벌은 죽음이었다. 모든 규칙에는 나름의 쓸모가 있었다.

세상의 생일 이후 축제는 나흘 밤낮 동안 계속되곤 했다. 모든 창고 문이 열렸고, 사람들은 필요한 걸 가져갈 수 있었다. 신의 도시와 신의 나라 방방곡곡의 모든 거리와 광장에서 신의 하인들이 음식과 맥주를 나누어주었고, 평민들과 성스러운 사람들이 함께 먹었다. 경들과 부인들과 신의 아들들은 축제에 참여하기 위해 거리로 나갔다. 신과 나만이 예외였다. 신은 집의 발코니로 나와서 역사 이야기를 들었고, 춤을 구경했다. 난 신과 함께 나왔다. 사제들이 반짝이는 광장에서 노래와 춤으로 모든 사람들을 흥겹게 했고, 북 치는 사제와 이야기하는 사제와 역사 사제도 그러했다. 사제들은 평민이었지만 그들이 하는 일은 신성했다.

하지만 축제 전에도 여러 날 동안 의식이 있었고, 태양이 카나가드와 산의 오른쪽 마루 위에서 멈추는 바로 그날, 아버지 신이 한 해를 한 바퀴 되돌리기 위해 전환의 춤을 추었다.

당신께서는 황금 허리띠를 매고 황금 가면을 썼고, 우리 집 앞의 반짝이는 광장에서 춤을 추었다. 광장은 햇빛이 비치면 반짝이는 운모가 가득한 돌로 포장되어 있었다. 우리 아이들은 신의 춤을 보기 위해 긴 남쪽 발코니로 나갔다.

춤이 막 끝나려 할 때, 맑고 파란 여름 하늘에 구름 한 조각이 나타나더니 여전히 산의 오른쪽 마루 위에 서 있는 태양을 가로질렀다. 햇빛이 흐릿해지자 모두가 하늘을 올려다보았다. 돌의 반짝임이 사라졌다. 도시의 모든 사람들이 숨을 들이키며 "와" 하고 소리를 냈다. 아버지 신은 위를 올려다보지 않았지만, 스텝이 엉켰다.

아버지 신은 춤의 마지막 동작을 마치고 재의 집으로 걸어 들어갔다. 그곳에는 모든 고이즈들이 벽에 있었고, 각자의 앞에는 음식을 태우는 그릇이 있었으며, 그릇에는 재가 가득했다.

그곳에서는 꿈 사제들이 신을 기다리고 있었고, 마실 연기를 피우기 위해 어머니 신이 향초에 불을 붙여두었다. 생일의 신탁은 그해의 가장 중요한 신탁이었다. 거리와 광장과 발코니에서 사람들은 사제들이 밖으로 나와 아버지 신이 어깨 너머로 본 걸 말해주고, 새해 동안 우리를 이끌어줄 해몽을 들려주길 기다렸다. 그러고 나면 축제가 시작될 터였다.

연기를 마신 신이 투시를 하고, 사제들에게 이야기를 하고, 사제들이 꿈을 해석해서 우리에게 말해주려면 대개 저녁이나 밤까지 시간이 걸렸다. 구름이 지난 뒤 날씨가 아주 뜨거워졌기에, 사람들은 집 안이나 그늘진 장소에서 자리를 잡고 기다렸다. 타주와 아르지와 바보와 나는 발코니에 있었고, 하그하그와 몇 명의 경들과 부인들, 그리고 오미모도 함께였다. 오미모는 세상의 생일을 위해 군대에서 여기로 돌아와 있었다.

오미모는 이제 어른이었고, 키가 크고 강했다. 생일이 끝나면 동쪽으로 가서 군대에게 테그흐와 차시 사람들과의 전쟁을 명할 터였다. 오미모는 병사들이 하는 방식을 따라 돌과 향초로 피부를 문질렀고, 그 때문에 그의 피부는 물룽 가죽만큼이나 두껍고 질겨졌으며, 거의 시커멨고 흐릿하게 빛이 났다. 오미모는 잘생겼지만 나는 그가 아닌 타주와 결혼할 예정인 것이 기뻤다. 오미모의 눈 속에 추한 남자가 보였다.

오미모는 우리에게 지켜보라 하더니 자기 칼로 팔을 베고는 피부가 아주 두꺼워 피가 나지 않는다는 걸 보여주었다. 오미모는 타주의 팔을 베서 얼마나 빨리 피가 나는지를 보여주겠다고 계속 말했다. 그리고 장군으로서 야만인들을 학살하는 일에 대해 으스댔다. 이런 식이었다. "난 놈들 시체로 만든 강을 건널 거야. 놈들을 정글로 몰아넣고 정글을 불태워버릴 거야." 오미모는 말하길, 테그흐 사람들은 너무나 멍청해 날아다니는 도마뱀을 신이라 부른다고 했다. 그 사람들은 여자가 전쟁에서 싸우게 내버려두며, 그런 건 사악한 짓이므로 그런 여자를 사로잡으면 배를 갈라 자궁을 짓밟아버릴 거라고 했다. 나는 아무 말도 하지 않았다. 나는 루아웨이의 어머니가 아버지 옆에서 싸우다 죽은 걸 알았다. 그들은 작은 군대를 이끌고 있었고, 아버지 신께서는 쉽게 그들을 이길 수 있었다. 신은 죽이기 위해서가 아니라 야만인들을 신의 백성으로 만들기 위해 전쟁을 했다. 전쟁을 일으킬 만한 그 밖의 다른 적합한 이유를 나는 알지 못했다. 오미모의 이유들은 확실히 적합하지 않았다.

함께 자기 시작한 뒤로 루아웨이는 말을 배워 잘하게 되었고, 나 역시도 루아웨이의 말을 몇 마디 배웠다. 그중 하나가 '테체그'였다. 이 단어는 '친구, 옆에서 함께 싸우는, 동포, 욕망하는, 연인, 오랫동안 알아온'이라는 이 모든 의미를 뜻했고, 이와 가장 비슷한 우리 단어는 '마음속 깊이 있는'이었다. 루아웨이의 사람들을 부르는 이름인 테그흐는 테체그와 같은 단어로, 모두가 서로의 마음속에 있다는 뜻이었다. 루아웨이와 난 서로의 마음속에 있었다. 우리는 테체그였다.

오미모가 말했다. "테그흐는 더러운 벌레들이야. 놈들을 으깨 버리고 말겠어." 루아웨이와 난 잠자코 있었다.

"오가! 오가! 오가!" 바보가 오미모의 뻐기는 목소리를 흉내 내 말했다. 나는 웃음을 터뜨렸다. 그때, 내가 내 동생 때문에 웃고 있을 때, 재의 집 문이 활짝 열리고 사제들이 모두 서둘러 나왔다. 음악에 맞추어 행진하는 것이 아니라 떼 지어 황급히 무질 서하게 나오며 큰 소리로 울부짖었다.

"집들이 불타고 무너져!"

"세상이 죽는다!"

"신의 눈이 먼다!"

도시는 한순간 끔찍한 침묵이 흘렀고, 곧 사람들은 거리와 발코니에서 울부짖고 통곡을 했다.

신이 재의 집 밖으로 나왔다. 어머니 신이 먼저 나왔고, 아버지 신을 이끌었다. 아버지 신은 술에 취한 듯, 일사병에 걸린 듯, 사람들이 연기를 마신 뒤 걷는 것처럼 걸었다. 신은 울부짖는 사제들에게로 가서 그들을 조용히 시켰다. 이윽고 어머니 신이 말했다. "내 뒤로 다가오는 것을 보았으니 그 이야기를 들으라, 백성들이여!"

침묵 속에서 아버지 신은 약한 목소리로 말하기 시작했다. 우리는 그의 말을 제대로 들을 수가 없어서, 어머니 신이 분명한 목소리로 다시 한 번 말했다. "신의 집이 불타 무너지지만, 모조리 타버리진 않는다. 집은 강 옆에 서 있다. 신은 눈처럼 희다.

신의 얼굴에는 한가운데에 눈 하나가 있다. 위대한 돌길이 깨져 있다. 전쟁은 동쪽과 북쪽에 있다. 기아는 서쪽과 남쪽에 있다. 세상은 죽는다."

아버지 신이 두 손에 얼굴을 묻고 큰 소리로 울었다. 어머니 신이 사제들에게 말했다. "신이 본 것을 말하라."

사제들은 신이 했던 말을 반복했다.

어머니 신이 말했다. "가서 도시 각 구역에 있는 신의 천사들에게 이 말을 전하라. 그리고 천사들에게 방방곡곡으로 가서 사람들에게 신이 본 것을 말하게 하라."

사제들은 이마를 엄지손가락에 대고 복종했다.

바보 경은 신이 우는 것을 보자 너무나 겁이 나 오줌을 쌌고, 발코니에 웅덩이가 생겼다. 하그하그는 너무나도 당황했고, 바보를 꾸짖으며 찰싹 소리가 나게 때렸다. 바보가 울음을 터뜨렸고, 흐느꼈다. 오미모는 신의 아들을 때린 못된 여자는 죽어 마땅하다고 외쳤다. 하그하그는 바보 경의 오줌 웅덩이에 얼굴을 박고 자비를 구했다. 나는 일어나라고 말하며 용서해주었다. 내가 말했다. "난 신의 딸이며, 그대를 용서한다." 난 '넌 이런 말을 할 수 없어'라는 시선으로 오미모를 바라보았다. 오미모는 아무 말도 하지 않았다.

그날을, 세상이 죽기 시작한 그날을 생각할 때면, 광장에 있던 사람들이 우리를 쳐다보는 동안 오줌에 흠뻑 젖은 채 거기 서서 부들부들 떨던 늙은 여인이 생각난다.

구름 부인은 하그하그를 딸려 바보 경을 씻기러 보냈고, 몇몇 경들이 거리에서 벌어지는 축제를 이끌기 위해 타주와 아르지를 데리고 나갔다. 아르지는 울고 있었고, 타주는 울음을 간신히 참고 있었다. 오미모와 나는 성스러운 사람들과 함께 발코니에 있으면서 아래쪽 반짝이는 광장에서 벌어지는 일을 지켜보았다. 신이 재의 집으로 되돌아갔고, 천사들이 메시지를 반복하기 위해 모여들었다. 천사들은 위대한 돌길 위를 밤낮으로 달리면서 메시지를 한 자 한 자 그대로 신의 영토 안에 있는 모든 마을과 농장에 전달할 터였다.

모든 것이 정해진 대로 흘러갔다. 하지만 천사들이 전할 메시지는 그렇지 않았다.

때로 연기가 진하고 강하면 사제들 역시 신처럼 어깨 너머로 볼 수가 있었다. 그런 것은 약한 계시였다. 하지만 이전까지 사제들 모두 신과 같은 것을 보거나 똑같은 것을 말한 적은 한 번도 없었다.

그리고 사제들은 해석이나 설명을 하지 않았다. 사제들에게는 인도자가 없었다. 사제들은 이해가 아닌 공포만을 가져왔다.

하지만 오미모는 흥분했다. "동쪽과 북쪽에서 전쟁이야." 오미모가 말했다. "내 전쟁이야!" 오미모는 나를 바라보았다. 냉소가 담기거나 시무룩한 시선으로가 아니라, 내 눈을 정면으로, 루아웨이가 나를 바라보는 방식으로 바라보았다. 오미모가 싱긋 웃었다. "어쩌면 바보나 울보는 죽게 될지도 몰라. 어쩌면 너와 내가 신이 될지도 몰라." 오미모는 내 가까이 서서 낮은 목소리로 말했고, 그래서 다른 이들은 그 말을 듣지 못했다. 난 심장이 덜컥 내려앉는 느낌이었다. 나는 아무 말도 하지 않았다.

그 생일 이후 곧 오미모는 동쪽 국경선에 있는 군대를 지휘하러 돌아갔다.

1년 내내, 사람들은 우리 집, 도시 한가운데 있는 신의 집이 번개에 맞기를, 하지만 파괴되지는 않기를 기다렸다. 사제들은 의논하고 생각해볼 시간이 나자 계시를 그렇게 해석했다. 계절이 계속 지났고, 번개나 화재가 없자 사제들은 계시가 말하는 것은 지붕의 금과 구리로 된 배수로 위에서 빛나는 태양은 꺼지지 않는 불이며 지진이 일어나도 집이 무너지지 않을 거라는 의미라고 해석했다.

신이 희고 눈이 하나라는 건 신은 태양이며 빛과 생명을 주는 전지한 존재로 숭배를 받게 될 거라는 의미라고 해석했다. 늘 이런 식이었다.

실제로 동쪽에서 전쟁이 일어났다. 동쪽에는 항상 전쟁이 있어왔다. 동쪽 황무지에 사는 이들은 우리의 곡식을 훔치려 애썼고, 우린 그들을 정복하고 곡식을 기르는 법을 가르쳤다. 침몰의 경 장군은 천사들을 돌려보내면서 다섯 번째 강까지 정복했다는 소식을 전해왔다.

서쪽에는 기근이 없었다. 신의 나라에는 한 번도 기근이 없었다. 신의 아이들은 곡물이 적절히 심기고, 자라고, 저장되고, 분배되도록 주의를 기울였다. 만약 서쪽 평야에서 제 농사가 실패하면 수레꾼들은 바퀴 둘 달린 수레에 곡식을 싣고 중앙 평야로부터 산을 넘어 위대한 돌의 길을 통해 서부로 갔다. 만약 북쪽에서 농사가 실패하면 수레는 네 개의 강 땅으로부터 북쪽으로 갔다. 서쪽에서 동쪽으로는 훈제 생선을 실은 수레가 왔고, 해돋이 반도에서는 과일과 해초를 실은 짐마차가 서쪽으로 왔다. 신의 곳간과 창고는 항상 가득 차 있었고, 필요한 이들에게 늘 열려 있었다. 창고 관리인에게 말만 하면, 필요한 것을 구할 수 있었다. 굶주리는 이는 아무도 없었다. 기근은 우리 땅으로 데려온 사람들, 테그흐나 차시나 북쪽 언덕 사람들에게나 속한 말이었다. 우린 그들을 굶주린 사람들이라 불렀다.

세상의 생일이 다시 돌아왔고, 사람들은 계시 가운데 가장 무서운 말, '세상이 죽는다'는 말을 떠올렸다. 공공장소에서는 사제들이 신의 자비가 세상을 구원했다고 말하며 평민들을 축하하고 위로해주었다. 우리 집에는 위안거리가 없었다. 우리 모두 아버지 신이 아프다는 걸 알았다. 당신께서는 지난 1년 동안 점점 더 모습을 감추었고, 숱한 의식들이 성스러운 신 없이, 또는 어머니 신만을 모시고 치러졌다. 어머니 신은 늘 조용했고 평안해 보였다. 이제 내 수업의 대부분은 어머니 신이 해주었고, 어머니 신과 함께 있으면 난 항상 아무것도 변하지 않았고 변할 수 없으며 모든 것이 괜찮을 거라고 느꼈다.

해가 여전히 성스러운 산 등성이 위에 정지해 있는 동안, 신은 전환의 춤을 추었다. 아버지 신은 천천히 춤을 추었고, 스텝을 많이 빼먹었다. 아버지 신은 재의 집으로 들어갔다. 우리는 기다렸다. 모두가, 도시의 모두가, 방방곡곡의 모두가 기다렸다.

태양은 카나가드와 뒤로 넘어갔다. 꼭대기에 눈이 쌓인 산봉우리들이, 북쪽에서부터 남쪽까지, 카예와, 코로시, 아그헤트, 엔니, 아지자, 카나가드와가 금색으로 불타오르며 격렬한 빨간색이 되었다가 보라색이 되었다. 빛이 산봉우리를 비추었다가 사라졌고, 봉우리들은 재 같은 흰색이 되었다. 그 위로 별들이 나타났다. 마침내 북이 울렸고, 반짝이는 광장에 음악 소리가 울렸으며, 횃불빛에 포장도로가 반짝이고 빛났다. 사제들이 재의집의 좁은 문을 줄지어 행진해 나왔다. 그들이 멈췄다. 침묵 속에서 가장 나이 많은 꿈 사제가 말했다. 그녀의 목소리는 가늘고 맑았다. "신의 어깨 위로 아무것도 보이지 않았다."

침묵 위로, 마치 모래 위를 달려가는 작은 벌레들처럼 사람들의 웅성거리는 소리가 퍼져나갔다. 다시 조용해졌다.

사제들이 몸을 돌렸고, 침묵을 지키며 다시 똑바르게 줄을 지어 재의 집으로 걸어 들어갔다.

계시를 방방곡곡으로 전하기 위해 기다리던 천사들은 대장들이 모여서 이야기를 나누는 동안 가만히 서 있었다. 이윽고 천사들은 반짝이는 광장에서 시작해 도시에서 평야를 가로지르는 다섯 개의 위대한 돌길로 이어지는 다섯 개의 길을 따라 모두 흩어졌다. 언제나 그랬듯이, 천사들은 길에 들어서자 달리기 시작했다. 신의 말을 빠르게 전달하기 위해서였다. 하지만 이번에는 전달할 말이 없었다.

타주가 발코니에 있는 내 곁에 와 섰다. 그날 타주는 열두 살이었고 난 열다섯 살이었다.

타주가 말했다. "제, 널 만져도 돼?"

나는 눈으로 된다고 말했고, 타주는 내 손을 잡았다. 위안이 되었다. 타주는 진지했고, 조용한 아이였다. 쉽게 피곤해했고, 종종 머리와 눈이 너무나 아파서 거의 볼 수가 없었지만 모든 의식과 성스러운 행사를 진지하게 진행했고, 역사와 지리와 궁술과 춤과 작문을 선생님과 함께 공부했으며, 어머니와는 성스러운 지식들을 공부하면서 신이 되는 법을 배웠다. 가끔 나는 타주와 함께 수업을 들을 때도 있었고, 우리는 서로를 도왔다. 타주는 다정한 동기였고, 우리는 서로의 마음속에 있었다.

내 손을 잡은 채 타주가 말했다. "제, 내 생각엔 우리가 곧 결혼하게 될 거 같아."

난 타주가 무슨 생각을 하는지 알았다. 우리의 아버지인 신은 세계를 돌리는 춤을 추며 여러 번 스텝을 빼먹었고, 다가올 시간을 들여다보아야 했으나 어깨 너머로 아무것도 보지 못했다.

하지만 그 순간 나는, 작년 바로 이날 바로 이곳에서 오미모가 내가 자기와 결혼하게 될 거라고 말했으며, 올해는 타주가 그렇게 말하다니 참으로 이상하다는 생각이 들었다.

"아마도." 내가 말했다. 나는 타주가 신이 되는 걸 두려워하는 것을 알았기에 그 애의 손을 꼭 잡아주었다. 나도 두려웠다. 하지만 두려워해도 소용없었다. 때가 되면 우린 신이 될 터였다.

때가 되면. 어쩌면 태양이 카나가드와 위에서 멈추지 않고 되돌아가버렸을 수도 있었다. 어쩌면 신이 한 해를 제대로 돌리지 못했을 수도 있었다.

어쩌면 더는 시간이 없을지도 몰랐다. 우리 등 뒤에서 더는 시간이 다가오지 않고, 그래서 우리 앞에 놓인, 필멸자의 눈으로 볼 수 있는 시간밖에 없는지도 몰랐다. 오직 우리 자신의 일생만 있을 뿐 다른 것은 없을지도.

그건 너무나도 끔찍한 생각이라 숨을 쉴 수가 없었고, 나는 두 눈을 감고 타주의 가는 손을 꼭 쥐며 두려워하는 건 아무 도움이 안 된다는 생각으로 마음을 진정시키고 타주에게 몸을 기댔다.

그해에, 마침내 바보 경의 고환이 무르익었고, 그는 여자들을 겁탈하려 들기 시작했다. 어린 성녀를 다치게 하고 다른 여자들에게 덤벼들자, 신은 바보 경을 거세했다. 그 뒤 바보 경은, 비록 슬프고 외로워 보이는 경우가 잦기는 했지만, 다시 조용해졌다. 나와 타주가 손을 잡고 있는 걸 보면 바보 경도 아르지의 손을 잡고 나와 타주가 서 있는 것처럼 아르지 옆에 섰다. "신, 신!" 바보 경은 자부심에 차 웃으며 말했다. 하지만 아홉 살이 된 아르지는 손을 빼며 말했다. "넌 신이 될 수 없어, 넌 안 돼, 넌 바보야, 넌 아무것도 모르잖아!" 늙은 하그하그가 아르지를 몹시 나무랐다. 아르지는 울지 않았지만, 바보 경은 울었다. 그리고 하그하그의 눈에도 눈물이 글썽해졌다.

여느 해와 마찬가지로, 마치 신이 춤의 스텝을 제대로 밟으며 춤을 췄다는 듯이 태양은 북쪽으로 갔다. 그리고 그해의 어두운 날에, 여느 해와 마찬가지로 태양은 위대한 엔니 봉 너머 남쪽으로 돌아왔다. 그날 아버지 신은 죽어가고 있었고, 타주와 나는 신 앞에 가 축복을 받았다. 아버지 신은 썩어가는 냄새와 달콤한 향초 태우는 냄새 속에 꼼짝 않고 누워 있었다. 어머니 신이 아버지 신의 손을 들어 내 머리 위에, 그런 다음 타주의 머리 위에 놓았다. 그동안 우린 가죽과 청동으로 된 커다란 침대 옆에서 이마를 엄지손가락에 갖다 대고는 무릎을 꿇은 채 앉아 있었다. 어머니가 축복의 말을 해주었다. 아버지 신은 아무 말도 않다가 마지막에 "제, 제!"라고 속삭였다. 아버지 신은 나를 부르는 게 아니었다. 어머니 신의 이름은 늘 제였다. 아버지 신은 죽어가며 자신의 누이이자 아내를 부르고 있었다.

이틀 밤 뒤, 난 어둠 속에서 잠이 깼다. 낮은 북소리가 집 안 가득 울려 퍼졌다. 숭배의 사원들과 도시 저편의 광장들, 그리고 그보다 훨씬 더 먼 곳에서도 북소리가 들려오기 시작했다. 별빛 아래 시골에 사는 사람들도 그 북소리를 듣게 되면 자기들의 북을 치기 시작할 터였다. 언덕 너머로, 산길에서, 산을 너머 서쪽 바다에 이르기까지, 동쪽의 들판을 가로질러, 위대한 네 개의 강을 건너, 이 마을에서 저 마을로, 황무지까지. 그날 밤 난 생각했다. 오미모도 북쪽 언덕 아래의 병영에서 신이 죽었음을 알리는 북소리를 듣고 있을 거라고.

신의 아들과 딸은 결혼함으로써 신이 되었다. 이 결혼은 신이 죽고 나서야, 하지만 죽고 몇 시간 안쪽으로 치러졌다. 세상이 오랫동안 버림받은 채 있지 않도록 하기 위해서였다. 난 그 사실을 배워서 알고 있었다. 어머니가 나와 타주의 결혼을 미룬 것은 불행이었다. 우리가 즉시 결혼했다면 오미모의 주장은 소용없었을 것이다. 오미모의 병사조차 감히 그를 따를 엄두를 내지 못했을 것이다. 어머니는 슬픔 때문에 혼란에 빠졌다. 어머니는 오미모의 야심이 얼마나 큰지를, 그 야심 때문에 그가 폭력과 신성모독의 길로 접어든 것을 알지 못했고 상상할 수도 없었다.

천사들로부터 아버지의 병에 대해 듣자, 오미모는 충성스러운 병사로 이루어진 소규모 부대를 이끌고 신속하게 서쪽으로 행진했다. 북소리가 울릴 때, 그는 먼 북쪽 언덕이 아니라 계곡 건너편 북쪽, 도시와 신의 집이 바로 보이는 가리 언덕의 요새에서 그 소리를 듣고 있었다.

신이었던 남자의 육신을 불태울 준비가 진행되고 있었다. 재의 사제들이 그 일을 맡아서 처리했다. 결혼식 준비도 동시에 진행되어야 했다. 하지만 사제들에게 모습을 보여야 할 어머니가 방에서 나오지 않았다.

어머니와 자매인 구름 부인과 집안의 다른 경들이나 부인들이 결혼식 모자와 화환, 연주하러 와야 할 음악 사제들과 도시와 마을에서 준비되어야 할 축제에 대해 이야기를 나누었다. 결혼 사제가 근심에 차서 그들에게 다가갔지만, 어머니의 허락 없이 그들은 감히 아무 일도 할 수 없었고, 그래서 사제 역시 아무 일도 하지 못했다. 구름 부인이 어머니의 방문을 두드려보았지만 어머니는 답을 하지 않았다. 사람들은 하루 종일 어머니를 기다리며 몹시 신경을 곤두세우고 안절부절못했고, 그 때문에 나 역시 같이 있다가는 미쳐버릴 것 같아 정원으로 내려갔다.

나는 발코니보다 더 멀리 집 밖으로 나가본 적이 없었다. 반짝이는 광장을 가로질러 도시의 길을 걸어본 적이 한 번도 없었다. 들판이나 강을 본 적이 없었다. 흙 위를 걸어본 적이 없었다.

신의 아들들은 의식을 치르기 위해 가마를 타고 거리를 지나 사원으로 갔으며, 늘 세상의 생일이 지나고 여름이 되면 세상이 시작하는 곳, 근원의 강이 시작하는 곳인 치믈루로 갔다. 해마다 타주는 그곳에 다녀오면 내게 치믈루 이야기를 해주었다. 오래된 저택 주위에 산이 어떤 식으로 솟아 있는지, 야생 용이 봉우리에서 봉우리로 어떻게 날아다니는지를 들려주었다. 그곳에서 신의 아들들은 용을 사냥하고 별빛 아래에서 잠들었다. 하지만 신의 딸은 집을 지켜야 했다.

정원은 내 마음속에 있었다. 그곳은 내가 하늘을 보며 걸을 수 있는 곳에 있었다. 잔잔한 물이 흐르는 분수가 다섯 개 있었고, 커다란 화분들에는 꽃이 만발한 나무들이 있었다. 신성한 제의 식물들이 구리와 은으로 된 용기에 담겨 가장 햇빛이 잘 드는 담장에 기대 자랐다. 나는 의식이나 수업이 없을 때면 항상 그곳으로 갔다. 어렸을 때는 사냥을 나온 무서운 용을 피하는 벌레인 척하며 놀았다. 나중에는 루아웨이와 함께 던지기 놀이를 하거나 분수에서 물이 떨어지는 걸 지켜보며 담장 위 하늘에 별이 뜰 때까지 앉아 있곤 했다.

항상 그랬듯이, 이날도 루아웨이가 나와 함께 나왔다. 나 혼자서는 어디에도 갈 수 없었고, 항상 시중드는 이가 있어야 했으며, 나는 어머니 신에게 루아웨이를 내 개인 시녀로 해달라고 부탁했었다.

나는 중앙 분수 옆에 앉았다. 루아웨이는 내가 원하는 게 침묵이란 걸 알았기에 구석의 과일나무 아래로 갔다. 루아웨이는 언제 어디서든 잘 수 있었다. 나는 앉아서 루아웨이가 아닌, 타주와 밤낮으로 함께 있는 게 얼마나 이상할지 생각해보았다. 하지만 실감이 나지 않았다.

정원에는 거리로 통하는 문이 하나 있었다. 때때로 정원사가 다른 사람이 오갈 수 있도록 문을 열어놓았고, 그럴 때면 난 집밖의 세계를 보기 위해 문밖을 보았다. 문은 항상 양쪽에서 잠겨 있었고, 따라서 두 사람이 있어야만 열 수 있었다. 내가 분수 옆에 앉아 있는데 정원사로 보이는 이가 정원을 가로질러 가더니 문의 빗장을 풀었다. 남자 몇이 들어왔다. 그 가운데 한 명은 내 동기인 오미모였다.

그 문이 오미모가 집으로 몰래 들어올 수 있는 유일한 통로였으리라. 그리고 아마 오미모는 내가 자신과 결혼할 수밖에 없도록 타주와 아르지를 죽일 계획이었을 것이다. 마치 기다렸다는 듯이 정원에서 오미모를 보게 된 것은 우연의 일치였으며, 운명은 우리 편이었다.

"제!" 내가 앉아 있던 분수를 지나던 오미모가 말했다. 그 목소리는 어머니를 부르던 아버지의 목소리와 비슷했다.

"침몰의 경." 내가 일어나며 말했다. 나는 너무나 당황해서 나도 모르게 말했다. "그대는 여기 있으면 안 돼!" 나는 오미모가 다친 것을 알아차렸다. 감긴 오른쪽 눈에 흉터가 나 있었다.

오미모는 놀람이 가실 때까지 가만히 서서 한 눈으로 나를 보며 아무 말도 하지 않았다. 이윽고 그가 소리 내어 웃었다.

"그렇지, 동생." 오미모가 말하더니 몸을 돌려 부하들에게 명령을 내렸다. 그들은 다섯 명인 듯했고, 온몸의 피부를 딱딱하게 만든 병사들이었다. 발에는 천사의 신발을 신었고, 허리와 목에는 남근 보호대와 칼과 단검용 칼집을 지탱하기 위한 벨트를 차고 있었다. 오미모도 그들과 비슷한 차림이었지만, 장군을 뜻하는 황금으로 된 보호대와 칼집을 했고 은 모자를 썼다. 나는 오미모가 그들에게 무슨 말을 했는지 알아들을 수 없었다. 하지만 병사들이 내게 다가왔고, 오미모는 더 가까이 다가왔기에 내가 말했다. "건드리지 마." 그들에게 위험하다는 경고를 주기 위해서였다. 날 만진 평민은 법 사제들에 의해 화형을 당했기 때문이다. 그리고 심지어 오미모조차 내 허락 없이 날 만진다면 참회와 단식을 하며 1년을 보내야 했다. 하지만 오미모는 다시금 소리 내어 웃었고, 내가 물러서자 갑자기 내 팔을 잡고 손으로 내 입을 막았다. 나는 있는 힘껏 그의 손을 깨물었다. 오미모는 손을 치우더니 내 입과 코를 세게 후려쳤고, 나는 머리가 뒤로 젖혀지며 숨을 쉴 수가 없었다. 나는 비틀거렸고 정신을 차리려 애썼지만 눈앞이 까맣고 별이 번쩍였다. 그리고 단단한 손들이 날 잡더니 두 팔을 비틀고 공중으로 들어 올려 어디론가 데려갔다. 손 하나가 내 입과 코를 단단히 조여 나는 숨을 쉴 수가 없었다.

루아웨이는 나무가 심긴 커다란 화분 사이 포석에 누워 졸고 있었다. 그자들은 루아웨이를 보지 못했지만, 루아웨이는 그자들을 보았다. 루아웨이는 만약 자신이 발견되면 즉시 죽임을 당하리라는 것을 알았다. 루아웨이는 꼼짝도 하지 않았다. 그자들이 나를 들쳐 업고 거리로 통하는 문을 나서자마자 루아웨이는 집으로 달려 들어가 어머니의 방으로 가서 활짝 문을 열었다. 그건 신성모독이었지만, 집 안에 있는 이 가운데 누가 오미모와 동조하는지를 알 수 없었기 때문에 루아웨이는 믿을 수 있는 이가 오로지 내 어머니뿐이었다.

"침몰의 경이 제 님을 데려갔습니다." 루아웨이가 말했다. 루아웨이는 나중에 내게 말하길, 어머니가 어두운 방에서 너무나 오랫동안 아무 말 없이 쓸쓸하게 앉아 있어서 자기 말을 듣지 못했다고 생각했단다. 루아웨이가 다시 말을 하려고 할 때 어머니가 일어났다. 어머니에게서 비통함이 사라졌다. 어머니가 말했다. "군대를 믿을 수 없겠구나." 즉시 어머니는 어떻게 해야 할지 생각했다. 한때 신이었던 존재라 가능한 일이었다. "타주를 이리로 데려오너라." 어머니가 루아웨이에게 말했다.

루아웨이는 성스러운 사람들 사이에서 타주를 찾아냈고, 눈으로 그를 불러낸 다음 즉시 어머니에게 가보라고 말했다. 그리고 루아웨이는 아직까지 열린 채 아무도 지키지 않는 정원의 문을 통해 집 밖으로 나갔다. 그녀는 반짝이는 광장에 있던 사람들에게 혹시 술 취한 소녀를 데리고 있는 병사들을 보았느냐고 물었다. 우리를 보았던 이들은 우리가 북동쪽 거리로 가더라고 말해주었다. 얼마 지나지 않아 루아웨이는 도시의 북문 밖으로 나왔고, 날 오래된 요새인 가리로 데려가기 위해 언덕을 오르던 오미모와 병사들을 발견했다. 루아웨이는 급히 되돌아와 이 사실을 내 어머니에게 알렸다.

어머니는 타주와 구름 부인과 가장 신뢰하는 사람들에게 자문을 구한 뒤, 평화 유지를 하는 나이 든 장군들 몇 명을 불러왔다. 그들의 병사들은 변경에서 전쟁을 하는 대신 시골에서 질서 유지를 담당했다. 어머니는 그들에게 복종을 요구했고, 그들은 그러겠노라고 약속했다. 비록 어머니가 이제 신은 아니었지만 한때 신이었던 이였고, 신의 딸이자 신의 어머니이기 때문이다. 또한, 달리 복종할 이가 없기도 했다.

그런 다음 어머니는 꿈 사제들과 이야기를 했고, 천사들이 사람들에게 어떤 말을 전해야 할지를 결정했다. 오미모가 나와 결혼하여 스스로 신이 되기 위해 나를 데려갔다는 것에는 의심의 여지가 없었다. 만약 오미모의 행위가 결혼 사제가 행한 결혼이 아니라 겁탈임을 어머니가 천사의 목소리로 먼저 발표한다면, 사람들은 오미모와 내가 신이라고 믿지 않을 터였다.

그래서 이 소식은 발 빠르게 도시로, 방방곡곡으로 퍼져갔다.

오미모를 따라 최대한 빠르게 서쪽을 향해 행군하던 오미모의 군대는 그에게 충성스러웠다. 몇몇 병사들은 행군 도중에 합류했다. 중앙에서 평화를 유지하던 병사들은 내 어머니를 지지했다. 어머니는 타주를 장군으로 임명했다. 어머니와 타주는 겉으로는 단호하고 용감해 보였지만, 속으로는 별 희망을 품지 않았다. 지금은 신이 없었고, 오미모가 겁탈이든 살인이든 날 손에 넣고 있는 동안에는 신이 없을 터이기 때문이다.

이 모든 걸 나는 나중에 알게 되었다. 그 당시 내가 보거나 안 것은 다음과 같다. 난 낡은 요새에서 창문이 없는 지하 방에 있었다. 문은 밖에서 잠겼다. 나 혼자였고, 문에는 보초도 없었다. 요새 안에는 오미모의 병사들만 있었기 때문이다. 그곳에서 밤인지 낮인지도 모른 채 기다렸다. 두려워했던 대로 시간이 정지했다고 생각했다. 그곳은 요새의 포장도로 밑에 있는 오래된 저장 창고였기에 빛이라곤 없었다. 흙바닥에서 생물들이 움직였다. 난 흙바닥을 걸었다. 흙 위에 앉기도 했고 눕기도 했다.

문의 빗장이 열렸다. 문가에서 횃불빛이 어지럽게 펄럭였다. 남자들이 안으로 들어와 횃불을 벽의 꽂이에 꽂았다. 오미모가 사람들 사이를 헤치고 내게 다가왔다. 오미모의 남근이 똑바로 서 있었고, 날 겁탈하러 오고 있었다. 난 오미모의 외눈 얼굴에 침을 뱉고 말했다. "날 만지면 네 남근은 저 횃불처럼 타버릴 거야!" 오미모는 마치 소리 내어 웃는 것처럼 이를 드러냈다. 그는 날 밀어 눕히더니 내 다리를 밀어 벌렸다. 하지만 몸을 떨고 있었고, 내 신성을 두려워하고 있었다. 오미모는 손으로 남근을 잡고 내 몸속에 넣으려 했지만, 남근이 부드러워졌다. 오미모는 날 겁탈하지 못했다. 내가 말했다. "넌 할 수 없어. 봐, 넌 날 겁탈할 수 없어!"

오미모의 병사들이 이 모든 걸 보고 들었다. 굴욕을 당한 오미모는 날 죽이려고 황금 칼집에서 칼을 뺐지만, 병사들이 손을 잡고 막으며 말했다. "주군, 주군, 죽이지 마십시오. 저분은 주군과 함께 신이 되어야만 합니다!" 오미모는 소리 지르며 내가 오미모와 싸웠듯이 병사들과 싸웠다. 그리고 오미모와 병사들은 모두가 큰 소리를 지르고 몸싸움을 하면서 밖으로 나갔다. 누군가 한 명이 횃불을 움켜쥐었고, 그들 뒤로 문이 쾅하고 닫혔다. 잠시 뒤, 나는 더듬거리며 문으로 가 문을 열려고 시도해보았다. 문을 잠그는 것을 잊었을지도 모른다고 생각했지만, 문은 잠겨 있었다. 난 다시 구석으로 기어 와 어둠 속에서 흙 위에 몸을 뉘었다.

정말로 우리 모두는 어둠 속의 맨땅 위에 누워 있었다. 신은 없었다. 신은 결혼 사제가 주관한 결혼에 의해 결합된 신의 아들과 딸이었다. 다른 신은 없었다. 다른 방법은 없었다. 오미모는 어떻게 해야 할지, 무엇을 해야 할지 알지 못했다. 오미모는 결혼 사제의 선언 없이는 나와 결혼할 수 없었다. 겁탈을 함으로써 내 남편이 될 수 있다고 생각했고, 아마도 그렇게 되었겠지만, 오미모는 날 겁탈할 수가 없었다. 내가 오미모를 성불구로 만들었다.

이제 오미모에게 남은 유일한 방법은 도시를 공격해 신의 집을 취하고 결혼 사제를 포로로 잡아 신을 만드는 선포를 하게 하는 것뿐이었다. 하지만 현재 있는 소수의 병력으로는 그러기가 불가능했으므로 동쪽에서 오는 부대를 기다렸다.

타주와 장군들과 내 어머니는 중앙 평야의 병사들을 도시로 불러들였다. 하지만 가리를 공격하려 하지는 않았다. 그곳은 튼튼한 요새로, 방어하기는 쉽고 공격하기는 어려웠다. 더구나 포위를 할 경우 동쪽에서 오고 있는 오미모의 대군과 요새 사이에 낄 수 있다는 점을 두려워했다.

오미모와 함께 왔던 200여 명의 병사들은 요새에 주둔했다. 시간이 흐르자 오미모는 병사들에게 여자들을 공급했다. 병영이나 주둔지에서 병사들과 썹을 하기 위해 오는 여자들에게 여분의 곡식이나 장비나 경작지를 주는 건 신의 방침이었다. 그 보상을 얻기 위해 기꺼이 병사들에게 봉사하는 여자들은 늘 있었고, 만약 임신이라도 하게 되면 당연히 더 많은 보상과 지원을 받았다. 병사들을 위로하고 달래기 위해 오미모는 가리 근처의 마을들로 장교들을 보내 여자들에게 선물을 나누어주었다. 한 무리의 여자들이 오겠노라고 동의했다. 평민들은 상황을 거의 이해하지 못했기 때문이며, 누군가가 신에게 반란을 일으켰다고는 생각조차 하지 못했기 때문이다. 이 마을 여자들 속에 루아웨이가 끼어 있었다.

여자들과 소녀들은 요새를 이리저리 뛰어다니며 비번 중인 병사들을 희롱하고 함께 놀았다. 루아웨이는 운명적으로, 그리고 용기를 내어 내가 있는 곳을 알아냈고, 포장된 길 아래의 어두운 통로를 내려와 창고 문을 열려 애썼다. 빗장이 움직이는 소리가 들렸다. 루아웨이가 내 이름을 불렀다. 나는 소리를 약간 냈다. "이리 오세요!" 루아웨이가 말했다. 나는 문으로 기어갔다. 루아웨이는 내 팔을 잡고 내가 일어나 걷는 걸 도왔다. 루아웨이는 다시 빗장을 잠갔고, 우리는 돌계단 위로 펄럭이는 불빛이 보일 때까지 더듬거리며 깜깜한 통로를 나아갔다. 우리는 횃불로 밝혀진, 여자와 병사로 가득한 뜰로 나왔다. 루아웨이는 즉시 까르르거리고 말도 안 되는 소리를 재잘거리며 사람들 사이로 달리기 시작했다. 나도 함께 달릴 수 있도록 내 팔을 꼭 잡은 채였다. 병사 둘이 우리를 잡았지만, 루아웨이는 "안 돼요, 안 돼, 투키는 대장님 거예요"라고 말하며 둘을 피했다. 우린 계속 달렸고, 옆문에 이르자 루아웨이가 보초에게 말했다. "오, 저희를 내보내주세요, 대장님, 대장님, 이 애를 애네 어머니에게 데려다줘야 해요. 열이 나고 토하는 병에 걸렸어요!" 나는 비틀거렸고, 감옥의 흙과 오물로 더러웠다. 보초는 날 보고 웃어댔고, 내 더러움에 대해 상스러운 말을 하더니 우리가 나갈 수 있도록 문을 살짝 열었다. 그리고 우리는 별빛을 받으며 언덕을 달려 내려왔다.

그렇게 쉽사리 감옥에서 탈출하고, 잠긴 문들을 통과해 도망치다니 내가 정말로 신이 분명하다고 사람들은 말했다. 하지만 당시에는 신이 없었고, 지금도 없다. 신이 있기 훨씬 전에도, 그리고 훨씬 이후에도 그러한 세상 이치는 있었으니, 우린 그걸 우연, 운, 행운, 운명이라고 부른다. 하지만 그런 것들은 단지 이름일 뿐이다.

그리고 용기도 있다. 루아웨이는 내가 자기 마음속에 있었기에 나를 구출했다.

우리는 보초의 시야에서 벗어나자마자 파수병이 있는 길을 벗어나 시골길을 따라 도시로 향했다. 도시는 전방의 거대한 비탈 위에 강력한 모습으로 서 있었고, 돌벽이 별빛에 반짝였다.

나는 도시 중앙에 있는 집의 발코니와 창문으로 본 걸 제외하고
는 도시를 본 적이 한 번도 없었다.

나는 비록 수업의 일부로 했던 운동 덕분에 몸은 튼튼했지만,
먼 길을 걸어본 적이 한 번도 없었고, 그래서 내 발바닥은 손바
닥만큼이나 부드러웠다. 곧 난 신음했고, 발아래 밟히는 바위와
자갈로 인한 통증 때문에 계속 눈물을 흘렸다. 점점 숨쉬기가 어
려워졌다. 달릴 수도 없었다. 하지만 루아웨이는 계속 내 손을
꼭 쥐었고, 우리는 계속 나아갔다.

우리는 북문에 도착했다. 문은 잠긴 채 빗장이 걸려 있었고,
평화군이 엄중히 지키고 있었다. 이윽고 루아웨이가 외쳤다.
"신의 딸이 신의 도시에 들어가게 하소서!"

나는 머리털을 뒤로 넘기고 몸을 꼿꼿이 세운 다음, 비록 칼이
허파를 찌르는 것 같았지만 문의 대장에게 말했다. "대장, 우리
를 세상의 중심에 있는 집에 계시는 내 어머니 제 부인에게 데려
다줘."

대장은 나이 든 라이레 장군의 아들로, 나는 그를 알았고, 그
도 나를 알았다. 대장이 날 물끄러미 보더니 급히 이마를 엄지손
가락에 갖다 댔고, 큰 소리로 명령을 내리자 문이 열렸다. 그렇
게 우리는 안으로 들어갔고, 병사들, 그리고 환호를 지르며 점점
더 늘어나는 사람들의 호위를 받으며 집으로 가는 북동쪽 길을
따라 걸었다. 축제 때처럼 북이 빠른 박자로 울리기 시작했다.

그날 밤 어머니는 나를 꼭 안아주셨다. 내가 젖먹이 때 이후
처음이었다.

그날 밤 타주와 난 꽃장식 아래에서 결혼 사제 앞에 섰고, 성스러운 잔으로 마시고 결혼해 신이 되었다.

그날 밤 내가 도망친 것을 안 오미모 역시 군대에 있는 죽음의 사제에게 명령을 내려 병사들과 씹을 하기 위해 와 있던 마을 소녀 가운데 한 명과 결혼했다. 오미모의 부하 가운데 몇을 빼면 집 밖의 누구도 나를 가까이 본 적이 없었기에 어떤 소녀라도 나인 척할 수 있었다. 오미모의 병사 대부분은 그 소녀가 나라고 믿었다. 오미모는 자신이 죽은 신의 딸과 결혼했으며 그녀와 자신은 이제 신이라고 선언했다. 우리가 결혼을 알리는 천사를 보내자, 오미모 역시 신의 집에서 있던 결혼은 가짜이며 여동생인 제는 자신과 함께 달아나 가리에서 결혼했으며, 둘이 이제 유일하고 진실한 신이 되었다고 말하는 전령들을 보냈다. 그리고 오미모는 금으로 된 모자를 쓰고 얼굴에 하얀 물감을 칠하고 멀어버린 한쪽 눈으로 사람들 앞에 나타났다. 군대의 사제들은 소리 높여 외쳤다. "보라! 계시는 실현되었다! 신은 희며 눈이 하나이다!"

어떤 이들은 오미모의 사제와 전령들을 믿었다. 더 많은 이들이 우리를 믿었다. 하지만 한 번에 두 명의 신을 주장하는 전령들의 선언을 듣고 모두가 당황하거나 겁에 질렸고, 그래서 사람들은 진실을 알려고 하는 대신 어느 쪽을 믿어야 할지 선택해야만 했다.

이제 오미모의 대군은 너댓새만 행군하면 닿을 거리까지 다가와 있었다.

천사들이 우리에게 와서 젊은 메시와 장군이 도시 남쪽 풍요한 해안으로부터 천 명의 평화 유지군을 데리고 오고 있다고 전했다. 그는 천사들에게 "유일하고 진정한 신"을 위해 싸우러 오고 있노라고 전했다. 우린 그게 오미모를 뜻하는 것 같아 두려웠다. 우린 이름 앞에 아무런 수식도 더하지 않았다. 우리의 이름은 그 자체가 유일한 진실이란 의미였으며, 그게 아니면 아무 의미도 없기 때문이다.

우리는 장군들을 현명하게 선택했고, 그들의 결정에 따라 단호하게 행동했다. 도시가 포위되길 기다리는 대신, 동부군이 가리에 도착하기 전에 근원의 강 위쪽 언덕에서 공격하기 위해 군대를 보내기로 결정했다. 그들의 전 병력이 도착하면 우리는 후퇴를 해야 할 터이지만, 그렇게 하면서 시골 마을들을 완전히 비우고 사람들을 도시 안으로 데리고 돌아올 수 있을 터였다. 그러는 동안, 우리는 도시의 곳간을 채우기 위해 동부와 서부 도로에 있는 모든 창고에 수레를 보냈다. 늙은 장군들은, 전쟁이 빨리 끝나지 않는다면 계속 음식을 먹을 수 있는 쪽이 이긴다고 말했다.

"침몰의 경의 군대는 동부에서 북부로 가는 길에 있는 창고에서 식량을 조달할 수 있을 겁니다." 우리와 함께 모든 회의에 참석한 어머니가 말했다.

"길을 부숴." 타주가 말했다.

나는 어머니가 놀라 숨을 들이켜는 소리를 들었고, 예언을 기억해냈다. 길이 파괴될 것이다.

"부수려면 만들 때만큼이나 시간이 걸릴 겁니다." 가장 나이 많은 장군이 말했다. 하지만 그다음으로 나이 많은 장군이 말했다. "알모가이에 있는 돌다리를 부수십시오." 그래서 우리는 그렇게 하도록 명령했다. 질질 끌던 전쟁에서 후퇴하면서, 우리 군대는 천 년 동안 서 있던 위대한 돌다리를 파괴했다. 오미모의 군대는 거의 100마일을 돌아 숲을 통과해 도미의 여울로 갔고, 그러는 사이 우리 군대와 수레는 창고에 있던 걸 도시로 옮겨 왔다. 많은 시골 사람들이 신의 보호를 찾아 군대를 따라왔고, 그래서 도시는 사람들로 꽉 찼다. 제의 낟알 하나하나는 그걸 먹을 입과 함께 왔다.

도미에서 동부군과 싸웠을 수도 있던 메시와는 그동안 천 명의 병사들과 함께 길에서 기다렸다. 우리가 신성모독 죄를 범하고 평화를 되찾는 걸 도우러 오라고 명령을 보내자, 메시와는 무의미한 메시지와 함께 우리 천사들을 돌려보냈다. 오미모와 연합한 것이 분명해 보였다. "메시와는 손가락, 오미모는 엄지손가락이로군." 가장 나이 많은 장군이 벼룩을 으깨어 잡는 척하며 말했다.

"신은 조롱받지 않는다." 타주가 그 장군에게 불같이 화를 내며 말했다. 노장군은 부끄러워하며 이마를 두 엄지손가락에 가져가 댔다. 하지만 나는 싱긋 웃음이 나왔다.

타주는 시골 사람들이 이 신성모독에 분개해 봉기하고 얼굴에 칠을 한 신을 공격해 쓰러뜨리길 바랐다. 하지만 시골 사람들은 군인이 아니었고, 한 번도 싸워본 적이 없었다. 시골 사람들은 늘 평화 유지군의 보호를 받으며 살았고, 우리의 보살핌 아래 살았다. 이제 시골 사람들은 우리의 행동을 마치 회오리바람이나 지진 보듯 했다. 시골 사람들은 당황해 어찌할 바를 몰랐고, 그저 이 사태에 휘말려 죽지 않으면 좋겠다고 생각하며 이 모든 게 끝나기만 가만히 기다렸다. 우리 황실에서 직접적으로 우리에게 생계를 의지해 살았으며 모든 기술과 지식을 우릴 위해 쓰던 사람들, 그리고 자기네 마음에 우리가 있는 도시 사람들, 그리고 평화 유지군만이 우릴 위해 싸우려 했다.

시골 사람들은 늘 우리를 믿어왔다. 믿음이 없는 곳에는 신이 있을 수 없다. 의심이 있는 곳에서는 발이 걸려 넘어지고 손은 아무것도 단단히 붙잡을 수 없으리라.

국경에서의 전쟁과 정복 전쟁은 우리 땅을 너무나 넓게 만들었다. 시골에 있는 사람들은 내가 그 사람들을 모르는 것만큼이나 나에 대해 알지 못했다. 창세의 시절, 바밤 케룰과 바밤 제는 산에서 내려와 평민들과 함께 중앙 땅의 들판을 걸었다. 위대한 돌길의 첫 번째 돌과 오래된 도시의 거대한 주춧돌을 놓았던 평민들은 신의 얼굴을 날마다 보았고, 잘 알았다.

회의에서 이런 말을 한 뒤, 나는 타주와 함께 거리로 나갔다. 때로는 가마를 탔고, 때로는 두 발로 걸었다. 우리의 신성을 존중하는 사제와 경호원들로 둘러싸여 있었지만, 우리는 사람들 사이를 걸으며 눈과 눈을 마주쳤다. 사람들은 무릎을 꿇었고 이마를 두 엄지손가락에 갖다 댔고, 많은 사람들이 우리를 보고는 눈물을 흘렸다. 사람들은 이 길에서 저 길로 외치며 돌아다녔고, 어린 꼬마들도 소리를 질렀다. "저기 신이 있어!"

"넌 저 사람들의 심장 속을 걷는구나." 내 어머니가 말했다.

하지만 오미모의 군대는 근원의 강에 도착했고, 하루 더 행군해 가리의 전초부대와 합류했다.

그날 저녁, 우리는 북쪽 발코니에 서서 가리 언덕 쪽을 바라보았다. 그곳은 벌레들이 떼 지어 움직일 때처럼 사람들로 북적거렸다. 서쪽으로는 겨울 눈을 뒤집어쓴 산이 불빛에 검붉게 보였다. 코로시에서 거대한 핏빛 연기 기둥이 솟아올랐다.

"봐." 타주가 북서쪽을 가리키며 말했다. 여름날의 번개처럼 하늘에서 빛이 번쩍였다. 타주는 "별똥별이야"라고 말했고 나는 "화산이야"라고 말했다.

밤의 어둠 속에서 천사들이 우리에게 왔다. "하늘에서 커다란 집이 불에 타며 떨어졌습니다." 한 천사가 말했고, 다른 천사가 말했다. "타기는 했지만 강둑에 서 있습니다."

"세상의 생일에 신이 했던 예언이로구나." 내가 말했다.

천사들이 무릎을 꿇고 얼굴을 숨겼다.

그때 내가 봤던 것은 지금 내가 먼 과거를 돌이켜보는 것과 다르며, 당시 알던 것은 지금 아는 것에 비해 많기도 하고 적기도 하다. 난 그 당시 봤던 것, 알던 것에 대해 말하려 애쓰는 중이다.

그날 아침, 난 북문으로 통하는 위대한 길을 따라 다리가 둘 달린, 사람이나 도마뱀처럼 직립한 생물 무리가 다가오는 걸 지켜보았다. 그들은 거대한 사막 도마뱀만 한 키에, 팔다리는 무시무시했지만 꼬리는 없었다. 온몸이 온통 하얗고 털이 없었다. 머리에는 입도 코도 없었고, 커다랗게 반짝이는 눈꺼풀 없는 눈이 하나 있었다.

그들은 문밖에서 멈춰 섰다.

가리 언덕에는 단 한 명도 보이지 않았다. 모두 요새 안에 있거나 언덕 뒤 숲에 숨어 있었다.

우리는 북문 꼭대기에 서 있었고, 북문에는 보초병을 보호하기 위한 가슴 높이의 담이 이어져 있었다.

도시의 지붕과 발코니들에서 겁에 질려 흐느끼는 소리가 조그맣게 들렸다. 사람들이 우리에게 외쳤다. "신이시여! 신이시여, 우리를 구원하소서!"

타주와 나는 밤새 이야기를 나누었다. 어머니나 다른 현인들이 하는 말에 귀를 기울였고, 사람들을 내보낸 다음 다가오는 시간을 어깨 너머로 들여다보기 위해 마음을 뻗어보았다. 우리는 그날 밤, 세상의 죽음과 탄생을 보았다. 모든 것이 변하는 것을 보았다.

계시는 신이 하얗고 눈이 하나라고 말했다. 지금 우리가 보고 있는 것이 바로 그것이었다. 계시는 말하길, 세상은 죽었다고 했다. 세상이 죽으며 잠시 신으로 있던 우리의 시간도 죽었다. 세상을 죽이는 일, 그게 지금 우리가 해야 할 일이었다. 신이 살도록 세상은 죽어야 했다. 집이 설 수 있게 집이 떨어져 내려야 했다. 신이었던 이들은 신을 기쁘게 맞아들여야 했다.

타주가 신에게 환영인사를 했고, 그동안 나는 문의 안쪽에 난 나선형 계단을 달려 내려가 문의 거대한 빗장을 열고—보초병들의 도움을 받아야만 했다—문을 활짝 열었다. "들어오세요!" 내가 신에게 말했고, 이마를 엄지손가락에 대며 무릎을 꿇었다.

그들은 머뭇거리며 천천히 조심스레 안으로 들어왔다. 그들은 모두 커다란 눈으로 깜빡이지도 않고 이리저리 둘러보았다. 눈 주위에는 햇빛을 받아 번쩍이는 은고리가 있었다. 그들의 눈 가운데 하나에, 신의 눈동자 안에, 내 모습이 반사되어 보였다.

눈처럼 흰 피부는 거칠며 주름이 졌고, 밝은 문신이 새겨져 있었다. 신이 그렇게까지 추할 수 있다니, 실망스러웠다.

경비병들은 벽에 닿을 때까지 뒷걸음쳤다. 타주가 나와 함께 있기 위해 내려왔다. 신들 가운데 한 명이 우리를 향해 상자를 들어 올렸다. 마치 그 안에 짐승이 갇혀 있기라도 한 것처럼 상자에서 소음이 흘러나왔다.

타주는 그들에게, 계시가 그들이 올 것을 예언했으며, 신이었던 우리가 그들을 환영한다고 다시 말했다.

그들은 거기 서 있었고, 상자에서는 소음이 더 많이 났다. 난 그게 제대로 말하는 법을 배우기 전의 루아웨이가 냈던 소리와 비슷하다고 생각했다. 신의 언어가 더는 우리가 쓰는 말이 아니게 된 건가? 혹은 루아웨이의 동족들이 믿었듯이 신이 짐승이란 말인가? 내가 보기에 그들은 우리보다는 우리 집 동물원에서 사는 거대한 사막 도마뱀과 더 닮았다.

그중 한 명이 두꺼운 팔을 들어 올려 거리 끝에 있는, 다른 어느 집보다도 높이 솟은 우리 집을, 밝은 겨울 햇살 속에서 구리

홈통과 황금나뭇잎 새김무늬가 반짝이는 집을 가리켰다.

"들어오세요." 내가 말했다. "여러분들의 집으로 들어오세요." 우리는 그들을 안으로 인도했다.

낮고 길며 창문이 없는 접견실로 들어서자 그들 가운데 한 명이 머리를 떼어냈다. 그 안에는 우리의 머리와 비슷한, 눈 두 개, 코, 입, 귀가 있는 머리가 들어 있었다. 다른 자들도 같은 행동을 했다.

그들의 머리가 마스크였다는 걸 안 나는 그들의 하얀 피부가 발뿐 아니라 온몸에 입는 신발 같은 것이라는 걸 알 수 있었다. 이 신발 안에 있는 그들은, 비록 얼굴은 점토 항아리 색이며 피부가 아주 얇아 보이고 머리털이 윤이 나고 머리통에 착 달라붙어 있었지만, 그 외에는 우리와 비슷했다.

"음식을 가져오너라." 내가 문밖에서 움츠리고 있던 신의 아이들에게 말하자 그들은 달려가서 쟁반에 제 케이크와 말린 과일, 겨울 맥주를 담아 왔다. 신이 음식이 놓인 탁자로 다가왔다. 그들 중 몇은 먹는 척했다. 한 명은 내가 하는 걸 살펴보더니 먼저 이마로 제 케이크를 건드린 다음 한 입 베어 물고 씹은 후 삼켰다. 그런 다음 다른 이들에게 말했다. 그레-그라, 그레-그라.

이자는 또한 제일 먼저 몸 신발을 벗었다. 그 신발 안에는 또 다른 껍질과 덮개들이 몸 대부분을 가리고 보호하고 있었지만, 이해할 만했다. 몸의 피부조차 창백했고, 아기의 눈꺼풀처럼 얇았기 때문이다.

접견실의 동쪽 벽, 신의 2인용 의자 위쪽으로는 신이 태양을 원래의 길로 되돌릴 때 쓰는 황금 마스크가 걸려 있었다. 케이크를 먹었던 신이 마스크를 가리켰다. 그런 다음 나를 바라보더니―두 눈이 타원형으로 크고 아름다웠다―하늘에서 태양이 있는 위치를 가리켰다. 난 몸을 끄덕였다. 신은 손가락으로 마스크 주변을 여기저기 가리키고, 천장을 여기저기 가리켰다.

"마스크를 더 만들어야겠군. 신이 이젠 둘보다 많으니까." 타주가 말했다.

난 처음에는 그 손짓이 별을 의미한다고 생각했지만, 타주의 해석을 듣고 보니 그쪽이 훨씬 더 그럴듯해 보였다.

"마스크를 더 만들게 하겠습니다." 내가 신에게 말했고, 모자 사제에게 의식과 축제 기간에 쓰는 황금 모자를 갖고 오라고 명령했다. 이런 모자들은 많이 있었다. 어떤 것은 보석과 장식이 요란했고 어떤 것은 평범했지만, 모두 대단히 오래된 것들이었다. 모자 사제가 차례로 모자를 갖고 돌아와서, 첫 번째 제와 수확을 축하하는 의식이 행해지는 광택 낸 나무와 청동으로 된 커다란 탁자 위에 두 개씩 두 줄로 가지런히 늘어놓았다.

타주는 쓰고 있던 황금 모자를 벗었고, 나도 벗었다. 타주가 케이크를 먹었던 신의 머리에 모자를 씌웠고, 난 키가 작은 신을 골라 손을 뻗어 그의 머리에 내가 썼던 모자를 씌웠다. 그런 다음 신성한 경우에 쓰는 모자가 아닌, 평상시에 쓰는 모자를 골라서 신 한 명 한 명의 머리에 씌웠고, 우리가 그 일을 하는 동안 신들은 가만히 서서 기다렸다.

이윽고 우린 맨머리로 무릎 꿇고 앉아 이마를 엄지손가락에 갖다 댔다.

신은 거기에 서 있었다. 나는 그들이 어떻게 해야 할지 모른다는 확신이 들었다. "신은 어른이지만 아기처럼 새로워." 내가 타주에게 말했다. 나는 그들이 우리가 하는 말을 이해하지 못한다고 확신했다.

갑자기, 내가 모자를 씌워준 신이 내게 다가오더니 무릎 꿇은 날 일으켜 세우려고 두 손으로 내 팔꿈치를 잡았다. 다른 사람 손에 닿는 것에 익숙하지 않은 난 한순간 움찔하며 뒤로 물러섰지만, 곧 더는 내가 아주 신성하지 않다는 걸 기억했고, 그래서 그 신이 손대도록 가만히 있었다. 신이 뭐라고 말을 하며 손짓했다. 그리고 내 눈을 빤히 바라보았다. 그 신은 황금 모자를 벗어 내 머리에 다시 씌워주려고 했다. 그때 난 뒤로 움츠러들며 말했다. "안 돼요, 안 돼요!" 신에게 안 된다고 말하는 건 신성모독처럼 보였지만, 어쩔 수 없었다.

신은 한동안 자기들끼리 이야기를 나누었고, 그사이 타주와 어머니와 난 우리끼리 이야기를 나눌 수 있었다. 우리가 이해한 건 다음과 같았다. 물론 계시는 틀리지 않았지만, 미묘했다. 신은 진실로 외눈이거나 눈이 먼 것이 아니라 보는 법을 모른다. 하얀 건 신의 피부가 아니라 마음이 텅 비고 무지한 것을 말했다. 저들은 말하는 법, 행동하는 법을 모르며, 뭘 해야 할지도 몰랐다. 신들은 자신들의 백성을 알지 못했다.

하지만 어떻게 타주와 나, 혹은 어머니 그리고 우리를 가르쳤던 나이 든 교사들이 저 신들을 가르칠 수 있단 말인가? 세상은 죽었고, 새로운 세상이 태어나려 하고 있었다. 세상의 모든 것이 새로울 터였다. 모든 것이 다를 터였다. 그러므로 보는 법을 모르고, 해야 할 일을 모르고, 말하는 법을 모르는 것은 신이 아니라 바로 우리였다.

나는 그 깨달음에 압도당했고, 그래서 다시 무릎을 꿇고 신에게 기도했다. "우리를 가르쳐주소서!"

신들이 나를 바라보았고, 서로 이야기를 했다. 브르-그르, 그레-그라.

나는 어머니와 다른 사람들을 내보내 장군들과 이야기하도록 했다. 천사들이 오미모의 군대에 대한 보고를 하려고 왔던 것이다. 타주는 잠이 부족해 몹시 지쳐 있었다. 우리 둘은 바닥에 앉아 조용히 이야기를 나누었다. 타주는 신이 앉을 자리에 대해 걱정했다. "어떻게 신들을 한꺼번에 앉히지?" 타주가 말했다.

"자리를 더 만들면 돼, 아니면 돌아가며 둘씩 앉거나. 너와 내가 신이었던 것처럼 저분들 모두 신이니까 그런 건 문제가 되지 않을 거야."

"하지만 저 신 가운데 여자는 없어." 타주가 말했다.

나는 좀 더 주의 깊게 신을 살펴보았고, 타주가 옳다는 걸 깨달았다. 그 사실은 천천히, 하지만 아주 깊게 나를 혼란스럽게 했다. 반쪽 인간으로 어떻게 신이 될 수 있단 말인가?

내 세상에서는 결혼이 신을 만들었다. 이 미래의 세상에서는 뭐가 신을 만드는 걸까?

난 오미모에 대해 생각했다. 얼굴에 바른 흰 진흙과 가짜 결혼은 그를 가짜 신으로 만들었지만 많은 사람들이 그를 진정한 신이라 믿었다. 그 믿음의 힘이 그를 신으로 만들어줄까? 우리가 우리의 힘을 이 새롭고 무지한 신에게 주는 동안?

만약 오미모가 이들이 얼마나 무력한지 알게 된다면, 말하는 법도 모르며, 심지어 먹는 법조차 모른다는 걸 알게 되면, 우리 둘의 신성조차 크게 두려워하지 않았던 오미모는 새로운 신의 신성은 훨씬 더 얕잡아볼 터였다. 오미모는 공격해 올 터였다. 그럼 우리의 병사들이 이 신을 위해 싸울까?

나는 병사들이 싸우지 않으리란 것을 똑똑히 볼 수 있었다. 내 뒤통수에 달린, 다가오는 시간을 보는 눈으로 보았다. 내 백성들에게 다가오는 고난을 볼 수 있었다. 난 세상이 죽는 걸 보았지만, 세상이 태어나는 건 보지 못했다. 남자인 신에게서 어떤 세상이 태어날 것인가? 남자는 출산을 하지 못한다.

모든 것이 엉망이었다. 신이 아직 이 세상에 낯설고 약한 동안에 병사들을 시켜 죽여야 한다는 생각이 너무나도 강력하게 마음속으로 파고들었다.

하지만 그다음에는? 만약 우리가 신을 죽이면 더는 신이 없을 터였다. 오미모가 했던 것처럼 우리가 다시 신인 척할 수는 있으리라. 하지만 신성은 가장할 수 없다. 황금 모자처럼 쓰고 벗고 할 수 있는 것이 아니다.

세상은 죽었다. 그럴 운명이었고, 그렇게 예언되었다. 이 낯선 남자들의 운명은 신이 되는 것이고, 우리가 우리의 운명을 사는 것처럼 이들도 자신의 운명을 살아야 할 터였다. 어깨 너머로 미래를 보는 신의 선물을 갖고 있지 않다면, 일어나는 대로 어떤 일이 일어나는지 알아가면서.

나는 다시 일어섰고, 타주의 손을 잡아 일으켜 세웠다. 내가 신들에게 말했다. "이 도시는 여러분 것입니다. 사람들도 당신들 사람입니다. 세상은 당신들 것이고, 전쟁도 당신들 것입니다. 모든 찬미와 영광을 우리의 신에게!" 그리고 우리는 다시 한번 무릎을 꿇었고 이마를 깊이 숙여 엄지손가락에 댄 다음 그곳을 떠났다.

"어디로 가는 거야?" 타주가 말했다. 타주는 열두 살이었고, 더는 신이 아니었다. 타주의 두 눈에 눈물이 가득했다.

"어머니와 루아웨이를 찾으러." 내가 말했다. "아르지와 바보 경과 하그하그도. 그리고 함께 떠나길 원하는 우리의 사람이라면 누구든지 찾아보자." 나는 하마터면 '우리의 아이들'이라고 말할 뻔했지만 우린 더는 그 사람들의 어머니나 아버지가 아니었다.

"어디로 가는데?" 타주가 물었다.

"치믈루로."

"산 위로? 달아나 숨자고? 우린 여기 머물면서 오미모와 싸워야 해."

"왜?" 내가 말했다.

그게 60년 전 일이다.

이 글을 쓴 건 세상이 끝나고 다시 시작하기 전에 신의 집에서 사는 게 어떠한 삶인지 말하기 위해서였다. 그 당시의 마음으로 이 글을 쓰기 위해 애썼다. 하지만 그때도 그랬고 지금도 그렇지만 나는 아버지와 사제들이 보고 말했던 계시를 완전히 이해하지 못했다. 그 모든 것이 지나갔다. 하지만 아직 우리에게는 신이 없고, 우리를 이끌어줄 계시도 없다.

이방인 중 누구도 오래 살지 못했지만, 그들 모두 오미모보다 오래 살았다.

우리가 산으로 올라가는 긴 여정 중에 있을 때 천사 한 명이 우리를 따라잡더니, 메시와가 오미모에게 합류했으며 그 두 장군은 이방인들의 집을 공격하기 위해 대군을 이끌고 왔다고 말했다. 이방인들의 집은 소즈 강 근처의 들판에 탑처럼 서 있었고, 그 주변엔 불타버린 흙의 찌꺼기가 널려 있었다. 이방인들은 머리 위로 번개를 쏘아 멀리 있는 나무를 불태워 보이며 오미모와 군대에게 물러나라고 분명하게 경고했다. 오미모는 마음쓰지 않았다. 그는 신을 죽임으로써만 자신이 신임을 증명할 수 있었다. 오미모는 군대에게 높이 선 집을 향해 돌격하라고 명령했다. 오미모와 메시와와 오미모를 둘러싼 100여 명의 병사들은 번개 한 방에 전멸당했다. 그들은 모두 불타서 재가 되었다. 군대는 두려움 속에서 흩어졌다.

"그분들은 신이야! 정말로 신이야!" 천사가 전하는 소식을 들은 타주가 말했다. 타주는 기뻐하며 말했다. 타주 역시 나처럼 의심에 차 불안했었기 때문이다. 그리고 그들이 번개를 만들어낼 수 있었기에 한동안 우리 모두는 그들을 믿을 수 있었다. 많은 사람들이 그들이 살아 있는 동안엔 그들을 신이라 불렀다.

내가 이해하는 신이란 개념 속에서 그들은 어느 모로 보나 신이 아니었다. 그들은 이 세상에 속하지 않은 초자연적인 존재였으며, 위대한 힘을 지녔지만 약하고 우리의 세계에 무지했으며 곧 병이 들었고 죽었다.

그들은 모두 열네 명이었다. 일부는 10년 넘게 살았다. 오래 산 사람들은 우리 말을 배웠다. 그들 가운데 한 명은 타주와 날 여전히 신으로 경배하고 싶어 하는 순례자 무리와 함께 치믈루까지 산을 올라왔다. 타주와 나와 이 남자는 여러 날 동안 이야기를 나누며 서로에게서 배웠다. 그 남자는 자신들의 집이 허공을 용도마뱀처럼 날아다니지만 날개가 고장 났다고 우리에게 말해주었다. 자신들이 온 곳의 햇빛은 아주 약하고, 자신들이 아픈 건 이곳의 강한 햇빛 때문이라고 말했다. 비록 직물로 온몸을 감싸고 있긴 하지만 얇은 피부가 여전히 햇빛을 통과시키기 때문에 그들 모두 곧 죽게 될 거란 말도 했다. 그리고 이곳으로 오게 되어서 미안하다고 말했다. 그래서 내가 말했다. "와야만 했어요. 신이 당신이 오는 걸 보았어요. 미안해한들 무슨 소용이 있겠어요?"

그는 자신들이 신이 아니라는 내 말에 동의했다. 그는 말하길, 신은 하늘에 산다고 했다. 우리가 보기엔 신이 살기엔 쓸모없는 장소였다. 타주는 말하길, 그들이 처음 왔을 때는 그들이 계시를 성취했고 세상을 바꾸었으므로 진정한 신이었지만 지금은 우리와 마찬가지로 보통 사람이라고 말했다.

루아웨이는 이 이방인을 좋아하게 되었다. 같은 이방인이었기 때문이리라. 그래서 남자가 치플루에 있는 동안 둘은 함께 잤다. 루아웨이는 그 역시 직물과 덮개를 벗기면 여느 남자들과 비슷하다고 알려주었다. 그는 이 땅에서는 자신의 씨앗이 성숙할 수 없어서 루아웨이를 임신시킬 수 없다고 말했다. 실제로 이방인들 모두 자식을 남기지 못하고 죽었다.

이 이방인은 우리에게 자기 이름을 알려주었다. 빈-이-진. 그는 여러 차례 치플루로 찾아왔고, 이방인들 가운데 가장 나중에 죽었다. 루아웨이에겐 자신이 눈앞에 쓰던 짙은 색 크리스털을 남겨주었다. 그 물건은 루아웨이에겐 사물을 더 크고 분명하게 보여주는 반면, 내 눈에는 사물을 더 흐릿하게 보이게 했다. 나에게는 자신의 일생에 대한 기록을 남겨주었다. 줄지어 선 조그만 그림들로 이루어진 아름다운 문서로, 난 그걸 이 글과 함께 상자에 보관하고 있다.

타주의 고환이 성숙했을 때 우린 어떻게 할지 결정해야 했다. 평민들 사이에서는 남매가 결혼하지 않기 때문이다. 우린 사제에게 물었고, 사제들은 신성한 결혼은 무효가 될 수 없으며, 비록 더는 신이 아니지만 우린 부부라고 조언해주었다. 우리는 서로의 마음속에 있었기 때문에 이 조언이 기뻤고, 자주 함께 잤다. 난 두 번 임신했지만 모두 유산이 되었다. 한 번은 아주 초기 단계였고, 한 번은 넉 달째였으며, 그 뒤로 다시는 임신하지 못했다. 우리에겐 슬픈 일이었지만 또한 다행한 일이기도 했다. 만약 우리에게 아이들이 있었으면 사람들은 그 애들을 신으로 삼으려 할 수도 있었기 때문이다.

신 없이 사는 법을 배우는 데는 오랜 시간이 걸렸고 어떤 이들은 끝내 배우지 못했다. 그런 사람들은 신이 아예 없는 것보다는 거짓된 신을 갖는 쪽을 택했다. 비록 지금은 드물어졌지만, 오랫동안 사람들이 치믈루로 올라와서 타주와 내게 도시로 내려와서 신이 되어달라고 간청하곤 했다. 이방인들이 낡은 규칙 하에서든 또는 새로운 규칙을 만들어서든 간에 신으로서 나라를 다스리지 않으리란 점이 분명해지자 사람들은 오미모를 흉내 내기 시작했다. 우리 혈족의 부인과 결혼하고는 새로운 신이 되었다고 선언한 것이다. 그들은 모두 추종자를 찾아냈고, 모두 전쟁을 벌였고, 서로 싸웠다. 그런 자들 가운데 누구도 오미모만큼 대단한 용기도 없었고 또한 병사들에게 충성을 받지도 못했다. 그들은 모두 성나고 실망하고 비참해진 사람들의 손에 비참한 최후를 맞이했다.

내 사람들과 내 나라는 세상이 끝나던 저녁 어깨 너머로 보고 두려워했던 것보다 더 나을 게 없는 형편이 되었다. 위대한 돌길은 더는 보수되지 않는다. 이미 여러 군데가 망가진 상태로 있다. 알모가이 다리는 결코 재건되지 않고, 곳간과 창고는 텅 비어 무너져간다. 노인과 병자는 이웃에게 음식을 구걸해야 하고, 임신한 소녀에겐 기댈 사람이 어머니밖에 없으며 고아에겐 아무도 없다. 서부와 남부에 기근이 들었다. 우린 이제 배고픈 백성이다. 천사들은 더는 정부의 그물망을 구성하지 못하고, 이쪽 땅에서는 저쪽 땅에서 벌어진 일을 알지 못한다. 야만인들이 네 번째 강을 건너 황무지로 돌아왔으며, 물룡이 곡물 밭에 알을 낳았다고 한다. 꼬마 장군들과 색칠한 신들이 군대를 일으켜 생명과 물건을 낭비하고 신성한 땅을 오염시킨다.

사악한 시대가 영원히 계속되지는 않을 것이다. 어떠한 시대도 그렇다. 내가 신으로서 죽은 건 오래전이다. 그 뒤 오랫동안 나는 평범한 여자로 살았다. 해마다 나는 태양이 남쪽으로부터 위대한 카나가드와 봉우리 뒤로 되돌아가는 걸 본다. 비록 신이 반짝이는 광장 위에서 춤을 추지는 않지만, 여전히 난 내 죽음의 어깨 너머로 세상의 생일을 지켜본다.

THE BIRTHDAY
OF
THE WORLD

잃어버린
천국들

이런 흔들림이 나를 확고하게 잡아준다. 나는 알아야 한다.
사라지는 것은 늘 존재한다. 그리고 가까이 존재한다.
나는 자기 위해 깨어나고, 서서히 깨어난다.
나는 내가 가야 할 곳으로 감으로써 배운다.
　_ 시어도어 로스케, 〈깨어남〉

흙공

파란 부분들은 엄청난 양의 물이었는데, 하이드로 탱크와 비슷하지만 단지 더 깊었다. 다른 색깔 부분들은 흙이었는데, 흙 정원들과 비슷하지만 단지 더 클 뿐이었다. 하늘은 그녀가 이해할 수 없는 것이었다. 하늘은 흙공을 단단히 둘러싼 또 다른 공이라고 아버지가 말했지만, 모형 구에서는 그 부분을 볼 수 없었다. 그건 눈으로 볼 수 없는 부분이기 때문이다. 하늘은 공기처럼 투명했다. 하늘은 공기였다. 하지만 파랬다. 공기의 공, 그 공은 아래에서 보면 파랗게 보였고, 흙공 바깥에 있었다. 바깥에 있는 공기. 정말로 이상했다. 흙공 안에 공기가 있나요? 아니, 아버지는 말했다. 그냥 흙뿐이야. 사람들은 흙공 바깥의 표면에서 살았어. 선외활동을 하는 선외활동자처럼. 단지 우주복을 입을 필요가 없었지. 이 안에 있을 때처럼, 그 푸른 공기를 마실 수 있었어. 밤이 되면, 꼭 선외활동을 할 때처럼 암흑과 별들이 보였단다. 하지만 낮이면 오직 푸른색만 보였지. 그녀는 왜냐고 물었다. 왜냐하면 빛이 별들보다 더 밝았거든. 푸른빛이요? 아니. 빛을 만드는 별은 노란색이었지만, 공기가 너무 많아서 푸른색으로 보였어. 그녀는 포기했다. 모두 너무 어려웠고, 너무 오래전 일이었다. 그리고 중요하지 않았다.

물론 결국엔 다른 어떤 흙공에 '착륙'하겠지만, 그건 그녀가 아주 늙어서야, 거의 죽을 때가 되어서야, 65세는 되어서야 일어날 일이었다. 혹시라도 이게 중요해지면, 그때까지는 이해할 수 있을 터였다.

개인적 정의

이 세계에서 살아 있는 것은 인간, 식물, 그리고 박테리아.

박테리아는 인간과 식물과 토양과 다른 것들의 내부와 표면에서 살고, 살아 있긴 하지만 눈에 보이진 않는다. 엄청난 숫자의 박테리아가 활동할지라도 눈에 보이는 경우는 흔치 않고, 혹은 그냥 숙주의 고유한 성질처럼 보인다. 박테리아는 사는 세계의 규모가 완전히 다르다. 이런 경우, 상대 세계의 다른 규모를 지각할 수 있게 해주는 도구의 도움 없이는 대체로 다른 세계를 감지할 수 없다. 그리고 그런 도구가 있으면, 새롭게 드러난 세계를 놀라움 속에서 바라보게 된다. 그러나 도구는 관찰자가 사는 더 큰 규모의 세계를 더 작은 규모의 세계에 드러내지 않으며, 그래서 더 작은 규모의 세계는 방해받는 일 없이 아무 눈치도 채지 못한 채 정돈된 상태로 있다가 유리 슬라이드의 액체 방울이 갑자기 마르면 사라진다. 두 세계 간 상호관계는 거의 일어나지 않는다.

여기에 드러난 더 작은 규모의 세계는 무척 간소하다. 질척거리며 돌아다니는 아메바도 없고, 우아한 페이즐리 무늬 짚신벌레나, 살아 있는 진공청소기인 윤충도 없다. 박테리아보다 큰 것은 하나도 없고, 분자들의 충돌 속에 끝없이 진동한다.

그리고 오직 특정 박테리아들만 존재한다. 곰팡이나 야생 효모는 없다. 바이러스도 없다(더 작은 규모의 세계로 내려가야 한다). 인간이나 식물에 병을 일으킬 수 있는 것은 전혀 없다.

꼭 필요한 박테리아, 청소 박테리아, 소화자 박테리아, 흙—깨끗한 흙이다—을 만드는 박테리아 외엔 전혀 없다. 이 세계에 괴저, 패혈증 따위는 없다. 코감기도 없고, 독감도 없고, 홍역도 없고, 페스트도 없고, 발진티푸스나 장티푸스나 결핵이나 에이즈나 뎅기열이나 콜레라나 황열병이나 에볼라나 매독이나 소아마비나 나병이나 주혈흡충병이나 헤르페스도 없고, 수두도 없고, 단순포진도 없고, 대상포진도 없다. 라임병도 없다. 진드기도 없다. 말라리아도 없다. 모기도 없다. 벼룩이나 파리도 없고, 바퀴벌레나 거미도 없고, 바구미나 벌레도 없다. 이 세계에 다리가 두 개보다 적거나 많은 건 없다. 날개 달린 것도 없다. 피를 빠는 것도 없다. 작은 틈에 숨거나, 덩굴손을 휘젓거나, 그늘로 허둥지둥 도망가거나, 알을 낳거나, 털을 씻거나, 큰 턱들을 짤깍거리거나, 먼저 세 번을 빙빙 돈 다음 앉아서 꼬리 위에 코를 놓는 것도 없다. 꼬리 달린 것도 없다. 이 세계에 촉수나 지느러미나 앞발이나 집게발이 달린 것도 없다. 높이 날아오르는 것도 없다. 헤엄치는 것도 없다. 가르랑거리거나 멍멍 짖거나 으르렁대거나 포효하거나 지저귀거나 떨리는 소리로 울거나 1년에 세 달씩 두 가지 음을 하강 4음계로 되풀이해내는 경우도 없다. 1년의 월이란 것이 없다. 달이 없으니까. 연이 없다. 해가 없으니까. 시간은 빛주기, 어둠주기, 열흘로 나뉜다. 365.25주기마다 축하 의식이 있고, 해라 불리는 숫자가 바뀐다. 올해는 141이다. 교실의 시계는 그렇게 말하고 있다.

호랑이

물론 달들과 태양들과 동물들의 사진이 있고, 모두 이름이 써 있다. 도서관에 가면 책스크린에서 커다란 것들이 네 발로 일종의 털이 많은 양탄자를 달려가는 모습을 볼 수 있고, "와이오밍 주의 말들" 혹은 "페루의 라마들"이란 목소리가 나온다. 어떤 사진들은 우습다. 어떤 사진들은 만져보고 싶어진다. 무서운 사진들도 있다. 털이 금색과 다갈색으로 번쩍이고, 당신을 좋아하지도 않고 전혀 알지도 못하면서 무시무시하고 투명한 눈으로 당신을 노려보는 동물의 사진도 있다. "동물원의 호랑이." 목소리는 말한다. 이윽고 아이들은 작은 "새끼 고양이"들과 놀고 있고, 새끼 고양이들은 아이들 위로 기어오르고 아이들은 킥킥대고, 새끼 고양이들은 인형이나 아기처럼 귀엽다. 그러다 한 녀석이 똑바로 당신을 바라보고, 거기엔 똑같은 눈, 당신 이름을 알지 못하는 동그랗고 맑은 눈이 있다.

"난 싱이야." 싱은 책스크린의 새끼 고양이 모습에 대고 큰 소리로 말했다. 새끼 고양이는 고개를 돌려버렸고, 싱은 울음을 터뜨렸다.

선생님이 그곳에 있었고, 위로하며 무슨 일이냐고 계속 물었다. "정말 싫어요, 싫다고요!" 다섯 살짜리는 소리 내 울었다.

"저건 그냥 영화란다. 널 해치지 못해. 진짜가 아니야." 스물다섯 살 난 선생님이 말했다.

사람들만이 진짜다. 사람들만이 살아 있다. 아버지는 자신의 식물들이 살아 있다고 말하지만, 사람들이야말로 정말로 살아 있다. 사람들은 당신을 안다. 사람들은 당신의 이름을 안다. 사람들은 당신을 좋아한다. 혹은 제4학교에서 온, 알리다 사촌의 꼬마 남자아이처럼 당신을 좋아하지 않는 사람이 있으면, 당신이 누구인지 그 사람에게 말해주면 된다. 그럼 그쪽도 당신이 누군지 알게 된다.

"난 싱이야."

"쉥." 꼬마 남자아이는 말했고, 싱은 남자아이에게 싱과 쉥의 발음이 어떻게 다른지 가르치려 애썼지만, 중국어를 하는 게 아닌 이상 그런 발음 차이는 중요하지 않았고, 어쨌거나 문제가 되지 않았다. 이들은 로지와 레나와 다른 아이들과 함께 '나처럼 해봐라 이렇게' 놀이를 할 것이기 때문이었다. 물론 루이스도 함께였다.

당신과 크게 다른 부분이 전혀 없다면
당신과 조금 다른 부분이 당신과 크게 다른 부분이다

루이스는 싱과 크게 달랐다. 우선, 여자아이인 싱에겐 보지가 있고, 남자아이인 루이스에겐 자지가 있었다. 하루는 함께 그 둘을 비교하다가 루이스는 싱이 보지란 단어를 좋아한다는 걸 알았다. 그 단어가 따뜻하고 부드럽고 둥글둥글하게 들려서였다. 그리고 질은 다소 웅장하게 들렸다. 하지만 남자아이는 "자지, 자아아아지이" 하고 점잔 빼며 말했다. "싸아아아지이! 이 말은 좀 지린내 나고 지질하고 지저분하게 들려. 더 나은 이름이 필요해." 둘은 다른 이름들을 만들어냈다. 바밥, 싱은 말했다. 고봉도! 루이스는 말했다. 바밥은 그게 누워 있을 때, 고봉도는 그게 서 있을 때라고 결정하며 둘은 허리가 끊어지게 웃었다. "서, 서, 고봉도!" 루이스는 외쳤고, 고봉도는 마르고 보드라운 허벅지 사이에서 살짝 고개를 들었다. "봐봐, 이게 자기 이름을 알아! 네가 불러봐." 그래서 여자아이는 이름을 불렀고, 녀석은 비록 루이스가 조금 도와줘야 하긴 했어도 결국 대답했다. 싱과 루이스는 미친듯이 웃다가, 바밥-고봉도뿐 아니라 둘 다 온몸에 힘이 빠져 바닥을 굴렀다. 싱과 루이스는 학교를 마치면 언제나 루이스의 방 아니면 싱의 방에 있었다.

옷 입기

여자아이는 쭉 이 일을 고대해왔고, 전날 밤엔 잠도 못 자며 뜬 눈으로 밤을 지새웠다. 그러나 아버지가 갑자기 정장, 그러니까 검은색 긴 바지와 하얀 실크 쿠르타*를 차려입고 거기에 서 있었다. "일어나라, 잠꾸러기야, 네 의식이 끝날 때까지 잘 생각이야?" 여자아이는 아버지 말을 곧이곧대로 믿고 깜짝 놀라 침

*인도 전통 의상 중 하나인, 얇고 느슨하며 칼라가 없는 긴 소매 셔츠.

대에서 벌떡 일어났고, 그래서 아버지는 곧바로 진지하게 다시 말했다. "아니, 아니, 그냥 농담이었어. 시간은 충분해. 아직은 옷 안 입어도 된다!" 여자아이는 농담인 걸 알고서도 너무 당황하고 흥분해 웃을 수가 없었다. "저 머리 빗는 것 좀 도와주세요!" 여자아이는 숱 많은 검은 머리의 엉킨 부분에 빗을 찌르고 당기며 엉엉 울었다. 아버지는 무릎을 꿇고 앉아 빗질을 도와주었다.

아버지와 함께 테메노스에 도착했을 무렵, 여자아이는 크게 흥분해 있었고, 그래서 모든 게 평소보다 선명하게 보이고 반짝이고 뚜렷하게 보였다. 거대한 방은 평소보다도 더 커 보였다. 명랑하고 발랄한 음악이 울리고 있었다. 엄청나게 많은 사람들이 속속 들어왔고, 발가벗은 어린아이들마다 그 옆엔 정장을 차려입은 어머니 혹은 아버지가 함께 있었으며, 일부는 어머니와 아버지가 둘 다 있기도 했고, 조부모와 함께 온 아이들도 많았다. 발가벗은 남동생이나 여동생 혹은 정장을 차려입은 손위 형제나 자매가 붙어 있는 아이들도 조금 있었다. 루이스의 아버지도 와 있었지만, 작업용 반바지와 낡은 속셔츠만 입고 있어서, 여자아이는 루이스가 딱해졌다. 여자아이의 어머니인 자엘이 인파를 헤치고 다가왔다. 자엘의 아들 조엘은 자엘과 함께 제4사분면에서 왔고, 둘 다 정말로, 정말로 엄청나게 차려입었다. 자엘의 정장에는 붉은색으로 지그재그와 불꽃 모양이 그려져 있었고, 조엘의 셔츠는 금색인데 보라색 지퍼가 달려 있었다. 이들은 서로 껴안고 키스했고, 자엘은 아버지에게 꾸러미를 주며 말했다. "나중에 열어봐." 싱은 그 안에 뭐가 있는지 알았지만 아무 말도 하지 않았다. 아버지는 등 뒤로 한 손에 자기 꾸러미를 숨기고 있었고, 싱은 그 안에 뭐가 있는지도 알았다.

음악이 모두가 배워오던 노래로 바뀌고 있었다. 전 세계의 네 학교 모두에서 일곱 살짜리라면 누구나 배우는 노래였다. "난 자라고 있어! 난 자라고 있어!" 부모들은 아이들을 앞으로 떠밀거나 수줍어하는 아이들의 손을 잡고 앞으로 내보내며 "노래해! 노래해!" 하고 속삭였다. 발가벗은 어린아이들은 모두 노래하면서 높고 둥근 방의 중앙으로 모였다. "난 자라고 있어! 얼마나 얼마나 즐거운 날인가!" 아이들은 노래했고, 어른들이 함께 노래하기 시작했으며, 그래서 노랫소리는 점점 커지고 거대해지고 깊어졌고, 결국 싱의 눈에 눈물이 고이기 시작했다. "얼마나 얼마나 즐거운 날인가!"

나이 든 선생님 한 명이 잠시 뭐라 이야기하고, 곧 젊은 선생님이 아름답고 높고 맑은 목소리로 말했다. "이제 모두 앉으세요." 그러자 다들 바닥에 앉았다. "이제 한 명씩 어린이 여러분의 이름을 부르겠어요. 자기 이름이 들리면 일어나세요. 여러분의 부모님과 친척들도 함께 일어나실 거고, 그럼 그분들께로 가서 자기 옷을 보면 됩니다. 하지만 전 세계의 모두가 각자 새 옷을 받기 전까지는 먼저 입지 마세요! 입을 때가 되면 선생님이 알려주겠어요. 자! 준비됐나요? 자! 5-아다노 시타! 일어나 옷을 받으세요!"

둥글게 앉아 있던 아이들 속에서 작고 어린 여자아이가 벌떡 일어났다. 여자아이는 얼굴이 발개진 채로 겁을 내며 어머니를 찾아 주위를 둘러보았고, 어머니는 소리 내 웃으며 일어나 아름다운 빨간색 셔츠를 흔들었다. 시타는 황급히 어머니에게로 달려갔고, 모두들 웃으며 박수를 쳤다. "5-알츠-마테우 프랑스! 일어나 옷을 받으세요!" 그렇게 계속 이름을 불러나가다가 맑은 목소리가 말했다. "5-리우 싱! 일어나 옷을 받으세요!" 싱은 아버지에게 시선을 고정한 채 일어났다. 아버지는 찾기 쉬웠다. 아버지 옆에 있는 자엘과 조엘의 옷이 무척 화려했기 때문이다. 싱은 아버지에게 달려가 뭔가 매끄러운 것, 뭔가 멋진 것을 두 팔에 안아 들었고, 모란 집단주거지와 연꽃 집단주거지의 사람들이 특히 열심히 박수를 쳐주었다. 싱은 몸을 돌려 아버지의 두 다리에 몸을 꼭 붙이고 서서 앞을 보았다.

"5-노바 루이스! 일어나 옷을 받으세요." 하지만 루이스는 말이 끝나기도 전에 일어나 아버지 곁에 가 있었고, 그래서 사람들은 또다시 큰 소리로 웃었으며, 박수 칠 시간도 거의 없었다. 싱은 루이스와 눈길을 마주치려 애썼지만, 루이스는 싱을 보지 않았다. 루이스는 의식이 끝날 때까지 진지하게 의식을 지켜보았고, 그래서 싱도 그렇게 했다.

중앙에 아이들이 한 명도 남지 않게 되자 선생님은 말했다. "이 아이들이 5세대의 일곱 살 난 아이들 54명입니다. 성장의 모든 기쁨과 책임을 누리게 된 아이들을 기꺼이 환영해줍시다." 다들 환호하고 박수 쳤고, 발가벗은 아이들은 서툴게 서두르며 낯선 구멍들 때문에 고투하고, 모든 걸 엉망으로 섞어놓고, 단추를 만지작거리다가, 새 옷, 생애 첫 옷을 입고, 눈부신 모습으로 다시 일어났다.

이윽고 모든 선생님들과 어른들이 "얼마나 얼마나 즐거운 날인가!" 하고 다시 노래했고, 사람들은 더 많이 껴안고 키스했다. 싱은 금세 포옹과 키스가 물려버렸지만, 루이스는 진심으로 포옹하고 키스하는 걸 좋아한다는 걸 알아챘다. 루이스는 거의 모르는 어른들이 안아줄 때조차도 온 힘을 다해 상대를 안았다.

에드는 루이스에게 검은 반바지와 푸른 실크 셔츠를 주었고, 그걸 입은 루이스는 너무나 달라 보이면서 너무나 루이스 같았다. 로사는 어머니가 천사였기 때문에 온통 하얀 옷을 입었다. 아버지는 싱에게 남색 반바지와 하얀 셔츠를 주었고, 자엘의 꾸러미에는 하늘색 반바지와 하얀 별들이 그려진 파란 셔츠가 있었다. 내일 입을 옷들이었다. 싱이 움직일 때마다 반바지 천이 허벅지에 스쳤고, 셔츠는 어깨와 배에 너무나 부드럽고 또 부드럽게 느껴졌다. 싱은 기뻐하며 춤췄고, 아버지는 싱의 두 손을 잡고 진지하게 춤을 추었다. "아, 내 딸이 이제 다 컸구나!" 아버지는 말했고, 아버지의 웃음이 이날의 대미를 장식했다.

루이스는 다르다

자지와 보지의 차이는 피상적인 것이었다. 싱은 얼마 전 아버지에게서 그걸 배웠고, 그 지식이 유용함을 알게 됐다. 루이스는

싱과만 다른 게 아니었고, 그 피상적인 차이 때문만으로 다른 것
도 아니었다. 루이스는 모두와 달랐다. 누구도 루이스처럼 "해
야 해"라고 말하지 않았다. 루이스는 진실을 원했다. 거짓말을
원하지 않았다. 루이스는 명예를 원했다. 그 말이 딱 어울렸다.
그게 차이였다. 루이스는 남들보다 많은 명예를 지녔다. 명예는
단단하고 투명하고, 루이스는 단단했고 투명했다. 또한 동시에,
그리고 정확히 똑같은 방식으로, 루이스는 약했고, 부드러웠다.
루이스는 천식을 앓았고, 숨을 쉴 수 없었으며, 심각한 두통으
로 며칠씩 나가떨어졌고, 시험이나 공연이나 의식이 있기 전마
다 꼭 아팠다. 루이스는 상처를 입히는 칼 같았고, 그 상처 같았
다. 남다른 루이스를 다들 공손히 대했고, 루이스를 좋아했지만
가까워지진 않으려 했다. 루이스가 동시에 그 상처를 낫게 하는
손길 같기도 하다는 건 오직 싱만이 알았다.

가상

열 살이 되고 마침내, 선생님들은 '가상지구'라 부르고 중국계
들은 '가상디츄'*라 부르는 곳에 들어갈 수 있게 되자, 싱은 완전
히 넋이 나가는 동시에 실망했다. 가상디츄는 오싹오싹하고 엄
청나게 복잡했지만, 얄팍했다. 피상적이었다. 프로그램이었다.

*'디츄'는 '지구'의 중국어 발음이다.

그 안에는 무한히 많은 것들이 있었지만, '도시'나 '정글'이나 '시골'에서 한꺼번에 밀려오는 그 모든 사물들과 감각들보다, 하찮아도 현실의 것, 가령 싱의 낡은 칫솔 하나가 훨씬 더 존재감 있었다. 시골에서 싱은 머리 위엔 푸른 공기뿐 아무것도 없고, 자신은 온통 풀로 덮인 채 말도 안 되는 거리까지 울퉁불퉁하다가 솟아올라 비현실적인 모양들로 바뀌는 바닥('언덕들')을 걷고 있고, 귀에 들리는 소리는 공기가 빠르게 움직이는 소리('바람')와 가끔 나는 높게 '잇잇'거리는 듯한 소리('새들')이고, 저 멀리 바람을, 아니, 언덕을 네 발로 걷는 저것들은 동물들('가축들')임에도 불구하고, 언제나, 변함없이 사실 자신은 몸에 웬 잡동사니를 붙이고 제2학교 가상실험실의 의자에 앉아 있다는 것을 알았다. 싱의 몸은 속아 넘어가길 거부했고, 제아무리 기묘하고 놀랍고 교육적이고 중요하고 역사적이어도 가상디츄는 가짜라고 주장했다. 꿈도 설득력 있고 아름답고 무시무시하고 중요할 수 있었다. 하지만 싱은 꿈속에 살고 싶지 않았다. 싱은 자기 몸으로 완전히 깬 채 진짜 천, 진짜 금속, 진짜 피부를 만지고 싶었다.

시인

싱은 열네 살 때 영어 숙제로 시를 썼다. 싱은 아는 언어 두 가지 모두로 썼다. 영어로는 다음과 같았다.

5세대

내 할아버지의 할아버지는 천국 아래를 거닐었다.
그곳은 다른 세계였다.

내가 할머니가 되면, 사람들은 말하겠지, 내가 천국 아래를 거
닐 거라고
다른 세계에서.

하지만 나는 지금 내 세계에서 기쁘게 살고 있다
여기 천국의 한가운데에서.

싱은 아홉 살 때부터 아버지와 중국어를 배웠고, 함께 고전을
읽었다. 아버지는 이 중국어 시를 읽고 '천국 아래'란 글자, 즉
'천하天下'를 읽으며 미소를 지었다. 싱은 아버지가 웃는 걸 보고
기분이 좋아졌고, 자신의 학식이 자랑스러웠으며, 야오가 그걸
알아봐준 점과 둘이 이 거의 비밀스럽고 거의 사적인 이해를 함
께하고 있다는 점에 엄청나게 의기양양해졌다.
선생님은 제1사분기 졸업 축하회에서 고2 학생들을 대표해
자작시를 두 언어로 낭독해달라고 싱에게 부탁했다. 이튿날, 세
계에서 가장 유명한 문학잡지인 《Q-4》의 편집자가 싱에게 전화
해 싱의 시를 실어도 되겠느냐고 물었다. 싱의 선생님이 편집자
에게 그 시를 보냈던 것이다. 편집자는 싱이 청취 방송용으로 시

를 읽어주길 바랐다. "네 목소리가 필요해." 편집자는 말했다. 그는 턱수염을 기른 거구의 남자로 이름은 4-바스 아비였는데, 오만하고 독선적이며, 신같이 떠받들어졌다. 그는 다른 모든 사람에게 무례하게 굴었지만 싱에게만은 친절했다. 녹음을 하다 싱이 실수를 해도 이렇게만 말했다. "한 발 물러나서 맘을 편하게 가져, 시인." 싱은 그 말대로 했다.

그 뒤로 한동안 싱은 어딜 가도 스피커에서 "내가 할머니가 되면, 사람들은 말하겠지……" 하는 자기 목소리만 들리는 것 같았고, 잘 모르는 사람들까지도 학교에서 만나면 "야, 네 시 들었어, 완전 멋지더라" 하고 인사했다. 천사들이 특히 그 시를 좋아했고, 싱에게 그렇게 말했다.

싱은 당연히 시인이 될 것이었다. 싱은 2-엘리 알리처럼 정말로 위대해질 것이었다. 단지, 엘리처럼 작고 짧고 기묘하고 모호한 시들이 아니라, 위대한 서사시를 쓸 것이었다. 주제는…… 사실 무엇에 대해 써야 하나가 문제였다. 0세대에 대한 위대한 역사적 서사시를 쓸 수도 있었다. 그럼 그 시는 창세기라 불리게 될 것이었다. 싱은 일주일 내내 흥분하며 그에 대해 생각했다. 그러나 창세기를 쓰려면 정말로 모든 역사를 배우고 눈감고도 줄줄 읊을 정도가 되어야 했고, 책도 수백 권은 읽어야 했다. 또한 거기서 사는 게 어떤 느낌이었는지 알기 위해 정말로 가상디튜에 들어가야 했다. 그렇게 오랜 세월이 지나야 비로소 시를 쓰기 시작할 수 있었다.

어쩌면 싱은 사랑 시를 쓸 수도 있었다. 세계문학선집에는 사랑 시가 차고 넘쳤다. 싱은 누군가와 정말로 사랑에 빠지지 않아도 사랑 시를 쓸 수 있다고 느꼈다. 어쩌면 실은, 정말 진지하게 사랑에 빠지면 그게 거꾸로 시 쓰는 데 방해가 될지도 몰랐다. 싱이 바스 아비나 학교의 로사에게 느끼는 것 같은 일종의 사모, 무난한 동경은 좋은 시작점이 될 수 있었다. 그래서 싱은 적지 않은 사랑 시를 썼지만, 이런저런 이유에서 선생님께 내기가 무안했고, 그래서 그냥 루이스에게만 보여주었다. 루이스는 줄곧 자기는 싱이 시인이 아니라고 생각한다는 듯이 행동했던 것이다. 싱은 루이스에게 보여줘야만 했다.

"난 이게 맘에 들어." 루이스는 말했다. 싱은 어느 걸 말하는지 들여다보았다.

네가 웃을 때만 보이는
네 안의 그 슬픔은 무엇이냐?
네 슬픔을 내 두 팔에
잠자는 아이처럼 안으면 좋겠다.

싱은 이 시를 그리 대단하다 여기지 않았었다. 아주 짧은 시였다. 하지만 이제 이 시는 전보다 훨씬 좋게 보였다.

"야오에 대한 거지, 그렇지?" 루이스는 말했다.

"내 아버지?" 싱은 말했고, 너무 충격받아서 두 뺨이 확 달아올랐다. "아냐! 이건 사랑 시라고!"

"흠, 네가 네 아버지 말고 누굴 정말로 그렇게 많이 사랑하는

데?" 루이스는 특유의 끔찍하게 사무적인 태도로 물었다.

"아주 많은 사람들! 그리고 사랑은…… 세상엔 온갖 종류의……."

"그래?" 루이스는 싱을 흘끗 보았다. 루이스는 곰곰이 생각에 잠겼다. "난 그게 섹스 시라고 말한 적 없는데. 난 그게 섹스 시라고 생각 안 해."

"야, 너 진짜 웃긴다." 싱은 갑자기 그리고 재빠르게 자신의 기록기를 뺏어와 "자작시들. 5-리우 싱 씀"이라고 쓰인 폴더를 닫으며 말했다. "어쩌다 네가 시에 대해 개뿔이나 안다고 생각하게 되셨을까?"

"나도 너만큼은 알아." 루이스는 특유의 고고하고 잘난 척하는 태도로 말했다. "단지 '쓰지'만 못할 뿐이야. 넌 할 수 있고. 가끔씩."

"언제나 위대한 시를 쓸 수 있는 사람은 없어!"

"흠." (싱은 루이스가 "흠"이라고 말할 때마다 늘 가슴이 철렁했다.) "말 그대로 언제나는 못 그럴지도 모르지만, 훌륭한 시인들은 평균 수준이 놀랄 만큼 높다고. 셰익스피어, 그리고 이백, 그리고 예이츠, 그리고 2-엘리……."

"그 사람들처럼 되려고 애쓰는 게 무슨 소용인데?" 싱은 울부짖었다.

"네가 그 사람들처럼 되어야 한다는 말은 아니었어." 루이스는 살짝 주저하다가 어조를 바꾸어 말했다. 루이스는 자기 때문에 싱이 마음 상했을 수도 있다는 걸 깨닫고 있었다. 그래서 기분이 좋지 않았다. 루이스는 기분이 좋지 않을 때는 상냥해졌다. 싱은 루이스의 기분과 그 이유, 그리고 루이스가 이제 어찌할지를 정확히 알았다. 돌연 루이스에 대해 애정이 솟구쳤다. 동시에 후회가 가득하기도 했다. 멍든 것처럼 마음이 아파왔다. 싱은 말했다. "아, 어쨌거나 다 상관없어. 말은 너무 감상적이야. 난 수학이 좋아. 레나 만나러 체육관에 가자."

루이스와 함께 복도를 터벅터벅 걸어가던 싱은 갑자기 이런 생각이 들었다. 루이스가 좋아한 시는 사실 싱이 생각했던 것처럼 로사에 대한 시가 아니었고, 루이스 생각처럼 싱의 아버지에 대한 것도 아니었으며, 오히려 루이스에 대한 것이었다고. 하지만 어쨌거나 모두 바보 같았고, 중요하지도 않았다. 어차피 싱은 셰익스피어가 아니었다. 하지만 싱은 2차 방정식을 사랑했다.

4-리우 야오

그 사람들은 아주 잘 보호받고 잘 보살핌 받았다! 이제까지 그 어떤 경호원 딸린 왕자나, 부자의 응석받이 자식도 이보다 더 안전하진 못해봤다. 지구상의 그 어느 아이보다도 안전했다.

몸을 떨 찬바람도, 땀 흘릴 뜨거운 열기도 없었다. 전염병, 기침, 열, 치통도 없었다. 배고픔도 없었다. 전쟁도 없었다. 무기도 없었다. 위험도 없었다. 세계의 그 무엇도 위험하지 않았고, 유일한 예외는 세계 그 자체가 빠져 있는 위험이었다. 그러나 이

건 불변의 것이었고, 존재의 조건이었고, 따라서 가끔 꿈에서가 아니면 생각하기도 힘들었다. 끔찍한 이미지였다. 흉하게 일그러지고 부풀어 오르고 산산이 부서지는 세계의 벽들. 소리 없는 폭발. 분수처럼 뿌려지는 피 안개, 별빛 속에 생겨나는 아주 작은 증기 얼룩. 그들은 모두 늘 위험 속에 있었고, 위험에 둘러싸여 살았다. 위험은 밖에 있다는 것, 그것이 안전의 본질이었고, 핵심이었다.

그들은 안에 살았다. 튼튼한 벽과 강한 법이 있는 그들의 세계 안에 살았다. 그들은 강한 힘으로 보호받고 둘러싸이고 방비되었다. 그곳에서 그들은 살았고, 스스로 만들어내지 않는 한 위협은 전혀 없었다.

"사람은 위험이 따르는 사업이지." 리우 야오는 웃으며 말했다. "식물은 대체로 미치는 법이 없단다."

야오의 직업은 원예였다. 야오는 수경재배 공학과 유지관리, 그리고 식물 유전자 품질과 관리 쪽에서 일했다. 야오는 근무일마다, 그리고 저녁에도 종종 정원에 있었다. 4-5-리우 자택공간은 애완 식물들—카보이* 속 물에 담긴 조롱박덩굴들, 흙이 담긴 화분에서 꽃을 피운 관목들, 환기구들과 조명기구들에 꽃줄처럼 달라붙어 있는 착생식물들—로 가득했다. 이 중 많은 식물들이 실험용이었고, 대부분 죽었다. 싱은 아버지가 이 유전적 오류에 안타까워하고 식물들에게 죄책감을 느껴서 식물들이 평

---

*부식성 액체를 운반하기 편리하게 상자나 채롱에 넣은 커다란 원통 모양 병.

화롭게 죽을 수 있도록 집으로 데려온 거라고 믿었다. 이따금 실험 식물이 야오의 끈기 있는 보살핌을 받고 번성해 의기양양하게 식물 연구소로 돌아가기도 했고, 그때마다 야오는 살짝 아쉬워하는 웃음을 지었다.

4-리우 야오는 키가 작고 마르고 잘생겼으며, 부스스한 검은 머리는 일찌감치 백발이 되고 있는 남자였다. 야오에겐 잘생긴 남자 특유의 태도가 전혀 없었다. 그는 내성적이고 예의 바르지만, 낯을 가렸다. 남의 이야기를 잘 들어주는 사람이었지만, 나지막한 목소리로도 얘기하는 일은 잘 없었고, 사람이 한두 명 이상이 되면 거의 아무 말도 하지 않았다. 그러나 야오의 어머니인 3-리우 메일링 혹은 친구인 4-왕 위엔 혹은 딸인 싱과 함께 있으면, 느긋하고 편안하게 대화했다. 야오에겐 조심스럽고 자제됐지만 강력한 열정이 있었다. 중국 고전, 자신의 식물들, 딸에 대한 열정이었다. 야오는 많이 생각하고, 많이 느꼈다. 대체로 자기 생각과 느낌만을 기꺼이 그리고 말없이 따르는 편이었다. 큰 강에서 작은 배를 타고 하류로 가면서 가끔은 키를 잡고 더 종종은 표류하는 남자와 비슷했다. 배와 강, 절벽과 물살, 야오는 사진에서 이미지들을 보고 시에서 글로 본 게 다였다. 가끔 야오는 강에서 배에 타는 꿈을 꿨지만, 꿈들은 모호했다. 그러나 흙은 알았다. 아주 정확하게, 몸으로 알았다. 흙은 야오가 일하는 대상이었다. 그리고 물과 공기, 야오는 이 겸손하고 투명한 것들, 기적들을 알았다. 그 투명함과 보이지 않음에 생명들은 의존했다. 공기와 물의 거품 하나가 건조하고 검은 진공 속을 떠다니며

별빛을 반사했다. 야오는 그 안에서 살았다.

　3-리우 메일링은 모란 집단주거지라 불리는, 여러 자택공간들이 모인 곳에서 살았다. 아들의 자택공간과 복도 하나 떨어진 곳이었다. 메일링은 극도로 활동적인 사회생활을 했지만, 그 범위는 제2사분면의 중국계 인구만으로 거의 완전하게 한정되어 있었다. 메일링의 직업은 화학이었다. 메일링은 직물 연구소에서 일했고, 한 번도 자기 일을 좋아한 적이 없었다. 품위를 잃지 않으면서도 일을 줄일 수 있게 되자마자 메일링은 반일 근무만 나갔고, 이윽고 은퇴했다. 어떤 일도 좋아하지 않았다고 메일링은 말했다. 그녀는 아기정원에서 아기들을 돌보고, 게임을 하고, 꽃과자를 놓고 내기를 하고, 얘기하고, 큰 소리로 웃고, 뒷공론을 하고, 옆집에서 무슨 일이 벌어지고 있는지를 알아내는 게 좋았다. 메일링은 아들과 손녀에게서 굉장한 기쁨을 느꼈고, 아들과 손녀의 자택공간을 끊임없이 드나들며 만두와 떡과 소문을 가져다 날랐다. "너도 모란으로 이사 와야 해!" 메일링은 종종 말했지만, 아들과 손녀가 그러지 않을 것을 알았다. 야오가 비사교적이기 때문이었다. 그건 괜찮았다. 하지만 메일링은 싱이 아기를 갖기로 결심하면 자기 쪽으로 와서 자기 친구들과 함께 지내길 바라며 종종 이렇게 말했다. "싱의 어미는 괜찮은 여자야, 난 자엘이 맘에 들어." 메일링은 아들에게 말했다. "하지만 네가 왜 윙네 여자 중 한 명에게서 아기를 가질 수 없었는지는 도저히 이해를 못 하겠구나. 그럼 싱 어미가 바로 여기 제2사분면에 있었을 거고, 우리 모두에게 참 잘했을 텐데 말이다. 하

지만 네가 네 방식대로 해야 한다는 것도 안다. 그리고 이 말은 꼭 해야겠구나. 비록 싱이 반만 중국계이긴 해도 아무도 그 사실을 모를 거고, 싱은 참으로 예뻐지고 있어. 그러니 난 네가 현명한 판단 끝에 그렇게 한 걸 거라고 생각해. 물론 사랑에 빠지거나 아이를 갖는 문제에 있어 과연 현명하게 판단하는 사람이 있긴 할지 의심스럽지만 말이야. 기본적으론 운인 거야, 원래 다 그런 거지. 젊은 5-리가 싱을 눈여겨보는 거, 어제 봤니? 스물세 살이고, 아주 건실한 녀석이야. 싱이 오는구나! 싱! 머리가 기니까 이렇게 예쁘지 않니! 머리를 좀 더 길러야겠다!" 어머니의 친절하고 실리적이고 느긋한 재잘거림은 야오에겐 막연하고 평화롭게 떠다닐 또 다른 개울이었지만, 그러다 갑자기, 어느 한 순간에, 별안간 끝나버렸다. 침묵. 거품 하나가 터졌다. 어느 뇌동맥 속의 거품 하나가 터졌다고 의사들은 말했다. 몇 시간 동안 3-리우 메일링은 말없이 당황하며, 메일링 외엔 아무에게도 보이지 않는 뭔가를 노려보았고, 죽었다. 메일링은 겨우 일흔 살이었다. 사람은 평생을 위험에 놓여 있다. 밖에서의 위험, 안에서의 위험. 사람으로 지내는 건 위험한 일이다.

떠다니는 세계

짧은 장례식이 모란 집단주거지에서 열렸다. 이윽고 아들과 손녀와 기술자들이 3-리우 메일링의 시체를 재순환하기 위해 생명 센터로 가져갔다. 그곳에서 메일링은 화학자로서 완벽하게 꿰뚫고 있던 화학적 과정을 거쳐 분해되고 재사용되었다. 메일링은 한 존재는 아니어도 끝없는 생성으로써 여전히 그들 세계의 일부로 남을 것이었다. 메일링은 싱이 가지게 될 아이들의 일부가 될 것이었다. 사람들은 모두 서로의 일부였다. 모두가 쓰이고 썼고, 먹고, 먹혔다.

거품 안에는 공기가 아주 많았지만 더는 없었고, 물이 아주 많았지만 더는 없었으며, 음식이 아주 많았지만 더는 없었고, 에너지가 아주 많았지만 더는 없었다. 아주 작은 자체적 줄타기 속에서 완벽하게 독립된 수족관 안, 그 안에는 메기 한 마리, 큰가시고기 두 마리, 수초 세 포기, 수많은 바닷말, 달팽이 세 마리, 어쩌면 네 마리가 있었지만, 잠자리 유충은 전혀 없었다. 거품 안에서, 인구는 반드시 엄격하게 통제되어야 했다.

메일링은 죽으면 대체된다. 하지만 대체되는 이상은 아니다. 누구나 아이를 가질 수 있다. 어떤 사람들은 가질 수 없거나 가질 생각이 없거나 가지지 않고, 어떤 아이들은 어려서 죽고, 그래서 아이를 둘 원하는 사람들은 대부분 아이를 두 명 가질 수 있다. 4천 명은 큰 숫자가 아니다. 신중하게 유지되는 숫자다. 4천 명은 큰 유전자풀은 아니지만, 신중하게 선택되고 관리되고 있다. 인류유전학자들은 식물 연구소의 야오만큼이나 주의 깊고 침착하다. 그러나 인류유전학자들은 실험을 하지 않는다. 가끔 이들은 원천에서 실수를 잡아내지만, 비틀고 재조합하며 주무를 자원이 없다. 행성의 자원들을 부단히 착취해 만들어진 그 모든 굉장하고 정교한 기술들은 0세대에 의해 잊혀져버렸다. 인류유전학자들은 훌륭한 도구들을 가지고 있고, 자신의 일을 알고, 이들의 일은 유지보수다. 인류유전학자들은 말 그대로 생명의 질을 관리한다.

누구든 원하면 아이를 가질 수 있다. 한 명, 최대 두 명이다. 여자는 자신의 어머니아이를 갖는다. 남자는 자신의 아버지아이를 갖는다.

이 제도는 남자들에게 불공평하다. 남자들은 자신을 위해 아이를 낳아달라고 여자를 설득해야 한다. 이런 제도는 여자들에게도 불공평하다. 여자들은 인생 중 1년의 4분의 3을 누군가의 아이를 배고 살아야 한다. 아이를 원하지만 임신할 수 없거나 다른 여자와 성생활을 하는 여자들은 아이를 낳아서 달라고 남자와 여자 모두를 설득해야 하기에, 이런 여자들에겐 이 제도가 두 배로 불공평하다. 사실, 이 제도는 불공평하다. 성과 정의는 공통점이 거의 없다. 사랑과 우정과 양심과 친절과 고집은 이 불공평한 제도가 작동하게 할 방법을 알아서 찾는다. 그러나 걱정이 없는 것은 아니고, 고민이 없는 것도 아니며, 언제나 그러하지도 않다.

결혼과 결합은 격식에 얽매이지 않는 선택 사항이고, 아이들이 어릴 때 이루어지는 경우가 흔하다. 많은 여자들이 아버지아이와 헤어지는 게 힘들다는 걸 알게 되고, 네 명이 살 자택공간은 사치스러울 만큼 널찍하다.

많은 여자들이 아이를 낳거나 기르길 전혀 원치 않지만, 많은 수가 번식을 특권이자 의무라 느끼고, 일부는 거기서 자부심을 느낀다. 때때로 자신이 낳은 아버지아이의 숫자를 농구시합 점수 자랑하듯 자랑하는 여자가 있다.

4-슈타인만 자엘은 싱을 낳았다. 자엘은 싱의 어머니지만, 싱은 자엘의 아이가 아니다. 싱은 4-리우 야오의 아이이고, 야오의 아버지딸이다. 자엘의 아이는 조엘이고, 조엘이 자엘의 어머니아들이며, 조엘은 이복동생인 싱보다 여섯 살 많고, 이복형인 4-아다미 세스보다는 두 살 어리다.

모든 사람은 자택공간을 가지고 있다. 1인용은 방이 1.5개로, 방 하나는 960입방피트다. 가장 보편적인 형태는 10피트에 12피트에 8피트지만, 칸막이를 옮길 수 있기 때문에 구조적 공간의 한계 속에서 얼마든지 마음대로 그 비율을 바꿀 수 있다. 4-5 리우의 자택공간 같은 2인용은 보통 두 개의 작은 수면실과 하나의 커다란 공동공간으로 이루어진다. 사생활용 두 개와 공동용 하나다. 사람들이 서로 결합할 때, 만약 각자 아이가 한 명 혹은 두 명 있으면, 이들의 자택공간은 상당히 커질 수 있다. 3-4-5-슈타인만-아다미 가족, 즉 자엘, 그리고 자엘이 오랫동안 결합해 살았던 3-아다미 맨해튼, 그리고 맨해튼의 아버지아들 세스는 3,840입방피트의 자택공간을 가졌다. 이들은 제4사분면에 살고, 제4사분면엔 북미유럽계, 즉 북아메리카와 유럽계 사람들이 많이 산다. 원체 극적인 걸 좋아하는 자엘은 바깥쪽 호에서 천장을 10피트까지 높일 수 있는 곳을 찾아냈다. "하늘 같지!" 자엘은 외친다. 자엘은 천장을 모두 하늘색으로 칠해놓았다. "차이가 느껴져?" 자엘은 말한다. "해방감. 자유로움이 느껴져?" 사실, 자엘에게 가서 자고 올 때마다 싱은 방들이 다소 맘에 들지 않는다. 머리 위로 공간 낭비가 심해서 깊고 춥게 느껴진다. 하지만 자엘은 자신의 온기, 자신의 지칠 줄 모르는 금빛 목소리, 자신의 밝은 색 옷들, 자신의 넘치는 존재감으로 공간들을 가득 채운다.

싱이 생리를 시작하고 피임약 쓰는 법을 배우고 섹스에 대해 곰곰이 생각하기 시작하자, 자엘과 메일링 둘 다 싱에게 아기를 갖는 것은 행운이라고 말했다. 두 여자는 서로 무척 달랐지만, 둘 다 똑같은 단어를 썼다. "최고의 행운이야." 메일링은 말했다. "너무나 흥미롭지! 너의 모든 것을 쓰는 건 이것뿐이야." 그리고 자엘은 자궁 안에 있는 아기와의 관계와 수유하는 갓난아기와의 관계가 어떻게 섹스의 일부이고, 어떻게 섹스의 연장이자 완성이 되는지에 대해 얘기했고, 그걸 알게 되는 건 정말 행운이라고 말했다. 싱은 처녀답게 정숙하지만 냉소적으로 침묵하며 이야기를 들었다. 싱은 때가 되면 그때 마음을 정할 생각이었다.

많은 중국계들은 야오가 다른 사분면에 살고 다른 계통의 선조를 둔 여자에게 자신의 아이를 낳아달라고 부탁한 일에 다소 조용히 불만을 표시했다. 자엘과 같은 계통의 선조를 둔 사람들 중 다수는 자엘에게 혹시 이국적 경험 같은 걸 원하는 거냐고 물었다. 실제로는, 자엘과 야오가 지독하게 사랑에 빠진 거였다. 자엘과 야오는 충분히 나이가 들었기에 둘 사이의 공통점이 사랑뿐임을 깨달았다. 자엘은 야오에게 당신 아이를 낳아도 되겠느냐고 물었다. 야오는 가슴 깊이 감동하여 좋다고 했다. 싱은 영원한 열정으로 태어난 아이였다. 야오가 싱이 자고 올 수 있도록 자엘에게 데리고 갈 때마다 자엘은 양팔을 활짝 벌리고 야오를 안으며 절대적이고 황홀한 기쁨과 즐거움 속에 "아, 야오, 당신이구나!" 하고 소리쳤고, 이쯤 되면 아다미 맨해튼처럼 철저하게 만족하고 자기만족을 아는 남자만이 질투의 괴로움에 빠지지 않을 수 있었다. 맨해튼은 몸집이 크고 털이 텁수룩한 남자였다. 야오보다 필경 열다섯 살이 더 많고 8인치는 더 크고 엄청 더 털북숭이인 덕에 맨해튼은 야오를 질투하지 않을 수 있었다.

조부모는 자택공간의 크기를 늘리는 또 다른 방법이었다. 가끔 친척, 이복형제, 그 부모, 아이들이 더 큰 공간에서 함께 무리를 지었다. 복도를 따라 4-5 리우 공간 옆의 자택공간은 3-4-5-왕의 것이었다. 이곳은 연꽃 집단주거지였고, 열한 개의 자택공간이 연속되어 있는데, 중앙에 안마당이 있게 칸막이를 배치했고, 안마당에서는 끊임없이 온갖 소리가 들리고 여러 가지 움직임이 활발하게 일었다. 메일링이 평생을 산 모란 집단주거지에는 자택공간이 늘 여덟 개에서 열여덟 개 정도 있었다. 다른 계통 선조의 후손 중에선 누구도 이렇게 크게 무리 지어 살지 않았다.

사실, 다섯 세대가 지나자 많은 이들이 선조에 대한 느낌 자체를 잊었고, 계통을 따지는 게 무의미하다 느끼며, 선조를 근거로 정체성이나 공동체를 만드는 것을 비난하기 시작했다. 의회에서 그런 반대 의견은 종종 중국계의 배타성으로 표현되었고, 비판자들은 이를 "제2사분면의 분리주의" 혹은 좀 더 음침하게는 "인종차별주의"로 이야기했으며, 실제로 그렇게 사는 사람들은 "우리 방식을 지키는 것"이라고 이야기했다. 중국계들은 다른 선조 계통, 다른 공동체의 사람들이 아이들을 가르칠 수 있게 선생들을 이 사분면에서 저 사분면으로 전근시키는 새로운 학교 경영 방침에 항의했다. 그러나 이 항의는 의회에서 투표 끝에 부결되었다.

거품

위험, 위해. 유리로 만든 거품, 깨지기 쉬운 세계에는, 분열의 위험, 음모의 위험, 일탈 행동의 위험, 광기, 광기의 폭력이 있다. 어느 정도의 중대성을 띠고 있든, 모든 결정은 절대로 논의 없이 한 개인에 의해 이루어지지 않았다. 처음부터 그 어떤 시스템 제어실에도 누가 단독으로 출입을 허락받은 적이 없었다. 언제나 예비요원이 있고, 감시자가 있었다. 그럼에도 사건들이 생겼다. 아직까진 누구도 영구적 손상을 가하지 않았다.

그러나 인간의 단지 정상적이고 평범한 행동이라니? 무엇이 일탈인가? 누가 제정신인가?

역사를 읽으라고 선생들은 말한다. 역사를 읽으면 우리가 누구인지, 우리가 이제까지 어떻게 행동해왔는지 알 수 있고, 따라서 우리가 어떻게 행동할지도 알 수 있다고.

그런가? 책스크린들 속의 역사, '지구 역사', 부정, 잔혹 행위, 노예화, 증오, 살인의 섬뜩한 기록―모든 정부와 기관들에 의해 정당화되고 미화된, 인간의 생명, 동물의 생명, 식물의 생명, 공기, 물, 행성의 낭비와 오용에 대한 그 기록이? 그게 우리의 모습이라면, 우리에게 어떤 희망이 있단 말인가? 역사는 우리가 도망쳐 나온 대상이 분명하다. 우리의 옛 모습이지, 지금 모습은 아니다. 역사는 우리가 다신 하지 말아야 할 필요가 있는 무엇이다.

소금 바다의 포말이 거품 하나를 토해냈다. 거품은 자유롭게 떠다니고 있다.

우리가 누구인지 알려면, 역사를 보지 말고, 예술을, 우리의 최고 기록을, 우리의 천재의 기록을 보라. 나이 지긋하고 비탄에 잠긴 네덜란드인의 얼굴들은 잃어버린 세기의 어둠 속에서 밖을 응시한다. 어머니는 무릎에 누운 죽은 아들 위로 아름답고 엄숙한 머리를 숙이고 있다. 늙고 미친 왕은 자신의 살해된 딸에게 외친다. "안 돼, 안 돼, 안 돼, 안 돼, 안 돼!" 대비보살은 끝없이 부드럽게 속삭인다. "그것은 계속되지 않습니다, 그것은 만족을 모릅니다, 존재하지 않습니다." "자장, 자장" 자장가들은 말하고, "날 자유롭게 풀어줘" 열망하는 노예의 노래들은 울부짖는다. 교향곡이 울린다, 어둠 속의 영광이다. 그리고 시인들, 미친 시인들이 큰 소리로 외친다. "끔찍한 아름다움이 태어났다." 하지만 시인들은 모두 미쳤다. 시인들은 모두 늙었고, 미쳤다. 시인들의 아름다움은 모두 끔찍하다. 시인들을 읽지 말라. 시인들은 계속되지 않고, 시인들은 만족을 모르고, 시인들은 존재하지 않는다. 시인들은 다른 세계에 대해, 그 흙 세계에 대해 썼다. 0세대들이 저버린, 저 너무나도 더럽고 견고한 세계를.

티치우, 디츄, 흙공. 지구. 그 '쓰레기' 세계. '폐물' 행성.

이 단어들은 고어이고, 역사에 나오는 단어들이며, 역사 이미지에만 붙는 단어들이다. 저장소들이 '더러운' '쓰레기'로 가득 차면 그 쓰레기들을 운반차에 쏟아부었고, 운반차들은 쓰레기를 싣고 가 '쓰레기 하치장'에 '멀리 내다버렸다'. 그게 무슨 뜻인가? '멀리'라니, 어디?

록사나와 로사

열여섯 살 때 싱은 《0-파예즈 록사나의 일기》를 읽었다. 끊임없이 자신이 정직한지를 의심하며 자신을 탐색하는 정신은 사춘기 소녀에게 무척 매력적이었다. 싱은 록사나가 루이스와 좀 비슷하다고 생각했지만, 록사나는 여자였다. 가끔 싱은 남자가 아닌, 여자의 정신과 함께 있을 필요가 있었지만, 레나는 자신의 농구 성적에 완전히 몰두해 있었고, 로사는 완전히 천사가 되어버렸고, 할머니는 돌아가셨다. 싱은 록사나의 일기를 읽었다.

싱은 그때 처음으로 깨달았다. 0세대 사람들, 즉 세계창조자들은 자신들이 후손들에게 엄청난 희생을 강요하는 거라고 믿었다. 그 세대들이 포기한 것, 그 세대들이 지구—록사나는 이 단어에 늘 영어를 썼다—를 떠나며 잃은 것은 그들의 임무, 희망, 그리고 (록사나가 깊이 인식하고 있었듯) 그들이 미래 세대의 수천 명을 위해 삶의 조직 그 자체를 창조하며 휘두른 엄청난 힘에 의해 상쇄되었다. 록사나는 썼다. "우린 '발견 호'의 신이다. 진짜 신들이 우리의 오만을 용서하시길!"

그러나 록사나는 앞으로의 세월들을 이리저리 숙고해보고는, 자신의 후손들을 신의 아이들이 아니라 희생양들이라고 썼고, 공포와 죄책감과 동정심을 느끼면서, 후손들을 선조들의 의지와 욕망에 의해 갇힌 무력한 죄수들로 보았다. 록사나는 한탄했다. "후손들이 우릴 어찌 용서할까? 우린 후손들이 태어나기도 전에 후손들에게서 세계를, 바다와 산과 목초지와 도시와 햇빛을, 후손들의 모든 생득권을 빼앗았는데? 우린 후손들을 우리 속에, 양철 깡통 속에, 표본 상자 속에 가둬놓고는 실험용 쥐처럼 거기서 살다 죽고 다시는 달을 보지 못하게, 다시는 들판을 뛰어다니지 못하게, 다시는 자유란 게 뭔지 알지 못하게 만들어버렸다!"

우리나 양철 깡통이나 표본 상자가 뭔지는 모르겠지만, 실험용 쥐가 뭐든 난 그런 것이 아냐. 싱은 짜증 내며 생각했다. 난 가상공간에서 시골 들판을 뛰어다녔다고. 들판과 언덕과 다른 모든 게 있어야만 자유로워지는 건 아냐! 자유는 정신이, 영혼이 만드는 거야. 그 모든 디츄 것들과는 상관없어. 걱정 마, 할머니! 싱은 오래전 죽은 작가에게 말했다. 모든 게 다 잘됐어. 할머니는 멋진 세계를 만들어냈어. 할머니는 아주 현명하고 친절한 신이었어.

록사나 역시 불쌍하고 불우한 후손들 때문에 의기소침해질 때면 신디츄를 돌아다니고 또 돌아다니곤 했다. 록사나는 신디츄를 목적지 행성 혹은 그냥 '목적지'라고 불렀다. 가끔 록사나는 그곳이 어떤 곳일지 상상하며 기운을 냈지만, 대체로는 그곳에 대해 걱정을 했다. 거주할 수 있는 곳일까? 생명이 있을까? 어떤 생명일까? '정착자들'은 그곳에서 뭘 찾게 될까, 자신들이 찾은 것에 어떻게 대처할까, 그 정보를 다시 지구로 보낼까? 록사나에겐 그런 게 너무나 중요했다. 불쌍한 록사나, 200년 뒤 자신의 증증증손자들이 자신들은 가본 적도 없는 곳으로 어떤 유의 신호를 '돌려'보낼지를 놓고 걱정하다니, 참으로 웃기는 일이었다! 하지만 그런 별난 생각이 록사나에겐 큰 위안이 되었다. 록사나는 자신들이 한 짓을 그걸로 정당화했다. 그걸로 평계 삼았다. 발견 호는 거대하고 정밀한 무지개 다리를 '우주'에 세울 것이었고, 진짜 신들은 그 다리를 걸어갈 터였다. 정보, 지식이라는 신이. 이성적인 신들이었다. 그게 록사나가 되풀이해 생각하는 이미지였고, 위안거리였다.

싱은 록사나의 신 이미지가 지루해졌다. 일신론자 조상을 지닌 사람들은 그걸 극복할 수 없는 듯했다. 록사나의 소문자로 쓴 은유적 신들은 역사와 문학에 나오는, 대문자로 쓴 신들과 아버지들보다 훨씬 바람직했지만, 싱은 어느 신도 참아내기가 아주 힘들었다.

메시지 받기

록사나에게 실망한 싱은 친구와 말다툼을 했다.

"로사, 다른 얘길 했으면 좋겠어." 싱이 말했다.

"난 그냥 내 행복을 너와 나누고 싶어." 로사는 부드럽고 상냥하면서 강철 들보처럼 유연한, 특유의 '희열' 목소리로 말했다.

"우린 '희열'을 끌어들이지 않아도 함께 행복했잖아."

로사는 보편적인 애정의 눈으로 싱을 보았고, 싱은 왠지 이유는 몰라도 굉장히 크게 모욕감을 느꼈다. 우린 '친구'였잖아, 로사! 싱은 그렇게 외치고 싶었다.

"우리가 왜 여기 있다고 생각해, 싱?"

싱은 질문에 의심을 품으면서도 잠시 생각하다 대답했다. "네가 말뜻 그대로 묻는 거라면, 우리가 여기 있는 건 0세대가 우릴 여기 있게 만들어서야. 네가 추상적 의미에서 묻는 거라면, 난 이게 유도성 질문이라 간주하고 답하길 거부하겠어. '왜'를 묻는 건 목적을, 최종적 이유를 가정하고 있는 거야. 0세대는 목적이 있었어. 다른 행성으로 우주선을 보내는 것. 우린 그 목적을 수행하고 있어."

"하지만 우리가 어디로 가고 있지?" 로사가 강렬하게 달콤한 말투로 물었고, 그 달콤한 정도가 너무 심해서 싱은 답답하고 불쾌하고 방어적이 되었다.

"'목적지'로. 신디츄로. 그리고 거기 도착할 때면 너랑 나는 완전 할머니가 되었겠지!"

"우리가 왜 거기로 갈까?"

"정보를 얻어 다시 돌려보내려고." 록사나의 대답 말곤 준비된 대답이 없던 싱은 말하고는 곧 멈칫했다. 싱은 이게 정당한 질문이었다는 것, 그리고 자신이 한 번도 정말로 이 질문을 하거나 대답해본 적이 없다는 것을 깨달았다. "그리고 거기서 살려고." 싱은 말했다. "알아내려고, 우주에 대해서. 우리는…… 우리는 탐험이야. 발견, 발견 호가 하는 탐험이야."

싱은 말하면서야 자신의 세계의 이름이 무슨 뜻인지를 깨달았다.

"뭘 발견하기 위해서?"

"로사, 이 유도 질문은 아기정원에나 어울려. '이 꼬불거리는 멋진 글자는 뭐라고 부를까요?' 제발. 나랑 얘기를 해, 날 조종하려 들지 말고!"

"두려워 마, 천사." 로사는 싱의 분노에 웃음 지으며 말했다. "기쁨을 두려워하지 마."

"날 천사라 부르지 마. 난 네가 그냥 너일 때가 좋았어, 로사."

"난 '희열'을 알기 전에는 내가 누군지 전혀 알지 못했어." 로사가 더는 웃지 않으며 말했고, 로사의 그 단순함에 싱은 경외감과 부끄러움을 동시에 느꼈다.

하지만 로사와 헤어지며 싱은 로사를 잃었다. 싱은 오랜 친구, 한동안의 연인을 잃었다. 어른이 되어도 싱은 전에 꿈꿨던 것처럼 로사와 연결되지 못할 것이다. 로사는 설사 천사라 할지라도 저주를 받았다! 하지만 아, 로사, 로사. 싱은 시를 쓰려 애썼다.

딱 두 줄밖에 쓸 수 없었다.

우린 언제나 만날 것이고, 다시는 만나지 못할 것이다.
우리의 복도들은 우리를 영원히 갈라놓을 것이다.

닫힌 세계에서 이별은 어떤 의미인가

그것은 싱이 최초로 겪은 진짜 아픔이었다. 메일링 할머니는 무척 명랑하고 상냥한 분이었고, 할머니의 죽음은 정말 예기치 못한 것이었으며, 너무나 소리 없이 갑작스럽게 다가와 싱은 할머니가 돌아가셨다는 것을 한 번도 완전하게 인식하지 못했다. 마치 복도 저쪽에 아직도 할머니가 살아 계신 듯이 느껴졌다. 할머니를 생각하면 슬퍼지는 게 아니라 위안이 되었다. 그러나 로사를 잃는 건 슬펐다.

이 첫 번째 슬픔은 싱의 젊음의 모든 활기와 열정을 앗아 갔다. 싱은 그늘 속을 걸었다. 마음 한구석이 영원히 시꺼멓게 흐려졌는지도 몰랐다. 싱은 로사를 빼앗아 간 천사들에 대해 강렬한 분노를 느꼈고, 그 때문에 자기와 같은 중국계인 몇몇 노인들의 말이 맞다고 생각하게 되었다. 다른 계 사람들을 이해하려 해 봤자 소용없는 짓이었다. 그 사람들은 달랐다. 피하는 게 상책이었다. 우리 중국계와만 지내. 중도에서 벗어나지 마, 길에서 벗어나지 마.

야오조차도 식물 연구소에서 동료 연구자들의 '희열' 설교를 듣는 데 지쳤고, 노자를 인용하며 말했다. "그들은 말하지만, 그들은 모르네. 그들은 알지만, 그들은 말하지 않네."

바보들

"그래서 너희는 알아?" 싱이 아버지의 인용구를 말해주자 루이스가 말했다. "너희 중국계들은?"

"아니. 아무도 몰라. 난 그냥 설교가 싫어!"

"하지만 많은 사람들이 좋아해." 루이스가 말했다. "사람들은 설교하길 좋아하고, 설교 듣는 것을 좋아해. 모든 종류의 사람들이 그래."

우린 아냐. 싱은 생각했지만 말하지 않았다. 결국 루이스는 중국계가 아니었다.

"단지 네 얼굴이 밋밋하다 해서 그걸로 벽을 쌓을 필요는 없어." 루이스가 말했다.

"내 얼굴은 밋밋하지 않아. 그건 인종차별이야."

"아니, 넌 밋밋해. 중국의 만리장성. 거기서 나와, 싱. 나를 봐. 혼혈 루이스를 보라고."

"네가 혼혈이면 나도 혼혈이게."

"내가 훨씬 더 혼혈이야."

"자엘이 중국인이라고 생각하는 건 아니겠지!" 싱이 놀렸다.

"아니, 자엘은 순수한 북미유럽계야. 하지만 내 생모는 반은 유럽인에 반은 인도인이고, 내 아버지는 4분의 1씩 남미와 아프리카가 섞이고 반은 일본인이야. 내가 제대로 알고 있다면 말이야. 사실 내 조상이 어떤 인종들이었는지는 중요하지 않아. 중요한 건, 내게 계통이란 게 없다는 거야. 오직 선조가 있을 뿐이지. 하지만 넌! 넌 네 아버지와 할머니를 꼭 닮았고, 아버지와 할머니처럼 말하고, 아버지와 할머니에게서 중국어를 배웠고, 한 계통의 중심지인 이곳에서 자랐고, 바로 지금도 저 옛날의 중국인 배척법*을 시행하는 중이잖아. 너희 계통은 역사상 가장 인종차별적인 사람들을 선조로 됐다고."

"그렇지 않아! 일본인, 유럽인들, 북미인들……."

둘은 불완전한 자료를 가지고 한동안 평화롭게 입씨름을 벌였고, 디츄에선 필시 모두가 인종차별을 했으며, 더불어 성차별, 계급차별을 했고, 이해할 순 없지만 모든 역사에 편재하는 요소인 돈에 환장했다고 동의했다. 대화는 이제 경제 문제로 빠졌다. 경제학은 싱과 루이스가 역사 수업을 들을 때 이해하려 애쓰던 것이었다. 둘은 한동안 아주 어리석은 태도로 돈에 대해 이야기했다.

만약 모든 사람이 똑같은 음식과 옷과 가구와 도구와 교육과 정보와 일과 권력에 접근할 수 있다면, 그리고 달라고만 하면 가질 수 있기 때문에 사재기가 필요 없다면, 잃을 게 아무것도 없

*1882년에 미국에서 통과된 이민법안으로, 중국인의 미국 입국을 금지하기 위해 만든 것이다. 여기서 루이스는 중국인 배척법의 뜻을 잘못 알고 있다.

기 때문에 도박이 한가한 오락이 되고, 그래서 부와 가난이 단순한 은유로만 남게 된다면("사랑만큼은 부자인", "영혼이 가난한"), 어떻게 돈의 중요성을 이해할 수 있겠는가?

"정말로 그 사람들은 지독한 멍청이들이었어." 싱은 지성을 갖춘 젊은이들이 오래잖아 도착하는 종착지인 이단을 얘기하며 말했다.

"그럼 우리도 멍청이야." 루이스는 어쩌면 정말로 그렇게 믿으면서, 어쩌면 믿지 않으면서 말했다.

"아, 루이스." 싱은 길고 깊은 한숨을 쉬며 말했고, 고등학교 간이식당의 벽에 그려진 벽화를 올려다보았다. 지금은 부드럽게 휘어지는 분홍색과 금색의 추상화였다. "너 없으면 내가 뭘 할지 모르겠다."

"지독한 멍청이가 되겠지."

싱이 고개를 끄덕였다.

4-노바 에드

루이스는 아버지가 의도한 대로 크지 않고 있었다. 둘 다 그걸 알았다. 4-노바 에드는 자신의 생식기에 존재의 의의를 두는 그런 남자였다. 자극과 휴식이 당면 과제이긴 해도, 에드에겐 자손을 보는 일도 무척 중요했다. 에드는 자기 이름과 유전자를 미래까지 이어갈 아들을 원했다. 에드는 누구든 여자가 아이를 낳게 도와달라고 하면 기뻐했고, 세 번이나 그렇게 했다. 그러나 자신의 아버지―아들을 낳을 딱 맞는 여자를 찾을 때는 오랫동안 신중을 기했다. 에드는 읽기를 그다지 좋아하지 않는데도 온갖 적합성 차트들과 유전자 교차조합들을 한 단어 한 단어 꼼꼼히 읽으며 연구했다. 그리고 마침내 맞는 여자를 찾았다고 판단했을 때, 에드는 자신이 원하는 성별을 고를 수 있도록 여자에게 확실히 해두었다. "내가 둘을 낳을 거라면 딸도 괜찮겠지만, 하나만 낳을 거면 그건 아들이어야 해, 알겠어?"

"당신이 아들을 원하면, 아들을 얻어야지." 4-샌드스트롬 락쉬미가 말했고, 아들을 낳아주었다. 활동적이고 운동을 좋아하는 락쉬미는 임신이 굉장히 불편하면서 시간 소모가 크다고 느꼈고 다시는 임신하지 않았다. "당신의 그 빌어먹을 커다란 갈색 눈 때문에 한 거야, 에드." 락쉬미는 말했다. "다신 안 해. 자, 여기 있어. 완전히 당신 거야." 가끔 락쉬미는 4-5 노바 자택공간에 나타났고, 늘 루이스의 나이보다 1년 늦거나 5년은 빠른 장난감을 가져왔다. 평소에 락쉬미와 에드는 락쉬미가 기념 섹스라 부르는 걸 했다. 그런 뒤 락쉬미는 말하곤 했다. "그땐 내가 도대체 무슨 생각이었는지 모르겠어. 다신 안 해! 하지만 걘 잘한 짓인 거 같아, 안 그래?"

"걔야 물론 잘한 짓이지! 당신 머리에, 내 배관을 갖췄잖아." 루이스의 아버지는 진심으로, 그러나 자신 없이 말했다.

락쉬미는 중앙 통신소에서 일했고, 에드는 물리치료사였다. 실력은 좋았지만, 자기 말마따나 모든 생각은 두 손에만 있는 사

람이었다. "바로 그래서 내가 그렇게 사랑에 능한 거야." 에드
는 짝들에게 그렇게 말했고, 그 말이 맞았다. 에드는 아기에게
도 좋은 아버지였다. 아기를 안는 법, 다루는 법을 알았고, 아기
돌보는 걸 좋아했다. 에드에겐 덜 남성적인 남자들을 마비에 빠
지게 하는 찌무룩한 분열, 즉 갓난아기에 대한 공포가 없었다.
그 자그마한 몸의 섬세함과 활기가 에드에게 기쁨을 주었다. 에
드는 처음 2년 동안은 루이스를 자신의 피붙이로서 진심으로 행
복해하며 사랑했고, 그 뒤로는 조금 덜 행복해하며 사랑했다.
시간이 지나면서, 순수한 기쁨은 수많은 다른 것들, 수많은 힘
든 감정들에 점점 가려지고 묻혔다.

아이는 의지가 굳세면서 성미가 깊고 조용했다. 포기를 몰랐
고, 뭐든 쉽게 생각하지 않았다. 늘 배앓이를 했다. 이는 뺄 때
마다 전쟁이었다. 숨을 씨근거렸다. 걷기도 전에 말하는 법부
터 배웠다. 아이가 세 살 무렵 에드는 아이의 말 때문에 아일 노
려볼 때가 많았다. "그렇게 말도 안 되는 소리 좀 하지 말아라!"
에드는 아이에게 말했다. 에드는 아들에게 실망했고, 그렇게 실
망하는 자신에게 부끄러워졌다. 에드는 친구를, 자길 쏙 빼닮은
사람을, 라켓볼을 가르칠 아이를 원했었다. 에드는 6년째 제2사
분면의 라켓볼 챔피언이었다.

루이스는 성실하게 라켓볼을 배웠지만, 아주 잘하진 못했고,
'문법'이란 단어 게임을 아버지에게 가르치려 애썼지만, 늘 에
드의 꼭지를 돌게 할 뿐이었다. 루이스는 학교에서 아주 탁월한
성적을 거두었고, 에드는 루이스를 자랑스럽게 여기려 애썼다.

루이스는 아이떼와 함께 뛰어다니는 대신 늘 중국계 아이 하나를 데려왔다. 리우 싱이란 여자아이였다. 둘은 방문을 닫고 몇 시간이고 조용히 놀았다. 에드는 물론 확인해보았다. 루이스와 싱은 아이떼가 하는 일 이상은 절대 하지 않았지만, 에드는 아이들이 의식을 치르고 옷을 입게 되자 기뻐했다. 반바지와 셔츠를 입은 아이들은 작은 어른처럼 보였다. 발가벗고 있을 때 아이들은 왠지 미끌거리고 속을 알기 힘들었으며 불가사의했다.

어른들의 모든 규칙을 지켜야 할 때가 되자, 루이스는 그 규칙들을 따랐다. 루이스는 여전히 다른 어떤 남자아이들보다도 싱이란 여자아이를 좋아했고 계속 만났지만, 절대로 문을 닫고 둘만 있진 않았다. 그 말은, 에드가 집에 있을 땐 에드가 두 아이가 숙제를 하거나 이야기를 하는 동안 아이들 소리를 들을 수밖에 없다는 뜻이었다. 말하고, 또 말하고, 젠장, 말은 끝이 없었다. 여자아이가 열두 살이 될 때까진 그랬다. 이윽고 여자아이는 중국계의 규칙상, 남자아이를 공공장소에서 다른 사람들이 주위에 있을 때만 만날 수 있게 되었다. 에드는 이게 아주 훌륭한 생각이라 여겼다. 에드는 루이스가 다른 여자아이들에게도 눈뜨게 되길, 어쩌면 남자아이들이 하는 다른 활동들에도 흥미를 갖게 되길 바랐다. 실제로 루이스와 싱은 제2사분면의 10대 아이들 한 무리와 돌아다녔다. 하지만 결국엔 늘 둘이서만 어딘가에서 이야기하고 있곤 했다.

에드가 말했다. "내가 열여섯 살 땐, 이미 여자애들 세 명과 자봤다. 그리고 남자애 두 명과." 에드는 의도한 대로 말이 나오질 않았다. 루이스와 비밀을 나누고 격려할 생각이었지만, 꼭 자랑하거나 비난하는 것처럼 말이 나왔다.

"전 아직 섹스하고 싶지 않아요." 아이가 말했고, 말투가 거북해하는 듯이 들렸다. 에드는 아이를 나무랄 수 없었다.

"사실 그렇게 큰일은 아니야." 에드가 말했다.

"아버지에겐 큰일이잖아요." 루이스가 말했다. "그러니 제게도 큰일인 거 같아요."

"아니, 내 말은……." 하지만 에드는 생각한 대로 말을 할 수가 없었다. "그건 그저 재미있는 일만은 아니란 거다." 에드는 어물어물 말했다.

침묵.

"자위보단 낫다고." 에드는 말했다.

루이스는 고개를 끄덕였고, 오롯이 동의하는 게 분명했다.

침묵.

"전 그냥 그 모든 것에서 어떻게 하면, 어쩌면요, 아시겠죠, 어떻게 하면 저만의 방식을 찾을 수 있을지 알고 싶은 거예요." 아이는 말했고, 말하는 속도가 평소처럼 빠르지 않았다.

"그럼 됐다." 아버지가 말했고, 아버지와 아들은 둘 다 안도하며 헤어졌다. 아이가 느릴진 몰라도 최소한 건강하고 자유롭고 행복한 섹스를 본보기 삼을 수 있는 자택공간에서 자랐다고 에드는 생각했다.

자연에 대해

에드가 남자들과 잔 적이 있다니 참으로 흥미로웠다. 젊은이 특유의 시도였던 게 분명했다. 루이스가 알기로 에드는 한 번도 집에 남자를 데려온 적이 없었던 것이다. 하지만 여자들은 집에 데려왔다. 자기 세대의 여자는 한 명도 빼놓지 않고 다 데려왔을 거라고 루이스는 생각했다. 이제 에드는 적당히 나이가 찬 5세대들도 좀 데려오고 있었다. 루이스는 아버지의 오르가슴 소리를 아예 외웠고—거칠고 점점 더 커지는 하! 하! 하!—무아지경에 이른 여자가 새된 소리를 지르고, 울부짖고, 악쓰고, 으르렁대고, 헐떡이고, 고함치는 모든 상상 가능한 형태의 소리를 들었다. 가장 두드러지게 소리 지르는 사람은 4-옙 소시였는데, 제3사분면의 물리치료사였다. 소시는 루이스가 기억할 수 있던 순간부터 때때로 찾아왔었다. 소시는 지금까지도 늘 루이스에게 별 모양 과자를 갖다주었다. 소시는 많은 여자들처럼 아아, 하고 시작하지만, 소시의 아아는 점점 더 커지고 점점 더 연속적이 되다가 끊길기면서도 어리석은 포효로 변했다. 그 소리가 어찌나 날카로운지 한번은 복도 저쪽의 2-윙 할머니가 알람이 울리는 줄 알고 윙 집단주거지의 모두를 깨운 적도 있었다. 그러나 에드는 전혀 굴하지 않았다. 그 무엇도 에드를 당황시킬 순 없었다. "그건 아주 완벽하게 자연스러운 거야." 에드가 말했다.

이건 에드가 잘 쓰는 말이었다. 몸과 관련된 것은 모두 "완벽하게 자연스러"웠다. 정신과 관련된 것은 모두 그렇지 않았다.

그렇다면, 무엇이 '자연'인가?

루이스가 충분히 생각해본 결과, 에드가 정말로 옳았다. 루이스는 고등학교 마지막 해에 에드 말을 아주 많이 생각해보았다. 이 세계에서—아니, 이 우주선에서라고 루이스는 스스로 정정했는데, 그는 특정한 습관들에서 정신을 단련하려 애쓰고 있었던 것이다—이 우주선에서, '자연'은 인간의 몸이었다. 그리고 어느 정도까지는 수경재배의 식물, 흙, 물도 자연이었다. 또한 박테리아가 있었다. 이것들은 어느 정도까지만 자연이었다. 기술자들이 워낙 꼼꼼하게 통제하고 있었기 때문이다. 이런 것들은 인간의 몸보다도 더 꼼꼼하게 통제되었다.

원래의 행성에서 '자연'은 인간에 의해 통제되지 않는 것들을 의미했다. '자연'은 본질적으로 통제 이전의 것이었고, 통제할 원료, 혹은 통제에서 빠져나간 것이었다. 따라서 사람들이 거의 살지 않는 디츄의 지역들, 바람직하지 못하게 건조하거나 춥거나 가파른 사분면들은 '자연', '미개지', '자연 보호 구역'이라 불렸었다. 이런 곳들에는 역시 '자연적' 혹은 '야생'이라 불리는 동물들이 살았다. 따라서 인간 몸의 '동물적' 기능들은 모두가 '자연스러운' 것이었다. 먹기, 마시기, 오줌 누기, 똥 누기, 섹스, 반사작용, 잠자기, 소리치기, 누가 내 클리토리스를 핥으면 경보기처럼 펑 터지기 등.

하지만 이런 기능들을 통제하는 것은 부자연스럽다고 불리지 않았다. 아마도 에드는 부자연스럽다 하겠지만. 이런 건 문명화라 불렸다. 자연스러운 몸이 태어나는 순간부터 통제는 몸에 영향을 미치기 시작했다. 그리고 일곱 살이 되어 옷을 걸치고, 거친 무리이자 발가벗은 작은 야만인들인 아이떼 중 하나가 아니라 시민이 되는 그 순간부터, 정말로 통제가 짤깍하고 시작되는 것을 루이스는 보았다.

멋진 말들이었다! 거친, 야만인, 문명화, 시민⋯⋯.

몸을 얼마나 문명화하든, 몸은 계속 다소 거칠거나 야만적이거나 자연스러운 상태로 남았다. 몸은 그 동물적 기능들을 계속 유지해야 했고, 그렇지 않으면 죽었다. 몸은 절대로 완전하게 길들여질 수 없었다. 완전하게 통제될 수 없었다. 제아무리 공생 기능을 다하게 조작된 식물들조차도 완전하게 예측 가능하거나 순종적이지 않다는 것을 루이스는 싱의 아버지 말을 들으며 배웠다. 또한 박테리아들도 위험한 돌연변이의 가능성이 있는 '야생' 종을 끊임없이 만들어냈다. 완벽하게 통제될 수 있는 것은 오로지 무생물, 세계의 물질들, 고체나 액체나 기체 상태의 요소들과 합성물들, 그리고 거기서 만들어진 인공물들뿐이었다.

통제자, 문명화하는 자, 그 정신은? 그건 문명화되었나? 그건 스스로를 통제하나?

그러지 못할 이유도 없어 보였다. 그러나 통제에 실패한 것들이 '역사'로 가르쳐지는 것의 대부분을 이루었다. 하지만 그건 불가피하다고 루이스는 생각했다. 디츄에서 '자연'은 너무나 거대하고 너무나 강했기 때문이다. 세상에 정말로, 절대적으로 통제 가능한 것은 없었다. 가상현실의 것 말고는.

무척이나 묘한 일이지만, 루이스는 그 흥미로운 사실을 가상 현실에서 배웠다. 루이스는 날고, 물고, 기고, 쏘고, 깨물고, 살을 괴롭히는 것들이 온통 웅웅거리는 열대 정글에서 풀과 나무를 베어 앞으로 나아갔고, 악취 나고 몸에 찰싹 달라붙으며 온몸의 힘이 빠져나가는 열기 속에서 숨을 쉬려 헐떡이다가 공터에 다다랐고, 그럼 병과 영양실조와 자해 때문에 불쾌하고 무시무시한 형상을 한 인간들 몇 명이 루이스를 보고 오두막집들에서 뛰쳐나오며 비명을 지르고 바람총을 불어 독화살을 쏘아댔다. 가상디츄 프로그램 '정글'을 이용한 도덕적 딜레마 수업의 일부였다. 열대, 정글, 나무, 곤충, 쏘이기, 오두막, 문신, 화살 같은 단어들은 전날 어휘 준비 시간에 나왔다. 하지만 지금 당장은 도덕적 딜레마가 당면 과제였다. 루이스는 도망쳐야 하나? 교섭을 시도해야 하나? 자비를 구해야 하나? 맞서 쏘아야 하나? 루이스의 가상인격은 치명상을 입힐 수 있는 무기를 지녔고, 옷을 두텁게 입었으며, 화살을 피할 수도 못 피할 수도 있었다.

흥미로운 수업이었고, 학생들은 그 뒤 교실에서 멋진 토론을 벌였다. 그러나 루이스는 그 후로도 오랫동안 그 '정글'의 순전하고 압도적인 극악함에 대한 생각을 떨칠 수가 없었다. 그 '야생적 자연' 속에 있으면, 야만적인 인간들이 사소해 보이다 못해 부수적으로 느껴졌고, 문명화된 인간은 완전히 이질적인 존재가 되어버렸다. 루이스는 그곳 사람이 아니었다. 제정신이라면 누구도 그곳 사람이 아니었다. 0세대 이전의 사람들이 이런 고난 속에서 문명과 자기 통제를 유지하는 데 곤란을 겪었던 것도 당연했다.

통제된 실험

루이스는 천사들의 주장이 좀 멍청하면서 동시에 좀 불온하다는 걸 알면서도, 어쩌면 한 가지 근본적인 면에 있어선 천사들이 옳을지도 모른다고 생각했다. 이 우주선의 목적지가 항해 그 자체만큼 중요하진 않다는 것이었다. 역사를 읽고, '정글'과 '내부 도시'를 경험하면서, 루이스는 0세대의 의도 중 일부는 적어도 몇천 명의 사람들에게 그런 공포를 피할 수 있는 장소를 주려는 게 아니었을까 생각하게 되었다. 실험실의 실험에서처럼, 인간의 존재가 통제될 수 있는 장소. 통제된 상황 속에서의 통제된 실험.

혹은 자유로이 통제된 실험인가?

이건 루이스가 아는 가장 거창한 단어였다.

루이스는 머릿속에서 단어들이 다양한 크기, 밀도, 깊이를 갖췄다고 인식했다. 단어들은 시꺼먼 별들이었고, 어떤 건 작고 무디고 단단했고, 어떤 건 거대하고 복잡하고 예민했으며, 강력한 중력장을 지녀서 무한한 의미들을 자기 쪽으로 끌어당겼다. '자유'는 시꺼먼 별들 중에서 가장 큰 별이었다.

루이스의 경우, 자유는 개인적으로 명확하고 정확한 이미지였다. 루이스는 천식을 자주 겪진 않았지만, 그 순간들은 늘 마음속에 생생했다. 그리고 한번은 열세 살 때, 루이스는 체육 시간에 아차 잘못해서 빅 링 아래 있게 됐고, 빅 링이 루이스 바로 위에 내려앉았다. 링은 루이스보다 두 배나 무거웠기에, 링 밑에 깔리면서 루이스의 폐에선 공기가 완전히 빠져나갔다. 공기를 찾아, 숨을 쉬려 헐떡이던 무한 같은 시간이 지나자, 노골적이고 끝없으며 타는 듯한 고통이 지나고 나자, 자유였다. 숨이었다. 내가 들이쉬는 것이었다.

그게 없으면, 질식하고, 눈앞이 깜깜해지고, 죽었다.

동물적 수준으로 살아야 하는 사람들은 엄청나게 돌아다닐 수 있을지는 몰라도, 자신들의 정신이 숨 쉴 공기는 절대로 충분히 얻지 못했다. 이들에게 자유는 없었다. 역사를 읽고 역사적 가상세계들 속에 있으면서 루이스는 그 점을 아주 명확하게 느꼈다. '내부 도시 2000'은 굉장히 충격적이었다. 그곳이 그 안의 사람들을 미치거나 아프거나 위험하거나 믿을 수 없을 만큼 추해지게 만드는 '야생적 자연'이 아니었고, 그저 문명화되었다고 생각되는 그들의 '자연'에 대해 그 사람들이 통제력을 갖지 못하고 있는 곳이기 때문이었다.

인간의 자연*. 두 단어의 묘한 조합이었다.

루이스는 제3사분면의 남자에 대해 생각했다. 그 남자는 작년에 어느 여자를 성적으로 공격했고, 정신을 잃을 때까지 여자를 팬 뒤 액체 산소를 마시고 자살했다. 남자는 5세대였고, 그래서

*영어 nature에는 '자연'과 '본성'이란 뜻이 있다.

이 사건은, 세계의 모든 이들에게 심란한 일이었지만, 같은 세대 사람들에게 특히 끔찍하고 잊혀지지 않았다. 사람들은 자문했다. 나도 그런 짓을 할 수 있었을까? 그런 일이 내게도 일어날 수 있을까? 누구도 답을 알 수 없는 듯했다. 그 남자, 5-울프손 애드는 자신의 '동물적' 혹은 '자연적' 욕구에 대한 통제력을 잃었고, 그래서 결국은 어떤 자유도 없게 되었으며, 선택을 하지 못했고, 살아 있을 수조차 없었다. 어쩌면 어떤 사람들은 자유를 감당할 수 없는지도 몰랐다.

천사들은 자유에 대해선 절대로 얘기하지 않았다. 규칙을 따르라, '희열'을 얻어라.

201년에 천사들은 무엇을 할까?

사실, 흥미로운 질문이었다. 실험용 우주선이 목적지에 도착하면 천사는 뭘 할까, 통제된 실험에는 무슨 일이 벌어질까? 신디튜는 행성이었다. 야생의 것들로 이루어진 또 다른 거대한 덩어리, 규칙이 뭔지 알지조차 못하는 사람들이 사는, 통제할 수 없는 '자연'이었다. 디튜에서는, 적어도 그들의 조상들은 '자연'에 친숙했고, 자연을 쓰는 법을 알았고, 자연 안에서 곤란을 피해 다니는 법을 알았고, 어떤 동물이 위험하거나 독이 있는지와 야생식물 기르는 법 따위를 알았다. 새로운 지구에서 이들은 아무것도 모를 터였다.

책에는 그에 대한 이야기들이 나왔지만 조금이었고, 많이는 아니었다. 결국, 목적지에 닿을 때까지 아직 반 세기는 더 가야 했다. 그러나 실제로 신디튜에 대해 알았던 걸 다시 알아낸다면 무척 흥미로운 일이 될 터였다.

　루이스가 역사 선생인 3-트란 에티에게 묻자, 에티는 교육 프로그램이 6세대에게 목적지와 그곳에서 사는 것에 대해 상당한 교육을 할 것이라고 말했다. 또한 목적지에 도착할 때면 5세대 사람들 대부분은 상당히 나이가 들었을 것이므로 아예 이 문제로 고민하지도 않을 것이지만, 원한다면 당연히 '착륙' 허가를 받게 될 것이라고 말했다. 프로그램은 '중간 세대들'("그러니까 우리"라고, 나이 든 여선생은 무미건조하게 말했다)이 자기들 세계에 계속 만족하며 살도록 설계되었다. 실리적 접근이며 좋은 의도이지만, 어쩌면 이 점이 지금 '희열'의 지지자들 사이에 그토록 만연한 정신 상태를 부추긴 건지도 모르겠다고 에티는 말했다.

　에티는 자신의 최고 학생인 루이스에게 솔직하게 말했고, 루이스 역시, 자신이 거기 가든 안 가든, 도착하면 얼마나 나이가 들었든지 간에, 지금 자신이 가고 있는 곳이 어딘지 알고 싶다고 솔직하게 말했다. 루이스는 그 이유를 이해했다. 어떻게인지는 이해할 필요가 없었다. 그러나 어디인지는 알고 싶었다.

　트란 에티는 루이스가 정보에 접근할 수 있게 도와주었지만, 6세대를 위한 교육 프로그램은 현재 접근이 불가능하다는 걸 알게 되었다. 교육위원회가 재검토 중이었기 때문이다.

　루이스의 다른 선생들은 목적지 걱정을 하려면 일단 고등학교와 대학교 공부부터 마치고 그다음에 걱정하라고 충고했다.

　루이스는 도서관장인 3-탄을 찾아갔다. 탄은 루이스의 친구인 빙디의 할아버지였다.

"우리 목적지에 대해 깊이 생각하겠다는 건, 걱정과 초조와 잘못된 기대를 늘리겠단 소리지." 탄이 말하고는 살짝 미소 지었다. 탄은 한 문장을 말할 때마다 쉬어가며 천천히 말했다. "우리의 임무는 여행하는 거야. 도착과는 또 다른 임무지." 탄은 다시 잠시 쉬었다가 말을 이었다. "하지만 여행하는 법만을 아는 세대는…… 그런 세대가 다른 세대에게 도착하는 법을 가르칠 수 있을까?"

가란

루이스는 계속해 관심 분야를 추구했다. 루이스는 혼자 정글로 돌아갔다.

물론 길을 따라 움직여야 했다. 가상현실 프로그램이 아무리 완벽하게 만들어졌어도, 그 안에선 오직 하라고 되어 있는 것만 할 수 있었다. 꿈, 특히 악몽과 비슷했다. 단지 가능한 경우에 특정한 선택권이 주어질 뿐이었다.

그 안엔 길이 있었다. 누구든 그 길을 따라가야 했다. 길 끝에는 추하고 퇴화한 작은 야만인들이 있었고, 야만인들은 소리를 지르며 독화살을 쏘았고, 그럼 이쪽에선 몇 가지 방법 중 하나를 선택해야 했다. 루이스는 방법들을 차례로 하나씩 질서 있게 선택했다.

야만인들을 설득하려거나 그들에게서 도망치려는 시도를 하면 곧바로 세상이 잠깐 깜깜해졌고, 이는 물론 가상죽음에 해당했다.

한번은 야만인들이 공격해 오자, 루이스는 총을 쏘아 한 명을 죽였다. 루이스가 상상했던 그 무엇과도 비길 수 없이 끔찍했고, 루이스는 총을 쏘고 몇 분 뒤 프로그램에서 탈출했다. 그날 밤 루이스는 자신에게 비밀 이름이 있는 꿈을 꿨다. 아무도 모르는, 심지어 자신조차 모르는 비밀 이름이었다. 난생처음 보는 여자가 다가와 말했다. "당신 이름을 그 늑대에게 더해요."

쉽진 않았지만 루이스는 정글로 돌아갔다. 그리고 야만인들이 공격해 올 때 공포심을 보이지 않으면서 총으로 상대를 위협만 하고 쏘지 않으면, 이 작은 남자들은 결국엔, 아주 갑작스럽게, 루이스의 존재를 받아들인다는 걸 알게 됐다. 그 뒤, 새로운 상황들과 선택권들이 주어졌다. 루이스는 무기를 잘 보이게 들고 있으면서 야만인들을 위협해 자신을 '잃어버린 도시'로(아마도 이곳이 이 정글에 들어온 이유일 것이었다) 데려가게 했다. 루이스는 야만인들이 자기 말에 복종하게 만들 수 있었지만, 늘 멀리 가기 전에 세상이 깜깜해지며 끝났다. 야만인들에게 살해된 것이다. 혹은, 야만인들을 위협하거나 뭘 요구하지 않으면서 공포의 기색 없이 행동하면, 반쯤 무너진 오두막에서 야만인들과 함께 지낼 수 있었다. 야만인들은 루이스를 무슨 미친 남자 정도로 받아들였다. 여자들은 루이스에게 음식을 주고 이런저런 것들을 하는 법을 보여주었고, 루이스는 야만인들의 언어와 관습을 배우기 시작했다. 야만인들의 언어와 관습은 놀랄 만큼 복잡하고 형식적이며 매혹적이었다. 그래도 단지 가상배움일 뿐이었다. 거기까지가 다였지만, 실제보다 더 많이 있어 보였다. 프로그램에서 나와서 보면, 실제론 얻은 게 별로 없었다. 프로그램에서는 암시되는 부분이라 해도 그 정도 정보가 다였다. 그러나 루이스가 기억해내는 것은 아무리 작은 것도 묘하게 루이스의 사고를 풍부하게 해주었다. 루이스는 언젠가 다시 정글로 돌아가 그 마지막 선택까지 열심히 나아간 뒤 야만인들과 다시 함께 살겠노라고 결심했다.

그러나 이번에 루이스에겐 다른 목적이 있었다. 이번에 정글에 들어가선 최대한 천천히 움직였고, 충분히 들어가자 발을 멈추고 길에 가만히 서 있었다. 루이스는 더 이상 야만인들을 만나는 게 두렵지 않았다. 이제 루이스는 야만인들을 알았고 함께 살아봤기에, 야만인들이 필연적으로 소리 지르고 죽이려 들면서 다가오는 모습을 보면 슬퍼질 것 같았다. 이번엔 야만인들과 만나고 싶지 않았다. 야만인들은 인간이 만들어낸 가상의 인간들이었다. 이번에 루이스는 인간적인 것이 하나도 없는 곳을 경험해보러 왔다.

루이스는 길에 서 있으면서 금세 땀을 흘리기 시작했고, 악취를 맡고, 주위에서 웅웅대고 날아다니다 몸에 내려앉아 무는 것들을 찰싹찰싹 치고, 기분 나쁜 소리에 귀 기울이면서 싱을 생각했다. 싱이라면 가상현실을 경험으로 인정하지 않았을 것이다. 싱은 선생님이 요구하지 않으면 절대로 가상디츄에 가지 않았다. 싱은 절대로 가상게임을 하지 않았고, 루이스와 빙디가 "보르헤스의 정원"*을 행렬로 이용해 풀어낸 정말로 흥미로운 가상게임도 시도조차 하지 않았다. "난 다른 사람의 세계에 들어가고 싶지 않아. 내 세계에 있고 싶어." 싱은 말했다.

"소설은 읽잖아." 루이스가 말했다.

"물론이지. 하지만 '난' 읽기를 하는 거야. 작가가 이야기를 써두면, 내가 그걸 읽어. 난 그걸 존재하게 만들어. 가상프로그래머는 날 이용해서 '그 사람의' 이야기를 하게 만들어. 내 몸과 내 정신을 이용할 수 있는 건 오로지 나뿐이야. 알겠어?" 싱은 늘 사나워졌다.

싱의 말에도 일리는 있었다. 하지만 루이스도 깨달은 게 있었다. 미쳐버린 복도처럼 좁고 엄청나게 복잡한 정글의 오솔길에서 정신을 바짝 차리고 서 있을 때였다. 그때 루이스는 다리가 잔뜩 달린 무언가가 마치 누워버린 나무같이 보이는 거대한 어떤 것 아래의 불길한 암흑 속으로 기어가는 모습을 보았다. 그리고 그 순간 루이스는 이곳이 단순히 재창조된 곳이고 감각장의 프로그램일 뿐인데도 숨이 막히고 말도 안 되게 복잡하고 엄청나게 무질서할 뿐 아니라 동시에 너무나도 적대적이라는 것을 깨달았다. 위험하고, 무서웠다. 루이스는 프로그래머의 적개심을 경험하고 있는 것일까?

가학적 프로그램은 아주 많았다. 어떤 이들은 그런 프로그램

---

*보르헤스의 단편 〈끝없이 두 갈래로 갈라지는 길들이 있는 정원〉을 말한다.

에 사로잡히기도 했다. '자연'이 실제로 그렇게 끔찍한 것인지 아닌지를 어떻게 알아낼 수 있을까?

디츄를 더 단순하고 이해하기 쉽게 표현하는 가상현실 프로그램들도 물론 있었다. 그런 프로그램들에서는 시골 혹은 산맥으로 걸어갔다. 그리고 영화를 볼 때는 시각과 청각에만 대처하면 됐고, 비록 무질서할지라도 '자연'이 예쁠 수 있음을 볼 수 있었다. 어떤 이들은 이런 영화에 완전히 꽂혔고, 바다거북들이 바다에서 헤엄치고 바닷새들이 하늘을 나는 모습을 끝없이 지켜보았다. 그러나 그저 가상의 감각이라 해도 보는 것과 느끼는 것은 별개의 문제였다.

정글 같은 곳에서 과연 누가 정말로 평생을 살 수 있겠는가? 감각장의 끊임없는 불편함도 그렇지만, 그 열기, 그 생물들, 기온 변화, 거칠고 깔깔하고 더러운 표면들, 끝없이 이어지는 울퉁불퉁한 느낌―한 걸음 내디딜 때마다 디딜 자리를 확인해야 했다. 루이스는 원주민들의 역겨운 음식을 떠올렸다. 원주민들은 동물을 죽이고 그 조각들을 먹었다. 여자들은 무슨 식물의 뿌리를 씹었고, 씹은 덩어리를 접시에 뱉은 뒤 한동안 썩혔다가 다 함께 그걸 먹었다. 쏘고 무는 이 유독한 동물들이 가상이 아니라 현실이라면, 정글에서 나올 땐 온몸이 독소로 가득해져 있을 것이었다. 사실, 야만인들과 함께 살 때 결국 선택의 기로에서 겪게 되는 일은, 덩굴에 손을 댔는데 덩굴이 실은 다리 없는 유독한 동물이란 거였다. 이 동물은 손을 물었고, 몇 분 뒤 그 사람은 끔찍한 고통과 욕지기를 느끼다 세상이 깜깜해졌다. 물론, 사람들은 어떤 식으로든 프로그램을 끝내야 했다. 가상프로그램에서 허용되는 최대 시간은 주관적인 관점으로 열 사이클, 실제 열 시간이었다. 프로그램에서 나올 때면 단순히 가상으로 죽을 뿐 아니라, 실제로도 몸이 극도로 뻣뻣해지고 허기가 지고 목이 마르고 탈진하고 피로했다.

　프로그램은 정직한가? 디츄의 사람들은 정말로 이렇게나 비참하게 살았을까? 열 사이클이나 시간이 아니라, 평생을? 위험한 동물들을 끊임없이 두려워하고, 적대적 야만인들을 두려워하고, 서로를 두려워하고, 식물의 가시에 다치고, 물리고 찔리고, 무거운 것들을 나르느라 근육통을 겪고, 끔찍하게 울퉁불퉁한 땅 때문에 발에 멍이 드는 등 고통에 끊임없이 시달리고, 기아, 질병, 팔다리가 부러지거나 불구가 되고, 눈이 멀고 하는 더 큰 공포까지도 견뎌가면서? 야만인 중 단 한 명도, 심지어 아기나 아기의 어린 어머니마저도 건강하거나 깨끗하지 않았다. 루이스가 이들을 사람으로 인식하고 알기 시작하면서, 이들의 외상과 종기와 딱지, 피부에 박인 못, 침침한 눈, 뒤틀린 팔다리, 더러운 발, 더러운 머리는 보면 볼수록 더욱 고통스러울 뿐이었다. 루이스는 계속 이들을 돕고 싶었다.

　이제 가상오솔길에 서 있는데, 근처 나무들과 기다랗고 끈적이는 식물들의 어둠 속에서 무슨 소리가 들렸다. 끈적이는 식물들은 야오의 착생식물들과 비슷했지만, 단지 엄청나게 크고 마디가 져 있었다. 함께 밀집해 자라며 정글을 이루는 이 모든 기묘한 것들 속에서 무언가가 소리를 냈다. 루이스는 그 어느 때보다도 더 조용히 서서 가란을 떠올렸다.

루이스는 야만인 부족의 남자들이 이제 '사냥'을 할 거라는 것을 알고 함께 나가본 적이 있었다. 루이스와 남자들은 얼룩덜룩한 금색 빛이 번쩍하는 것을 흘끗 봤었다. 남자 한 명이 '가란'이라고 속삭였고, 루이스는 돌아왔을 때 이 부분을 기억했다. 그 뜻을 찾아보았지만, 사전에 이 단어는 없었다.

이제 무질서암흑에서 그것이, 가란이 나왔다. 가란은 루이스의 몇 미터 앞에서, 왼쪽에서 오른쪽으로 오솔길을 건너갔다. 길고 낮았으며, 금빛에 검은 얼룩들이 있었다. 가란은 형언할 수 없는 부드러움과 능숙함이 엿보이는 몸짓으로 둥근 발 네 개를 이용해 걸었고, 낮춘 고개 뒤로 길고 우아한 몸, 그리고 꼬리가 보였다. 가란이 완전한 침묵 속에 다시 어둠 속으로 사라질 동안 꼬리 끝이 살짝 움찔했다. 가란은 루이스에게 눈길 한 번 주지 않았다.

루이스는 꼼짝도 못하고 못 박힌 듯 서 있었다. 이건 가상현실이야, 프로그램이야. 루이스는 혼잣말했다. 내가 정글에 들어올 때마다 그냥 이렇게 오래 여기에 서 있기만 해도 가란이 오솔길을 지나갔을 거야. 내가 준비만 되어 있으면, 원하기만 하면, 내 가상총으로 가란을 쏠 수 있어. 프로그램에 '사냥'이 포함되어 있으면, 가란이 죽겠지. 프로그램에 '사냥'이 안 들어 있으면, 내 총은 발사되지 않을 거고. 난 그 무엇도 일어나게 할 수 없어. 가란은 계속 걸어가 정적 속에 사라질 거고, 사라질 때 꼬리 끝이 살짝 움찔할 거야. 이건 야생이 아냐. 이건 자연이 아냐. 이건 궁극의 통제야.

루이스는 몸을 돌려 프로그램에서 걸어 나왔다.

루이스는 달리기를 하러 체육관으로 가다 빙디를 만났다. "나, 가상 비현실을 위한 기술을 개발하고 싶어." 루이스가 말했다.

"좋아." 빙디는 잠시 후 말하고는 싱긋 웃었다. "함께 하자."

우린 어디로 가고 있나

프로그램들, 사진들, 묘사들, 이 모든 디츄의 표현들은 수상했다. 모두가 기술의 산물, 인간 정신의 산물이기 때문이었다. 이것은 해석된 것들이었다. 기원 행성을 직접 이해하기란 불가능했다.

목적지인 행성은 그보다 더 접근 불가였다. 루이스는 계속해 도서관을 탐험하면서 0세대가 왜 그토록 신디츄에 대한 정보에 열심이었는지 이해하기 시작했다. 그들에겐 아무 정보도 없었다.

'접근 가능 범위' 안에서 사람들이 소위 '지구형 행성'을 발견하면서 '발견' 프로젝트 전체가 시작되었다. 0세대 이전 사람들은 그들의 장비가 허용하는 한 최대한 철저히 그 행성을 연구했다. 그러나 그런 거리에서는 작은 비非자체발광체에 대해 스펙트럼 분석을 하든, 온갖 방식으로 직접 관찰을 하든, 그들이 알아야 하는 모든 것을 알 순 없었다. 생명은 특정 매개변수들 내에서 보편적으로 발현하는 것으로 설정되어 있었다. 그리고, 그들이 결정할 수 있던 매개변수들은 모두가 생명에 대단히 호의적이었다. 루이스가 〈그들은 어디로 가고 있나〉란 제목의 고대 논설을 읽을 때도, 모든 게 다 그런 식이었다. '지구'와 아주 조금만 차이가 나도 '신지구'는 인간이 전혀 거주할 수 없는 곳이 될 수 있었다. 생물 형태들이 인간의 화학 작용과 화학적으로 비호환성을 보이면, 그곳의 모든 것이 유독해졌다. 대기의 가스들이 살짝만 다르게 균형을 이루어도, 사람들은 그 공기를 숨 쉴 수 없었다.

공기는 자유라고 루이스는 생각했다.

사서가 근처 탁자에서 독서 중이었다. 루이스는 그쪽으로 가서 그 옆에 앉았다. 루이스는 탄 할아버지에게 논설을 보여주었다. "이 글에 따르면 우리가 그곳에서 숨을 쉬지 못할 수도 있다네요."

사서는 논설을 대충 훑어보았다. "확실히 난 못 할 거 같네." 사서가 말했다. 그러고는 평소처럼 문장들 사이에 뜸을 들이며 설명했다. "그때면 난 죽었을 거거든." 그는 입으로 반원을 그리며 친절한 미소를 지었다.

루이스가 말했다. "제가 찾으려는 건, 우리가 목적지에 도착했을 때 그 사람들은 우리가 어쩌길 바랐을까 하는 거예요. 어딘가에 지시 사항이 있나요? 온갖 가능성에 대한 그런 거……?"

"현재로선." 노인이 말했다. "그런 지시가 있었다면, 밀봉되어 있을 거란다."

루이스는 말하기 시작하다 입을 다물고, 탄이 다시 얘기하길 기다렸다.

"정보는 언제나 통제되어왔어."

"누구에 의해서요?"

"주로, 0세대의 결정에 의해서. 부차적으로는, 교육심의회의 결정에 의해서."

"어째서 0세대들은 우리 목적지에 대한 정보를 감추려 했을까요? 그 정도로 안 좋았나요?"

"어쩌면 0세대는, 워낙 알려진 게 없는 상태이니 중간 세대들은 그 일로 걱정할 필요가 없다고 생각했을 거야. 그리고 6세대는 알아내겠지. 그런 다음 기원 행성으로 정보를 보낼 거야. 이건 과학적 발견을 위한 항해야." 탄은 냉정한 얼굴로 루이스를 올려다보았다. "공기가 호흡 불가능하다면, 혹은 다른 문제들이 있다면, 우주복을 입고 나가면 돼. 선외활동자가 되는 거지. 안에서 살며, 밖을 연구해. 관찰하는 거야. 궤도에 있는 발견 호로 정보를 보내고, 다시 '티치우'로 정보를 보내는 거야." 탄은 이 중국어 단어를 중국어로 발음했다. "열두 세대가 쓸 수 있는 만큼의—여섯 세대용이 아냐—'대체 불가능 물자들'이 있어. 우리가 그곳에서 살 수 없을 경우를 위한 거야. 혹은 거기서 살지 않기로 선택하는 경우. 티치우로 돌아가기로 선택하는 경우."

탄이 이 모든 것을 얘기하는 데 시간이 꽤 걸렸다. 이야기가 중단될 때마다 루이스의 머릿속은 상상으로 가득 찼다. 마치 글에 삽화를 넣는 것 같았다. 어느 별을 향해 점점 더 느려지는 거대한 궤적. 광대한 행성 세계의 표면 위에 떠 있는 조그만 우주선 세계. 선외활동용 우주복을 입고 떼 지어 정글로 들어가는 자그만 이들……. 생생하지만, 있을 법하지 않은. 가상 비현실.

"돌아가다." 루이스가 말했다. "뭐가 '돌아가는' 거죠? 우리 중에 디츄에서 온 사람은 아무도 없어요. 돌아가든 앞으로 가든, 뭐가 다르죠?"

"'네와 아니오 사이의 차이는 얼마나 되는가? 선과 악 사이에는 무슨 차이가 있는가?'" 노인은 찬성하는 얼굴로 루이스를 보며 말했지만, 두 눈에는 루이스가 해석할 수 없는 표정이 어려 있었다. 저건 슬픔일까?

루이스는 노인이 말한 인용구를 알았다. 싱과 싱의 아버지 야오 둘 다 3-탄과 함께 공부했었다. 탄은 사서이면서 동시에 중국 고전을 연구하는 학자였고, 싱과 야오와 탄은 모두 노자의 팬이었다. 제2사분면에서 자라면서, 루이스는 그 책이 인용되는 것을 들었고, 결국 자기 방어 차원에서 그 책의 번역본을 읽었다. 최근에는 그 책을 다시 읽으며 이 중 얼마나 많은 부분을 이해할 수 있는지 가늠해보려 애썼다. 리우 야오는 그 책 전체를 고대 한자로 베껴 쓴 적이 있었다. 1년이 넘게 걸렸다. "그냥 붓글씨를 연습한 거야." 야오가 말했다. 야오의 붓 끝에서 흘러나오는 그 복잡하고 신비로운 모양들을 지켜보며, 루이스는 보기엔 이해할 수 있는 것 같던 번역된 말들에서보다 훨씬 더 큰 감동을 받았다. 마치 이해하지 않는 것이 이해하는 것인 듯이.

순환

종이는 볏짚으로 만들었는데 매우 드문 재료였다. 손으로 작은 글씨를 썼다. 야오는 책의 필사를 위해 몇 미터에 달하는 종이를 써도 좋다는 허가를 미리 받았지만, 필사본을 오랫동안 간직하며 계속 재순환되지 못하게 막을 순 없었다. 야오는 두루마리를 조각내 중국계 친구들에게 주었다. 친구들은 두루마리 조각을 한동안 벽에 붙여뒀다가 재순환했다. 긴요하지 않은 인공물은 절대로 몇 년 이상 살아남을 수 없었다. 옷, 수공예품, 책의 종이 사본, 장난감, 모든 게 다시 순환 과정으로 넘겨졌고, 가끔 애도 의식이 수반되었다. 사랑하는 인형의 장례식처럼. 할아버지의 사진은 원본을 재순환할지라도 사본은 전자 기억 장치에 복사가 가능했다. 예술은 실용적이거나 단명하거나 비물질적이었다. 결혼식용 셔츠, 바디페인팅, 노래, 올네트All-net 잡지의 이야기. 순환은 냉혹했다. 발견 호의 사람들은 그 자체가 원료였다. 필요한 것은 모두 있었지만, 그 무엇도 계속 가지고 있을 순 없었다. 이런 세계에서 결핍을 겪을 때는, 에너지/물질이 쓸모없는 물건에 떼어낼 수 없이 고정되어 있거나 우주로 방출되어서 손실 혹은 낭비됐을 때뿐이었다.

혹은 아주 장기적으로, 엔트로피 때문에.

옛날 옛적에, 어느 표면과학 전문가가 우주선 밑외판의 가벼운 찰과상을 수리하려고 선외활동을 하다가 몇 미터 떨어진 곳의 동료에게 합금 총을 던졌는데, 동료가 그 총을 받지 못하고 놓쳤다. 이 '잃어버린 총'의 영화 줄거리는 2학년 생태학 수업에서 극적인 순간이었다. 아! 아이들은 도구가 천천히 회전하며 별들 사이로 둥둥 떠 가서 점점 더 멀어지자 전율하며 소리쳤다. 저기 봐, 저기…… 멀리 가버리려 해! 영원히 멀리 사라지려 해!

별빛들이 세계를 움직였다. 수소 수용체들은 전기 및 기계 시스템들에 동력을 주는 아주 작은 핵융합로들과 발견 호가 질주해 갈 수 있게 해주는 프레즈노 가속기들에 연료를 공급했다. 외부에서 이 작은 세계에 영향을 끼칠 수 있는 건 먼지와 광자뿐이었다. 이 세계는 외부에서 수소 원자 외엔 그 무엇도 받아들이지 않았다.

우주선 내는 전적으로 자급자족이었고 자가재생을 했다. 인간의 피부에서 떨어지는 세포 하나, 천이나 지주에서 떨어지는 먼지 한 알, 잎이나 폐에서 나오는 증기 분자 하나도 필터와 재전환기로 빨려 들어간 뒤, 모이고 재결합되고 재사용되고 형태가 바뀌어 다시 태어났다. 시스템은 평형 상태에 있었다. 긴급 상황을 위한 예비분이 있지만, 아직은 한 번도 써야 할 일이 없었고, 탄이 말했던 대체 불가능 물자들은 일부는 원료, 일부는 우주선에서 다시 만들 방법이 없는 첨단기술 물건들이었다. 그것들은 놀랄 만큼 적은 양으로, 두 개의 화물실에 저장되어 있었다. 이 거의 닫힌 시스템 안에서 열역학 제2법칙의 효과는 거의 0에 가까워졌다.

모든 것이 고려되었고, 준비되었고, 제공되었다. 삶의 모든 필수품들. '왜 내가 여기 있지? 왜 나지?' 삶의 목적. 이유. 그 또한 0세대들이 주려 애썼던 것이었다.

두 세기에 걸친 항해에서 모든 중간 세대들에겐, 존재의 이유는 살아 있는 것과 잘 사는 것, 우주선을 계속 잘 돌아가게 하는 것, 그리고 우주선에 다음 세대를 남겨서 우주선이 임무를 수행할 수 있게 하는 것이었다. 그들의 임무였고, 모두가 있어야 이룰 수 있는 목적이었다. 0세대, 즉 지구에서 태어난 이들에게 너무나 큰 의미가 있던 목적이었다. 발견. 우주의 탐사. 과학 정보. 지식.

폐쇄되고 모든 것이 갖춰진 우주선 세계에서 나고 죽는 사람들에겐 무관하고 쓸모없고 의미 없는 지식이었다.

자신들이 모르는 그 무엇을 이들은 알아야 한단 말인가?

우주선 사람들은 삶이 내부에 있다는 것을 알았다. 빛, 온기, 숨, 동료. 우주선 사람들은 밖에는 아무것도 없다는 것을 알았다. 진공. 죽음. 조용하고 즉각적이고 절대적인 죽음뿐.

.

증후군들

'전염병'은 그것에 대해 읽거나 역사 영화에서나 볼 수 있는 섬뜩한 것이었다. 모든 세대에 약간의 암과 약간의 전신질환이 있었다. 아이들은 팔이 부러졌고, 운동선수들은 지나치게 몸을 썼다. 심장과 다른 장기들이 잘못되거나 힘이 다했다. 세포들은 고유한 프로그램에 따라 나이 들고 죽었다. 사람들은 나이 들고 죽었다. 의사들의 주요 임무는 너무 힘들게 죽지 않게 조처해주는 것이었다.

천사들은 '긍정적으로 죽기'를 중요하게 여겨서 의사들의 이런 임무마저 덜어주었다. '긍정적으로 죽기'는 죽음을 경건한 집단 훈련으로 만들었고, 최면, 영창, 음악, 그리고 다른 기법들을 써서 죽어가는 사람을 황홀경으로 이끌었다. 죽음 그 자체는 무아지경의 환희 속에서 받아들여졌다.

많은 의사들이 거의 임신, 출산, 죽음만을 다뤘다. "쉽게 나고, 쉽게 든다." 질병은 교과서에나 나오는 말이었다.

하지만 증후군들이 있었다.

1세대와 2세대에선 많은 남자들이 30대와 40대 때 발진, 무기력, 관절 통증, 욕지기, 허약, 집중력 감퇴 등으로 고생했다. 이 증후군에는 SD, 즉 신체 증상을 동반한 우울증somatic depression이란 이름이 붙었다. 의사들은 이 증후군이 심인성이라 판단했다.

SD 증후군에 대한 대응으로써, 직업 중 특정 영역들에 성별이 제한되었다. 법안 하나가 토론을 거쳐 투표에 붙여졌다. 구조적 유지보수와 표면과학은 남자들이 전담한다는 법안이었다. 표면과학, 그러니까 세계가 우주와 접하는 부분의 표면, 즉 외관을 수리하고 유지하는 일은 꼭 선외활동을 해야 하는 유일한 업무였다. 세계 밖으로 나가야 했다.

항의가 빗발쳤다. 어쩌면 모든 권력 불균형 제도 중 가장 오래되고 가장 뿌리가 깊을 '노동 분업'이, 생명을 대가로 치러서라도 멀쩡한 정신과 균형을 반드시 보존해야 하는 이곳에서 다시 제도화되면 안 될 만큼, 그렇게 불합리하고 공상적인 처방이자 인권 박탈인 걸까?

의회와 사분면 회의들에서 오랫동안 토론이 계속되었다. 성별 제한에 찬성하는 주장은, 남자들은 아이를 낳고 수유할 수 없으므로, 남자들의 더 큰 근력의 가치를 정해주고 남자들의 호르몬에서 기인하는 공격성과 과시의 필요를 충족해주는 보상적 책무가 필요하다는 것이었다.

수많은 남자들과 여자들이 이 주장이 모든 의미에서 말도 안 된다고 생각했다. 하지만 그보다 아주 조금 더 많은 사람들은 이 주장이 설득력 있다고 생각했다. 시민들은 투표를 했고, 모든 선외활동은 남자들만 할 수 있게 제한되었다.

한 세대가 지나자 이 방침이 문제시되는 일이 거의 없어졌다. 가장 대중적인 옹호 주장은, 남자는 생물학적으로 여자보다 더 보존 가치가 떨어지기 때문에 위험한 일은 남자가 해야 한다는 것이었다. 사실 선외활동을 하다 죽은 사람은 이제껏 아무도 없었고, 방사선을 위험한 수준까지 맞은 사람도 없었다. 그러나 위험하다는 느낌이 그 규정에 매력을 더했다. 활동적이고 운동을 좋아하는 남자아이들은 필요한 인원보다 한참 더 많이 표면 과학에 자원했고, 정기적으로 훈련용 선외활동을 하며 예비 당번표에 이름을 올렸다. 선외활동자는 옷도 아주 독특하게 입었다. 갈색 캔버스 반바지를 입었고, 상의 소매에는 검은 바탕에 별들이 정성스레 수놓인 패치가 붙어 있었다.

SD 증후군의 발생 빈도는 결국 저위험 수준까지 떨어졌고, 혹자는 이게 선외활동 제한과 관계가 있다고 했고 혹자는 아니라고 했다.

3세대는 높은 빈도의 자연 유산과 사산이란 문제에 직면했지만 이유를 전혀 설명할 수 없었다. 다행히도 이 문제는 몇 년 뒤 사라졌다. 이 일로 최적 대체율이 회복될 때까지 늦둥이를 임신하는 집과 아이를 둘 갖는 가정이 늘어났다.

4세대와 5세대에서는, 어쩌면 관계 있을 수도 있는, 몸을 훨씬 더 쇠약하게 만드는 일련의 증상들이 나타났지만, 진단은 해도 원인은 아직 알 수가 없어 TSS, 즉 촉각 민감성 증후군^{tactile sensitivity syndrome}이라 명명되었다. 증상은 무작위한 고통과 극도의 신경 민감성이었다. TSS 환자들은 사람이 붐비는 곳을 피했고, 큰 식당에서 식사를 할 수 없었으며, 뭔가에 닿을 때마다 통증을 호소했다. 환자들은 선글라스를 끼고 귀마개를 하고 손발을 싸개란 것으로 감쌌다. 설명도 치료법도 찾지 못한 채, 예방법에 대한 온갖 소문이 우후죽순으로 생겨나고, 민간요법이 성행했다. 제2사분면에는 TSS 발생률이 낮았고, 그래서 사람들은 중국식 음식, 즉 쌀과 콩과 생강과 마늘로 하는 요리를 많이 따라 했다. 운둔해 사는 것이 증상을 완화해주는 듯이 보였기에, TSS를 겪는 일부 사람들은 자기 자식을 아이떼와 학교에서 격리하려 했다. 그러나 이 부분에선 법이 개입했다. 헌법과 교육심의회가 판단할 때 부모의 결정이 아이의 복지와 공동체의 복지를 손상시키는 경우, 그러한 결정은 용납되지 않았다. 아이들은 학교에 갔고, 눈에 보이게 아픈 경우는 없었다. 선글라스, 귀마개, 손발 싸개는 고등학생들 사이에서 짧게 유행했지만, 이 질환이 스무 살 이하의 사람들에게 영향을 미치는 일은 거의 없었다. 천사들은 '희열'을 신봉하지 않는 자가 TSS에 걸린다고 주장했고, TSS에서 벗어나려면 오직 기뻐하는 법만 익히면 된다고 말했다.

천사들의 조상들

0-킴 잰은 0세대 중 가장 어렸고, 생후 열흘째에 우주선에 탔다.

0-킴 잰은 오랫동안 의회에서 권력자였다. 잰은 조직, 명령, 단호하고 공평한 관리행정에 비범한 재능이 있었다. 중국계들은 잰을 여자 공자라 불렀다.

잰에겐 늦둥이 아들이 있었는데, 이름은 1-킴 테리였다. 잰의 아들은 초등학교 인네트의 프로그래머로 조용히 살다가 SD로 한 차례 고생을 했고, 잰은 79년에 숨을 거두었다. 잰은 0세대, 즉 지구에서 태어난 이들 중 가장 마지막으로 죽었다. 잰의 죽음은 무척 중대한 일로 느껴졌다.

잰의 장례식에는 엄청나게 많은 사람들이 참석해서, 테메노스에도 다 못 들어가고 남을 정도였다. 장례식은 올네트를 통해 방송되었다. 세계의 거의 모든 사람이 방송을 지켜보았고, 따라서 새로운 종교의 시작 역시 보았다.

교회와 국가

헌법에서는 정치와 종교가 절대적으로 분리되어 있다고 명확히 선언했다. 제4조에서는 발견 호의 항해가 계획되던 당시 주된 정부들을 쥐락펴락하던 종교를 포함해 역사상 유명했던 일신교들을 특별히 언급했다. "유대교, 기독교, 이슬람교, 몰몬교, 또는 어떤 다른 종교적 교의나 단체의 주의나 교의를 공공연히 혹은 은밀히 칭송함으로써 입법부의 선거 혹은 협의에 영향을 끼치려는" 시도는, 종교적 조작에 관한 특별위원회에서 확증될 경우, 그 어떤 것도 모든 책임 있는 자리에서 공적 징계, 직위 상실, 또는 영구적 자격 박탈로 처벌받을 수 있다.

초기 몇십 년 동안은, 제4조에 많은 도전이 있었다. 계획자들이 정신의 과학적 공평성이라 생각한 것을 기준으로 발견 호의 탑승자들을 고르려 의식적으로 애썼음에도 불구하고, 이해를 한 가지 방식으로만 제한하는 일신론적 경향이 이미 그들의 과학 중 많은 부분에 깊숙이 새겨져 있었기 때문이다. 입안자들은 이질성이 아주 큰 다양한 인구들을 고의적으로 섞어놓으면 관용의 실천이 미덕이 아니라 필수가 될 거라 기대했다. 그럼에도, 0세대에선, 수년 동안 우주여행을 하고 나자, 그전엔 종교를 깊이 생각해보지 않았던 사람들 혹은 종교를 유해하다고 생각했던 사람들까지도 종종 자신을 몰몬교도, 이슬람교도, 기독교도, 유대교도, 불교도, 힌두교도로 여기게 되었다. 사람들은 종교 단체에 가입하고 종교를 가지면, 지구의 모두에게서 갑작스럽고 절대적이고 되돌릴 수 없이 떠나온 일, 그리고 지구 그 자체에서 떠나온 일에 있어 꼭 필요한 지지와 위로를 받을 수 있다는 걸 알게 되었다.

충실한 무신론자들은 이렇게 신심이 돌연 분출한 일에 격노했다. 근본주의자들의 '정화' 참사들 및 신의 이름으로 저질러진 끝없는 대량 학살의 역사적 증거에 대한 실제 기억들이, 가장 온건한 형태의 공개 예배에도 그 그림자를 드리웠던 것이다. 절충주의는 별 효과가 없었다. 고발이 잇따르고, 항의가 쏟아졌다. 종교적 조작에 관한 특별위원회가 소집되고 또 소집되었다.

그러나 0세대 이후의 세대들에겐 그런 떠남의 경험이 없었다. 뒷세대들은 자신들이 태어난 곳, 자신의 부모들이 태어난 곳에서 살았다. 그리고 서로 다른 종족 간의 혼합으로 인해 조상 전래의 신앙심이 무의미해졌다. 유대교 장로교 파시교*도가 사실은 서로 배척되는 이 세 개의 교리 중 무엇을 섬겨야 할지 택하기란 어려웠다. 수니-몰몬-브라만의 후계자에게, 서로 양립 불가능한 정의들을 버리는 일은 어렵지 않았다.

0-킴이 죽었을 때, 제4조는 마지막으로 실시된 지 한참이 지나 있었다. 종교 의식은 있어도 종교 단체는 없었다. 종교적 의식은 개인적으로 혹은 가족끼리 치렀다. 사람들은 위파사나나 좌선을 하고, 인도를 바라며 기도하거나 찬양했다. 또는 가족끼리 예수의 탄생이나 가네샤의 친절함, 혹은 1년 내내 달은 없

---

*파시교는 고대 페르시아에서 유래한 조로아스터교의 일파이다.

어도 적당히 적절한 날에 유월절을 축하했다. 모든 의식 중에서도, 언제나 공개적으로 치러지는 장례식이 예복과 종교의 필수 요소들을 써먹을 가능성이 가장 높았다. 아름다운 옛 언어들로 아름다운 옛 단어들을 말했고, 애도와 위로의 의식이 치러졌다.

장례식과 희열의 탄생

0-킴 잰은 호전적인 무신론자였다. 잰은 이렇게 말한 적이 있었다. "사람들이 신을 필요로 하는 것은 세 살짜리 아이가 전기톱*을 필요로 하는 것과 비슷하다." 잰의 장례식은 초자연적인 것을 언급하거나 경전들에 나오는 인용구를 쓰지 않도록 신중을 기했다. 사람들은 잰이 자신들의 삶과 모든 이들의 삶에 미친 영향에 대해, 잰의 카리스마와 청렴결백함, 강력하고 어버이 같으며 실리적인 태도로 미래 세대들을 돌본 일에 대해 짤막하게―일부 사람들은 짧지만은 않게―이야기했다. 또한 사람들은 '마지막 지구 태생'의 이 죽음에 대해 만감을 느끼며 이야기했다. 이 계획의 '창시자'들이 보낸 '파견대'가 마침내 임무를 완수할 때, 즉 목적지에 도달할 때, 이 장례식을 지켜보는 아이들의 아이들은 살아 있을 거란 말도 했다. 그때 킴 잰의 영혼이 그들과

---

*원문은 chainsaw이다. 작품 속에서 이 단어는 나중에 chensa로 와전되는데, 이는 영어로는 '첸사', 중국어로는 '천사'로 발음되며 나중에 나오는 '천사' 이단종교와 관련이 된다.

함께할 것이었다.

마침내, 관례적으로, 죽은 이의 아이가 최후의 말을 하러 일어났다.

1-킴 테리는 사람들과 인네트 캠코더들 앞의 연단으로 올라왔다. 캠코더 옆의 관대에는 자기 어머니의 시체가 하얀 천에 싸인 채 놓여 있었다. 테리는 당당하고도 결단력 있게 걸었다. 그를 아는 사람들 눈에, 테리는 달라진 듯 보였다. 확신에 차고, 침착했다. 테리는 눈물 어리지도, 목소리가 떨리지도 않았다. 그는 테메노스를 빼곡히 채운 사람들을 내려다보았다. "테리는 빛이 났어." 많은 사람들이 나중에 말했다.

"지구에서 육체가 태어난 이들 중 마지막 사람이 갔습니다." 테리는 맑고 힘있는 목소리로 말했고, 그 목소리에서 많은 사람들이 테리의 어머니를, 의회에서 뛰어난 연설을 토하던 잰을 떠올렸다. "어머니는 영광을 향해 떠나가셨고, 당신의 육체는 그 영광의 빛나는 그림자였습니다. 이제 여기서, 우리는 육체를 떠나 영혼의 영역으로 들어갑니다. 우리는 자유롭습니다. 우리는 어둠에서, 죄에서, 지구에서 완전히 자유롭습니다. 저는 미래의 복도들을 통해서 여러분께 그 메시지를 가져옵니다. 저는 메신저, 천사입니다. 그리고 여러분, 여러분은 천사들입니다. 선택받은 자들입니다. 신께서 여러분을, 여러분의 이름을 불렀습니다. 여러분은 축복받은 자들입니다. 당신들은 신성한 존재들, 성스러운 영혼들이고, 희열 속에 살라고 부름 받았습니다. 이제 우리에게 남은, 해야 할 일은 우리가 누구인지 아는 것, 우리가 천국의 백성임을 아는 것뿐입니다. 우리는 축복받은 자들이며, 천국에서 태어난 자, 영원한 항해를 위해 선택된 자들임을 알기만 하면 됩니다. 우리가, 우리 한 명 한 명은, 성스럽고, 희열 속에 살다가 죽어서 더 큰 희열을 맞으라고 태어난 것임을 알기만 하면 됩니다." 테리는 당당하고 위엄 있는 태도로 두 팔을 들어올렸고, 이는 놀라고 조용해진 엄청난 수의 사람들에게 축복을 내리는 몸짓이었다.

테리는 20분을 더 이야기했다.

"슬퍼서 정신줄을 놨군." 어떤 사람들은 테메노스를 나오며, 혹은 인네트 수신기를 끄며 말했다. 냉소하는 이들은 이렇게 말했다. "너무 안도해서 그런 거 아니고?" 그러나 많은 사람들은 킴 테리가 자신들의 마음속에 불어넣은 생각과 이미지들을 토론했고, 자기도 모르게 갈망하던 뭔가를 테리가 주었다고 느꼈다. 혹은 말로는 표현할 수 없어도 그렇다고 느꼈다.

천사 되기

잰의 장례식은 역사에 한 획을 긋는 사건이었다. 이제 기원 행성을 기억하는 사람이 이 세계에 한 명도 살아 있지 않은데, 기원 행성에서도 누군가 이들을 기억할 거라 생각할 이유가 조금이라도 있을까? 물론 헌법에 규정된 대로 발견 호의 경과에 관한 무선 메시지를 정기적으로 보내고 있긴 하지만, 누가 듣고 있긴

한 걸까?

〈진공의 고아들〉, 제4사분면 그룹 누베텔스가 부른, 아름다운 가락에 몹시 감상적인 이 노래는 하룻밤 사이에 크게 유행이 되었다. 그리고 사람들은 1-킴 테리의 연설에 대해 이야기했다.

걱정하는 사람들, 호기심을 느낀 사람들이 테리와 얘기하러 테리의 자택공간에 들렀다. 이웃의 2-파텔 지미와 2-룽 유코 부부가 사람들을 맞았다. 테리는 쉬고 있지만 오늘 저녁 얘기할 거예요, 부부는 말했다. 테리가 테메노스에서 얘기할 때 그 놀라운 감동을 느끼셨어요? 부부는 물었다. 테리가 얼마나 달라졌는지, 얼마나 바뀌었는지 보셨어요? 우린 테리가 변하는 걸 그간 지켜봤고, 테리가 지혜로워지고 빛나게 되고 웅변가로 변하는 것을 지켜봤답니다. 와서 테리의 이야기를 들으세요. 테리가 오늘 저녁 얘기할 겁니다.

한동안은, 테리에게 가서 '희열'에 대한 이야기를 듣는 게 일종의 유행이었다. 그에 대한 농담들도 생겨났다. 무신론자들은 이게 사이비 종교적 히스테리와 위선적인 자기만족적 행동이라고 격렬히 비난했다. 이윽고 어떤 이들은 테리에 대해 잊었지만, 어떤 이들은 계속해 사이클마다, 해마다 킴 자택공간을 찾아가, 테리, 지미, 유코와 함께하는 저녁 모임에 참석했다. 사람들은 각자의 자택공간에서 약간의 축연, 노래, 명상, 기도를 곁들인 모임을 가졌다. 사람들은 이런 모임을 천사의 축제라 불렀고, 자신들을 희열에 젖은 친구들 혹은 천사들이라 불렀다.

킴 테리의 이 추종자들은 일종의 칭호로서 자신들의 이름 뒤에 '천사'를 붙이기 시작했고, 의회에서는 상당수가 반대 의견을 표하며 토론에 들어갔다. 천사들은 이런 집단적 신원 표시가 분열을 불러올 가능성이 있음에 동의했다. 테리는 다수의 뜻을 거스르지 말라고 추종자들에게 말했다. "우리가 그걸 알든 모르든, 우린 모두 천사가 아니던가요?"

유코, 지미, 그리고 지미의 아들 '희열속에'는 테리가 어머니와 살던 자택공간에서 테리와 함께 살았다. 그리고 밤마다 모임을 가졌다. 킴 테리는 점점 더 은둔자가 되었다. 초기에는 가끔 제1사분면 원형 광장이나 테메노스에서 열리는 모임에서 연설을 했지만, 시간이 흐를수록 대중 앞에 나서는 일이 점점 줄어들었고, 오직 인네트를 통해서만 추종자들에게 이야기했다. 자신의 자택공간에서 여는 모임에 오는 사람들에게는 짤막하게 모습을 드러내 축복하고 격려하기도 했다. 그러나 추종자들은 테리가 육체적 모습을 보이는지 아닌지는 별 중요하지 않다고 믿었다. 중요한 건 테리가 영원히 천사라는 점이었다. 육체적 일들은 희열을 흐리게 했고, 영혼의 필요를 가렸다. "제가 걷는 복도들은 이 복도들이 아닙니다." 테리는 말했다.

123년에 테리가 죽자, 애도와 축제가 결합된 깊은 히스테리가 이어졌다. 테리의 추종자들은 테리의 '현실'이란 교의를 정력적인 해석자인 3-파텔 희열속에의 설명대로 받아들여, 언뜻 보기엔 테리가 죽었단 사건을 '진짜 세계'에서의 부활로 축하했기 때문이다. 우주선 세계는 단지 '진짜 세계'에 접근하기 위한 수단, 즉 "희열의 탈것"에 지나지 않았다.

파텔 희열속에는 테리가 죽고 자신의 부모가 죽은 뒤 킴의 자택공간에서 계속 혼자 살았고, 그곳에서 모임을 열고, 자택 축제에서 연설을 하고, 인네트에서 이야기하고, 〈천사가 천사들에게〉란 제목의 말과 명상 모음집을 써서 유포했다. 파텔 희열속에는 지능과 야망과 신앙심 모두가 특출난 남자였고, 특히 조직화에 천재적 재능이 있었다. 희열속에의 인도 아래, 축제는 무질서하고 무아경에 빠지는 경향이 좀 줄어들었고, 사실 이제는 꽤 차분해졌다. 희열속에는 특별한 복장에 찬성하지 않는다고 말했다. 많은 천사들이 남자들은 염색하지 않은 반바지와 쿠르타를 입고, 여자들은 하얀 옷과 머리 스카프를 썼던 것이다. 다르게 입는 것은 분열을 부를 수 있다고 희열속에는 말했다. 우린 모두 천사가 아니던가요?

사실 희열속에가 인도하게 되면서, 점점 더 많은 사람들이 천사를 자칭했다. 두 번째 세기의 첫 몇십 년 동안엔 개종자의 수가 너무 늘어, 파텔 희열속에가 테리를 신으로 숭배하는 종파를 형성해 교리를 널리 펼치고 있고 따라서 세속에서도 위협적인 권력을 모았다고 주장하는 사람들이 제4조에 따라 종교적 조작에 대한 청문회를 요청했다. 중앙 의회는 이 고발을 연구할 위원회를 절대 실제로 소집하지 않았다. 천사들은 비록 자신들이 킴 테리를 안내인이자 스승으로 받들긴 해도 자기들 중 그 누구보다도 더 신성하게 여기진 않는다고 주장했다. 우린 모두 천사가 아니던가요? 그리고 파텔 희열속에는 '희열'의 수행은 어떤 면에서도 국가 정치 및 통치와 충돌하지 않으며, 세계의 법과 질서는 '희열'의 법과 질서이기 때문에 오히려 희열은 모든 점에서 국가 정치와 통치를 지지한다고 설득력 있는 주장을 펼쳤다. 발견 호의 헌법은 절대적이었다. 우주선의 삶은 그 자체가 희열이었다. 불멸의 현실을 죽을 운명으로 베낀 즐거운 모방이었다. "완벽한 법의 추종자들이 어째서 그 법을 어기려 하겠습니까?" 희열속에는 물었다. "천사들의 질서를 즐기는 이들이 어째서 무질서를 추구하려 하겠습니까? 천국에 사는 자들이 어째서 다른 곳에서 혹은 다른 방식으로 살려 하겠습니까?"

사실 천사들은 극도로 모범적인 시민들이었고, 공민으로서의 모든 의무에 적극적으로 협력했으며, 공동사회의 모든 의무도 기꺼이 수행했고, 위원회와 의회의 부지런한 일원이었다. 사실 당시 중앙 의회의 반 이상이 천사들이었다. 이들은 아주 신실한 이들과 파텔 희열속에와 가까운 이들을 이르는 치품천사나 대천사*가 아니라, 이제는 많은 이들에게 친숙한 삶의 요소로 받아들여지는 축제의 고요함과 좋은 친교를 즐기는 그저 평범한 천사들이었다. '희열'의 믿음과 수행이 어떤 식으로든 도덕 체계를 거스를 수 있다는 생각은, 천사가 되는 게 반역자가 되는 거란 생각은 확실히 어리석었다.

파텔 희열속에는 이제 일흔을 훌쩍 넘겼지만 그럼에도 굴하는 일 없이 활동적이었고, 여전히 킴의 자택공간에 살았다.

*5세기경 중동학자 디오니시우스의 주장에 따른, 천사의 아홉 품계 중 일부. 하느님에게서 가장 가까운 순서대로 치품천사, 지품천사, 좌품천사, 주품천사, 역품천사, 능품천사, 권품천사, 대천사, 일반천사로 나뉜다.

안, 밖

"과연 사람이 두 종류가 있다는 게 가능한 걸까……." 루이스는 싱에게 말했다. 루이스는 너무나 오랫동안 침묵했고, 그래서 싱은 힘차게 대답했다. "그럼. 세 종류일 가능성도 크지. 대담한 사상가들은 다섯 종류까지 있을 수 있다고 가정했어."

"아니. 둘뿐이야. 혀를 둥글게 말 수 있는 사람과 없는 사람."

싱은 루이스에게 혀를 내밀어 보였다. 둘은 루이스가 혀를 말 수 있고 둥글게 만 혀 사이로 휘파람도 불 수 있다는 것, 그러나 싱은 할 수 없다는 것, 그리고 이게 유전적으로 결정되는 부분이란 걸 여섯 살 때부터 알았다.

"한 종류는 결핍이, 부족이 있고, 특정한 비타민을 먹어야 해. 다른 한 종류는 그렇지 않고." 루이스는 말했다.

"뭐?"

"비타민 믿음이란 거야."

싱은 곰곰이 생각했다.

"유전적인 게 아냐." 루이스가 말했다. "문화적인 거지. 메타 유기적이야. 하지만 개인적으로는 신진대사의 부족만큼이나 진짜이고 명확한 거지. 사람들은 믿을 필요가 있거나 없거나 둘 중의 하나야."

싱은 여전히 생각에 잠겼다.

"그걸 믿는 사람들은 다른 한 종류의 사람들이 그걸 믿지 않는다고 생각하지 않아. 그 사람들은 그걸 믿지 않는 사람들이 있다는 사실 자체를 믿지 않지."

"희망은?" 싱이 주저하며 얘기해보았다.

"희망은 믿음이 아냐. 희망은 현실에 따라 달라지고, 아주 현실적이진 않은 희망일 때조차도 그래. 믿음은 현실을 저버려."

"'당신이 말할 수 있는 이름은 올바른 이름이 아니다.'" 싱이 말했다.

"당신이 걸을 수 있는 복도는 올바른 복도가 아니다." 루이스가 말했다.

"믿는다는 것의 해악이 뭔데?"

루이스가 곧바로 받아쳤다. "현실을 비현실과 혼동하는 건 위험한 거야. 욕망과 권력을 혼동하는 것, 자아와 우주를 혼동하는 것. 극도로 위험하지."

"우우." 싱은 루이스의 건방진 말에 얼굴을 찡그렸다. 잠시 후 싱이 말했다. "그게 테리의 어머니가 한 말 뜻이야? '사람들이 신을 필요로 하는 것은 세 살짜리 아이가 첸사를 필요로 하는 것과 비슷하다.' 근데 첸사가 뭐야?"

"아마도 무기겠지."

"로사가 치품천사가 되기 전에 함께 축제에 몇 번 갔었어. 사실 많은 부분들이 맘에 들었었어. 그 노래들. 그리고 그 사람들이 찬양하는 거, 알지, 그냥 평범한 것들을 찬양하는 거, 그리고 내가 하는 모든 일이 얼마나 성스러운지 말하는 거, 그런 게 좋았어. 모르겠어, 난 그게 좋았어." 싱은 살짝 방어적이 되어 말했다. 루이스는 고개를 끄덕였다. "하지만 이윽고 그 사람들은

'항해'가 정말로 무엇 때문인가에 대해, 그리고 '발견'이 정말로 무슨 뜻인가에 대해 자기네 책에서 온갖 기묘한 것들을 읽곤 했고, 그럼 난 밀실에 갇힌 듯이 갑갑해졌어. 기본적으로 그 사람들은 저 바깥엔 아무것도 없다고 말하고 있었지. 우주 전체가 안쪽에 있대. 기묘했어."

"그 사람들 말이 맞아."

"뭐?"

"우리에겐 그래. 그 사람들이 맞아. 밖엔 아무것도 없어. 진공. 먼지야."

"별들, 은하들이 있잖아!"

"스크린에 떠 있는 빛의 조각들이지. 우린 거기에 도달할 수 없어. 거기까지 갈 수 없어. 우린 안 돼. 우리 살아생전엔 안 돼. 우리의 우주는 이 우주선이야."

진부할 정도로 친숙하면서 기겁할 정도로 낯선 생각이었다. 싱은 다시 생각에 잠겼다.

"그리고 이곳의 삶은 완벽해." 루이스가 말했다.

"그래?"

"평화와 풍요. 빛과 온기. 안전과 자유."

흠, 물론 그렇지. 싱은 생각했고, 그 마음이 얼굴에 드러났다.

루이스는 강경했다. "넌 역사를 공부했잖아. 그 모든 고난을. 0세대 이전 세대 중 누구라도 우리만큼 잘 산 적이 있어? 반만큼이라도? 대부분은 늘 두려움에 떨었어. 고통 받았고. 무지했어. 돈과 종교 때문에 서로 싸웠어. 질병과 전쟁과 식량 부족 때문에 죽어갔어. '내부 도시 2000'이나 '정글'과 완전히 같았어. 지옥이었어. 그리고 여긴 천국이야. 테리 천사가 옳았어."

싱은 루이스의 강경함에 어리둥절해졌다. "그래서?"

"그래서 우리 조상들은 우릴 지옥에서 꺼내 다른 지옥으로 보내려 계획한 걸까? 천국을 거쳐서? 그 행동에서 잠재적 위험이 보여?"

"음." 싱은 말했다. 싱은 루이스의 은유에 대해 깊이 생각해보았다. "음, 6세대들의 경우, 어쩌면 그건 좀 불공평하게 보일 수 있을 거야. 우리에겐 별 차이가 없겠지만. 우린 지나치게 늙고 비실거려 선외활동을 하려야 할 수가 없을걸. 난 비실거려도 밖에 나가 밖이 어떤지 보고 싶지만. 그게 지옥이라 해도 말야."

"바로 그 때문에 넌 천사가 아닌 거야. 넌 우리의 삶, 우리 항해의 목적이 저 밖에 있다는 사실을 받아들였으니까. 우리에겐 목적지가 있다는 사실을."

"내가? 난 그렇게 생각 안 하는데. 난 그냥 우리가 그랬으면 하고 바라는 것뿐이야. 여기 말고 다른 곳에 가보면 흥미로울 것 같아서."

"하지만 천사들은 여기 말고 다른 곳이란 없다고 믿어."

"그럼 우리가 신디츄에 도착하면 천사들은 놀라 자빠지겠네." 싱이 말했다. "하지만 한편으로, 난 우리 모두 놀라 자빠질 거라 생각해⋯⋯. 있지, 나 카나발 교수 수업 때문에 도표를 좀 만들어야 해. 수업 때 보자."

이 대화를 나눴을 때 싱과 루이스는 대학교 2학년 학생들이었고, 열아홉 살이었다. 둘은 2학년생들은 언제나 믿음과 불신과 존재의 목적에 대해 토론한다는 것을 몰랐다.

지구에서 온 소식

당연하게도, 발견 호가 디츄 행성, 즉 지구를 떠난 뒤로 내내 메시지들이 그들을 따라왔거나, 혹은 앞섰다. 첫 번째 세대 동안에는 많은 개인적 메시지들이 수신되었다. "로스 베티의 후손들에게: 배저우드의 모두가 너흴 응원하고 있단다!" 이런 전신문들은 해가 갈수록 점점 줄어들다가 결국엔 완전히 자취를 감추었다. 이따금씩 수신이 크게 방해받기도 했는데, 한번은 거의 1년을 가기도 했다. 그리고 거리가 멀어짐에 따라, 특히 지난 5년 동안은 무슨 이유에서인지 메시지의 왜곡과 지연과 부분적 상실이 일반적인 일이 되었다. 그럼에도 발견 호는 아직 잊혀지지 않았다. 소식들이 들어왔다. 이미지들이 도착했다. 기원 행성의 누군가, 혹은 어떤 프로그램이 계속해 뉴스, 정보, 기술의 진보 상황, 시나 소설 따위를 지속적으로 찔끔찔끔 보냈고, 가끔은 정치적 논평, 문학, 철학, 평론, 예술, 기록물의 정기 간행물이나 책을 통째로 보냈다. 하지만, 정의들이 모두 변했고, 그래서 지금 내가 보거나 읽고 있는 게 만들어진 건지 진짜인지 알수가 없었다. 지구의 현실과 지구의 소설을 구분할 수 없었다. 또한 과학은 여전히 뒤떨어졌는데, 저쪽은 새로운 발견들을 당연하게 여겨서 자신들이 쓰고 있는 용어에 대해 정의 내리는 일을 까먹었기 때문이다. 1세대와 2세대는 디츄에서 받은 정보들을 분석하고 해석하는 데 상당한 시간과 열정과 지성을 쏟아부었다. 제1사분면과 제4사분면에서는, 언뜻 철학적이고 종교적인 학파들, 혹은 어쩌면 국가적이나 인종적 분열이라 보이는 것들 사이의 명확한 충돌에 관련된 보고서들을 놓고 사람들이 온갖 의견을 제시하며 여러 파로 갈렸고, 이들은 (아라비아어로) "진실된 추종자들"과 "진정한 추종자들"이라 불렸다. 디츄에서 수천 혹은 수백만 명이—전신문에선 수십억 명이라 말했는데 이건 왜곡 혹은 실수가 분명했다—어쨌거나 엄청나게 많은 사람들이 사상 혹은 믿음에 관한 이 충돌 때문에 서로를 죽였고, 죽임 당했다. 발견 호에서는, 그 사상, 믿음, 충돌이 과연 무엇이었나를 두고 격렬한 논쟁이 있었다. 논쟁은 수십 년 동안 계속되었지만, 그 때문에 죽는 사람은 아무도 없었다.

3세대와 4세대에 이르자, 지구 전신문은 일반적으로 너무나 불가해해져서 오직 열성적인 사람들만이 그 내용을 열심히 따라갔다. 대부분의 사람들은 지구 전신문에 아예 신경을 끊었다. 디츄에서 뭔가 중요한 일이 벌어지면 누군가가 그걸 알아챘고, 어쨌거나 뭐든 수신된 것은 문서보관소로 들어갔다. 혹은 문서보관소로 들어간다고 여겨졌다.

4-카나발

1학년 강좌 등록을 위해 대학 센터에 왔을 때, 싱은 항법 교수인 4-카나발 히로시가 싱을 자기의 1학년 수업을 건너뛰고 2학년 수업에 넣으라고 요청했다는 걸 알게 되었다. "제가 항법 과목을 들을 생각이 전혀 없으면 어쩌려고요?" 싱은 이 고압적인 명령에 불같이 화를 내며 사무주임에게 따졌다. 그러나 싱은 곧 우쭐해졌다. 카나발이 고등학교 수학과 우주 비행 수업들을 확실히 지켜봤었고, 특히 싱을 주목했던 것이다. 싱은 항법2 과목을 신청했다.

항법사는 존경받는 직업이었지만, 선외활동자나 인네트 예능인과는 달리 매력적이지는 않았다. 많은 사람들에게 항해란 개념은 약간 위협적이었다. 사람들은 그걸 이렇게 설명했다. 대부분의 직업에서 누구나 실수를 할 수 있고 물론 그 때문에 문제가 생길 수 있지만(유리그릇에서 일어나는 일은 유리그릇 안의 모든 것에 영향을 미칠 가능성이 있다), 대기 통제사와 항법사 같은 직업에서는 실수 하나가 사람들을 다치게 하거나 심지어 죽일 수도 있다. 모두를 다치게 하거나 죽일 수도 있다.

모든 시스템이 이중 안전장치와 보완 시스템과 대리 기능성으로 가득했지만, 항법의 안전 보장 장치는 절대 없다는 것도 악명 높았다. 물론 컴퓨터는 결코 틀리지 않았지만, 컴퓨터는 반드시 인간이 조종해야 했다. 진로는 끊임없이 조정되어야 했다. 모든 항법사는 직접 계산한 뒤 자신의 계산과 컴퓨터의 계산과 조작을 확인하고 또 확인하고, 입력과 피드백을 확인하고 또 확인하고, 실수를 찾아내 고치고, 그런 일을 계속하고, 또 하고 또 하고 또 했다. 만약 계산과 조작이 모두 맞아떨어지면, 모두가 일치하면, 그땐 아무 일도 일어나지 않았다. 그런 일을 그저 끊임없이 계속해 되풀이했다.

항법은 박테리아 수 세는 일만큼이나 스릴이 넘쳤고, 또한 박테리아 수 세는 일만큼이나 인기가 없었다. 그리고 이 일에 필요한 수학적 재능과 훈련도 만만치 않았다. 항법 수업은 첫해에만 필수과목이었고, 그다음에도 항법 수업을 듣는 학생은 많지 않았으며, 항법을 전공하려는 극소수만이 계속 공부했다. 4-카나발은 후보자, 혹은 카나발의 몇몇 학생들 말에 따르자면 희생자를 찾고 있었다.

이 과목이 인기 없는 이유는 좀 더 깊은 불안, 항법이 다뤄야 하는 것—우주를 헤치고 나아간다는 것, 우주선 세계 자체가 움직인다는 것, 그 항로, 그 목적—이 주는 두려움에서 유래했지만 누구도 그에 대해 얘기하지 않았다. 그러나 싱은 종종 그에 대해 생각했다.

카나발 히로시는 40대의 남자로, 키가 작고 등이 꼿꼿했으며, 검은 머리는 거칠고 텁수룩했고, 얼굴은 무뚝뚝한 것이 꼭 사진 속 선禪 지도자 같다고 싱은 생각했다. 카나발은 루이스의 친척이었다. 둘은 어머니들끼리 이복자매 관계였다. 때때로 싱은 둘에게서 닮은 점을 보았다. 수업 때 카나발은 통명스럽고 성마르고 실수를 못 참았다. 학생들은 불평했다. 컴퓨터 시뮬레이션에서 사소한 실수 한 번 했다고 카나발은 모든 걸 다, 몇 시간에 걸친 작업을 집어던졌다. "쓸모없어." 카나발은 확실히 거만하면서 강박관념이 있었지만, 싱은 카나발이 과대망상광이라는 혐의에 대해 카나발을 옹호했다. "그 사람의 자아 때문이 아냐." 싱은 말했다. "난 카나발에게 자아가 있다고 생각 안 해. 카나발은 오로지 일뿐인 사람이야. 그리고 그래야 맞아. 실수가 있으면 안 되니까. 내 말은, 우리가 중력 우물에 너무 가까이 가면, 그게 1파섹*이든 1킬로미터든 무슨 상관이겠어?"

"그래, 하지만 1밀리미터는 아무 해도 끼치지 않아." 아름답게 차트를 만들었지만 방금 "쓸모없다"고 삭제당한 아키가 말했다.

"지금 1밀리미터가 10년 뒤엔 1파섹이 되는 거야." 싱이 깐깐하게 말했다. 싱은 아키가 눈알을 굴리는 것을 보았다. 싱은 상관하지 않았다. 자기 말곤 누구도 카나발이 한 것처럼 일할 때의 흥분을, 일을 올바르게 했을 때의 전율을 이해하지 못하는 것 같았다. 거의 올바르게가 아니라, '정확히' 올바르게. 완벽함. 그 작업은 아름다웠다. 추상적이지만 인간적이었고, 심지어 겸허하기까지 했다. 내가 뭘 원하는가는 중요하지 않기 때문이었다. 그리고 몰아칠 수도 없었다. 작은 것들까지 모두 올바르게 하고 모든 세부 사항을 해결해야 큰 것에 도달할 수 있기 때문이다. 따라갈 길이 하나 있었다. 계속해서, 끊임없이, 빈틈없이 집중

*천체 간 거리를 나타내는 단위로 1파섹은 3.26광년이다.

해야 계속 그 길을 따라갈 수 있었다. 이건 자신의 소망이나 의지를 따르는 문제가 아니라, 있는 길을 따라가는 문제였다. 언제나 정신을 바짝 차리고, 집중해야 했다. 하늘의 항해. 천국을 나아가기. 저 밖은 무한이었다. 무한을 헤치고 가는 길이 하나 있었다.

그리고 이러한 것이 자신의 능력을 과대평가하게 만들 수도 있음을 안다면, 자신이 철저하게 컴퓨터에 의존하고 있다는 것을, 즉각적이고 명백하게, 늘 깨닫게 되었다.

3학년 항법 수업에서, 카나발은 늘 문제를 냈다. '컴퓨터들이 5초 동안 꺼져 있다. 주어진 좌표와 설정을 이용하되, 컴퓨터를 쓰지 말고 다음 5초 동안의 경로를 도면에 기입하라.' 학생들은 몇 시간 뒤 포기하거나 며칠씩 매달려 일하다가 시간 낭비라며 포기했다. 싱은 이 문제를 포기하지 않았다. 학기 말에 카나발은 싱에게 문제의 답을 요구했다. "방학 동안 가지고 놀아볼까 했습니다." 싱이 말했다.

"왜?"

"그 계산이 좋아서요. 그리고 제가 얼마나 오래 걸려야 그 문제를 풀 수 있을지 알고 싶습니다."

"이제까지 얼마나 걸렸나?"

"44시간 걸렸습니다."

카나발은 고개를 끄덕이지 않은 게 아닌가 싶을 만큼 살짝 고개를 끄덕인 뒤 몸을 돌렸다. 카나발은 인정이란 걸 할 줄 모르는 사람이었다.

그러나 카나발은 기뻐할 줄은 알았고, 그래서 웃기는 것을 보면 큰 소리로 웃었다. 보통은 아주 단순한 것들, 멍청한 실수들, 바보 같은 불운들이었다. 카나발은 크게 아이처럼 하! 하! 하! 하고 웃었다. 그리고 웃고 나면 늘 활짝 미소 지으며 이렇게 말했다. "멍청해! 멍청해!"

싱이 간이식당에서 루이스에게 말했다. "카나발은 정말로 선지도자야. 진짜로 말야. 카나발은 좌선을 해. 그리고 4시면 일어나서 앉지. 세 시간. 나도 그럴 수 있으면 좋겠어. 하지만 난 20시면 자러 가야 하고, 그때까지 어떤 공부도 끝내지 못할 거야." 루이스가 반응하지 않는 것을 보고 싱이 말했다. "네 가상시체는 어때?"

"가상해골이 되었어." 루이스는 여전히 살짝 멍해 보이는 얼굴로 말했다.

대학의 학생들은 3학년 때 직업 과정을 선택했다. 싱은 항법, 루이스는 의학을 택했다. 둘은 더는 같이 듣는 과목이 없었지만, 매일 간이식당, 체육관, 혹은 도서관에서 만났다. 더는 서로의 방으로 찾아가지 않았다.

유리그릇 안의 섹스

연인들은 멀리(멀리가 어디지?) 달아나지 않는다. 연인들의 만남은 공적인 문제다. 생식력은 강력하고 직접적인 사회적 관심

사이자 중요한 문제다. 피임은 25일마다 주사로 보장되고, 여자들은 생리가 시작될 때부터, 남자들은 의료진이 판단하는 시기부터 주사를 맞는다. 정해진 날짜와 시간에 피임주사를 맞으러 진료소에 오지 않으면 곧바로 공개적 조사가 뒤따른다. 의료진이 당신의 교실로, 당신의 체육관으로, 당신의 구역으로, 복도로, 자택공간으로 찾아와 당신 이름과 의무 불이행을 크고 명확하게 발표한다.

다음과 같은 경우 혹은 조건일 때는 피임주사를 맞지 않고 지내도 좋다는 허가가 나온다. 불임이나 폐경. 순결 혹은 엄격한 동성애의 서약. 임신 의지가 있어 공식적으로 남자와 여자 모두가 선언했을 때. 순결을 지키겠다는 서약을 어기거나 공표된 짝외의 사람과 아이를 임신한 여자는 사후 피임주사를 맞을 수 있지만, 그 여자와 섹스 상대는 반드시 2년 동안 피임주사를 맞아야 한다. 허가되지 않은 임신을 하면 낙태된다. 이 모든 일들에 대한 냉혹한 사회적, 유전적 이유들이 교육을 받을 때 명확하게 통보된다. 그러나 당신이 성생활을 비밀로 지킬 수 있다면 세상의 그 어떤 이유도 적용되지 않을 것이다. 하지만 비밀은 불가능하다.

당신이 사는 복도가 알고, 당신의 가족이 알고, 당신의 구역, 당신의 계통, 당신의 사분면 전체가 당신을 알고 당신이 어디 있는지를 알고 당신이 뭘 하는지와 누구와 그걸 하는지를 알고, 이야기한다. 수치심과 명예는 강력한 사회적 엔진이다. 전적인 공개에 의해 강요되고, 위계적 환상과 지배 의지가 아닌 합리적 필요에 부속된다면, 수치심과 명예는 사회를 오랫동안 안정적으로 돌아가게 할 수 있다.

10대 아이는 부모의 자택공간을 나와 다른 복도, 다른 구역에 1인용 자택공간을 얻을 수 있고, 심지어 사분면까지도 바꿀 수 있다. 그러나 새로 이사 간 복도, 지역, 사분면에서도 모두가 누가 새 이웃집의 문을 들어오고 나가는지를 안다. 사람들은 예의 주시하고, 관심을 가지고, 부단히 경계하고, 호기심을 느낄 것이고, 대부분 호의에서 나오는 것이지만, 언제나 추문이 터지길 바라다가 떠들어댈 것이다.

조밀지, 즉 조밀주거지는 젊은이들이 부모공간을 떠날 때 처음으로 많이들 이사하는 곳이었다. 제4사분면에 있는 일련의 복도들인데 대학과 가까웠다. 모든 공간이 1인용이었다. 주 가속기 외피의 모양 때문에, 조밀지의 벽들은 모두 직각이 아니었고, 몇몇 공간들은 크기가 규격에 맞지 않았다. 학생들은 칸막이들을 이리저리 옮겨서 작은 방들과 공동공간들로 미로를 만들었다. 조밀지는 시끄럽고 무질서하며 더러운 옷 냄새가 났다. 거기서 잠자는 일은 가끔씩뿐이었고, 섹스는 아무 때나 벌어졌다. 그러나 다들 제때에 피임주사를 맞으러 진료소에 나타났다.

루이스는 다른 의대생 두 명과 함께 조밀지 근처 3인용 자택공간에 살았다. 탄 빙디와 오르티츠 아인슈타인이었다. 싱은 아직도 야오와 함께 제2사분면의 자택공간에 살았다. 싱은 대학까지 매일 20분을 걸어다녔다.

이리저리 돌아다니며 실험하는 일반적인 사춘기가 지나고 대학에 들어갔을 때 싱은 순결 서약을 했다. 싱은 자신의 신체적 주기를 통제하는 피임주사를 맞고 싶지 않다고, 그리고 감정이 자신의 정신을 통제하는 걸 원하지 않는다고 말했다. 대학을 마치기 전까지는 싫었다.

루이스는 25일마다 계속 피임주사를 맞았고, 서약하지 않았지만, 친구 누구와도 침대에 들어가지 않았다. 한 번도 그러지 않았다. 루이스의 유일한 성경험은 10대 파티들에서 일반적인 난교가 다였다.

둘은 서로에 대해 이 모든 걸 알았다. 이건 공적 지식이었던 것이다. 함께 있을 때는 이런 문제들에 대해 얘기하지 않았다. 침묵도 대화만큼 철저하고 편안하게 상호적이었다.

이들의 우정은 물론 똑같이 공공연했다. 친구들은 싱과 루이스가 어째서 섹스하지 않는지, 그리고 언제 그럴 기회가 생길지, 혹은 기회가 과연 생기긴 할지에 대해 맘대로 추측했다.

둘의 우정 아래에는 공개적이지 않은 뭔가가 있었고, 그건 우정이 아니었다. 말이 없이, 그러나 몸으로 맺어진 서약이었다. 심원한 결과가 있는, 무위였다. 둘은 서로의 사생활이었다. 둘은 '멀리'가 어디인지를 이미 알았다. 그곳에 가는 열쇠는 침묵이었다.

싱은 그 서약을 깼다. 침묵을 깼다.

"가상해골이 되었어." 루이스는 멍하니 말했고, 분명 해부학을 배우던 가상시체가 아닌 뭔가를 생각하고 있었다. 송장 먹는 귀신 같은 저자는, 미숙한 해부자들을 인도하고 질책하라고 해부용 시체를 프로그램해두었다. "골수라고, 멍청아!" 시체는 움직이지 않는 입술과 폐 없는 늑골 구멍에서 동굴처럼 울리는 소리로 이렇게 속삭이거나 "설마 정말로 그걸 맹장이라 생각하는 건 아니겠지?" 하고 속삭이곤 했다. 싱은 해부용 시체의 말을 듣는 걸 좋아했다. 실수를 전혀 하지 않으면, 시체는 때로 시를 폭발적으로 읊어서 상을 내렸다. "영혼이 손뼉 치며 노래하고, 더 크게 노래하면!"* 시체는 루이스가 후두를 제거하는 동안에도 소리를 질렀다. 그러나 루이스는 오늘 싱에게 해줄 시체 이야기가 전혀 없었고, 그래서 간이식당 탁자 앞에 앉아 계속 생각에 잠겼다.

싱이 말했다. "루이스, 레나가……."

루이스는 아주 재빨리, 아주 조용히 손을 들어 올렸고, 그래서 싱은 이름까지만 말하고 침묵에 빠졌다.

"하지 마." 루이스가 말했다.

아주 오랫동안 침묵이 흘렀다.

"있잖아, 루이스, 넌 자유로워."

루이스가 다시 손을 들어 올려 말을 막으며 침묵을 옹호했다.

싱은 꿋꿋이 말했다. "난 네가 알았으면 좋겠어. 넌……."

"넌 나를 자유롭게 할 수 없어." 루이스는 말했다. 루이스의 목소리는 화 또는 다른 어떤 감정으로 낮아졌다. "그래. 난 자유로워. 우리 둘 다 자유롭지."

*윌리엄 버틀러 예이츠의 시 〈비잔티움 항해〉의 일부를 변형한 것이다. 원문은 "영혼이 손뼉 치고 노래하지 않는다면, 더 큰 목소리로 노래하지 않는다면."

"난 단지⋯⋯."

"하지 마, 싱! 하지 마!" 루이스는 순간적으로 싱의 눈을 똑바로 들여다보았다. 루이스는 일어났다. "상관 마." 루이스가 말했다. "난 갈래." 루이스는 탁자들 사이를 뚜벅뚜벅 걸어가버렸다. 사람들이 "안녕, 루이스" 하고 인사했지만, 루이스는 대답하지 않았다. 사람들은 말다툼을 보았다. 싱과 루이스가 오늘 간이식당에서 싸웠다. 이봐, 싱과 루이스가 어떻게 된 거야?

음양

젊은 여자라면, 힘이나 권력을 가진 나이 든 남자의 집요한 성적 유혹에 저항하기가 힘들다는 걸 깨닫게 될 수도 있다. 남자를 매력적으로 느낀다면 그 여자의 저항은 좀 더 꺾이고 만다. 여자는 자신의 선택의 자유와 다른 여자들의 선택의 자유를 계속 유지하길 바라며, 그런 힘듦과 유혹을 둘 다 거부할 수도 있다. 만약 여자가 독립성을 강하고 분명하게 열망한다면, 여자는 강하게 압박해오는 남자의 욕망을 물리칠 것이고, 남자가 적극적으로 행동할수록 그에 맞춰 자신이 굴복하고 싶은 갈망, 그리고 "날 가져요!" 하고 외치며 남자를 자기 안으로 끌어당기고 싶은 갈망을 물리칠 것이다.

혹은 여자는 정확히 그 굴복 속에서 자신의 자유를 보게 될 수도 있다. 음은 결국 여자의 원리다. 음은 부정의 원리라 불리지만, "좋아요"라고 말하는 것은 음이다.

둘은 졸업식이 있고 얼마 후 간이식당에서 다시 만났다. 둘 다 자신이 선택한 전공에서 집중 훈련을 받고 있었고, 루이스는 중앙 병원에서 인턴으로, 싱은 선교 승무원들 속에서 견습생으로 일하고 있었다. 싱과 루이스는 일 때문에 완전히 지쳐 있었다. 벌써 두 번 혹은 세 번의 열흘 동안 둘만 만난 적이 없었다.

싱이 말했다. "루이스, 난 카나발과 함께 살고 있어."

"누가 그렇다고 말해주더라." 루이스는 여전히 멍하고 넋 나간 태도로 말했다. 딱딱하고 완고한 뭔가를 부드러운 덮개가 덮은 듯한 느낌이었다.

"지난주에 그러기로 결심했어. 네게 말하고 싶었어."

"그게 네게 좋은 일이라면야……."

"응. 그래. 그 사람은 우리가 결혼했으면 해."

"좋네."

"히로시는…… 히로시는 융합로 같은 사람이야. 히로시와 함께 있으면 몹시 흥분돼." 싱은 열심히 말하며 설명하려 애썼고, 루이스가 이해해주길 바랐다. 루이스가 이해해주는 게 아주 중요했다. 루이스는 갑자기 고개를 들며 웃음 지었다. 싱의 얼굴이 시뻘게졌다. "지적으로, 감정적으로." 싱이 말했다.

"어이, 밋밋한 얼굴, 좋은 게 좋은 거야." 루이스가 말했다. 루이스는 몸을 숙이고 싱의 코에 가볍게 키스했다.

"너와 레나는……." 싱이 간절히 말했다.

루이스는 색다른 미소를 짓고는 조용히, 부드럽게, 단호하게 대답했다. "아니."

완전무결함

히로시에게 사라진 조각들이 있기 때문은 아니었다. 히로시는 완전했다. 히로시는 전체가 한 조각이었다. 어쩌면 그게 사라진 부분일지도 몰랐다. 소설을 읽었을지도 모르는, 혹은 솔리테르*를 했을지도 모르는, 아침 늦도록 침대에서 꾸물거렸을지도 모르는, 지금 하는 일 말고 다른 일을 했을지도 모르는, 지금의 히로시 말고 다른 누가 됐을지도 모르는 다른 히로시들의 조각들.

히로시는 자기가 하는 일을 했고, 그 일을 하는 게 히로시다운 거였다.

싱은 젊은 아가씨가 생각할 법한 생각을 했었다. 히로시의 삶에 자신이 존재하게 되면, 히로시의 삶이 확장되고 바뀔 거라고. 싱은 히로시와 함께 살게 되자 이 일로 자신의 삶이 크게 바뀌었지만 히로시의 삶은 전혀 바뀌지 않았다는 걸 금세 이해했다. 싱은 히로시가 하는 일의 일부가 되었다. 확실히 필수불가결한 일부였다. 히로시는 필수불가결한 일만 했으니까. 단지 싱은 히로시가 하는 일을 진실로 이해하진 못했던 거였다.

히로시와 섹스하고 함께 사는 것보다는 그 점에 대한 이해가

*혼자 하는 카드놀이.

싱의 생각과 싱의 인생 행로를 더 크게 바꿔놓았다. 섹스의 기쁨, 긴장, 발견이 싱의 흥미를 끌고 싱을 기쁘게 하고 종종 놀래키지 않았다는 건 아니었다. 싱은 섹스가 먹는 일처럼 근사한 육체적 만족을 주는 일이고 자신의 정신 혹은 자신의 감정마저 크게 장악하지 않는다는 걸 알게 되었다. 싱의 정신과 감정은 일에 사로잡혔다.

그리고 히로시 덕에 알게 된 그 발견, 그 의외의 사실은 둘이 함께 사는 일과 아무 관계가 없었거나, 혹은 아무 관계 없는 듯이 보였다. 그건 히로시가 하는 일, 둘이 하는 일과 관계 있었다. 둘의 인생 전체. 세계우주선의 모두의 삶.

"당신은 날 공범으로 만들려고 함께 살게 한 거야." 싱은 반년 정도 뒤에 히로시에게 말했다.

히로시는 평소처럼 정직하게 대답했다. 비록 자신이 하는 모든 것이 속임수를 감추고 영속시키는 데 이바지했지만, 히로시는 친구에게 절대 거짓말하지 않으려고 면밀히 노력했기 때문이다. "아니, 아냐. 난 당신을 믿었어. 하지만 같이 살아서 모든 게 단순해졌어. 안 그래?"

싱은 소리 내어 웃었다. "당신에겐 그렇지. 내겐 아냐! 난 전엔 모든 게 단순했어. 이젠 모든 게 이중이야……."

히로시는 한동안 말없이 싱을 바라보았다. 이윽고 히로시는 싱의 손을 잡고 싱의 손바닥에 부드럽게 입술을 댔다. 히로시는 격식을 차려 예의를 갖추는 섹스 상대였고, 히로시가 결국 열정에 자신을 내던지면 싱은 언제나 마음이 녹아내렸다. 그래서 둘이 나누는 사랑은 믿음직하면서 때로 놀랄 만큼 즐거웠다. 그럼에도 싱은 히로시에게 자신은 궁극적으로 단지 융합로의 연료일 뿐이란 걸 알았다. 히로시의 최우선적이고 하나뿐인 목적의 한 요소였다. 싱은 자신이 이용되거나 속았다고 느끼지 않는다고 속으로 중얼거렸다. 히로시에게 모든 것은, 심지어 히로시 자신마저 연료란 걸 이제 알았기 때문이다.

오류들

결혼하고 사흘째 되는 날, 히로시는 싱에게 자기 일의 목적이 뭔지, 자신이 무슨 일을 한 건지를 말해주었다.

"1년 전에 당신이 가속도 기록에 불일치가 있다며 내게 물었지." 히로시가 말했다. 싱과 히로시는 둘의 자택공간에서 둘이서만 식사 중이었다. 이런 걸 보고 밀월 기간을 보낸다고 불렀지만, 사실 이 세계에는 꿀도 없고 꿀을 만들 벌도 없으며, 1년의 달들도 없고, 달이란 기간을 만들 진짜 달도 없었기에 밀월은 그다지 여운을 남기지 않는 단어였다. 하지만 근사한 관습이었다.

싱이 고개를 끄덕였다. "당신은 내가 어떤 인자를 빼먹었다면서 보여줬어. 그게 뭐였는지는 기억 안 나지만."

"허위였어." 히로시가 말했다.

"아냐, 당신이 말한 건 그게 아니었어. 무슨 상수가……."

히로시는 싱의 말을 끊었다. "내가 말한 게 거짓말이었다고."

히로시는 말했다. "고의적인 속임수였어. 당신을 미혹하려는. 당신이 오류를 범했다고 생각하게 하려고. 당신의 계산은 정확했고, 당신은 아무것도 빼먹지 않았어. 불일치들이 존재해. 당신이 찾은 그 하나보다 훨씬 큰 불일치들이."

"가속도 기록에?" 싱은 멍청이처럼 말했다.

히로시는 고개를 한 번 끄덕였다. 히로시는 이미 먹던 손을 멈추고 있었다. 싱은 히로시가 이렇게 조용히 말할 땐 심하게 긴장했단 뜻이란 걸 알았다.

싱은 배가 고팠고, 국수를 입에 한가득 밀어넣은 뒤 젓가락을 내려놓고 국수를 입에 문 채 말했다. "좋아, 무슨 얘기가 하고 싶은 거야?"

히로시의 얼굴은 긴장되어 있었다. 잠시 싱의 눈을 올려다보는 히로시의 두 눈에 담긴 표정은 절망? 애원? 그 눈의 표정이 어찌나 특징이 없었던지 싱은 그 점에 충격을 받았고, 사랑을 나누며 히로시의 취약함을 느낄 때만큼이나 마음이 흔들렸다. "뭐가 문제야, 히로시?" 싱은 속삭였다.

"우주선은 4년 넘게 감속 중이야." 히로시가 말했다.

싱의 머릿속이 미친듯이 빠르게 돌아갔고, 그 말의 암시, 설명, 각본이 번개처럼 스쳐 갔다.

"뭐가 문제였는데?" 싱은 마침내, 상당히 침착하게 물었다.

"아무것도. 감속은 통제된 거였어. 고의적이고."

히로시는 자기 그릇을 내려다보고 있었다. 그는 시선을 들어 싱을 보았다가 곧바로 다시 시선을 떨어뜨렸고, 싱은 히로시가 자신의 판단을 두려워한다는 걸 깨달았다. 히로시가 자신을 두려워한다는 걸 깨달았다. 하지만 그 두려움 때문에 히로시가 자신을 대하는 태도나 말이 달라지는 일은 없을 거라고 싱은 생각했다.

"고의적?"

"4년 전에 내린 결정이었어." 히로시가 말했다.

"누가?"

"선교의 네 사람. 나중에, 행정부의 두 사람이 더. 이젠 공학부와 유지보수부에서도 네 사람이 알아."

"왜?"

이 질문에 히로시는 안도하는 듯했는데, 아마도 싱이 항의나 힐난 없이 조용히 물었기 때문인 듯했다. 히로시는 훨씬 더 평소 같은 어투로 대답했고, 심지어 강사 특유의 자신감과 신랄한 기운마저 느껴졌다. "뭐가 문제냐고 물었지. 문제되는 부분은 전혀 없어. 아무것도 잘못되지 않았어. 우린 늘 예정된 진로대로 나아갔고, 편차는 거의 없었어. 하지만 오류가 하나 일어났어. 아주 예외적이면서 거대한 오류가. 그 덕에 우린 그 오류를 이용할 수 있었어. 오류는 기회야. 치에렉과 내가 그 오류를 찾아냈어. 궤적 근사에 존재하는 근본적이고 진행 중인 오류인데, 우리가 5년 전, 154년에 CG440 우물을 통과할 때 시작됐어. 그 통과 중에 무슨 일이 있었지?"

"감속이 됐어." 싱은 자동적으로 대답했다.

"가속이 됐어." 히로시는 말했다. 그는 흘끗 시선을 올렸고,

싱의 의심 가득한 얼굴을 마주했다. "우리의 가속도 상승이 너무 크고 너무 갑작스러워서 컴퓨터들은 열 배 수준의 오류가 생겼다고 여기고 그걸 보정했어." 히로시는 싱이 이해하고 있는지 보려고 잠시 말을 멈추었다.

"열 배?"

"치에렉이 그 수치를 들고 내게 오고, 내가 그걸 컴퓨터 보정 오류라고밖엔 설명할 수 없다는 걸 깨달았을 때, 우린 이미 0.82까지 가속을 했고 예정보다 40년을 앞서 있었지."

싱은 이렇게 극악한 이야기를 해서 자길 놀리려는 히로시의 농담에 분개했다. "0.82는 불가능해." 싱이 차갑게 일축했다.

"아, 아니." 히로시는 똑같이 차갑게 씩 웃으며 말했다. "가능해. 현실이야. 우리가 그렇게 했어. 우린 0.82의 속도로 91일간 날았어. 가속에 대해 당신이 아는 모든 것, 게가드의 계산, 질량 증가 한계. 그건 모두 틀린 거였어. 거기서 오류들이 생겼던 거야! 그 기본적 가정들에서! 오류는 기회야. 일단 기록들을 보고 계산을 할 수만 있으면, 모든 게 너무나 극명해. 신디츄에 도착하면 우린 디츄의 물리학자들에게 그 점에 대해 몽땅 말해줄 수 있어. 그 사람들이 어디서 잘못을 범했는지 말해줄 수 있다고. 우물을 어떻게 이용하면 대상을 10분의 8광속까지 채찍질하듯 날려버릴 수 있는지 말해줄 수 있어. 이게 발견 호의 항해야, 응. 우린 항해를 80년 만에도 끝낼 수 있었어." 히로시의 얼굴은 승리감으로 가득했다. 정복자의 얼굴이었다. "우린 앞으로 5년이면 목적 행성계에 도착할 거야. 164년 상반기에."

싱은 화 말곤 아무것도 느낄 수 없었다.

"그게 사실이라면." 싱은 마침내 천천히 그리고 표정 없이 말했다. "왜 지금 내게 그 말을 하는 거야? 도대체 왜 내게 얘기를 하는 건데? 모두에게서 그 사실을 숨겨왔잖아. 근데 왜?"

히로시가 얘기한 내용에 대한 거대한 충격뿐 아니라, 히로시의 의기양양한 표정, 승리했다는 말투, 그런 것들 때문에 싱의 마음속에 거대한 분노가 끓어올랐다. 이게 바로 처음에 히로시가 두려워했던 반대, '어떻게 당신이 감히?' 하는 질문이었다. 하지만 이젠 싱이 화를 내도 히로시는 아무렇지 않았다. 끄덕도 하지 않았고, 자신이 옳다는 신념으로 꿋꿋했다.

"그게 우리가 가진 유일한 힘이니까." 히로시가 말했다.

"우리? 누구?"

"천사가 아닌 우리들."

천사의 수를 세기

6세대를 위한 교육 예정표가 아직 검토 중이라 접근이 불가능하단 말을 들었을 때, 루이스는 이렇게 말했다. "하지만 전 8년 전에도 같은 말을 들었습니다."

교육 센터 정보 스크린에는 어머니처럼 상냥한 여자가 떠 있었다. 여자는 딱하다는 태도로 고개를 저으며 말했다. "아, 교육 예정표는 늘 검토 아니면 고려 중이에요, 천사. 교육위원회는 교육 예정표를 계속 갱신해야 하니까요."

"알겠습니다. 감사합니다." 루이스가 말하고 스크린을 껐다.

탄 할아버지는 2년 전에 죽었지만, 그 손자가 아주 믿음직하게 할아버지의 자리를 대신했다. 루이스가 공동공간 저쪽에다 말했다. "있잖아, 빙디, 인구 조사에 천사 수도 기록돼?"

"내가 어떻게 알겠어?"

"사서들은 사소하지만 유용한 지식들의 대가잖아."

"네 말은, 천사들이 그런 식으로 목록에 올라가느냐는 거지? 아니. 천사들이 왜 그러겠어? 저 옛날의 종교들도 한 번도 목록화된 적이 없는걸. 목록화하면 분열을 부르게 되니까." 빙디는 자기 할아버지만큼 느리게 얘기하진 않았지만, 리듬이 비슷했고, 한 문장을 말할 때마다 짧게 생각에 잠기며 침묵해서 사분쉼표를 찍은 뒤 다시 말했다. "내 생각에 '희열'은 종교야. 종교 말고 달리 정의할 방법을 모르겠어. 하지만 종교가 어떻게 정의되는지는 잘 모르겠어."

"그럼 천사들이 얼마나 많은지 정확히 알 방법이 없다는 거네. 아님 다르게 표현하자면 이런 거지, 누가 천사이고 아닌지 알 방법이 없다."

"물어보면 되잖아."

"물론이지. 물어볼 거야."

"전 세계의 복도를 다 돌아다니겠네." 빙디가 말했다. "지나가는 사람마다 붙잡고 물어보면서. 혹시 천사세요?"

"우린 모두 천사가 아니던가?" 루이스가 말했다.

"가끔은 그렇게 보이기도 하지."

"정말 그렇게 보여."

"너 뭔가 알아차렸지?"

"바로 내가 뭔지 모르겠는 부분 때문에 걱정이 돼. 가령, 6세대를 위한 교육 프로그램 같은 거."

빙디는 살짝 놀란 듯했다. "너 6세대 아기를 생산할 생각이야?"

"아니. 난 신디츄에 대해 뭔가 알아내고 싶어. 6세대들은 신디츄에 착륙할 거야. 6세대들이 그렇게 교육받을 거라 가정하는 게 이치에 맞아 보이지. 무엇을 예상해야 할지 교육받을 거야. 밖에서의 삶에 대처해나가는 법을 배울 테고. 행성 표면에서 장기 선외활동을 하기 위한 훈련을 받겠지. 결국 그게 6세대들의 일이 될 거야. 0세대는 교육 프로그램 안에 그에 관한 정보를 넣어두었을 게 분명해. 네 할아버지는 0세대가 그렇게 했다고 말씀하셨어. 그 정보는 어디 있지? 그리고 누가 6세대를 훈련할 거지?"

"흠, 6세대는 아직 옷 입은 아이조차 없어." 빙디가 말했다. "그 불쌍한 어린 바보들을 미지의 세계 이야기로 겁주기엔 좀 이른 거 같지 않아?"

"아예 안 하는 것보단 너무 이른 게 낫지." 루이스는 말했다. "목적지 도착 날짜는 지금으로부터 44년 뒤야. 우린 신디츄에서 선외활동을 하고 싶을지도 몰라. 싱 표현처럼, 비실거리며 나가는 거지."

"한 20년쯤 뒤에 생각해봐도 될까? 지금 당장은 이 사소하지만 유용한 지식부터 끝을 봐야 하거든."

빙디는 스크린으로 몸을 돌렸지만, 곧 다시 루이스에게로 돌아섰다. "그거랑 천사들 수랑 무슨 관계가 있는데?" 빙디가 답을 어렴풋이 알아챈 사람의 목소리로 말했다.

희열의 적들

싱은 5-친 라몬을 잘 몰랐지만, 라몬은 히로시 집단의 일원이었다. 라몬은 2년 전부터 쭉 관리심의회에 있었다. 싱은 투표 때 라몬을 찍지 않았다. 라몬은 본인을 중국계라 인지했고, 거의 친 씨와 리 씨로 이루어진 소나무산 집단주거지에 살았다. 수많은 친 씨들이 일찍부터 천사가 됐다. 사람들 말에 따르면, 라몬은 '희열'에서 높은 위치에 올랐다. 그는 중립적이고 전통적인 사람으로 보였다. 많은 남자 천사들처럼, 여자를 대할 때 방어적으로 거리를 두고 농담했고, 싱은 이 태도가 비열하다고 느꼈다. 싱은 라몬이 우주선이 감속하고 있으며 목적지에 일찍 도착할 것임을 아는 열 명(이제는 열한 명) 중 한 명임을 알고 무척 놀랐으며 동시에 불쾌해졌다.

"그러니까, 당신은 그때 녹음하고 있다는 걸 그 사람들에게 말하지 않은 채 이 테이프를 만들었단 건가요?" 싱이 라몬에게 물었고, 목소리에서 굳이 경멸과 불신을 감추려 애쓰지 않았다.

"네." 라몬이 표정 없이 대답했다.

라몬은 양심의 위기를 맞았었다. 히로시가 그렇게 말했다. 그리고 5-차테르지 우마가 싱에게 설명해주었다. 싱은 우마를 좋아했고 존경했다. 똑똑하고 우아하며 조그만 여자인 우마는 4년 연속으로 관리심의회의 의장으로 뽑혀 일하고 있었다. 그러니 싱은 우마의 말을 귀담아듣지 않을 수 없었다. 라몬은 파텔 희열 속에의 측근 무리인 대천사들 속에 받아들여졌다고 우마는 설명했다. 라몬은 거기서 듣고 배운 것들 때문에 너무나 심란해져서 비밀 엄수 서약을 깨고 대천사들끼리 한 말들을 기록했고 그걸 우마에게 주었다. 우마는 그 기록을 카나발과 다른 이들에게 가져갔다. 카나발과 다른 이들은 라몬에게 그 주장을 증명해달라고 요청했다. 그래서 어느 날 라몬은 대천사들의 모임을 몰래 테이프로 기록했다.

"당신이라면 그런 짓을 하는 자를 어떻게 믿을 수 있겠어요?" 싱이 다그쳤다.

"그게 라몬이 우리에게 증거를 줄 수 있는 유일한 길이었으니까요." 우마는 동조하며 싱을 보았다. "편집증적 의심들―우주선 운항권을 넘겨받으려 한다, 우리 유전자를 주무르려 한다, 시험되지 않은 약을 상수도에 타려 한다는 온갖 소문들을 이제까지 얼마나 많이 들었었나요! 이게 라몬이 자기가 편집증에 걸렸거나 그저 악의에서 그러는 게 아니라고 우릴 설득할 유일한 방법이었어요."

"테이프는 쉽게 조작이 가능하죠."

"조작은 쉽게 알아낼 수 있고." 4-가르시아 테오가 웃으며 말했다. 테오는 몸집이 크고 험악해 보이지만 친절한 공학자였고, 싱은 그런 테오를 믿지 않을 수 없었다. 테오를 믿지 않는다는 건 이 방의 모두를 불신하려 애쓰는 것만큼 힘든 일이었다. "그 테이프는 진짜야."

"들어봐, 싱." 카나발이 말했고, 싱은 고개를 끄덕였지만, 아직도 맘속으론 찌무룩했다. 싱은 이 비밀, 거짓말, 은닉, 음모, 모든 게 너무나 싫었다. 싱은 이런 상황의 일부가 되고 싶지 않았고, 이 사람들과 있기 싫었으며, 한 패가 되기가, 이들이 쥔 힘을 공유하기가 싫었다. 이들은 꼭 그래야 했기 때문에 힘을 쥔 거라고 계속 말했다. 하지만 누구에게도 꼭 해야 하는 거짓말은 없었다. 누구에게도 지금 이들이 하는 일을 할 권리는 없었다. 비밀리에 모든 사람의 삶을 좌지우지할 권리는 누구에게도 없었다.

테이프의 목소리들은 싱에겐 아무 의미도 없었다. 남자들의 목소리가 싱은 이해하지 못하는 무슨 일에 대해 이야기했고, 어쨌거나 싱과는 무관했다. 천사들에게 자기네 비밀을 가지라 하고, 카나발과 우마에게도 자기네 비밀을 가지라 하고, 그냥 난 좀 여기서 빼주었으면, 싱은 생각했다.

하지만 싱은 파텔 회열속에의 목소리를 듣는 순간 테이프에 완전히 정신을 빼앗겼다. 부드럽고 나이 먹은 목소리, 평생 동안 싱의 귀에 익은 차분한 목소리였다. 억지로 남의 말을 엿듣는 데 대한 저항, 혐오감, 그리고 의심 속에서 싱은 그 목소리가 하는 말을 들었다. "먼저 카나발의 신용을 떨어뜨려야 우리가 선교를 믿고 기댈 수 있습니다. 그리고 차테르지도요."

"트란도 있습니다." 다른 목소리가 말했다. 그 말에 역시 의회의 일원인 5-트란 골로가 아주 고맙구면 하는 비꼬인 몸짓으로 고개를 끄덕였다.

"어떤 작전을 세워두셨습니까?"

더 저음의 두 번째 목소리가 다시 말했다. "차테르지는 쉽습니다. 그 여자는 경솔하고 오만합니다. 소문만으로도 그 여자의 영향력을 없앨 수 있습니다. 카나발의 경우엔, 건강 문제를 걸고 넘어져야 할 겁니다."

싱은 온몸이 오싹하며 동시에 호기심을 느꼈다. 싱은 히로시를 흘끗 보았다. 히로시는 아침 명상을 할 때처럼 태연히 앉아 있었다.

"카나발은 희열의 적입니다." 나이 든 목소리, 파텔이었다.

"독특한 권력을 지닌 위치에 있지요." 다른 이들 중 한 명이 말했고, 저음의 목소리가 그 말에 대꾸했다. "카나발은 반드시 다른 이로 대체되어야 합니다. 선교에서, 그리고 대학에서도요. 우리에겐 두 자리 모두에 둘 만한 훌륭한 남자가 꼭 필요합니다." 저음의 목소리는 온화하면서 이성적 확신에 찬 어조로 말하고 있었다.

토론은 계속되었다. 싱은 그중 많은 부분을 이해할 수 없었지만, 이젠 정신을 집중해 들었고, 이해하려 애썼다. 그러다 말하는 중간에 테이프가 갑자기 끝났다.

싱은 움찔했고, 주위를 둘러보았다. 우마, 테오, 골로, 람다스. 싱은 이 사람들을 친구라 생각했다. 반면 친 라몬과 두 여자, 한 명은 공학자이고 한 명은 의회 의원인 이들은 비밀 모임의 회원으로는 알아도 친구라곤 생각하지 않았다. 그리고 여전히 좌선하고 있는 히로시. 이들은 최근 유행하는 '유목민 스타일'로 꾸며진 우마의 자택공간에 있었다. 붙박이 가구는 전혀 없고, 오직 밝은 색 페이즐리 천의 양탄자와 베개가 전부였다.

"당신 건강 얘기는 뭐야?" 싱이 다그쳤다. "그다음엔 심장 판막이 어쩌고 하던데?"

"난 선천성 심장 기형이 있어." 히로시가 말했다. "내 사록 폴더에 있어."

누구나 사록 폴더가 있었다. 유전자 지도, 건강 기록, 학교 기록, 직장 경력이 들어 있었다. 각자 그 폴더에 암호를 걸어두었다. 누구도 본인의 허락 없이는 사록 폴더를 볼 수 없었고, 그 사람이 죽으면 폴더는 기록실에서 문서보관소로 옮겨졌다. 이 개인적 파일들은 적지 않은 사생활의 신비들로 가득했다. 공동양육자나 의사 말곤 누구도 남의 사록 폴더를 보자고 하지 않았다. 누가 암호를 풀거나 훔쳐서 본인의 허락 없이 사록 폴더를 본다는 것 자체가 생각할 수도 없는 일이었다. 싱은 히로시의 사록 폴더를 본 적이 없었고, 보여달라고 한 적도 없었다. 아이를 가지려 계획한 적이 없었기 때문이다. 싱은 히로시가 왜 사록 폴더를 애기했는지 이해하지 못했다.

"기록실 직원은 약 90퍼센트가 천사예요." 라몬이 싱의 멍한 표정을 보고 말했다.

싱은 히로시의 말뜻을 깨달으라고 라몬이 자길 밀어붙이고 강요하는 데 분개했다. 싱은 전반적으로 라몬에게 분개했다. 그의 너무나 부드러운 목소리, 긴장되고 딱딱한 얼굴에 분개했다. 라몬이 주위에 있을 때마다, 히로시 역시 긴장했고, 말수가 줄었으며, 천사가 빼앗아 가려 한다는 이 모든 것들에 정신을 빼앗겼다. 이제 라몬은 싱까지 쥐고 흔들었고, 싱이 공모하도록, 자길 믿었던 사람들을 배신하며 만든 테이프를 듣도록 만들었다.

경악스럽게도, 싱은 울고 싶다는 사실을 깨달았다. 마지막으로 울어본 지 한참이 지났다. 울 일이 뭐가 있었겠는가?

차테르지 우마는 이해한다는 눈으로 싱을 보고 있었다. "싱." 다들 말하기 시작하는데 우마가 조용히 말을 건넸다. "라몬이 나에게 자기 메모들을 보여줬을 때, 난 라몬에게 나가라고 했어요. 그러곤 밤새 토했죠."

"하지만……." 싱이 말했다. "하지만. 하지만 '왜' 그 사람들이 이 모든 일을 하려 하겠어요?" 싱의 목소리는 떨리는 채로 크게 나왔다. 다른 사람들까지 모두 싱에게로 몸을 돌렸다.

라몬과 히로시 둘 다 대답했다. "권력." 한 명은 이렇게 말했고, 나머지 한 명은 또 이렇게 말했다. "통제."

싱은 둘 중 누구도 보지 않았다. 싱은 의회 의원인 여자, 그 여자를 보며 말이 되는 대답을 기다렸다.

우마가 말했다. "왜냐하면, 내가 제대로 이해했다면, 파텔 희열 속에는 우리의 최종 목적은 어느 장소에 도착하는 것이 아니라고 천사들에게 가르치고 있거든요. 아예 장소 자체가 아니라고요."

싱은 우마를 뚫어져라 보았다. "그 말은, 천사들이 신디츄를 존재하지 않는 곳으로 생각한단 건가요?"

"우주선 바깥에는 아무것도 존재하지 않는 거죠. '항해' 외엔 아무것도 존재하지 않는 거예요."

영혼, 죽음이 뭔지 말해줄래

> 삶의 항해를 한껏 즐기라, 삶에서, 삶으로 가는 항해,
> 삶은 영원하네, 희열은 영원하네.
> 우리는 날고 있다, 오 나의 천사들이여, 우린 날 것이다!

모든 예배 참석자들이 즐거움과 기쁨 속에 마지막 줄을 소리 높여 노래했고, 로사는 고개를 돌려 루이스를 보며 웃었다. 이들은 일렬로 앉아 있었다. 루이스, 로사와 로사의 아기 젤리카, 그리고 자신의 두 살배기 조이를 무릎에 앉힌 로사의 남편 루이즈 젠이었다. 천사들은 자신들이 "온 가족"과 "진정한 형제애"라 부르는 것을 중시했고, 부부들은 둘 다의 아이들을 함께 낳아 함께 길렀다. "어머니는 다정하게 품어주시고, 아버지는 강하게 이끌어주시며, 어린 남자아이, 어린 여자아이, 나란히 자라네." 루이스의 머리는 후렴과 리듬과 말들로 가득 찼다. 루이스는 지

난 네 번의 열흘 동안 천사들의 글 말고는 거의 아무것도 읽지 않았다. 〈천사가 천사들에게〉는 두 번을 통독했고, 파텔 희열속에의 〈신평설〉은 세 번을 읽었으며, 그 외에도 많은 교본들을 읽었다. 루이스는 천사 친구들 그리고 지인들과 얘기했고, 얘기하는 때보다는 듣는 때가 훨씬 더 많았다. 루이스는 로사에게 같이 축제에 가도 되느냐고 물었었고, 로사는 당연히 기뻐하며, 이보다 더 기쁜 일은 없을 거라고 대답했다.

"난 천사가 되진 않을 거야, 로사." 루이스가 말했다. "그러려고 가고 싶은 건 아니거든." 하지만 로사는 소리 내 웃고는 루이스의 두 손을 잡았다. "아, 넌 이미 천사야, 루이스. 그건 걱정마. 난 그저 네게 희열을 주고 싶을 뿐이야!"

노래가 끝나자 '평화의 시간'이 됐고, 이제 참석자들은 조용히 앉아서, 누군가 이야기하라고 부름 받을 때까지 기다렸다. 루이스는 이 시간을 고대하며 모임에 왔다. 이야기는 대체로 상당히 짧았다. 기쁨을 나눈 이야기나, 당연하게 공감을 기대하는 공포나 슬픔에 대한 이야기였다. 처음 로사와 왔을 때, 로사는 일어나 말했다. "전 제 사랑하는 친구 루이스와 여기에 와서 정말 기쁩니다!" 사람들은 몸을 돌려 로사와 루이스를 보고 웃음 지었다. 기쁘게 사는 것에 대해 감사하고 기억하기에 대한 틀에 박인 말들이 계속되었지만, 진심에서 우러난 말을 하는 사람들도 종종 있었다. 마지막 모임 때는, 아내와 사별한 어느 나이 든 남자가 말했다. "아다가 희열 속에 날고 있다는 건 알지만, 아다 없이 혼자 복도를 걷다보면 외롭습니다. 혹시 방법을 아시면, 제발 제가 아다의 기쁨을 슬퍼하지 않는 법을 배우게 도와주십시오."

오늘 사람들은 말하는 걸 쑥스러워했고, 상투적인 이야기만 했다. 필시 대천사 한 명이 와 있기 때문이었다. 대천사들은 자택 축제나 구역 축제에 들러 짤막하게 얘기하거나 가르침을 주었다. 몇몇 대천사들은 "신심"이라 불리는 노래들을 부르는 가수였고, 참석자들은 노래를 들으며 무아경에 빠졌다. 루이스는 이 노래들이 음악적으로 그리고 지적으로 풍성하고 복잡하다는 걸 알았고, 가수인 5-반 윙이 소개되자 흥미를 가지고 들을 준비를 했다.

"새로운 노래를 부르겠습니다." 윙은 천사답게 수수하게 얘기하고는 잠시 침묵했다가 노래를 시작했다. 윙의 무반주 목소리는 강하고 확실한 테너였다. 윙은 루이스가 생전 처음 듣는 유의 신심을 노래 불렀다. 자유롭고 황홀경에 젖은 선율이 흘러나왔다. 대부분이 즉흥적인 게 분명한 노래였고 서로 연결된 몇 개의 패턴으로 이루어졌다. 그러나 가사가 음악과 안 어울렸다. 가사는 암시적이고 짤막하고 모호했다.

눈, 무얼 보지?
암흑, 그 진공.
귀, 무얼 듣지?
침묵, 목소리가 없어.
영혼, 죽음이 뭔지 말해줄래?
침묵, 암흑, 바깥.

삶이 정화되게 돼!
언제나 기쁨으로 날아가,
아 희열의 탈것이여!

　마지막 세 줄은 전통 방식에 따라 흥겨운 분위기의 마침꼴로 끝났지만, 그 앞부분의 가사들은 음침했고 몇 번씩 되풀이되었다. 가수는 그 부분에 오싹한 공포의 전율을 불어넣었다. 다른 사람들처럼 루이스도 그 오싹함을 강하게 느꼈다.
　굉장한 공연이었고, 반 윙은 진정한 예술가라고 루이스는 생각했다.
　루이스는 자신이 그렇게 생각하는 이유가, 그 노래에 대해 자신을 지키려고, 그 가사들이 자신에게 미친 영향을 하찮게 여기려고 애써서 그런 거란 걸 깨달았다.

영혼, 죽음이 뭔지 말해줄래?
침묵, 암흑, 바깥.

　루이스는 붐비는 복도를 헤치고 제4사분면의 자기 자택공간으로 돌아가면서, 머릿속에서 그 단어들이 계속 그 음침한 노래를 부르는 것을 느꼈다. 이튿날 아침 일어나자, 루이스는 그 가사가 자신에게 어떤 의미인지를 깨달았다.
　루이스는 침대에 앉아 싱이 열여섯 살 생일선물로 만들어준 백지 책에 글자를 쓰기 시작했다. 늘 아껴 썼음에도 세월이 오래 지나자 책장 대부분이 위쪽 끝에서 아래쪽 끝까지, 왼쪽 가장자리에서 오른쪽 가장자리까지 루이스의 작고 명료한 손글씨로 가득 찼다. 이제 몇 장밖에 남지 않았다. 책표지 바로 다음의 백지에는 이렇게 적혀 있었다. "루이스의 정신을 담을 상자. 싱이 사랑을 담아 만들었음." 싱의 이름은 글자가 아니라 고대 표의문자로 적혀 있었다. 豆. 루이스는 책을 열 때마다 이 부분을 읽었다.

루이스는 적었다. "삶/우주선/탈것/항해: 불멸(진정한 희열)로 가는 죽을 운명의 수단들. 목적지는 은유적이다. 목적지는 운명으로 해석될 수 있으므로.* 모든 의미는 안에 있다. 밖에는 아무것도 없다. 밖은 아무것도 아니다. 비존재, 무, 진공: 죽음. 삶은 안에 있다. 밖으로 나가는 것은 부정이다, 불경이다." 루이스는 불경이란 단어를 한동안 응시하다가 몸을 숙여 자신의 인터넷스크린에서 옥스퍼드 영어사전을 불러냈다. 루이스는 '불경'의 정의와 어원을 잠시 공부했다. 이윽고 루이스는 '이단, 이교도, 이교의'를 찾아본 뒤 '정교'를 찾아보다가 느닷없이 그만두고 다시 백지 책에 적기 시작했다. "인류. 고도로 '적응력'이 뛰어나다! 희열, 이동하는 존재 양식에 대한 정신적/메타유기적 적응—거의 완벽한 평형 유지력. 규칙들을 따르기, 안에서 살기, 영원히 살기. '도착'에 대한 부적응. 도착은 육체적/정신적 죽음과 동일시됨." 루이스는 다시 손을 멈추었다가 얼마 후

---

*영어로 '목적지'는 destination이고, '운명'은 destiny로 어원이 같다.

썼다. "어떻게 해야 가능한 논쟁, 파벌, 고통을 최소화하면서 맞설 수 있을까?"

루이스는 쓰던 것을 멈추고 오랫동안 생각에, 사색에 잠겼다. 루이스의 수면공간의 통기구에서 섭씨 22도의 공기가 부드럽고 한결같고 끊임없이 불어오며 얇은 책장들을 가볍게 서서히 오른쪽으로 넘기자 다시 책표지 뒷장이 드러났다. "루이스의 정신을 담을 상자." 사랑이란 단어. 싱을 의미하는, 별을 의미하는 표의문자. 정말로 싱 외엔 얘기할 상대가 아무도 없었다.

싱은 루이스의 첫 번째 메시지에는 답하지 않았고, 마침내 연결이 됐을 때는 바빴다. 미안, 지금은 너무 바빠서, 일에서 손을 뗄 수가 없네……. 싱은 절대로 잘난척쟁이가 될 수 없는 사람이었다. 카나발은 잘난 척을 했지만, 터무니없는 건 아니었다. 하지만 싱이 거만하고, 싱이 둘러대? 아니. 바빴다. 왜 그렇게 바쁠까? 도대체 무슨 일 때문에 친구와 얘기하는 것조차 힘들까? 분명 싱은 아직도 루이스를 두려워하는 것이었다. 루이스는 그 점에 마음이 아팠지만, 새삼스러운 일도 아니었다. 그리고 싱이 두려워하는 건 싱 자신이지 루이스가 아니었기에, 이건 정말로 싱의 문제이지 루이스의 문제가 아니었다. 그래서 루이스는 고집을 꺾지 않았다. 루이스는 대화를 미루길 거부했다. "내가 내일 10시에 갈게." 그리고 10시에 루이스는 싱의 자택공간 문 앞에 서 있었다. 싱은 자택공간에 있었다. 카나발은 나가고 없었다. 싱은 무뚝뚝했고 어색해했다. 둘은 붙박이 소파에 마주 보고 앉았다. "무슨 문제라도 있어, 루이스?"

"내가 천사들에 대해 막 알게 된 것들을 네게 말해야 해서."

반년이나 서로 침묵하고 살다가 이야기하려니 좀 이상했고, 루이스도 그걸 알았다. 그럼에도, 루이스는 싱이 훨씬 더 이상하게 반응한다는 걸 알았다. 싱은 깜짝 놀라고 당황한 듯이 보였다. 싱은 충격받은 걸 숨기고 말하기 시작했다가 멈췄고, 결국 의심하는 듯한 말투로 말했다. "왜 나야?"

"또 누가 있는데?"

"내가 도대체 천사들과 무슨 상관이 있다고 그래?"

에둘러 말하네! 루이스는 생각했다. 그는 이렇게만 말했다. "전혀 없지. 하지만 이제 상관이 없기 어려워질 거야. 이건 중요한 일이고, 난 너랑 이 일에 대해 얘기해봐야 해. 이 일을 네가 어떻게 생각하는지 알고 싶어. 네 판단. 난 늘 너랑 얘기할 때 가장 최선의 생각을 해냈어."

싱의 태도는 전혀 누그러지지 않았다. 긴장하고 경계한 채로 마지못해 고개를 끄덕였다. 싱이 말했다. "차 마실래?"

"아니, 됐어. 최대한 빨리 말할게. 내 말에 모호한 부분이 있으면 중간에라도 부디 말해줘. 내가 하는 말에 믿음이 가는지 말해줘."

"최근에 난 믿을 만한 것들을 별로 못 봤어." 싱은 루이스를 보지 않으며 건조하게 말했다. "그럼 해봐. 난 10시 40분에 선교에 가봐야 해. 미안."

"30분이면 돼."

루이스는 자기가 말한 시간의 반 만에 싱에게 할 얘기를 다 했다. 그는 천사들이 적어도 20년을 교육위원회들과 의회들에서 꾸준히 대다수를 차지하며 그곳을 조종해왔음을 깨달았다는 얘기로 말을 시작했다. 이제는 0세대가 6세대를 위해 원래 어떤 교과과정을 계획했었는지 아는 게 불가능했다. 그 계획들은 분명 삭제되었다. 문서보관소에서조차 삭제됐을 가능성이 컸다.

루이스는 그 가능성을 고려할 때마다 늘 충격을 받았지만 문제를 회피하지 않으려 애썼다. 싱은 계속 반응을 감추고 있었다. 루이스는 자기가 얘기하는 것들을 싱이 이미 모두 알고 있던 게 아닌가 생각하기 시작했다. 만약 그렇다면, 싱 역시 그 사실을 인정하지 못하고 있었다. 루이스는 계속 말했다.

초등학교와 고등학교 교과과정은 싱과 루이스가 다니던 때 이후로 거의 바뀌지 않았다. 가장 두드러진 변화는 디츄와 신디츄 둘 다에 관련된 정보와 토론의 감소였다. 이제 학교에 다니는 아이들은 기원 행성과 목적지 행성에 대해 배우는 시간이 아주 짧았다. 디츄와 신디츄에 관련된 말들은 애매했고, 묘하게도 거리감이 느껴지는 어조로 얘기했다. 최근의 교과서 두 개에서 루이스는 이런 구절을 보았다. "행성 가설."

"하지만 43.5년 뒤면 우리는 이 가설들 중 한 곳에 도착해." 루이스가 말했다. "그때 가선 어떻게 생각해야 할까?"

싱은 다시 괴로운 표정을 지었다. 두려워 보였다. 루이스 역시 그걸 어떻게 생각해야 할지 몰랐다. 루이스는 계속 말했다.

"난 우리가 한 행성에서 기원했다는 점과 다른 행성이 우리 목적지란 점의 중요성을, 그 사실을 부정하도록 만드는 천사들의 이론 혹은 믿음 속에 있는 요소들을 이해하려고 애써왔어. '희열'은 그 자체로는, 그리고 우리처럼 사는 사람들의 신념 체계로는 거의 완벽하게 말이 되고 일관성 있는 사유 체계야. 사실, 그게 바로 문제야. '희열'은 자족적인 주장이고, 닫힌 시스템이야. '희열'은 우리의 삶, 우주선 삶에 대한 심리적 적응이고, 자족적 시스템, 늘 모든 필요를 충족해주는 한결같은 인공적 환경에 대한 적응이야. 중간 세대인 우리에겐 살아 있는 것과 우주선을 계속 가동하게 하고 항로에 두는 것 외엔 목적이란 게 없어. 그 목적을 달성하기 위해 우리가 할 일은 규칙을, 헌법을 따르는 것이 전부야. 0세대는 그걸 중요한 의무, 숭고한 책임이라 생각했지. 항해 전체의 한 요소라 봤으니까. 목적에 의해 미화된 수단이지. 하지만 그 목적을 보지 않으려는 사람들은 수단이 되는 것에 별 영광을 못 느껴. 자위 본능은 자기중심적으로 보이지. 이 시스템은 폐쇄적일 뿐 아니라 답답해. 그게 킴 테리의 청사진이었어. 어떻게 그 수단을, 항해를 미화할 것이냐. 어떻게 규칙을 따르는 것을 그 자체로 목적이게 만들 것이냐. 테리가 볼 때, 우리의 진정한 여행은 저 밖 우주의 물질적 세계로 가는 것뿐 아니라, 희열의 영적 세계로 가는 거였어. 그리고 우린 '여기서' 올바르게 삶으로써 거기에 도달할 수 있고.”

싱은 고개를 끄덕였다.

“지난 몇십 년 동안 파텔 희열속에는 이 청사진의 강조점을 조금씩 바꿔놨어. 바로 이런 거야. 우주선 밖에는 아무것도 없다. 말 그대로 아무것도 없고, 영적으로 아무것도 없다. 기원 행성과 목적지 행성은 이제 은유다. 전혀 실체가 없다. 여행이 유일한 실재다. 항해는 그 자체가 목적이다."

싱은 여전히 무감각했다. 마치 루이스가 말하는 것 중에 자기가 모르는 것은 하나도 없다는 듯한 태도였다. 그러나 싱은 두 귀를 쫑긋 세우고 있었다.

"파텔은 이론가가 아니야. 파텔은 행동가야. 자신의 대천사들과, 대천사들의 신봉자들을 통해서, 자신의 청사진에 따라서 행동해. 나는 지난 10년, 혹은 15년 동안, 천사들이 의회에서 많은 결정들을 내려왔다고 생각해. 그리고 그 결정들 중 대부분은 교육에 관한 것이었고."

싱은 다시 고개를 끄덕였지만, 경계하고 있었다.

"학교에선 성간 항해의 원래 목적에 대해 거의 가르치지 않아. 어느 행성에 대해 연구하고, 어쩌면 거기에 정착한다는 목적 말이야. 교과서와 프로그램에는 아직도 우주에 대한 정보들이 있어. 성도, 항성형, 행성의 형성, 우리가 10학년 때 배운 모든 것들. 하지만 선생님들과 얘기해보니, 선생님들은 그걸 대부분 건너뛰고 가르친다는 거야. 아이들이 '흥미를 느끼지 않'는대. 아이들이 '이런 낡은 물질과학 이론들을 혼란스럽게 느낀'대. 학교 행정가의 거의 전부와 선생님의 약 65퍼센트, 제1사분면에서는 90퍼센트가 '희열'의 일원이란 거 알아?"

"그렇게 많아?"

"최소한 그 정도야. 내가 받은 인상으로는, 일부 천사들은 자신의 믿음을 숨기고 있어. 고의적으로. 자기네가 우세하다는 게 너무 분명히 드러나지 않게 하려고 말이야."

싱은 불편하고 역겹다는 표정을 지었지만 아무 말도 하지 않았다.

"한편으로 대천사들의 가르침에서 '바깥'은 위험과 동일시되고 있어. 육체적 그리고 영적으로. 죄, 악이야. 그리고 죽음과 동일시돼. 그 외엔 아무것도 없어. 우주선 바깥에는 좋은 건 아무것도 없어. 안은 긍정이고, 밖은 부정이야. 순수한 이원론이지. 요즘은 표면과학을 하려는 젊은 천사들이 많지 않아. 하지만 선외활동을 하는 나이 든 천사들은 좀 있지. 그 천사들은 에어로크를 통과하자마자 정화 의식을 치러. 너도 알았어?"

"아니." 싱이 말했다.

"그 의식은 오염 제거라고 불려. 새로운 의미가 부여된 오래된 물질과학이론 단어지. 영혼은 바깥의 소리 없는 암흑에 의해 오염된 거야……. 음, 그 얘긴 제쳐두자. 천사들은 규칙을 따르는 데 열심이야. 우리 삶을 잘 살면 곧바로 영원한 행복에 도달하니까. 천사들은 우리 모두가 규칙을 따르게 하는 데도 열심이야. 우린 '희열의 탈것'에서 살고 있어. 우린 희열을 놓칠 수 없어. 그 새 규칙을 어긴다면 모를까. 우주선은 멈춰선 안 된다는 그 커다란 규칙 말이야."

루이스는 말을 멈췄다. 싱은 화난 표정이었다. 싱은 걱정되거나 심란하거나 겁에 질리면 늘 이런 표정을 지었다.

루이스는 천사의 가르침이 변했다는 것과 온갖 의회에서 천사가 어디까지 통제력을 발휘하고 있는지를 점차 알게 되고는 놀라 경계심을 품긴 했지만 겁먹지는 않았다. 루이스는 이걸 문제, 그것도 반드시 해결해야 할 심각한 문제라고 생각했다. 해결 방법은 이 문제를 공개적으로 끄집어내서 천사들이 어쩔 수 없이 자기네 정책을 설명하게 만들고, 파텔 희열속에가 규칙을 바꾸려고 비밀스레 권력을 휘두르고 있다는 걸 천사 아닌 이들에게 알리는 거였다. 사람들이 이 사실을 알게 되면, 반대하는 움직임을 보일 것이었다. 위기 상황까지는 필요 없었다.

"43.5년 남았어." 루이스가 말했다. "이 문제로 얘기할 시간은 충분해. 이건 상황을 다시 균형 잡히게 돌려놓는 문제야. 좀 더 급진적인 천사들은 우리에게 목적지가 있고, 사람들이 거기서 선외활동을 할 거고, 사람들이 선외활동을 죄악으로 보지 말고 선외활동을 위한 훈련을 받아야 한다는 사실에 동의해야 할 거야."

"상황이 그보다 더 심각해." 싱이 말했다. 싱은 다시 긴장하고 괴로워하는 표정을 짓고 있었다. 싱은 벌떡 일어나 방을 가로질러 걷더니—이 방은 단정하고 간결했으며, 싱이 전에 살던 어수선한 보금자리와는 달랐다—루이스에게 등을 대고 섰다.

"음, 맞아." 루이스는 싱이 한 말을 잘 이해하지 못하면서, 그러나 싱이 뭐든 말했다는 점에 용기를 얻으며 말했다. "우린 모두 훈련이 필요해. '도착' 때가 되면 우리 모두 예순을 넘었을 거야. 그 행성이 거주 가능하다면, 우린 적어도 우리 중 일부는 거기서 산다는 생각에 익숙해져야 해. 거기에 머무르는 거. 어쩌면 일부는 마음을 바꿔 다시 디츄로 갈지도⋯⋯. 여담이지만,

천사들은 절대 그런 이야기를 꺼내지도 않지. 희열속에는 무한으로 이어지는 직선 안에서만 생각하는 듯이 보여. 희열속에가 한 추론의 문제는 그가 물질적인 탈것으로 영원한 여행이 가능하다고 가정한다는 거야. '희열'에 엔트로피는 들어 있지 않은 듯해."

"응." 싱은 말했다.

"그게 다야." 잠시 뒤 루이스가 말했다. 루이스는 싱이 아무 반응을 보이지 않아서 당혹스럽고 걱정이 됐다. 그는 잠깐 기다렸다 말했다. "난 이게 반드시 얘기되어야 할 일이라 생각해. 그래서 네게 온 거야. 얘기하려고. 그럼 네가 관리부와 선교에 있는, 천사 아닌 사람들에게 가서 이 일을 얘기하고 싶어 할 수도 있잖아. 우리 임무를 이렇게 수정하는 것에 대해 그 사람들도 걱정할 필요가 있어." 루이스는 잠시 멈췄다 다시 말했다. "어쩌면 벌써 걱정하고 있는지도 모르지."

"응." 싱은 다시 말했다. 싱은 몸을 돌리지 않았다.

루이스는 기질상 거의 화를 내지 않았고, 불끈하지도 않았지만, 낙담은 되었다. 루이스는 싱의 등을 바라보며, 싱이 입은 분홍색 치파오, 짧은 다리와 납작한 엉덩이(이건 싱이 자신의 중국계 특징을 묘사하는 말이었다), 어깨 높이에서 일직선으로 자른 반짝이는 곧고 검은 머리를 바라보며 역시 고통을 느꼈다. 심장에 강하고 깊고 쓰라린 고통이 느껴졌다.

"내 추론에도 결함이 있었어." 루이스는 말하고 일어섰다.

싱이 몸을 돌렸다. 싱은 여전히 걱정하는 표정이었고, 이건 루이스가 전혀 예상하지 못한 반응이었다. 루이스는 천사들의 생각이 얼마나 강력해졌는지 아주 오랜 시간이 걸려서야 깨달았고, 자신이 알게 된 모든 것을 싱에게 한 번에 모두 쏟아부었다. 그런데 싱은 그 무엇에도 놀란 것 같지가 않았다. 왜 이런 반응을 보이는 거지? 그리고 왜 이 일에 대해 얘기하려 하질 않지?

"무슨 결함?" 싱이 물었지만, 여전히 의심하는 태도였고, 감정을 억누르고 있었다.

"그런 거 없어. 그냥 너랑 얘기하는 게 그리웠어."

"알아. 난 항법 일, 그거 때문에 잠시도 긴장을 늦출 수가 없을 거 같아."

싱은 루이스를 보고 있었지만, 동시에 루이스를 보고 있지 않았다. 루이스는 견딜 수가 없어졌다.

"그래. 그게 다야. 그냥 내 걱정을 나누고 싶었어. '평화의 시간'에서 말하는 식으로 하자면 말이지. 시간 내줘서 고마워."

루이스가 문간을 지나는데 싱이 말했다. "루이스."

루이스는 발을 멈췄지만 몸은 돌리지 않았다.

"어쩌면 나중에 너랑 이 모든 일에 대해 좀 더 얘기하고 싶어."

"물론이지. 이 일로 혼자 걱정하진 마."

"나 이 일에 대해 히로시와 얘기해야 해."

"물론." 루이스가 다시 말했고, 복도로 나갔다.

루이스는 다른 어딘가로 가고 싶었다. 복도 4-4 말고, 어떤 복도도 말고, 어떤 방도 말고, 자신이 아는 어떤 곳도 말고. 하지만 루이스가 모르는 곳은 없었다. 이 세계엔 없었다.

루이스가 혼잣말을 했다. "난 나가고 싶어. 바깥으로."

침묵, 암흑, 바깥.

선교에서

히로시가 말했다. "당신 친구에게 겁먹지 말라고 전해. 천사들은 통제권을 쥐고 있지 않아. 우리가 통제하고 있는 한은."

히로시는 다시 하던 일로 몸을 돌렸다.

"히로시."

히로시는 대답하지 않았다.

싱은 항법사 스테이션 앞의 히로시 의자 옆에 잠시 서 있었다. 싱은 발견 호의 '창' 하나를 보고 있었다. 가로세로 1미터씩의 스크린에 외피 센서들에서 들어온 데이터가 잘 보이는 빛으로 표시되어 있었다. 암흑. 밝은 점들, 침침한 점들, 안개. 국부 별밭이었고, 아래 왼쪽 구석에는 멀리 떨어진 중심 은하의 원반이 약간 보였다.

어른들은 '창'을 보라고 3학년 아이들을 데려온다.

혹은 그랬었다.

"저게 진짜로 우리 앞에 있는 거야?" 싱은 얼마 전 테오에게 물은 적이 있었고, 테오는 웃으며 말했다. "아니. 일부는 우리 뒤에 있어. 저건 내가 만든 영화야. 우리가 예정대로 갔다면 우리가 있었을 곳을 보여주는 거야. 누가 알아챌까봐 만든 거지."

싱은 이제 그 장면을 응시하며 루이스의 말을 떠올렸다. 가상비현실.

싱은 히로시를 보지 않은 채 말하기 시작했다.

"루이스는 천사들이 통제권을 잡고 있다고 생각해. 당신은 당신이 통제권을 쥐었다고 생각하고. 난 천사들이 당신을 통제하고 있다고 생각해. 당신은 우리가 예정보다 몇십 년이나 앞서 있다는 걸 감히 사람들에게 말하지 못하잖아. 대천사들이 그 사실을 알게 되면 통제권을 빼앗아 간 뒤 목적지 행성에서 빗나가게 항로를 바꿀 거라 생각하니까. 하지만 당신이 계속 진실을 숨긴다면, 우리가 그 행성에 도착했을 때 천사들이 통제권을 빼앗아가도록 보장해주는 게 돼. 그때 가서 뭐라 할 생각이야? '다 왔습니다! 놀랐죠!' 그럼 천사들은 이렇게만 말하면 돼. '이 사람들은 미쳤어요, 항법 오류를 일으켜놓고는 그걸 덮으려 했어요. 우린 신디츄에 온 게 아니에요. 40년이나 너무 일찍 왔다고요. 여긴 다른 태양계예요.' 그러곤 천사들이 선교를 점거하고 우린 계속 가는 거야. 계속 계속. 존재하지 않는 곳으로."

오랫동안 침묵이 흘렀고, 그래서 싱은 히로시가 자기 말에 귀 기울이지 않았다고, 전혀 듣지 않았다고 생각했다.

"파텔의 사람들은 그 수가 엄청나게 많아." 히로시는 말했다. 목소리가 낮았다. "당신 친구가 알아낸 것처럼…… 그건 쉬운 결정이 아니었어, 싱. 우린 이미 성취한 사실에서 말곤 아무 강점이 없어. 현실은 우리가 바라는 바와 거꾸로 가고 있어. 우리가 도착하고, 궤도에 들어가고, 말하는 거야. '저기 그 행성이야. 진짜 있었어. 우리 임무는 저기에 사람들을 착륙시키는 거야.' 하지만 지금 사람들에게 말했다간…… 4년이든 40년이든, 그건 중요하지 않아. 파텔의 사람들은 우리를 불신하고, 우리를 다른 사람들로 바꾸고, 항로를 변경하고, 그리고…… 당신 말처럼…… 존재하지 않는 어딘가로 계속 나아가겠지. '희열'로."

"마지막 순간까지 거짓말을 하면, 어떻게 누구라도 당신을 믿어주고 지지해줄 거라 기대할 수 있겠어? 보통 사람들 말이야. 천사들 말고. 그 사람들에게 진실을 말하지 않는 걸 뭘로 정당화할 거야?"

히로시는 고개를 저었다. "당신은 파텔을 과소평가하고 있어. 우린 우리의 하나뿐인 강점을 버릴 수 없어."

"내 생각엔 당신이 당신을 지지해줄 사람들을 과소평가하는 거 같은데. 모욕이라 말해도 좋을 정도까지 과소평가하고 있어."

"이 문제에서 인격은 빼놓고 생각해야지." 히로시는 갑자기 사납게 말했다.

싱은 히로시를 응시했다. "인격?"

행성 의회

"고맙습니다, 의장님. 제 이름은 노바 루이스입니다. 전 의회가 종교적 조작에 관한 특별위원회의 구성에 관해 토론해주시길 요청합니다. 특별위원회를 구성하는 목적은 교육 교과과정을

544

조사하고, 기록실과 문서보관소에 있는 특정 자료들의 내용과 유효성을 살피고, 그리고 스크린에 나와 있는 열네 위원회들과 심의회들의 구성을 검토하기 위해서입니다."

4-페리스 킴이 벌떡 일어났다. "헌법에 따르면, 종교적 조작에 관한 위원회는 오직 '입법부의 선거 혹은 심의'를 조사하기 위해서만 소집될 수 있습니다. 학교 교과과정, 기록실과 문서보관소에 있는 자료들, 그리고 열거된 위원회들과 의회들은 입법부로 정의될 수 없으며, 따라서 조사 대상에서 면제됩니다."

"그 점은 헌법위원회에서 결정할 것입니다." 의장인 우마가 말했다. 페리스는 만족한 얼굴로 자리에 앉았다.

루이스는 다시 일어섰다. "문제의 종교가 '희열'이란 교의인 관계로, 저는 헌법위원회가 이미 치우쳐 있다는 가능성을 의장님께서 고려해주실 것을 건의하고 싶습니다. 위원 여섯 명 중 다섯 명이 '희열'의 교의를 따른다고 공언하고 있기 때문입니다."

페리스가 다시 일어섰다. "교의? 종교? 이게 무슨 오해랍니까? 우리 세계에 교의나 종파는 전혀 없습니다. 그런 단어들은 그저 우리가 오래전 버리고 떠나온 고대 역사와 분열적 실수들에 부화뇌동하는 겁니다." 페리스의 깊은 저음의 목소리가 부드럽고 감미로워졌다. "당신은, 박사님, 당신이 숨 쉬기 때문에 공기를 '교의'라 부릅니까? 살고 있기 때문에 삶을 '종교'라 부릅니까? '희열'은 우리가 존재하는 땅이고 목적입니다. 우리 중 일부는 그 지식에서 기쁨을 느끼지요. 또 어떤 이들은 미래에서 기쁨을 느끼고요. 하지만 여기에 종교는, 서로 싸우는 교의는 전혀 없습니다. 우리는 모두 발견 호의 동료 의식 속에 하나로 단결되어 있습니다."

"그리고 우리 헌법에 명시된 발견 호와 그것을 타고 여행하는 이들의 목적은 우주의 한 부분을 여행해 특정 행성으로 가는 것, 그 행성을 연구하는 것, 가능하면 그 행성을 식민지화하는 것, 그리고 그 행성에 관한 정보를 우리의 기원 행성, 디츄, 지구로 보내거나 가져가는 겁니다. 우린 모두 그 목적을 이루겠다는 결의로 단결되어 있습니다. 동의하십니까, 페리스 의원?"

"분명 총회는 언어적, 지적 이론에 대해 쓸데없이 불평을 하는 장소가 아닙니다만?" 페리스는 살짝 반대조로 말하며 의장에게로 몸을 돌렸다.

"종교적 조작에 대한 주장은 쓸데없는 불평 이상의 것입니다, 페리스 의원." 우마는 말했다. "이 문제는 제 자문심의회와 토론해보도록 하겠습니다. 이 문제는 다음 회의의 안건에 들어갈 것입니다."

수프가 진해진다

"흠. 확실히 우리가 수프 그릇에 똥을 넣긴 넣었군." 빙디가 말했다.

둘은 트랙을 달리고 있었다. 빙디는 벌써 스물한 바퀴째였다. 루이스는 다섯 바퀴째였다. 루이스는 속력을 늦추면서 거칠게 숨을 내쉬었다. "희열이란 수프에다가." 루이스가 헐떡이며 말했다.

빙디도 속도를 늦췄다. 루이스는 헉헉거리며 발을 멈췄다. 그러고는 잠시 서서 씨근거렸다. "젠장."

루이스와 빙디는 수건을 가지러 벤치로 걸어갔다.

"네가 얘기하니까 싱이 뭐래?"

"아무 말도 안 하더라."

잠시 후 빙디가 말했다. "알겠지만, 선교와 우마의 자문심의회 사람들, 그 무리는 대천사들만큼이나 똘똘 뭉쳐 있어. 그 사람들은 서로와만 얘기하고 남들하곤 얘기 안 해. 대천사들만큼이나 파벌이라고."

루이스는 고개를 끄덕였다. "음, 그럼, 우리가 세 번째 파벌이네." 루이스가 말했다. "똥덩이파. 수프가 진해지고 있어. 고대 역사가 되풀이되고 있어."

161년 88일의 대축제

본회에서 종교적 조작에 관한 위원회를 구성하고 학교 교과과정의 관념적 편향과 기록실 및 문서보관소의 정보 은폐와 파괴를 조사하겠다고 발표한 이틀 뒤, 파텔 희열속에는 대축제를 열겠다고 공포했다.

테메노스는 사람들로 꽉 찼다. 다들 말했다. "0-킴이 죽었을 때도 딱 이랬겠지."

노인이 연단에 올랐다. 검고 주름이 없으며 피부가 얇다 못해 뼈가 비쳐 보이는 희열속에의 얼굴이 모든 자택공간의 스크린에 나타났다. 희열속에는 축복의 의미로 두 팔을 들어 올렸다.

엄청난 규모의 군중이 한숨을 쉬었고, 이 소리는 마치 숲에 부는 바람 소리 같았지만, 이들은 그 사실을 몰랐다. 숲에 부는 바람 소리를 들어본 적이 없었으니까. 어떤 한숨, 어떤 목소리도 자신의 것과 기계들의 목소리 말고는 들어본 적이 없었으니까.

희열속에는 거의 한 시간을 이야기했다. 처음에는 헌법에 쓰인, 그리고 학교에서 가르치는 삶의 규칙들을 배우고 지키는 것의 중요성에 대해 이야기했다. 희열속에는 이런 규칙들을 면밀히 지킬 때만이 모두에게 정의, 평화, 행복이 보장된다고 열정적으로 단언했다. 희열속에는 청결에 대해, 재순환에 대해, 어버이됨에 대해, 운동경기에 대해, 선생님과 가르침에 대해, 전문적 공부에 대해, 연구실 일, 흙 만지는 일, 영아 돌보기처럼 매력이 떨어지는 직업들의 중요성에 대해 말했다. 자신이 "간소한 삶"이라 부르는 것 안에서 찾아지는 행복에 대해 말할 때, 희열속에는 훨씬 젊어 보였다. 까만 눈이 반짝였다. "'희열'은 모든 곳에서 찾을 수 있습니다." 그가 말했다.

이것이 희열속에의 주제가 되었다. '발견'이라는 우주선, 삶의 우주선, 죽음의 진공을 가로질러 나는 것. 희열의 탈것.

우주선 안에서는 규칙과 법과 방식들이 주어지고, 이런 것들을 통해, 그리고 이 세상에서 조화롭고 행복하게 사는 법을 배움으로써, 죽을 운명인 모든 존재는 '진정한 목적지'에 이르는 길을 배울 수도 있다.

"죽음은 없습니다." 노인이 말했고, 다시 한 번 한숨이 둥근 홀을 가득 채운, 살아 있는 자들의 숲을 휩쓸었다. "죽음은 아무것도 아닙니다. 죽음은 무이고, 죽음은 진공입니다. 생명은 모든 것입니다. 죽을 운명인 생명들의 항해는 앞으로, 영원히 앞으로 전진하고, 똑바르고 진실하게 그 항로를 따라 영원한 삶으로, 그리고 빛으로, 기쁨으로 나아갑니다. 우리의 기원 행성은 암흑 속에, 고통 속에, 괴로움 속에 있었습니다. 그 사악한 암흑의 땅, 그 끔찍한 장소에서도, 지혜를 갖춘 조상들은 진정한 삶, 진정한 자유가 어디에 있는지를 아셨습니다. 그래서 조상들은 우리를, 자신들의 아이들을, 내보냈습니다. 암흑, 대지, 중력, 부정적인 것들이 없이, 영원히 빛 속으로 여행하라고 말입니다."

희열속에는 다시 사람들을 축복했고, 일부는 희열속에의 설교가 끝났다고 생각했지만, 희열속에는 마치 자기가 한 말로 새로운 에너지를 얻은 듯이 계속 이야기했다. "우리 발견의 목적, 우리 삶의 목적을 오해하지 마십시오! 상징과 은유를 현실로 착각하지 마십시오! 우리의 조상들은, 시작한 곳으로 그저 돌아오라고 우릴 이렇게 거대한 항해에 떠나보낸 게 아닙니다. 조상들은, 그저 중력 속으로 다시 가라앉고 말라고 우릴 중력에서 풀어준 게 아닙니다. 조상들은, 그저 또 다른 지구에 갇히는 운명에 처하라고 우릴 지구에서 자유롭게 해준 것이 아닙니다! 그건 문자 그대로 해석하는 직역입니다. 과학적 근본주의, 무시무시한 정신적 근시입니다. 우리의 기원은 어느 행성에, 암흑과 불행 속에 있었습니다, 네, 하지만 그게 우리의 목적지는 아닙니다! 어떻게 그럴 수가 있겠습니까?

우리의 조상들은 목적지를 한 세계로 이야기했습니다. 다른 것은 아무것도 몰랐기 때문입니다. 조상들은 그저 암흑 속에서, 오물 속에서, 공포 속에서, 중력에 의해 끌어당겨 내려지며 살았습니다. 조상들은 희열을 상상하려 애쓸 때, 더 나은, 더 밝은 세상을 상상하는 게 고작이었고, 그래서 조상들은 그걸 '새로운 지구'라 불렀습니다. 하지만 우리는 그 모호한 상징의 의미를 볼 수 있고, 그걸 진실되게 번역할 수 있습니다. 우리의 목적지는 한 행성, 한 세계, 암흑, 공포, 고통, 그리고 죽음의 장소가 아닙니다. 죽을 운명인 삶이 영원한 삶으로 들어가는 빛나는 여행, 끝없고 영원한 희열로 들어가는 끝없고 영원한 순례입니다. 아 나의 동료 천사들이여! 우리의 항해는 신성합니다, 그리고 영원합니다!"

"아아." 숲의 잎들이 한숨 쉬었다.

"아!" 자신의 자택공간에서 서로 똥덩이들이라 칭하는 빙디와 여러 친구와 함께 지켜보며 듣고 있던 루이스가 말했다.

"하!" 자신의 자택공간에서 싱과 함께 지켜보며 듣고 있던 히로시가 말했다.

161년 101일, 선교에서

"디아만트가 가속도 수치에서 편차를 발견했다며 어제 내게 묻더라. 이 열흘 동안 쭉 지켜보고 있었대."

"헷갈리게 만들어." 히로시가 숫자들 두 가지를 비교하며 말했다.

"안 그럴 거야."

몇 분 뒤 히로시가 말했다. "그럼 어쩌려고?"

"아무것도 안 할 거야."

히로시의 두 손이 조작반 위를 날아다녔다. "내게 맡겨."

"당신이 그러겠다면."

"선택권이 없잖아."

히로시는 계속 일했다. 싱도 계속 일했다.

싱은 일하던 것을 멈추고 말했다. "열 살쯤인가, 끔찍한 꿈을 꿨어. 꿈속에서 난 화물실 중 한 곳에 있었는데 거길 돌아다니다가 벽에, 우주선 외판에 작은 구멍이 하나 있다는 걸 깨달았어. 세계에 난 구멍이었지. 아주 작았어. 아무 일도 일어나지 않고 있었지만, 난 실은 모든 공기가 그 구멍으로 세차게 빠져나갈 거라는 걸 알았어. 바깥은 진공이었으니까. 우주선 밖에는 아무것도 없으니까. 그래서 나는 손을 구멍에 댔어. 손으로 구멍을 막았어. 하지만 손을 떼면 공기가 세차게 빠져나갈 테니 그럴 수가 없었어. 난 외치고 또 외쳤지만 근처엔 아무도 없었어. 아무도 내 소릴 듣지 못했어. 그리고 마침내 난 가서 도움을 청해야 한다고 생각하고 손을 구멍에서 떼려 했는데, 뗄 수가 없었어. 손이 거기에 잡힌 거야. 바깥의 무에."

"끔찍한 꿈이었네." 히로시는 말했다. 싱이 말하는 동안 히로시는 조작반에서 몸을 돌려, 두 손을 무릎에 놓고 등을 꼿꼿이 편 채 표정 없는 얼굴로 싱을 마주 보고 앉아 있었다. "지금 당신이 비슷한 상황에 있다고 느껴서 그 꿈이 생각난 거야?"

"아니. 난 당신이 그 상황이라고 생각해."

히로시는 그 말을 잠시 생각했다. "그럼 당신은 그 상황에서 빠져나갈 방법이 보여?"

"도와달라고 힘껏 외쳐야지."

히로시는 아주 살짝 고개를 흔들었다.

"히로시, 결국 학생들 혹은 공학자들 중 누군가는 당신이 해온 일을 알아낼 거고, 당신이 오인하게 만들거나 공범으로 끌어들이거나 침묵시키기 전에 떠들어낼 거야. 사실, 난 그런 일이 이미 벌어지고 있다고 생각해. 디아만트는 뭔가 증명하려는 듯이 이 일을 추적해왔어. 디아만트는 아주 총명하고 권위주의에 극도로 반대하는 사람이야. 난 디아만트와 함께 수업을 들은 적이 있어. 디아만트는 오인하게 만들거나 한패로 끌어들이기 쉽지 않을 거야."

히로시는 대답하지 않았다.

"나처럼 쉽진 않을 거야." 싱은 건조하게, 그러나 적의 없이 덧붙였다.

"도와달라고 힘껏 외친다는 건 무슨 뜻이야?"

"디아만트에게 진실을 말해."

"디아만트에게만?"

싱은 고개를 저었다. 싱은 목소리를 낮추고 말했다. "진실을 말해."

"싱, 당신이 우리의 전술을 잘못됐다고 생각한다는 거 알아. 당신이 논쟁을 일으키는 일이 거의 없고, 있어도 내게만 그러는 것도 고맙게 생각해. 뭐가 옳은 일인지 우리가 의견 일치를 볼 수 있으면 얼마나 좋았을까. 하지만 난 우리 항로를 바꿀 수 있는 힘을 그 열광자들 손에 넘겨줄 수 없어. 말 그대로 그자들이 더는 어찌할 수 없을 만큼 늦어지기 전까진 말야."

"그건 당신이 결정할 일이 아냐."

"당신은 그 힘을 내 손에서 빼앗아 가겠다는 거야?"

"누군가는 그렇게 할 거야. 그리고 그렇게 할 때, 당신들은, 당신과 당신 친구들은 자기들끼리만 권력을 차지하기 위해 오랜 세월 동안 거짓말해온 걸로 보일 거야. 사람들이 달리 어떻게 해석할 수 있겠어? 당신은 모욕을 당할 거야." 싱의 목소리는 아직도 낮고 거칠었다. 잠시 후 싱은 입술을 깨물며 덧붙였다. "바로 지금 당신이 내게 한 질문도 모욕적이었어."

"반어적인 거였어." 히로시가 말했다.

또다시 긴 침묵이 흘렀다.

히로시가 말했다. "모욕적인 질문이었어. 사과할게, 싱."

싱은 고개를 끄덕였다. 싱은 앉아 자신의 손을 내려다봤다.

"당신이 추천하는 방법은?" 히로시가 물었다.

"탄 빙디, 노바 루이스, 굽타 레나에게 얘기해. 특별위원회 배후에 있는 무리야. 애들은 파텔의 권력 전술을 폭로하려 애쓰고 있어. 이 일이 어떻게 벌어졌는지에 대해 뭐든 당신이 얘기하고 싶은 걸 개들에게 말해. 하지만 우리가 3년 뒤면 목적지에 있게 될 거란 것도 말해. 파텔이 방해하지 않는 한은 도착할 거라고."

"아니면 디아만트가." 히로시는 말했다.

싱은 얼굴을 찡그렸다. 싱은 좀 더 조심스럽게, 좀 더 참을성 있게 말했다. "위험은 디아만트 같은 사람들이 아냐, 히로시. 광신자 하나가 2분 동안 선교에 접근하는 데 성공해서 항로 컴퓨터들을 손상시키고 고장 내는 게 위험이지……. 그 가능성은 언제나 있어왔지만, 지금은 누군가가 그렇게 할 '이유'가 생겼어. 이제 그자들은 우리가 절대 도착하지 않길 바라. 파텔이 연설한 뒤로는, 적어도 공공연해졌어. 그러니 이제 우리가 도착한다는 사실도 공공연해져야 해. 정말로 도착하려면, 우리가 얻을 수 있는 모든 지지를 얻어야 하니까. 우린 반드시 지지를 얻어야 해. 세계에 난 구멍을 당신 손으로 막고 계속 혼자 갈 순 없어!"

싱은 노바 루이스란 이름을 말했을 때 히로시가 주춤했다고 느꼈다. 싱은 말하면서 점점 더 다급해지고 유창해졌지만, 밀리고 있었다. 결국 싱은 간청하며 말을 맺었다. 싱은 기다렸지만, 히로시는 아무 반응도 보이지 않았다. 싱의 주장과 절박함은 천천히 사그라지며 감정 없는 건조한 밋밋함으로 바뀌었다.

마침내 싱이 건조하고 밋밋하게 말했다. "어쩌면 당신 혼자는 가능할지도 모르지. 하지만 난 동료들과 친구들에게 계속 거짓말 못 해. 당신을 배신하지 않겠지만, 더는 공모하지도 않을 거야. 누구에게도 한 마디도 하지 않을게."

"그렇게 실리적인 계획이 아니야." 히로시가 뻣뻣하게 웃으며 싱을 올려다보았다. "참을성을 가져, 싱. 그게 내가 부탁하는 전부야."

싱은 일어섰다. "이 일의 해악은 우리가 서로를 믿지 않는다는 거야."

"난 당신을 믿어."

"당신은 믿지 않아. 나도, 내가 입 다물 것도, 내 친구들도. 그 거짓말이 신뢰를 빨아내고 있어. 무無 속으로."

다시 한 번, 히로시는 아무 말도 하지 않았다. 그리고 이제 싱은 몸을 돌려 선교를 떠났다. 한동안을 걸은 뒤 싱은 여기가 제2사분면의 2-3분기점이고 이제는 아버지 혼자 사는 옛 자택공간으로 향하고 있음을 깨달았다. 싱은 야오를 보고 싶었지만, 왠지 지금 아버지를 만나면 히로시에게 불성실한 일이 될 것 같다고 느꼈다. 싱은 몸을 돌려 제4사분면의 카나발-리우 자택공간으로 돌아가기 시작했다. 복도들이 갑갑하고 좁고 붐비는 듯이 느껴졌다. 싱은 말을 건네는 사람들과 이야기했다. 싱은 히로시에게 말할 생각이 없었던, 악몽의 한 부분을 떠올렸다. 세계의 벽에 난 구멍은 바깥의 무언가, 그러니까 작은 먼지나 돌덩이 때문에 생긴 게 아니었다. 꿈에서는 무릇 그렇게 금방 알 수 있듯이, 싱은 구멍을 보는 순간 알았다. 이 구멍은 우주선이 건조된 순간부터 쭉 존재하고 있었다.

161년 202일, 아주 중요한 발표

총회의 의장은 20시에 인네트에서 "아주 중요한 발표"를 할 것이라고 공고했다. 이런 종류의 발표가 마지막으로 있은 지는 15년도 더 전이었고, 그때 의장은 직업 할당을 바꿔야 할 필요에 대해 설명했다.

사람들이 발표를 들으려고 자택공간이나 집단주거지나 모임공간이나 직장에 모여들었다. 총회가 열렸다.

정확히 20시에 차테르지 우마가 스크린에 나와 말했다. "발견호의 친애하는 동료 승객 여러분, 우리는 거대한 변화에 대비해 마음의 준비를 해야 합니다. 오늘 밤 이후로, 우리의 삶은 달라질 것입니다. 완전히 변화할 것입니다." 우마는 웃음 지었다. 웃는 모습이 매력적이었다. "걱정하지 마십시오. 이 변화는 기뻐할 일입니다. 우리 항해의 원대한 목표, 우리 항해의 처음 시작부터 이 우주선과 탑승자들이 나아가기로 되어 있던 목적지가 우리가 꿈꾸던 것보다 훨씬 가까이 있습니다. 우리 아이들이 아니라 바로 우리 자신이 새로운 세계에 발을 디디게 될 수도 있습니다. 이제 카나발 히로시, 즉 우리의 항해장께서 선교에서 동료들과 해낸 위대한 발견에 대해, 그리고 그 의미와, 우리가 어떤 걸 기대할 수 있는지에 대해 말씀해주실 겁니다."

스크린에서 우마가 사라지고 히로시가 나타났다. 히로시는 짙고 까만 눈썹 때문에 가끔은 위협적으로 보였고, 가끔은 뭔가를 묻고 싶은 표정으로 보였다. 그러나 목소리는 상대를 안심시켰고, 조용하고 확신에 찼으며, 다소 아는 척한다고 들렸다. 그는 5년 전 우주선이 엄청나게 큰 우주 먼지 지역 근처에서 중력 우물을 통과할 때 무슨 일이 있었는지로 이야기를 시작했다.

둘의 자택공간에서 혼자 히로시를 지켜보던 싱은 히로시가 거짓말하기 시작하는 순간을 알아챘다. 싱이 실제 수치들과 날짜들을 알아서만이 아니라, 히로시는 거짓말하기 시작하면 좀 더 권위적이면서 설득력 있게 변했던 것이다. 거짓말은 가속과 감속의 정도, 컴퓨터 오류를 발견한 때, 그리고 항법사들의 반응에 관한 것들이었다.

날짜에 대해서는 구체적인 언급 없이, 히로시는 1년이 채 되기 전에 우주선의 가속률에서 편차를 처음 발견했다고 암시했다. 컴퓨터 오차의 정도와 그 함의에 대해서는 서서히 알게 되었다. 히로시는 의심이 많으면서도 대담한 인간들이란 시나리오를 연출했다. 인간들은 컴퓨터에서 그 비밀을 힘들게 캐냈다. 처음에 컴퓨터가 오독해서 보였던 반응을 인간들이 뒤엎으려 하자 컴퓨터의 프로그램들은 이를 거부했다. 항법사들은 어쩔 수 없이 자신들의 기계의 허를 찌른 뒤 속여서 컴퓨터가 막대한 과다보상에 대한 재보상을 하게 했다. 믿을 수 없이 빠르게 날아가던 우주선의 속도가 늦추어졌다.

워낙에 위험한 고투였다보니, 항법사들은 이 순간까지도 무슨 일이 일어났고 또 일어나고 있는지 그다지 확신하지 못했으며, 그래서 어떤 발표도 하지 않는 것이 현명하다고 느꼈다고 히로시는 말했다. "때 이르게 혹은 부정확하게 발표함으로써 공황을 일으키는 일은 피하는 것이 우리의 주된 관심사였습니다. 이제 우리는 갑작스레 불안에 떨 이유가 없다는 것을 압니다. 그럴 이유가 전혀 없습니다. 우리의 조작은 완전히 성공했습니다. 가속이 모든 이론적 한계를 넘었던 것처럼, 우리는 가능하다 생각되었던 것보다 훨씬 더 빠르게 감속시킬 수 있었습니다. 우리는 현재 항로에 있고 잘 통제되고 있습니다. 유일한 변화는, 우리가 일정을 한참 앞서 있다는 것뿐입니다."

히로시는 마치 스크린 너머를 보는 듯이 고개를 들었고, 까만 눈은 그 속내를 읽을 수가 없었다. 히로시는 천천히, 신중하게, 약간 단조롭게 말하고 있었고, 문장을 하나 말할 때마다 쉬었다 말했다. "우리는 계속 감속 중이며, 앞으로 3.2년 동안도 감속할 것입니다."

"164년 말이면, 우린 목적지 행성인 신티치우 즉 신지구의 궤도에 진입할 것입니다.

우리 모두가 알고 있듯, 그 사건은 201년으로 예정되어 있었습니다. 우리의 발견 항해는 거의 40년이나 줄어들었습니다.

우리는 운이 좋은 세대입니다. 우리는 우리의 기나긴 항해의 끝을 볼 수 있습니다. 우리는 목적지에 도착합니다.

우리는 앞으로 2년 동안 할 일이 많습니다. 우리의 작은 세계를 떠나 드넓은 새로운 지구를 걷기 위해 몸과 마음을 준비해야 합니다. 새로운 태양의 빛을 위해 우리의 눈과 영혼을 준비해야 합니다."

진실한 길

"말이 안 돼, 루이스. 아무 의미도 없어." 로사가 말했다. "0세대
는 그저 이해하지 못했어. 그 세대가 무슨 수로 이해했겠어? 그
사람들은 우리가 너무 죄가 많아 영원히 천국에서 살 수 없다고
생각했지. 0세대는 땅에서 났고, 그건 그 사람들이 어쩔 수 있는
일이 아니었어. 그래서 그 세대는 우리도 땅의 사람들이어야 한
다고 생각했지. 하지만 우린 아냐. 여기서, 도중에 태어난 우리
가 어떻게 땅의 사람이 되겠어? 왜 우리가 여기의 삶 말고 다른
삶을 살고 싶겠어? 0세대가 모든 걸 완벽하게 만들어놨어. 그
세대는 우릴 천국에 보낸 거라고. 0세대는 우릴 위해 이 세계를
만들었고, 그래서 우리는 희열 속에서 죽을 운명의 삶을 삶으로
써 희열 속의 영원한 삶으로 가는 길을 배울 수 있었어. 우리가
그 어떤 땅의 검은 세계에서 그걸 배울 수 있었겠어? 바깥에서,
무방비 상태로, 안내자도 없이? '진실한 길'을 벗어난다면, 어떻
게 계속 '진실한 길'을 따라갈 수 있겠어? 어떻게 한 지구에 잠
시 들름으로써 천국에 다다를 수 있겠어?"

"흠, 그러지 못할 수도 있지만, 우리에겐 할 일이 있어." 루이
스가 말했다. "0세대가 우릴 보낸 건 그 지구에 대해 배우라고
그런 거야. 그리고 배운 걸 자기들에게 말해달라고. 배움은 그
세대에게 아주 중요한 일이었어. 발견. 0세대는 우리 우주선을
'발견'이라 명명했어."

"바로 그거야! 희열의 발견! '진실한 길'을 배우는 거! 대천사

들은 우리가 이제까지 배운 것들을 내내 다시 송신해 보내고 있
어, 알잖아, 루이스. 우린 0세대들에게 그 길을 가르치고 있어.
정확히 0세대들이 우리에게 바랐던 대로. 목적지가 영적 목적지
일 뿐이야. 우리가 벌써 목적지에 '도착'했다는 걸 모르겠어? 왜
우리가 우리의 아름다운 항해를 멈추고 무슨 사악하고 끔찍한,
땅인 곳에 내려서 선외활동을 해야 해?"

162년 112일, 투표

5-노바 루이스는 총회의 의장으로 선출되었다. 지난 반년의 분
쟁 동안 조정자, 협상자, 평화중재자로서 쌓은 일반적 신뢰가
있었기에 이번 피선은 당연한 것이었으며, 루이스는 천사들 사
이에서도 인기가 있었다. 사실 루이스는 조정과 치료로 가득한
임기를 보냈다.

162년 205일, 죽음

여든일곱 살의 나이에 4-파텔 희열속에는 중증 뇌졸중을 겪었
고, 계속해 격렬히 눈물을 흘리며 기도하고 노래하고 기뻐하며
죽어가기 시작했다. 축제 참가자들은 희열속에가 나고 평생을
지낸, 제1사분면에 있는 킴 자택공간 주위의 모든 복도를 13일

동안 꽉꽉 메웠다. 희열속에가 계속해 죽어가는 동안, 애도자-축하자들 사이에선 피로와 긴장이 커져갔다. 사람들은 '도착' 발표가 있은 뒤 그랬던 것처럼 히스테리와 폭력이 갑작스레 터져 나올 것을 두려워했다. 제1사분면의, 많은 비천사 거주자들은 다른 사분면의 친구나 친척들에게로 가 거기서 머물렀다.

마침내 '아버지'께서 '영원한 희열'로 떠났다고 대천사들이 발표하자, 복도마다 울음이 터졌지만, 폭력 사태는 없었다. 제4사분면에서 5-가르 기쁨가득이란 남자가 아내와 딸을 패 죽여, 자기 말에 따르면 "아버지와 함께 영원한 희열에 들 수 있도록" 한게 유일한 예외였다. 그러나 기쁨가득은 자살하는 것을 잊었다.

테메노스는 파텔 희열속에의 장례식 때문에 인파로 가득 찼다. 연설들이 이어졌지만, 모두 차분하게 진행되었다. 희열속에 에겐 마지막 연설을 할 아이가 없었다. 대천사 반 윙이 그 음침한 신심 "눈, 무얼 보지?"를 노래해 장례식을 끝맺었다. 군중은 탈진해 침묵 속에 흩어졌다. 그날 밤 복도들은 텅 비어 있었다.

162년 223일, 탄생

5-카나발 히로시의 아이는 아내인 5-리우 싱에게서 태어났고, 아버지에게서 6-카나발 알레호란 이름을 받았다.

노바 루이스는 의회 의장으로 재임하는 동안 진료를 하지 않았지만, 싱은 루이스에게 출산을 도와달라고 부탁했고, 루이스는 그렇게 해주었다. 전적으로 평온무사한 출산이었다.

이튿날 환자를 보러 다시 온 루이스는 잠시 앉아 함께 시간을 보냈다. 히로시는 선교에 가 있었다. 싱은 아직 젖이 나오지 않았지만, 아기는 어머니의 젖을 혹은 뭐든 주어지는 것을 열심히 빨아댔다. 루이스가 말했다. "왜 날 원했던 거야? 아기 낳는 법이라면 확실히 네가 나보다 한참 더 잘 알았잖아."

"난 하면서 배운 것 같아." 싱이 말했다. "'하면서 배워라!' 3학년 때 미미 선생님 기억나?" 싱은 침대에 앉아 있었고, 아직도 피곤해 보였지만, 의기양양하고 상기됐으며 부드러워 보였다. 싱은 아주 가늘고 검은 머리털로 덮인 작은 머리를 내려다보았다. "너무나 작아서, 이게 같은 종족이란 걸 믿을 수가 없어. 나한테서 새어나오고 있는 이걸 뭐라 부른다고?"

"초유. 이 녀석의 종족이 먹는 유일한 것이지."

"놀라워." 싱은 손가락 등으로 검고 가는 머리털을 아주 부드럽게 어루만지며 말했다.

"놀랍지." 루이스가 조용히 동의했다.

"아 루이스, 그건 정말이지…… 네가 여기 있는 거. 난 네가 필요했어."

"여기 있게 되어서 나도 기뻤어." 루이스가 여전히 차분하게 말했다.

아기는 몸을 몇 번 부르르 떨었고, 소규모 배설 운동을 했음이 밝혀졌다. "잘했어, 잘했어. 이 아기는 조만간 똥덩이들의 회원이 될 거야." 루이스가 말했다. "아기를 이리 줘봐. 내가 씻길게.

음, 그걸 보고 싶어? 바밥이야! 진정한 바밥! 훌륭한 표본이기도 하지."

"고봉도야." 싱이 속삭였다. 루이스는 고개를 들었고, 싱이 울고 있는 걸 알았다.

루이스는 깨끗한 기저귀로 싼 아기를 싱의 두 팔에 내려놓았다. 싱은 계속 울었다. "미안해." 싱이 말했다.

"처음 엄마가 되면 다 우는 거야, 밋밋한 얼굴."

싱은 잠시 꺼이꺼이 울었고 숨을 헐떡이다가 이윽고 자제력을 되찾았다.

"루이스, 히로시에게…… 혹시 히로시에 대해 뭔가 눈치챈 거 있어?"

"의사로서?"

"응."

"응."

"히로시에게 뭐가 문제야?"

루이스는 잠시 아무 말도 없다가 이윽고 말했다. "히로시가 의사에게 가려 하질 않고, 그래서 내 눈으로 봤을 때 어떤지를 나에게 묻는 거지, 그런 거야?"

"그런 거 같아. 미안."

"괜찮아. 히로시가 유난히 피곤해했어?"

싱은 고개를 끄덕였다. "지난주에는 두 번이나 기절했어." 싱이 속삭였다.

"흠, 내 생각엔 울혈성 심부전 같아. 나도 천식환자라 그러기

쉽다보니 울혈성 심부전에 대해선 꽤 알지. 하지만 난 아직 심부전까지 간 적은 없어. 그 병이 있어도 오랫동안 살 수 있어. 먹을 수 있는 약이 있고, 온갖 치료와 양생법이 있으니까. 히로시를 병원에 있는 레지스 찬드라에게 데려가."

"노력해볼게." 싱이 속삭였다.

"꼭 해." 루이스는 단호하게 말했다. "히로시에게 아버지로서 아들에게 의무를 다해야 한다고 말해."

루이스는 가려고 일어났다. 싱이 말했다. "루이스……."

"맘 편하게 먹어, 걱정 말고. 괜찮을 거야. 이 친구가 다 알아서 할 거야." 루이스는 아기의 귀를 만졌다.

"루이스, 착륙하면, 넌 밖으로 나갈 거야?"

"물론이지, 가능하다면. 내가 이 모든 교육과 훈련을 왜 고집하고 있다고 생각해? 활기 넘치는 한 무더기의 선외활동자들이 우주복을 입고 뛰어다니는 걸 비디오스크린을 통해 지켜보고 있으려고?"

"아주 많은 사람들이 여기 남고 싶어 하는 것처럼 보이는데."

"홈, 도착해보면 알겠지. 아주 흥미로울걸. 벌써 흥미로워지고 있어. 우린 저장고 D의 한 구획 전체가 뭔지를 알아냈어. 아주 강한 보호복일 거라고 생각했는데 부품들이 너무 큰 거야. 임시 주거공간이었어. 그걸 어찌어찌 세우고 그 안에서 사는 거야. 공기 팽창식의 원환체*들도 있는데, 보세는 그게 물 위를 떠

---

*평면 위의 원을 이 원과 교차하지 않는 직선을 축으로 회전했을 때 만들어지는 도넛 모양의 입체.

다니는 용도라고 생각해. 배들. 배를 띄울 수 있을 정도로 물이
많다는 걸 상상해봐! 아니. 난 무슨 일이 있어도 그 광경을 놓치
지 않을 거야……. 내일 또 들를게."

도착시 의도 등록부

163년 1사분기에, 열여섯 살이 넘은 모든 사람은 인네트의 공개
된 등록부에 '도착시 의도'를 의무적으로 밝혀야 했다. 자신이
표명한 입장은 언제라도 바꿀 수 있었고, 최종 결정의 순간이 되
어, 이 행성의 거주 적합성 조사가 완료되고 완전히 시험된 다음
그 입장 표명이 발표되기 전까지는 어떤 구속력도 없었다.
　사람들은 다음과 같은 질문을 받았다.

　-행성이 거주에 적합하다고 증명된다면, 정보 수집을 위해 행
성 표면을 방문하는 조사단에 들어가길 희망하십니까?
　-우주선이 궤도에 머무는 동안, 행성에서 살길 희망하십니까?
　-우주선이 떠난다면, 식민지 개척자로서 행성에 남길 희망하
십니까?

사람들은 다음 사항에 의견을 표명하도록 요청받았다.

　-행성에 내려간 사람들을 지원하기 위해 우주선이 궤도에 얼

마나 오랫동안 남아 있어야 할까요?

—그리고 최종적으로, 행성이 접근 불가능하거나 거주에 적합하지 않을 경우, 혹은 당신이 우주선에 남기로 선택했고, 행성을 방문하거나 식민지화하지 않겠다고 결정했을 경우: 우주선이 떠난다면, 혹은 떠나는 때에, 우주선은 기원 행성으로 돌아가야 할까요, 아니면 계속해 우주 속으로 날아가야 할까요?

지구로의 귀환 여행은, 카나발과 다른 이들에 따르면, 중력 우물의 채찍질 효과가 되풀이될 수만 있다면 75년 정도밖에 걸리지 않을 터였다. 일부 공학자들은 회의적이었지만, 항법사들은 발견 호가 한두 생애 뒤엔 지구로 돌아갈 수 있다고 확신했다. 이 주장은 항법사들 사이에서 말고는 그리 호응을 받지 못했다.

언제라도 인네트를 통해 접근 가능한, '도착시 의도'의 공개 등록부는 흥미로운 변천을 겪었다. 처음에 우주선이 궤도에 있는 동안 행성을 방문하거나 행성에서 살겠다는 사람들—이들은 방문자란 별명을 얻었다—의 수는 상당히 많았다. 그러나 우주선이 떠날 때 행성에 남겠다는 사람들은 극소수였다. 이런 완고한 이들은 바깥인이란 별명을 얻었고, 그 별명을 받아들였다.

이제까지 가장 큰 집단은, 행성에 전혀 착륙하지 않겠다는 이들과, 가급적 빨리 항해를 계속하겠다는 이들이었다. 2천 명이 넘는 사람들이 즉시 항해자로 등록했다.

이런 천사들의 의사 표시가 어찌나 강력한지, 최종 결정이 어찌 될지는 의심의 여지가 없었다. 발견 호는 목적지 행성 주위의 궤도에 남아 있지 않을 것이었고, 기원 행성으로 돌아가지도 않을 것이었으며, '영원'을 향해 계속 나아갈 것이었다.

물자의 소진 가능성에 대한, 소모에 대한, 그리고 사고와 엔트로피에 대한 절박한 주장이 일부 항해자들의 마음을 흔들어놓았다. 그러나 대다수는 희열 속에 살다가 죽으면 '희열'로 가겠다는 의지를 굽히지 않았다.

이 점이 분명해지면서, 행성에 영구히 남겠다고 등록하는 사람들의 수가 늘기 시작했고, 계속해 증가했다. 천사들의 대다수는 성스러운 여행을 계속하길 열망했고, 아주 오랫동안 계속해 행성에 매여 있을 수는 없다는 게 분명했다. 천사들 중에는 행성 표면을 조사차 방문하겠다고 선택하는 이들조차 거의 없었다. 많은 이들이 대천사들의 가르침을 따르며, 우주선을 떠나는 것은 생각할 수도 없이 위험한 일이라고 친구들을 설득하려 애썼다. 육체적으로 위험해서가 아니라, 불멸의 영혼을 희생하고 불필요한 지식을 추구하려는 죄악, 유혹이기 때문이었다.

점차 선택의 폭이 좁아지고, 절대적이 되었다. 암흑 속으로 나가 거기에 남겨지느냐, 혹은 빛나고 끝없는 항해를 계속하느냐. 미지냐, 기지냐. 위험이냐, 안전이냐. 유배냐, 고향이냐.

그해 동안, 자신의 등록을 방문자에서 바깥인으로 옮기는 사람들의 수가 1천 명을 넘어갔다.

163년의 후반기에, 신디츄 항성계의 주성인 노란별은 겉보기 등급 −2등급이었다. 학교에 다니는 아이들은 선교의 '창'으로 인도되어 그 별을 보았다.

교과과정은 급진적으로 개정되었다. 비록 천사인 선생들은 새 교재에 열정을 보이지 않거나 적대적으로 나왔지만, 목적지 행성이 어떤 곳일지에 대한 정보를 '일반인 선생들'이 보여주도록 허락해야만 했다. 구지구의 가상현실들, 즉 정글, 내부 도시, 그리고 기타 등등은 저열하다고 주장되었고, 파괴된 상태였다. 그러나 많은 교육 영화들이 구조되었고, 그 밖의 것들이 잠재적 식민 개척자들에 의해 쓰이길 기다리고 있다가 저장고에서 발견되었다.

방문자 혹은 바깥인으로 등록한 사람들은 학습 모임을 만들어 이 영화들과 교재들을 보며 공부하고 토론했다. 용어에 대한 오해와 논쟁을 해결하기 위해 사전이 자주 동원되었지만, 그럼에도 때때로 논쟁은 계속되고 또 계속되었다. '계곡^{ravine}'은 음식이 필요하다는 뜻인가, 아니면 바닥이 아래로 꺼지다 못해 구멍이 난 곳인가? 사전은 협곡, 골짜기, 산골짜기, 곡지, 깊은 틈, 협간, 심연 따위를 제시했……. 그렇다면 바닥이 낮은 곳이었다. 몹시도 음식이 필요하면, 그건 '게걸스러운^{ravenous}'이라고 한다. 그런데 왜 음식이 나쁘게* 필요하지?

*원문에 쓰인 badly는 '몹시'라는 뜻과 '나쁘게'라는 뜻이 있다.

실용주의자

"아니. 난 우주선을 떠날 생각이 없어."

루이스는 등록부를 응시하고 있었다. 탄 빙디의 이름을 항해자 목록에서 막 발견한 참이었다. 루이스는 친구를 돌아보았고, 다시 스크린을 보았다.

"그럴 생각이 없다고?"

"한 번도 그런 생각 해본 적 없어. 내가 왜?"

"넌 천사가 아니잖아." 루이스가 마침내 멍청하게 말했다.

"물론 아니지. 난 실용주의자야."

"하지만 넌 이제까지 너무나 열심히…… 저 밖으로 나갈 수 있도록……."

"물론이지." 잠시 후 빙디는 설명했다. "난 말다툼, 분열, 강요된 선택 같은 게 싫어. 그런 건 삶의 질을 완전히 떨어뜨리니까."

"궁금하지 않아?"

"아니. 행성 표면에서 사는 게 어떤지 알고 싶으면, 훈련용 비디오와 입체영상을 보면 돼. 그리고 도서관에 구지구에 대한 책들도 잔뜩 있고. 그런데 내가 왜 행성에서 사는 게 어떤지를 알고 싶겠어? 난 여기 살아. 그리고 여기 사는 게 좋아. 난 내가 알고 있는 게 좋고, 내가 뭘 좋아하는지를 알아."

루이스는 계속 섬뜩해하는 표정을 짓고 있었다.

빙디가 다정하게 말했다. "넌 의무감을 느끼지. 조상 대대로의 의무, 나가서 새 세계를 찾는다……. 과학적 의무, 나가서 새 지식을 찾는다……. 문이 열리면, 넌 그 문으로 나가는 게 네 의무라고 느끼지. 문이 열리면, 난 주저 없이 그 문을 닫아. 삶이 좋으면, 난 그 삶을 변화시키려 하지 않아. 삶은 좋은 거야, 루이스." 빙디는 늘 그렇듯 문장마다 살짝 쉬며 말했다. "너랑 수많은 사람들이 그리울 거야. 난 천사들에게 질려 지루해지겠지. 흙공에 내려가 있는 너는 지루하지 않겠지만. 하지만 난 의무감 같은 걸 느끼지 않고, 지루한 것도 좀 즐기는 편이야. 난 평화롭게 살고 싶고, 해를 끼치거나 당하기도 싫어. 그리고 영화와 책들로 판단할 때, 내 생각에 온 우주에서 그런 삶을 살기에 최고의 장소는 여기일 거 같아."

"그건 결국, 통제의 문제잖아." 루이스가 말했다.

빙디는 고개를 끄덕였다. "우린 통제될 필요가 있어. 천사들과 나는. 넌 아니지만."

"우린 통제되고 있지 않아. 누구도. 단 한 번도."

"알아. 하지만 여기엔 아주 훌륭한 모조품이 있어. 내겐 가상현실이면 충분해."

163년 202일, 죽음

병이 몇 번 재발한 뒤 항법사 카나발 히로시는 심부전으로 죽었다. 아내인 리우 싱과 갓난 아들, 많은 친구들, 항법 스테이션의 모든 이들, 그리고 총회의 대부분이 장례식에 참석했다. 동료인

4-파텔 람다스는 카나발이 이 일에서 얼마나 뛰어났는지를 이야기했고 말을 마치며 울었다. 5-차테르지 우마는 카나발이 실없는 농담에 얼마나 잘 웃었는지를 말했고, 그가 웃은 농담 하나를 소개했다. 또한 카나발이 비록 아주 짧긴 했어도 아들이 생겨 얼마나 기뻐했는지 모른다고 말했다. 카나발의 학생 한 명이 아기 대신 마지막으로 말하면서, 카나발은 엄격한 스승이지만 위대한 남자였다고 말했다. 이윽고 기술자들이 재순환을 위해 카나발의 시체를 생명 센터로 가져갔고, 싱이 따라갔다. 싱은 장례식에서 아무 말도 하지 않았다. 기술자들은 잠시 싱을 혼자 있게 두었고, 싱은 히로시의 뺨에 아주 부드럽게 손을 댔고 죽음의 냉기를 느꼈다. 싱은 단지 이렇게만 속삭였다. "안녕."

목적지

164년 82일, 발견 호는 신디츄, 신티치우, 혹은 신지구의 궤도에 들어갔다.

우주선이 궤도에서 첫날을 보내는 동안, 행성 표면에 보내진 탐사 로켓들이 엄청난 양의 정보를 수집해주었고, 우주선에서 그 정보를 받은 이들은 정보의 많은 부분을 알아보지 못했거나 간신히 해독했다.

그러나 곧 사람들은, 인공호흡 장치나 우주복 없이도 행성 표면에서 선외활동을 할 수 있을 거라고 확실하게 말할 수 있었다.

행성이 장기 거주가 가능할 수 있다는 증거, 사람이 행성에서 살 수 있을 거라는 증거가 속속 발견되었다.

164년 93일, 사람들은 우주선에서 지상으로 가는 첫 번째 운송수단을 타고 행성 표면의 8부사분면이라 명명된 지역에 성공적으로 착륙했다.

이 뒤로는 더 이상 제목이 없으니, 이는 세상이 변하고, 이름이 바뀌고, 시간이 전처럼 측정되지 않고, 바람이 모든 것을 날려버리기 때문이다.

우주선을 떠나기: 에어로크를 통과해 착륙선으로 들어가기. 이건 이해할 수 있는 일이었다. 겁이 나고, 무시무시하게 흥분되고, 절대적이며, 위반의 행동, 반항의 행동, 확인의 행동. 마지막 행동.

착륙선을 떠나기: 저 다섯 단의 계단을 내려가 행성의 표면을 디디기. 이건 이해를 뒤로하고, 분별을 잃는 것이었다. 미치는 것이었다. 단 한 단어도 없는 곳의 언어로 번역되기─땅, 공기─위반하다, 확인하다─행동하다, 하다─단어가 없는 세상. 의미가 없는, 정의되지 않은 우주.

여자는 즉시 벽을, 고맙고도 필요했던 단 하나의 벽을, 착륙선의 옆면을 인식했고, 뒷걸음질로 벽까지 간 뒤 곧바로 몸을 돌려 벽에 얼굴을 숨겼다. 그리하여 여자는 그걸, 벽을, 휘어진 금속을, 단단하고, 제한하는 벽을 볼 수 있었고, 벽을 보고 다른 사람들은 보지 않았고, 벽이 아닌 것들, 광대한 것들은 보지 않았다.

여자는 아기를 꼭 끌어안았고, 아기 얼굴을 자기 가슴에 댔다.

사람들이 그곳에 함께, 옆에서 벽에 붙어 있었지만, 여자는 다른 사람들을 희미하게 인식하는 게 전부였고, 사람들이 다 함께 꼭 붙어 몰려 있는데도 모두가 서로 멀리 떨어져 있는 듯이 느껴졌다. 사람들이 헐떡이고 토하는 소리가 들렸다. 여자는 어지럽고 메스꺼웠다. 숨을 쉴 수가 없었다. 환기가 잘 되지 않았고, 환풍기는 지나치게 강하게 돌아갔다. 환풍기를 꺼버려! 조명등이 여자 위로 쏟아졌고, 여자는 머리와 목에 그 열기를 느꼈으며, 눈을 뜨자 벽의 피부에서 그 눈부신 빛을 보았다.

벽의 피부, 우주선의 외피. 여자는 선외활동을 하고 있었다. 그게 다였다. 여자는 어렸을 때 늘 선외활동자가 되고 싶었다. 그녀는 선외활동을 하고 있었다. 선외활동이 끝나면 세계 안으로 돌아갈 수 있었다. 여자는 세계의 피부를 꽉 잡고 있으려 했지만, 세계의 피부는 매끄러운 도기였고, 도저히 잡고 있을 수가 없었다. 차가운 어머니, 엄격한 어머니, 죽은 어머니.

여자는 다시 눈을 떴고, 알레호의 보드라운 검은 머리 너머로 자신의 발을 내려다보았다. 두 발이 흙 속에 서 있었다. 여자는 이윽고 흙에서 나오려 움직였다. 흙 속을 걸어선 안 되기 때문이었다. 여자가 아주 어렸을 때 아버지는 딸에게 말했다. 아니, 흙 정원 속에서 걷는 건 좋지 않아. 식물들은 그 공간이 모두 필요하고, 네 발에 그 작은 식물들이 다칠 수도 있거든. 그래서 여자는 벽에서 떨어져 흙 정원을 나왔다. 그러나 사방이, 여자의 발이 닿는 곳마다, 흙 정원, 흙, 식물뿐이었다. 여자의 발이 식물들을 다치게 했고, 흙이 여자의 발바닥을 다치게 했다. 여자는 절망하며 인도, 복도, 천장, 벽을 찾아보았고, 벽에서 시선을 돌리자 초록색과 파란색의 거대한 소용돌이가, 견딜 수 없는 빛의 한가운데를 중심으로 빙빙 도는 것이 보였다. 여자는 눈이 멀고 균형을 잃은 채 털썩 무릎을 꿇었고, 아기의 얼굴 옆에 자기 얼굴을 숨겼다. 여자는 부끄러워 흐느꼈다.

바람, 빠르고, 거세고, 쉴 새 없이 불어오는 바람 때문에 추위 몸이 떨리고, 열병에 걸린 듯 벌벌 떨린다. 바람은 멈추었다가 다시 시작하고, 끊임없고, 멍청하고, 예측 불허이며, 터무니없고, 사람을 미치게 만들고, 지긋지긋하고, 고통스럽다. 꺼버려, 멈춰줘!
바람, 부드럽게 움직이는 공기, 언덕 위 가는 풀을 물결처럼 움직이고, 냄새를 멀리서부터 실어 오고, 그래서 당신은 고개를 들고 킁킁대고, 그 낯설고, 감미롭고, 씁쓸한, 세계의 냄새 안에서 숨 쉰다.
숲에서 부는 바람의 소리.
공기 속의 색깔들을 움직이는 바람.

제대로 인정받아본 적이 한 번도 없는 사람들이 유명해지고, 존경받고, 계속해 부름 받았다. 4-노바 에드는 텐스에 재간이 있었다. 에드는 제대로 텐스 치는 법을 처음으로 알아낸 사람이었다. 난장판으로 늘어진 합성수지천과 끈들이 기적처럼 올라가 벽이 되고, 벽이 바람을 막아주고…… 방이 되고, 놀랍도록 친숙한 표면들이 지척에서 사람들을 에워쌌으며, 머리 위 가까이에 벽, 발아래에 매끄러운 바닥이 생겼고, 조용한 공기, 고르고 눈이 멀 것 같지 않은 빛이 있었다. 텐스가 있으면, 자택공간이 있으면, 모든 게 달라졌고, 삶이 살 만해졌다. 들어갈 수 있고, 안에 있을 수 있고, 안에 있을 수 있다는 걸 아는 텐스가 있으면.

"그건 '텐트'입니다." 에드는 말했지만, 사람들은 좀 더 익숙한 단어를 이미 들었고, 그래서 계속해서 텐트를 텐스 혹은 텐스들이라고 불렀다.

열다섯 살 난 여자아이인 리 메일리는 아주 옛날 영화에서 발을 싸는 것이 뭐라 불렸는지를 기억해냈다. '증후군싸개'를 가지고 있던 사람들은 이미 싸개를 써봤지만, 싸개는 얇았고 금세 해졌다. 메일리는 착륙선들이 우주선에서 계속 가지고 내려와 쌓아놓기 때문에 거대하고 점점 더 커지는 미로 같은 비축고를 샅샅이 뒤졌고, 결국 신발이라고 써 있는 상자들을 찾아냈다. 사람들은 평생을 맨발로 양탄자 위를 다녔기에, 신발을 신자 예민한 발 피부는 상처를 입었다. 그러나 여기 바닥에서 다치는 것보단 덜 다쳤다. '땅'. '돌'. '바위'.

그러나 자신의 기술로 발견 호를 궤도에 넣고 첫 번째 착륙선을 우주선에서 행성 표면까지 안내한 4-파텔 람다스는, 한 손에 독서등을 들고 다른 손에는 끈과 플러그를 들고 서서 거대한 식물의 시커멓고 주름진 벽 같은 표면을 뚫어져라 보고 있었다. 람다스가 세운 텐스 위의 '나무'였다. 람다스는 전기 콘센트를 찾고 있었다. 그의 시선은 모호하고 슬펐다. 이제 람다스는 허리를 폈다. 표정이 경멸조로 바뀌었다. 람다스는 독서등을 들고 비축고로 돌아갔다.

5-룽 티르자가 건설 공사를 하는 동안 티르자의 석 달 된 아기는 별빛 속에 누워 있었다. 아기를 먹이러 돌아온 티르자는 비명을 질렀다. "아기가 눈이 멀었어!" 아기의 두 눈동자가 조그만 점이 되어 있었다. 아기는 열로 얼굴이 벌겠다. 아기의 얼굴과 두피에는 물집이 생겼다. 아기는 경련을 일으켰고, 혼수상태에 빠졌다. 아기는 그날 밤 죽었다. 사람들은 아기를 흙 속에 재순환해야 했다. 티르자는 흙에 누웠다. 그 아래 흙 속에는 아기가 누워 있었다. 티르자는 흙에 입을 대고 신음했다. 큰 소리로 신음하며 고개를 든 그녀의 얼굴에는 온통 축축한 갈색 흙이 묻어 있었다. 흙으로 만들어진 끔찍한 얼굴이었다.

별 아님: 태양. 우리가 아는 별빛: 안전하고, 친절하고, 멀고. 태양은 너무 가까운 별이다. 이것.

내 이름은 별이야. 별. 태양이 아니야. 싱이 생각했다.

싱은 자신에게 이름을 준 안전하고 친절하고 먼 별들을 보기 위해 어둠 주기에 자신의 텐스 밖을 내다보았다. 빛나는 별들, 빙 싱*. 조그맣고 환하게 빛나는 점들. 많고, 많고, 많은. 하나가

---

*중국어로 '빛나는 별'이란 뜻이다.

아냐. 하지만 모두가 각기……. 싱의 생각은 계속 이어지지 않았다. 싱은 너무나 피곤했다. 하늘의 광대함, 별들의 무수함. 싱은 안으로 다시 기어 들어갔다. 텐스 안에, 루이스 옆 자루침대 안으로. 루이스는 기진맥진해서 꼼짝도 않고 잠에 빠져 있었다. 싱은 무의식적으로 잠시 루이스의 숨소리에 귀를 기울였다. 부드럽고, 자연스러웠다. 싱은 알레호를 두 팔에, 가슴에 끌어당겨 안았다. 싱은 흙 속에 있는 티르자의 아기를 생각했다. 흙공 속에 있는 아기를.

싱은 알레호가 오늘처럼 풀 위를 뛰어다니는 것을, 햇빛 속에서 뛰어다니는 것을, 달리는 기쁨에 소리 지르는 것을 생각했다. 싱은 황급히 알레호를 다시 그늘 속으로 불러들였었다. 하지만 알레호는 햇빛의 따뜻함을 사랑했다.

루이스는 천식을 우주선에 두고 왔다고 말했지만, 가끔 격심한 편두통을 겪었다. 많은 사람들이 두통과 부비강 통증에 시달렸다. 이건 아마도 공기 속 미립자들, 흙먼지들, 식물의 꽃가루들, 행성의 물질들과 분비물들, 행성의 호흡 때문이었다. 루이스는 낮의 오랜 열기 속에서, 오랜 시간이 걸려 고통이 조금씩 빠져나가는 동안, 자기 텐스 안에 누워 행성의 비밀에 대해 생각하고 행성이 뱉는 숨과 그 날숨 속에서 마치 연인처럼, 마치 싱의 숨 안에서 숨 쉬듯 숨을 쉬는 자신을 상상했다. 들이쉬어, 들이마셔. 하나가 돼.

언덕 중턱의 이 위쪽, '강'이 내려다보이지만 가깝진 않은 이곳은 '정착지'로 제격이라 보였다. 안전할 만큼 거리를 유지하고 있어서, 아이들이 거대하고 맹렬하게 돌진하는 깊고 엄청난 양의 물에 빠지지 않을 것이었다. 람다스가 거리를 쟀고, 1.7킬로미터라고 말했다. 물을 나른 사람들은 거리의 다른 정의를 발견했다. 1.7킬로미터는 물을 나르기엔 먼 거리였다. 물은 반드시 날라 와야 했다. 땅에 파이프가 없었고, 바위에는 수도꼭지가 없었다. 또한 사람들은 파이프와 수도꼭지가 없어도, 물은 꼭 필요하고, 늘, 절박하게 필요하다는 걸 알게 되었다. 물은 경이롭고 존귀한 축복, 천사들이 꿈에도 생각하지 못했던 희열이었다. 사람들은 갈증이란 걸 알게 되었다. 갈증이 날 때 물을 마신다! 그리고 씻는다, 깨끗해진다! 전에 늘 그랬던 상태가 된다. 피부가 거칠어지고 모래투성이에 흙으로 더러워지고 끈적거리지 않고, 깨끗해진다!

싱은 아버지와 함께 들판에서 걸어 돌아왔다. 야오는 살짝 구부정한 자세로 걸었다. 야오의 두 손은 검어지고 갈라지고 흙이 박혔다. 싱은 아버지가 우주선의 흙 정원에서 일할 때면 그 곱고 부드러운 흙이 아버지의 손가락에 달라붙고 손가락 관절과 손톱에 주름마다 선을 그리던 것을 기억했다. 일을 마치고 손을 씻으면 손은 곧바로 깨끗해졌다.

더러워졌을 때 씻을 수 있다는 건, 늘 마실 물이 충분하다는 건 얼마나 놀라운 일인가. 회의에서 사람들은 투표를 통해 텐스를 강에 더 가까운 곳으로, 비축고에서 좀 더 먼 곳으로 옮기기로 결정했다. 물이 물건보다 훨씬 중요했다. 아이들은 조심하는 법을 배워야 했다.

다들 언제 어디서나 조심하는 법을 배워야 했다.

물을 거르고, 물을 끓인다. 얼마나 귀찮은 일인가. 하지만 배양을 해본 의사들은 굽히지 않았다. 토착 박테리아 중 일부는 인간의 분비물로 만든 배지培地에서 번성했다. 감염의 가능성이 있었다.

땅을 파 변소를 만들고, 땅을 파 분뇨 구덩이를 만들고, 얼마나 힘들고, 얼마나 귀찮은 일인지. 하지만 매뉴얼을 쥔 의사들은 굽히지 않았다. 분뇨 구덩이와 오수 정화조에 대한 매뉴얼(두 세기 전 뉴델리에서 영어로 인쇄되었다)은 이해하기 힘들었고, 문맥으로 유추해야 하는 단어들로 가득했다. 배수, 자갈, 기반암, 스미다.

노력, 조심하기, 주의하기, 수고하기, 규칙을 따르기. 절대 안 돼! 항상! 기억해! 안 돼! 잊지 마! 그러지 않으면!

그러지 않으면 뭐?

사람은 어쨌거나 죽었다. 이 세계는 당신을 싫어했다. 외계의 생명들을 싫어했다.

이제 아기가 셋이었고, 청소년이 하나, 성인이 둘이었다. 다들 그곳의 흙 속에, 첫 번째로 죽은 조그만 시체, 티르자의 아기 가까이에 있었다. 아기가 그들을 지하로 인도했다. 그 안으로.

먹을 것은 풍족하게 있었다. 비축고의 음식 구역을 보면, 상자들이 이룬 거대한 벽들과 복도들은 1천 명의 사람들이 영원토록 먹을 수 있는 양처럼 보였고, 이걸 모두 가지게 해준 천사들의 관대함이 참으로 대단하다고 느껴졌다. 이윽고 시선을 돌려보면, 땅은 비축고를 지나, 새 창고들을 지나 계속되고 또 계속되었고, 하늘은 그 위로 계속되고 또 계속되었다. 다시 고개를 돌려보면, 상자 더미는 아주 작아 보였다.

사람들은 리우 야오가 회의에서 하는 말에 귀 기울였다. "우린 토착 식물들이 식용으로 적합한지 계속해 시험해봐야 합니다." 그러자 쵸드리 아르빈드가 말했다. "우린 이제 정원들을 만들어야 합니다. 순환의 시기, 1년 중 가장 유리한 시기인 '생장기' 동안에요."

사람들은 먹을 것이 풍족하지 않다는 것을 알게 되었다. 앞으론 먹을 것이 풍족하지 않을 수 있다는 걸 알게 되었다. 먹을 것이 부족해질 수도 있음을 알게 되었다(콩은 꽃을 피우지 않았고, 쌀은 흙에서 솟아나지 않았고, 유전자 실험은 성공하지 못했다). 조만간. 이곳에서 시간은 다르게 흘러갔다.

여기선, 모든 것에 철이 있었다.

의사인 5-노바 루이스는 5-창 베르토의 시체 옆에 앉아 있었다. 토양 기술자인 베르토는 발뒤꿈치에 생긴 물집 하나로 인한 패혈증으로 죽었다. 의사가 갑자기 베르토의 텐스 동료들에게 외쳤다. "베르토는 상처를 방치했어! 당신들은 베르토를 방치했고! 당신들은 그 상처가 감염됐다는 걸 알 수 있었어! 어떻게 이런 일이 벌어지게 둘 수가 있었지? 우리가 무균 환경에 있다고 생각하는 거야? 귓구멍이 막혔어? 여기 흙이 '위험'하다는 걸 이해 못 하는 거야? 내가 기적을 일으킬 수 있다고 생각해?" 그런 뒤 루이스는 울기 시작했고, 베르토의 텐스 동료들은 모두 죽은 동료와 흐느끼는 의사 옆에서 공포와 부끄러움과 슬픔으로 침묵하며 서 있었다.

생물들. 사방에 생물들이 있었다. 이 세계는 생물들로 만들어져 있었다. 살아 있지 않은 것은 돌이 유일했다. 그 밖의 모든 것은 생물들로 살아 있었다.

식물들이 흙을 덮고 물속에 그득했고, 종류와 수가 무한히 많았다(임시로 만든 식물 실험 연구소에서 일하는 4-리우 야오는 극도의 피로로 몽롱한 상태에서 가끔 믿기지 않는 기쁨, 끝없이 부자가 된 느낌, 큰 소리로 외치고 싶은 욕구를 느꼈다. '봐! 이걸 봐! 정말로 대단하지 않아!'). 동물들도 종류와 수가 끝없이 많았다(바깥인이 되겠다고 가장 먼저 등록한 사람들 중 하나인 4-슈타인만 자엘은 영원히 우주선으로 돌아가야 했는데, 이는 땅에서, 그리고 공중에서 무수히 많은 조그만 생명체들이 기어다니고 날아다니는 것을 끊임없이 보고 느낄 때마다 발작적으로 몸서리치며 비명 지르는 일이 잦다보니, 이런 생명체들을 보고 접촉하는 것에 억제할 수 없이 공포를 느끼다보니 어쩔 수가 없었다).

처음에 사람들은 지구에 관한 책과 입체영상에서 본 단어들을 떠올리며 생물들을 소, 개, 사자라 부르고 싶어 했다. 매뉴얼을 읽은 사람들은 신디츄 생물들은 모두가 소, 개, 사자보다 훨씬 작으며 디츄에서 사람들이 곤충, 거미류, 벌레라 불렀던 것들에 훨씬 더 가깝다고 주장했다. "여기 생물 중엔 척추를 만들어낸 것이 하나도 없어요." 이 생물들에 완전히 홀려 전기 공학자로서 일을 마치고 시간이 날 때마다 지구 생물학 문서들을 공부한 젊은 가르시아 아니타는 말했다. "적어도 이 세계의 이곳에는 없어요. 하지만 훌륭한 겉껍질들을 만든 건 확실하네요."

길이가 약 1밀리미터 정도 되고 초록색 날개들이 달렸으며 끊임없이 사람들을 따라다니고 사람 피부 위를 걷길 좋아하고 살짝 간지러운 느낌을 주는 생물들은 개라고 불리게 되었다. 이 생물들은 다정하게 행동했고, 원래 개는 인간의 가장 좋은 친구라고 했다. 아니타는 이 생물들이 인간의 땀에 들어 있는 소금을 좋아하며, 다정하게 굴 수 있을 만큼 지적이진 않다고 말했지만, 사람들은 이 생물들을 계속 개라고 불렀다. 이크! 내 목에있는 거 뭐야? 아, 그냥 개야.

행성은 별 주위를 돌았다.

그러나 저녁이 되면, 태양은 졌다. 똑같은 일이지만, 별개였다. 이 경우 태양은 질 때, 색깔을 띠었고, 바람에 의해 공기 속을 움직이는 구름의 색깔이었다.

새벽이 되면, 태양이 올라오며 세계의 모든 변덕스럽고 맹렬하고 미묘한 색깔들을 함께 가져오고, 되돌려놓았고, 다시 살아

나게 했고, 다시 태어나게 했다.

　이곳에서 연속성은 인간에게 의존하지 않았다. 그러나 인간들은 이곳의 연속성에 의존할 수 있었다. 그건 별개였다.

　우주선은 계속 나아갔다. 가버렸다.

　바깥에서 사는 것에 대해 마음을 바꾼 바깥인들은 대부분 처음 몇 번의 열흘 안에 우주선으로 돌아갔다. 이제 대천사 5-로스민이 의장을 맡고 있는 총회가 발견 호는 164년 256일에 궤도를 떠날 것이라고 발표하자, 정착지의 수많은 사람들이 영원한 유배란 결말 혹은 바깥에서의 삶이란 고통스러운 현실을 견딜 수 없어서 우주선으로 다시 데려가달라고 청했다. 비슷하게 많은 우주선 안의 사람들이 끝없는 순례여행의 무익함 혹은 대천사들로 이루어진 정부를 받아들일 수 없어서 정착지에 들어가게 해달라고 청했다.

　우주선이 떠날 때, 행성에 있던 904명이 행성에 남겠다고 선택했다. 거기서 죽겠다고 선택했다. 일부는 이미 행성에서 죽었다.

　사람들은 이 일에 대해 거의 이야기하지 않았다. 할 말이 많지 않았고, 늘 지쳐 있으니 원하는 건 먹고 자루침대에 들어가 자는 게 전부였다. 우주선이 계속 나아간다는 건 큰 사건처럼 보였지만, 실은 그렇지 않았다. 어쨌거나 사람들은 땅에선 우주선을 볼 수 없었다. 출발일 전까지 라디오와 후크네트는 날이면 날마다 희열로 떠나는 여행에 대한 수많은 좌담과, 땅에 있는 사람들에게 당신들은 아직도 모두 천사이며 언제든지 기쁨으로 돌아오라고 간곡히 권유하는 말들을 내보냈다. 이윽고 개인적인 메시지, 간청, 축복, 작별인사 따위가 쏟아지고, 우주선은 가버렸다.

오랫동안 발견 호는 뉴스와 메시지들을 정착지로 계속 보냈다. 탄생, 죽음, 설교, 기도, 다들 만장일치로 항해가 즐겁다고 한다는 말 등이었다. 개인적 메시지들이 정착지에서 우주선으로 다시 갔고, 지구로 보낸 정보 보고서와 과학 보고서도 함께 다시 보내졌다. 대화하려는 시도, 응답하려는 시도는 거의 성공하지 못했으며, 대부분 몇 년 뒤엔 포기하고 말았다.

헌법의 명령에 따라 정착자들은 신디츄에 관한 정보를 모으고 정리했고, 생존을 위한 일들 사이에 짬이 날 때마다 최대한 자주 기원 행성으로 보냈다. 위원회 하나가 정착지의 연보를 조직적으로 기록하고 전송하는 일을 맡았다. 사람들 역시 관찰, 생각, 이미지, 시 따위를 보냈다.

과연 누가 그것들에 귀를 기울일까 하는 의구심을 떨칠 수는 없었다. 그러나 그다지 새로울 것도 없는 의문이었다.

우주선을 향해 보내진 전신들이 계속해서 정착지의 수신기들에 들어왔다. 디츄의 사람들은 앞으로 몇 년을 이 조기 도착에 대해 듣지 못할 것이었고, 따라서 그에 대한 반응도 몇 년은 지나야 도착할 것이기 때문이었다. 생각과 어휘의 변화로 인해, 전신들은 계속 전처럼 혼란스러웠고, 거의 아무런 관계도 없는 내용이었으며, 점점 더 이해하기 힘들어졌다. 보류된 행정 명령은 뭐고, 왜 그 때문에 밀락에서 폭동이 있었다는 거지? 식사 테크놀로지가 뭐지? 튀김가루 유전자에서 4 대 10 비율에 대해 아는 게 필수적이었다는 말은 왜 하는 거지?

어휘 문제도 새로울 게 없었다. 사람들은 평생을 우주선 안에서 보내면서 아무 의미도 없는 단어들을 배웠다. 그 세계에서는 아무것도 뜻하지 않는 단어들이었다. 구름, 바람, 비, 날씨 같은 단어들. 시인의 단어들이었고, 책장 아래쪽에 각주로 설명이 되어 있거나 영화에서 짤막하게 시각적 해설로 등장하고, 때로는 가상현실에서 마찬가지로 짧게 지각적으로 해설되었다. 그 실체가 상상 속 혹은 가상에만 있던 단어들이었다.

하지만 여기서 의미 없는 단어, 내용 없이 개념만 있는 단어는 가상이란 단어였다. 여기서 가상인 것은 아무것도 없었다.

구름이 서쪽에서 다가왔다. 서쪽, 또 다른 실제 상황이었다. 방향. 길을 잃을 수도 있는 세계에서는 결정적으로 중요한 실제 상황이었다.

비가 특정한 종류의 구름에서 떨어졌고, 비가 당신을 적셨고, 당신은 젖었고, 바람이 불어 당신은 추워졌지만, 바람은 계속 불었고 멈추지 않았다. 이건 프로그램이 아니라 날씨이기 때문이었다. 이건 계속해 존재했다. 하지만 당신은 그렇지 않았다. 비를 피해 현실로 돌아올 정신을 차리기 전까지는 말이다.

필시 지구에 사는 사람들은 이미 이런 걸 알 터였다.

크고 두껍고 키 큰 식물들, 그러니까 나무들은 대개 아주 드물고 귀한 물질인 목재로 이루어져 있었고, 목재는 우주선내에서 (한 단어임: 우주선내에서) 특정 기구와 장식의 재료였다. 목재 물건은 재순환되는 일이 거의 없었는데, 대체할 수가 없기 때문이었다. 플라스틱 복제품들은 질적으로 상당한 차이가 났다. 여기서 플라스틱은 드물고 귀했지만, 목재는 '언덕'과 '계곡'의 사방에 서 있었다. '착륙 비축품'에 들어 있던 기묘한 고대의 도구를 쓰면, 쓰러진 나무들을 여러 조각으로 자를 수 있었다. (매뉴얼에 '전기톱chainsaw'이라 써 있는, '첸사chensa'란 단어의 뜻이 재발견되었다.) 나무 조각들은 모두가 원목이었다. 건축의 훌륭한 재료가 되었고, 온갖 유용한 장치들을 만들 수도 있었다. 또한 목재는 불을 피울 때 쓸 수 있었고, 온기를 만들 수 있었다.

이 엄청나게 중요한 발견이 지구에 뉴스가 될까?

불. 용접 토치의 끝에 있는 것. 분젠버너의 활성화된 지점.

대부분의 사람들은 타는 불을 한 번도 본 적이 없었다. 사람들이 불로 모여들었다. 만지지 마요! 하지만 이제 공기는 차가웠고, 구름과 바람으로 가득했고, 날씨로 가득했다. 불의 온기는 기분 좋게 느껴졌다. 정착지에서 첫 번째로 발전기를 설치한 룽조는 나무 조각들을 모아 자신의 텐스 안에 쌓아 올린 뒤 거기에 불을 붙였고, 와서 온기를 쬐라고 친구들을 불렀다. 이제 모두가 콜록거리고 숨 막혀 하며 텐스에서 쏟아져 나왔다. 다행이었다. 불은 나무를 좋아하는 것만큼이나 텐스를 좋아해서, 빗속에 검고 악취 나는 더미뿐 아무것도 남지 않을 때까지 붉고 노란 혀로 텐스를 먹어치웠던 것이다. 재난이었다. (또 다른 재난이었다.) 그럼에도 다들 구름 같은 연기 속에서 울고 기침하며 쏟아져 나올 땐 재미있었다.

구름. 연기. 의미로, 의미들로 가득하고 꽉꽉 차고 미어터지는 단어들. 생과 사의 의미들, 삶을 의미하고, 죽음을 의미하고. 시인들은 결국 가상으로 말하던 게 아니었다.

나는 구름처럼 외로이 떠돌았다…….*

턱수염 속은 날씨가 어떤가요?
바람이 불고 다소 기묘해요…….**

0-2 품종 귀리가 흙에서 나왔다, 싹 텄다('봄')***, 쑥쑥 자랐다, 잎이 나고 아름답게 늘어진 이삭이 나오고, 초록색이다가, 노란색이다가, 수확됐다. 손가락으로 훑으면 반짝이는 구슬 같은 씨앗들이 떨어져('가을')**** 귀중한 음식 더미를 이뤘다.

갑자기, 우주선에서 보내지던 것들에서 개인적 메시지나 정보가 사라지고, 킴 테리의 녹음된 연설 세 개, 파텔 희열속의 강연들, 온갖 대천사들의 설교들, 그리고 남성 합창단의 성가 녹음 재방송이 재연되고 또 재연됐다.

"왜 제가 '6-로 메일링'이에요?"
아이는 어머니의 설명을 이해한 뒤 다시 말했다. "하지만 그

*윌리엄 워즈워스의 시 〈수선화〉의 일부이다.
**시어도어 로스케의 시 〈딩키〉의 일부이다.
***영어로 '싹 트는 것'은 spring up, '봄'은 spring이다.
****영어로 '떨어지다'와 '가을' 모두 fall이다.

건 우주선내에서잖아요. 우린 여기 사는걸요. 우린 모두 0세대
가 아닌가요?"

5-로 아나는 회의 때 이 이야기를 했고, 이야기는 공동체 전체
로 퍼져나가며 사람들에게 기쁨을 주었다. 사람들은 가장자리
에 금실이 둘린 투명한 날개를 퍼덕이는 생물들 중 하나가 날아
가는 걸 볼 때만큼 기뻐했다. 이 생물이 날아가면 다들 고개를
들고 일을 멈추고 말했다. "저길 봐!" 누군가 그 생물들을 마리
포사*라 불렀고, 그 생물은 이 예쁜 이름으로 굳어졌다.

일을 계속할 수 없는 추운 날씨에는 사물의 이름에 대해, 사물
을 이름 짓는 것에 대해 상당한 논의가 있었다. 예를 들어 개라
든가. 사람들은 이름이 진지하게 지어져야 한다는 데 동의했다.
그러나 기록들을 들여다보고 디츄에 여기의 이 갈색 생물처럼
생긴 생물들이 있었으니 우리도 이걸 딱정벌레라 부르자고 해
봤자 아무 소용이 없었다. 이건 딱정벌레가 아니었다. 이건 자
기만의 이름을 가져야 했다. 나무-기기, 짤깍이, 잎씹기. 그럼
우린? 아나의 아이 말이 옳아, 알지? 4세대, 5세대, 6세대. 이제
여기서 그게 우리랑 무슨 상관이야? 천사들은 100세대까지 갈
수 있어······. 아마 10까지 가면 행운이겠지만······. 제린의 아
기는? 그 아기는 6-라히리 파드마가 아냐. 그 아기는 1-신디츄-
라히리-파드마야······. 어쩌면 그냥 라히리 파드마일지도. 왜
우리가 단계를 세야 해? 우린 어디로도 가지 않잖아. 걘 여기 있

*스페인어로 '나비'란 뜻이다.

어. 걘 여기 살아. 여긴 파드마의 세계야.

싱은 서쪽 집단주거지 뒤의 패티 밭에서 루이스를 찾았다. 오늘은 루이스가 병원에서 쉬는 날이었다. 초여름이고 날씨가 화창했다. 루이스의 머리카락이 햇빛에 반짝였다. 싱은 이 은빛 후광으로 루이스를 찾아냈다.

루이스는 땅에, 흙에 앉아 있었다. 루이스는 비번인 날이면 작은 도랑들, 둑들, 그리고 수문들의 관개시설에서 교대 근무를 했다. 관개시설은 지속적이지만 힘들진 않은 감독과 관리가 필요했다. 패티는 물을 줄 때, 그러나 지나치게 주지는 않을 때만 잘 자랐다. 통으로 굽거나 가루 내서 먹는 이 뿌리채소는 리우야오가 식용 가능한 품종의 번식에 성공한 뒤로 주식이 되었다. 토착 씨앗과 곡물의 소화에 곤란을 느끼는 사람들은 패티를 먹었고, 이건 괜찮았다.

열 살 또는 열한 살 먹은 아이들, 노인들, 다친 이들은 대부분 관개시설에서 교대 근무를 했다. 힘이 들지 않는 일로, 참을성만 있으면 됐다. 루이스는 서쪽 샛강에서 들어오는 물의 흐름을 바꿔 이런저런 주요 수로 시스템으로 보내는 수문 근처에 앉았다. 루이스는 가는 갈색 다리를 쭉 뻗고 목발은 옆에 놓아두었다. 팔꿈치를 땅에 대고 반쯤 누웠고, 두 손은 검은 흙에 평평히 펴고 눈을 감은 채 얼굴을 태양 쪽으로 돌렸다. 반바지와 헐렁한 누더기 셔츠 차림이었다. 루이스는 이제 늙었고 또한 몸이 상해 있었다.

싱이 옆으로 다가와 이름을 불렀다. 루이스는 툴툴거렸지만 움직이지도, 눈을 뜨지도 않았다. 싱은 루이스 옆에 쭈그리고 앉았다. 잠시 후 싱의 눈에 루이스의 입이 너무나 아름답게 보여, 싱은 몸을 숙여 루이스의 입에 키스했다.

루이스가 눈을 떴다.

"자고 있었지."

"기도 중이었어."

"기도라고!"

"숭배랄까?"

"뭘?"

"태양?" 루이스가 주저하며 말했다.

"나한테 묻지 마!"

루이스는 싱을 보았다. 딱 루이스다운 표정, 부드럽게 캐물으면서 어물쩍거리고 솔직한 표정이었다. 둘이 다섯 살 때부터 루이스는 그런 식으로 싱을 보아왔다. 싱을 들여다보아왔다.

"내가 너 말고 누구에게 묻겠어?" 루이스가 싱에게 물었다.

"기도하고 숭배하는 거에 대한 거라면, 나한텐 묻지 마."

싱은 루이스를 마주 보며 관개수로 하나의 물매턱에 엉덩이를 내려놓아 좀 더 편하게 자세를 잡았다. 어깨에 내리쬐는 태양이 따뜻했다. 싱은 루이시타가 짚으로 서투르게 짠 모자를 쓰고 있었다.

"더럽혀진 어휘야." 루이스가 말했다.

"의심스러운 이데올로기야." 싱은 말했다.

싱은 돌연 이 단어들에 기쁨을 느꼈다. 거창한 단어들이었다. 어휘! 이데올로기! 이야기는 모두 짧고 작고 무거운 단어들이었다. 음식, 지붕, 도구, 얻다, 만들다, 구하다, 살다. 사람들이 더 이상 쓰지 않던 거창한 단어들, 그 길고 공허한 단어들에 싱의 마음은 잠시 마리포사처럼 날아올라 바람을 타고 높이 퍼덕거렸다.

"글쎄, 난 모르겠어." 루이스는 곰곰이 생각했다. 싱은 루이스가 생각하는 모습을 지켜보았다. "무릎이 박살 나 빈둥거려야 했을 때, 난 기쁨 없이 사는 건 아무 의미가 없다고 판단했지." 루이스는 말했다.

잠시 침묵이 흐른 뒤 싱은 건조한 말투로 말했다. "희열?"

"아니. 희열은 가상 비현실의 한 형태야. 아니, 난 기쁨을 말하는 거야. 우주선에선 기쁨에 대해 전혀 몰랐어. 여기 와서야 알았어. 때때로. 무조건적 존재의 순간들. 기쁨."

싱이 한숨 쉬었다.

"힘들게 얻은." 싱이 말했다.

"응, 그래."

둘은 잠시 조용히 앉아 있었다. 남풍이 갑자기 강하게 불었다가 멈추고 다시 부드럽게 불었다. 바람에서 젖은 땅과 콩 꽃의 냄새가 났다.

루이스가 말했다. "'내가 할머니가 되면, 사람들은 말하겠지, 내가 천국 아래를 거닐 거라고, 다른 세계에서.'"

"아." 싱이 말했다.

싱은 숨을 멈추고 또다시 더 깊게 한숨을 쉬었고, 흐느꼈다.

루이스는 자신의 두 손을 싱의 두 손에 놓았다.

"알레호는 아이들과 상류로 낚시 갔어." 싱이 말했다.

루이스가 고개를 끄덕였다.

"너무나 걱정돼." 싱이 말했다. "그 기쁨이 멀리 사라질까 걱정돼."

루이스는 다시 고개를 끄덕였다. 이제 루이스가 말했다. "하지만 난 이런 생각을 하고 있었어…… 내가 예배를 하고 있을 때, 혹은 뭘 하고 있었든지, 그때 내가 생각하던 건, 흙에 대한 거였어." 루이스는 바스러지는 검은 범람원 흙을 한 손 가득 떠서 다시 떨어뜨리며 그 모습을 지켜보았다. "난 과연 내가 할 수 있을까, 일어나 흙 위에서 춤출 수 있을까…… 나를 위해 춤출 수 있을까 생각하고 있었어. 춤을 춰줄래, 싱?"

싱은 잠시 그대로 앉아 있다가 일어났다. 나지막한 물매턱을 좀 세게 차며 일어났다. 요즘 무릎이 그리 좋지 않았던 것이다. 싱은 가만히 서 있었다.

"바보가 된 느낌이야." 싱은 말했다.

싱은 두 팔을 날개처럼 높이 그리고 활짝 벌리고 흙 위의 두 발을 내려다보았다. 싱은 자신의 샌들을 벗어 옆으로 밀어두었고 맨발이 되었다. 싱은 왼쪽으로 갔다가 오른쪽으로, 앞으로, 뒤로 갔다. 싱은 춤추며 손바닥을 아래로 해서 두 손을 앞으로 내밀고 루이스에게로 다가갔다. 루이스는 싱의 손을 잡았고, 싱은 루이스를 잡아당겨 일으켰다. 루이스가 껄껄 웃었다. 싱은 아주 크게 웃음 짓진 않았다. 싱은 몸을 흔들며 흙에서 자신의 두 맨발을 들어 올렸다가 다시 내렸고, 그동안 루이스는 가만히 서서 싱의 두 손을 잡고 있었다. 둘은 그렇게 함께 춤을 추었다.

수록 작품 발표 연도 및 지면

옮긴이 **최용준**

서울대학교 천문학과를 졸업했으며 미국 미시간 대학에서 이온추진 엔진에 대한 연구
로 비(非)천문학 박사 학위를 받았다. 저온 플라스마 현상을 연구한다. 옮긴 책으로는
《이 사람을 보라》《넘버 나인 드림》《래그타임》《끌림》《3등급 슈퍼 영웅》《아메리칸 러
스트》등이 있다. 《이 세상을 다시 만들자》로 제17회 과학기술 도서상 번역 부문을 수상
했다. 시공사의 '그리폰 북스', 열린책들의 '경계 소설선', 샘터사의 '외국 소설선'을 기획
했다.

어슐러 K. 르 귄 걸작선 05
세상의 생일

2015년 1월 29일 초판 1쇄 발행
2020년 5월 19일 초판 3쇄 발행

지은이 | 어슐러 K. 르 귄
옮긴이 | 최용준
발행인 | 윤호권 박헌용
책임편집 | 황경하
마케팅 | 조용호 정재영 이재성 임슬기 문무현 서영광 이영섭 박보영

발행처 | (주)시공사
출판등록 | 1989년 5월 10일(제3-248호)

주소 | 서울 서초구 사임당로 82(우편번호 06641)
전화 | 편집 (02)2046-2817 · 마케팅 (02)2046-2881
팩스 | 편집 · 마케팅 (02)585-1755
홈페이지 | www.sigongsa.com

ISBN 978-89-527-7186-5(04840)
        978-89-527-7181-0(set)